James A.
# Michener
# Sayonara
## Karawanen der Nacht

# James A. Michener

# Sayonara

# Karawanen der Nacht

Zwei Romane

Einmalige Sonderausgabe 1991
James A. Michener in 10 Bänden
für Manfred Pawlak Verlagsgesellschaft mbH, Herrsching

Sayonara

Titel der amerikanischen Originalausgabe »Sayonara«
Übersetzung: Egon Strohm

Karawanen der Nacht

Titel der amerikanischen Originalausgabe: »Caravans«


Printed in Germany
ISBN 3-88199-860-8

# ZUM GELEIT

Als wir darüber verhandelten, einen meiner Romane in deutscher Sprache herauszubringen, äußerte ich die Befürchtung, daß mein Thema auf deutsche Leser vielleicht fremd und unattraktiv wirken könnte.

»Oh, Mr. Michener,« rief der Verleger. »Haben Sie noch nie von Karl May gehört?« Ich antwortete: »Nur den Namen. Er hat Bücher geschrieben, nicht wahr?«

Und dann wurde mir erklärt, daß Karl May um die Jahrhundertwende in Deutschland ungeheuer beliebt gewesen sei. Seine Bücher würden von jedermann gelesen, und das Bemerkenswerte daran sei, daß Karl May hauptsächlich über den Westen der Vereinigten Staaten geschrieben habe sowie über die Gebiete der Indianer im Osten, die James Fenimore Cooper berühmt gemacht hat. Ein Mann sagte zu mir: »Er war der deutsche Zane Grey.« Der Verleger versicherte mir: »Jeder, der Karl May mag, wird sich für Ihre Western-Romane interessieren.«

Seine Vermutung erwies sich als richtig, und das freut mich. Ganz besonders trifft dies auf »Die Kinder von Torremolinos« zu, einem Roman, den ich über junge Amerikaner und ihre Wanderungen durch Europa und Afrika schrieb. Ich entdeckte, daß damals mehr junge Deutsche unterwegs waren als Amerikaner. In beiden Nationen betraf das Problem, das in diesem Roman behandelt wird, sehr viele Familien.

Ich bin hocherfreut darüber, daß nun zehn meiner Romane in einer gefälligen deutschen Ausgabe erscheinen. Das passiert einem Autor nicht oft, und ich freue mich sehr, daß es gerade mir passiert.

James A. Michener

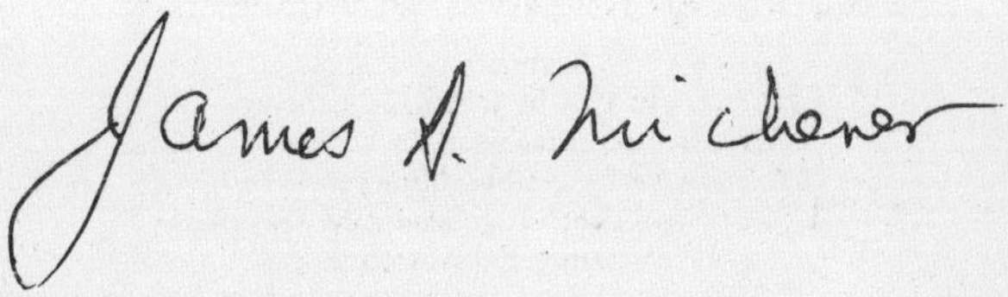

Texas Center for Writers
Austin, Texas

# SAYONARA

# 1

Am 4. April 1952 holte ich meine sechste und siebte MIG herunter. Es war in der Nähe des Yalu-Flusses, und als ich zum Stützpunkt J-10 zurückkehrte, war ich ziemlich aufgeregt. Der Luftwaffenarzt sah mich mit einem Blick an und sagte: »Gruver, Sie hat's erwischt!«

Herrliche Worte! Sie bedeuteten, daß es für mich mit der Fliegerei eine Weile aus sein würde. Aber da ich ein früherer West Point-Kadett war, fühlte ich mich verpflichtet, dem Arzt, den man samt Bierbauch von seiner Zivilpraxis weg eingezogen hatte, Einsatzeifer vorzuheucheln. Ich runzelte also die Stirn und sagte: »Ich bin vollkommen in Ordnung, Doktor. 'ne Flasche Bier wird mir wieder auf die Beine helfen.«

»Sehr richtig«, stimmte der Doktor zu.

Er schien meinen Eifer für bare Münze genommen zu haben, und einen Augenblick wurde mir ganz schlecht vor Wut über mein dummes Geschwätz. Denn ich wollte nicht mehr fliegen. Wenigstens nicht jetzt. Einerseits wollte ich als Frontschwein gelten, andererseits war ich auf eine ruhige, runde Bürotätigkeit aus.

Aber der Doktor war nicht so dumm, wie ich annahm. Lachend sagte er: »Sie brauchen nicht blaß zu werden, Gruver. Ich habe nur Spaß gemacht. Den Heldenquatsch habe ich noch nie ernst genommen.«

Erleichtert antwortete ich: »Danke, Doktor. Ich hätte gegen einen anständigen Erholungsschlaf im koreanischen Hinterland nichts einzuwenden.«

»Ich weiß etwas Besseres«, meinte der Doktor und legte sein Hörrohr beiseite. »Sie schicken wir nach Japan zurück!«

Aus dem Ton, in dem er das sagte, hörte man heraus, daß er seine Eröffnung für eine Art Weihnachtsgeschenk hielt. Ich kannte die Etappe in Japan zwar, war aber nicht besonders beeindruckt. Schmutzige Straßen, kleine Bungalows aus Papier, kurzbeinige Männer und dicke Frauen.

Ich hatte nie begriffen, wie einige meiner Kameraden von Japan so begeistert sein konnten.

Ich sagte: »Wenn es Japan sein soll – mir auch recht. Aber ich könnte mich genau so gut hier in J-10 ausruhen.«

Worauf der Doktor meinte: »Sie wollen sagen, daß Sie noch nie mit diesen hübschen japanischen Puppen in Tachikawa getechtelmechtelt haben, was?«

Ich antwortete: »Ich bin der Sohn eines Viersterne-Generals. Bei mir gibt es kein Techtelmechtel mit japanischen Puppen, hübsch oder häßlich.«

Der Doktor sah mich betrübt an und sagte: »Kamerad, Sie sind viel kränker, als ich dachte.«

An sich wollte ich gar nicht prüde erscheinen. Aber wenn man in seinem Haufen sozusagen von vornherein für eine schnelle Beförderung vorgesehen war, zum Oberst oder Einstern-General so um fünfunddreißig herum, dann hat man für den üblichen Unsinn, mit dem man beim Militär seinen Urlaub verbummelt, wenig übrig. Andererseits war ich immer bemüht, mich Reserveoffizieren gegenüber nicht als den Überlegenen aufzuspielen, nur weil sie im Herzen Zivilisten geblieben waren.

Ich sagte: »Ich werde an Sie denken, Doktor, wenn ich in den blütenweißen Betten von Tokio liege und das gute japanische Bier trinke.«

Er schüttelte den Kopf und sah mich mit einem verschlagenen Seitenblick an: »Sie kommen nicht nach Tokio, Kamerad. Sie kommen ... Sonderbefehl.«

Wie ein Blitz schoß es mir durch den Kopf, und ohne Überlegung platzte ich heraus: »Kobe?«

»Yep, Kamerad! Sie haben's geschafft.«

Instinktiv fuhr ich mit der Hand an die Hüfte und fühlte nach meiner Brieftasche. Ich fragte: »Sonderbefehl? Von General Webster?«

»Yep, Kamerad! Man hat Sie angefordert.« Er ballte die Hände zu kleinen Fäusten und blinzelte mir zu: »Warum sollte ein General sich nicht um den Sohn eines anderen Generals kümmern?«

Ich hatte den Doktor immer für einen zweitklassigen Burschen gehalten und wollte mich nicht auf eine Kontroverse einlassen. Ich tat so, als ob ich ihm seine Bemerkung nicht übelnähme, und sagte: »Das ist eben der Kameradschaftsgeist von West Point.«

»Klar«, sagte der Doktor. »Kelly hat Ihren Versetzungsbefehl.«

»Ich gehe gleich zu Kelly«, sagte ich, froh, von diesem alles wissenden Zivilisten wegzukommen.

Als ich jedoch aus dem Lazarettzelt trat und den Kiesweg zum Stabsquartier, wo Kelly saß, hinuntergehen wollte, wurde ich von einem anderen Zivilisten angerufen: »Gruver, kann ich Sie mal sprechen?«

Ich wandte mich um und sah den Feldgeistlichen, und da ich wußte, daß er einen nur ansprach, wenn etwas faul war, blieb ich kurz stehen und fragte: »Schon wieder Kelly?«

»Ja«, antwortete er mit sorgenvoller Miene. »Kelly.«

Ich wartete auf dem Kiesweg auf ihn, bis er durch den braunen koreanischen Schlamm angewatet kam. Der ganze Flugstützpunkt J-10 bestand beinahe nur aus Schlamm. Als er herangekommen war, fragte ich: »Was hat er wieder ausgefressen, Hochwürden?«

»Diesmal ist es ernst«, antwortete er betrübt. Er führte mich in sein Zelt, eine improvisierte Angelegenheit mit Bibeln, Kruzifixen und den besonderen silbernen Geräten zur Abhaltung jüdischer Gottesdienste.

»Steht Kelly schon wieder mit einem Bein vor dem Kriegsgericht?« fragte ich.

»Schlimmer. Er hat sich an seinen Abgeordneten im Kongreß gewandt.«

Ich hatte es immer abscheulich gefunden, wenn einfache Soldaten an Kongreßmitglieder Briefe schrieben. Die Luftwaffe hatte genügend vernünftige und gerechte Verfahren, um mit jedem Problem fertigzuwerden. Dazu brauchte man keine Kongreßmitglieder. Ich sagte daher: »Warum schlagen Sie dem Oberst nicht vor, den Burschen einfach aus der Luftwaffe hinauszuwerfen?«

»Unter den neuen Dienstvorschriften ...«

Die neuen Dienstvorschriften! Die vergaß ich immer. Im Jahr 1945 hatte es angefangen. Ein Haufen pimpliger Wohltäter in Washington hatte die Grundregeln militärischen Benehmens revidiert, und das Ergebnis war, daß jetzt einfache Soldaten an ihre Abgeordneten im Kongreß Briefe schrieben. Mein Vater empfahl ein höchst simples Verfahren für solche Fälle, und ich stimmte ihm durchaus zu: Haut solche Kerls auf die Rübe und gebt ihnen ein paar Wochen Geschärften! Dann haben die Pimpels in Washington wirklich Grund, sich zu entrüsten.

»Na, und was passiert unter den neuen Dienstvorschriften?« fragte ich.

»Kelly setzt seinen Kopf durch und wird nach Japan versetzt.«

»Lächerlich!« sagte ich. »Die machen aus der Luftwaffe noch einen Kindergarten.«

»Und wenn er in Japan ist, heiratet er das Mädchen.«

Jetzt reichte mir's. Ich ließ mich auf einen der schwindsüchtigen Zeltstühle fallen und fragte: »Sie meinen, das Bürschchen erhält trotz aller Vorhaltungen durch den Oberst und Sie die Erlaubnis, das Mädchen zu heiraten?«

»Jawohl.«

»Warum haut ihm nicht jemand den Schädel ein?«

»Das ist keine Lösung. Ich möchte, daß Sie mit ihm reden.«

»Ich wüßte nicht, was ich noch sagen könnte.«

»Weiß der Junge, daß er dieses japanische Mädchen auf keinen Fall mit nach Amerika nehmen darf, wenn er es heiratet?« fragte der Feldgeistliche.

»Klar weiß er das. Ich ließ ihn sogar eine Erklärung dieses Inhalts unterschreiben. Er unterschrieb anstandslos und sagte mir, was ich von ihm aus mit dem Fetzen Papier machen könnte.«

»Sprechen Sie noch einmal mit ihm, Gruver! Er ist einfach irregeleitet.«

»Er ist ein unverbesserlicher Verbrecher, Hochwürden; das wissen Sie selbst.«

»Nein, kein Verbrecher! Ein schwieriger Junge, der eben Pech in der Luftwaffe hatte. Ein Hitzkopf.«

»Ach was! Bei dem steckt die Hitze woanders, Hochwürden.«

Er lachte: »Sie mögen recht haben. Aber eben deswegen dürfen wir ihn nicht ins Unglück rennen lassen.«

Ich war müde von meinem letzten Einsatz und sagte rücksichtslos: »Hören Sie, Hochwürden, Kelly gehört zu Ihrer Kirche. Es ist Ihre Sache, ihn zu retten.«

Feldgeistlicher Feeney wurde sehr ernst und ergriff meine Hände. Dies war einer seiner Tricks, wenn er etwas durchsetzen wollte. Er war sehr erfolgreich damit in der Staffel. Er scheute sich nie, einen Mann um etwas zu bitten. »Glauben Sie mir, ich habe nicht die Absicht, Kelly für meine Kirche zu retten. Ich will ihn vor sich selbst retten. Wenn er dieses japanische Mädchen heiratet, so kann das nur tragisch ausgehen. Unter gewöhnlichen Umständen wäre eine solche Heirat schon nicht ratsam, aber unter den neuen Vorschriften ... wo er sie gar nicht mit nach Amerika nehmen kann ... Was soll daraus werden, Gruver?«

Er sprach so eindringlich, daß ich nachgeben mußte.

»All right. Was soll ich also tun?«

Er war über den Vorschlag, den er mir machen wollte, so verlegen, daß er einen Augenblick zögerte. Dann sagte er, mit einem entschuldigenden Unterton: »Sie sind mit einem feinen, gut aussehenden amerikanischen Mädchen verlobt. Sie haben mir ja mal ihr Bild gezeigt.« Er lächelte, als ich mit der Linken mechanisch nach meiner Brieftasche griff. »Wenn Sie sich im Einsatz befinden, und es wird mulmig, dann streicheln Sie unwillkürlich dieses Bild, nicht wahr?«

Ich gab es zu. Es war eine abergläubische Angewohnheit, die aus der Zeit stammte, als man mich von Propellerflugzeugen zu den Düsen versetzt hatte. Wie die meisten Piloten hatte ich anfänglich vor Düsenmaschinen Angst. Deshalb streichelte ich jedesmal, wenn dicke Luft herrschte, meine Brieftasche, in der sich Eileen Websters Bild befand. Denn Eileen Webster brachte mir Glück, seit dem besonderen Wochenende in San Antonio, wo ich sie kennengelernt hatte.

Feldgeistlicher Feeney sagte: »Wenn sich eine Gelegenheit bietet, dann zeigen Sie Kelly doch das Bild Ihres Mädchens. Er soll mal mit eigenen Augen sehen, wie ein feines amerikanisches Mädchen aussieht.«

Ich sagte: »Aber ich will ihm nichts verkaufen.«

Der Pfarrer war smart. »Verlangt auch keiner von Ihnen«

sagte er. »Wenn er Ihnen erklärt, er sei entschlossen zu heiraten, dann zeigen Sie sich verständnisvoll. Sagen Sie ihm, Sie hätten schon wirklich entzückende japanische Mädchen kennengelernt.«

»Nur schade, Hochwürden, daß es nicht stimmt. Was ich bis jetzt gesehen habe, war plump und hatte 'n Mondgesicht. Wie unsere Männer – nette, anständige Durchschnittsburschen – diese gelben Mädchen heiraten können, ist mir ein Rätsel. Noch im Jahr 45 hatten wir Krieg mit den Japsen. Heute heiraten wir ihre Töchter.

»Ich habe es auch nie verstanden. Solche Ehen sind von vornherein ein Fehlschlag, und es ist meine Pflicht, sie zu verhindern.«

»Ganz Ihrer Meinung.«

»Wollen Sie also mit Kelly sprechen?«

»Wäre es nicht einfacher, wenn der Oberst ihm einfach den Befehl gäbe, nicht zu heiraten?«

Feldgeistlicher Feeney lachte. »Man kann nicht alles mit einem Dienstbefehl regeln. Wir haben uns nach dem Mädchen erkundigt, das Kelly heiraten will. Es ist keine Prostituierte und gehört keiner revolutionären Untergrundbewegung an. Tatsächlich wurde sie von der untersuchenden Instanz sogar empfohlen. Hat früher in einer Bücherei gearbeitet. Kelly hat das Recht, sie zu heiraten.«

Das Wort *heiraten* berührte mich seltsam. Unwillkürlich erinnerte ich mich an ein Wochenende im Frühling vor vier Jahren, als ein paar Jungs von uns von Randolph Field nach San Antonio fuhren, um sich anständig zu amüsieren. Wir gingen gerade die Steinstufen zu einem Freilichtkino am Fluß hinunter, der mitten durch San Antonio fließt, als ich plötzlich dieses schöne Mädchen die Treppe heraufkommen sah. Ich nahm allen Mut zusammen und rief: »Sind Sie nicht die Tochter von General Webster?« Sie blitzte mich lächelnd an und sagte ja, und ich stand da und starrte sie an und fragte: »Warum haben Sie nicht so ausgesehen, als Sie in Fort Bragg mir gegenüber wohnten?« Und sie sagte, sie habe immer so ausgesehen, aber ich hätte nur die Kaserne in West Point im Kopf gehabt und sie nicht bemerkt. Ich versuchte, mich an sie zu erinnern, aber es gelang mir nicht. Ich sagte: »Sie waren sicher noch ein langbeiniges Mädchen von elf, als wir damals in Fort Bragg lagen.«

Darauf sagte sie etwas, was mir den Atem nahm. Ohne auf die anderen Luftwaffenjungs neben mir zu achten, sagte sie: »Ich bin immer noch ein langbeiniges Mädchen.« Und sie hatte recht, und drei Wochen später waren wir so gut wie verlobt. Aber dann kamen Korea und Eileens Mutter, und aus der Heirat wurde vorläufig nichts.

Ich kehrte wieder auf den Boden der Tatsachen zurück, ins Zelt des Feldgeistlichen Feeney und sagte: »Gut. Ich werde tun, was ich kann.«

»Danke, Gruver.« Als ich im Begriff war hinauszugehen, fragte er: »Haben Sie etwas dagegen, wenn ich mit dem Oberst über Sie spreche?«

»Wozu?«

»Ihre Nerven sind gespannt wie 'ne Uhrfeder, mein Sohn. Ich werde dem Alten vorschlagen, Sie zu den Bodentruppen zu versetzen.«

Lachend antwortete ich: »Der Doktor ist Ihnen zuvorgekommen. Ich bin schon auf dem Weg nach Japan.«

»Großartig«, sagte er. »Tokio?«

»Nein, Kobe. Der Vater meines Mädchens ist General da drüben.«

»Das nenne ich Glück.«

»Es hat auch seine Nachteile.«

»Ich meinte, Kelly kommt auch nach Kobe. Da können Sie ihn im Auge behalten.«

Ich fand das ekelhaft. »Was, ihr versetzt ihn an den Ort, wo sein Mädchen wohnt?«

»Sein Kongreßmitglied besteht darauf.«

Ich wollte gerade loslegen, was ich von Kongreßmitgliedern hielt, die ihre Pfoten in Angelegenheiten des Militärs steckten, als Feeney sagte: »Vielleicht können Sie den Jungen noch retten.«

Ich dachte an den fiesen, nichtsnutzigen Joe Kelly und sagte beim Hinausgehen:

»Den Stinker kann nichts retten.«

## 2

Es herrschte merkwürdiges Wetter in Korea. Es war nicht gerade warm auf unserem Flugstützpunkt J-10, aber in der Luft war ein leichter Anflug von Frühling zu bemerken, der Boden begann aufzutauen, und selbst Korea unterschied sich nicht allzusehr von anderen Teilen der Welt, in denen der Frühling einzieht. Ich sog die Luft in tiefen Zügen ein, während ich die Zeltgasse zum Stabsquartier hinunterging, die trotz des nahenden Frühlings einen traurigen Eindruck machte, und sagte zu mir: »Was geht mich Kelly an! Soll selbst auf sich aufpassen.«

Ich ging auf meine Koje zu und freute mich auf ein Glas Bier und ein Spiel Poker. Dann fiel mir aber ein, daß Kelly vertrauliche Informationen über meinen Versetzungsbefehl haben mußte. Ich ging also ins Staffelzelt, wo ich den Dreckskerl hinter einem selbstgemalten Schild sitzen sah, das die Aufschrift FLIEGER KELLY trug und groß genug für einen General war.

Er war ein zwergenhaft kleiner Bursche von noch nicht zwanzig. Ich war achtundzwanzig und alles, was jünger war, schien mir noch nicht erwachsen. Und Kelly war wirklich noch nicht erwachsen. Er war nie in einer Schule gewesen, besaß aber die schnelle Auffassungsgabe eines Tieres und eine Art Gassenjungen-Intelligenz. Er stammte aus den Slums von Chicago, hatte sandfarbenes Haar und den typischen irischen Starrkopf. Er haßte die Welt im allgemeinen und alle Offiziere im besonderen. In seinen Papieren war die traurige Tatsache vermerkt, daß er viermal zum Korporal befördert – und jedesmal wieder degradiert worden war. Er war verbittert und dauernd in Schwierigkeiten und der letzte Mann unserer Einheit, dem man eine ernste Liebesaffäre zutrauen würde.

Er schob mir meinen Versetzungsbefehl zu und sagte: »Beziehungen machen sich bezahlt.«

Ich war in einem Fall dafür verantwortlich gewesen, daß er vors Kriegsgericht kam, aber im zweiten hatte er mich überraschenderweise als seinen Verteidiger angefordert. Er hatte vor niemand Achtung, mochte aber Düsenpiloten. Als er mir die Papiere zuwarf, wollte ich ihn anschnauzen, aber er grinste und sagte: »Höre, Sie haben heute wieder zwei abgeknallt.«

»Mhm.«

»Wie war's droben, As?«

»'s wird nicht leichter.«

»Wissen Sie, was in Ihrem Befehl steht?« fragte er in einem Ton, wie ein Gangster mit vorgehaltener Pistole einem das Geld abnehmen würde.

»Kobe«, antwortete ich und griff nach den Papieren.

»Yeah, aber ich meine, wie Sie dazu kamen?«

»Ich lehne es ab, Befehle mit Untergebenen zu besprechen«, sagte ich und wandte mich dem Ausgang zu.

Aber das machte keinen Eindruck auf Kelly. Er sagte: »Was ich sagen wollte – wußten Sie, daß General Webster an den Oberst geschrieben hat?«

Es war zum Auswachsen. Am liebsten hätte ich dem Zwerg eine verpaßt, aber er ließ mich zappeln. Ich zögerte und sagte schließlich: »Die beiden sind befreundet.«

»Klar, aber die Briefe betrafen Sie.«

»Mich?«

»Yeah, und jeder Brief General Websters fing so an: ›Natürlich möchte ich mich nicht in die Angelegenheiten Ihrer Staffel einmischen, aber ...‹ Das *aber* war immer drin.«

»Aber was?«

»Aber er hätte furchtbar gern Major Lloyd Gruver so schnell wie möglich in Kobe.«

Ich steckte die Papiere in die Tasche und sagte: »Einen solchen Befehl habe ich nicht gewollt.«

Kelly lachte hämisch und sagte: »Sie wissen überhaupt noch nichts, As.« Er schien mich zu verachten, weil ich Offizier war, aber andererseits ließ er mich als Kampfflieger gelten. Er sagte: »General Webster hat Sie dem Luftwaffenverbindungsstab zugeteilt, was bedeutet, daß Sie den ganzen Tag auf Ihrem Fallschirm sitzen und nichts zu tun haben.« Dann fügte er grinsend hinzu: »Aber ach – die Nächte!«

»Welche Nächte?«

Kelly drehte seinen kleinen Starrkopf zuerst nach der einen, dann nach der anderen Seite und fragte: »As, können Sie ein Geheimnis für sich behalten?«

Ich hatte es mir zum Grundsatz gemacht, nie über militärische Geheimnisse mit anderen zu sprechen, und antwortete: »Ich möchte am liebsten gar nichts davon wissen.«

Kelly machte eine verächtliche Ehrenbezeigung und sagte: »Ist kein Luftwaffengeheimnis. Ist ein As Gruver-Geheimnis.«

»Was soll das heißen?«

»Was glauben Sie wohl, weshalb Sie nach Kobe versetzt werden? Und einen Druckposten kriegen? Und extra 'rübergeflogen werden?«

Ich merkte, daß die Unterhaltung mit Kelly zu vertraulich wurde, und änderte das Thema. »Der Feldgeistliche sagt mir, daß Sie auch nach Kobe kommen.«

»Yep.«

»Ihr Kongreßmann soll es gedeichselt haben.«

»Yep. Der Pfarrer sagte nein. Der Oberst sagte nein. Sie sagten nein. Aber der Kongreßmann sagte ja.«

Ich ließ ihn merken, daß ich solche Methoden abscheulich fand, und fragte ihn spöttisch: »Und außerdem wollen Sie heiraten, wie ich höre?«

»Yep.«

Seine Unverschämtheit erstickte jede Absicht in mir, dem Feldgeistlichen Feeney zu helfen und den Nichtsnutz umzustimmen. Ich zeichnete die Empfangsbestätigung für den Befehl ab und wollte hinausgehen. Aber Kelly rief mir nach: »Und wie ich höre, wollen Sie auch heiraten.«

»Wie meinen Sie das?«

»Die Tochter vom General kommt nach Kobe. Morgen.«

Dabei sah er mit einem frechen Grinsen zu mir auf, und als ich fragte, ob das stimme, antwortete er: »Yep. General Webster deichselt es für Sie, daß Sie seine Tochter heiraten können. Mein Kongreßmann deichselt es für mich. Generale für die Offiziere. Kongreßmitglieder für die Bauern.«

Kelly und ich sahen einander in einem jener seltenen Augenblicke an, in denen das Leben glasklar vor einen hintritt. Man sieht den anderen ohne Uniform, ohne Dienstgrad, ohne Vergangenheit oder Zukunft. Da steht er, mit seinen eigenen Problemen und Plänen, die, kilometerweit von den eigenen entfernt, doch irgendwie Teile des eigenen Ich sind. Der Staatssekretär im Kriegsministerium erklärte mir einmal, daß die erfolgreiche Laufbahn meines Vaters in der Armee von seiner Fähigkeit herrühre, jeden Mann, mit dem er zu tun habe, im freien Raum an einem Schnürchen baumeln zu sehen, das in der Hand Gottes ende. Ich konnte Achtung vor Kelly haben. Er brachte mich weiß Gott oft genug zur Weißglut und war ein übler kleiner Gangster, aber ich konnte ihn respektieren.

Ich nahm meine Brieftasche heraus und fragte: »Habe ich Ihnen schon mal ein Bild von der Tochter des Generals gezeigt?« Ich hatte die Empfindung, daß Kelly mich auch in dem glasklaren Licht betrachtet hatte, wie ich ihn, denn er beugte sich menschlich interessiert vor und sagte nein.

Aber ich vergriff mich – ich hatte noch nie vorher zwei MIG's an einem Tag abgeschossen – und zog nicht das richtige Bild hervor, sondern eine Aufnahme von Eileen mit ihrer Mutter. Kelly betrachtete das Bild und fragte: »Ist das Schlachtschiff da Ihre Schwiegermutter?«

Ich nahm das Bild wieder an mich und sagte: »Das hier wollte ich Ihnen zeigen.«

Kelly pfiff durch die Zähne und sagte: »Wow! Die füllt ihren Badeanzug aus!«

Ich sagte: »Das soll sie auch.«

Darauf Kelly: »Ein leckerer Bissen. Sogar für 'ne Generalstochter, 'n leckerer Bissen!«

Ich sagte: »Es ist ziemlich aufregend zu wissen, daß so ein Mädchen einen in Kobe erwartet.«

Er fragte: »Haben Sie mal Katsumi gesehen?«

»Wo liegt Katsumi?« fragte ich.

»Ich meine das Mädchen, das ich heirate.«

»Ach so! Entschuldigung, ich kenne mich mit japanischen Namen gar nicht aus.«

»Macht nichts«, sagte er wegwerfend.

Er holte eine kleine P.X.-Aufnahme seines Mädchens heraus. Ich war verlegen, denn diese Katsumi war bestimmt keine Madame Butterfly. Sie hatte ein großes, rundes Gesicht, vorstehende Backenknochen und offensichtlich ölig-schwarzes

Haar. Wer Japan nicht kannte, hätte sie wahrscheinlich für eine Indianerin oder Eskimofrau gehalten. Wer aber je in Tokio war, erkannte sie sofort. Sie gehörte zu dem Millionenheer von Frauen, die nie hübsch sind, Schwerarbeit leisten müssen und in Kleidern stecken, die offenbar aus Mehlsäcken gemacht sind.

Ich mußte natürlich etwas sagen und erinnerte mich Gott sei Dank daran, daß sie in einer Bücherei gearbeitet hatte. Ich sagte also: »Sie sieht sehr gescheit aus.«

Kelly sagte: »Sie ist viel heller als ich.«

Ich wollte gerade gehen, als mir das dem Feldgeistlichen gegebene Versprechen einfiel. Ich fragte Kelly: »Ist das nicht ein großes Risiko?«

»Ich habe keine Angst mehr vor einem Risiko«, antwortete er trotzig.

»Ich meine, wo Sie sie doch nicht nach den Staaten mitnehmen dürfen.«

»Davor habe ich auch keine Angst«, sagte er.

»Wie alt sind Sie eigentlich, Kelly?«

»Neunzehn.«

»Noch ein halbes Kind. Warum überlegen Sie sich's nicht noch mal?«

»Hab' ich. Armee und Luftwaffe und State Department haben sich verschworen, mich am Heiraten zu hindern. Das hat mich in meinem Entschluß nur noch bestärkt.«

»Was meinen Sie mit verschworen?« Ich mag Leute nicht, die sich bemitleiden.

»Als mein Vorgesetzter in Kobe merkte, daß ich es ernst meinte mit Katsumi, hat er mich beim Wickel gekriegt und nach Korea abgestellt. Dann haben die Bonzen in Washington die Sperre heruntergelassen. ›Wer von jetzt an eine Kapanerin heiratet‹, sagten sie, ›erhält keine Erlaubnis, sie nach den Staaten zu bringen.‹ Daraufhin haben sie mich vors Kriegsgericht gestellt, weil ich meine Rückversetzung nach Japan verlangte, um das Mädchen vor Inkrafttreten des neuen Gesetzes zu heiraten. Hat nie geklappt. Und jetzt kommt der Feldgeistliche Feeney jede Woche mit 'ner Broschüre an, die mir beweisen soll, wie blöd ich sei, überhaupt an so was zu denken.«

Er zog eine Schublade heraus und schmiß einen Haufen vervielfältigte Bogen auf den Schreibtisch, die in unserem Abschnitt in Mengen ausgegeben werden, um den jungen

Burschen Vernunft beizubringen. Der oberste trug den Titel »Aber was wird Ihre Familie dazu sagen?« Kelly packte ihn mit seiner haarigen Hand, knüllte ihn zusammen und warf ihn in den Papierkorb.

»Alles haben sie versucht, um uns daran zu hindern. Aber wissen Sie, was ich tue, As?«

»Etwas Saudummes, wette ich.«

»Sehr richtig. Ich bin nämlich so dumm zu lieben. Zufällig liebe ich dieses Mädchen. Und wenn ich meine amerikanische Staatsangehörigkeit aufgeben muß, um sie zu heiraten – okay!« Zitternd vor Wut legte er das Bildchen des Mädchens in den Schreibtisch zurück.

Ich war entrüstet, daß ein Amerikaner es wagte, so etwas zu sagen. Staatsangehörigkeit aufgeben! Ich hatte große Lust, den jungen Idioten am Kragen zu packen und etwas Vernunft in ihn hineinzuprügeln. Ich wollte ihm sagen, daß jeder, der auch nur daran dachte, wegen einer Japanerin seine Staatsangehörigkeit aufzugeben, sofort ... Er wandte sich ab und beschäftigte sich mit seinem Papierkram, als wäre die Unterhaltung für ihn beendet.

Aber so etwas lasse ich mir von niemand gefallen. Ich wurde wütend, packte ihn am Kragen und zog ihn hoch. »Himmelherrgott noch einmal, was glauben Sie eigentlich, wer Sie sind?« schrie ich ihn an.

Aber zu meiner Überraschung ballte er die Fäuste und drohte: »Ich haue zurück, As!«

Einen Augenblick überlegte ich, ob ich diesem Großsprecher eine anständige Tracht Prügel verabreichen sollte, aber ich ließ es dann. Es wäre Mord gewesen. Ich hätte ihn jederzeit untergekriegt. Ich ließ ihn also fahren und sagte wutschnaubend: »Diese verdammte Düsenfliegerei geht verflucht auf die Nerven!«

Kelly befand sich ganz in seinem Element. Er lachte und sagte: »Leute wie Sie könnten wir noch mehr gebrauchen.«

Ich sagte: »Entschuldigung, Joe! Aber es klang so verrückt, als Sie sagten, Sie würden Ihre Staatsangehörigkeit aufgeben – wegen eines Mädchens!«

»Ich bin verrückt«, sagte er. »Ich bin verliebt – wahnsinnig.«

Mir wurde ein bißchen schwindlig, und ich sagte: »Gegen wir in meine Koje hinüber und zwitschern ein Bierchen.«

»Großartig!« rief er und schlug die Schreibtischschublade zu. Während wir durch den Sonnenschein des Spätnachmittags mit seiner leisen Ahnung des kommenden Frühlings gingen, sagte er: »Wissen Sie, As, da drüben im Zelt hatte ich keine Angst, Ihnen eine reinzuhauen. Weil ich wußte, daß Sie mich zwar kurz und klein geschlagen, aber nicht vors Kriegsgericht gebracht hätten.«

»Armer Irrer! Wie Sie sich täuschen können! Ich habe gerade dem Feldgeistlichen erklärt, daß man Sie wegen der Briefeschreiberei an Ihren Kongreßmann vors Kriegsgericht bringen sollte.«

»Ich meine, Sie würden mich nicht aus persönlichen Gründen melden.«

Ich überlegte einen Augenblick und sagte dann: »Nein, ich glaube, da haben Sie recht.«

»Also«, sagte er.

Wir gingen in meine Koje und tranken eine Flasche Suntory. Ich sagte zu Joe: »Ich glaube, die Japsen brauen das Zeug aus alten Bauernsocken.« Aber Joe nahm einen riesigen Schluck und rief begeistert: »Wow, das ist ein richtiger Männertrunk!«

Ich merkte, daß er jemand sein Herz ausschütten wollte. Er fragte mich: »Sie halten mich wirklich für wahnsinnig, nicht wahr? Die Burschen in der Kantine denken's auch. Das heißt ...« Er machte eine Pause, sah mich vorsichtig an und fuhr fort: »Das heißt, einige von ihnen. Aber wissen Sie, es ist komisch, As. Nachts in den Kojen hören Sie nie einen Mann über seine japanische Frau klagen. Sie hören einen Haufen andere Kerle über ihre Frauen schimpfen. Aber nicht die, die eine Japanerin zur Frau haben.«

Dies klang so unwahrscheinlich, daß ich zuerst einmal einen langen Schluck aus der Pulle nahm und dann fragte: »Wie kommt das?«

»Mag altmodisch klingen, As, aber es muß Liebe sein. Wenn ein Weißer bei unserem guten Luftwaffensold losrennt und ein gelbes Mädchen heiratet, muß es Liebe sein.«

»Lächerlich!« Es zuckte mir in den Fäusten, dem Burschen doch noch Vernunft einzubleuen, aber er griff wieder nach der Flasche, und ich sagte: »Ich bin zum Beispiel verliebt. Die Hälfte der Männer, die ich hier herum kenne, liebt ein Mädchen irgendwo in den Staaten. Was ist denn so Besonderes daran, eine Japanerin zu lieben?«

Er antwortete: »Haben Sie mal nachts in den Kojen gelegen?

Männer mit amerikanischen Frauen reden davon, daß ihr Jüngster jetzt Hosenträger kriegt, und von Klubfesten und welche Automarke ihre Frau gerade gekauft hat. Aber die mit Japanerinnen verheirateten Männer erzählen Ihnen nur eines. Was für eine wundervolle Frau sie haben. Das kann nur Liebe sein. Ganz klar.«

Er brachte mich ein bißchen in Verwirrung, denn genau das hätte er von meiner eigenen Familie sagen können. Mein Vater war General mit vier Sternen und genoß durch seine Erfolge bei Guadalcanal und auf den Philippinen einen Mordsruf in der Armee. Meine Mutter hatte ein paar Geschichten geschrieben, die im *Atlantic Monthly* erschienen waren. Sie waren reizende, großartige Menschen, aber verliebt waren sie nie ineinander. Ich kann mir vorstellen, daß mein Vater nachts in seiner Koje auch einmal von meinen Hosenträgern und dem neuesten Auto gesprochen hatte, das meine Mutter fuhr. Und ich bin sicher, daß er nie von Liebe gesprochen hatte.

Ich sagte: »Ich weiß eine bessere Erklärung. Die Burschen mit japanischen Frauen sind bedeutend jünger. Die haben noch keine Kinder, über die sie reden können.«

Joe überlegte einen Augenblick, nahm noch einen Schluck und sagte: »Vielleicht haben Sie recht, As. Aber bei mir trifft's nicht zu. Wenn ich Katsumi sehe, weiß ich, daß ich eine Frau habe, die mir das Herz bis an mein Lebensende zum Springen füllt.« Er ließ seine Augen durchs Zelt wandern, als ob er sich seine nächste Bemerkung überlegen wollte. Dann rückte er damit heraus: »Sagen Sie, As, haben Sie auch so ein Gefühl, wenn Sie an Ihr Mädchen denken?«

Da hatte er mich. Ich war Berufssoldat. Meine Zukunft war klar vorgezeichnet, und ich wußte, daß ich nie ein Mädchen haben würde, deren Anwesenheit mir das Herz zum Springen füllte. Unter uns jungen Offizieren gab es keine solche Liebe. Man sah sich die heiratsfähigen Kandidatinnen an, und wenn man ein gut aussehenden, solides Mädchen gefunden hatte, von dem man annehmen konnte, daß es ein Leben lang mit einem aushielt, dann griff man zu. Wenn es dann noch aus einer Soldatenfamilie stammte, wie Eileen, um so besser. Aber ich konnte Kelly nicht erklären, daß Eileen die beste Frau für einen Luftwaffenoffizier abgeben würde und doch nicht so war, wie er es beschrieben hatte.

Ich sagte: »Besuchen Sie mich mal in zehn Jahren und Sie werden einen glücklichen Mann sehen.«

Er nahm einen letzten Schluck und rief: »Glaub' ich Ihnen, As. Junge, Junge, so wie Sie gibt's unter Millionen nur einen! As, Sie sind einer der wenigen Offiziere, mit denen man sprechen kann.« Er schüttelte mir ungelenk die Hand und trottete in die staubige Lagergasse hinaus. Dann sah er zurück und rief: »Junge, As! Wir schaffen's! Wir heiraten!« sprach's und stolperte in die Kantine.

## 3

Montag flogen Private Kelly und ich mit derselben Maschine nach Japan, und als ich sah, wie er sich strahlend vor Freude auf das Wiedersehen mit seinem Mädchen auf seinem Sitz festschnallte, wurde mir bewußt, welche verschiedene Bedeutung diese Flugreise für uns beide hatte. Er eilte in die Arme seiner plumpen, dicken Katsumi und ich in eine Zukunft, die niemand voraussehen konnte. Ich flog der großen Überraschung entgegen, die General Webster für mich vorbereitet hatte: ein sicherer Posten am Schreibtisch, Heirat mit seiner schönen Tochter Eileen und in wenigen Jahren sichere Beförderung zum Oberst und vielleicht zum General.

Ich sprach während des Fluges nicht mit Kelly, weil ein paar Obersten an Bord waren und ich es für ratsam hielt, mich zu ihnen zu setzen und über die russischen Piloten, auf die wir über Korea gestoßen waren, Meinungen auszutauschen. Aber als wir gelandet waren, kamen die Sanitäter an Bord, um die Maschine zu desinfizieren, und während ich im Längsgang stand, flüstere Kelly mir zu: »As, Sie sind der einzige Freund, den ich hier kenne, und da Sie von der Staffel sind …« Ich glaubte, er wollte mich ampumpen, und war im Begriff, die Brieftasche zu zücken, als er fortfuhr: »Ich dachte, ob Sie nicht mein Trauzeuge sein wollten, Sonnabend?«

Die Obersten fingen an auszusteigen, so daß ich nicht länger herumstehen und mich unterhalten konnte. Meine ganze Haltung, meine Erziehung und Erfahrung sagten nein. Aber in der Eile platzte ich mit »okay« heraus.

»Danke«, sagte er, und als er über den Flugplatz stapfte, O-beinig und wie ein schnoddriger Gangster, dachte ich bei mir, daß dieser dickschädelige, blonde Junge nicht gerade dem entsprach, was man in der Literatur unter einem großen Liebenden verstand. Man dachte nicht an Private Kelly, wenn man sich einen Helden vorstellte, der durch den lodernden Feuerring springt, um seine Prinzessin zu befreien. Man konnte ihn sich eher als hemdsärmeligen Frechling in einer Tankstelle vorstellen, der ein paar in einer alten Fordkiste vorüberfahrenden Backfischen unverschämte Pfiffe nachschickt. Und doch – da ging er hin und heiratete eine Asiatin in einem fremden Land. Ich mußte zugeben, daß er Schneid hatte.

Ich blickte ihm noch nach, als General Webster meinen Namen rief, und als ich mich umdrehte, stand auch Mrs. Webster da. Ich rief: »Welche Überraschung! Wann sind Sie angekommen?«

Mrs. Webster war eine gut aussehende Frau, von der Art, wie man sie auf Reklamebildern sieht: Weißhaarig, im Tailormade-Kostüm und mit dem erfahrenen Rat an junge Bräute, nur den Sowieso-Staubsauger zu kaufen, weil er besser sei als die anderen. In der Armee war es überall bekannt, daß Mark Webster seine Karriere hauptsächlich dieser blendenden und energischen Frau verdankte. Ich hörte meinen Vater einmal sagen, als einige seiner früheren Kameraden von der Kadettenschule ihn besuchten, »Mark Webster war in West Point schon ein unvermeidlicher Oberst. Aber zu mehr hätte es auf keinen Fall gereicht. Da kam diese großartige Frau daher und machte einen General aus ihm.« Das sagte er ohne Spott – und ohne Neid.

Als Mrs. Webster mich sah, eilte sie mir entgegen und gab mir einen Kuß auf die Wange. Ich mußte so tun, als ob ich nicht wüßte, wo Eileen war, und fragte: »Was macht Eileen?«

Die beiden Verschwörer blinzelten sich zu, und Mrs. Webster antwortete: »Sie arbeitet immer noch in der Ölfirma. Aber sie langweilt sich in Tulsa ohne Sie.«

»Na, und wie ich mich in Korea ohne Eileen gelangweilt habe!«

General Webster sagte: »Ich hoffe, es ist Ihnen recht, daß ich Sie von den Russen da drüben weggeholt habe.«

»Offen gesagt, Sir, war ich sehr damit einverstanden. Ich fing langsam an, ein bißchen zappelig zu werden.«

»Well, jetzt fahren wir nach Kobe hinein und zeigen Ihnen,

was wir mit Ihnen vorhaben. Sie kommen in den Luftwaffenverbindungsstab, verstehen Sie? Aber Sie brauchen erst in einer Woche anzufangen.«

»Fein, da kann ich tüchtig ausschlafen«, sagte ich und sah nicht, wie die Websters in sich hineinlachten.

Er führte mich zu einem schwarzen Cadillac mit einem hellroten Stern am Nummernschild. Er hatte von jeher eine Neigung zum Dandy, zehn Pfund Untergewicht, besonders knapp sitzende Uniformen und immer in Gesellschaft smarter Burschen vom Hauptquartier. Offiziere wie ihn nannten die Soldaten ›pinnig‹, weil er peinlichst auf Ehrenbezeigungen, geradesitzende Mützen und blitzblank geputzte Schuhe achtete. Er nahm übertrieben lange Schritte und sah jedem mit einem bewußt herzhaften Blick in die Augen. Da ich meinen Vater gut kannte und in ihm den geborenen General sah, der Nebensächlichkeiten immer beiseite schob, direkt zum Kern eines Problems durchstieß und blitzblanke Schuhe und zackige Ehrenbezeigungen anderen überließ, hatte ich Mark Webster oft im Verdacht, nur General zu spielen. Einmal sagte ich das auch zu meinem Vater, der darauf sehr böse wurde. Er sagte: »Hör zu, du Alleswisser! Die Armee braucht verschiedene Arten von Generalen. Mark Webster kann zum Beispiel ein Dutzend Dinge, die ich nicht kann.« Dann verfinsterte sich sein Gesicht, und er fuhr fort: »Nicht, daß ich besonders scharf darauf wäre. Aber unterschätze mir die Männer nicht, die den Laden in Schuß halten!« Ungefähr drei Tage darauf aßen wir in einem Restaurant, dessen schicke Kellner in Gehabe und Bedienung furchtbar angaben. Mein Vater sagte: »Ich bewundere immer Oberkellner, die äußerlich vollkommen kühl so einen Laden in Schuß halten.« Ich fuhr mir mit der Hand über den Mund und murmelte: »Genau dasselbe hast du neulich über General Webster gesagt.« Er sah schnell auf, überlegte einen Augenblick und antwortete: »Wahrscheinlich habe ich es so gemeint – wenn ich es gesagt habe.«

Aber auf der Fahrt vom Flughafen in die Stadt war General Webster gar nicht in der Stimmung, große Schritte zu nehmen. Er war nicht der elegante, urbane Offiziere, als der er sich sonst gab. Tatsächlich war ihm nicht wohl; aber erst, als wir mitten in Kobe waren, entdeckte ich, was mit ihm los war. Mrs. Webster hatte wieder einmal die Hosen an.

Wir fuhren an einer Ecke vorbei, an der ein halbes Dutzend einfacher Soldaten herumlungerte – wir hatten Befehl erhalten, sie nicht mehr GI's zu nennen. Sie waren von der koreanischen Front nach Kobe in Erholungsurlaub geschickt worden. Und wie die meisten Soldaten, erholten sie sich zuerst einmal mit Straßenmädchen. Fünf dicke Japanerinnen standen um sie herum, und als wir vorüberfuhren, schlug der eine einem Mädchen gerade auf den Hintern. Die kreischte.

»Siehst du, das meine ich«, sagte Mrs. Webster.

»Kobe ist ein Erholungszentrum«, sagte der General grimmig. »Ich kann daran nichts ändern.«

»Es ist unerhört!«

»Weiß ich«, schnauzte der General.

»Außerdem entehrt es die Uniform.«

»Es gibt keine Vorschriften dagegen«, murmelte der General und lehnte sich unwillig zurück.

Als Mrs. Webster merkte, daß sie beim General nichts ausrichtete, wandte sie sich an mich: »Was halten Sie davon Lloyd?«

»Ziehen Sie mich bitte nicht in eine Debatte mit einem General!« bat ich.

General Webster richtete sich auf. »Nein, im Ernst, Gruver. Wie denkt ihr jüngeren Offiziere darüber?«

Ich wollte gerade antworten, daß ich nie verstanden hätte, wie ein Offizier mit Selbstachtung ein Verhältnis mit einer Japanerin haben konnte, als ich den Mund wieder schloß. Denn direkt vor unserem Cadillac kam ein baumlanger Marineleutnant aus einem Laden für Nylon-Unterwäsche in Begleitung der ersten schönen Japanerin, die ich gesehen hatte, heraus. Sie hatte schwarzes Haar, war schlank und nicht schlitzäugig. Und sie lachte. Irgendwie hatte ich mir japanische Frauen nie lachend vorstellen können. Aber dieses ungewöhnlich hübsche Mädchen lachte und klemmte ihr Päckchen mit der Nylon-Unterwäsche unter den linken Arm. Dann, wie irgendeine amerikanische Frau mitten im Verkehrsgewühl, nahm sie ihren Mariner an der Hand und lächelte dankbar zu ihm auf.

»Einfach unerhört!« schnaubte der General.

Mrs. Webster beugte sich vor, um den Mariner und sein Mädchen besser sehen zu können. »Mein Gott! Und es ist sogar ein gut aussehender junger Mann!« rief sie erstaunt aus.

»Wahrscheinlich aus guter Familie. Was hat der bei einer Japanerin verloren?«

Ich hätte ihre Frage sehr genau beantworten können, hielt aber wohlweislich den Mund und tauschte einen Blick mit dem General. Ich sah deutlich, daß er dieselbe Antwort auf den Lippen hatte und sie aus demselben Grund unterdrückt hatte wie ich. Mrs. Webster sah uns beide an und fragte: »Ist es wahr, Mark, daß einige unserer jungen Männer solche Mädchen tatsächlich geheiratet haben?«

»Ungefähr 10000«, erwiderte der General trocken.

»Das kann ich einfach nicht glauben! Gelbe Frauen als Mütter in amerikanischen Heimen! Selbst die armen Burschen, die im letzten Krieg Französinnen geheiratet haben ... Erinnerst du dich noch an diese schrecklichen Farringdons in Camp Polk?«

General Webster fragte mich: »Ist aus Ihrer Einheit jemand mit 'ner Japanerin verheiratet?«

Ich antwortete: »Ich habe letzten Freitag den ganzen Nachmittag mit einem neunzehnjährigen Jungen herumgestritten, der entschlossen ist, eine von ihnen zu heiraten.«

»Wie bedauerlich!« seufzte Mrs. Webster. Sie war ganz Mitleid, und es war offensichtlich, daß sie jeden neunzehnjährigen Jungen bedauerte, der sich fern der Heimat mit einem japanischen Mädchen eingelassen hatte.

In diesem Augenblick kam ein dicker Major von der Armee, offenbar ein Reserveoffizier, die Straße herunter und betrachtete sich die Schaufenster, wie er das in San Francisco oder sonst einer amerikanischen Stadt getan hätte. An seinem Arm eine Japanerin, die sich ebenfalls interessiert die Auslagen besah. Einige Offizierskameraden kamen vorbei, und der dicke Major blieb stehen und stellte sie seinem Mädchen vor, genau, als ob es ein Mädchen in den Staaten gewesen wäre, mit dem er auszugehen pflegte. Das Mädchen plauderte einen Augenblick mit den anderen Offizieren und zog dann ihren Major weiter.

»Du mußt etwas dagegen tun«, sagte Mrs. Webster böse. »Wenigstens bei den Offizieren.«

Der Cadillac hielt vor dem Camp Kobe, und General Webster sprang aus dem Wagen und sagte: »Ich habe noch etwas Unangenehmes zu erledigen. Nancy, du fährst am besten in den Klub. Lloyd und ich kommen bald nach.«

Mrs. Webster lächelte mir geheimnisvoll zu. »Es gibt im Klub heute einen besonderen Lunch für uns. Man könnte beinahe sagen, etwas Außergewöhnliches.«

In seinem Vorzimmer forderte mich der General auf, auf einem mit japanischer Fichte eingelegten und sehr eleganten Sofa Platz zu nehmen, und sagte zu seinem Adjutanten: »Schön, schicken Sie ihn herein.« Ein Oberst mit glänzend gewichsten Stiefeln verschwand in einem anderen Zimmer und sagte herablassend: »General Webster ist jetzt für Sie zu sprechen.«

Und durch die Tür trat der O-beinige Luftwaffensoldat Kelly. Ganz nach den Regeln der Luftwaffe verriet er mit keinem Blick, daß er mich kannte, sondern sah stur geradeaus und folgte dem todschicken Oberst. Aber in dem Augenblick, in dem er durch die Tür des Generalszimmers trat, zuckte er mit den Schultern.

Ich studierte die Karten im Wartezimmer des Generals und blätterte sein Exemplar des *Infantry Journal* durch, aber meine Lektüre wurde unterbrochen, als ich den General brüllen hörte: »Warum zum Teufel wollen Sie sie eigentlich heiraten?«

Dann hörte ich den Oberst in eindringlicherem Ton sagen: »Aber Private Kelly, wenn Sie sie wirklich heiraten, können Sie sie doch nicht nach den Staaten nehmen.«

Kellys Antwort klang zu gedämpft, als daß ich sie verstehen konnte. Aber aus dem folgenden schloß ich, daß sie ungefähr so gelautet haben muß: »Ich will nicht nach den Staaten zurück«, denn der General schrie ihn an: »Bei Gott, ich schicke Sie einfach zurück, ob Sie wollen oder nicht! Oberst, schicken Sie diesen jungen Burschen nach Hause. Heute abend noch!«

Und jetzt hörte ich zum erstenmal Kellys Stimme. Er sagte: »Ich gehe nicht in die Staaten zurück.«

Der General ging in die Luft. »Was? Sie gehen nicht?«

Und Kelly antwortete: »Nein, ich gehe nicht. Weil Kongreßmann Shimmark die Sache für mich geordnet hat, daß ich heiraten kann.«

Ich habe festgestellt, daß überall beim Militär – sei es in der Armee, Luftwaffe oder Marine – sofort eine merkwürdige Stille eintritt, wenn jemand den Kongreß erwähnt. Ich erinnere mich an Erzählungen über die Zeit, als mein Vater auf den Philippinen festsaß. Er bekam seinen vierten Stern während der

Kämpfe, und MacArthur hätte tot umfallen können, er hätte sich nicht einmal nach ihm umgedreht; Nimitz galt nichts, und Roosevelt konnte ihn kreuzweise. Da tauchte ein einssechzig großer Kongreßmann auf, und mein Vater wurde butterweich. Weil er wußte, daß der Kongreß das Militär in der Hand hat. Er genehmigt das Budget.

Daher zuckte General Webster vor dem Namen des Kongreßmannes Shimmark zurück. »All right«, tobte er, »von mir aus können Sie Ihr Leben ruinieren. Ich habe meine Pflicht getan. Ich habe alles versucht, Sie davon abzuhalten.« Dann wandte er sich offenbar an den Oberst, denn ich hörte ihn schnauzen« »Besorgen Sie alles für die Hochzeit dieses jungen Dummkopfs. Wird nicht mehr lange dauern, und wir sind 'ne Kleinkinderbewahranstalt.«

Mit zusammengepreßten Lippen führte der Oberst Kelly ins Wartezimmer zurück. »Was fällt Ihnen ein«, zischte er wütend, »so mit einem General zu reden?«

Aber Kelly antwortete mit großer Bestimmtheit: »Ich lasse mir nichts mehr gefallen. Ich heirate.«

An der Tür sagte der Oberst zu ihm: »Sie werden es Ihr Leben lang bereuen.«

Kelly sah den Oberst an und lachte. Dann fiel sein Blick auf mich, und er zuckte wieder die Schultern. »Sonnabend«, sagte er schnell durch die Zähne.

Nachdem er gegangen war, erschien der General. Sein Gesicht war rot vor Wut, und er murmelte: »Bei Gott, früher hätte man so einen unverschämten Kerl in den Bunker geworfen. Aber heute, in der neuen Armee, kann jeder junge Hund an seinen Kongreßmann schreiben. Verdammt noch mal! Ich wünschte, alle Kongreßmänner würden tot umfallen.« Aber er sah sich rasch im Raum um, ob jemand seine Bemerkung gehört hatte.

Der Oberst wollte witzig sein und sagte: »Man kann Männer nun einmal nicht hindern, Frauen zu heiraten.«

Der General blitzte ihn an, als ob er platzen würde, und sagte grollend: »Aber man kann Offiziere der U.S.-Armee daran hindern, sich in der Öffentlichkeit unsterblich zu blamieren. Und das werde ich tun, darauf können Sie sich verlassen!«

Dann sah er mich, nahm mich am Arm und sagte: »Lloyd, ich wünschte wirklich, diese Dussels, die ich unter mir habe, wären so vernünftig wie Sie. Aber Sie sind auch in einer Tradition groß geworden, die den Dienst an der Nation allem voranstellt. Sie wissen, was eine Uniform bedeutet.« Er sah sich nach seinem Cadillac um, der noch nicht zurückgekehrt war, und nahm schließlich einen Buick. Sobald wir eingestiegen waren, sagte er: »Da wir gerade von Eileen sprachen, gehen wir essen.«

»Ich habe nicht von Eileen gesprochen«, sagte ich lachend.

»Aber ich«, sagte er. »Weil ... ich meine ... weil es einfach unvorstellbar wäre, daß diese Offiziere mit ihren Japanerinnen die Straßen auf- und abparadierten, wenn sie je saubere, anständige amerikanische Mädchen wie Eileen kennengelernt hätten ...«

Er drehte sich plötzlich um, und seine Stimme überschlug sich förmlich. Denn auf der anderen Seite der Straße standen der dicke Major und sein japanisches Mädchen vor einem Schaufenster. Sie sahen sich Kleider an und hielten sich im Sonnenschein des Frühlingstages an der Hand. Der General beugte sich vor und fragte den Fahrer: »Ist das nicht Major Bartlett?«

»Ja, Sir.«

»Ein Schuhverkäufer im Zivilleben«, knurrte der General. »Was kann man schon erwarten?«

Der Fahrer verbesserte ihn. »Major Bartlett ist der, dem die Tankstellen gehören, Sir.«

General Webster setzte sich wieder zurück. »Mein Gott, was für eine Armee!« seufzte er.

Wir fuhren an dem japanischen Luxushotel vor, in dem sich der Offiziersklub befand, und ich merkte, wie der General sich auf die Aussicht freute, mich mit Eileen zu überraschen. Tatsächlich war ich selbst ziemlich aufgeregt, denn ich hatte Eileen über ein Jahr nicht gesehen. Rasch tätschelte ich meine Brieftasche und folgte dem General die Marmortreppe hinauf.

Ein japanischer Portier begrüßte den General. Ein japanischer Empfangschef übergab ihm einige Papiere. Ein japanischer Liftboy fuhr uns schnell in sein Appartement hinauf, und ein japanisches Zimmermädchen eilte uns dienstbeflissen auf dem Gang voraus. Ein japanischer Diener öffnete uns freundlich grinsend die Tür, und ein japanisches Hausmädchen verbeugte sich aus Achtung vor dem General beinahe bis zum Boden.

Ich stand stramm und wartete, bis die hohen Türen zur Bibliothek sich öffnen würden, und sagte mir immer wieder vor:

»Aufpassen, Dussel, du mußt jetzt überrascht aussehen!« Aber ich brauchte das Selbstraining nicht, denn Eileen trat unerwartet durch die Tür des Vorzimmers herein und sah doppelt so entzückend aus wie in meiner Erinnerung. »Wow!« rief ich und eilte auf sie zu. Dabei bemerkte ich, daß ihre Rundungen noch reizvoller geworden waren und daß sie ungeheuer gewann, wenn sie lächelte.

Sie kam mir entgegen, und wir küßten uns, und ich sagte: »Wow! Ist das ein herrliches Willkommen für einen Krieger aus Korea!« Und sie sagte: »Ich wollte dir sofort kabeln, als die Armee mir die Einreiseerlaubnis für Japan gab, aber Mutter meinte, wir sollten dich überraschen.«

Mrs. Webster unterbrach: »Wir wollten Ihre Gedanken nicht vom Fliegen ablenken«, sagte sie.

Eileen fragte: »War es schlimm diesmal?«

»Sie haben ihre ersten Kanonen eingesetzt.«

Ich hielt sie an den Händen fest und trat einen Schritt zurück, um sie zu betrachten. »Frisur geändert, hm? Ach, dein schönes blondes Haar, wo hier alle schwarz sind! Und dein Kleid ... Scheint an den richtigen Stellen ausgefüllt zu sein – süß.«

»Soll es auch«, lachte Eileen. »Ich bin auch an den richtigen Stellen ausgefüllt.«

General Webster hüstelte, und ich sagte: »Du bist viel hübscher als alle Photos, die du mir geschickt hast – außer vielleicht das besondere im Badeanzug. Junge, Junge, war der vielleicht ausgefüllt!«

Eileen sagte: »Der war zu ausgefüllt. In dem Sommer wog ich sieben Pfund mehr!«

General Webster fragte: »Was meint ihr, könnten wir jetzt zum Essen hinuntergehen?«

Aber Mrs. Webster genoß die romantische Szene, die sie herbeigeführt hatte, viel zu sehr. Sie sagte: »Zuerst wollen wir auf das junge Paar trinken.« Sie brachte einen Satz funkelnder Weingläser an und erklärte: »Aus dem P.X. Der kleine japanische Verkäufer sagte mir, sie würden direkt in Kobe fabriziert.«

General Webster schenkte den Sherry ein und hob pathetisch sein Glas: »Auf das Liebespaar!« Dann sah er seine Frau an und meinte: »Was für ein häßliches Wort! Ein Liebespaar – sind das nicht Franzosen, die in einer Mansarde wohnen und sich nie heiraten?«

»Nein!« rief Eileen. »Ein Liebespaar sind Leute aus einem englischen Film, die in einem Cottage auf dem Land wohnen und von der Frau Pfarrer geschnitten werden.«

»Auf jeden Fall ein unangenehmes Wort.« Er goß wieder ein und sagte: »Auf Major Lloyd Gruver und Eileen Webster von der Luftwaffe der Vereinigten Staaten. Das klingt verdammt amerikanischer und verdammt gesünder.«

Mrs. Webster lachte. »Du hast recht, Mark. Aber das Wort hat noch eine andere und durchaus gute Bedeutung. Nette amerikanische Durchschnittsleute, gleich welchen Alters, die sich lieben – selbst wenn sie sechsundzwanzig Jahre verheiratet sind.« Und sie ging zu ihm und küßte ihn herzlich.

Meine eigenen Eltern hatten sich nie sehr gut verstanden, und etwa von meinem zehnten Lebensjahr an wurde mir klar, daß ungeachtet der vielen Beförderungen meines Vaters und gleichgültig, wie durchschnittlich die militärische Karriere Mark Websters verlaufen würde, meine Eltern die Websters beneideten, weil Mark und Nancy sich liebten und meine Eltern sich nicht liebten. Manchmal ließ mein Vater seine Verachtung für Mark Websters Pantoffelheldentum durchblicken, und meine Mutter, die aus einer berühmten deutschen Familie in Lancaster, Pennsylvanien, stammte und die meiste Zeit dort in ihrem Freundeskreis lebte, sprach mit bedauerndem Ton von Nancy Webster, »die in der Welt herumzieht wie eine Marketenderin«.

In diesem Augenblick nun, in dem Hotelzimmer in Kobe, als die beiden Websters sich küßten, teilte ich die Gefühle meiner Eltern und sah zum erstenmal mit einem leisen Schrecken voraus, daß ich als Gatte Eileens wahrscheinlich viel eher meinem Vater ähneln würde als Mark Webster. Ich würde immer irgendwie zurückhaltend sein; und doch, wie ich jetzt vor Eileen stand und sah, wie blendend schön sie war, war ich überzeugt, daß ich sie tief liebte – auf meine Weise und meines Vaters Weise. Und ich dachte in diesem flüchtigen Augenblick, daß meine partielle Liebe, wenn man sie so nennen konnte, zur Gründung einer soliden Familie wie der meines Vaters führen könnte, zu hohen Ehren in der Luftwaffe, wie er sie in der Armee erreicht hatte, und zu einer festen Position in der guten Gesellschaft, wie meine Mutter sie in Lancaster genoß. Ich sagte mir: »Das ist eben die Liebe des Soldaten.«

Aber Mrs. Webster, die meine Eltern gut kannte, mußte meine Gedanken erraten haben, denn sie rief über die Schultern ihres Mannes: »Küssen Sie Ihr Mädchen, Lloyd!«

Was ich tat. Der General fragte wieder: »Können wir jetzt essen gehen?«

Wir gingen in den Speisesaal hinunter, wo der japanische Chef-Kellner einen wundervollen Tisch mit Blumen und einer Kirche aus Eis für uns hatte vorbereiten lassen. Drei japanische Kellner schoben uns die Stühle unter, und eine dreiköpfige japanische Kapelle spielte den Hochzeitsmarsch aus Lohengrin im Jazz-Rhythmus. Die am Nebentisch sitzenden Offiziere erhoben sich und applaudierten, aber der Lunch war von vornherein verdorben, weil am anderen Nebentisch der Marineleutnant mit seiner schönen Japanerin und neben der Kapelle der dicke Major und seine schaufensterbummelnde Freundin saßen.

Mrs. Webster zerrte an ihrer Serviette herum und sagte: »Wenn ich wüßte, daß es dir nicht peinlich wäre, würde ich sofort aufstehen und gehen. Wer hat eigentlich den Krieg gewonnen, frage ich?«

Eileen berührte den Arm ihrer Mutter und flüsterte: »Es sind reizende Mädchen. Bitte, mach keine Szene!«

Mrs. Webster beruhigte sich und begann, mit ihrem Löffel in der Tasse herumzufahren. Aber bald hörte sie auf. »Mir ist der Appetit vergangen«, sagte sie mit Entschiedenheit.

Der Lunch war eine Katastrophe, und sobald General Webster sich anstandshalber erheben konnte, nahm er mich am Arm, schieppte mich in sein Büro zurück und schrie seinen Adjutanten an: »Holen Sie mir Major Bartlett her!« Dann ließ er seine Sekretärin kommen und diktierte ihr eine scharfe Dienstvorschrift: »Ab sofort! Japanische Staatsangehörige sind von Veranstaltungen des Offiziersklubs Kobe, besonders, jedoch nicht ausschließlich, von den Mahlzeiten im Speisesaal ausgeschlossen.«

»Heften Sie es überall sichtbar an!« sagte er, und als sie hinausging, bellte er ihr nach: »Achten Sie besonders darauf, daß ein Exemplar in jedem Lift hängt.«

Als Major Bartlett hereinkam, fraß ihn der General förmlich auf. Der dicke Major, einer der besonders aufreizenden Zivilisten, die das Militär nicht ernst nehmen, machte sich nicht einmal die Mühe strammzustehen.

»Ihr Benehmen ist eine wahre Schande!«

»Jawohl.«

»Was heißt hier ›jawohl‹? Sie haben keine Ahnung von militärischem Benehmen, sonst würden Sie nicht Süßholz raspelnd die Straßen entlangbummeln und ihr japanisches Mädchen am Händchen halten.«

»Jawohl.«

»Zum Donnerwetter! Diese Leute waren noch vor kurzem unsere Feinde!«

»Meine nicht. Ich war in Deutschland eingesetzt.«

»Nun, sie waren die Feinde unseres Landes. Sie haben für Ihr Land einzutreten.«

»Jawohl«, murmelte der Major mit beleidigendem Unterton.

»Haben Sie verstanden, daß Sie dieses Mädchen nicht mehr in den Klub bringen dürfen?«

»Jawohl.«

Das machte den General nur noch wütender. Er sagte in scharfem Ton: »Und in der Öffentlichkeit haben Sie sich auch nicht mehr mit ihr sehen zu lassen.«

Der Major warf mir einen Blick zu, hob leicht die Augenbrauen und sagte: »Jawohl.«

Jetzt verlor der General die Geduld. Er sagte scharf: »Major Bartlett, ich habe Befehl erhalten, Ersatz nach Korea abzustellen. Ich glaube, Sie melden sich da am besten.«

»Jawohl.«

Jetzt wurde mir's langsam zu bunt. Ich rief: »Jawohl, *Sir!* Sie wissen doch, daß Unverschämtheit gegenüber militärischen Vorgesetzten bestraft werden kann.«

»Jawohl, Sir!« sagte der Dicke zu mir und nickte unmerklich.

»Mischen Sie sich nicht ein, Gruver«, befahl mir der General. »Bartlett, der Ersatz geht morgen ab.«

»Jawohl, Sir!« sagte er vorschriftsmäßig und grüßte jeden von uns besonders zackig.

Nachdem er draußen war, sagte der General: »Der unverbesserliche Zivilist. Es hat keinen Zweck, so einen Mann vors Kriegsgericht zu stellen. Vielleicht bringt Korea ihm Schliff bei.«

»Den müßten Sie mir überlassen«, sagte ich.

»Sie werden merken, daß es für die Armee am Ende vorteilhafter ist, wenn sie diese zivilistischen Schlappheiten übersieht.

Aber bei Gott, im Speisesaal braucht man sie sich nicht gefallen zu lassen!«

Als wir am Abend in den Klub zurückkamen und in den Lift traten, bemerkte der General mit Befriedigung, daß seine Dienstvorschrift angeheftet war. Aber als er die mit Maschine geschriebene Seite herunterlas, wurde sein Gesicht puterrot, denn jemand hatte mit Bleistift hingekritzelt: »Gezeichnet: Mrs. Mark Webster.«

»Wer hat das geschrieben?« brüllte der General.

Die kleine Japanerin, die den Aufzug bediente, konnte kein Englisch lesen und hatte keine Ahnung, worüber der General sich so aufregte. Er zeigte auf die Unterschrift und fragte: »Wer das getan?«

»Ich nicht sehen«, antwortete das Mädchen eingeschüchtert in seiner Ecke.

Vor Schreck ließ es den Aufzug über das Stockwerk hinausfahren, auf dem der General wohnte, und bis es ihn wieder unter Kontrolle hatte, hatte der General den Anschlag heruntergerissen. Dann schleppte er das Mädchen in sein Appartement und läutete Sturm nach dem Hotelmanager, der feststellte, daß Major Bartlett nachmittags diesen Aufzug benutzt hatte. Aber es ließ sich nicht nachweisen, wer der Täter war, und bis zum Abendessen wußte jeder Offizier im Hotel von dem Vorfall, denn Reserveoffiziere sind wie Schuljungen – kichernd vor Schadenfreude, wenn den Rektor etwas in Verlegenheit bringt.

Das Abendessen war eine frostige Angelegenheit. Eileen und ich saßen schweigend da und fühlten die haßerfüllten Blicke der Offiziere auf uns, die bislang Japanerinnen zum Essen mitgebracht hatten. Major Bartlett erschien, verbeugte sich zu mir hin, setzte sich genau in die Blickrichtung des Generals und plauderte unbefangen mit ein paar Kameraden, denen er offenbar pikante Geschichten erzählte. Aber das Hauptziel der eisigen Blicke an jenem Abend war Mrs. Webster, die sich nicht das geringste daraus zu machen schien. Sie hatte mit ihrem Mann schon viele Krisen in der Armee durchgestanden – darunter auch einige wie diese von ihr heraufbeschworene –, und sie hatte nie nachgegeben. Mein Vater war mit ihrer Einmischung in Angelegenheiten der Armee nicht einverstanden, sagte aber einmal zu mir: »Wenn du je in Schwierigkeiten gerätst, Lloyd, dann mach's wie Nancy Webster: Kopf hoch und nicht nachgeben!«

Jetzt deutete sie arrogant zu einem Tisch hinüber, an dem drei amerikanische Lehrerinnen mit einigen Zivilangestellten der Betriebsstoffverwaltung der Armee saßen, und sagte so, daß die Nebentische es gerade noch hören konnten: »Ist es nicht reizend, diese hübschen amerikanischen Mädchen da drüben zu sehen?«

Da jemand etwas antworten mußte, sagte ich ziemlich lahm: »Nach Korea ist es wirklich schön, wieder einmal ein amerikanisches Mädchen zu Gesicht zu bekommen.«

Aber ich merkte gleich, wie blöd das klang, und ich brauchte nur zu Major Bartlett hinüberzusehen, um die Peinlichkeit meiner Worte bestätigt zu finden. Er nahm seinen Löffel in die Hand und polierte wie verrückt daran herum. Ich sah ihn scharf an, aber er blickte stur auf seinen Löffel, hauchte ihn an wie einen Apfel, den man blank reibt, und polierte emsig weiter.

Doch eine etwaige Reiberei zwischen dem dicken Major und mir wurde durch das Erscheinen des jungen Marineleutnants und seiner entzückenden Japanerin verhindert. Offenbar kannte er die neue Vorschrift noch nicht, denn er ging ruhig auf einen freien Tisch zu, und alle im Saal sahen erwartungsvoll auf, was sich nun ereignen würde.

Der Chefkellner eilte auf das Paar zu und erklärte dem Mädchen die Lage in schnatterndem Japanisch, worauf das offenbar gut erzogene Mädchen sich in großer Verlegenheit anschickte, wieder zu gehen. Aber der Mariner ließ sich nichts gefallen. Er nahm seine Begleiterin ruhig bei der Hand und führte sie wider ihren Willen an den Tisch zurück. Der Chefkellner wurde wütend. Er zischte das Mädchen an und benutzte anscheinend Wörter, die der Mariner verstand. Denn dieser ließ den Stuhl fahren, den er seiner Begleiterin hinschieben wollte, holte mit der geballten Faust aus und war im Begriff, einen Volltreffer im Gesicht des Kellners zu landen.

Ein anderer Mariner, Böses ahnend, trat dazwischen und packte seinen Kameraden flink am Arm. Dann erklärte er ihm die neue Dienstvorschrift und versuchte, den Unruhestifter scherzhaft zum Gehen zu überreden. Inzwischen aber hatte der Mariner den General und seine Tischgesellschaft im Saal bemerkt. Er fiel aus allen Wolken, schob seine schlanke japanische Freundin hastig zur Tür hinaus und kam an unseren Tisch heran.

»Ich bitte vielmals um Verzeihung, Sir. Ich dachte, man machte einen Scherz mit mir«, sprudelte er heraus.

»Schon gut, schon gut«, sagte der General lachend.

»Verzeihen Sie vielmals, Mrs. Webster.«

Sie lächelte ihm gnädig zu, und der General war vollkommen versöhnt. Er sagte: »Leutnant Bailey, darf ich Sie mit Major Gruver bekannt machen? Er ist ab nächste Woche in Ihren Stab versetzt.«

Der Mariner sagte: »Oh, wir haben schon von Ihnen gehört. Sieben MIG's, nicht?«

Ich kniff das Auge zu, und er sagte: »Wir können Sie gut gebrauchen.« Dann verbeugte er sich und ging. Der General sagte: »Irgendwie muß man die Mariner respektieren. Sind zwar schreckliche Angeber, aber sie wissen wenigstens, was Disziplin ist.«

Mrs. Webster sagte: »Nicht, daß ich eine Abneigung gegen die Japaner hätte. Im Gegenteil! Ich finde, sie sind ein großartiges Volk. So tüchtig und so weiter. Selbst in der kurzen Zeit meines Hierseins haben sie mich mit Liebenswürdigkeiten überhäuft. Aber eine Siegerarmee muß auf ihre Würde achten.«

»Stimmt«, sagte der General. »Aber diese Dummköpfe in Washington wollen jetzt, daß wir sie umwerben. Nancy, wenn du die Anweisungen lesen könntest, die ich darüber bekomme!«

»Ich bin voll und ganz derselben Meinung«, sagte Mrs. Webster entschieden. »Japan ist jetzt ein freies Land, und wir müssen es umwerben und an unsere Seite ziehen. Aber wir dürfen auch unsere Position nicht vergessen. Wir müssen fest bleiben.« Sie beachtete den dicken Major überhaupt nicht und widmete sich mit Genuß ihrem Dinner.

## 4

Am folgenden Freitag gab Mrs. Webster einen auffallenden Beweis dafür, daß sie die Japaner wirklich mochte – sofern sie wußten, wo sie hingehörten. Sie und Eileen holten mich um die Mittagszeit ab und fuhren mich im schwarzen Cadillac eine kurze Strecke aufs Land hinaus. Mrs. Webster sagte: »Ich habe etwas ganz Besonderes für Sie bereit, Lloyd. Wir fahren nach Takarazuka.«

»Wohin?« fragte ich.

»Takarazuka«, wiederholte sie langsam.

»Was ist das?«

»Erstens ist es ein Dorf mit einem entzückenden Zoo. Und zweitens ist es etwas spezifisch Japanisches.«

»Zum Beispiel?«

»Sie werden staunen!«

In wenigen Minuten fuhren wir in die Dorfstraße von Takarazuka hinein. Am Kopfende einer äußerst engen Gasse stiegen wir aus und wanderten in eine Art Märchenland. Denn es war jetzt April, und der Weg vor uns war von Kirschbäumen eingesäumt. Ich hatte noch nie solche Bäume gesehen! Sie hingen über und über voll Blüten und waren grau und von sandigem Purpurrot, reich und zart. Die Äste ließen ihre Blütenpracht auf uns herunterregnen, und dazwischen schimmerte der blaue Frühlingshimmel durch. Der Weg wimmelte von Menschen, die unter den Blüten einem mir unbekannten Ziel zueilten. Da waren Frauen in Kimonos, junge Mädchen mit Ringelsöckchen, alte Männer in Schwarz, Babys in hellen Kleidchen und ein halbes Dutzend blendend schöner Mädchen in einer Art grünem Kleid, das beim Gehen um ihre Fußgelenke wirbelte.

»Was sind das für Mädchen?« fragte ich erstaunt.

»Das sind die Takarazuka-Mädchen«, erklärte mir Mrs. Webster.

»Was bedeutet das?«

»Die berühmteste Mädchentruppe Japans.«

»Und was tun die?«

»Das ist eben die große Überraschung.«

Aber ich wurde noch eine Weile auf die Folter gespannt, denn sie führte uns weiter den Weg entlang, an einer Unmenge kleiner Andenkenläden vorüber, an alten schattigen Bäumen und Eilgaststätten, vor deren Türen Frauen standen und billige Gerichte feilhielten. Wir befanden uns mitten im Herzen Japans, und Mrs. Webster amüsierte sich ebenso gut wie eine echte Japanerin.

Wir waren nur eine kurze Strecke gegangen, als ein schlanker junger Mann in Schwarz auf uns zukam, sich tief verbeugte und den Atem durch die Zähne einzog. »Tausendmal Verzeihung«, sagte er. »Ich habe Sie im Hauptbüro erwartet.« Er führte uns zum Zoo, wo es reizende kleine Seen gab und Blumenrabatten, und wo unter blühenden Bäumen Bänke standen, auf die man sich setzen konnte, um den spielenden Kindern zuzusehen.

Der junge Mann fragte mich in gutem Englisch: »Sind Sie der Flieger, der sieben MIG's abgeschossen hat?« Er war sehr beeindruckt und erzählte: »Ich war auch mal Flieger. Jetzt arbeite ich hier.«

»Was ist das hier eigentlich?« fragte ich ihn leise.

»Kennen Sie es nicht?«

»Nie davon gehört.«

Aber Mrs. Webster merkte, daß wir heimlich sprachen, und rief: »Oh, Lloyd! Seien Sie kein Spielverderber!«

»Ich mag Geheimnisse nicht«, sagte ich.

»All right. Dann gehen wir.«

Sie und der schlanke junge Mann führten uns aus dem Zoo heraus und zu einem riesigen Gebäude hinauf, das wir eine Rüstungsfabrik in Kansas City aussah. Es war ein Theater. Wir gingen auf unsere reservierten Plätze in der vordersten Reihe und saßen vor einer der größten Bühnen der Welt, auf der eine der erstaunlichsten Vorstellungen gegeben wurde, die ich je gesehen hatte.

Ich kann nicht behaupten, daß ich das Stück verstanden hätte. Sein Titel, wie der junge Mann mir sagte, lautete *Sarutobi Sasuke,* was bedeutete: Kleiner Affe Sasuke, wobei Sasuke ein Jungenname ist. Es drehte sich um ein paar Kinder, die in zufälligem Spiel einen Zauberer beschworen, der ihnen half, eine Burg vor dem Feind zu retten. Wer der Feind war und wie die Burg hieß, habe ich nicht verstanden, weil es in Takarazuka nicht so sehr um die Story ging, als vielmehr um die überwältigende Wirkung der Größenverhältnisse.

Das Stück begann um ein Uhr und dauerte bis sechs. Es hatte vierunddreißig Szenen, von denen jede die größte und verschwenderischste war, die man sich denken konnte. Ich habe selbst noch nie eine Ziegfeld-Show gesehen, aber Mrs. Webster behauptete, daß jede einzelne Takarazuka-Szene die beste Ziegfeld-Aufführung bei weitem überträfe. Es gab Musik, Tänze, Lieder; tatsächlich war alles vertreten. In dieser einen Vorstellung wurden zwei Gorillas, ein Jeep, zwei Schweine, ein Zauberer, drei Trios mit verschiedenen Liedern, ein Ballett, ein Fußballspiel, eine Ziege, ein Film, der den Zauberer bei der Arbeit zeigte, ein Opernakt und eine Höhle, mit sich geisterhaft bewegenden Bäumen davor, geboten. Aber vor allem – Mädchen.

Es waren mehr als hundert Mädchen auf der Bühne, und alle blendend schön. Ich dachte bei mir: »Und du hast hinausposaunt, du hättest noch nie eine gutaussehende Japanerin gesehen! Wow!« Gleichzeitig wirkte aber dieses Übermaß an Schönheit irgendwie lächerlich, denn es gab keine männlichen Schauspieler. Die schönsten Mädchen spielten Hosenrollen, und ich flüsterte Eileen zu: »Die könnten ein paar Clark Gables gebrauchen.«

Mrs. Webster hörte mich und lachte: »In Tokio gibt es ein Theater ganz ohne Frauen. Alle Rollen werden von Männern gespielt.«

»Hört sich komisch an«, meinte ich.

»Japanisch«, sagte sie.

Ich bekam die Vorstellung bald über – eine Riesenszene nach der anderen und lauter schöne Mädchen, die sich als Männer produzierten. Ich sagte, ich wäre zum Gehen bereit, wann immer die anderen genug hätten. Eileen sagte: »Ich bin bereit«, und als wir den verdunkelten Mittelgang hinaufgingen, wurden mir die riesigen Ausmaße des Theaters erst richtig klar. Es hatte mindestens dreitausend Sitze. Ich fragte unseren Führer: »Ist es immer so voll?«, denn es gab keinen unbesetzten Platz. Stolz zog er den Atem ein und antwortete: »Jeden Tag im Jahr, und Sonnabend und Sonntag zweimal.« Ich sagte zwar nichts zu ihm, aber ich nahm an, daß so eine Takarazuka-Vorstellung besondere Werte enthalten mußte, die kein Amerikaner voll schätzen konnte, denn ich fühlte mich gelangweilt, und dasselbe war mit Eileen und ihrer Mutter der Fall. Aber die Japaner waren begeistert. Sie saßen aufgeregt auf dem Rand ihrer Stühle, und ihre runden Gesichter strahlen vor Vergnügen.

Wir wollten zu unserem Wagen zurückgehen, aber der Führer hielt uns auf und sagte: »Der Inspektor lädt Sie ein, einer besonderen Probe des Programms für nächsten Monat beizuwohnen.«

»Haben Sie denn zwei Schauspielertruppen?« fragte Eileen noch etwas benommen von den hundertfünfzehn Mädchen, die sie soeben gesehen hatte.

»Wir haben vier«, antwortete der Führer stolz. »Eine spielt hier, eine in Tokio, eine ist auf Tournee, und eine hat Proben.«

Er führte uns zu einer riesigen, leeren Bühne, auf der einige Mädchen in grünen Röcken schwierige Tanzschritte probten, während ein Mann auf dem Klavier eine Melodie spielte, die wie Schubert klang. In einem anderen leeren Raum spielte wieder jemand eine Begleitung, die an Gershwin erinnerte, für ein Trio junger Mädchen, ebenfalls in Grün gekleidete. »Sie tragen die Takarazuka-Tracht«, erklärte uns der Führer.

Dann stand er plötzlich stramm, und die Mädchen hörten auf zu singen. Alles sah nach der Tür, wo ein älterer Mann mit weißem Bart erschien, einen Augenblick stehenblieb und Mrs. Webster entdeckte. Er eilte auf sie zu, verbeugte sich sehr tief und sagte: »Mrs. General Webster! Eine hohe Ehre.« Dann winkte er geringschätzig mit der Hand und sagte: »Nur Probe.«

Als er sich umwandte, tauchte hinter ihm eine entzückende, schlanke Schauspielerin in Schottenrock, braunem Jäckchen und einem kecken grünen Schottenmützchen schief über dem Auge auf. Vor Verblüffung war ich beinahe sprachlos, flüsterte aber dann Eileen zu: »Das ist das Mädchen, das mit dem Marineleutnant im Klub war.« Eileen sah sie genauer an und sagte: »Natürlich, das ist sie.«

Der Inspektor sah, wie wir das auffallende Mädchen anstarrten, und sagte: »Mrs. General Webster und geehrte Gäste, erlauben Sie mir, Ihnen Fumiko-san, eine unserer feinsten Schauspielerinnen, vorzustellen!« Obgleich das Mädchen uns sicher erkannt hatte, ließ es sich nichts anmerken, sondern trat ruhig vor und machte eine tiefe Verbeugung vor Mrs. Webster. Als es mich begrüßte, hielt ich ihm die Hand hin, aber es verbeugte sich wiederum tief, worauf ich meine Hand zurückzog. Dabei sah ich, daß es mit großer Dankbarkeit in den Augen zu mir aufblickte, weil ich vor dem Inspektor nichts von unserer Bekanntschaft verraten hatte. Eileen bemerkte es auch und hatte die Geistesgegenwart zu fragen: »Wir haben Sie nicht auf der Bühne bewundern können, nicht wahr?« Das Mädchen antwortete leise: »Ich nicht spielen diese woche. Ich ... Mond ... Truppe.«

Der Führer erklärte sofort: »Die vier Truppen haben jede einen Namen. Mond, Stern, Schnee und Blume. Man kann sagen, daß Miss Fumiko einer der Stars der Mond-Truppe ist.« Ich wollte gerade antworten, daß ich Miss Fumiko bereits gesehen hätte, aber ein bittender Blick von ihr ließ mich schweigen.

Mit außergewöhnlicher Grazie ging Miss Fumiko zum Klavier, aber ich hörte sie nicht singen, denn als sie anfing, gingen wir auf dem Blumenweg zu unserem Cadillac zurück. Während wir unter den schwankenden Blütenzweigen dahinschritten, bemerkte ich, daß die Läden, an denen wir auf dem Herweg vorbeigekommen waren, große, glänzende Photographien der Hauptdarstellerinnen Takarazukas ausgestellt hatten. Das langsame Vorbeigehen an den Bildern dieser schönen Mädchen, von denen die Hälfte in Männerkleidung aufgenommen war, hatte eine hypnotische Wirkung, aber während ich die Bilder betrachtete, entdeckte Eileen eines der wirklichen Phänomene Japans. »Oh, Geh doch!« rief sie.

Das Stück *Sarutobi Sasuke* war beendet, und aus den Türen der Schauspielergarderoben strömten die Mädchen auf den Blumenweg hinaus. Die jüngsten waren formell in Grün gekleidet, und um sie herum schob sich eine verehrende Menge, die sie berühren wollte, indem sie ihre grünen Kleider anfaßte oder ihnen einen Brief oder ein kleines Geschenk in die Hand gab. Wenn eine besonders berühmte Schauspielerin erschien, brach die Menge in Rufe aus, trat zurück und ließ die Berühmtheit in einer Art höfischen Zeremoniells vorbeigehen.

Die Takarazuka-Mädchen schritten den Blumenweg entlang und ihre grünen Röcke schwangen leise unter den blühenden Kirschbäumen. Ich hörte Seufzer aus der Menge, als die Mädchen um eine Ecke bogen und über eine Brücke auf die andere Seite des Flusses gingen. Dort, so erklärte man mir, wohnten sie in größter Zurückgezogenheit wie Nonnen in Dormitorien. Als sie verschwunden waren, sah sich die Menge vor den Garderobentüren unschlüssig um, als ob nun nichts mehr zu tun wäre, und jetzt erst fiel mir auf, daß sie aus lauter jungen Mädchen bestand. Es waren keine Bühnenausgang-Eckensteher, sondern alles Eckensteherinnen.

Mrs. Webster sagte: »Die jungen Japanerinnen scheinen diese Schauspielerinnen abgöttisch zu verehren.«

Eileen meinte: »Kein Wunder! Sie sind auch schön genug dazu.«

»Aber die Mädchen hier draußen sind so häßlich«, sagte Mrs. Webster. »Hast du je so viele runde, rote Gesichter auf einem Haufen gesehen? So plumpe, kleine Geschöpfe?«

»Ich weiß nicht«, antwortete Eileen. »Amerika kann auch mit einigen aufwarten. Mit dreizehn habe ich mich immer vor den Spiegel gestellt und zu Gott gebetet, er möge mich wie Myrna Loy werden lassen.«

»Ja, aber du warst kein vierschrötiges, kleines Balg! Lloyd, dieses Kind war immer hübsch.« Dann spielte sie ihre Trumpfkarte aus. »Ich bin vom Inspektor zum Dinner eingeladen – von dem netten alten Mann mit dem Bart. Eine wichtige Persönlichkeit. Fahrt ihr zwei nur allein nach Hause.«

Dabei sah sie mich mit unverhohlenem Blick an, als ob sie sagen wollte: »Sie sind achtundzwanzig, Lloyd. Sie hätten Eileen schon vor vier Jahren heiraten sollen. Seien Sie endlich erwachsen.« Und wie immer hatte sie völlig recht. Obgleich sie es war, die unsere Heirat im ersten Jahr verhindert hatte – was ihr natürlich nie bewußt wurde –, und obgleich ich den Krieg in Korea als zusätzliche Entschuldigung vorbringen konnte, habe ich mir nie ehrlich erklären können, warum Eileen und ich noch nicht verheiratet waren. Wir hatten uns Hals über Kopf ineinander verliebt; sie hatte das Risiko übler Nachrede auf sich genommen, als sie mit dem Bus nach einem einsamen Flugstützpunkt in Texas gefahren war, um mit mir eine verrückte Woche zu verbringen. Aber beide wußten wir, daß ich jedesmal zurückzuckte, wenn der große Augenblick einer Entscheidung herannahte. Bei den Düsenmaschinen fühlte ich mich wohl. Bei Frauen nicht. Vielleicht hatte mich wasserscheu gemacht, was ich bei Mrs. Webster und meiner Mutter beobachtet hatte.

Eines Abends hörte ich einen unserer Stabsärzte, im Zivilleben eine große Kanone, in einer Bar sagen: »Man hat festgestellt, daß ein Mann, der aus einem unglücklichen Familienleben kommt, spät heiratet. Es scheint, als ob er erst mit der Liebe bekannt gemacht werden müßte. Wenn er sie in seiner eigenen Familie nicht kennengelernt hat, kann er, theoretisch, ein ganzes Leben ohne Liebe verbringen. Natürlich«, fügte er hinzu, »könnte beinahe jedes Mädchen ihn jederzeit in die Gefilde der Liebe einführen, wenn es sich die Mühe machte. Aber verwöhnte Männer, die sich nicht vor ihrem vierzigsten Lebensjahr verheiraten – das sind die, die die Liebe nie gekannt haben –, sind es selten wert, daß ein Mädchen sich um sie bemüht. Deshalb kann man sagen, daß es Männer gibt, die ein ganzes Leben durchlaufen haben, ohne je diese simple Sache kennengelernt zu haben, die man Liebe nennt. Es hat sich einfach niemand die Mühe gemacht, sie in sie einzuführen.« Ich habe mich oft an diese Worte des Arztes erinnert, sagte mir aber, daß sie nicht auf mich zuträfen, wenigstens nicht in jeder Hinsicht. Es stimmte, daß es meinen Eltern nicht gelungen war, mich von ihrer eigenen Liebe zu Hause zu überzeugen oder mir die Vorstellung eines eigenen Heimes mit der Liebe einer Frau als tragender Säule nahezubringen. Wahrscheinlich war das der Grund, weshalb ich mit achtundzwanzig zwar vage in Eileen verliebt war, aber eben doch noch unverheiratet war. Und das, glaube ich, wußte Mrs. Webster. Und deswegen versuchte sie, uns beide zusammenzubringen.

»Wir treffen uns im Hotel«, rief sie und ging rasch mit dem kleinen Japaner, den sie um mindestens zehn Zentimeter überragte, zu ihrer Verabredung mit dem Inspektor.

Ich hatte schon lange darauf gewartet, mit Eileen zusammenzusein. Sobald Mrs. Webster verschwunden war, zog ich sie in eine Ecke des großen Cadillac und gab ihr einen herzhaften Kuß. Sie sagte: »Auf dem ganzen Flug träumte ich davon, an einem romantischen Ort wie diesem hier mit dir zusammen zu sein.« Sie deutete aus dem Wagen auf die kleinen Reisfelder hart an der Straße und auf die winzigen Häuser hinter Bäumen, an denen wir vorüberfuhren. Die Luft war schwer von süßer Frühlingsstimmung, und als wir die kleinen japanischen Arbeiter die Fußwege in der Abenddämmerung entlangstapfen sahen, fühlten wir uns diesem fremden Land irgendwie verbunden.

Eileen flüsterte: »Ich wollte eigentlich nicht aus Amerika weg ... Der Gedanke ...« sie zögerte, dann fuhr sie fort, »im Ausland zu heiraten, war mir nicht sehr sympathisch. Aber jetzt ...«

Ich tat, als ob ich ihre Bemerkung über die Heirat nicht gehört hätte, und sagte: »Heut war ich sehr stolz auf dich.«

»Worüber?«

»Das Mädchen.«

»Die Schauspielerin?«

»Ja. Du wußtest, daß sie von deinem Vater aus dem Speisesaal gewiesen wurde. Aber du hast sie mit keinem Wort in Verlegenheit gebracht.«

»Warum sollte ich?« Sie kam als Gast in den Klub und schien sehr nett zu sein.«

»Aber deine Mutter ...«

»Ach, Mutter ist in Ordnung. Sie muß nur das Gefühl haben, daß alles nach ihrem Kopf geht.«

Ich fragte: »Ob sie wohl sehr böse wäre, wenn wir uns nicht zum Klub-Dinner einfänden?«

»Sie weiß, daß wir miteinander gehen.«

»Komisches Wort von einem Mädchen, das in Vassar erzogen wurde!«

»Ich bin nicht immer ein Vassar-Mädchen. Laß dich nicht von dem feinen Etikett täuschen. Junge, ich komm' aus Tulsa, wo die jungen Leute miteinander gehen.«

»Also los!«

»Was schlägst du vor?«

»Einen japanischen Nachtklub.«

Sie überlegte einen Augenblick und sagte dann: »Au ja!«

Der Fahrer ließ uns unwillig an einer Ecke aussteigen und zeigte uns noch unwilliger, wie wir durch eine Gasse zu den Fuji Nights kämen, die sich als ein kleiner Raum entpuppten, wo man Bier und gebratenen Fisch bekam. Eine Geisha mit maskenhaft weißem Gesicht, das mit Reismehl gepudert war, setzte sich zu uns und zeigte uns, wie man die Gerichte bestellt. Und bald kamen noch vier Geishas an unseren Tisch und bewunderten Eileens blondes Haar. Eine von ihnen, die ein bißchen Englisch sprach, hielt eine blonde Strähne gegen ihr pechschwarzes Haar und seufzte: »Wie wundervorr!«

Eileen sagte: »Ist es nicht bezaubernd, daß sie kein ›l‹ aussprechen können?«

Ich fragte die Geisha: »Wie sagen Sie: *liebliche Lady?*«

Lachend antwortete sie: »Sie machen sich rustig.«

»Nein. Bitte!« bat ich.

Sie legte ihre schlanken Finger unter Eileens Kinn und sagte: »Sie haben eine riebriche Rady.«

Eileen klatschte in die Hände und sagte: »Und Ihr Kimono ist entzückend!« So unterhielten sich die Mädchen eine Weile, und dann wurde das Radio angestellt, und wir tanzten.

Die Geisha, die Englisch sprach, fragte Eileen: »Darf ich mit Ihrem Offizier tanzen? Sehr wichtig, daß wir amerikanisch tanzen können.« Eileen sagte: »Bitte«, und zum erstenmal in meinem Leben tanzte ich mit einer Ausländerin.

Eigentlich war es ziemlich langweilig. Die Geisha hatte etwas Klebriges auf ihrem Haar und soviel Stoff um ihren Körper gewickelt, daß ich nicht wußte, wo ich sie anfassen sollte. Offenbar war ihr das schon öfter passiert, denn sie nahm meine Hand, schob sie seelenruhig unter einen besonders dicken Kleiderbausch, und so tanzten wir. Ich fragte sie, warum Geishas so viele Kleider trügen, worauf sie schüchtern erwiderte: »Ich nicht echte Geisha. Ich nur après-guerre Geisha.« Ich dachte, sie hätte ein japanisches Wort benutzt und fragte sie, was es bedeutete: »Après-guerre«, wiederholte sie. »Französisch. Nachkriegs-Geisha.« Ich verstand immer noch nicht und fragte, ob das eine besondere Art sei. Ganz verlegen schlug sie die Augen nieder und sagte: »Hier wir nur scheinbar Geishas. Echte Geishas brauchen viele Jahre Training. (Sie sagte: *viere* Jahre.) Viele Kimonos. Wir arme Mädchen. Wir kaufen einen Kimono, make-believe für Amerikaner. Müssen Geld verdienen.«

Als wir zu unserem Tisch zurückkamen, fingen zwei der anderen make-believe Geishas ein richtiges Geschnatter an, und schließlich ging die eine nach hinten. Es war zu komisch, wie sie ging; denn diese Mädchen laufen auf den Zehen, was ihnen einen merkwürdig beschwingten Gang gibt. Kurz darauf kam sie mit einer japanischen Zeitung in der Hand zurück, und da, in der Größe eines amerikanischen Cent etwa, war mein Bild. Die fünf Geishas schienen es höchst interessant zu finden. Sie baten mich aufzustehen, damit sie meine Uniform inspizieren könnten. Eine hielt sieben Finger hoch, und ich nickte, worauf die Mädchen sich sehr beeindruckt zeigten und die erste Geisha zu Eileen sagte: »Sie müssen sehr stolz sein.«

»Bin ich auch«, antwortete Eileen, und später an jenem Abend, auf der Heimfahrt, küßte sie mich liebevoll und sagte leise: »Ich gehe gern mit dir.«

Ich erinnere mich, daß ich dachte: »Jetzt ist es soweit, Dickkopf. Entweder löst du dieses Frauenproblem ein für allemal oder du verschwindest.« Ich nahm mich also zusammen und sagte: »Wo ich herkomme, heißt Miteinander-Gehen heiraten. Wann?«

Eileen lächelte zärtlich, als ob sich etwas sehr Süßes ereignet hätte, und antwortete: »Ich möchte heiraten, wenn ...«

Ich hatte mich ins Wasser gestürzt, und das Wasser war gar nicht so eisig, wie ich gefürchtet hatte. Ich tat also den nächsten Schritt und sagte etwas sehr Geistreiches: »Bei meiner Fliegerei bedeuten Sekunden oft soviel wie sonst Stunden. Ich möchte keinen Tag länger warten.«

Sie lachte nervös und fragte: »Kann ein armes Mädchen nicht ein bißchen aufgeregt sein über ihren ersten Heiratsantrag?«

Ich wollte meine Rolle als eifriger Verliebter zu Ende spielen – sie gefiel mir langsam – und antwortete: »Du weißt doch, daß ich keine andere als dich zur Frau nehmen könnte.«

Und jetzt erst sah ich, daß sie bestürzt war. Sie zweifelte. Einen Augenblick zögerte sie und sagte dann: »Ich kann es schwer erklären, aber hier in Japan habe ich mir oft überlegt, ob du wohl ein besserer Ehemann sein wirst als dein Vater.«

»Wie meinst du das?« fragte ich erstaunt.

»Das weißt du doch selbst. Jedermann weiß, daß dein Vater nur für eines lebt – die Armee.«

»Ist das so schlimm?«

Sie ging auf meine Frage nicht ein, sondern sagte: »Ich habe manchmal das schreckliche Gefühl, Lloydt, daß du mich eines

Tages ebenso betrachten könntest, wie dein Vater deine Mutter betrachtet.«

Das Wasser, in das ich gesprungen war, war plötzlich bitter kalt, und ich fragte: »Du meinst, mit meinem Vater stimmt etwas nicht?«

»Offen gesagt, ja«, erwiderte sie. »Wie er deine Mutter mit größter Selbstverständlichkeit in ihrem Freundeskreis in Lancaster eingesperrt lassen kann, während er sich in den jeweiligen Krieg stürzt. Das wäre nichts für mich.«

Ich sagte: »Wollen wir nicht lieber auf den Boden der Tatsachen zurückkehren und etwas unternehmen?«

Sie nahm meinen Vorschlag an, öffnete die Wagentür und stieg aus. »Gute Idee«, meinte sie.

Wir schickten den Fahrer nach Hause und bummelten ziellos durch die Straßen von Kobe, bis wir ans Wasser kamen, wo die Ankerplätze lagen, die das große japanische Binnenmeer seit uralten Zeiten den kühnen Schiffen und ihrer kostbaren Ladung geboten hatte. Eileen betrachtete eines der dunklen Schiffe und sagte: »Ich bin nach Japan gekommen, weil ich wollte, daß unsere Ehe von Anfang an richtig sei. Ich bin jünger als du, Lloyd, aber ich bin ebenso lebensklug. Und ich glaube, ich habe auch soviel Mut. Ich möchte immer bei dir sein ... in jedem Wetter.«

»Ich verstehe nicht ganz, was du meinst«, sagte ich.

»Ich meine uns. Nein, ich will ehrlich sein: ich meine dich.«

»Und wieso meinst du mich?«

»Ich habe dir's nie erzählt, Lloyd, aber vor neun Monaten habe ich deine Mutter besucht. Ich fuhr durch Pennsylvanien und machte einen Abstecher. Und ich war entsetzt, in welcher Einsamkeit sie schon immer lebte.«

Mir wurde schwach. Ich wußte, daß Eileen recht hatte, gab es aber nicht zu. »Meine Mutter will so leben.«

»Unsinn! Keine Frau will anders leben, als mit Leib und Seele bei dem Mann, den sie liebt. Deine Mutter mag sich den Anschein geben, daß diese Art Leben ihr zusage, weil sie keine andere Wahl hat ... Lloyd, sag mir eines: als ich damals zu dir auf deinen Flugstützpunkt in West Texas kam ... Warum hast du solche Angst gehabt?«

»Ich habe mir deinetwegen Sorgen gemacht.«

»Was für Sorgen?«

»Well ...«

»Meinst du ... meinen Ruf?«

»Ja.«

»Quatsch, Lloyd! Der Grund für deine Mordsangst war deine Entdeckung, daß du dir ein Mädchen aufgeladen hattest, das darauf bestehen würde, dein Leben voll und ganz mit dir zu teilen. Und darin hattest du recht. Mich könntest du nie in eine Ecke von Lancaster stellen.«

Ich fühlte, wie mir das Blut zu Kopf stieg, und sagte unsicher: »Ich glaube, ich bringe dich jetzt ins Hotel zurück.«

Es folgte eine häßliche Stille, die ich – das weiß ich heute – mit einem stürmischen Kuß hätte überbrücken sollen. Aber ich tat nichts dergleichen, und Eileen sagte matt: »Vielleicht hast du recht. In welcher Richtung geht es zum Offiziersklub?«

Wir gingen in düsterem Schweigen weiter. Dann sagte sie: »Lloyd, Liebling, sei jetzt nicht beleidigt wie ein kleiner Schuljunge. Es ist von fundamentaler Wichtigkeit. Bitte, überlege dir's.«

»Was, zum Donnerwetter?« brüllte ich.

»Verlier nicht die Nerven. Überlege dir, daß eine halbe Ehe weder für dich noch für mich taugt. Ich brauche einen Mann, der mich von ganzem Herzen liebt. Von mir aus kannst du der größte General in den Annalen der U.S.-Luftwaffe werden. Aber lieben mußt du mich.«

»Verdammt noch mal, ich liebe dich doch!« beteuerte ich, als die Lichter des Hoteleingangs um die Ecke auftauchten.

»Sicherlich. Auf deine kühle, halbe Art. Wir wollen es uns noch ein paar Tage überlegen.«

Plötzlich sah ich mich um meine Heirat kämpfen und sagte: »Ich glaubte, du wärest nach Japan gekommen, um Hochzeit zu feiern.«

»Bin ich auch. Aber ich möchte einen ganzen Mann heiraten. Nicht bloß das Stück, das noch von ihm übrig ist, nachdem er den wichtigsten Teil seines Lebens woanders gelebt hat.«

Ich war wütend, nicht so sehr über ihre Worte, als vielmehr über ihren treffenden Eindruck von der Sorte Mann, den meine Eltern aus mir gemacht hatten. Aus reiner Vernunfterwägung heraus hatte mein Vater einst beschlossen, eine Generalstochter zu heiraten, die ihm ein fix und fertiges Familienleben in Lancaster mitbrachte. Sie würde ihn in seinem Beruf bestimmt nicht hemmen; im Gegenteil, sie konnte vielleicht nützlich sein. Und jetzt stellte ich dieselben Überlegungen an. Eileen heiraten, weil sie aus einer Soldatenfamilie kam und die Spielregeln der Luftwaffe beherrschte, ohne daß man ihr wie einem Zivilisten lange Erklärungen geben mußte. Sie war schön und, wie sie an jenem Abend bewiesen hatte, lebensklug und mutig. Eine bessere Frau konnte sich kein Mann wünschen, und ich wollte sie haben; aber sie hatte recht, als sie sagte, ich begehrte sie nicht mit ganzem Herzen. Ich verstand sie sehr gut, denn ich wußte, daß meine Liebe für sie mich nicht so ausschließlich ausfüllte, wie der kleine Gangster Joe Kelly zum Beispiel von der Liebe zu seinem japanischen Mädchen erfüllt war.

Aber nun kam der springende Punkt: ich wollte lernen. Im Innersten wußte ich, daß die Gefühlsbindung meiner Eltern zueinander nicht genügen konnte, und ich wollte Eileens Hilfe, etwas Besseres zu finden. Ich nahm sie in die Arme und gab ihr einen »bedingungslosen Kapitulationskuß«. So nennen wir einen Kuß, der so lange dauert, bis das Mädchen sich mit Händen und Füßen wehren muß, um wieder Luft zu bekommen. Als ich sie endlich losließ, lachte sie ihr entzückendes, herzliches Lachen und sagte leise: »Jetzt habe ich zum erstenmal das Gefühl, daß wir's schaffen.« Dann küßte sie mich ins Ohr und flüstere: »Deine Taten sind bedeutend besser als deine Worte.« Und ich glaube wirklich, es wäre noch alles gut geworden, wenn sich nicht das ereignet hätte, was am nächsten Morgen geschah.

## 5

Ich lag noch im Bett, als Private Joe Kelly zu mir kam und sagte: »Well, As, es ist Sonnabend!«

»Na, und?« fragte ich verschlafen.

»As, ich heirate doch heute!«

Ich verstand immer noch nicht. Schließlich sagte ich: »Gut, gut. Gratuliere.«

»Aber As!« rief der kleine Gangster. »Erinnern Sie sich denn nicht! Sie wollten doch mein Trauzeuge sein.«

Ich sagte schon: »Tut mir leid, Kelly, ich bin verabredet ...« Aber er gehörte zu meinem Haufen. Mißgeburt, die er war, war er doch Angehöriger meiner Staffel. Ich sagte also: »Ich lasse die Verabredung sausen, Kelly. Wo findet das große Ereignis statt?«

Ich ging zu Fuß zu dem schäbigen Gebäude, in dem sich unser Konsulat befand, und war erstaunt, dort vier Paare von GI's und Japanerinnen vorzufinden, die auf ihre standesamtliche Trauung warteten. Jeder Mann wirft unter solchen Umständen einen Blick auf die Bräute, um zu sehen, ob vielleicht eine darunter wäre, die er zur Frau nehmen würde. Aber glauben Sie mir, es war keine darunter, die mich im geringsten interessiert hätte. Joes Braut Katsumi sah genau wie auf ihrem Bild aus: großes, rundes Gesicht, hohe Backenknochen, dichtes schwarzes Haar und kleine Augen. Bei der Vorstellung lächelte sie und zeigte wie die meisten Japanerinnen einen großen goldenen Vorderzahn.

»Das lassen wir noch ändern«, meinte Joe verlegen. Katsumi wußte nicht, ob sie mir die Hand schütteln sollte oder nicht. Als ich daher meine Hand ausstreckte, brach sie in peinigendes

Kichern aus und bedeckte ihren Mund mit der linken Faust. Ihre Knöchel waren rot und rissig, und als ich mir diese Mädchen näher betrachtete, wunderte ich mich, wie es kam, daß unsere GI's – wir sollten sie ja nicht mehr so nennen, aber das Wort unterlief mir immer wieder – immer die häßlichsten Mädchen und nicht die hübschen heirateten, die wir in Takarazuka gesehen hatten.

Es war ein trüber Morgen. Joe und Katsumi waren das dritte Paar in der Reihe, so daß ich Zeit hatte, mit steigendem Abscheu das Schauspiel amerikanischer Soldaten zu beobachten, die das nächstbeste Mädchen heirateten, das ihnen über den Weg lief. Ich schämte mich, in dieses schmutzige Treiben hineingezogen worden zu sein, und sah verlegen auf meine Fingernägel, als eine helle Stimme rief: »Sind Sie nicht der Fliegermajor Gruver?« Ich blickte auf und fühlte mich erleichtert, denn es war eine Amerikanerin. Sie war sehr groß, aber ich war froh, daß es offenbar noch amerikanische Mädchen gab.

Sie sagte leise: »Ich bin Sekretärin hier.«

»Interessanter Job, möcht' ich wetten.«

Sie schüttelte den Kopf. »Eine Heirat nach der anderen.«

»Wissen die nicht, daß sie ihre Frauen nicht nach den Staaten nehmen dürfen?«

»Doch, klar wissen sie's. Aber was ich sagen wollte: ich habe einen kleinen Bruder, der ganz verrückt auf Flugzeuge ist. Er hat mir aufgetragen, wenn ich je einen echten Düsenpiloten kennenlernen sollte, unbedingt von ihm ein Autogramm zu verlangen. Ich möchte also ein Autogramm von Ihnen!«

Sie führte mich in ihr Büro reichte mir ein Blatt Papier, und als ich meinen Namen hingeschrieben hatte, noch eines. »Vielleicht kann der Lausejunge das zweite zu einem Liebhaberpreis verkaufen – wie'n Baseball-Handschuh.«

»Was ich nicht verstehen kann«, sagte ich, »ist vor allem, daß die Regierung solche Heiraten überhaupt erlaubt.«

»Die Regierung ist schlau. Der Druck der Öffentlichkeit zu Hause ist so stark, daß sie Soldatenehen mit Japanerinnen erlauben muß. Aber von da an wäscht sie ihre Hände in Unschluld.« Sie zeigte mir ein Formular, das jeder GI neben all den anderen Papieren zu unterschreiben hatte. Es war von einer brutalen Offenheit, wie ich sie noch nie gesehen hatte. Kelly mußte zum Beispiel anerkennen, daß er sich außerhalb der

Gesetze stellte und auf seine gesetzlichen Ansprüche verzichtete. Er hatte selbst für seine Frau aufzukommen und mußte schriftlich bestätigen, daß die Luftwaffe in keiner Weise für seine Frau verantwortlich war. Ganz unten hatte er eidesstattlich zu erklären, daß er klar bei Verstand und seine Unterschrift vor Zeugen geleistet worden war.

»Und trotzdem heiraten diese Burschen lustig darauf los?«

»Tag um Tag.«

»Warum?«

»Nicht sehr fair, das gerade mich zu fragen«, sagte sie etwas scharf.

»Gott, Sie arbeiten hier. Ich dachte, Sie müßten es am besten wissen.«

»All right!« sagte sie. »Würden Sie mich für hübsch halten? Nein, nicht wahr? Niemand kann mich hübsch nennen. Ich bin eine fade Suse, die in Amerika nicht unter die Haube kommen konnte und daher nach Japan kam, wo es einen Haufen Männer gibt.« Dabei lachte sie über sich selbst in einer reizend-spöttischen Art und fuhr bitter fort: »Man hat uns als ›Heimat-Mauerblümchen‹ abgestempelt. Natürlich gab es Männer in rauhen Mengen, als ich herüberkam. Aber diese verdammten Japanerinnen haben sie alle gekriegt.«

»Ich verstehe immer noch nicht.«

»Wie ein Soldat einmal zu mir sagte«, erklärte sie mir.

»Er sagte immer wieder, ›Ihr amerikanischen Mädchen könnt das nicht verstehen‹.«

»Was verstehen?« wollte ich wissen.

»Die Männer sagen alle, diese japanischen Frauen täten etwas für sie.«

»In erotischer Hinsicht?«

»Nein, nicht erotisch. Heute habe ich die Sache überwunden, ich kann also objektiv sein. Haben Sie es nicht selbst bemerkt?«

Sie zeigte mir ihren Ehering und sagte: »Der Mann, den ich schließlich bekam, war zwei Jahre lang in eine Japanerin verliebt. Er hat mir offen gesagt, daß ich ihm nicht im entferntesten eine so gute Frau sein könnte, wie sie es wäre.«

»Warum hat er Sie dann geheiratet?«

»Er meinte, ich paßte besser nach Denver.«

Sie holte ihre Tasche und kramte eine zerknitterte Photographie heraus. »Meine Rivalin!« sagte sie und blickte mit offensichtlicher Verwunderung darauf. Ehe ich das Bild anschaute, erriet ich, daß das Mädchen wahrscheinlich Katsumi ganz ähnlich sah. Rotes, rundes Gesicht. Die amerikanische Sekretärin starrte auf das Bild und sagte: »Ich finde sie ausgesprochen häßlich. Ich habe das Bild meinem Mann gestohlen, als er die anderen verbrannte, und behalte es als Mahnung, ihm immer eine gute Frau zu sein.«

»Wo ist das Mädchen heute?«

»Hat Selbstmord begangen.« Sie legte das zerknitterte Photo auf einen Haufen Papiere auf ihrem Schreibtisch und versicherte mir: »Passierte vor meiner Zeit. Ich hatte nichts mit dem Selbstmord zu tun.«

Die Tür öffnete sich, und der Konsul lief eilig durchs Zimmer. »Nächstes Paar in ein paar Minuten«, sagte er. »Sind Sie der Trauzeuge, Major? Sie können schon hineingehen.«

Die Sekretärin führte mich in das Büro, aus dem er gekommen war. Es war ein kahler Raum mit einem Schreibtisch, einer Bibel, einem Bild von Präsident Truman und einem Garderobenständer. »Dies ist der Ort der bösen Tat«, sagte sie lachend. »Ich bin immer einer der beiden Trauzeugen, und es geht mir langsam auf die Nerven, weil jeder GI, der hier hereinkommt, den gleichen Gesichtsausdruck wie mein Mann hat, wenn er von seinem japanischen Mädchen spricht.« Sie schlug mit der Faust auf den Schreibtisch und rief: »Zum Donnerwetter! Sie haben alle dasselbe Geheimnis.«

»Was für eines?«

»Sie geben ihren Männern ein Gefühl der Wichtigkeit. Ich versuche auch, etwas aus meinem Mann zu machen – wie es jede Frau sollte. Aber bei mir ist es ein Spiel. Bei diesen häßlichen mickrigen Rundgesichtern ist es kein Spiel. Sondern das Leben.«

Die Tür ging auf, und herein trat Katsumi, hinter ihr Joe Kelly. Sie hatten erwartet, den Konsul für die Heiratszeremonie bereit zu finden, und Joe zuckte mit den Schultern und fragte mich: »Haben sie wieder etwas Neues ausgeknobelt, um mir einen Stein in den Weg zu legen?«

Die Sekretärin fragte ihn: »Wie lange haben sie mit Ihnen herumgemurkst, Soldat?«

»Bitte, Lady! Nicht Soldat! Luftwaffe.«

Worauf sie antwortete: »Ein Mann in Uniform ist für mich'n Soldat.«

Der Konsul kam herein und fing an, die Papiere zu ordnen. Er war ein junger Mann mit beginnender Glatze, einem nervösen Blick und sehr großen Füßen. Er fummelte ungeschickt mit den Papieren herum und wurde ungehalten, als er Katsumi sah. »Sie müssen draußen warten«, sagte er barsch.

Katsumi ging gehorsam hinaus.

Joe wollte ihr folgen, aber der Konsul bedeutete ihm zu bleiben, worauf Joe mich bat: »As, bitte lassen Sie sie jetzt nicht allein.«

Ich ging hinaus und setzte mich zu dem kleinen Mädchen, während wir Joe drinnen den Konsul anschreien hörten: »Ja, zum Donnerwetter, ich habe die Bestimmungen gelesen! Ja, ich bin mir klar, daß ich meiner Rechte verlustig gehe. Ja, ja! Und jetzt'n bißchen Bewegung!«

»Ich habe Ihnen nach dem Gesetz diese Frage zu stellen«, sagte der Konsul.

»Und ich sagte Ihnen, daß Kongreßmann Shimmark mir erklärte, ich könne vorwärts machen und heiraten.«

Ich hatte bisher noch nicht gewußt, daß Angestellte des State Department vor Kongreßmitgliedern offenbar denselben Respekt hatten wie Generale, denn der Konsul ging sofort zur Tür, öffnete sie und rief hinaus: »Kommen Sie herein, Miss.«

Er stellte das Paar vor dem Schreibtisch auf, ließ es noch ein paar Papiere unterschreiben und sprach dann einige feierliche Worte. Er hatte eine Mordswut auf Pvt. Kelly, war von Katsumi gar nicht entzückt und hatte die ganze Sache satt. Es war eine häßliche Zeremonie, mit Widerwillen heruntergeleiert, und ich schämte mich, dabei sein zu müssen.

Aber wie ich peinlich berührt aufblickte, sah ich Kellys Gesicht, der sich gerade zu Katsumi hinunterbeugte, um sie zu küssen. Und im selben Augenblick verschwand die Häßlichkeit des Raumes und der Situation, und ich biß mir verblüfft auf die Lippe. Die große amerikanische Sekretärin trug etwas in ein Buch ein und wischte sich über die Augen, während der Konsul zu Kelly sagte: »Sie wissen, daß Sie sich verschiedener Rechte in dieser Sache begeben haben?«

Jetzt platzte Kelly der Kragen. Er starrte den Konsul an, und seine Nase zuckte. »Sie Scheißk ...« fing er an, und ich wußte, daß der Konsul jetzt die ganze Wucht des Kellyschen Zornes zu spüren bekommen würde, und der war nicht von Pappe.

Aber Katsumi, die frischgebackene Ehefrau, nahm ihren Mann ruhig an der Hand und sagte: »Wir gehen jetzt, Joe.«

Joe klappte zusammen wie ein aufgerissener Ballon, sah zu mir herüber und sagte: »Keine Kleinigkeit zu heiraten. Glauben Sie mir's, As.« Dann fragte er: »Wollen Sie der Braut nicht einen Kuß geben?«

Darauf war ich nicht vorbereitet und mußte den Schock offenbar gezeigt haben, denn ich sah, wie er unter der Demütigung zusammenzuckte, als er merkte, daß ich gar kein Verlangen hatte, den großen Mund mit dem blitzenden Goldzahn zu küssen. Ich wiederum wollte in den Boden versinken, weil ich einen Angehörigen meiner eigenen Staffel bei einem solchen Anlaß beleidigt hatte. Meine Beleidigung war das letzte Glied einer langen Kette von Demütigungen, die ihm von seinem Staat, seinen Offizieren, seinem Konsul und sogar von seiner Kirche zugefügt worden waren. Ich sagte mir in Selbstverteidigung, daß ich mir einfach nicht vorstellen konnte, wie jemand den Wunsch haben könnte, eine gelbhäutige Japanerin zu küssen. Man kämpfte gegen die Japsen auf Guadalcanal. Man baute ihr Land von Kobe aus wieder auf. Aber daß man ihre Frauen küßte – das war mir unverständlich.

Ich nahm das großflächige Gesicht Katsumis in beide Hände und sagte: »Die Sekretärin sagte mir, daß japanische Mädchen gute Ehefrauen abgeben. Seien Sie Joe eine gute Frau.« Dann küßte ich sie. Es war widerlich, aber gleichzeitig fühlte ich, daß ich damit einem meiner Männer auf eine nebensächliche Weise geholfen hatte, das Mädchen zu heiraten, das er liebte.

»Alles Gute, Kinder!« sagte ich.

»Danke, As«, erwiderte Joe.

Als sie gegangen waren, sagte der Konsul: »Solche Ehen sind ein schrecklicher Fehler. Wir tun alles, was wir können, sie zu verhindern.«

»Haben Sie viel Erfolg damit?«

»Sie würden staunen. Wir machen den Papierkrieg so schwierig, daß einigen dieser Heißsporne die Puste ausgeht. Tatsächlich haben wir dadurch manche unvermeidliche Tragödie abgewendet.«

»Aber bei Joe haben Sie nicht viel ausgerichtet.«

»Hier kommt alles vor: Schlägereien, Tränen. Wenn aber so ein Junge den Schneid hat, an seinen Kongreßmann zu schreiben, dann wissen wir, daß er zum Äußersten entschlossen ist. Jetzt brauchte Joe nur noch einmal an seinen Kongreßmann zu schreiben und ihn zu bitten, ein besonderes Gesetz durchzudrücken, und dann kann er Mrs. Joe nach den Staaten nehmen. Offen gesagt, hoffe ich unter uns, daß es ihm gelingt. Aber es ist meine Aufgabe, die Sache so schwarz wie möglich zu malen.«

Die Sekretärin ging hinaus, um das nächste Paar aufzurufen, und der Konsul sagte leise zu mir: »Nehmen Sie die Frau zum Beispiel, die Sie eben sahen, meine Sekretärin. Sie ist mit einem GI verheiratet. Hat Glück gehabt. Er wollte eine ganz gewöhnliche Japanerin heiraten, aber unser Papierkrieg und alle möglichen Hindernisse, die wir ihm in den Weg legten, haben ihn zur Vernunft gebracht.«

»Was haben Sie zu ihm gesagt?« fragte ich

»Wenn ich mich richtig erinnere, war er aus Denver, und ich habe ihn einfch gefragt: ›Wenn Sie diese Frau mit nach Denver nehmen, wird sie da hinpassen?‹«

»Und was geschah mit dem Mädchen?«

»Sie sahen sie ja soeben. Sie arbeitet hier als meine Sekretärin.«

»Nein, ich meine – was war mit der Japanerin?« Ich wollte gern seine Beschreibung des Falles hören.

Aber ehe er antworten konnte, führte die Sekretärin das vierte Paar herein, und der Konsul fragte mit dröhnender Stimme: »Sind Sie sich klar, was Sie unterschrieben haben?«

Der junge Mann, ein Matrose, trat von einem Fuß auf den anderen und antwortete mit einstudierter Ruhe: »Ja, Sir. Jawohl, Sir.«

Seine Braut war ebenso häßlich wie Katsumi, und ich wollte gerade gehen, als der Konsul mich zurückrief und den Matrosen fragte: »Was würden Sie dazu sagen, wenn As Gruver Ihr Trauzeuge wäre?«

»Sind Sie As Gruver?« fragte der Junge.

»Ja.«

»Ich wäre stolz«, sagte der Junge. Er wandte sich an sein Mädchen und sprach in schnellem Japanisch auf sie ein. Dabei machte er mit den Händen Zeichen, die Flugzeuge im Kampf andeuten sollten. Das Mädchen sah mich an, kicherte wild und fuhr sich mit der Hand über ihre Goldkronen.

Derselbe wohlmeinende Konsul hat mich in große Schwierigkeiten gebracht, denn in seinem Wochenbericht über GI-Heiraten mit Japanerinnen an General Webster muß er etwas von seiner Überraschung erwähnt haben, daß ich als Joe Kellys Trauzeuge erschienen war. Auf jeden Fall ließ mich der General in sein Büro rufen und überfiel mich mit den Worten: »Ich bin erstaunt, daß Sie sich zu so etwas hergeben – besonders, da Sie die Einwände kennen, die Mrs. Webster und ich gegen das Fraternisieren haben.«

»Das war kein Fraternisieren, Sir, sondern Heirat«, sagte ich.

»Ja, mit einer Japanerin«, sagte er geringschätzig, die Worte förmlich herausspuckend.

»Der Junge ist von meiner Einheit in Korea, Sir.«

»Um so mehr Grund hätten Sie gehabt, ihn vor dieser Torheit zu bewahren.«

»Ich habe alles versucht, ihn davor zu bewahren, Sir.«

»Carstairs sagte mir, Sie hätten das Mädchen sogar geküßt!«

»Stimmt. Er bat mich darum.«

»Wer? Carstairs?«

»Nein, Kelly.«

Der General war außer sich vor Wut. Er schob krachend seinen Sessel zurück und stellte sich vor einer Wandkarte auf. Schließlich platzte er heraus: »Hol mich der Teufel, aber ich verstehe nicht, wie ein Mann Ihrer Herkunft, der in der besten Tradition der Armee erzogen wurde, die Regeln der militärischen Schicklichkeit derart verletzen kann. Solche Ehen sind widerwärtig, abscheulich! Wir dulden sie nur, weil man es in Washington so will, aber es ist nicht nötig, sich extra in Paradeuniform zu werfen und die Braut zu küssen.«

»Ich ...«

»Ekelhaft. Die ganze Sache ist ekelhaft. Aber es ist noch widerwärtiger, wenn ein Angehöriger der eigenen Stabes – ja, der eigenen Familie, könnte man sagen ...« Aber die Standpauke, die mir der General gab, war nichts gegen die Art, wie mich seine Frau zusammenstauchte. Während des Dinners war sie honigsüß, aber nachdem der General und Eileen auf geheime Verabredung hin gegangen waren, griff sie mich direkt an: »Habe ich richtig gehört, Lloyd, daß Sie heute morgen tatsächlich eine Ehe mit einer Japanerin gefördert haben?« fragte sie.

»Es war ein Mann meiner Einheit.«

»Aber Sie waren doch sicherlich nicht anwesend – nicht offiziell?«

»Er hat mich gebeten, ihm auszuhelfen.«

»Und Sie gingen aufs Konsulat, vor anderen Japanern, die Sie vielleicht kennen ...«

»Hören Sie, Mrs. Webster, es war ein Junge meiner Einheit.«

»Es war nicht nur ein Junge Ihrer Einheit, Lloyd. Es war eine Herausforderung der Truppe und ein Schlag ins Gesicht General Websters.«

»Ich war nicht damit einverstanden, Mrs. Webster. Ich habe tagelang versucht, ihn davon abzubringen.«

»Aber die Tatsache Ihrer Anwesenheit bewies Ihr Einverständnis. In diesem Speisesaal hier werde ich augenblicklich von der Hälfte der Offiziere glatt ausgelacht.«

Aha, das war's. Das Wohlergehen der Truppe oder die Position ihres Mannes kümmerte sie nicht sonderlich. Aber daß etwas, was sie ausgeheckt hatte – nämlich Nicht-Fraternisieren –, auf die Urheberin zurückschlug und sie lächerlich machte, darüber war sie wütend. Und sie war ganz besonders wütend, weil es durch mich geschah, einen – wie General Webster sich ausgedrückt hatte – Angehörigen ihrer eigenen Familie.

Ich fragte: »Wie hätte ich eine Teilnahme an der Hochzeit ablehnen können ...«

»Nennen Sie das nicht eine Hochzeit! Es war eine ordinäre, erschlichene Zeremonie von niederstem Niveau. Es war überhaupt nur möglich, weil ein paar pimplige Idioten in Washington nicht den Mut haben, den Tatsachen ins Gesicht zu sehen.«

»Ich bin ganz Ihrer Meinung, Mrs. Webster.«

Aber sie wollte gar nicht meine Zustimmung. Sie wollte mich zusammenstauchen, ein für allemal. Als ich sah, wie sie mir mit ihren Argumenten auf den Leib rückte und eine Entschuldigung für eine Handlungsweise erwartete, zu der ich mich in gutem Glauben hatte hinreißen lassen, merkte ich ziemlich deutlich, daß sie diesen Machtkampf für ihre Tochter ausfocht. Vor vielen Jahren hatte sie sich den jungen Mark Webster ebenso vorgenommen und war Siegerin geblieben, und die ganze Armee wußte, daß sie die Siegerin war. Und von da an hatte sie Mark Webster gemodelt und nach oben gestoßen, bis er es zum Einstern-General gebracht hatte, was er allein niemals fertiggebracht hätte. Jetzt wollte sie ihrer Tochter zeigen, wie man mich zu vier oder fünf Sternen bringen konnte.

Sie runzelte die Stirn und sagte: »Wenn Sie sich in der Armee einen Namen machen wollen, Lloyd, können Sie es sich nicht leisten, die Schicklichkeitsregeln zu verletzen. Sie können keine Generale beleidigen.«

Das brachte mich auf die Palme. »Ich habe mir bis jetzt einen ganz guten Namen gemacht, mit meinen MIG-Abschüssen, ohne mich um Schicklichkeitsregeln zu kümmern.«

Sie hielt den Atem an und fuhr sich mit der Hand an den Mund, als ob man sie geschlagen hätte. Und zitternd vor Zorn rief sie: »Sie sind ein unverschämter kleiner Emporkömmling.« Doch kaum war ihr das Wort entfahren, schämte sie sich und versuchte, ihren Fauxpas wiedergutzumachen, indem sie etwas halbwegs Versöhnliches sagte. Aber sie war so in Wut geraten, daß sie sich wieder vergaß: »Sie sind wie Ihr unausstehlicher Vater!« Ich wußte, daß Mark Webster vor meinem Vater Angst hatte – er hatte eine Mordsangst vor jedem, der mehr Sterne hatte als er. Daher war ich überrascht, daß Mrs. Webster jemanden angriff, dessen Position es ihm gestattete, der Karriere ihres Mannes zu schaden. Aber sie hatte jede Kontrolle über sich verloren, und es war ihr völlig gleichgültig, was sie sagte. Sie fügte hinzu: »Passen Sie auf, daß aus Ihnen nicht ein zweiter Harry Gruver wird.«

Das klang wortwörtlich wie Eileen, und ein leiser Schreck durchfuhr mich, als ich mich erinnerte, daß, wann immer ich Eileens Bild auf der Gesellschaftsseite der Zeitungen gesehen hatte, ihre Mutter daneben stand. Sie waren wie Schwestern, die der Welt Schulter an Schulter gegenübertraten.

Mein Vater hatte einmal eine Bemerkung darüber gemacht und gesagt, es gäbe zwei Arten von Offiziersfrauen: die seine, wo die Frau zu Hause bleibe, und die von Mark Webster, der seine Frau überallhin mitschleppe. Er erklärte mir, daß er ehrlich die letztere vorzöge, aber er habe festgestellt, daß es ein hartes Leben für die Frau sei. »Sie ist immer auf der Wanderschaft, und die Kinder sind immer auf der Wanderschaft. Daher tun sich die Frauen zusammen und bilden kleine, exklusive Zirkel. Ich kann ehrlich sagen, daß ich weder die Japaner noch die Deutschen fürchtete, aber vor solchen Cliquen von Armeeweibern habe ich Angst.«

Ich hörte Mrs. Webster in bitterem Ton sagen: »Ich bin überzeugt, daß Eileen sich schämt und angewidert ist.«

Ich sagte nichts darauf. Ich schenkte mir die Bemerkung, sie werde sicherlich dafür sorgen, daß Eileen sich angewidert fühle. Statt dessen blickte ich sie sehr aufmerksam an, und als ich ihr gepflegtes, schönes und hartes Gesicht, das kein unnötiges Fältchen aufwies, sah, mußte ich an Joe Kellys Japanerin denken, die ich am Morgen geküßt hatte. Und ganz plötzlich bekam ich eine Ahnung davon, was die amerikanische Konsulatssekretärin gemeint haben mochte, als sie sagte: »Diese verdammten Japanerinnen haben ein Geheimnis.« Hier war der Schlüssel zu dem Geheimnis: sie liebten, weiter nichts. Nur Liebe. Sie wollten aus ihrem Mann keinen Viersterne-General machen; sie wollten ihn nicht demütigen wegen einer nebensächlichen Sache, für die er sich bereits entschuldigt hatte. Sie verschafften sich einen Mann und liebten ihn.

Ich hatte bisher zwei amerikanische Ehen aus der Nähe beobachten können: die Ehe meiner Eltern, in der die beiden Partner auf Grund eines Waffenstillstandes, der auf gegenseitiger Achtung beruhte, miteinander auskamen; und die Webstersche Ehe, die mit der Kapitulation des einen Teiles begonnen hatte und in Form eines Friedensvertrags ohne Revanchegelüste weiterbestand. Aber ich hatte noch nie eine Ehe gesehen, in der zwei Menschen sich auf der Basis der Gleichberechtigung liebten, wo der Mann im Leben draußen maßgebend war und die Frau zu Hause den Ton angab. Eine Ehe, in der die Verantwortlichkeiten der äußeren Existenz die elementare Liebe der beiden Partner nicht beeinträchtigen konnten, weil sie hoch über solchen Dingen wie Beruf und Haushalt stand.

Mrs. Webster sagte bissig: »Eileen läßt Ihnen durch mich bestellen, sie sei beim Friseur.«

Ich dankte ihr, hielt ihr den Stuhl, als sie aufstand, und brachte sie zum Lift. Ich glaube, sie merkte, daß sie sich während unserer Auseinandersetzung ziemlich schlecht benommen hatte, denn sie sagte: »Ich hoffe sehr, daß Sie den General nicht mehr in peinliche Situationen bringen werden.«

Ich versprach ihr, den General nicht mehr zu reizen, und enthielt mich der Feststellung, daß wir von etwas ganz anderem gesprochen hatten: daß ich sie gereizt hatte.

Ich ging einige Hotelstockwerke tiefer, wo sich ein Friseurgeschäft für Amerikanerinnen befand, die bei der Armee in Japan angestellt waren. Und da sah ich Eileen herauskommen, blendender und schöner, als ich sie je vorher gesehen hatte. Sie sah blitzsauber aus, wie das Magazin *Life* es einmal genannt hatte, und war einfach entzückend und voll des frischen, strahlenden Charmes, der offenbar nur amerikanischen Frauen eigen ist. Ich ärgerte mich über mich selbst, daß ich mich am Abend vorher mit ihr gestritten hatte, und schlug vor, uns in eine Ecke des eleganten Foyers zu setzen, wo ein japanischer Page in hellblauer Baruniform uns Drinks servierte.

Ich sagte: »Wenn du immer so anbetungswürdig aussiehst, ist niemand imstande, Krach mit dir anzufangen.«

»Wir haben gestern abend keinen Krach gehabt«, sagte sie neckend.

»Dann ist's ja gut«, antwortete ich. »Weil ich mich wenigstens mit einem Mitglied der Webster-Familie gut stellen muß.«

Sie runzelte die Stirn und fragte: »Hat Mama dir beim Lunch die Hölle heiß gemacht?«

»Und wie!« sagte ich.

»Mutter ist eine Sache für sich, Lloyd. Die Armee ist ihr Leben. Sie paßt auf Vater auf wie eine Glucke, und er verdankt ihr sehr viel. Darum muß er ihr vertrauen, und wenn sie sagt, sie mag nicht, daß sich amerikanische Offiziere mit Japanerinnen sehen lassen ... Offen gestanden, ich glaube nicht, daß Vater mit all den Befehlen einverstanden ist, die er hat erlassen müssen; denn die Armee ist ziemlich großzügig auf dem Gebiet des Verkehrs zwischen Männern und Frauen – und zwar allen Frauen. Aber er hat die Erfahrung gemacht, daß Mutter letzten Endes gewöhnlich recht hat.«

»Hat sie recht?«

»Ja.«

»Dann bin ich jetzt an der Reihe, Angst zu haben.«

»Wie meinst du das?«

»Du befürchtest, daß ich wie mein Vater werden könnte.

Und ich habe wirklich Angst, daß du dich wie deine Mutter entwickeln könntest.«

»Und was wäre daran so schlimm?«

»Ich vertrage es nicht, herumkommandiert zu werden.«

Eileen hob ihr Glas und beschrieb kleine Kreise auf dem Marmortisch. Dann sagte sie langsam: »Ich glaube nicht, daß ich so befehlshaberisch wie Mutter sein würde, weil du viel stärker bist, als Vater es je war. Und dann würde ich dich nicht kränken wollen, weil ich dich so sehr liebe.«

Das genau wollte ich hören und sagte: »Ich bin jetzt achtundzwanzig und habe mich immer nur mit der Fliegerei abgegeben. Jetzt will ich eine Frau haben und eine Familie gründen.« Sie gab mir einen verstohlenen Kuß, und ich sagte: »Immer, wenn ich mir die Gründung einer Familie vorgestellt habe, dachte ich dabei an dich – ein Mädchen, das von der Armee herkommt wie ich ...«

Sie wurde leicht gereizt und erhob Einspruch: »Das ist es ja gerade, was ich meine. Warum sagst du ›ein Mädchen wie‹? Ich bin kein Typ. Ich bin ich selbst. Zum Kuckuck, Lloyd, hast du noch nie das Verlangen gehabt, mich zu packen und einfach in irgendeine Scheune zu ziehen?«

Jetzt wurde ich nervös und sagte: »Als Offizier hat man jeden Tag mit den Schwierigkeiten einfacher Soldaten zu tun, die irgend etwas packten und in eine Scheune zogen. Das liegt mir nicht.«

Darauf sagte sie: »Lloyd, ein Mann muß sich auch mal ergeben können. Du bist nicht so wichtig, daß du dich wie eine Festung dauernd verteidigen müßtest.«

Ich merkte an ihrem Ton, daß ihre Nerven ebenso gespannt waren wie die meinen, und es kam mir der Gedanke, daß in einer Ehe mit Eileen jeder von uns ein bißchen Angst vor dem anderen hätte. Unsere Nerven wären dauernd angespannt, weil jeder bemüht wäre, dem anderen ein Stückchen voraus zu sein. Mrs. Webster hatte mir wirklich Angst eingejagt, und jetzt bemerkte ich dieselbe rechthaberische Anlage im Wesen ihrer Tochter. Ich konnte mir so richtig vorstellen, wie sie mein Leben in die Hand nehmen würde, immer mit der Begründung, es geschähe aus Liebe. Aber was Liebe im einzelnen wäre, das würde sie bestimmen. Und ich mußte an Joe Kelly und sein Mädchen denken. Die beiden kämpften gegen die äußere Welt

– die Armee, das State Department und General Webster –, aber zwischen ihnen selbst herrschte beglückender Friede.

Eileen hatte mich jetzt ebenso scheu gemacht wie noch eben ihre Mutter. Ich hatte es gelernt, mir selbst Angst einzugestehen; denn es erfordert Mut, sich der Furcht bewußt zu werden. Ich erinnere mich zum Beispiel an einen Kampf mit drei russischen Maschinen oben am Yalu. Ich bemerkte nicht, daß mein Flügelmann abgeschossen wurde. Doch plötzlich schien mit die Welt unheimlich still geworden zu sein, und ich zitterte vor Angst. Ich drehte ab und schoß mit äußerster Geschwindigkeit davon, und gerade, als die MIG's mich einkreisten, um mir den Fangschuß zu geben, tauchten in der Entfernung vier unserer eigenen Maschinen auf. In meiner Angst war es mir völlig gleichgültig, wie meine Flucht aussah. Tatsache ist, daß ich nicht geflohen wäre, wenn ich nicht wahnsinnige Angst gehabt hätte. Und meine vier Retter wären nicht mehr rechtzeitig auf dem Plan erschienen.

Ich sagte: »Was du gestern abend gesagt hast, hat eine ganze Menge neuer Probleme aufgeworfen.«

»Das klingt nicht sehr nett.«

»Wolltest du es nicht so haben? Deine Mutter jedenfalls will es so, wenn sie einen in Grund und Boden verdonnert.«

Sie stand auf und sagte: »Ich glaube nicht, daß du mich heute abend zum Tanz ausführen willst.«

Ich wollte nicht darauf antworten, sondern sagte: »Einiges, was du gestern abend gesagt hast, klang vernünftig. Wir sollten uns die Dinge wirklich überlegen.«

»Bitte gern. Ich nehme an, daß du deine Überlegungen – heute abend – allein anstellen willst?«

Ich antwortete: »Okay«, und sie schickte sich an, durch die Halle zu gehen. Es war später Nachmittag, und alles war leer. Ich eilte ihr nach und sagte: »Eileen, um was streiten wir uns eigentlich?«

Und sie erwiderte: »Um die nächsten fünfzig Jahre.« Dabei sah sie so kalt aus und ihrer Mutter so ähnlich, daß ich mich umdrehte und davonging. Ich fuhr zum Flugplatz Itami hinaus und erstaunte den ganzen Haufen, daß ich mich zwei Tage zu früh zum Dienstantritt meldete.

## 6

Itami liegt sozusagen mitten im Herzen Japans, denn es befindet sich innerhalb des von den drei großen südlichen Städten Kobe, Osaka und Kioto gebildete Dreiecks. In Wirklichkeit sind die drei Städte eine große Stadt, denn man kann die ganze Strecke von Kobe nach Osaka fahren, ohne aufs Land zu kommen. Aber aus irgendeinem verwaltungstechnischen Grunde hat man sie auseinandergehalten: Osaka mit seinen Hunderten kreuz und quer laufenden Kanälen, Kobe mit seinen großen Docks und Kioto mit unzähligen Museen und Tempeln. Von Itami aus erreicht man sie alle in wenigen Minuten. Wer also dort stationiert ist, hat das ganze vielfarbige Leben Japans direkt vor der Tür, wenn es ihn interessiert.

Sobald ich an jenem Sonnabendabend in Itami angekommen war, fühlte ich mich wohler. Ich war zu Hause. Flugzeuge, tadellose Rollbahnen und Kameraden. Meine Arbeit dort draußen war eine todsichere Sache. General Webster hatte meine Tätigkeit als eine Art Geschenk für seine Tochter eingerichtet. Ich sollte so oft wie möglich mit ihr zusammen sein können. Der Stab hatte zwei Sitzungen in der Woche, aber drei ältere Mitglieder machten die ganze Arbeit. Zu ihrer Beratung standen ihnen, wenn nötig, ein paar von uns Düsenpiloten aus Korea zur Verfügung.

Einer unter ihnen war Leutnant Bailey, der Mariner, der damals die japanische Schauspielerin in den Offiziersklub in Kobe gebracht hatte. Er war ein richtiger draufgängerischer Düsenflieger, und da wir in den meisten Fragen gleicher Meinung waren, hatten die älteren Offiziere durchaus nichts dagegen, wenn wir den Sitzungen dann und wann fernblieben, denn unsere Ansichten gefielen ihnen sowieso nicht. Auf diese Weise hatte Mike Bailey und ich freie Bahn und viel freie Zeit, und gegen Ende der ersten Woche sagte er zu mir: »Wir sollten uns Japan ein bißchen ansehen. Ich habe es gedeichselt, daß Sie ins Marine-Hotel ziehen können. Habe erklärt, wir müßten für unsere Besprechungen möglichst nahe zusammen wohnen. Außerdem habe ich einen Chevrolet organisiert.« Ich warf mein Gepäck hinein, und wir fuhren los, in sein Quartier.

»Wir wohnen neun Kilometer vom Flugstützpunkt entfernt«, erklärte er mir. »Dazu haben wir noch den Vorteil, daß unser Telephon nicht an die Itami-Leitungen angeschlossen ist. Sie lassen uns ziemlich in Ruhe. Junge, Junge, das habe ich fein geschaukelt.«

Er fuhr so schnell, daß nur wenige Minuten vergangen zu sein schienen, als wir in eine interessante Stadt mit engen, menschenüberfüllten Straßen einbogen. Wir fuhren langsam durch eine Gasse und einen kleinen Hügel hinan, auf dem ein großes, ausladendes Hotel von vier Stockwerken stand.

»Marine-Kaserne«, sagte er prahlerisch. »Schauen Sie, wie der kleine Japse schön strammsteht.« Ein Liftboy salutierte zackig und flüsterte Mike zu: »Sieben Uhr, bei Makino.« Mike gab dem Kleinen hundert Yen Trinkgeld und sagte zu mir: »Feinsten Leute der Welt, die Japaner.«

»Sagten Sie mir nicht, daß Sie bei Tarawa gegen sie gekämpft hätten?« fragte ich.

»Na, wenn schon.« Er wies den Jungen an, mir das Zimmer zu zeigen, das von meinem Vorgänger beim Stab, einem Fliegermajor, freigemacht worden war. Ich ging hinauf und fand, daß ich eine wunderbare Aussicht auf die Stadt hatte. Unter mir floß ein breiter Fluß mit felsigen Ufern, der die Stadt in zwei Hälften schnitt. Auf unserer Seite des Flusses fuhr eine Bahn, von Osaka kommend, vorbei, überquerte den Fluß direkt unter meinen Fenstern und hielt auf der anderen Seite am Rande eines schönen Parks. Mir gegenüber standen ein paar sehr große Gebäude, und ich sah eine Menge Leute herauskommen und zum Bahnhof laufen.

Aber während ich den zum Zug eilenden Menschenstrom beobachtete, sah ich auf der Rückseite der großen Gebäude eine andere Menschenmenge, in der etwa ein Dutzend junger

Mädchen, untergehakt und in langen grünen Röcken, die um ihre Fußgelenke flatterten, untertauchte.

»Sie, Bailey!« rief ich. »Wie heißt diese Stadt?«

»Takarazuka«, brüllte er zurück.

»Diese Mädchen in Grün da ...«

Mike kam rasch in mein Zimmer und warf einen Blick über den Fluß. Dann packte er mich am Arm und rief: »Mein Gott, wir versäumen noch die Schau!«

Er schob mich zur Tür hinaus, die Treppe hinunter und auf eine enge Straße hinaus, die wir entlangeilten, bis wir zu einer großen und schön gebauten Steinbrücke kamen, auf der ein Schild mit der englischen Aufschrift MUKO FLUSS VORSICHT FUSSGÄNGER stand. Mike deutete mit seinem langen Finger über die Brücke und rief mit bedeutungsvoller Betonung: »Da, kommen sie, die Fußgänger!«

Und dann sah ich sie, die Takarazuka-Mädchen, auf dem Heimweg zu ihren Dormitorien nach der langen Tagesvorstellung. Zuerst kamen die Eleven, die als Komparserie die Bühne bevölkern mußten. Es waren Fünfzehn- und Sechzehnjährige; sie schritten stolz daher in ihren langen grünen Röcken und auf ihren Kork-Zori. Sie hielten sich bereits für richtige Takarazuka-Mädchen. Bailey stieß mich an, während sie vorübergingen, und fragte: »Haben Sie je in Ihrem Leben schönere Mädchen gesehen?«

Ich kannte diese entzückenden Kinder ja schon von der Probe her und wußte, wie schön sie waren, aber als ich sie jetzt im Zwielicht des Abends untertauchen sah, schienen sie mit äußerster Grazie davonzugleiten. Sie hatten einen merkwürdigen Gang; sie setzten einen Fuß vorsichtig vor den anderen, so daß ihre langen grünen Röcke geräuschlos über der staubigen Straße flatterten. Jetzt waren sie schon so weit von mir entfernt, daß sie mir wie ein Geisterspuk vorkamen, aber da stieß mich Mike wieder an und sagte: »Schauen Sie mal, die da! Stellen Sie sich vor, und so was hat General Webster aus dem Offiziersklub gejagt!«

Ich blickte zur anderen Seite der Brücke hinüber, und da kam das wundervolle Mädchen, das ich bei meinem Besuch von Takarazuka kennengelernt hatte. Sie war in Begleitung zweier anderer Schauspielerinnen, die zusammen ein solche graziöses Trio bildeten, daß Zuschauer aus der Stadt unwillkürlich an die

Brüstung der Brücke zurücktraten, um sie besser vorbeigehen zu sehen. Sie kamen jetzt auf uns zu, aber Mikes Bekannte blickte mit ihren dunklen Augen unbeirrt geradeaus.

Ich fragte Bailey: »Sagen Sie ihr nicht guten Abend?«

»In der Öffentlichkeit?« rief er. »Ein Takarazuka-Mädchen? Sie sind wohl nicht bei Trost!«

Jetzt waren die drei Mädchen auf unserer Höhe, und Baileys Freundin nickte ganz unmerklich, ohne dabei den Kopf zu wenden. Aber Bailey tat, als ob er nichts gesehen hätte. Und dann verschwanden die Mädchen die enge Straße hinunter wie grüne Schatten über einem abendlichen Feld.

Jetzt kam ein vor Lebhaftigkeit berstender Haufen von einigen Fünfzehn, die fröhlich miteinander schnatterten und sich den Anschein gaben, als wüßten sie nicht, daß sie von der Menge beobachtet wurden. Sie waren jung, hübsch, graziös. Sie waren wenig geschminkt, sprachen leise und blickten unbeirrt geradeaus, als die amerikanischen Mariner auf der Brücke sie anstarrten. Es waren echte Takarazuka-Mädchen, wahrscheinlich die kurioseste und reizendste Ansammlung junger Frauen in der Welt, und wie ich sie so in dem Zwielicht des merkwürdig warmen Aprilabends an mir vorbeigehen sah, war ich von dem künstlerischen Schwung ihrer langen grünen Röcke und den geschmeidig verschleierten Bewegungen ihrer in der Dunkelheit aufgehenden schönen Körper bestrickt.

Zum Schluß erschienen die in ganz Japan berühmten Hauptdarstellerinnen, große, stattliche Mädchen, deren vornehme, einprägsame Gesichter auf allen möglichen Reklamephotos in den Magazinen zu sehen waren. Ihr Gang drückte schon das Besondere ihrer Stellung aus, und sie wurden von Scharen junger Mädchen belagert, die um Autogramme baten. Unter ihnen entdeckte ich mehrere, die auf der Bühne Männerrollen spielten und auch jetzt in Männerkleidung waren. Das heißt, sie trugen weite Hosen, Pullover und Baskenmützen, und trotzdem sahen sie verführerisch weiblich aus. Um sie sammelte sich besonders viel Volk; manchmal schoben sich sogar erwachsene Frauen nach vorn und baten um ein Autogramm auf eine Photographie, die sie am selben Tag gekauft hatten.

Der feierliche Vorbeizug der Takarazuka-Göttinnen war beendet, aber ganz hinten auf der Brücke erschien noch eine Nachzüglerin in einer weichen, weißen Stola, grauem Kimono und geriffeltem grünem Rock. Sie hatte sich verspätet und beeilte sich nun, ihre Freundinnen einzuholen. Ihre grünen Kork-Zori klapperten in leisem Takt auf der Straße, während sie auf Zehenspitzen, den Körper in Eile vorgeneigt, auf uns zukam. Ihr vom raschen Laufen gerötetes Gesicht war unerhört schön. Sie schien nicht so großstädtisch wie die anderen zu sein, sah weniger weltklug aus in ihrem kostbaren, grünen Kleid, und als sie vorübereilte, warf sie mir einen überraschten Blick zu und lächelte. Ich bemerkte, daß ihr Gesicht ungewöhnlich munter aussah und ihre Zähne blendendweiß und ebenmäßig waren. Ich habe dieses Mädchen nie wiedergesehen; noch nicht einmal ihren Namen habe ich erfahren können. Vielleicht war sie erst eine Anfängerin ohne Bedeutung; aber als ich sie langsam in die fließende Frühlingsdämmerung gleiten sah, hatte ich das Gefühl, als ob ein mächtiges Wesen aus einem unbekannten Reich der Schönheit mir über die Augen gefahren wäre, etwas, von dessen Existenz ich noch nie gewußt hatte. Ich wollte dem fremden, wundervollen Mädchen nachlaufen, aber es war für immer verschwunden.

Mike Bailey zog mich am Arm und sagte: »So, und jetzt gehen wir ins Restaurant.«

»Was für ein Restaurant?« fragte ich.

»Makino«, antwortete er und führte mich durch ein Gewirr enger, krummer Gassen, die mir zum Bewußtsein brachten, daß ich von einer japanischen Stadt noch herzlich wenig Ahnung hatte: die Menschenfülle, die winzigen Läden, die Türen aus Papier mit den kleinen, durchschimmernden Lichtern, die Leute in pittoresken Kostümen, vom farbenreichen Kimono bis zum eintönigen Straßenanzug, die verschiedenen, fremdartigen Gesichter, die Unmenge Kinder und die Polizei-Schilderhäuschen an den Straßenecken. Ich kam mir zuweilen vor wie ein gegen einen Schwarm von Elritzen schwimmender Wal, denn ich überragte diese Leute turmhoch, und gleichgültig, wie weit oder wie schnell wir gingen, schien es immer dieselbe Menschenmenge zu sein, die uns umbrandete.

Endlich bogen wir in eine besonders enge Gasse ein und duckten uns unter den Eingang eines Restaurants, dessen rote und weiße Wimpel unser Gesicht streiften, als wir unten durchgingen. Im Innern saßen viele Japaner an kleinen Tischen und aßen Fisch, den ich nie mochte. Eine Japanerin begrüßte uns mit drei tiefen Verbeugungen, eine kleine Magd kniete nieder und zog uns die Schuhe aus, und zwei gepuderte, unechte Geishas führten uns eine enge Treppe hinauf.

Wir kamen in ein oberes Stockwerk, wo drei Paare still an kleinen Tischen saßen. Ich benütze immer die Wörter *klein* und *winzig*, weil ein Aufenthalt in Japan für einen 1,85 großen Burschen wie mich diesbezüglich ziemlich haftende Eindrücke hinterläßt. Vor allem muß man sich immer ducken, um mit dem Kopf nicht gegen Türpfosten zu stoßen, und alles, was man zu Gesicht bekommt, scheint für Liliputaner gebaut worden zu sein.

Eingekeilt in eine Ecke stand hinter einem eiförmigen Tisch ein gut aussehendere, gedrungener Japaner von ungefähr sechzig über einen Holzkohlenofen gebeugt, auf dem eine große tiefe Pfanne mit brutzelndem Fett stand. In diese Pfanne warf er Fischstücke und schwenkte sie mit langen metallenen Eßstäben darin umher. Es war Makino-san. Die Nachkriegs-Geishas bedeuteten uns, wir sollten uns auf den Boden an den eiförmigen Tisch setzen, der Makino vom übrigen Raum trennte.

Mike sagte: »Das ist das beste Tempura-Restaurant von Japan.«

»Was heißt Tempura?« wollte ich wissen.

»Schauen Sie.« Er deutete auf eine an die Wand gemalte Speisekarte in japanisch und englisch. Bei Makino gab es neunundzwanzig verschiedene Fischgerichte, von Hummer über Aal, Tintenfisch, Krabben, Sardinen und den ausgezeichneten japanischen Tai. Außerdem gab es etwa ebensoviel Gemüsearten, besonders Gingko Nüsse, japanische Bohnen und Schalotten.

»Das nennt man leben, Junge!« rief Bailey und legte seinen Arm um eine der beiden unechten Geishas, die ihn lachend »Mike-san« nannte. Die andere Geisha wollte mir das Geschirr für das Essen hinstellen, aber Mike sagte: »Schon gut, Mädchen, haut ab.« Sie nickten folgsam und gingen wieder hinunter. Mein Gesicht mußte Enttäuschung ausgedrückt haben, denn er sagte: »Es wäre unklug, Geishas am Tisch zu haben, wenn man sich mit einem Mädchen verabredet hat.«

»Ich habe gar nicht gewußt, daß wir noch ein Mädchen erwarten.«

»Haben Sie nicht gesehen, wie Fumiko-san sagte, sie werde kommen?«

»Die auf der Brücke?«

»Klar. Fumiko-san. Sie gab mir ein Zeichen, als sie auf der Bitchi-bashi an uns vorbeiging.«

»Was ist Bitchi-bashi?«

»*Bashi* heißt Brücke auf japanisch. Wir nennen die, auf der die Takarazuka-Mädchen immer vorbeikommen, die Bitchi-bashi, weil es so viele hübsche Bitches sind, die man nicht anrühren darf.«

»Hören Sie, Mike«, sagte ich, »ich verstehe diese Verabredungsmethode nicht ganz. Warum gehen Sie nicht einfach zu ihr hin und vereinbaren etwas mit ihr?«

Bailey sperrte vor Erstaunen den Mund auf und sagte: »Ein Takarazuka-Mädchen darf sich nicht mit Männern treffen.«

»Warum nicht?«

»Nun, in früheren Zeiten hatten die Theater in Japan einen schlechten Ruf, so daß die Eisenbahn beschloß, Takarazuka sozusagen fleckenlos zu halten.«

»Die Eisenbahn? Was für eine Eisenbahn?« fragte ich.

»Dieser ganze Ort entwickelte sich als Ziel für Ausflugszüge aus Osaka, Kioto und Kobe. Fing mit heißen Quellen an, dann kam ein Zoo dazu, und schließlich hatte ein ganz heller Kopf die Idee mit den Mädchen-Revuen.«

»Was, einer Eisenbahngesellschaft untersteht das alles?«

»Natürlich. Sie verdient keinen Pfennig an der Stadt oder dem Theater, macht aber ein tolles Geschäft mit ihrem Ausflugsverkehr. Jeder einmal auf die Takarazuka-Schau! Fünfzig verschwenderisch ausgestattete Szenen, hundert schöne Mädchen – prachtvoll, großartig, phantastisch!«

»Und keines dieser Mädchen darf sich mit Männern treffen?«

»Fristlose Entlassung. Die Eisenbahngesellschaft kämmt ganz Japan nach ihnen durch und gibt einen Haufen Geld für ihre Ausbildung aus. Dafür müssen sie sich benehmen.«

Ich überlegte mir einen Augenblick, was er gesagt hatte, und fragte dann: »Wenn aber die Mädchen sich mit Männern nicht verabreden dürfen, wie kommt es dann, daß Sie sich mit einer von ihnen treffen?«

»Wie ich schon zu Präsident Truman sagte: ›Harry, sagte ich, du irrst dich gewaltig, wenn du die Mariner für dumm verkaufen willst.‹« Und er bohrte mir lachend seinen langen Finger in die Seite. Plötzlich aber hielt er inne, rappelte sich vom Boden hoch und eilte zur Tür. »Fumiko!« rief er mit echter Begeisterung.

Die zarte Schauspielerin schien sich vollkommen verändert zu haben, seitdem wir sie auf der Bitchi-bashi gesehen hatten. Sie trug jetzt einen Kimono und lief mit raschen, kurzen Stelzenschritten, die ihr entzückend standen, auf Mike zu. Ihr Kimono war von staubigblauer Farbe, und um ihren Hals legten sich die Säume von mindestens fünf Unterkleidern, einer fein säuberlich über den anderen geschlagen und so einen reizvollen Rahmen für ihr goldfarbenes Gesicht bildend. Das Haar hatte sie nicht nach altjapanischer Art frisiert, sondern ließ es beinahe bis auf die Schultern herunterhängen und gab damit ihrem schmalen und ausdrucksvollen Gesicht noch eine besondere Note. Sie trug weiße Tabi-Socken, weiße Kork-Zori anstatt Schuhe und eine enorm breite Schärpe, die in einem bauschigen Knoten im Rücken gebunden war. Als ich aufstand und ihr die Hand hinhielt, berührte sie sie nur ganz sacht mit der ihren. Ich war verblüfft über ihre Grazie und ihre Jugend.

Mike Bailey hatte das Stadium der Verblüffung hinter sich. Er plapperte auf sie ein, schob ihr die Kissen und Teller zurecht und umtanzte sie wie ein französischer Oberkellner. Dann zwickte er sie in ihre elfenbeinzarte Wange und sagte: »Es ist glatter Mord, dich zu sehen, Baby.« Sie lachte darüber mit hoher, glockenheller Stimme, wie ein Kind, das mit Puppen spielt.

Als sie neben uns saß, schienen sich die Wände des winzigen Restaurants zurückzuschieben, unser Gespräch wurde animierter, und Makino in seiner Ecke begann, den Fisch zu braten. Mike sagte mit Pathos: »Dieser Amerikaner hier ist As Gruver, sieben MIG's.« Er beschrieb ihr mit Gesten, wie Düsenmaschinen kämpfen, und als sie mich vielleicht ein bißchen zu sehr bewunderte, wollte er schnell von etwas anderem reden. Aber sie sagte: »Ich schon treffen Gruver-san.«

Mike blieb die Stimme weg, und Fumiko-san lachte ihn aus. »Wie ich dir gefallen in *Swing Butterfly?*« fragte sie ihn.

»Du warst phantastisch!« rief er aus. »Aber ich mach' 'ne Wette, wenn ihr das Stück gegeben hättet, als MacArthur noch hier war, hätte er euch alle einsperren lassen.«

Ich fragte nach dem Grund, und Fumiko sagte – ich kann nicht genau erklären, wie sie sprach oder was sie mit ihren englischen und japanischen Brocken meinte, aber es kam folgendes heraus: »*Swing Butterfly* machen Spott mit amerikanischen Matrosen, die in japanische Mädchen verliebt. Aber Butterfly machen nicht harakiri.« Dabei griff sie nach dem Buttermesser und fuhr sich damit über den Leib. »Wenn Sie gern lachen und nicht zu stolz, Ihnen *Swing Butterfly* gut gefallen, ich glaube.«

»Hat es Ihnen gefallen?« fragte ich Mike.

»Wir gefällt jede Schau, in der Baby mitspielt«, schmeichelte er.

»Was für eine Rolle hat sie?«

»Ich Geisha«, erklärte mir Fumiko. »Ich abwehren ganze Schiffsladung amerikanischer Matrosen.«

Mit einer flinken Drehung ihrer Schultern zeigte sie, wie sie die Rolle spielte, und Makino und zwei Männer im Restaurant brüllten vor Lachen, und plötzlich gefiel mit das kleine Zimmer im oberen Stock nicht mehr. Ich hatte kein Verstandnis dafür, daß ein fetter japanischer Koch Amerikaner auslachte. Ich hatte keine Lust, mich in einer Ecke mit einer Japanerin zu verstekken, die unsere Männer verspottete, und sei sie noch so schön. Um die Wahrheit zu sagen, mir gefielen die Zustände in Japan nicht mehr, seit General MacArthur gegangen war, und ich wollte nichts mit ihnen zu tun haben. Zu meiner Überraschung entdeckte ich, daß ich ziemlich uneingeschränkt auf der Seite Mrs. Websters stand. Wer hatte schließlich den Krieg gewonnen?

Ich sagte zu Mike: »Sie werden wahrscheinlich allein sein wollen. Ich verdufte.«

Er wurde ganz aufgeregt und rief: »Hören Sie, das können Sie mir nicht antun, As!«

Ich stand ungeschickt auf, aber er zog mich wieder nieder. »As«, sagte er, »wenn hier Takarazuka-Schnüffler hereinkämen und sähen mich allein mit Fumiko – nix gutt.«

»Ich sehe nicht ein, was ich hier soll«, sagte ich schlechtgelaunt.

»Sie sind im Weg«, gab Mike zu. »Aber es wäre für Fumiko sehr viel besser, wenn es wie ein unschuldiges Dinner zu dritt aussähe, nicht wahr, kleine Lady?« Ich wandte mich Fumiko zu, um zu sehen, ob sie zustimmte, und bemerkte zu meinem Erstaunen, daß sie ganz blaß geworden war und zitterte.

Denn am Eingang des Zimmers standen drei Takarazuka-Mädchen, groß und unbeschreiblich schön. Zwei von ihnen trugen das Takarazuka-Kostüm mit dem grünen Rock, außer dem Mädchen in der Mitte. Sie hatte graue Flanellhosen an, einen blau-grauen Pullover, weißes Hemd mit Krawatte und auf dem Kopf eine schiefergraue Mütze. Man sah ihr an, daß sie entsetzt war, Fumiko bei zwei Amerikanern sitzen zu sehen.

Mit drei schnellen Schritten kam sie an unseren Tisch und fuhr Fumiko-san von oben mit bösen Worten an. Fumiko erhob sich und ging beschämt beiseite. Ich weiß noch, wie ich zu dem gebieterischen Gesicht des Störenfrieds aufblickte. Sie war unwahrscheinlich schön und doch merkwürdig kalt. Ich fühlte mich eigenartigerweise von ihr beleidigt und rief: »Sind Sie die Chefin dieses Ladens hier?« Aber sie sprach kein Englisch und antwortete barsch auf japanisch. Dann drehte sie sich brüsk um und führte Fumiko-san an einen Tisch, an dem die vier Schauspielerinnen uns nun völlig ignorierten.

Ich wollte aufstehen, aber der Koch Makino packte mich am Arm und erklärte mit: »Sie nicht böse. Sie nur sagen, sehr gefährlich Fumiko-san mit Amerikanern gehen.«

»Sie ging doch nicht mit uns«, rief ich. »Sie saß ganz manierlich hier.«

»Bitte!« wandte Makino ein. »Ich nicht sprechen gut. Zu viel Verdruß.«

Jetzt wollte Mike zu den Takarazuka-Mädchen hinübergehen, aber Makino machte seinen Standpunkt geltend: »Sie verlassen Japan bald, Mike-san. Aber ich muß hier leben. Bitte, keinen Verdruß.« Er räumte rasch Fumiko-sans Gedeck ab, und Mike und ich saßen da und starrten verdrossen auf unser halb gegessenes Gericht Tempura. Es ärgerte mich, daß ich nach japanischer Art auf dem Boden sitzen mußte, während die Takarazuka-Mädchen, die nichts mehr mit uns zu tun haben wollten, nach westlicher Sitte an ihrem Tisch saßen. Ich sagte: »Gehen wir«, aber ehe wir aufbrechen konnten, kam die Anführerin der Mädchen – die in Hosen – zu uns herüber, sah mich sanft an und sprach leise auf mich ein.

Makino übersetzte: »Sie nicht englisch sprechen. Tut ihr sehr leid, aber Fumiko-san Mädchen aus erster Familie Japans. Wenn aus Takarazuka hinausgeworfen, verlieren alle Gesicht.«

Die reizende Schauspielerin sah mich dabei flehend an und

sagte, nach Makinos Übersetzung: »Sehr schwer, Takarazuka-Mädchen. Wir müssen uns gegenseitig schützen.«

Sie lächelte mich an, verbeugte sich graziös und ging an ihren Tisch zurück. Das beschwichtigte mich erheblich. Aber jetzt fing Mike an zu kochen. »Was zum Donnerwetter bin ich eigentlich?« grollte er. »Ein Mann oder eine Maus?« Sprach's, stieß Makinos warnende Hand zurück und ging schnurstracks auf den Tisch der Mädchen zu. Dort beugte er sich hinunter, faßte Fukimo-san unters Kinn und küßte sie, bis ihr der Atem ausging. Dann verbeugte er sich höflich vor dem Hosenmädchen und sagte: »Tut mir auch furchtbar leid. Aber wir Jungen müssen uns ebenfalls gegenseitig schützen.«

Dann gingen wir. Als wir an der Tür noch einmal zurückblickten, sahen wir die vier Takarazuka-Mädchen zimperlich auf ihren Stühlen sitzen und auf ihre Teller starren.

Als wir ins Hotel zurückgekehrt waren, sagte Mike: »Den Mädchen kann man keinen Vorwurf machen. Sie müssen nach strengen Regeln leben. Wenn man sie mit einem amerikanischen Soldaten erwischt, fliegen sie raus. Aber dieses schnippische Gör in Hosen hat mich irgendwie auf die Palme gebracht.«

Ich fragte ihn: »Warum geben Sie sich mit ihnen ab, wenn Sie sich nicht einmal mit ihnen verabreden dürfen?«

Er legte sein Handtuch weg und sah mit verblüfft an. »Seit wann braucht ein Mann einen Grund, um einem hübschen Mädchen nachzusteigen?«

»Sie dürfen sich ja nicht einmal mit ihr unterhalten!«

»Mann!« rief Mike aus. »Haben Sie in Ihrer Jugend keine Bücher gelesen? Sind Sie nicht mal auf diese Märchengeschichten gestoßen? Wo der Held sich in einen Feuerring stürzt, um zu seiner Geliebten zu gelangen? Je mehr Schwierigkeiten, desto mehr Spaß macht es doch!«

»Aber sie ist ein japanisches Mädchen.«

»Das Adjektiv können Sie ruhig fallen lassen. Sie ist ein Mädchen.«

»Als Sie sie küßten, sahen Sie aus, als ob Sie auf sie losgehen wollten.«

»Mann, wenn ich in ein fremdes Land komme, gibt es für mich drei Dinge. Erstens, die Gerichte des Landes zu essen, in diesem Fall Sukiyaki, und das schmeckt scheußlich. Zweitens, den Alkohol zu trinken der ist hier auch nicht zu genießen. Und drittens, die Mädchen zu lieben, und das wäre im Falle von Fumiko-san unvorstellbar schön.«

»Obgleich nichts daraus werden kann?«

»Ich möchte nicht eingebildet wirken, Junge, aber das versteht ihr Flieger nicht. Als Mariner hat man immer eine Chance.«

»Selbst bei diesen Mädchen?«

»Passen Sie auf, ich werde Ihnen etwas erzählen: im letzten Krieg war ich in Neuseeland stationiert. Wir bereiteten damals einen Angriff gegen Tarawa auf den Marschall-Inseln vor und hatten mehr Zeit, als gut für uns war. In der Stadt gab es ein hübsches Barmädchen, und alle Jungs waren scharf, sie rumzukriegen. Aber ich habe mich nicht um sie gekümmert, weil nämlich außerdem noch ein sehr reiches und berühmtes Mädchen in der Stadt auf einem Hügel wohnte, und je älter und weiser man in den Dingen des Lebens wird, desto klarer sieht man, daß das die Mädchen sind, an die man sich heranmachen muß! Weil sie alles haben: Macht, Position, Ruhm in den Augen der Welt ...« Er fuhr sich mit der Hand durchs Haar. »Aber eines haben sie nicht – l'amour.«

Ich wollte ihn fragen, woher er so genau wüßte, daß sie keine l'amour besäßen, aber er unterbrach mich und fuhr fort: »Genau dasselbe mit den Takarazuka-Mädchen. Sie sind berühmt, reich, stehen im Rampenlicht der Öffentlichkeit ...« Er seufzte und schloß: »Hat aber alles keinen Sinn, weil sie keine l'amour haben. Und denken Sie an meine Worte! Takarazuka-Mädchen sind nicht die Bohne anders als das reiche Mädchen im guten alten Neuseeland. Und ich bin nun mal der Junge, der l'amour in das langweiligste Leben bringen kann.«

Wir gingen in den Duschraum hinunter, und während Mike unter der Brause prustete, fühlte ich eine pochende Warnung, so schnell wie möglich aus Japan wegzugehen. Auf dem Weg durch die Halle steuerte Mike auf sein eigenes Zimmer zu, aber ich sagte: »Kommen Sie doch noch einen Augenblick zu mir herein.« Und dann sprachen wir lange zusammen. Ich sagte ihm, daß ich soeben das seltsame Gefühl gehabt hätte, ich sollte Japan verlassen. Ich meinte, wahrscheinlich sei es ein Angstgefühl. Ich erzählte ihm von meinem Mißgeschick mit Eileen, da unterbrach er mich.

»Sie brauchen mir nichts zu erzählen. Die Frau des Generals

hat Sie eingefangen. Ich habe sie mir genau angesehen, als sie die süße Fumiko-san aus ihrem drittklassigen Klub hinauswarf ...« Er schüttelte mir warm die Hand und meinte: »Mein Lieber, wem es gelungen ist, Frau General Webster zu entfliehen, dem sind Torturen, schlimmer als der Tod, erspart geblieben.«

»Aber ich wollte gar nicht entfliehen«, wandte ich ein. »Ich wollte Eileen heiraten, wollte eine Frau haben, auf die ich stolz sein kann, und ein nettes Haus und ein gutes Leben in der Luftwaffe. Es war schon alles abgemacht, und mir gefiel's.«

»Na, und was jetzt wird jetzt?«

»Ich hatte das verrückte Gefühl, Mike, daß ich wieder in St. Leonard sei.«

»Und wo ist das?«

»College. Ich war im St. Leonard-College. Es stand von Anfang an für mich fest, daß ich die Aufnahmeprüfung für West Point machen würde. Aber wir hatten einen Lehrer mit einem Tick für englische Literatur, und er hat mir eine Rolle in einem Stück gegeben, das wir in der Schule aufführten. Der Autor war ein Ungar namens Molnar, und von da an wollte ich auf einmal nicht mehr nach West Point. Ich wollte nichts mehr damit zu tun haben, und meine Mutter, die einige verdammt gute Geschichten im *Atlantic* veröffentlicht hat, besuchte mich in der Schule und sagte: ›wir haben immer von dir erwartet, daß du in die Kadettenschule von West Point eintrittst, wie dein Vater und dein Großvater.‹ Aber ich antwortete, ich hätte plötzlich das Gefühl gehabt, als hätte sich mir eine ganz fremde Welt aufgetan. Als sie das hörte, weinte sie und redete ziemlich konfuses Zeug, aber es war doch herauszuhören, daß man einem solchen Gefühl, wenn es über einen komme, unbedingt Folge leisten solle. Sie rückte zwar nicht offen damit heraus und sagte auch nicht, ich sollte nicht nach West Point gehen, nur weil ihr Vater auch einmal dort erzogen worden und ein ziemlich berühmter General geworden war. Aber ich merkte doch, daß sie es so meinte.

Die nächsten vierzehn Tage waren eine wahre Hölle für mich. Alle auf der Schule waren übertrieben nett zu mir. Sie haben mir keine Vorwürfe gemacht und mich gewarnt, ich würde mein Leben ruinieren, wenn ich die Chance mit West Point nicht ergriff. Auch der Englisch-Lehrer behauptete nicht, es wäre ein Verrat gegen mich selbst, wenn ich doch nach West Point ginge. Aber dann kam Vater aus Texas angeflogen, und er wirkte wie ein kräftiger Seewind in einer Dürreperiode von Kansas.«

»Er hat Ihnen den Kopf zurechtgesetzt, was?«

»Nein. Vater schnauzt einen nie an.«

»Er ist General, nicht? Dann schnauzt er auch.«

»Ihr Mariner habt manchmal verschrobene Vorstellungen. Bloß weil ein paar Generale den Karren bei Koje-do in den Dreck gefahren haben, denkt ihr, alle Armee-Generale seien Pferdeköppe.«

»Zoologisch richtig, anatomisch falsch.«

»Wenn Sie meinen Vater je kennenlernen sollten, dann machen Sie die Bekanntschaft eines Mannes, der den Generalsrang in der Armee durchaus rechtfertigt. Er kam also, sah mich an und sagte: ›Lloyd, wenn du nicht nach West Point gehen willst, dann laß es. Die unglücklichsten Männer, die ich kenne, sind die, die sich zu etwas zwingen ließen, wozu sie keine Berufung verspürten.‹«

»Für die erste Runde nobel gesprochen«, sagte Mike. »Aber wie hat er Sie dann k.o. gekriegt?«

»Wie meinen Sie, k.o.?«

»Na ja, wo hat er die Daumenschrauben angesetzt? Wie hat er Sie schließlich doch nach West Point verfrachtet?«

»Er hat nichts dergleichen getan. Wir haben uns nur ausgesprochen, und er flog nach Texas zurück, und ich ging nach West Point. Und bis heute abend habe ich es nicht einen Augenblick bereut. Aber heute abend kam dieses alte scheußliche Gefühl wieder über mich, und ich hatte den sicheren Eindruck, daß es vielleicht doch nicht das richtige für mich wäre, in der Luftwaffe zu bleiben und auf die Beförderung zum Einstern-General zu warten. Vielleicht war es nichts für mich, Eileen heiraten zu wollen und meine Zeit mit ihrem alten Dussel von Vater und ihrer rechthaberischen Mutter zu verschwenden.« Ich fuhr mir mit der Hand über die Stirn und sagte: »Vielleicht fühlte ich, wie meine ganze Lebensgrundlage unter mir zerbröckelte.«

Mike wurde ernst und sagte: »Junge, Junge, das kenne ich! Ich habe es an meinem Vater in der Wirtschaftskrise nach dem Schwarzen Freitag beobachtet. Ich sah, wie eine ganze Welt zusammenbrach. Deshalb setze ich auch nicht viel Vertrauen auf die Dauerhaftigkeit von Welten – heißen sie, wie sie wollen. Aber was hat Ihnen der Schlag versetzt? Sie kommen doch sicher nicht zu einer solchen Schlußfolgerung, bloß aus Vergnügen an der Abwechslung.«

»Well ... ich schäme mich beinahe, es Ihnen zu sagen.«

Aber Mike war ein heller Bursche. Er platzte laut heraus: »Fumiko-san! Sie haben sie sich genau angesehen, Nahaufnahme. Kann ich verstehen, mein Junge. Die kann jedem den Kopf verdrehen – das heißt jedem, außer einem alten Kenner von l'amour wie mir.«

Ich lachte und sagte: »Wenn es nur so einfach wäre! Dann könnte ich mit meiner F-86 einen Zweikampf um Fumiko-san in 13000 Meter Höhe mit Ihnen ausfechten. Aber neulich war ich Trauzeuge bei einer Hochzeit zwischen einem GI und einer Japanerin. Bei Gott, sie war wahrhaftig keine Fumiko-san! Aber sie hat mich mächtig beeindruckt. Wie ein Erdklumpen in einem Käse-Soufflé. Und heute abend, als ich das andere Japan durch eigenen Augenschein kennenlernte, da kamen mir Zweifel ...« Plötzlich konnte ich nicht mehr weitersprechen.

»Was für Zweifel?« fragte Mike. »Sie wollen doch dem GI nicht etwa seine Frau wegschnappen?«

»Es hört sich blöd an, aber ich kam nach Kobe geflogen, um Eileen zu heiraten. Als sie und ich nun damit zögerten, begannen bei mir auch die Zweifel an anderen Dingen – sogar an meiner Karriere in der Luftwaffe. Ich weiß, es ist lächerlich, aber dieser GI und seine plumpe japanische Braut ...«

Mike sperrte vor Entsetzen den Mund auf. Er starrte mich an und fragte in heiserem Flüsterton: »Sie wollen sagen, daß Sie das Leben ernst nehmen?« Dann fuhr er sich durchs Haar, strich es sich über die Augen und sagte in komisch-weinerlichem Ton: »Oh, was bedeutet es alles – der ewige Kampf – die Liebe der Geschlechter – die New Yorker Yankees!«

»All right, lachen Sie mich nur aus! Auf jeden Fall kam es mir plötzlich vor, als ob wirbelnde Dunkelheit mich umgäbe, in der es nur eine Wirklichkeit gab – diese japanische Erde.«

»Mein Gott!« rief Mike und fuhr sich mit den Händen an den Kopf. »Ein neuer Sigmund Freud!«

Da mußte ich doch lachen, und während Mike nach Bier telephonierte, fragte ich ihn: »Haben Sie noch nie solche verrückten Ideen bekommen?«

»Schon tausendmal. Das schadet niemand.«

»Aber ich meine eine Idee, die plötzlich ihre ganze Welt in Stücke schlägt … Ich kam mir vor, als ob ich wieder im College wäre.«

»Ich glaube, es läßt sich leicht erklären«, sagte Mike nach seiner zweiten Flasche Bier, die seinen Worten mehr Autorität gab. »Sie waren im schweren Einsatz da drüben in Korea und haben sich an den schönen Gedanken geklammert, nach Japan zu kommen und zu heiraten …«

»Aber sie hat mir ja nicht einmal geschrieben, daß sie nach Japan käme.«

»Erschüttern Sie meine Theorie nicht mit solchen Kleinigkeiten. Also: als Sie dann merkten, was für ein Drachen ihre Mutter ist …«

»Sie ist nicht eigentlich ein Drachen.«

»Und wer hat mich mit Fumiko-san aus dem Klub geworfen?« Die Frage erweckte in Mike wieder die alte Erbitterung gegen Mrs. Webster und löste eine ganze Tirade gegen Generalsfrauen aus, und so kam er nie dazu, seine Theorie zu Ende zu erklären.

Aber am Abend darauf standen wir wieder auf der Bitchi-bashi und sahen der feierlichen Prozession der Takarazuka-Mädchen zu, die in der Abenddämmerung auf uns zukamen, um in den tiefen Schatten jenseits der Brücke unterzutauchen. Ich war von dem Vorbeizug dieser stillen Gestalten tief bewegt. Sie schienen mir wie Angehörige einer militärischen Truppe zu sein, durch bestimmte Formen und Rangstufen an sie gebunden wie ich an die meine. Sie lebten und handelten auf Grund ihres militärischen Verantwortungsgefühls, während ich der Disziplin der Armee unterstand. Sie waren nicht frei, und ich war es auch nicht; denn ich glaube, daß kein Mann, der in einem Flugzeug gegen den Feind fliegt oder ein Schiff in feindliche Gewässer steuert, ein freier Mann ist. Er ist an eine gewisse Gesinnung gebunden und von Schranken umgeben, die andere Männer nicht kennen.

Ich dachte über diese Dinge nach, als Fumiko-san vorüberkam. In ihrer Begleitung war die Schauspielerin in Männerkleidern, die uns am Abend vorher zur Rede gestellt hatte, und als die Backfische auf der Bitchi-bashi das große Mädchen sahen, stürzten sie sich mit Geschrei auf sie und baten um ein

Autogramm. Die Schauspielerin schob sie kühl beiseite, aber es nützte nichts, denn andere kleine Mädchen füllten sofort die Lücke aus.

Ich sagte zu Mike: »Sie muß etwas Besonderes sein.«

Er fragte eine kleine Japanerin, wer die Schauspielerin sei, aber das Mädchen brach in schreckliches Gekicher aus. Doch rief es wenigstens ein anderes Mädchen herbei, das höchstens vierzehn sein konnte und etwas Englisch sprach. Dieses Kind sagte: »Sie – ist – Hana-ogi-san. Nummer-eins-Mädchen!«

Ich sprach den Namen nach, und einige Kinder in meiner Nähe kicherten wild und riefen: »Hana-ogi-san! Hana-ogi-san!« Die Schauspielerin blieb einen Augenblick auf der Brücke stehen und sah zu uns zurück. Mike verbeugte sich sehr tief und warf Fumiko-san eine Kußhand zu, aber die beiden beachteten ihn nicht und gingen weiter, in die Schatten des Abends hinein

## 7

Den Montagabend-Vorbeizug auf der Bitchi-bashi mußte ich ausfallen lassen, weil General Webster mich zu sich nach Kobe befahl, um sich von mir über meine Arbeit berichten zu lassen. Ich kannte natürlich den wirklichen Grund dieser Vorladung. Er wollte mich fragen, warum ich mich die ganze Zeit nicht hatte im Klub sehen lassen. Zweifellos hatte Mrs. Webster befohlen, mich auszuhorchen, und ich überlegte mir, was ich ihm sagen sollte. Es war schwer zu erklären, sogar mir selbst.

Es hatte etwas mit dem gesteigerten Lebensgefühl zu tun, das man empfindet, wenn man mit gleichgesinnten Männern zusammen ist. Man kann das nicht erklären. Die Entspannung, die Freiheit, in Shorts in der Hotelhalle herumzulaufen, gemeinsame Interessen an gemeinsamen Fragen. Ich erinnere mich, wie mein Vater immer strahlte, wenn er von einer sechstägigen Übung mit seiner Infanterie zurückkehrte. Ich war damals noch ein Kind, aber es war bei diesen Gelegenheiten etwas ungeheuer Lebensnahes und Derbes um meinen Vater. Natürlich war er zu Haus immer ein feiner Kerl – ich glaube, manche Familie, Mütter und Kinder, hätten gerne einen Vater wie den meinen gehabt –, aber es gab Zeiten, in denen er darauf bestand, ein richtiges Männerleben zu führen, und ich glaube, ein gut Teil seiner zähen Vorliebe für das Lagerfeuer statt der Bridgeparties ist auch stark in mir verwurzelt. Mir haben Fliegertreffen wie die in Itami immer gefallen. Ich verbrachte meine Abende gern in den Quartieren unverheirateter Offiziere. Ich ging gerne mit Mike in das kleine Fischrestaurant. Und mir machte es Spaß, aus der Stimmung des Augenblicks heraus ein paar Kameraden zusammenzutrommeln und mit ihnen durch die dunkle japanische Nacht zu bummeln, um dann in irgendeinem amerikanischen Kino von Osaka oder Kioto zu landen. Am meisten aber behagte mir die Arbeit auf dem Rollfeld, wenn einer der Kameraden aus Korea, den ich kannte, anbrauste und den neuesten Frontklatsch mitbrachte.

Da war zum Beispiel ein großer Schwede, der mit einer Luftwaffen-C-47 als Taxi zwischen einem koreanischen Flugstützpunkt und dem anderen hin- und herpendelte. Eines Tages landete er bei uns in Itami, und wir verbrachten eine ganze Nacht mit Erzählen und Gelächter über unsere Erlebnisse in dem unwirtlichen Land Korea. Ich erinnerte mich besonders daran, wie er einmal einen Haufen von uns an einem Regentag nach Seoul hineinlotste. Die Wolkendecke war zerrissen, und es gab nur fünf Löcher, durch die man auf das Inselchen mitten im Fluß, auf dem sich das Rollfeld befand, heruntergehen konnte. Wir wurden von einem Marineflieger aufgehalten, der noch nie nach Seoul geflogen war und daher ganz besonders vorsichtig sein wollte. Er verfehlte das erste Loch in der Wolkendecke, verfehlte das zweite, und hol mich der Teufel! Er verfehlte auch das dritte. Der Schwede saß am Steuerknüppel unserer Maschine und wurde langsam ungeduldig. Er rief den Kontrollturm an: »Um Gotteshimmelswillen! Sagt doch dem Kleinen, er soll mit seinem Papierdrachen endlich landen!« Als wir gelandet waren, stand der Marineflieger da und wollte wissen, wer ihn einen Kleinen genannt habe. Wir blickten uns um, um den größten unter uns herauszufinden, und ein 1,90 großer Flieger trat vor und sagte: »Ich habe Sie Kleiner genannt. Sie haben den ganzen Laden aufgehalten.« Der Mariner sah zu dem Riesen auf und sagte: »Ich bin hier neu. Ich habe die Insel gesucht.« Worauf der Große antwortete: »Bin froh, daß Sie sie gefunden haben, denn wir hatten verdammt wenig Gas mehr.« Ich fing an zu lachen, und eine Minute lang sah es gefährlich nach einer Schlägerei aus. Von da an, wenn in Korea irgendwo ein Marineflugzeug auftauchte, brüllte irgendeine freche Schnauze: »Da fliegt der Kleine.« Ich habe Mike Bailey die Geschichte erzählt, aber er fand sie nicht komisch. Nachdem ich mit diesen Burschen nun wieder zusammen war, hatte ich nicht die geringste Lust, nach Kobe zu fahren und in einem schnieken Offiziersklub zu sitzen und Mrs. Webster zu erklären, warum ich ihrer Tochter nicht den Hof machte.

Denn genau das wurde von mir erwartet. Der General stellte mir in seinem Büro einen Haufen nebensächliche Fragen, die ihn unmöglich interessieren konnten, und führte mich zu seinem Cadillac hinunter. Beim Essen vermißte ich Eileen, aber er sagte, sie wäre in Kioto, ein Museum besichtigen, und könne nicht zur Zeit zurück sein. Ich sah Mrs. Webster ihren Krabben-Cocktail löffeln, und mir verging der Appetit.

Es war eine frostige Mahlzeit. Nach dem Nachtisch entschuldigte sich der General, er habe einige Akten zu bearbeiten, und ich nahm mir im stillen vor: »Wenn mein Vater jemals Generalstabchef werden sollte, werde ich ihn warnen, Mark Webster ja nicht die Leitung des Geheimdienstes zu übertragen. Er würde jeden Geheimplan im voraus in die Welt hinausposaunen.«

Anders Mrs. Webster. Sie kümmerte sich nicht um die Geheimhaltung ihrer Absichten. Wir hatten kaum ihr Appartement betreten, als sie mich ungeschminkt fragte: »Was ist mit Ihnen und Eileen los?«

»Sie wird es Ihnen sicherlich erzählt haben.«

»Lloyd, weichen Sie mir nicht aus. Sie haben sie über eine Woche nicht besucht.«

Es war klar, daß ich mich diesmal besser an die Wahrheit hielt. Ich sagte: »Wir haben uns gestritten. Sie sagte mir ...«

»Gestritten? Worüber um alles in der Welt?«

Ich schluckte und antwortete: »Sie hat Angst, ich könnte zu sehr nach meinem Vater geraten sein.« Mrs. Webster schien von meiner Offenheit beeindruckt zu sein, unterbrach mich aber nicht, so daß ich fortfuhr: »Und ich halte sie für – zu herrschsüchtig.« Der Ton, wie ich das sagte, ließ durchblicken, daß Eileen für meinen Geschmack ihrer Mutter zu verdammt ähnlich war. Aber Mrs. Webster zuckte nicht mit der Wimper.

Ich fügte noch hinzu: »Und außerdem hatte ich zu arbeiten.«

»Lächerlich!« sagte sie barsch. »Mark hat Ihnen diesen Job verschafft, weil so gut wie keine Arbeit damit verbunden ist.«

»Wenn man ihn mir aus diesem Grund gegeben hat ...« fing ich würdevoll an.

»... würden Sie lieber wieder nach Korea zurückgehen?« folgerte sie.

»Ja.«

»Lloyd, seien Sie nicht blöd. Jeder in Kobe weiß, daß Sie ein sehr tapferer junger Mann sind, den General Webster nach Japan versetzen ließ, damit Sie mit Eileen zusammen sein können. Daran ist nichts Unehrenhaftes – wenn Sie die Absicht haben, Eileen zu heiraten.«

»Die Absicht hatten wir schon lange – auf eine Art.«

»Wie heiratet man sich eigentlich – auf eine Art?« Sie saß auf einer kostbaren, in Paris gekauften Chaiselongue, lehnte sich vor und wiederholte die beleidigenden Worte: »Auf eine Art?«

»Ich meine, es ist noch nichts entschieden. Hat Eileen gesagt, es sei definitiv?«

»Natürlich nicht. Sie hat überhaupt nicht mit mir darüber gesprochen. Aber ich sehe, wie demütigend es für sie sein muß. Das ganze Hotel ...«

Ich kannte Eileen gut genug, um zu wissen, daß sie sich keinen Deut darum kümmerte, was man in Hotel dachte. Aber um so mehr machte sich Mrs. Webster daraus, denn sie wäre blamiert, wenn die Heirat nicht zustande käme. Ich sagte: »Es sind uns Zweifel gekommen, ob wir zueinander passen.«

»Jetzt erst? Mein Gott, Sie kennen Eileen nun seit Jahren. Beide stammen aus denselben Kreisen. Ich sehe nicht ...«

»So hat Eileen gesagt, als sie den Streit anfing ...«

»Streit! Lloyd, das ist eine kleine Meinungsverschiedenheit unter Liebenden, weiter nichts.«

»Vielleicht war es das am Anfang, aber Eileens Fragen und die Überlegungen, die ich dann angestellt habe, haben mich unsicher gemacht, ob vielleicht meine ganze Lebensauffassung nicht falsch sei.«

Damit hatte ich etwas Ernstes angeschnitten, und Mrs. Webster war sich auch sofort darüber klar. Sie sprach sehr bestimmt und spielte gleichzeitig nervös mit ihrem Spitzentaschentuch. Sie sagte: »Wenn ein Soldat jemals Zweifel an der großen Idee des Heeresdienstes aufkommen läßt, ist er verloren. Glauben Sie mir, Lloyd, ich habe es oft erlebt, und es ist das Schlimmste, was Ihnen passieren kann. Sie sind schon in der Wiege zum Soldatenberuf ausersehen worden. Etwas anderes haben Sie nie gekannt.«

Ich hätte ihr widersprechen und erklären können, daß ich mir einmal vierzehn Tage lang – vor vielen Jahren – einen anderen Lebensmodus vorgestellt hatte. Aber das hätte zu viele

Fragen aufgerührt, die ich nicht hätte beantworten können. Es war eine Sache, ein solches Geheimnis einem gutmütigen Kameraden, wie Mike Bailey anzuvertrauen; und eine ganz andere, es Mrs. Webster preiszugeben. Mit drei Fragen hätte sie einen ausgezogen, und man stünde nackt vor der Welt da, so dumm und jung wie damals in St. Leonard.

Ich sagte: »Wäre es für alle Beteiligten nicht besser, wenn Ihr Gatte mich wieder zu meiner Einheit zurückschickte?«

»Nach Korea?«

»Ja. Das würde alle Zweifel beheben.«

Zu meiner Überraschung stimmte sie zu. »Es scheint wirklich besser zu sein. Aber aus zwei Gründen wäre es falsch. Es würde Eileen lächerlich machen. Man würde ihr nachreden, sie könne ihren Mann nicht halten. Und von Ihnen wäre es Feigheit.«

»Aber Eileen braucht mich nicht«, wandte ich ein.

»Da haben Sie ganz recht, Lloyd. Sie ist jeden Abend eingeladen. Aber nicht von Männern aus der Armee. Von Zivilisten in Uniform. Stellen Sie sich vor, sie verliebte sich in einen dieser Zivilisten. Ich kann mir Eileen nicht als Frau eines Drugstore-Besitzers vorstellen. Das ist nichts für sie, glauben Sie mir.«

Mrs. Webster war von einem achtundzwanzigjährigen Flieger nicht kleinzukriegen. Ich sagte: »Ich schaue noch einmal herein, um mich vom General zu verabschieden.«

Aber diese Frau hatte mich in der Zange und ließ nicht los. Sie sagte: »Und dann gibt es noch einen dritten Grund, der gegen Ihre Rückkehr nach Korea spricht. Sie würden vor der Lösung Ihres eigenen Problems davonlaufen.«

Ich hätte sie am liebsten angeschrien: »Ihnen will ich davonlaufen! Ich laufe Ihrer Tochter davon, weil sie eine zweite Ausgabe von Ihnen ist.« Doch man kann Russen abknallen und doch davor zurückschrecken, die Frau seines vorgesetzten Offiziers niederzuschießen. Ich sagte: »Ich werde Eileen morgen aufsuchen.«

Sie antwortete: »Gut. Ich kenne Eileen und weiß, daß sie Sie heiraten will. Lassen Sie sich durch solche kleinen Mißverständnisse nicht auseinanderbringen. Das wäre wirklich zu dumm.« Sie stopfte das Taschentuch in ihren Ärmel und fügte mit eindringlicher Betonung hinzu: »Und reden Sie sich in einer vorübergehenden Unsicherheit nicht ein, Sie hätten Ihr ganzes Leben verpfuscht. Sie sind Soldat, Lloyd. Dazu sind Sie erzogen worden.«

Ich traf General Webster in einem Arbeitszimmer an, dessen Wände mit Büchern vollgestellt waren. Er deutete mit einer Armbewegung auf die Regale und sagte: »Der Oberst, der vor drei Jahren hier saß, hat alle dieser Bücher angeschafft. So gut wie jedes Gebiet, das Sie interessieren könnte.«

Ich sagte: »Ich nehme an, Sie wissen, worüber Mrs. Webster und ich gesprochen haben. Ich glaube, es wäre in jeder Hinsicht besser, wenn Sie mich nach Korea zurückschickten.«

Der General trommelte mit den Fingern auf die Schreibtischplatte und antwortete: »Besser vielleicht, aber zu gottverdammt durchsichtig. Das ist einer der Nachteile beim Militär. Jede Bewegung kann so leicht vom Feind ausgewertet werden. Aber zum Donnerwetter, Lloyd, was ist denn los mit Ihnen und Eileen?«

»Nichts Besonderes, Sir. Wir sind nur nicht ganz sicher, ob wir zueinander passen – letzten Endes.«

»Sehr vernünftig.« Er schenkte mir einen starken Drink ein und sagte: »Jeder richtige Mann hat einen Mordshorror davor, sich durch eine Heirat zu binden. Nehmen Sie mich zum Beispiel. Am Abend vor meiner Hochzeit mußte mich Ihr Vater sternhagelvoll machen, um zu verhindern, daß ich noch im letzten Augenblick einen Eilbotenbrief ins Haus meiner Braut schickte ... Der Schwiegervater war Oberst Keller – hat diesen unangenehmen Zusammenstoß mit dem persischen Gesandten gehabt. Damals hieß es noch Persien.«

Er nannte mir in seiner weitschweifigen Art ein halbes Dutzend Fälle von Offiziersheiraten, in denen die Männer sich kurz vor der Hochzeit oder danach hatten drücken wollen. »Aber à la longue«, versicherte er mir, »ist die Ehe immer noch das Beste für einen Mann. Aus mir hat sie etwas gemacht. Und hat ihr Vater Ihnen je von seiner klassischen Hochzeit erzählt? Er war mit Ihrer Mutter verlobt, Tochter von Generalleutnant Himmelwright, und zwei Tage vor der Hochzeit verliebte er sich in eine andere. Wurde beinahe wahnsinnig vor Unentschlossenheit. Aber stellen Sie sich vor, er wäre umgefallen und hätte gesagt, er wäre nicht zum General geschaffen? Bei Gott, zwanzig Jahre später hätte Amerika die Schlacht um Guadalcanal verloren!«

Er schenkte uns noch mal ein und sagte: »Sie müssen die Sache so ansehen, Lloyd. Wozu sind Sie in diese verdammte Welt gesetzt worden? Um einer von diesen erledigten alten Quatschköpfen ohne eigenes Heim zu sein, die sich irgendwo in einem Klub in China zu Tod langweilen?«

Ich glaube, der Whisky hatte mich mutig gemacht, denn ich sagte: »Fragen Sie bitte Eileen, ob sie morgen mit mir zusammen essen will.«

»Guter Junge!« rief der General und schlug mir auf die Schulter. »Ich habe meiner Frau verboten, über dieses Thema mit Ihnen zu sprechen. Verdammt demütigend für Eileen und so weiter. Aber Nancy meinte, so etwas gäbe es im Liebesleben jedes Mädchens ... Scheußliches Wort, Liebesleben.«

»Ich komme so gegen zwölf zu Eileen«, sagte ich.

General Webster genehmigte sich noch einen und sagte: »Ich fühle mich zehn Jahre jünger. Wenn Sie Kinder haben, Lloyd, dann nur Jungen.«

Auf dem Weg nach unten sah ich im Aufzug einen neuen Anschlag folgenden Wortlauts: »Es ist den Offizieren dieses Kommandos untersagt, auf den Straßen von Kobe in Begleitung einheimischer weiblicher Personen zu erscheinen. Dieser Befehl bezieht sich auch auf die Stadtgebiete von Osaka und Kioto. Unterschrift, Mark Webster, Kommandierender General.« Ich dachte: »Junge, Junge! Frau General sind fest entschlossen, in ganz Japan aufzuräumen.« Und dann mußte ich lachen, weil die amerikanische Armee ihren Männern verbot, sich mit Japanerinnen sehen zu lassen, und die Takarazuka-Armee ihren Mädchen untersagte, sich mit amerikanischen Soldaten zu zeigen.

Ich schmunzelte noch vor mich hin, als die Türen des Aufzugs öffneten und jemand meinen Namen rief. Es war Pvt. Joe Kelly, einen Dienstrevolver von der Größe einer Kanone am Koppel. Er brüllte: »Endlich hat mir die Luftwaffe mal eine Chance gegeben. Hat mich in die Nachrichtenabteilung versetzt. Bester Job in ganz Osaka.« Er stand neben einem Offizier, der ihm eine Empfangsbestätigung für wichtige Post ausstellte. Nachdem er sie erhalten hatte, schloß er sich mir an. Sein Ford stand vor der Tür.

»Wo kann ich Sie absetzen?« fragte er und schnallte seine Artillerie ab.

»Bißchen weit, ich arbeite in Itami.«

»Spielt gar keine Rolle. Die Armee bezahlt's Benzin.«

»Und ich wohne in Takarazuka.«

»Gut. Ich fahre in die Richtung.«

Wir packten uns in den Wagen, und er berichtete mir, wie es ihm und Katsumi ginge. »Wir haben ein nettes Haus gefunden ... Übrigens, As! Es ist noch früh. Wollen Sie nicht nach Osaka hineinfahren und uns kurz besuchen?«

Er drängte so sehr, und andererseits interessierte er mich von dem Gesichtspunkt aus, den ich Mike erklärte hatte, daß ich nachgab. Er klapperte mit seinem Ford die Straße Kobe–Osaka entlang, und ich versuchte, einen Eindruck von dieser alten und historischen japanischen Straße zu bekommen. Ich sah Reihen kleiner Häuser mit Papierfenstern, die sich kilometerweit erstreckten; das Land war nirgends zu sehen. Dann kamen die Läden mit der offenen Straßenfront, die die ganze Nacht geöffnet waren. Tausende von Menschen bevölkerten die Straße im Dämmerlicht, und wenn eine einzige Lampe in einem der Papierhäuschen brannte, drang ihr Schein auf die Straße hinaus und beleuchtete ein Stück von ihr. Aber bald wurden meine Gedanken von Japan abgelenkt, und ich fragte: »Wieviel haben Sie eigentlich drauf, Joe?«

»Hundert«, sagte er.

»Sind Sie noch nie von der MP erwischt worden, weil Sie zu rasch fahren?«

»Ach, die kennen mich alle.«

»Kann ich mir lebhaft vorstellen.«

»Ich habe sie gleich zu uns ins Haus eingeladen, und Katsumi hat ihnen etwas besonderes Japanisches vorgesetzt.« Er ließ einen Patroillenwagen an uns vorbeifahren, lehnte sich hinaus und schrie den MP's eine ganze Serie japanischer Schimpfwörter nach. Alles brüllte vor Lachen, und Joe sagte: »Prima Haufen!«

Nachdem wir Osaka erreicht hatten, bog Kelly südlich ab, bis wir auf eine Straße kamen, die auf einen der vielen Kanäle zuführte. Die Straße endete bald, und vier Japanerkinder bewachten unseren Ford, während wir eine enge Gasse weitergingen, auf der zwei Männer Weidenkörbe von ungeheurer Größe schleppten. Aus jedem Haus, an dem sie vorüberkamen, fiel ein kurzer Lichtschein auf sie und gab ihnen den Anschein listigen Eifers.

Am entgegengesetzten Ende der Gasse stand eine unauffällige

einstöckige Holzhütte, die durch jahrelange Wettereinwirkung schwarzgrau geworden war. Die Veranda war von Betonklötzen eingefaßt, die den hartgestampften Lehmboden umgaben. Das Dach bestand aus orangefarbigen Ziegeln, chinesische Art, an den Enden leicht hochgebogen. In den Staaten hätten wir so etwas niemals ein Haus genannt. Mit seinen Schiebetüren aus Papier wäre es eben ein Schuppen gewesen, in dem man Kühe oder Ackergeräte untergebracht hätte. Aber als Joe die Türen zurückschob, sahen wir Katsumi im Kimono beim Kochen des Abendessens. Sie nahm mir sofort die Schuhe ab, bot mir eine Tasse bitteren grünen Tee an und sagte in reizendem, gespreiztem Englisch: »Es ist sehr nett, Sie heute abend bei uns zu sehen.«

»Sie hat englischen Unterricht genommen«, sagte Joe stolz. »Und ich lerne ein bißchen Japanisch.« Er ratterte etwas auf japanisch herunter, und Katsumi strahlte ihn an, als ob er ein Konversationslexikon geschrieben hätte.

»Hier gefällt mir's«, sagte Joe zufrieden. »Zwei Zimmer, da drüben der Kanal, ein guter Job und gutes Essen. As, ich fange an zu leben. Zum erstenmal in meinem Leben fühle ich mich wie ein Mensch.«

Er zeigte mir, wo ich die Schuhe hinstellen konnte und wie ich mir die Kissen in den Rücken stopfen mußte, um auf den Tatami-Matten bequem zu sitzen. Er erzählte mir: »Ich bin in einem Waisenhaus aufgewachsen, war aber von einer Familie so gut wie adoptiert. Nach einer Weile habe ich sie enttäuscht, und sie haben mich rausgeworfen – kann ihnen keinen Vorwurf machen, ich war ein Mordsstinker. Ich kam ins Waisenhaus zurück und dann in eine Besserungsanstalt. Im letzten Krieg wollte ich mich einziehen lassen, aber sie haben mein richtiges Alter herausbekommen. Dann landete ich in Chicago und schließlich in der Luftwaffe. Und jetzt bin ich ein häuslicher Mann geworden.« Er blickte zärtlich und zufrieden zu Katsumi hinüber und fragte: »Fällt Ihnen nichts auf, As?«

»Der Kimono gefällt mir sehr«, antwortete ich, denn Katsumi war der durchschnittliche japanische Frauentyp, der in blumigen Kimonos beinahe anziehend aussieht.

»Nein, es ist nicht der Kimono, As. Passen Sie mal auf, wenn sie lächelt!« Er befahl seiner Frau auf japanisch zu lächeln; aber auch dann merkte ich noch nichts. Joe rief: »Der Zahn, As! Der

Zahn!« Und dann verstand ich. Der große Goldzahn war entfernt worden, und an seiner Stelle hatte einer unserer Armee-Dentisten eine hübsche Porzellankrone angefertigt. Katsumi sah im Kimono und Porzellankrone tatsächlich attraktiv aus.

»Es ist wirklich eine Verbesserung«, sagte ich.

»Es ist 'n Wunder«, meinte Joe glücklich seufzend. »Und sie kichert auch nicht mehr, nicht wahr, Baby?« Er zog Katsumi an sich und küßte sie auf die Wange. »Ich habe ihr nämlich gesagt, wenn sie noch ein einziges Mal kichert und die Faust in den Mund steckt, würde ich ihr den Arm am Handgelenk abbrechen.« Er gab Katsumi einen kräftigen Klaps auf den Hintern, worauf sie wie eine Verrückte kicherte und die Hand in den Mund steckte.

»Manchmal vergißt sie's halt, As. Aber das ist richtiges Leben.«

Er erzählte seiner Frau, daß ich in Takarazuka wohnte, und sie sprach in rasendem Japanisch auf ihn ein. Er dolmetschte für mich: »Großartige Idee, As. Wir gehen morgen nach Takarazuka in die neue Schau. Kommen Sie mit.«

»Würde ich gerne. Aber ich habe eine Verabredung zum Dinner in Kobe.«

»Na, wenn schon! Die Vorstellung dauert bis sechs, und ich fahre Sie rasch nach Kobe hinein, ohne Halt.« Dabei tat er so, als ob er an einer Schnur zöge, und ahmte eine Eisenbahnpfeife nach. »Abgemacht, As! Wenn Katsumi dabei ist, haben Sie wirklich etwas davon. Sie kennt alle Schauspielerinnen und kann Ihnen genau sagen, was auf der Bühne vor sich geht.«

Er sagte etwas auf japanisch zu Katsumi, worauf diese an eine Truhe ging, in der sie ihre paar Kostbarkeiten aufbewahrte. Sie kam mit einem Magazin in hellem Umschlag zurück. Es fing hinten an, wie alle japanischen Bücher, und sie zeigte mir die Abbildung eines glänzenden Bühnenbildes. Ich fragte, was es für ein Magazin sei.

»Fan-Magazin für die Takarazuka-Revuen«, erklärte mir Joe. »Sie hat drei davon abonniert.« Er fuhr in einem Haufen farbenreicher Magazine herum, und aus der sorgfältigen Art, wie Katsumi sie in die Truhe zurücklegte, konnte ich entnehmen, daß sie auch einmal zu den verzauberten kleinen Mädchen gehört hatte, die jeden Abend auf der Brücke standen, um die großen Stars vorübergehen zu sehen. Jetzt war sie eine typische Hausfrau geworden, die die Autogramme der führenden Schauspielerinnen als einen kostbaren Schatz aufbewahrte.

»Womöglich gehört sie zu einem Fan-Klub?« fragte ich scherzend.

»Spaß beiseite, stimmt!« Er sprach wieder japanisch, und Katsumi ging zur Truhe zurück und kramte einen Haufen Photographien heraus, die sie mir gab. Offenbar stammten sie aus der Zeit, als Katsumi noch ein Kind war. Ich fragte: »Hat sie vielleicht Bilder von den Mädchen, die in der Revue vom letzten Monat mitwirkten?«

Katsumi suchte sofort in dem Bilderstapel nach, holte das ganze Ensemble der Hauptdarstellerinnen heraus und erklärte jede einzelne Rolle. Sie sang sogar zwei der Lieder vor, und ich fragte: »Kennt sie alle Vorstellungen so genau wie diese hier?«

Joe tätschelte sie liebevoll am Arm und sagte: »Sie versäumt keine Vorstellung. Seit Jahren.«

»Dann bleibt's also bei morgen. Aber Sie versprechen mir, mich rechtzeitig zum Dinner nach Kobe zurückzufahren!«

Er brauchte mir nichts zu versprechen, denn als ich am anderen Tag Eileen anrief, tat sie furchtbar beschäftigt und sagte mir kurz: »Ich bin heute von einem Mariner zum Dinner eingeladen.« Ich sagte: »Sehr schade. Und wie ist's mit Freitag?« Da sei sie auch besetzt. Schließlich sagte ich: »Junge, Junge, ich scheine wirklich Pech zu haben. Ich rufe dich später wieder an.« Aber keiner von uns hätte viel Geld darauf verwettet, wann dieses später sein würde.

## 8

Offen gestanden als ich an jenem Nachmittag ins Theater ging, fühlte ich mich ganz erleichtert. Es schien mir, als ob es zwischen Eileen und mir ziemlich aus wäre und ich mir wegen Mrs. Webster keine Sorgen mehr zu machen hätte. Ich sagte zu Joe: »Ich bin wirklich sehr neugierig auf diese Schau.« Aber auf das, was Takarazuka aus *Madame Butterfly* machte, war ich doch nicht gefaßt. Jeden Augenblick wechselte die Szene und ging in eine Handlung über, die nichts mit der vorhergegangenen oder der kommenden zu tun hatte. Es gab alte japanische Tänze für die Liebhaber der klassischen Kunst, Jitterbug-Tänze als Schilderung Amerikas um 1890 herum, Ringkämpfe, Rundfunkszenen, eine Meuterei an Bord eines amerikanischen Schiffes, zwanzig blöde japanische Polizisten und eine Feuersbrunst.

Aber durch diese Burleske einer Grand Opéra zog sich wie ein roter Faden das Bestreben, das amerikanische Militär lächerlich zu machen. Ich muß zugeben, daß Mikes Freundin Fumiko-san in ihrer Rolle als rassige Geisha, die die ganze amerikanische Flotte in Schach hielt, großartig war. Ihr schönes, schmales Gesicht und ihre ausdrucksvollen Gesten erregten große Heiterkeit, wenn sie sich mit einem betrunkenen GI auf Urlaub in Tokio herumschlug. Es war nichts Beleidigendes in ihrer Pantomime, aber man fühlte, daß alle Japaner im Zuschauerraum sie durch ihren Beifall antrieben, weil sie von den Amerikanern die Nase voll hatten.

Etwas ganz anderes war die Starrolle. Das Mädchen in Hosen, das uns im Restaurant zur Rede gestellt hatte, spielte sie, und ihr Leutnant Pinkerton war saublöd. Er war eingebildet, dumm und hatte schlechte Manieren. Und trotzdem wirkte die diese Rolle verkörpernde Schauspielerin im Grunde weiblicher als alle anderen Mädchen auf der Bühne, was ihre Interpretierung Pinkertons noch verheerender machte. Sie verneinte in sich alle Japanerinnen, die sich über alle amerikanischen Männer lustig machten.

Ein Akt dieses wertlosen Unsinns genügte mir. Ich hielt mich nicht für einen Spielverderber, konnte es aber nicht ertragen, wenn die Uniform auf billige Weise verhöhnt wurde, und wenn es sich dabei noch um Japaner handelte, dann hörte der Spaß irgendwo auf. Als der Vorhang nach dem ersten Akt herunterging, stand ich auf, um zu gehen. Aber Katsumi legte ihre Hand auf die meine und sagte: »Nein, nein! Jetzt kommt das Beste!«

Aus der Seitenkulisse trat die Startänzerin in einem alten Samurai-Kostüm auf der Flucht vor zwei Banditen. Diese griffen sie an, und der nun folgende, nach einem strengen Ritual ausgeführte Tanz zwang mich zum erstenmal unter den Zauber der japanischen Kunst.

Ich kann nicht erklären, was an diesem Tanz so Besonderes war, das mich gefangenhielt. Vielleicht war es die geisterhafte Musik, denn jetzt schwiegen die uns Westlern bekannten Instrumente wie Violinen und Oboen, und an ihrer Stelle waren drei schrecklich unheimliche Töne zu hören: die dumpfen Schläge einer Trommel mit lockerem Trommelfell, das Klappern gegeneinandergeschlagener Holzblöcke und das durchdringende Heulen einer asiatischen Flöte. Es konnte auch der herrliche Vorhang gewesen sein, vor dessen Hintergrund die Tänzerin sich bewegte: ein riesiger Wandteppich aus Gold, Blau und Rot, auf den acht gigantischen Schwertlilien in feierlich östlicher Vollkommenheit gestickt waren. Aber am meisten beeindruckte mich diese auffallend schöne Frau, die ich im Restaurant gesehen hatte, Hana-ogi. Sie trug keine Schuhe, nur weiße Tabi, die eng um ihre Füße gewickelt waren. Und es waren hauptsächlich ihre Füße, die mich mächtig anzogen. Sie bewegte sich wie ein durchtrainierter Athlet, und es wurde mir langsam bewußt, daß ich eine der größten Tänzerinnen der Welt vor mir hatte. Still, nach japanischer Art, glitt sie zwischen ihren Verfolgern hindurch, vor und zurück. An Stelle eines Schwertes benutzte sie das traditionelle Symbol, rechte Hand kerzengerde nach oben gerichtet. Ich sah, wie diese Hand ein wunderbares Schattenmuster auf den goldenen Vorhang warf. Ich hatte noch nie eine solche Tänzerin gesehen; sie füllte die Riesenbühne allein mit ihrer Persönlichkeit.

Die Szene endete in einem rasenden Rhythmus, den Hanaogi in unvergeßlicher Eindringlichkeit stampfte, dabei ihre bleiche Hand durch die Dunkelheit windend. Die Zuschauermenge brach in donnernden Applaus aus, und ich flüsterte Kelly zu: »Sagen Sie Katsumi, ich möchte dieses Mädchen gerne kennenlernen.«

Zu meiner Überraschung antwortete Kelly: »Das ist leicht. Katsumi kennt sie alle.« Als er aber mit seiner Frau sprach, wurde sie ernst, und Joe berichtete mir: »Katsumi sagt, daß gerade dieses Mädchen mit keinem Amerikaner sprechen würde.«

»Warum nicht?«

»Wir haben ihren Bruder als Kriegsverbrecher aufgehängt. Und ihr Vater ist durch unsere Bomben umgekommen.«

Ich lehnte mich zurück und, so seltsam es klingen mag, fühlte genau dieselbe Erleichterung wie bei Eileen, als sie meine Dinnereinladung ausschlug. Ich hatte das deutliche Gefühl, wieder im St. Leonard-College zu sein und vor wichtigen Entscheidungen zu stehen, zu denen ich mich einfach nicht durchringen konnte. In diesem Augenblick hätte ich etwas darum gegeben, in einer Düsenmaschine zu sitzen und im Luftraum über dem Yalu herumzupesen. Dort oben fühlte ich mich sicher, und hier in Japan kam ich mir schrecklich verlassen vor. Als ob ich aus einer anderen Welt auf die Erde zurückgekehrt wäre, sah ich Joe an und dachte: »Jesus! Was tue ich eigentlich? Lloyd Gruver, West Point Jahrgang 44, bittet einen GI, ihm ein Rendezvous mit einer Japanerin zu verschaffen!« Ich sagte zu Joe: »Gehen wir ein bißchen an die frische Luft.«

Joe meinte: »Warum nicht? Wir hauen ab, und Katsumi kann mit dem Zug nach Hause kommen.«

Hätte ich jetzt geschwiegen, wäre alles vermieden worden, was darauf folgte. Aber ich rief: »Nein! So habe ich es nicht gemeint. Ich möchte den Schluß auch noch sehen.« Dann fragte ich: »Wieso kennt Katsumi eigentlich eine solche Schauspielerin?«

Joe lachte, griff nach der Handtasche seiner Frau und stöberte darin herum, bis er ein halbes Dutzend Bilder gefunden hatte.

Es waren alles Aufnahmen der Tänzerin, die sie in einigen ihrer berühmten Rollen zeigten. Sie war als Torero abgebildet, als Gondoliere, als Broadway-Flaneur und als Samurai. Es waren immer Männerrollen, und sie sah in allen bestrickend weiblich aus.

Joe erklärte mir: »Katsumi hat einen Fan-Klub gegründet. Mädchen aus Osaka, besondere Verehrerinnen von Hana-ogi.«

»Wie ist ihr Zuname?«

Joe fragte Katsumi und sagte: »Nur Hana-ogi. Es ist ein Bühnenname. Meine Frau ist ganz verrückt auf sie. Ehe sie mich heiratete, war sie richtig übergeschnappt. Stand stundenlang im Regen herum, um ihre Göttin zu stehen.«

»Warum eigentlich?«

»Passen Sie auf, As. Stellen Sie sich vor, Sie wären dick und plump und hätten wie ein Sklave den ganzen Tag zu arbeiten. Und da ist nun dieses große schlanke schöne Mädchen, berühmt im ganzen Land und mit einer hohen Gage. Eine Schauspielerin wie Hana-ogi beweist, zu was es eine Frau bringen kann. Wenn Sie bei uns mal einbrechen, können Sie Töpfe und Pfannen stehlen, aber lassen Sie ja die Photographien in Ruhe. Katsumi hängt ungeheuer an ihnen.«

Katsumi verstand, was wir zusammen sprachen, sagte aber nichts. Sie nahm die Photos ruhig wieder an sich, legte sie fein säuberlich übereinander und steckte sie in ihre Tasche zurück. Dann erklärte sie uns in gebrochenem Englisch die Handlung des zweiten Aktes. Sie kannte das Stück aus einem der Magazine, die die Theaterleitung von Takarazuka an treue Anhänger verschickte. Es enthielt viele Bilder, die ich durchblätterte. Ich zählte an die sechzig ausgezeichnete Aufnahmen von Takarazuka-Mädchen aus ihrem Privatleben. Man sah sie strickend oder beim Skilaufen oder auf der Promenade oder auf dem Weg ins Symphoniekonzert oder einfach bummelnd. Und langsam fiel mir etwas Merkwürdiges auf. Diese Mädchen waren zu zweit oder in Gruppen aufgenommen. Nie allein und nie mit einem Mann. Diese Bilder gaben ein wohlhabendes, erfolgreiches und keusches Leben wieder, und unwillkürlich fiel mir Mikes Theorie ein, wonach ein kluger Mann sich seine Liebe immer in dieser Art Welt sucht, weil, wie Mike so beredtsam ausführte, solche Frauen alles haben, bloß keine l'amour. Das kam mir besonders zum Bewußtsein, als ich die drei Photographien einer Fumiko-san sah. Sie war vielleicht das auffallendste aller Takarazuka-Mädchen, denn sie brachte ihre Kleider blendend zur Geltung, und ihre Bilder hatten ein ganz besonderes Interesse für mich, weil sie immer mit Hana-ogi, dem Star der heutigen Vorstellung, zusammen photographiert war. Und Hana-ogi trug immer Männerkleidung. Trotzdem war Hana-ogi die Weiblichere und Begehrenswertere von beiden.

Der zweite Akt war ein überraschendes Erlebnis, denn Hana-ogi bewies, daßs sie viel mehr als eine Tänzerin war. Sie hatte eine schöne, klare Singstimme, eine auffallende Begabung für dramatische Effekte und einen ausgelassenen Humor. Ich beugte mich über Katsumi hinweg zu Joe hinüber und fragte: »Joe! Glauben Sie, daß dieses Mädchen es in New York zu etwas bringen könnte?« Er flüsterte zurück: »Ich war noch nie in New York.«

Aber Katsumi hatte meine Frage gehört und merkte, ehe es mir bewußt wurde, daß ich entschlossen war, mich mit Hana-ogi noch am selben Tag zu treffen. Sie berührte in der Dunkelheit meine Hand und sagte: »Nachher, wir gehen auf den Blumenweg. Ich sprechen für Sie mit Hana-ogi.«

Als sich der Vorhang über *Butterfly* senkte, wollte ich gehen, aber Katsumi flüsterte mir wieder zu: »Nein, As-san. Jetzt alle so schön.« Rasch ging der Vorhang wieder hoch, und da stand das gesamte Ensemble von hundertzwanzig Personen in herrlichen Kimonos und sang ein Abschiedslied. Ein Laufsteg lief zum Publikum hinunter, und die Stars kamen an und stellten sich über uns auf. Unsere Plätze lagen so, daß Hana-ogi ganz in meiner Nähe stand, und zum erstenmal sah ich sie in Frauenkleidung. Sie war entzückend. Natürlich war sie stolz und abweisend und nervös nach einer solch langen Vorstellung. Aber vor allem war sie entzückend im Augenblick ihres Triumphes. Ihr Kimono, ich erinnere mich noch genau, war grün und weiß.

Katsumi führte mich durch die Menge auf den Blumenweg und zu dem kleinen Törchen, durch das die Takarazuka-Mädchen auf dem Weg zur Bitchi-bashi treten mußten. Dort hatte sich eine große Menschenmenge versammelt, um bei ihrem Erscheinen zu applaudieren, und Dutzende kleiner Mädchen mit runden Gesichtern drückten sich gegen das Tor, um die großen Schauspielerinnen vielleicht nachher mit einem Finger berühren zu können, und als ich die plumpen kleinen Gestalten so betrachtete, schien es mir unglaublich, daß sie eines Tages vielleicht in die Fußstapfen einer Fumiko-san oder Hana-ogi treten könnten.

Jetzt kamen die weniger bedeutenden Takarazuka-Mädchen, dann Fumiko-san und die Tänzerinnen in grünen Röcken und Leder-Zori. Zum Schluß erschienen die Stars; die Menge drängte dichter heran, und über den Köpfen der Begeisterten sah ich die kühle Hana-ogi. Unsere Blicke kreuzten sich vorsichtig, als ob jeder erfahren wollte, ob der andere sich beleidigt fühlte. Dann bahnte sie sich langsam einen Weg durch die Menge auf mich zu, und ich glaube, mein Mund öffnete sich leise vor Erstaunen, denn an diesem Abend und von ihrem Triumph überstrahlt, war sie eine herrliche Frau.

Katsumi brach den Zauber, indem sie Hana-ogi an den Händen nahm und auf japanisch auf sie einredete. Schließlich sagte sie zu mir: »Hana-ogi hofft, ihr Spiel Ihnen gefallen.« Die große Schauspielerin sah mich über Katsumis Schulter hinweg an, und ich erwiderte ruhig: »Das Spiel hat mir gefallen, aber nicht die amerikanischen Matrosen.«

Katsumi gab meine Antwort weiter, und Hana-ogi wurde rot und sagte etwas, das Katsumi nur widerstrebend übersetzen wollte. »Nun sag schon!« drängte Joe.

»Hana-ogi-san sagt, Amerikaner sollten komisch sein, nicht schlecht.« Sie drückte ihre Hände gegen den Magen und markierte Lachen.

»Es war nicht komisch«, sagte ich. Hana-ogi verstand, was ich meinte, und runzelte die Stirn, und ich fügte rasch hinzu: »Aber Hana-ogi-san hat wundervoll getanzt.« Ich machte ihren Kampf mit den Banditen nach, und sie lächelte.

Die anderen Verehrer Hana-ogi-sans umdrängten uns jetzt, und ich sagte verlegen: »Wie wär's, wenn wir vier zusammen zum Dinner gingen?« Aber als Katsumi meinen Vorschlag übersetzte, wurde Hana-ogi sehr böse, sagte etwas Abweisendes, drehte sich um und ging den Blumenweg hinunter.

Jetzt folgte eine Woche, in der ich von Traumbildern gejagt wurde. Der Fronteinsatz in Korea hatte mich offenbar mehr angestrengt, als ich für möglich gehalten hatte, denn die plötzliche Erholungspause auf meinem Schattenposten in Itami gab meinen Nerven Gelegenheit, wieder normal zu reagieren. Ich befand mich nicht mehr hoch in der Luft und fühlte mich wie vor Jahren in West Point, als wir gegen eine Mannschaft der Kriegsmarine antreten sollten und ich sicher war, das ganze Spiel zu verpatzen. Dann wieder kam ich mir vor, als ob ich in St. Leonard wäre und nicht wüßte, ob ich mich für West Point melden sollte oder nicht.

Manchmal wachte ich nachts plötzlich auf und glaubte, in einer abstürzenden Düsenmaschine oben am Yalu-Fluß zu sitzen, und ich machte verzweifelte Anstrengungen, die Kontrolle über das Flugzeug und über mich wiederzugewinnen. Oder ich sah, während ich schlaflos in der dunklen japanischen Nacht lag, dieses einsame, unglaublich schöne Takarazuka-Mädchen, das am ersten Tag auf der Bitchi-bashi an mir vorübergegangen war, durch mein mitternächtliches Traumland eilen, und ich versuchte, es einzuholen und seinen Namen ausfindig zu machen.

Aber in allen diesen Phantasiebildern täuschte ich mich selbst und wußte es. Denn unweigerlich dachte ich an Hana-ogi-san, sah sie tanzen und verfolgte die geschmeidigen Rundungen ihres herrlichen Körpers, sah ihr schmales Gesicht mir unmerklich zulächeln, ein kleines japanisches Lächeln, und grübelte darüber nach, wie ein Mann sich von dem bloßen Gedanken an ein Mädchen so umwerfen lassen konnte. Ich hatte in Wirklichkeit noch kein Wort mit ihr gewechselt. Ich wußte nichts von ihrem Charakter oder ihrer Person, ließ mich aber mit vollem Bewußtsein von diesem fremdartigen Mädchen hypnotisieren. Sehr viel später sollte ich erst erkennen, daß ich mir damals selbst mein Liebesideal schuf und daß ein Mann leicht ohne ein solches Ideal ein ganzes Leben verbringen kann. Ein ganzes leeres Leben.

Und jeden Abend gab ich meinem Fieberzustand neue Nahrung, indem ich mich auf die Bitchi-bashi stellte, um Hana-ogi vorübergehen zu sehen. Und wenn ich in den langen Stunden vorher zufällig Zweifel gefühlt hatte, ob sie wirklich so wunderbar war, wie ich sie mir vorstellte, genügte ein Blick auf sie, und meine ketzerischen Gedanken zu zerstreuen. Im Gegenteil. Sie war noch schöner.

Freitag sah ich *Swing Butterfly* zum zweitenmal, und auf der Promenade applaudierte ich so laut, daß Hana-ogi auf mich aufmerksam wurde und mich ansah. Aber sie ließ sich nichts anmerken und blickte sofort wieder weg.

Sonnabendabend war ich durch mein einsames Grübeln so nervös geworden, daß Mike Bailey mich zu einer seiner Verabredungen mit Fumiko-san schleppte. Ich verbrachte den größten Teil des Abends damit, Fumiko-san nach den Takarazuka-Mädchen auszufragen, in der stillen Hoffnung, dabei etwas über Hana-ogi zu erfahren.

Fumiko-san sagte: »Mein Vater berühmter Mann, aber er sich getötet, als Japan kapituliert. Kein Geld, keine Hoffnung für mich. Ich in Zeitung lesen, Takarazuka suchen neue Mädchen. Ich jeden Abend mein Haar bürsten, Tanzstunden nehmen und Stimme üben. Ich engagiert und ein Jahr zehn Stunden am Tag gearbeitet, weil denken, dies meine einzige Chance. Ich Inspektor gefallen und er mich mit Mondtruppe und Han-ogi-san auf Tournee schicken. Sie nett zu mir und ich meine Rollen gut spielen. Ich wohne Dormitorium mit anderen Mädchen, aber schönste Zeit, wenn Mondtruppe in Tokio.«

Ich sagte: »Sind Sie in Tokio in jemand verliebt?«

»Verliebt? Wie ich verliebt sein können?«

»Werden Sie eines Tages nicht heiraten?«

Sie sah mich spöttisch an. »Ich Takarazuka-Mädchen. Was sonst sein wollen?«

Ihre Antwort verblüffte mich so sehr, daß ich unwillkürlich etwas tat, das mich ebenso erstaunte wie Fumiko-san.

Ich ergriff ihre Hände und sagte ruhig: »Wenn Sie heute abend in ihr Dormitorium zurückkehren, müssen Sie mit Hana-ogi-san sprechen. Sagen Sie ihr, daß ich in sie verliebt sei und sie unbedingt sehen müsse.«

Fumiko-san zog ihre Hände zurück und sagte bestürzt: »Kann nicht sein! Hana-ogi-san nie mit Männern sprechen. Und mit Amerikaner! Kann nicht sein!«

»Trotzdem, reden Sie mit ihr«, wiederholte ich meine Bitte. Denn ich war überzeugt, daß niemand so leidenschaftlich tanzen konnte wie Hana-ogi, ohne die Liebe zu kennen.

Ich wußte, daß sie es letzten Endes nicht ablehnen würde, mit mir zusammenzutreffen.

Am Nachmittag des darauffolgenden Tages kam Joe Kelly nach Itami herausgefahren und sagte kurz und bündig: »Meine Frau sagt, Sie sollen um sieben zu uns zum Essen kommen.«

»Kann ich nicht …«

»Kommen Sie, As«, sagte der kleine Gangster bedeutungsvoll.

»Ich habe schon …«

»Kommen Sie. Hana-ogi kommt.«

## 9

Ich erinnere mich nicht mehr genau, wie ich an jenem Abend zu Joe Kellys Haus hinausfand, aber als ich schließlich in die Gasse am Kanal einbog und die Holzhütte mit ihren Schiebetüren aus Papier sah, klopfte mir das Herz in wilden Schlägen. Ich schob ungeduldig die Türen zurück, eilte hinein und erwartete, Hana-ogi vorzufinden. Statt dessen alberten Joe und Katsumi herum und kochten das Essen. Sie bedeuteten mir, mich auf den Boden zu setzen. Von da aus sah ich dem Liebespaar zu und dabei fiel mir ein, daß ich noch nie in einem Heim gewohnt hatte, in dem die Liebe zu Hause war. Meine Eltern liebten sich auf konventionelle Weise, und ich bin ganz sicher, daß der General und Mrs. Webster sich ebenfalls liebten. Aber in beiden Fällen war es immer Liebe zu einem bestimmten Zweck: Beförderung in der Armee, gesellschaftliche Stellung in Lancaster, Kinder. Hier jedoch besuchte ich ein Haus, in dem die Liebe Selbstzweck war.

»Joe«, fragte ich, während wir auf Hana-ogi warteten, »wie war das gleich, was Sie einmal in Korea zu mir sagten? Amerikanische Männer reden von ihrem Landklub und den ersten Zähnen ihres Stammhalters?«

»Yeah, aber wenn sie mit Japanerinnen verheiratet sind, reden sie von Liebe.«

»Wenn Sie jetzt zur Front zurück müßten ...«

»Um Gottes willen, bloß nicht!«

»Worüber würden Sie reden?«

Joe hielt seine Katsumi um Armeslänge von sich und sagte: »Gesprächsthema für heute abend, As. Ich habe mich verdammt angestrengt, dieses Baby zu kriegen, und ich bin zufrieden mit dem, was ich gekriegt habe.« Dann sagte er etwas auf japanisch zu ihr, worauf sie in ein unbändiges Gekicher ausbrach. Schon wollte sie die Hand in den Mund stecken, aber Joe gab ihr eins drauf und sagte: »Wahrhaftig, As, es ist leichter, einen Hund zu erziehen.«

Und als er das sagte, ging die Tür auf, und Hana-ogi trat ein. Leise und mit unendlicher Grazie schob sie die Tür hinter sich zu und streifte ihre Zori ab. Sie trug einen graublauen Kimono, und ihr Haar war zerzaust. Sie stand so still da, daß Joe und Katsumi sie zuerst gar nicht bemerkten; während die beiden ihr noch den Rücken zukehrten, rappelte ich mich verlegen vom Boden auf und ging auf sie zu. Sie lachte über meine Ungelenkigkeit mit so sanfter Stimme, daß ich mich einfach niederbeugen mußte und ihre Hände an meine Lippen zog, um sie zu küssen. Aber sie zog sie instinktiv zurück, und dabei bemerkte ich in meiner unbeschreiblichen Aufregung, daß sie elfenbeinfarben waren. Ich trat zur Seite, um sie vorbeizulassen, und sagte: »Ich freue mich so, daß Sie gekommen sind.« Sie verstand meine Worte nicht, neigte aber höflich den Kopf, und es fiel mir auf, daß sie weniger irritiert war als bei meinem Versuch, ihr die Hand zu küssen – außerdem stellte ich fest, daß sie viel schöner war als je auf der Bühne in Männerkleidung.

Jetzt trat Katsumi schnell vor und umarmte die Schauspielerin, während Joe sie in gebrochenem Japanisch begrüßte, worüber sie herzlich lachte, und ich hatte den sicheren Eindruck, daß sie ganz und gar nicht die stolze Reklameschönheit war, die ich auf der Bitchi-bashi angestarrt hatte. Ihr sanftes, humorvolles Wesen war genau das, was man von einem netten, fröhlichen Mädchen vom Lande erwartete, das in der Stadt arbeitet.

Aber ich hatte bis jetzt nur zwei Seiten Hana-ogis gesehen. Sie hatte unendlich viele. Als ich zum Beispiel Katsumi bat, sie nach ihrem Zunamen zu fragen, und Katsumi errötete und meine Frage nur widerstrebend weitergab, weil ich darauf beharrte, wurde Hana-ogi sehr böse, nachdem sie den Sinn der Übersetzung verstanden hatte. Ich konnte dem Dialog nicht genau folgen, aber Katsumi wurde puterrot, selbst durch ihre gelbe Hautfarbe, und sagte: »Takarazuka-Mädchen nie nennen wirklichen Namen.«

»Was meinen Sie – wirklichen Namen?«

»Ich wirklicher Name nicht Hana-ogi. Nur Bühnenname.«

»Wie ist ihr wirklicher Name?« fragte ich noch einmal.

Katsumi sprach wieder zu der Schauspielerin, und das einzige Wort, das ich verstehen konnte, war Amerika, und Hana-ogi wurde sehr ernst und sprach in schroffem Ton. Schließlich sagte Katsumi: »Sie will ihren Namen nicht sagen. Selbst ich ihn nicht kennen.«

Joe unterbrach: »So ist es mit allen professionellen Mädchen in Japan – Geishas – Huren ...«

»Augenblick mal!« rief ich. »Dieses Mädchen hier ...« Ich griff nach ihrer Hand, aber sie zog sie zurück, und Katsumi sagte: »Besser jetzt essen.«

Es war eine ziemlich steife Mahlzeit. Ich stellte ein halbes Dutzend Fragen, von denen Hana-ogi keine wirklich beantwortete, und erst, als Katsumi ein Album mit Bildern von Hana-ogi anbrachte, wurde die Unterhaltung etwas munterer. Die beiden Frauen sprachen in rasendem Japanisch aufeinander ein, lachten viel und sangen einige Liedstrophen aus Revuen, in denen Hana-ogi eine Starrolle gehabt hatte. Langsam brach das Eis, und ich erfuhr, daß Hana-ogi aus dem Norden Japans stammte, wo eine Frau aus einem Nachbardorf einmal eine Takarazuka-Revue in Tokio gesehen hatte. Diese Frau hatte Hana-ogi den Vorschlag gemacht, sich zu den Aufnahmeprüfungen zu melden. Ihr Vater war bei den B-29-Luftangriffen auf Tokio getötet worden. Ihren Bruder hatte man wegen brutaler Behandlung amerikanischer Kriegsgefangener gehängt.

Hana-ogis Bereitschaft, aus ihrem Privatleben zu erzählen, ermunterte mich, auch einiges aus meinem Leben zum besten zu geben. Ich sagte, ich hätte einen guten Start in der Luftwaffe gehabt und würde unter Berücksichtigung meiner militärischen Vergangenheit sicherlich Oberst werden, und von da an wäre es dann eine Frage, wie die Würfel fielen. Ich sagte, wenn ich je General werden sollte, so hoffte ich, meinem Vater nachzuschlagen. Sie fragte nach seinem Namen, und als ich sagte: Draufgänger Harry Gruver, wurde sie still, und Katsumi sagte: »Alle Japaner kennen Gruver-san – Guadalcanal.« Und darauf wurde die Unterhaltung wieder sehr formell.

Hana-ogi erhob sich und deutete an, daß sie gehen müsse. Ich war tief erregt, sie kennengelernt und mit ihr gesprochen zu haben – wenn es auch nur auf dem Umweg über Katsumis

Dolmetscherdienste war –, und ich wollte sie noch nicht gehen lassen. Ich sagte: »Katsumi, bitten Sie sie, noch zu bleiben.«

Aber Hana-ogi gab eine scharfe Antwort. Katsumi weigerte sich, sie zu übersetzen. Als ich darauf bestand, schwieg sie trotzig. Ich wandte mich daher direkt an Hana-ogi, die mich auf ruhige, untertänige japanische Art, ebenso undurchsichtig wie unnachgiebig, anblickte. Leise, wie ein Kind von sieben Jahren, sagte sie: »Amerika ... nein!« Ich konnte hinter diesen an sich sanft vorgebrachten Worten eine haßerfüllte, stählerne Härte spüren. Sie verbeugte sich leicht, lächelte mit einer Überlegenheit, die einen rasend machen konnte, und sah an der Schiebetür noch einmal zu mir zurück. »Amerika ... nein!« wiederholte sie leise; noch lange, nachdem sie gegangen war, sah ich sie an der Tür stehen und sich mit unendlicher Grazie ihre Zori anziehen und den Kimono zurechtzupfen. Deshalb war ich entschlossen, obgleich eine innere Stimme mich vor künftigen Schwierigkeiten warnte, sie wiederzusehen, gleichgültig, was sie von den Amerikanern hielt und was für Befehle die Kommandantur von Kobe bezüglich des Verkehrs mit Japanerinnen noch erlassen sollte.

Die nächsten beiden Abende verliefen ereignislos. Ich stellte mich an der Bitchi-bashi auf, um die Mädchen vorbeiziehen zu sehen, und als Hana-ogi am anderen Ende der Brücke erschien, ihr Haar vom Wind umspielt, klopfte mein Herz wie ein Niethammer, mit denen die Tragflächen der Flugzeuge festgeschweißt werden. Mein Gott, sie war wie eine Prinzessin aus dem Mittelalter, die ihren Palast verläßt, um sich dem Volk zu zeigen. Gerade, stolz und ihrer selbst völlig sicher, schritt sie daher. Und ihre schwarzen Augen funkelten wie Feuerstrahlen in ihrem goldenen Gesicht ...

»Junge, Junge, Sie sind schwer angeschlagen.« sagte Mike Bailey warnend am zweiten Abend zu mir.

»Ich werde mich unbedingt mit diesem Mädchen treffen. Morgen.«

»Sagen Sie, Junge, nehmen Sie die Sache wirklich ernst?«

Ich wandte mich um und sah Mike an, als ob er ein völlig Fremder wäre. »Nehmen Sie Fumiko-san vielleicht nicht ernst?« fragte ich. »Wer hat denn angefangen, hm?«

»Fumi-chan?« rief er lachend. »Junge, ein Mariner, der nichts mit einem Mädchen hat, ist kein richtiger Mariner. Aber wie kann man ein Takarazuka-Mädchen ernst nehmen? Die haben Sägemehl statt Herzen.«

»Was denn, was denn?« fragte ich verwirrt. »Noch vor kurzem haben Sie mir erzählt ...«

Mike kratzte sich am Kopf und sagte: »Ich habe mal einen Vetter gehabt, der mich ausgerechnet am Tag vor einem großen Basket-Ball-Match der höheren Schulen besuchte. Ich schaute mir den häßlichen kleinen Zwerg an und sagte zu mir: ›Teufel, der wird doch keine Masern kriegen!‹ Aber der kriegte sie, und ich mußte in Quarantäne. Junge, ich glaube, Sie kriegen die Masern.«

Ich sagte: »Morgen abend mache ich einen Sturm auf die Bitchi-bashi und verabrede mich mit diesem Mädchen.«

»Junge«, sagte Mike, »die Masern können Sie noch nicht haben, aber bei Gott, rote Flecken sind es schon!«

Er war vorsichtig genug, am dritten Abend der Brücke fernzubleiben, und als die ersten Takarazuka-Mädchen auftauchten, klopfte mein Herz wieder wie rasend, und da war auch schon Hana-ogi in Begleitung dreier anderer Stars, und ich trat mitten zwischen sie, ergriff Hana-ogis Hand, zog sie an meine Lippen und küßte sie. Dann sagte ich: »Ich muß sie unbedingt sehen!« Aber keines der Mädchen sprach Englisch, und Hana-ogi zog ihre Hand zurück und schickte sich an weiterzugehen. Mir war alles gleichgültig geworden, ich packte sie an der Schulter, drehte sie herum und küßte sie voll auf die Lippen. Dabei hatten wir beide die Augen offen, und ich erinnere mich, daß ich in diesem Augenblick nicht hätte sagen können, ob sie Schlitzaugen hatte oder nicht. Aber schwarz waren sie, schwarz wie der Nachthimmel.

Sie stieß mich zurück, überquerte die Brücke, und ich hörte hinter mir einige Japaner murmeln. Ich dachte: »O verflucht! Ein öffentlicher Skandal, und ich komme vors Kriegsgericht.« Als ich mich aber umwandte, bemerkte ich keine Feindseligkeit. Die Männer lachten, und ein freundlicher alter mit einem Bündel Holz auf dem Rücken deutete auf weitere Takarazuka-Mädchen, die über die Brücke kamen, und machte dabei aufmunternde Bewegungen, diese auch zu küssen. Aber ich eilte zur Marine-Kaserne zurück, wo ich von Mike Bailey mit einem Feldstecher in der Hand und den spöttischen Worten begrüßt wurde: »Sah großartig aus, Junge. Mit Anschleichen. Grrrrrrr!«

Ich sagte: »Ich habe Ihnen doch gesagt, daß ich sie heute abend treffen würde. Na also.«

Er sagte: »As, lassen Sie sich nicht verrückt machen. Wenn Sie mit einer hübschen Schauspielerin Theater spielen wollen – okay. Aber lassen Sie sich nicht verrückt machen. Offen gesagt, sahen Sie mordsdämlich aus auf der Brücke da unten.«

Einige Minuten später kam ein japanischer Page mit einer Bestellung für Mike, und Mike sagte: »Fumi-chan möchte mich im Restaurant treffen. Sie sollen auch mitkommen.«

Als wir hinkamen, hatte der Koch Makino-san schon von dem Vorfall auf der Brücke gehört und machte mir die größten Vorwürfe. »Sehr wichtig in Japan, diese Mädchen. Sie tun sehr unrecht, As-san.«

»Was habe ich denn getan?« fragte ich. »Ich habe ein Mädchen geküßt, das ist alles.«

»Ja, ein Takarazuka-Mädchen«, sagte er ehrfürchtig. Aber ehe er fortfahren konnte, erschien Fumiko-san, schön und von fraulichem Charme wie immer. Sie weinte nicht, hielt mir aber vor, daß so etwas ein Takarazuka-Mädchen ruinieren könne, und wenn Hana-ogi ihre Stellung verlöre, ihre Mutter und jüngeren Schwestern ... »Sie sehr arm, Hana-ogi«, schloß Fumiko.

»Wie meinen Sie das?« fragte ich.

»Ihr Amerikaner nicht wissen, was arm ist. Hana-ogi kein Fleisch kennen, bis sich nach Takarazuka kommen. Hatte nie schönes Kleid. As-san, bitte sie nicht mehr treffen!«

Sie erklärte mir, daß Hana-ogi nur eine Chance im Leben hätte – den einzigen Ausweg aus schrecklicher Armut –, nämlich Takarazuka.

»Ich sie gut kennen«, sagte sie ernst. »Ehe sie zur Prüfung gehen, sie nicht essen drei Tage lang, um ... wie sagen Sie ...?« Sie deutete eine Dauerwelle an. Sie meinte, es bestünde immer die Möglichkeit, daß Hana-ogi zu den wenigen Glücklichen aufrückte, die für immer in Takarazuka behalten würden, »als Tanzlehrerinnen«, wenn ihre Zeit als Schauspielerin um wäre. »Hier ist gutes Leben für Hana-ogi. Es gibt nichts anderes.«

Ich fragte Fumiko, warum sie denn das Risiko auf sich nehme, sich mit Mike Bailey zu treffen, worauf sie lachte: »Ich nicht große Schauspielerin. Ich nicht armes Mädchen. Meine Familie wieder viel Geld verdienen.«

Dann bat sie mich: »Nicht mehr auf die Brücke kommen, bitte, As-san!«

So sehr ich mich danach sehnte, Hana-ogi zu sehen, ihre Augen ganz nahe an den meinen und ihr goldenes Gesicht an meine Lippen gepreßt, sagte ich doch: »Ich verspreche es Ihnen.« Und zu meinem großen Erstaunen bog Fumiko-san ihr schönes Gesicht zu mir über den Tisch, küßte mich und sagte: »Amerikanische Männer so gut. Selbst wenn Hana-ogi heute abend nach Hause kommen und sagen, ›amerikanische Männer nicht gut‹, ich ihr sagen, sie sind all right.«

Aber mein Versprechen, nicht mehr auf die Brücke zu gehen, war bedeutungslos, denn am nächsten Morgen erschien Joe Kelly mit seinem Ford auf dem Flugplatz von Itami und sagte strahlend: »Heute abend wieder zum Dinner, As!«

Meine Augen mußten meine Erregung widergespiegelt haben, denn er sagte lachend: »Yep. Hana-ogi kam gestern spät abends noch zu uns nach Osaka heraus und sprach drei Stunden lang mit Katsumi.«

»Was hat sie gesagt?«

»Keine Ahnung.« Und dann quasselte er irgend etwas Japanisches herunter.

Ich wünschte, ich könnte jemals in meinem Leben wieder eine solch erwartungsvolle Erregung verspürchen wie an jenem Abend. Draußen in Itami rasierte ich mich, putzte meine Schuhe blitzblank und machte mich auf den Weg nach Osaka. In dem kleinen japanischen Taxi wurde ich beinahe wahnsinnig. Der Fahrer lächelte die ganze Zeit und sagte, ja, er verstünde genau, wo ich hinwolle, aber wir kamen irgendwo in der Hölle an, nur nicht bei Joe Kelly. Schließlich schnappte ich mir in meiner Verzweiflung einen kleinen Jungen, der uns zum Hauptbahnhof zurückführte, und von da an ging ich zu Fuß zu Joes Haus. Ungeduldig schob ich die Türen zurück und rief: »Hana-ogi, ich ...« Aber sie war nicht da. Katsumi war allein. Sie sang leise vor sich hin, während sie das Essen zubereitete. Ich setzte mich auf den Boden und beobachtete ihre traditionellen Verrichtungen über dem Holzkohleofen, wie er von japanischen Frauen seit Jahrhunderten benutzt wird. Für sie gab es keine Büchsenöffner und keine tiefgekühlten Lebensmittel. Jeder Arbeitsgang mußte mühselig mit der Hand bewerkstelligt werden, und während Katsumi sich ihrer uralten Hausfrauentätigkeit widmete, summte sie alte Lieder, und es schien mir, daß sie von Tag zu Tag hübscher wurde – wie reizend in Wirklichkeit allerdings, sollte ich in wenigen Minuten erfahren.

Denn der kleine Joe Kelly kam ganz gebrochen nach Hause. Zitternd vor Wut warf er ein Paket auf den Boden und rief: »Dieser Scheißkerl von einem Oberstleutnant!«

Es war nicht das erstemal, daß ich Joe auf Offiziere schimpfen hörte, und ich riet ihm, sich zu mäßigen. Aber diesmal hatte er wirklich Grund. »Dieser Bastard, Oberstleutnant Calhoun Craford! Er schikaniert mich. Jeden Tag, den Gott gibt, schikaniert er mich!«

Zufällig beobachtete ich Katsumi über der Kohlenpfanne. Sie blickte nicht auf, aber ich sah, wie sich eine furchtbare Spannung ihrem ganzen Köprer mitteilte. Ihre Fußgelenke in den weißen Tabi-Socken zitterten leicht, und ich merkte, daß sie schreckliche Angst um ihren Mann hatte.

Denn ich hatte von diesem Calhoun Craford gehört, einem brutalen Burschen, der alle Farbigen haßte. Joe sagte: »Jeder Mann in seiner Einheit, der mit einer Japanerin verheiratet ist, hat die Hölle mit diesem Hund.«

Katsumi, die gemerkt hatte, daß Joe ihretwegen Verdruß gehabt hatte, verließ ihren Platz an der Holzkohlenpfanne und trat in die Mitte des Zimmers. Sie drückte Joe sanft auf ein Kissen am Boden und zog ihm die Schuhe aus. »Du sollst nicht auf Tatami mit Schuhen, Joe«, sagte sie leise. Dann brachte sie ihm eine winzige Schale Sake-Wein, und als er sie ausgetrunken hatte, führte sie ihn in das andere Zimmer, in dem sich ein japanisches Bad befand. Und bald konnte ich den kleinen, schlechtgelaunten Joe Kelly, den abgekämpften Jungen hören, wie er in der Wanne herumspritzte, während seine geduldige Frau ihn mit kaltem Wasser übergoß und ihm den Rücken schrubbte. Nach einer Weile kamen sie wieder heraus, und Joe kratzte sich unter dem dunkelblauen Kimono, den Katsumi ihm gemacht hatte. Er sagte: »Zum Teufel mit Oberstleutnant Craford. Schauen Sie, was ich habe!« Und er brachte eine Flasche italienischen Wein hervor, die Katsumi ihm abnahm.

Dann hörten wir leises Zoriklappern auf den Steinen der Gasse draußen und fielen alle in Schweigen. Ich glaube, Joe und Katsumi waren ebenso aufgeregt wie ich, wenn ihre Herzen auch nicht so stark klopfen konnten wie das meine. Die Papiertüren wurden zurückgeschoben, und da stand Hana-ogi in einem grüngoldenen Kimono, ihre Lippen zu einem leisen Lächeln geöffnet. Ihre Augen blitzten noch von dem eiligen Gang durch den Abend, und ihr blauschwarzes Haar war vom Wind, der vom Kanal herwehte, zerzaust. Sie wollte etwas sagen, aber ich nahm sie in die Arme und küßte sie. Diesmal schlossen wir unsere Augen, als wir uns schließlich voneinander lösten – denn sie erwiderte meine Küsse –, fuhr sie sich mit dem Handrücken über die Stirn, und ich glaube, sie wußte in diesem Augenblick, daß ein Liebesverhältnis zwischen einem Takarazuka-Mädchen und einem amerikanischen Militär nur tragisch enden konnte. Sie schob meine Hand von der ihren, zog sanft ihre Zori aus, setzte sich auf die Tatami und sprach ruhig mit Katsumi, die sich mit Joe auf japanisch unterhielt, und alle drei waren verlegen und wußten nicht, wie sie mir übersetzen sollten, was Hana-ogi gesagt hatte. Schließlich streckte Hana-ogi die Hand aus und forderte mich auf, neben ihr auf den Matten Platz zu nehmen, und dann sagte Katsumi: »Sei nicht mehr böse.«

Nach dem Essen sagte Katsumi: »Joe, wir gehen spazieren.« Hana-ogi machte keine Einwände, und kaum hatten sich die dünnen Schiebetüren geschlossen, da nahm ich sie in meine Arme.

Wir setzten uns auf die Matten und wußten nicht, was wir zueinander sagen sollten. Ich strich mit dem Finger über ihr schönes Gesicht und sagte: »Hübsch«, aber sie verstand mich nicht. Sie wollte mir etwas auf japanisch beibringen, aber ich konnte nur mit den Schultern zucken. Darüber lachte sie, packte mich an der großen Zehe, zog meine verkrampften Beine gerade und klopfte mir auf die Knie, damit andeutend, daß ich von der japanischen Sitzweise stocksteif geworden sein mußte. Dann machte sie ein Kissen, damit ich meinen Kopf in ihren Schoß legen konnte, und so fuhren wir mit unserer nebensächlichen Unterhaltung auf den Tatami fort.

Jeder von uns wußte, daß wir uns noch viele Male treffen würden, aber auf der Bitchi-bashi würde sie geradeaus blicken. Sie verbarg auch ihre Bereitschaft nicht, meine Geliebte zu werden – wenn auch nicht in dieser ersten ruhigen Nacht. Beide wußten wir, daß wir in der Zukunft eine Entscheidung nach der anderen aufschieben würden, bis hohere Gewalt, sagen wir Takarazuka oder General Webster, sich einschalten würde, um uns den endgültigen Schritt zu diktieren. Aber als sie ruhigen Blicks auf mich herunterschaute, ihre schönen Hände mein Gesicht hielten und ihre graziösen, schlanken Beine endlich neben mir ausgestreckt auf den Tatami-Matten ruhten, da war eine Frage ein für allemal beantwortet. Oft hatte ich mich gewundert, wie ein Amerikaner mit Selbstachtung in eine Japanerin verschossen sein konnte. Jetzt wußte ich, warum.

Als es Zeit für uns wurde aufzubrechen, weigerte sich Hana-ogi, sich mit mir auf der Straße sehen zu lassen, und fuhr mit der Bahn nach Takarazuka zurück. Joe fuhr mich nach Itami hinaus, von wo ich den Bus nach Takarazuka nahm. Irgendwie jedoch mußte Hana-ogis Zug Verspätung gehabt haben, denn als ich in mein Zimmer kam und durchs Fenster zu der Bitchibashi hinüberblickte, sah ich Hana-ogi im April-Mondlicht über die Brücke gehen. Ich rannte wieder hinunter, um mit ihr zu sprechen, aber sie ging stolz an mir vorüber. Ihre cremefarbenen Zori klapperten an den Bahngleisen entlang zu ihrem Dormitorium hinauf.

In jener nacht habe ich nicht viel geschlafen, denn als ich ins Hotel zurückkam, fand ich einen Brief vor, der durch Sonderboten gebracht worden war. Er enthielt die übliche Zusammenstellung der von der Kommandantur Kobe in letzter Zeit erlassenen Befehle und eine Fußnote in großer Druckschrift: JEDE WIE IMMER GEARTETE SYMPATHIEKUNDGEBUNG FÜR JAPANISCHE STAATSANGEHÖRIGE SEITENS EINES ANGEHÖRIGEN DIESES KOMMANDOS IST VERBOTEN. ES IST OFFIZIEREN UNTERSAGT, SICH IN DER ÖFFENTLICHKEIT IN BEGLEITUNG EINHEIMISCHER WEIBLICHER PERSONEN ZU ZEIGEN.

Ich wußte, daß ich mich in eine lächerliche Lage gebracht hatte, denn nun konnte ich mich mit Hana-ogi nicht in der City sehen lassen, und sie durfte nicht mit mir durch die Straßen der Stadt gehen. Wenn General Webster mich bei einem Rendezvous mit einer Japanerin erwischte, würde ich bestraft werden; und wenn die Theaterleitung von Takarazuka erfuhr, daß Hana-ogi mit einem Amerikaner verkehrte, würde sie aus der Mondtruppe hinausfliegen. Es war wie eine geborgte Szene aus dem Stück, in dem ich seinerzeit in St. Leonard spielte. Damals hatte ich die Rolle eines Prinzen, der die Heirat seiner Nichte mit einem blutarmen Schullehrer zu verhindern suchte. Der Junge, der den Lehrer spielte, war im wirklichen Leben ein mieser kleiner Tropf, und ich erinnere mich noch gut, daß ich ihn auf der Bühne nicht ausstehen konnte. Aber jetzt war ich genau an seiner Stelle. Mrs. Webster hatte einen Pik auf mich, und die Eisenbahngesellschaft von Takarazuka wollte ihre Kapitalinvestierung in der Person Hana-ogis unter allen Umständen schützen, und beide waren härter zu knackende Nüsse als der siebzehnjährige Lloyd Gruver in der Rolle eines imaginären Prinzen von Ruritanien.

Zwei Stunden lag ich an jenem Morgen wach – von drei bis fünf – und kam zu dem Schluß, daß die ganze Angelegenheit verdammt verfahren sei. Aber in der Frühdämmerung sah ich Hana-ogi vor dem Hintergrund meiner Zimmerwand tanzen, und ihre klassischen Posen, das Stampfen ihrer Füße und die Gebärden ihrer rechten Hand lockten so unwiderstehlich, daß ich an nichts mehr denken konnte, als an ihren schlanken und trainierten Körper. Meine Gedanken waren von der Grazie ihrer Bewegungen erfüllt, und als die Sonne aufging, fiel ich in dem sicheren Bewußtsein in Schlaf, daß wir uns irgendwo innerhalb des Städtedreiecks wiedersehen würden.

## 10

Es kam unerwartet. An einem warmen Maitag wartete ich an der Bitchi-bashi auf Hana-ogi, aber sie kam nicht. Betrübt schlenderte ich zum Bahnhof, um mir eine Rückfahrkarte nach Itami zu lösen, aber als ich auf den Fahrkartenschalter zuging, sah ich Hana-ogi daneben stehen und eine Karte in der Hand halten. Impulsiv kam sie auf mich zu, obgleich wir uns im Herzen Takarazukas befanden, und wir gingen zusammen an den Schalter und lösten zwei Karten nach einer kleinen Stadt in der Nähe der Endstation, und an diesem herrlichen Tag wanderten wir zum erstenmal durch die uralte japanische Landschaft.

Hana-ogi konnte keinen Satz Englisch, und ich verstand ebenso wenig Japanisch, und so gingen wir an den Reisfeldern vorbei und über kleine Hügel, die sich wie Liliputanerfußwege neben den Bewässerungsgräben erhoben. Wir nickten alten Frauen zu, die in den Feldern arbeiteten, lachten Kinder an und sahen die weißen Vögel vorüberfliegen. Hana-ogi trug ihren grünweißen Kimono und die cremefarbenen Zori und sah selbst wie ein schöner Vogel aus. Der Maiwind verfing sich in ihren lockeren Gewändern, und die Zweige der Bäume zerzausten ihr zartes Haar.

Wo wir hinkamen, war das Land voll Menschen. Auf einen Farmer in Texas zum Beispiel kamen hier vierzig. Wenn ein Fußweg in New Hampshire vielleicht von drei Leuten begangen wurde, so war er hier von fünfzig bevölkert. Es gab keine leeren Felder, keine Gehölze, keine moosweichen Ufer an murmelnden Bächen. Auf jedem Quadratmeter Land waren Menschen, und gleichgültig, wie weit wir hinauswanderten, es wurden immer mehr Menschen. Ich schätze diesen Tag höher als irgendeinen Tag meines früheren Lebens, weil ich an ihm nicht nur Hana-ogis unendliche Liebe zu mir entdeckte, sondern auch ihr Land kennenlernte, das tragische, vom Schicksal verdammte Land Japan, und sein elementares Geheimnis: zu viele Menschen.

In Korea haben wir oft Witze über GI's gemacht, die sich sechzehn- und siebzehnjährige Japanerinnen kauften – junge Mädchen konnte man überall in Japan kaufen – und dachten, daß diese Praxis ein schreckliches Licht auf Japan werfe. Aber jetzt sah ich, daß man in Japan jederzeit einen Bauern finden konnte, der seine Tochter gern an einen anständigen Mann verkaufte; denn wenn sie zu Hause blieb und um ihre dürftige Reisportion in der Familienschüssel kämpfen mußte, konnte es ihr nie so gut gehen wie bei einem Mann, der die Mittel hatte, sie zu ernähren. Alle Probleme, die uns so merkwürdig vorkamen und über die wir gelacht hatten – weil sie unamerikanisch waren –, wurden mir an diesem Tag erklärt. Die Japaner waren auch nicht anders als wir. Ihre Bauern liebten ihre Töchter genau so, wie irgendein Farmer aus Iowa seine Töchter liebt. Aber es gab nicht genug Land. Und es gab nie genug zu essen.

Heute noch danke ich Gott für diesen Maienabend, an dem wir durch die Reisfelder wanderten und die Grillen zirpen hörten, denn wenn ich nicht gesehen hätte, wie ein alter Mann sein Feld bearbeitete, hätte ich, als ich die schreckliche Wahrheit über Hana-ogi erfuhr, sie sicherlich nicht mehr lieben können. Aber nachdem ich diesen alten Mann über sein Stückchen Land gebeugt gesehen hatte, liebte ich sie noch mehr.

Er stand an einer Stelle, wo ein Pfad vom Hauptweg abzweigte und dadurch eine schmale Stelle nutzlosen Boden freiließ, auf dem man in Amerika hätte Unkraut wachsen lassen. In Japan dagegen war dieses traurige Dreieck der wertvolle Besitz eines Mannes und die Nahrungsquelle seiner großen Familie. An diesem Maienabend stand er über sein Stückchen Land gebeugt und grub die Erde bis zu einer Tiefe von fünfunddreißig Zentimetern um. Den umgegrabenen Boden häufte er ehrfürchtig auf einer Seite um, bis das ganze Schrebergärtchen durchgegraben war. Dann sahen wir, wie er die lockere Erde in die Hand nahm, jede Handvoll zerkrümelte und sie wieder auf den Boden rieseln ließ. Kiesel, Zweigchen und sonstige Dinge, die nicht dazugehörten, warf er beiseite, und in den darauffolgenden zwei Tagen würde jeder Zentimeter dieses Bodens durch die Finger des alten Mannes geronnen sein. Für ihn gab es keinen Pflug und keine Egge; nur die knotigen Finger und den gebeugten Rücken.

Ich kann diese Dinge schwer beschreiben, weil ich nicht erklären kann, wie Hana-ogi sie mir erklärte. Durch Fingerdeuten, durch Gesten, hin und wieder durch ein kleines Gebärdenspiel mit dem alten Mann machte sie mir verständlich, daß er ihrem Vater ähnelte, außer daß das Feld ihres Vaters – ehe er von amerikanischen Bomben getötet wurde – etwas größer war. Aber ihr Vater hatte neun Kinder.

Als die Sonne hinter den fernen Hügeln unterging, wurde uns mit jedem Herzschlag bewußt, daß wir in diesem furchtbar übervölkerten Japan nach einem Fleckchen Erde suchten, wo wir uns lieben konnten. Keiner von uns beiden dachte mehr daran, daß sie Japanerin und ich Amerikaner war. Wir waren zeitlose menschliche Wesen ohne Nation, ohne Sprache und ohne verschiedene Hautfarbe. Jetzt kannte ich auch ihre Antwort auf die zweite Frage, über die ich einst in Korea nachgegrübelt hatte: »Wie kann ein Amerikaner, der gegen die Japaner gefochten hatte, mit einer Japanerin ins Bett gehen?« Die Antwort war einfach. Beinahe eine halbe Million unserer Männer hatte sie gefunden. Lerne ein Mädchen kennen, das so entzückend ist wie Hana-ogi – und sie ist keine Japanerin mehr, und du bist auch kein Amerikaner.

Wir wanderten weiter im Dämmerlicht und drängten uns enger aneinander. Sie nahm meine Hand, und sie nahm mein Herz, und als es dunkler wurde, ließen wir unsere Augen dringlicher nach allen Seiten schweifen. Wir schauten nicht mehr nach weißen Vögeln oder alten Männern aus, die sich über ihr Feld bückten. Wir suchten nach einer Zuflucht – ihrendeiner Zuflucht –, denn wir liebten uns schrecklich.

Ich erinnere mich, daß ich glaubte, ein kleines Gehölz gesehen zu haben. Aber es waren Häuser, denn man ließ in Japan keine Bäume aufs Geratewohl wachsen. Dann deutete Hana-ogi auf eine Scheune. Sie war besetzt. In Japan gab es nicht einmal genug Land für eine Liebesstunde.

Schließlich gelangten wir zu einem Gebäude, das mir irgendwie bekannt vorkam. Zwei nach innen gebogene massive Balken, auf denen zwei andere quer angebracht waren; oben sah es wie ein riesiges A mit abgeflachter Spitze aus. Es war das zeitlose Symbol eines Shinto-Schreines, und hier gab es Bäume, aber natürlich, wie immer, auch Menschen. Wir sahen zu, wie sie durch das turmhohe A traten, schweigend vor dem Schrein standen, ihre Hände dreimal falteten, sich verbeugten und wieder gingen. Über ihnen flatterten leise die weißen Papierstreifen und die Reisschnüre, Symbole ihrer Anbetung, im Nachtwind.

Hana-ogi nahm mich an der Hand und führte mich am Schrein vorbei zu einer mit Gras bestandenen Böschung, die von vier Bäumen geschützt war. Drei Meter von uns entfernt gingen Dorfbewohner vorüber, und Hunde bellten in der Nähe. Jenseits dieser Grasbank blinkten die Lichter von Häusern, denn hier gab es keine unbewohnte Landschaft, wie ich sie von Amerika her kannte. Es gab keinen Fleck Erde, auf dem nicht Menschen anzutreffen waren. Wir mußten sie schließlich übersehen, und als ich mich in dem Dämmerlicht des Maienabends neben Hana-ogi ins Gras fallen ließ, schien es mir, als ob Millionen japanische Augen uns beobachteten.

Ich erinnere mich lebhaft an zwei Dinge. Ich hatte keine Vorstellung von der Beschaffenheit eines Kimonos. Ich hielt ihn für ein Gewand, das man um sich herumwickelt. Aber als wir uns umarmten und ich merkte, daß Hana-ogi mir ganz gehören wollte, versuchte ich, ihr das hauchdünne Kleidungsstück auszuziehen. Doch darunter befand sich ein anderes, und dann noch eines, und wieder eines, und obgleich wir nicht sprechen konnten, brachen wir beide in Lachen aus über mein verblüfftes Gesicht. Dann plötzlich lachten wir nicht mehr, denn jetzt stand ich vor dem zweiten bedeutungsvollen Erlebnis dieses Tages. Als ich in dem verblassenden Licht endlich Hana-ogis wundervollen Körper sah, erkannte ich mit Schrecken – obgleich ich darauf gefaßt war –, daß ich bei einer Asiatin lag. Ich war bei einem Mädchen, dessen ganzer Körper goldfarben und nicht weiß war, und es folgte ein schrecklicher Augenblick voll Angst, und ich glaube, Hana-ogi fürchtete sich auch, denn sie nahm meinen weißen Arm und legte ihn über ihre goldenen Brüste und verglich unsere Haut. Dann blickte sie weg, drückte mich schnell an ihr Herz und umfing den weißen Mann aus Amerika.

Wir kehrten spät nach Takarazuka zurück. Als der Zug sich der hübschen Stadt näherte, trennten wir uns und gingen in verschiedene Abteile, und ich wartete lange, bis Hana-ogi über die Bitchi-bashi verschwunden war. Erst dann wagte ich mich auf die Straße und ging in die Marinekaserne zurück. Mike Bailey stand unter der Dusche, und als er mich vorbeigehen hörte, rief er mich heran und brachte mich höchst unsanft ins Soldatenleben zurück.

Er sagte: »Ich traf Mrs. Webster heute in Kobe. Sie hat mich einen Haufen Sachen gefragt.«

»Über Sie und Fumi-chan?« fragte ich uninteressiert.

»Spielen Sie nicht den Unschuldigen, Junge. Über Sie und Eileen.«

»Was haben Sie ihr gesagt?«

»Es kommt nicht so sehr darauf an, was ihr ihr gesagt habe, als was sie fragte.« Er wartete, ob ich etwas darauf zu sagen hätte, aber ich telephonierte nach Bier. Dann sagte er: »Sie fragte mich, ob Sie mit einer Japanerin gingen.«

Ich verschluckte mich beim Trinken des Bieres, und Mike sagte prompt: »Natürlich sagte ich nein. Stimmt doch, nicht?«

Ich nahm noch einen tüchtigen Schluck und überlegte mir lange, was ich antworten sollte. Dann überkam mich der dringende Wunsch, mit jemand darüber zu sprechen, und ich sagte: »Ich bin mit Hana-ogi spazierengegangen. Ich glaube, wir sind gute sieben Kilometer gewandert, und ich bin schrecklich verliebt ...«

Mike war ein guter Kamerad, bei dem man frei von der Leber weg reden konnte. Er sagte lachend: »Ich komme mir wie ein Verräter vor, As, daß ich Sie da hineingelotst habe. Zum Teufel, eigentlich sollte ich derjenige sein, der bis über beide Ohren verliebt ist.«

Ich sagte: »Ich komme mir wie von einem Propeller getroffen vor, der unversehens angeworfen wurde. Jesus Christus, Mike! Ich sage die Wahrheit, ich bin ganz verzweifelt.«

Mike lachte wieder und meinte: »Kein Grund, verzweifelt zu sein. Wenn Sie nicht mit Hana-ogi ins Bett gehen können, weil sie eine Schauspielerin ist, dann gibt es immer noch den »Letzten Schrei« von Takarazuka. Es haben schon ganz andere Männer als Sie ...«

Ich wollte schon offen heraus sagen: »Aber wir ...« Doch

irgendwie versagte mir die Stimme, und ich schloß lahm: »Die Sterne fielen auf mich herunter und dann wußte ich nichts mehr.«

Mike sah mich spöttisch an und sagte ernst: »Hören Sie, As, ich weiß besser als die meisten von uns hier, wie süß eine Japanerin sein kann. Aber lassen Sie sich nicht verstricken. Um Himmels willen, As, verwickeln Sie sich nicht in so eine Sache.«

»Ich bin bereits verwickelt.«

»Mrs. Webster sagte mir, die MP habe Befehl, jeden Offizier mitzunehmen, der auf der Straße mit einheimischen weiblichen Personen angetroffen wird. Gut ausgedrückt, was?«

»Ist mir vollkommen wurscht, Mike. Zum Teufel mit der MP und zum Teufel mit Mrs. Webster.«

»Bin ganz ihrer Meinung, As. Aber während ich mit General Websters Panzer-Elite sprach, kam die Tochter dazu, und ich habe sie mir genau angesehen. Himmel, Arm und Zwirn, As! Das Mädchen ist 'ne tolle Schönheit! Warum müssen Sie mit einer japanischen Schauspielerin herummurksen, wenn Eileen zu haben ist?«

Ich stellte mein Glas Bier hin und starrte auf den Boden. Das war genau die Frage, die ich von Mike nicht gestellt haben wollte. Ich sah Eileen im Geist vor mir, wie ich sie in Vassar gekannt hatte, strahlend, voll Leben, eine großartige Kameradin. Ich sah sie in jenem Winter vor mir, als ihr Vater noch als Oberst in San Antonio stationiert war und ich in Randolph Field lag. Warum hatte ich sie damals nicht geheiratet? Warum hatte sie den anderen jungen Offizieren einen Korb gegeben und unbeirrt auf mich gewartet? Ich kam mir wie der Ansager am Schluß eines Hörspieles vor, der die entscheidende Frage nach dem Herzensbrecher stellt. Aber ich wußte, daß mein Radio auch am nächsten Tag keine befriedigende Antwort geben würde.

Ich blickte zu Mike auf und sagte: »Ich weiß nicht.«

Er fragte mich direkt: »Haben Sie Angst vor amerikanischen Frauen?«

Und ich antwortete: »Darüber habe ich noch nicht nachgedacht.«

Er sagte: »Ich bin nun schon lange in Japan und habe vieles erlebt. Ich habe einen ganzen Haufen unserer Männer gesehen, die auf diese Japanerinnen scharf waren ... Verflucht, ich will mich nicht besser machen als sie. Ich bin genau so. Offen gestanden und Spaß beiseite jetzt, As, ich würde jeden Tag lieber Fumiko-san heiraten als Eileen. Aber ich wollte nur wissen, wie Sie darüber denken.«

»Ich denke nicht so darüber. Wenigstens ist es mir nicht bewußt. Aber weshalb denken Sie so?«

»Bei mir ist die Sache klar. Es gibt eine einzige Erklärung dafür. Haben Sie sich je von einer Japanerin den Rücken schrubben lassen? Nicht von einer Bademeisterin, wohlverstanden! Sondern von einem Mädchen, das Sie wirklich liebt.«

»Was hat das Rückenschrubben damit zu tun?«

»As, entweder verstehen Sie, was ich meine, oder Sie verstehen nicht.«

»Was wollen Sie damit sagen?«

»Ich will sagen, daß es für Männer und Frauen Hunderte von Möglichkeiten gibt, miteinander auszukommen. In der Türkei gibt es besondere Methoden, in China wieder andere. Wir in Amerika haben unsere eigenen entwickelt. Und was ich nun sagen will, ist dies: von allen Verfahren ziehe ich das japanische vor.« Er lachte und merkte, daß ich ihn nicht ganz verstanden hatte. Darauf knallte er sein Glas auf den Tisch und rief: »All right! Nur eine kleine Frage: Können Sie sich Eileen vorstellen, wie sie Ihnen den Rücken schrubbt?«

Verrückte Frage und ein Schuß ins Schwarze. Aber sofort trat die dicke kleine Katsumi vor mein geistiges Auge, wie sie neulich abend ihren schlechtgelaunten und niedergeschlagenen Mann in die Badewanne steckte, ihm den Rücken bearbeitete, ihn in einen Kimono wickelte und ihm dadurch ganz ruhig beibrachte, daß ihre Liebe wichtiger war als alles, was Oberstleutnant Calhoun ihm angetan hatte. Und ich sah den kleinen Mistzwerg Joe Kelly als einen vollwertigen Mann aus der Badewanne zurückkommen und fürchtete sehr – wie Mike Bailey –, daß Eileen Webster weder gewillt noch fähig wäre, so etwas für ihren Mann zu tun. Oh, sie würde natürlich mit Vergnügen in Oberstleutnant Crafords Büro stürmen und ihm gehörig die Meinung sagen; oder sie würde sich eine Stellung suchen, um mit mir zusammen so viel zu verdienen, daß ich dem Herrn Oberstleutnant einen Tritt in den Hintern geben könnte; oder sie würde eine Million andere wirksame Schritte unternehmen. Aber ich glaube nicht, daß sie imstande wäre, einen schwer angeschlagenen Mann wieder zusammenzuflikken, denn meine Mutter hatte in den dreißig Jahren ihrer Ehe, soviel ich wußte, nicht ein einziges Mal dieses einfache Heilverfahren angewandt, mit dem Katsumi Kelly neulich abend ihren Mann wieder in Ordnung gebracht hatte.

Mike sprach aus, was ich dachte. Lachend meinte er: »In Japan stimmt vieles nicht. Aber die Frauen zählen nicht dazu, und ihr Standpunkt in der Liebe paßt mir großartig.« Dann fügte er hinzu: »Es paßt mir aber gar nicht, daß Sie das alles ernst nehmen. Denn darüber sind Sie sich doch wohl klar: Die Luftwaffe würde Sie nie eine Japanerin heiraten lassen ...«

»Was könnte die Luftwaffe dagegen tun?«

»Das würden Sie schon sehen. Sie gehören zu ihrem hoffnungsvollsten Nachwuchs, und sie würde alle möglichen Druckmittel anwenden ...«

»Wer redet überhaupt von Heirat?«

Mike atmete erleichtert auf. »Das hört sich schon besser an. Aber wie Sie vorhin anfingen, klang es sehr nach einer Heiratsabsicht.«

»Ich sagte, ich sei verwirrt.«

»Ich wäre auch verwirrt, wenn ich es mit zwei Frauen wie Eileen und Hana-ogi zu tun hätte.« Er überlegte einen Augenblick und fuhr dann fort: »Komisch, ich wäre nie auf Hana-ogi verfallen. Sie sieht immer so männlich aus. Und wenn ich mir's überlege, habe ich sie noch nie in Frauenkleidern gesehen. Sie?«

Ich stellte mir ihre seltenen Reize vor und fing an, von ihr zu schwärmen, aber das erschreckte Mike wieder, und er sagte: »As, ich weiß verdammt gut, daß Sie ans Heiraten denken. Aber das sage ich Ihnen, es wird schwierig werden. Junge, Junge, wird das Schwierigkeiten geben!«

Ich versicherte ihm, daß ich überhaupt nicht wüßte, was ich dachte. Doch mein Problem wurde auf unvorhergesehene Weise von anderer Seite für mich gelöst. Katsumi und Joe kamen am folgenden Nachmittag auf den Flugplatz heraus, und Katsumi hatte schon alles geregelt. Zögernd sagte sie: »Wir haben gefunden Haus für Sie, As.«

»Ein Haus!« Ich nahm sie auf die Seite, wo niemand uns hören konnte.

»Was soll ich mit einem Haus?«

»Wo sonst Sie und Hana-ogi bleiben?«

»Augenblick mal ...«

»Sie Hana-ogi nicht lieben?«

»Natürlich liebe ich sie, aber ...« Ich wandte mich an Joe. Aber der grinste nur und sagte: »Wenn eine Japanerin liebt, As, dann ist es Ernst. Wie, glauben Sie wohl, habe ich mein Haus bekommen?«

Ich sagte zu ihnen: »Hana-ogi könnte Unannehmlichkeiten haben ...«

Katsumi sah mich ungläubig an und sagte: »Als Hana-ogi zu uns nach Hause kommen, es heißt, daß sie Sie liebt. Als sie zum Shinto-Schrein gehen, war dasselbe. Wo wollen Sie beide Liebe machen? Hier in Itami? Ich glauben nicht. Offiziersklub Kobe? Ich glauben nicht. Takarazuka? Nein!«

Ich war nahe daran, die ganze Sache fallen zu lassen, als Katsumi mir auf einem Stadtplan zeigte, daß das Haus nicht weit von dem ihrigen entfernt stand. Dann sagte sie ernst: »Heute Hana-ogi Nummer eins-Mädchen in Takarazuka. Sie sehr schwer gearbeitet dafür. Sie sein guter Mann und niemand erzählen, daß Hana-ogi lieben. Sie große Gefahr, wenn zu Ihnen nach Osaka kommen.«

»Wenn es so gefährlich ist ...«

»Aber sie mir immer gesagt, sie schwer arbeiten, weil sie glauben, eines Tages sie treffen ...« Katsumi wurde rot und konnte nicht weitersprechen. Ich wartete, bis sie Mut gefaßt hatte. Dann flüsterte sie mir zu: »Hana-ogi großes Mädchen. Nicht kleines dickes Mädchen wie ich. Lange Zeit sie träumen, sie treffen großen Mann – wie Sie.«

Meine Enttäuschung, wegen meiner 1,85 gewählt worden zu sein, stand mir wohl auf dem Gesicht geschrieben, denn Katsumi sagte: »Sie viele große Männer kennenlernen, aber keiner so mutig wie Sie – keiner mutig und viele Male auf Brücke stehen, sie zu sehen.« So sprach Katsumi, und als sie ging, fügte sie noch hinzu: »Hana-ogi in neues Haus kommen, heute abend sieben Uhr.«

Jetzt war ich über Bord gesprungen und steckte kopfüber im Tragflächensog, wo alles so rasend schnell vor sich geht, daß man den verdammten Fallschirm nie aufkriegt. Ich wußte überhaupt nicht mehr, was ich tun sollte. General Websters

Befehle, meine Beförderung in der Luftwaffe und mein früherer Standpunkt über den japanischen Feind – all das wirbelte mir im Kopf herum. Nur zu einem war ich entschlossen. Ich würde am frühen Nachmittag zu dem Haus nach Osaka hinausfahren, würde es putzen, einen Vorrat an Lebensmitteln ins Regal legen und ein gemütliches Heim daraus machen.

Aber um halb vier mußte ich in eine dringende Sitzung, und es war beinahe sieben, als ich in Osaka anlangte. Ich eilte die Hauptstraße entlang, von wo mein Kanal abging, und bog in den schmalen Fußweg ein, bis ich zu einem kleinen Laden kam, wo ich einen Arm voll Eßwaren kaufte. Dann atmete ich erleichtert auf und ging im Dämmerlicht des Maiabends weiter.

Als ich mich meinem Haus näherte, sah ich, daß die Schiebetüren offen waren, und von innen fiel ein heller Lichtschein heraus, und dann sah ich noch etwas, das ich nie vergessen werde: eine winzige Staubwolke und das blitzschnelle Ausschütteln eines Besens. Hana-ogi war vor mir in das Haus geeilt, um es vor meiner Ankunft in Ordnung zu bringen.

Ich rannte hinein, warf meine Päckchen auf den Boden und nahm sie in die Arme. Ich bedeckte ihr Gesicht mit wilden Küssen und drückte ihre goldene Wange an die meine. Statt aber meine Küsse mit gleicher Stärke zu erwidern, stieß sie mich von sich, deutete auf meine Schuhe und rief: »Oh, Rroyd-san!« Einen Augenblick war ich verwirrt, dann kniete sie nieder und begann, meine Ärgernis erregenden Schuhe aufzunesteln. Aber ich hinderte sie rasch daran, worauf sie die Lebensmittelpäckchen, die ich auf den Boden geworfen hatte, aufhob und ins Regal legte. Und da sah ich, daß sie von ihrem Geld schon alles Nötige für die Küche eingekauft hatte.

Auf dem Kohlenbecken kochte ein Topf. Ich schaute hinein, drehte mich aber rasch um und sah, wie Hana-ogi meine Schuhe putzte und sie in eine Ecke stellte. Ich nahm drei Schritte, hob sie von meinen Schuhen weg und trug sie in die Mitte des Zimmers, wo ich hilflos um mich blickte, bis Hana-ogi laut auflachte und mit ihrem ausdrucksvollen Kopf eine Bewegung zum kleinen Nebenraum machte. Mit dem Fuß stieß ich die Tür auf, rollte die Schlafmatte auf und breitete sie mit den Füßen so gut ich konnte auf dem Boden aus. Dann legte ich Hana-ogi sanft darauf nieder. Sie schloß einen Augenblick die Augen, sah dann lächelnd zu mir auf und zog mich zu sich herunter.

## 11

In den nun folgenden Tagen mußte ich oft an die Geschichten denken, die ich in meiner Jugend über amerikanische und englische Seeleute verschlungen hatte. Die tapferen Matrosen verliebten sich bis über beide Ohren in ein reizendes Mädchen auf einer idyllisch gelegenen Südseeinsel, und alles war furchtbar romantisch. Aber die verdammten Schwindelgeschichten endeten immer mit einem großen Kuß, und es war dem jugendlichen Leser nie der Gedanke gekommen, daß die beiden Turteltauben auf der Südseeinsel sich nach der Küsserei ja schließlich noch etwas zu sagen haben würden. Aber wie, ohne die Sprache zu kennen? Wie, zum Kuckuck, unterhielten sie sich?

Ich kann mir nicht vorstellen, daß Leute, die nie von zu Hause weggekommen sind, verstehen können, wie schrecklich schwierig eine Sprache sein kann und wie sehr wir von ihr abhängig sind. Während der herrlichen Wochen, die auf unseren Einzug in das neue Häuschen folgten, als die Maiblumen an unserem Kanal in Blüte standen, habe ich mir manchmal beinahe die Zunge herausgerissen in dem Bemühen, Hana-ogi ein Gefühl oder einen Gedanken in Worten verständlich zu machen. Alles schön und gut, zu sagen, man könne mit dem Finger auf die Augen eines Mädchens zeigen und damit andeuten, daß man sie hübsch finde. Aber wenn einem bei dem leisen Geräusch ihrer Schritte vom Kanal her das Herz vor Glück zu zerspringen droht – oder die Erde vor Freude bebt, wenn sie einem nachts ein weiches Kopfkissen für die Schlafmatte bringt, während sie ihr mit Reiskleie gestopftes Leinenkissen daneben legt – dann hat man das Gefühl umzukommen, wenn man nicht mit ihr sprechen kann.

Ich kannte genau vier Sätze auf japanisch. *Ichi ban* hieß

*Nummer eins*, und ich habe die beiden Worte unendlich oft gebraucht. Als ich Hana-ogi zum erstenmal ausgezogen sah, stockte mir der Atem über ihre unglaubliche Schönheit, und ich rief: »Ichi ban!« Wenn sie etwas Gutes gekocht hate, war es unweigerlich »Ichi ban«. Als sie ein Bild von Präsident Truman in der Zeitung sah, sagte ich »Amerika ichi ban«. Und als sie einmal meinte, ihre Brüste seien zu klein, erhob ich lauten Protest »Ichi ban! Ichi ban!«

Ich kannte auch *Domo arigato gozaimasu*, das *Dankeschön* bedeutet. Ich habe es immer wieder benutzt, und es war merkwürdig, welche Bedeutung diese Höflichkeitsfloskel für uns annahm. Wir waren uns wirklich gegenseitig tief verpflichtet, denn wir waren beide ungewöhnliche Risiken eingegangen. Daher war alles, was wir taten, von besonderer Liebenswürdigkeit umgeben. Wenn ich die Schlafmatte auslegte, pflegte ich zu sagen: *»Dom' arigato«*, aber meistens benutzte ich den ganzen Satz. Ich war in einem höflichen Land, in dem man mir mit größter Höflichkeit entgegengekommen war.

Natürlich kannte ich auch die japanischen Allerweltswörter *takusan* und *sukoshi* für *viel* und *klein*. Jeder Amerikaner in Japan benutzte sie als endgültige Beschreibungsform für eine Unmenge Dinge. Diese Wörter kommen mir seltsam vor, wie ich sie so niederschreibe, denn im Japanischen wird der Buchstabe *u* in Verbindung mit einem *k* nicht ausgesprochen. Es hieß also immer taksan dies und das und skoshi soundso, genau wie Ta-ka-raz-ka und skiyaki, statt sukiyaki. Ich erinnere mich, wie ich einmal über etwas, was Hana-ogi getan hatte, tief bewegt war, und auf mein Herz deutete, ihre goldfarbene Hand darauflegte und rief: »Takusan, takusan!« Und ich erklärte ihr, daß es für sie takusan geworden sei, nachdem es so viele Jahre sukoshi gewesen war.

Und schließlich kannte ich die seltsamste aller japanischen Redensarten, *Ah, so desu-ka!* Es wurde meistens in *Ah, so!* abgekürzt und bedeutete genau dasselbe, was es auch auf englisch heißen würde. Manchmal wurde es auch in *Soka, Soda* und *Deska* verkürzt, und ich habe es für alles benutzt. Oft hörte ich Hano-ogi und Katsumi sich unterhalten; die eine erzählte etwas, während die andere immer wieder furchtbar traurig wiederholte: »Ah, so desu-ka! Ah, so desu-ka!« Wir lachten uns kaputt, als Joe uns eines Tages aus einer amerikanischen Zeitung den Bericht einer bekannten New Yorker Journalistin vorlas, die von der Kaiserin von Japan behauptete, daß sogar Ihre Majestät sich schon amerikanisiert habe, denn sie spreche etwas Englisch. »Die ganze Zeit, während ich mit der Kaiserin sprach, nickte sie mit dem Kopf, und wenn sie meiner Meinung war, sagte sie deutlich: ›Ah, so!‹«

Hana-ogi hatte sich ihrerseits ungefähr ebenso viele englische Wörter angeeignet. Wie bei allen Japanerinnen war ihr Lieblingsausdruck *Kann nicht sein!* Sie konnte es mit einem Unterton von entzückendem Humor sagen und mir damit jede aufgeblasene Idee, die ich etwa hatte, höchst wirkungsvoll ausreden. Aber als ich einmal sagte, sie werde eines Tages auch New York sehen, erklärte sie mir mit großer Bestimmtheit: »Kann nicht sein!«

Ein anderer Ausdruck, den sie viel gebrauchte und den sie von Katsumi hatte, denn ganz Japan benutzte ihn, war: *»Ich glauben nicht.«* Sie hatte Schwierigkeiten, das *th* in englischen Wörtern wie *think* oder *thank* auszusprechen. Meistens hieß es bei ihr dann *sink* und *sank.*

Aber wenn Hana-ogi mit dem *th* nicht ganz klar kam, so stand sie auf schärfstem Kriegsfuß mit dem *l,* dem *v* und dem *f.* In ihren Takarazuka-Revuen hatte sie ein paar amerikanische Brocken gelernt, die sie bei den unmöglichsten Gelegenheiten anwandte. Aber sie klangen wegen des begrenzten japanischen Konsonanten-Alphabetes so verstümmelt, daß ich oft lange überlegen mußte, um zu verstehen, was sie meinte. Als wir einmal nach einer langen Liebesnacht aufblieben, um das Häuschen in Ordnung zu bringen, nahm sie mich in die Arme und rief: »O Rroyd, ich riebe dich bier süß!« (O Lloyd, ich liebe dich viel süß!) Ich war weder auf diesen Zärtlichkeitsausbruch noch auf ihre Aussprache vorbereitet, und einen kurzen, schrecklichen Augenblick lang hätte ich beinahe gelacht. Dann sah ich aber in ihre lieben, schmalen Augen und bemerkte, daß sie mit Tränen gefüllt waren, und wir setzten uns auf die Tatami, bis der Morgen graute, und sie sagte mir mit Küssen und Gesten und in komischen halben Worten, sie hätte es nie für möglich gehalten, daß sie, Hana-ogi – deren Leben der Kunst von Takarazuka gewidmet war und sonst niemandem – je entdecken würde, was es hieß, so ... Sie hielt inne, und wir hatten keine Worte, ihren Gedanken zu Ende zu führen. Dann sprang sie auf und rief: »Ich mache dir Kawhee«, und sie holte die Kaffeekanne.

Es ist wahr, daß die Unmöglichkeit, sich zu unterhalten, unseren Umarmungen auf den Tatami-Matten größere Bedeutung gab. Nachher aber, wenn wir zusammen auf dem dunklen Boden lagen und draußen Schritte über dem Kanalpfad hörten, wünschte man sehnlichst, sich über gewöhnliche Dinge unterhalten zu können. Einmal dachte ich daran, was Joe gesagt hatte, und hätte etwas darum gegeben, wenn ich Hana-ogi vom Landklub oder von den Hosenträgern oder dem ersten Zahn meines Jüngsten oder von irgend etwas Alltäglichem hätte erzählen können – zum Beispiel, daß Katsumi ein Baby bekomme. Ich wollte von diesem Baby sprechen, wie es aussehen würde, ob es japanische Augen haben und in Amerika gesund aufwachsen würde. Aber alles, was ich tun konnte, war, meine Hand auf Hana-ogis glatten, flachen Leib zu legen und leise zu sagen: »Katsumi-san takusan – takusan.« Und sie hielt meine Hand auf ihrem Leib fest und antwortete: »Vielleicht eines Tages Hana-ogi takusan.« Und wir sahen uns an, und ich glaube, wir beteten beide im stillen, daß Hana-ogi eines Tages takusan sein möge.

Übrigens, die Frage des Betens machte einige Schwierigkeiten, wie bei Joe und Katsumi. Joe, ein guter Katholik, fühlte sich abgestoßen, als Katsumi in ihrem Häuschen einen Shinto-Schrein, mit allem Zubehör zur Anbetung, aufstellte. Es gab eine hitzige Auseinandersetzung, und der Schrein wurde weggestellt. Aber ich glaube nicht, daß Hana-ogi sich bereit erklärt hätte, ihren Shinto-Glauben aufzugeben, denn eines Tages kam ich nach Hause und sah, daß sie bei uns drei verschiedene Altäre aufgestellt hatte: einen für Shinto, einen buddhistischen und einen katholischen. Ich versuchte, ihr klarzumachen, daß ich zu keinem von den dreien gehörte, aber sie meinte, sie wollte alle drei für mich sein. Ich fragte sie, warum sie Shinto und Buddha verehrte, worauf sie mir erklärte, daß viele Japaner beiden Religionen angehörten und daß einige dazu noch Christen wären. Sie fand nichts Absonderliches darin, alle drei Schreine getreu zu verehren, und ich bemerkte, daß sie meinem Altar dieselbe Aufmerksamkeit wie ihren beiden eigenen widmete.

Wir waren so hungrig nach Unterhaltung, daß wir uns

immer sehr auf die Besuche von Joe und Katsumi freuten. Ich war jedesmal froh, wenn es Katsumi gelang, den wachsamen Augen ihres Joe zu entwischen und zu uns zu kommen, um zu ihren Shinto-Göttern zu beten, daß ihr Baby ein kräftiger Junge werde. Sobald sie hereinkam, überfielen Hana-ogi und ich sie mit einem Schwall Fragen über die alltäglichsten Dinge. Ich sagte zum Beispiel: »Sagen Sie Hana-ogi, daß ich mehr Salz an allen Gemüsen haben möchte.« Man stelle sich vor, daß ich nicht fähig war, diesen einfachen Wunsch zu übersetzen! Oder Katsumi sagte: »Hana-ogi möchte wissen, ob Sie Tintenfisch essen?« Worauf mir ein Licht aufging, und ich rief: »Ach, das wollte sie mich die ganze Zeit fragen!« Und dann wiederholte ich das Wort *Tintenfisch*, und Hana-ogi nannte mir das japanische dafür, und so kannten wir nun beide ein neues Wort.

Aber unser Vokabular wuchs so langsam, daß ich voll Neid auf einige GI's blickte, die die Sprache gemeistert hatten. Einmal kaufte ich Gemüse ein und sah einen rauhen Texasburschen sich mit einem japanischen Mädchen wegen einiger Pfund Äpfel streiten. Schließlich fragte er sie wütend: »He, was ist los, du?«

Die kleine Japanerin hielt den Atem an, bebte vor Zorn und gab dem Texasburschen eine Ohrfeige, die nicht von schlechten Eltern war. Dann stemmte sie die Arme in die Hüften und schrie ihn an: »Wasistlos du? Du wasistlos mich? Ich wasistlos dich zuerst!«

Der GI aus Texas lachte, nahm eine Schachtel Schokolade vom Ladentisch und überreichte sie dem Mädchen mit einer chevaleresken Verbeugung. »Du mein Girl-Friendo ichi ban. Ich schenko dir.« Das kleine Mädchen hakte ihn unter, legte den Kopf schief und fragte ihn kokett, ob sie hübsch sei: »Steky-ne?« Er küßte sie und rief: »Du bist gottverdammt steky-ne, Baby!«

Ich beneidete dieses Paar, weil es eine eigene Sprache erfunden hatte, die es ihm ermöglichte, seine Liebe in verständliche Worte zu kleiden. Wie kleine Kinder, die sich von einer Sprache nicht stören lassen, ignorierten sie Japanisch und Englisch gleichermaßen und lebten in einem köstlichen Sprachenbabel eigener Prägung.

Ich kam mit meinem Einkauf nach Hause und fragte: »Hana-ogi, was heißt *steky-ne?*« Sie dachte einen Augenblick nach, legte meinen Finger dann auf ein ganz besonders schönes Muster ihres Kimonos und antwortete: »Steky-ne!« Ich nahm an, sie meine die Stickerei, deutete auf ein anderees Muster und fragte wieder: »Steky-ne?« Aber sie schüttelte den Kopf.

Ich war verwirrt. Sie sah es, überlegte, nahm wieder meinen Finger und fuhr damit ihr schönes ovales Gesicht entlang. Sie ließ meine Hand an ihrem Kinn ruhen und fragte: »Du denken – steky-ne?« Und dann erst wurde mir klar, was das Wort bedeutete, und ich küßte sie herzlich und flüsterte: »Steky-takusan-takusan-ne.«

Aber wie die Tage vergingen und wir uns immer hoffnungsloser liebten, entdeckten wir, daß wir unmöglich ein solch leidenschaftliches Leben ohne einen besseren Gedankenaustausch führen konnten. Ich fing also an, ein bißchen Japanisch zu lernen, und Hana-ogi – die die Amerikaner und was sie Japan angetan hatten, verachtete – nahm widerwillig einen englischen Kursus. Sie kaufte sich ein englisches Konversationsbuch, in dem sie täglich in der Bahn nach und von Takarazuka lernte, und eines Abends brachte sie ihren ersten, vollkommen englischen Satz heraus. Sie nahm all ihren Mut zusammen, wie ein Schulmädchen, das Milton aufsagt, schluckte ein paarmal, lächelte mich an und deklamierte: »Sieh, der Postillion ist vom Blitz getroffen worden.«

Der Schock dieser Worte war so groß, daß ich in unbändiges Gelächter ausbrach, und ich sah, wie Hana-ogis Gesicht langsam zu Eis gefror. Ich hatte ihre besten Absichten verlacht. Ich war eben auch ein Amerikaner.

Ich stand schnell vom Boden auf, um mich zu entschuldigen, aber als sie mich auf sich zukommen sah, rannte sie davon. Sie packte ihr englisches Lehrbuch, riß es in Stücke und warf mir die Fetzen vor die Füße. Die zerrissenen Seiten, die vor ihr niederfielen, zertrampelte sie und schrie dabei auf japanisch, was die Lungen hergaben.

Schließlich nahm ich sie an den Händen und küßte sie. Ich hielt ihren Kopf an den meinen, und als sie in Schluchzen ausbrach, hätte ich mir die Zunge abbeißen können. Die grausame Unfähigkeit, uns verständlich zu machen, brachte uns noch um. Wir verloren uns in einem Hohlraum von Gedanken, die wir uns nicht mitteilen konnten. Wir waren ein Liebespaar, das nicht zueinander kommen konnte, und als Hana-ogi versucht hatte, den Graben zu überbrücken, indem sie sich demütigte und ihre Abneigung gegen den Feind unterdrückte – da hatte ich sie ausgelacht.

Damals wurde mir klar, daß Worte uns in Zukunft nicht mehr trennen durften. Ich hob Hana-ogi auf die Schlafmatte, streckte ihre schönen Beine gegen das Kaminfeuer aus, drückte ihren Kopf dicht an mein Herz und sprudelte meine eigenen Worte heraus, ob sie sie nun verstehen konnte oder nicht. In jener Nacht sagte ich: »Hana-ogi, Hana-ogi! Ich liebe dich von ganzem Herzen und mit allen meinen Gedanken. Ich war wie eine unfruchtbare Wüste ... Ich bin in einem einsamen Flugzeug weit in den Himmel geflogen, aber ich habe nie einen wirklichen Menschen kennengelernt. Jetzt bin ich in ein fremdes Land und zu einem Volk gekommen, das ich einst gehaßt habe, und ich habe dich getroffen und habe dich entführt und dich hierher in dieses kleine Haus gebracht, und du hast für mich ein Stück Himmel daraus gemacht. Hana-ogi, wenn ich dich durch meine Unwissenheit gekränkt habe, dann müßtest du mich durch die Straßen von Osaka peitschen, denn mein Herz liegt in deinen Händen, und wenn ich dich verletze, würde ich mich selbst zerstören. Ob du mich nun verstehst oder nicht, diese Worte sind alle für dich gesprochen.« Und dann küßte ich sie.

Ich glaube, sie verstand, was ich sagte, denn jetzt drückte sie ihr Gesicht an das meine und sprach leise auf japanisch, und ich glaube, sie entledigte sich all der angesammelten Mißverständnisse, die ihr Herz seit langem gequält hatten. Ich schloß die Augen und lauschte dem wundervollen Klang ihrer Stimme, während sie die fremden, harten Silben ihrer Muttersprache aussprach. Sie sagte ein Wort, das sich wie *hoshimashita* anhörte, und ich blickte auf und sprach es nach, und sie lachte und küßte mich auf die Lippen, daß ich still sei, damit sie weitersprechen konnte. Ich verstand kein einziges Wort, aber die Bedeutung ihrer Gedanken drang irgendwie durch, und beide wußten wir, daß wir uns heißer liebten als je zuvor.

Von da an unterhielten wir uns ziemlich viel, und wir machten die Entdeckung, daß, wenn man sich liebt, es für den anderen viel weniger wichtig ist, was man sagt, als für den, der es sagt. Wenn ich ihr sagen wollte, daß die Tage länger würden und daß ich dies zum erstenmal bemerkte, als ich ein kleiner

Junge in einer Garnison in Montana war, sagte ich es eben, und es war für mich wunderbar, wenn während ich es sagte, kam meine ganze Kindheit zu mir zurück – das saubere und großzügige Leben der Kindheit –, und mein Herz wurde noch größer und konnte noch mehr lieben. Und Hana-ogi erzählte mir von der Zeit, als sie noch ein kleines Mädchen war und davon träumte, nach Tokio zu fahren und wie, als sie dann hinkam, Tokio so viel kleiner aussah, als sie es sich vorgestellt hatte. Ich verstand nur sehr wenig, aber eines verstand ich mit verblüffender Klarheit: wenn sie von diesen Dingen eine Weile gesprochen hatte, sah sie schöner aus, als eine Frau in meiner Vorstellung je sein konnte. Ich glaube, in jenen langen Nächten, in denen wir uns im Schlafsack auf den Tatami-Matten unterhielten, kamen wir der vollkommenen Verschmelzung zweier Menschenleben näher, als es je wieder für mich möglich sein wird. Da Worte uns nicht zur Verfügung standen, trieben wir unsere Herzen aufeinander zu, um die Verständigung zuwege zu bringen. Und wir verstanden uns.

Am Morgen, nachdem Hana-ogi das englische Lehrbuch zerrissen hatte, las ich die einzelnen Blätter auf, um sie zu verbrennen. Dabei stellte ich fest, daß das Buch im Jahre 1879 von einem hervorragenden japanischen Philologen herausgegeben worden war, der sich von der englischen Sprache in jenen märchenhaften Tagen, als Japan seine Tore dem Westen öffnete, offenbar hatte überrumpeln lassen. Der erste Übungssatz dieses Herrn »für junge Damen zu Beginn einer Unterhaltung in der Öffentlichkeit« war Hana-ogis Epos: »Sieh, der Postillion ist vom Blitz getroffen worden.« Der alte Gelehrte hat es sich sicherlich nie träumen lassen, daß sein Satz ein allgemein belachter Witz in einem amerikanisch-japanischen Heim werden würde. Wann immer sich etwas Unangenehmes bei uns zusammenbraute, deklamierte Hana-ogi mit Pathos: »Sieh, der Postillion!«

Das Buch erregte meine Neugierde. Ich glättete ein paar andere Seiten und las solche sprachlichen Prunkstücke wie: »Der Handkoffer meines Vaters ist im Zimmer meiner Mutter.« Hana-ogi fragte mich, was das bedeute, und ich versuchte, es ihr zu erklären, aber je mehr ich mich bemühte, desto dümmer klang es, bis wir uns schließlich vor Lachen bogen, und während Hana-ogi mich in die Rippen stieß, mußte ich an die Armee-Broschüre für GI's über Japan denken, in der es hieß: »Die Japaner haben keinen Humor.«

Aber der Satz, der mich geradezu bestrickte, waren die Einleitungsworte bei einer formellen Tea-Party, »deren Teilnehmer sich nur entfernt kennen«. Der Herr Professor empfahl folgende Bombe: »Das Kamel wird oft das Schiff der Wüste genannt.« Mir schien dieser Satz die Quintessenz der japanischen Mentalität zu sein: wenige Japaner hatten je ein Kamel gesehen, und niemand konnte geringeres Interesse an dem Aussehen eines Kamels haben, als junge Damen bei einer Tea-Party. Aber das schadete gar nichts. Die sture Tatsache blieb bestehen, daß das Kamel gelegentlich das Schiff der Wüste genannt worden war. Also war der Satz zur Einleitung einer Konversation beim Tee ebenso gut geeignet sie ein anderer. Ich wollte Hana-ogi erklären, wie lächerlich das alles klang, aber sie gab sich große Mühe, mir mit Gesten vorzumachen, wie das Kamel durch den Sand schreitet und dabei wie ein Schiff schlingert, und wie diese Tiere tagelang ohne Wasser sein können, und daß es zwei Arten von Kamelen gibt, eine mit einem Höcker und die andere mit zwei. Ich versuchte, die unerbetene Informationsflut einzudämmen, aber sie nahm mich an der Hand und rannte mit mir auf die Gasse zu Katsumis Haus hinüber. Dort ratterten die beiden Frauen ihr rasendes Japanisch herunter, und Katsumi öffnete ihre Schatztruhe, und Hana-ogi blätterte alle Magazine durch, bis sie eines fand, dessen Titelseite ihr Bild trug, und innen war ein halbes Dutzend Bilder von ihr als edlem arabischem Räuber in einem überspannten Wüstenstück, genannt *Der Silberne Scheich.* Dann befahl sie Katsumi zu übersetzen, und diese sagte: »Aber das Kamel wird wirklich das Schiff der Wüste genannt.« Ich biß mir auf die Lippe und zeigte auf ein Bild von Hana-ogi in wallenden Gewändern und sagte: »Ichi ban, ichi ban«, aber Hana-ogi besah es sich kritisch und schüttelte verneinend den Kopf. Sie deutete auf ein anderes und meinte: »Sehr hübsch«, und auf diesem hatte sie ein besseres Profil.

## 12

Ab und zu während des langen Frühlings in jenem Jahr dachte ich wieder über Mike Baileys Frage nach: Liebte ich Hana-ogi, weil ich vor Amerikanerinnen Angst hatte? Zuerst hatte die Frage lächerlich geklungen. Es stimmte, daß ich mich vor der unaufhörlichen Diktatur einer Schwiegermutter à la Frau General fürchtete; aber ich hatte vor Eileen bestimmt keine Angst, außer, wenn sie ihre Mutter nachmachte, und soweit ich wußte, hatte ich mich im allgemeinen nie vor amerikanischen Frauen gefürchtet. Tatsächlich hatte ich sie eigentlich immer sehr gemocht, und ich erinnere mich an keinen Tanz in West Point oder auf einem der Flugstützpunkte, den ich nicht mitgemacht hätte – und beinahe immer mit meiner eigenen Partnerin. Ich kam also zu dem Schluß, daß amerikanische Frauen mir keine Angst einjagten. Aber dann kam die Sache mit den Weekies, und von da an war ich nicht mehr so sicher.

Ich hatte seit einigen Tagen bemerkt, daß Katsumi mich allein sprechen wollte, und nahm an, daß sie von mir eine besondere Möglichkeit zu erfahren hoffte, wie sie nach den Vereinigten Staaten einreisen könnte. Aber da ich ihr nicht helfen konnte, versuchte ich, das schmerzliche Thema zu vermeiden. Doch schließlich erwischte sie mich und fragte: »Major, Sie mein Freund ichi ban?«

»Ja, Katsumi.«

»Dann vielleicht Sie mir Weekies kaufen?«

»Was sind Weekies?«

»Sie gehen P.X. Bitte, As, ich dürfen nicht Weekies kaufen.«

»Warum nicht?« wollte ich wissen. »Alle Frauen bekommen P.X.-Einkaufskarten.«

Ich erinnere mich, daß Katsumi zögerte, als ob sie nicht über Joes Schwierigkeiten sprechen wollte, aber als ich nicht locker ließ, sagte sie: »Oberstleutnant Craford mir nicht Paß geben. Keiner japanischen Ehefrau Paß geben. Er Joe hassen, weil Japanerin geheiratet.«

Das reizte mich. Ich machte mich also nach der großen Avenue auf denWeg, wo sich der P.X. von Osaka befand. Aber dann kehrte ich noch einmal um und ging in die Gasse zurück.

»Katsumi«, rief ich, »was zum Donnerwetter sind Weekies?«

Sie schob die Papiertüren zurück und versuchte, es mir zu erklären, wurde aber dann sehr verlegen und sagte nur: »bitte, Gruver-san, ich wie amerikanische Frauen sein wollen. Ich Joe takusan glücklich machen wollen.« Und mit dieser erschöpfenden Auskunft trabte ich los.

Im P.X. zuckten zwei baumlange Wachtposten die Schultern, als ich sie nach Weekies fragte, und ich hätte auf dem Absatz kehrtgemacht, wenn mich der Gedanke, wie die sanfte Katsumi hier herumgestoßen worden wäre, nicht geärgert hätte. Ich ging also zu einem dieser supertüchtigen japanischen Angestellten, die hinter Schreibtischen sitzen und immer alles zu wissen scheinen, und als ich ihn fragte, runzelte er merkbar die Stirn und sagte: »Fünfter Stock, viertes Quergebäude.« Er sprach langsam und kämpfte mit jedem Buchstaben, so daß es sich anhörte wie: »Hünter Stock, hiertes Quergehäude.«

Ich nahm den Aufzug zum fünften Stock hinauf und machte die peinliche Entdeckung, daß es der Stock für Damenkleidung war. Auf dem ganzen Stockwerk waren nur drei Männer, GI's, die für ihre Mädchen Wäsche kauften. Aber dafür gab es an die hundert amerikanische Ehefrauen, die mich, sobald sie meiner ansichtig wurden, mit eisigen Blicken durchbohrten. Offenbar war ich auch so ein Amerikaner, der sich von einem billigen japanischen Mädchen hatte einfangen lassen, und ihm nun Nylonstrümpfe oder ein Kleid oder sonst ein Geschenk kaufte, als Gegenleistung für genossene Liebesstunden. Ich wurde rot, als ich die abweisenden Blicke im Nacken spürte, und murmelte vor mich hin: »Hier bist du am falschen Ort, Dickkopf.« Aber das war, ehe ich wußte, was Weekies waren.

Ich ging in die Strumpfabteilung, und eine freche japanische Verkäuferin sagte zu mir: »Sie dürfen keine Nylonstrümpfe kaufen, Major, außer auf die Einkaufskarte Ihrer Frau.« Ein halbes Dutzend Offiziersfrauen stand daneben und lächelte nachsichtig. Ich sagte ruhig: »Ich will keine Nylons. Aber könnten Sie mir vielleicht sagen, wo ich Weekies bekommen kann?«

Die Amerikanerinnen lachten laut heraus, und ich war dankbar, als die japanische Verkäuferin mit größter Höflichkeit antwortete: »Dort drüben, Major.« Sie zeigte nach der Seidenwaren-Abteilung, und die Frauen hinter mir brachen wieder in Lachen aus.

Ich glaube, es wäre einfacher gewesen, wenn ich mir auf der Stelle die Kehle durchgeschnitten hätte. Die Blicke hätten nicht empörter sein können und meine Verwirrung nicht schlimmer. Statt dessen ging ich so unauffällig wie möglich zu dem Tisch mit der Spitzenwäsche, wo die Verkäuferinnen wie auf geheime Verabredung alle anderen zuerst bedienten. Ich stand also da und blickte mit gemachter Gleichgültigkeit um mich. Aber wo ich hinblickte, traf mein Auge auf Büstenhalter und Strumpfgürtel. Und langsam merkte ich, was um mich herum gesprochen wurde. Die Damen unterhielten sich so, daß ich es hören mußte.

Die erste Offiziersfrau sagte: »Ich glaube, eine ganze Menge unserer Männer läßt sich von diesen Mädchen einfangen.«

Die zweite sagte: »Na, ich habe nie erlebt, da sie sich besonders dagegen gewehrt hätten.«

Die erste erwidere: »Ich kann noch verstehen, daß GI's sich mit Japanerinnen einlassen. Haben wahrscheinlich noch nie ein anständiges Mädchen in Amerika kennengelernt.« Aus der Betonung konnte man heraushören, daß sie sich für ganz besonders anständig hielt.

Die zweite stimmte zu: »Was ich aber nie verstehen werde, ist, wie ein Offizier so seine Uniform herabwürdigen kann.«

Glücklicherweise kam jetzt eine Verkäuferin, und ich sagte: »Ich möchte gerne Weekies.«

Die amerikanischen Ehefrauen brachen in Gelächter aus, und die Verkäuferin fragte in dem typischen Sing-Sang berufstätiger japanischer Frauen: »Klein, mittel oder groß?«

Ich schluckte und fragte: »Was sind eigentlich Weekies?« Dies verursachte einen wahren Lachsturm, in den auch die japanische Verkäuferin einstimmte.

Sie bückte sich unter den Ladentisch und brachte eine offene

Schachtel hervor, die einen Haufen rosa Nylon-Schlüpfer enthielt. Sie nahm einen heraus, hielt ihn in die Luft und fragte noch einmal: »Klein, mittel oder groß?«

Inzwischen hatten sich noch mehr Frauen an den Ladentisch gestellt, und aller bemächtigte sich unbändige Heiterkeit. Ich nahm an, daß jetzt nichts Schlimmes mehr passieren konnte, und sagte: »Ich nehme diesen hier.«

Worauf sich das hysterische Gelächter verzehnfachte, die japanische Verkäuferin sich rasch mit der Hand über den Mund fuhr und mir den Bund des Schlüpfers, den sie in der Hand hielt, zeigte. »Major, Weekies gibt es für jeden Tag der Woche einen – daher Weeky, von Week, die Woche.« Und sie zeigte mir das eingestickte Wort Donnerstag.

Rasend vor Wut deutete ich auf den ganzen Haufen und sagte: »Ich nehme sie alle.«

Aber die Verkäuferin sagte: »Dies sind nur Muster. Klein, mittel oder groß?«

Verzweifelt versuchte ich mir vorzustellen, wie Katsumi aussah, aber in meinem Kopf wirbelte alles durcheinander, und ich zeigte einfach auf eine andere japanische Verkäuferin und sagte: »Ihre Größe, ungefähr.«

Hinter mir flüsterte eine der Frauen süß-sauer: »Er weiß nicht einmal, wie groß sie ist.«

Ich drehte mich um und sah meinen Landsmänninnen ins Gesicht. Sie sahen hart und eckig aus. Es waren die Gesichter von Frauen, die unter dem Druck äußerer Gewalten standen. Sie sahen wie meine erfolgreiche und unglückliche Mutter oder wie die mächtige Mrs. Webster aus, oder wie die gehetzten, einsamen Gesichter, die man auf amerikanischen Großstadtstraßen so gegen vier Uhr dreißig nachmittags an sich vorbeieilen sieht. Es waren tüchtige Gesichter und gut zurechtgemacht, Gesichter voll Entschlossenheit und tief unglücklich. Es waren die Gesichter von Frauen, die von ihren Männern enttäuscht worden waren. Vielleicht hatten diese harten Gesichter im P.X. von Osaka eine ungewöhnlich schwere Bürde zu tragen, denn sie waren täglich von den grausamen Beweisen umgeben, daß viele amerikanische Männer die weicheren, menschlicheren Gesichter japanischer Frauen von der Art Katsumi Kellys bevorzugten.

Während ich bezahlte, hörte ich die erste Offiziersfrau

sagen: »Alle kleinen Japanerinnen, die mit GI's zusammen sind, sind wie verrückt auf alles, was ihnen ein amerikanisches Aussehen gibt.« Die zweite drehte sich um, um mir nachzusehen, und fügte hinzu: »Einschließlich amerikanischer Männer.« Aber als ich von diesen harten, verbitterten Frauen wegging und mich durch ihren Kreis ausdrucksloser, unversöhnlicher Gesichter hindurchgezwängt hatte, sah ich neben dem Aufzug eine Amerikanerin stehen, die Eileen Webster hätte sein können. Sie war schön, taufrisch und sah tadellos aus, und ich hätte beinahe vor Schmerz aufgeheult, als ich daran dachte, welche entscheidende Veränderung im amerikanischen Leben eingetreten sein mußte, um Männer wie Mike Bailey und mich von solch köstlichen Geschöpfen zu vertreiben.

## 13

Seitdem ich nun wußte, daß das Geheimnis der Liebe auf Gedankenaustausch beruht, wünschte ich, ich könnte genau erzählen, wie Hana-ogi und ich lernten, uns in jenen wundervollen Tagen unserer frühen Liebe zu unterhalten; aber ich kann mir nicht mehr zusammenreimen, wie wir es anstellten. An einen Abend erinnere ich mich allerdings noch genau, als ich versuchte, aus Hana-ogi die Bedeutung ihres Namens herauszubekommen. Ich war barfuß und trug den billigen weißblauen Kimono, der in ganz Japan getragen wird. Ich saß mit dem Rücken gegen die dünne Wand gelehnt und hatte die Füße unbequem auf die Tatami ausgestreckt. Ich versuchte, ihr die Frage verständlich zu machen: »Was bedeutet Hana-ogi?« Aber es gelang mir nicht, weil sie nur die beiden Wörter *was* und ihren Namen *Hana-ogi* verstand und natürlicherweise annahm, ich wollte wissen, was sie gerne hätte. Also deutete sie mit winzigen Gesten und vielen Fingerzeigen auf unser kleines Liebesnest und sagte, daß sie keinen anderen Wunsch hätte, als hier bei mir zu sein und mich in der Badewanne herumplätschern zu hören, daß sie unsere Mahlzeiten über dem Kohlenfeuer kochen möchte, und wenn sie abends die Schiebetüren schlösse, wollte sie uns ein- und die Welt ausschließen.

Ich lehnte mich ruhig gegen die Wand, wickelte meinen Kimono enger um mich und hing den köstlichen Gedanken nach, die sie soeben für uns beide ausgedrückt hatte. Aber dann machte ich einen zweiten Versuch, und diesmal rief sie: »Ah, so desu-ka! Die andere Hana-ogi? Ja, Rroyd-san, ich sagen.«

Und jetzt wünschte ich, ich könnte erklären, wie sie sich mir verständlich machte. Aber ich kann es nicht. Dieses phantastische Mädchen, das von meiner Sprache kaum ein Wort kannte, brachte es nichtsdestoweniger fertig, mir die folgende Geschichte zu erzählen, während ich, die Knie zum Kinn hochgezogen, an der Wand kauerte. Einiges tanzte sie mir vor, einiges brachte sie mir durch Gebärdensprache bei, und wieder einiges sprach sie in solch ausdrucksvollem Japanisch, daß ich ziemlich genau verstehen konnte, was sie meinte. Und hier ist die Geschichte, die sie mir erzählte:

In einem kleinen Dorf in der Nähe von Tokio lebte vor vielen, vielen Jahren ein sehr schönes Mädchen. Niemand kennt ihren Namen, aber später sollte sie einmal Hana-ogi, die berühmteste Prostituierte der japanischen Geschichte, werden. Als Kind lebte sie bei ihrer verwitweten Mutter, aber es wurde bald klar, daß ihre einzige Zukunft in den Grünen Häusern von Yoshiwara lag, dem von uralten Mauern umgebenen Viertel in den Sümpfen von Tokio, wo die unerwünschten Mädchen armer Bauernfamilien zu glänzenden und kultivierten Kurtisanen ausgebildet wurden.

Die alte Mutter verkaufte Hana-ogi mit sieben Jahren, und acht Jahre lang hatte das Mädchen, das zusehends schöner wurde, die Staatskurtisanen des Grünen Hauses von Ogi-ya zu bedienen, das sie später zum berühmtesten seiner Art in ganz Japan machen sollte. Obgleich sie immer noch ihren Obi mit den langen enden hinten zusammengebunden trug, als Zeichen ihrer Jungfräulichkeit, lehrten die älteren Mädchen sie die Künste ihres Metiers, und an ihrem fünfzehnten Geburtstag legte Hana-ogi ihren Namen für immer ab, band ihren Obi vorn und empfing ihren ersten Kunden.

Es war ein junger Mann aus Odawara, der sich so rasend in Hana-ogi verliebte, daß er sich häufig auf den Stufen von Ogi-ya herumtrieb, wenn er kein Geld hatte hineinzugehen. Mit Staunen beobachtete er, wie Hana-ogi die höchstbezahlte Frau von Yoshiwara wurde, und es gab zur damaligen Zeit dort mehr als viertausend. Sie wurde berühmt wegen ihrer Gedichte, die wie zarte Seufzer des Herzens und köstliche Idylle des Landlebens waren, wenn der frühe Morgentau die Reisfelder bedeckt. Die Priester in den Tempeln sprachen nicht selten zu ihren Gläubigern von dem frommen Mädchen, das nicht daran dachte, sich von den Grünen Häusern loszukaufen, sondern alles Geld an seine alte Mutter nach Hause schickte. An heiligen Tagen ging Hana-ogi in einen Buddhistentempel, den man den schweigsamen Tempel nannte, weil er keine Glocke hatte, um die großen Tage einzuläuten. Und eines Abends führte Hana-ogi eine Prozession von Tausenden aus Yoshiwara an, die eine bronzene Glocke für den schweigenden Tempel brachten. Es war ihr Geschenk an die Priester, denn diese waren ärmer als sie.

Ihr Ruhm wurde so groß, daß sogar Besucher aus China herüberkamen, um diese Berühmtheit Nihons zu sehen. (Meine Hana-ogi nannte ihr Land selten Japan und nie Nippon.) Poeten schrieben bekannte Lieder über sie. Männer aus dem Gefolge des Schoguns besuchten sie, um sich mit ihr zu unterhalten, und vor allem die Maler der großen Welt, die Holzschnitzer, die am Rande von Yoshiwara wohnten, machten viele Bilder von ihr. Heute noch kann man im Museum von Kioto etwa drei Dutzend berühmte Gemälde von Hana-ogi besichtigen. Wenn ich sie sehe, sagte meine Hana-ogi, so scheint es mir, als ob diese unsterbliche Frau über die Jahrhunderte hinweg zu mir spräche, und das gibt mir Mut.

Die ganze Zeit über, während die großen Männer aus dem Palast des Schoguns und die weltberühmten Maler bei Hana-ogi waren, beobachtete der junge Anbeter aus Odawara sie, und eines Frühlings, kurz ehe die Kirschblüten aufbrachen, entführte er Hana-ogi aus den Grünen Häusern. Wo sich die beiden Glücklichen verbargen, weiß niemand. Ob ihrer Liebe Kinder entsprangen, kann niemand sagen. Die Jahre vergingen, und das Haus von Ogi-ya wurde vom Mißgeschick verfolgt. Es kamen keine reichen Männer und keine Maler mehr, und die Priester der benachbarten Tempel erhielten keine Geschenke von Hana-ogi mehr. Die Porträts des unvergeßlichen Mädchens wurden in Massen verkauft, denn jeder wollte eine Erinnerung an die schönste Frau haben, die Japan je hervorgebracht hatte.

Bis eines Tages ihr Ruhm von neuem erstrahlte. (Hier nahm meine Hana-ogi, meine lebende Grazie, die Pose eines mittelalterlichen Domes an und ahmte eine glanzvolle Prozession nach.) Hana-ogi war in die Grünen Häuser zurückgekehrt. Sie war vierunddreißig Jahre alt, schöner als je und stattlicher. Vor ihr schritten junge Mädchen mit Blumen im Arm. Hinter ihr stolz ein Staatsminister. Zwei Männer hielten Schirme über ihrem Haupt, und sie war in einen kostbaren blauen Kimono und reiche, wallende Purpurgewänder gekleidet, und die Geta ain ihren Füßen waren siebenundzwanzig Zentimeter hoch. Nach fünf Tagen hatten die größten Künstler Japans prachtvolle Bilder von ihrer frohen Wiederkehr gemalt, und wir können sie heute noch bewundern, die prunkvollen Prozessionen und die seltene, wunderschöne Frau, die in ihre seltsame Welt zurückkehrte.

Es war das goldene Zeitalter! In jenen Tagen klang das Land von Liedern wider, von weisen Gesprächen, und es gab prächtige Gemälde und schöne Frauen, und Nihon war noch nie so fröhlich. Und die Königin dieses goldenen Zeitalters war Hana-ogi, das Mädchen vom Lande. Sie sprach nie von der Zeit ihrer Abwesenheit, erzählte nie, was mit ihrem Geliebten geschehen war, aber die Leute argwöhnten, daß er sie wie alle japanischen Männer satt bekommen und beschimpft hatte. Sie lebte noch viele Jahre im Haus von Ogi-ya, und als sie eines Tages zu alt geworden war, um ihren Besuchern gefällig zu sein, verschwand sie, und man hat seitdem nie mehr von Hana-ogi gehört.

Meine lebende Hana-ogi faltete die Hände und sank zu Boden.

Ich war über diesen Ausgang der dramatischen Geschichte entsetzt und rief aufspringend: »Nein, nein! Was geschah mit Hana-ogi?«

Es dauerte einige Zeit, bis ich ihr erklären konnte, was ich meinte. Dann blickte meine schöne japanische Geschichtenerzählerin erstaunt zu mir auf und sagte: »In Nihon viele Mädchen. Jedesmal neue Mädchen in Ogi-ya.«

Ich schrie sie an, daß ich das wüßte. Aber was sei aus Hana-ogi geworden? Mein süßes Ovalgesicht auf der Matte blickte mich verwirrt an und sagte: »Hana-ogi altes Mädchen.« (Sie zog ihr Gesicht in Falten und deutete eine Zahnlücke an.) »Sie alt, sie gehen.«

»Aber wohin? Wohin ging sie?«

Meine lebende Hana-ogi zuckte die Schultern. Dann, als sie meine Enttäuschung merkte, machte sie das Zeichen eines

Buddhistentempels, deutete das Läuten der Glocke an, die die sagenhafte Hana-ogi mit ihrem Gelde gekauft hatte, und gab mir zu verstehen, daß diese berühmteste Frau aus der japanischen Geschichte ohne Zweifel aus Ogi-ya hinausgeworfen worden war, als ihr die Zähne ausgingen, und daß sie sich wahrscheinlich neben die Stufen des Tempels gestellt hatte, um Almosen zu betteln.

Ich fühlte einen überwältigenden Schmerz im Herzen und kniete auf den Boden neben meiner Hana-ogi nieder, die ihr Gefängnis verlassen hatte, um zu ihrem Geliebten zu fliehen, und deren Zukunft ebenso unsicher war wie die ihrer berühmten Vorgängerin. Ein ungeheures Band der Zärtlichkeit umschlang uns, und jener Tag war der genau zu bestimmende Zeitpunkt meines Entschlusses, dieses seltene, zarte und graziöse Frauenwunder nie aufzugeben.

Die Folgen eines solchen Entschlusses habe ich damals nicht vorausgesehen, aber sie wurden mir teilweise durch ein Ereignis nahegebracht, das sich drei Abende später abspielte. Wie jedes Ehepaar fühlten wir uns schließlich in unserem hübschen Heim doch irgendwie eingesperrt und wollten in ein Kino gehen. Aber das war nicht so leicht. Hana-ogi wußte, daß ich festgenommen werden könnte, wenn man mich auf der Straße mit ihr sähe, und ich wußte, daß sie die größten Schwierigkeiten haben würde, wenn man sie mit mir sähe. Sie schob unsere Papiertüren also zuerst hinter sich zu, und fünf Minuten später folgte ich, und wir trafen uns im schützenden Dunkel des Filmtheaters und hielten Händchen wie jedes Liebespaar im Anfangsstadium, das sich beglückwünscht, den Anstandsdamen entronnen zu sein. Aber unser Glück währte nicht lange, denn der Film handelte von der französischen Fremdenlegion und dem Angriff auf einen Außenposten in der Wüste, und über die Leinwand bewegte sich eine lange Kamelkarawane und Hana-ogi flüsterte mir zu: »Schiffe der Wüste!« Ich brach in ein solches Gelächter aus, daß sie mir schließlich den Mund zuhalten mußte und mir warnend zuflüsterte: »Rryod-san! Jemand uns sehen.«

Sie hatte recht. Die Leute starrten zu uns her, und zwei Frauen erkannten in Hana-ogi den großen Star von Takarazuka, so daß diese beiden Frauen den Mittelgang blockierten, als die Lichter angingen, und um ein Autogramm baten. Und bald war Hana-ogi von jungen Mädchen umringt.

Wir eilten durch einen Seitenausgang hinaus, und sie lief durch eine Nebenstraße allein weiter, während ich gemütlich durch die Hauptstraße schlenderte. Als ich nach Hause kam, saß sie stumm und mit gebeugtem Kopf auf dem Boden. Sie sagte mir, sie habe immer gewußt, daß man uns einmal erwischen würde, und sie habe keine Angst. Möglicherweise müsse sie von Takarazuka weggehen, aber sie könnte eventuell einen Job beim Film finden. Oder es gäbe einige Theater in Tokio, die ihr vielleicht etwas anbieten würden. Sie sagte: »Ich keine Angst. Aber Takarazuka ich lieben sehr viel.« (Sie sagte: »Ich rieben sehr sehr bier.«)

Ich deutete sofort an, daß es vielleicht besser wäre, wenn sie mich verließe und in ihr Dormitorium nach Takarazuka zurückkehrte, um nicht länger ihre glänzende Karriere zu gefährden, aber sie starrte nach wie vor auf den Boden und sagte ruhig in ihren Worten, die etwa folgendes bedeuteten: »Ich hatte immer den Plan, bis zu meinem vierzigsten Jahr als Schauspielerin tätig zu sein, denn ich werde spät altern. Und wenn meine Tage als Schauspielerin gezählt sein würden, wollte ich die Stelle von Teruko-san einnehmen, die die größte Tänzerin von Takarazuka war und uns jetzt die klassischen Tänze lehrt. Aber als ich hierherkam, Rroyd-san, kannte ich die Gefahr, in die ich mich begab, und wenn morgen gestern wäre, würde ich wieder hierherkommen.«

Ich glaube, so meinte sie es, aber ich machte mir große Sorgen um die Verantwortung, die ich mir aufgeladen hatte, und wegen des Entschlusses, sie nie mehr zu verlassen. Als sie meine stille Angst bemerkte, legte sie ihre weiche Hand an meine Wange und sagte: »Dieses Mal einziges Mal ich lieben. Ich nicht aufhören zu lieben einen Tag ehe ...« Und sie ahmte mit den Händen eine große Explosion nach, als ob die Welt unterginge. Sie umarmte mich, und wir ließen uns auf die Schlafmatte sinken, und ich zog sie aus, und ihr weicher gelber Körper glänzte im Mondlicht wie ein Goldstrahl, der über mein Kissen gefallen war, und plötzlich begann sie zu weinen und sagte: »Ich nicht sprechen Wahrheit. Oh, Rroyd-san, ich Angst. Ich nicht Takarazuka verlassen wollen. Ich nicht vor Tempel sitzen wollen – betteln – alte Frau – mit Zahnlücken.

Aber wenn ich jetzt gehen, ich nie mehr Mut zurückkommen. Ich nie mehr niemand mehr lieben. Nie mehr, nie mehr. Ich nicht allein sein wollen. Ich wollen hier schlafen, mit dir.« Neben meinen Kopf legte sie ihr hartes, kleines, mit Reiskleie gestopftes Kissen, und wir sprachen nicht mehr, denn wir merkten, wie so viele, daß die Wege der Liebe nach des Tages Arbeit oft mit Sorgen umgeben sind und man nicht mehr darum herumkommt, angstvoll in die Zukunft zu blicken.

Aber am anderen Tage gab sie mir Beweise ihres Mutes, von dem sie behauptete, sie hätte ihn nicht. Wir aßen gerade kalten Fisch mit Reis, als unsere Türen zurückgeschoben wurden und die schöne Fumiko-san eintrat. Eine merkwürdige Verwandlung kam über Hana-ogi, und es schien, als ob sie sich nicht mehr in unserem Häuschen befinde, sondern wieder auf der Bühne in Takarazuka, und ich stellte bewundernd fest, wie sehr dieses Theater ein Teil von ihr war. Fumiko war gekommen, um uns zu warnen, erklärte sie mir. Ein Zeitungsberichterstatter von Osaka hatte uns im Kino gesehen und dem Inspektor Mitteilung gemacht. Der Inspektor hatte Hana-ogi an jenem Nachmittag nicht zur Rede gestellt, weil er hoffte, sie würde Vernunft annehmen, ehe er gezwungen war, dienstliche Schritte zu unternehmen. Fumiko-san ließ durchblicken, daß er sie gebeten hatte, mit dem glänzenden Star zu sprechen, der so viel zu verlieren hatte, wenn er sein indiskretes Leben nicht aufgab.

Hana-ogi war durch diese Nachricht tief beunruhigt, und es wurde mir bewußt, daß die beiden Mädchen seit langem eine Gemeinschaft zu ihrem gegenseitigen Schutz gebildet hatten. Sie hatten immer als eine Einheit zusammengestanden, im Kampf gegen die Schwierigkeiten und kleinen Niederlagen ihres Berufes. Zuerst hatte Fumiko einen Amerikaner kennengelernt, der ihre Karriere gefährdete, indem er sie in der Öffentlichkeit küßte, und Hana-ogi war dagegen eingeschritten. Jetzt war Fumiko an der Reihe zu warnen. Die beiden herrlichen Mädchen redeten lange auf japanisch zusammen, und ich nahm an, daß sie die verschiedenen Risiken, die sich aus der Situation ergaben, gegeneinander abwogen. Aber Fumiko drang mit ihren Argumenten nicht durch und ging mit Tränen in den Augen. Als sie die Türen hinter sich geschlossen hatte, sagte Hana-ogi einfach: »Ich bleiben.«

Ich besprach mit ihr die möglichen Folgen, die sich aus ihrem Entschluß ergeben könnten, und muß dabei offenbar ähnliche Argumente wie Fumiko gebraucht haben, denn Hana-ogi hielt plötzlich inne, blitzte mich an und fragte: »Mehr besser ich gehen?« Als ich laut nein rief und sie küßte, schloß sie die Debatte mit den Worten: »Ich bleiben.«

Dabei hatte sie einen solch entschlossenen Zug um den Mund, daß ich überrascht war, denn bis jetzt hatte ich sie immer als das leuchtende Symbol all dessen angesehen, was an der japanischen Frau mit Recht gerühmt wird: geduldig im Hinnehmen, sanft als Kameradin, herrlich als Geliebte. Als Hana-ogi nun ihren eisernen Willen verriet, sann ich der Tatsache nach, daß unter den vielen Frauengenerationen Japans immer die harte Notwendigkeit geherrscht hatte, fest zu bleiben, nicht zu weinen und keinen Schmerz zu zeigen. Sie mußten Männerarbeit leisten und grausame Not leiden; und doch blieben sie die weiblichsten Frauen der Welt. Jetzt, nachdem ich sie kannte, diese seltsamen japanischen Frauen, bemerkte ich den Widerspruch überall. Katsumi bekam ein Kind und hatte nicht die geringste Ahnung, wie und unter welcher Flagge es aufwachsen würde. Und doch war sie es, die die Familie immer wieder zusammenhielt. Hana-ogi hatte ihre Karriere monatelang in einem kleinen Haus am Kanal mit einem Mann in Gefahr gebracht, der sie nie heiraten konnte. Die jungen Mädchen mit ihren amerikanischen Soldaten; die kleinen Frauen, die tiefgebückt schwere Ziegelsteine und Mörtel in das neunte Stockwerk eines Neubaues hinaufschleppten; die alten, zerlumpten Frauen, die den Pflug besser zogen als Pferde; und die jungen Mütter mit drei Kindern, eines an der Brust, eines auf den Rücken gebunden und eines am Rockzipfel. Ich kam zu der Überzeugung, daß kein Mann die Frauen wirklich verstehen konnte, eher er nicht die Japanerin mit ihrer unglaublichen Fähigkeit, schwere Arbeit, endlose Leiden und grenzenlose Wärme zusammen zu verbinden, kennengelernt hatte – genau wie ich nicht einmal einen Schimmer der Liebe gekannt hätte, hätte ich nicht in einem Häuschen gewohnt, wo ich manchmal die Bettdecke vom Boden zurückschlagen konnte, um staunend den schlanken, goldenen Körper des ewigen Weibes vor mir zu sehen. Jetzt begriff ich, warum zehntausend amerikanische Soldaten der Wut ihrer Offiziere und ihres Landes getrotzt hatten, um solche Frauen zu heiraten. Ich verstand, weshalb es angeblich viele Tausende amerikanisch-japanischer Kinder auf den Inseln gab. Ich sah jetzt, warum eine halbe Million amerikanischer Männer die engen Gäßchen entlanggewandert war, auf der Suche nach einem Häuschen und der Liebe ihres Lebens.

## 14

In dieser Nacht konnte ich nicht schlafen. Hana-ogis Problem ging mir im Kopf herum, obgleich ich mir, wie sich nachher herausstellte, eher über meine eigenen Probleme hätte Sorgen machen sollen. Ich war mir bewußt, daß ich die Frau gefunden hatte, deren bloße Anwesenheit neben mir in der Dunkelheit der Nacht mich ergänzte und mir Mut machte. Gegen vier Uhr morgens schlug ich vor Verwirrung auf mein Kissen ein, Hana-ogi wachte auf und fühlte meine Stirn und sagte: »Rroyd-san, du krank!« Und sie sprang vom Bett auf und pflegte mich wie ein kleines Kind, und ich wagte nicht, ihr zu sagen, daß ich vor Fieber zitterte, weil ich sie mir als alte Bettlerin auf den Stufen eines Buddha-Tempels vorgestellt hatte und dieses Bild wie ein Alpdruck auf mir lastete.

Sie kühlte mir die Stirn und wickelte uns in trockene Laken ein, und ich fiel in Schlaf in der sicheren Hoffnung, daß wir schon irgendwie den unvermeidlichen Folgen unserer Handlungen entgegen würden. Aber als ich aufwachte, zitterte ich wieder, jedoch nicht im Fieber, sondern aus Wut. Denn über unserem Bett stand Oberstleutnant Calhoun Craford, ein dickbäuchiger Mann mit rotem Gesicht, der jedes menschliche Wesen auf der Welt haßte, außer einigen Methodisten aus seiner Ecke in einer Gebirgsprovinz von Georgia, aus der er stammte. Sein rundes, blühendes Gesicht sah wie ein faulender Kürbis aus, während er auf uns herunterglotzte.

»Well«, näselte er aufreizend. »Sie scheinen sich ja großartig zu fühlen da unten, Major.« Dabei stieß er mit dem Fuß gegen die Schlafmatte, und Hana-ogi zog das Laken bis zum Hals hoch. Dann lief Oberstleutnant Crafords Gesicht puterrot an, und er schrie: »Zum Donnerwetter! Machen Sie, daß Sie hier herauskommen, Major Gruver! Ich werde Sie dem General melden!« Er stolzierte in unserem kleinen Zimmer umher und stieß Gegenstände um, und ich sprang aus dem Bett, aber ehe ich etwas tun konnte, warf er mir meine Hosen ins Gesicht und sagte grollend: »Schöner Anblick sind Sie! Ein Generalssohn mit 'ner Negerin im Bett!«

Wie ein warnender Fingerzeig kam mir Joe Kellys heftige Drohung in den Sinn, die er eines Abends ausgestoßen hatte, als er geschlagen nach Hause gekommen war: »Eines Tages mache ich diesen fetten Schweinehund noch kalt!« Ich fühlte, daß ich Kelly zuvorgekommen wäre, wenn Oberstleutnant Craford nur noch ein Wort in diesem Zimmer gesagt hätte. Ich glaube, der Oberstleutnant ahnte auch so etwas, denn er warf Hana-ogi, die sich unter ihrem Laken verkrochen hatte, einen verächtlichen Blick zu und stelzte durch die Papiertüren hinaus.

Sie bebten, als er durchging.

Als Oberstleutnant Craford mich in General Websters Büro in Kobe führte, nahm der alte Herr kein Blatt vor den Mund. »Was, zum Teufel, soll das heißen, Lloyd?« Er benutzte viel eindeutigere Worte, die ich hier nicht wiederholen kann, und war über jede Einzelheit informiert. »Ein anständiger, sauberer, aufrechter Mann wie Sie! Sohn eines Generals der U.S.-Armee. Im Bett mit einer billigen ...«

Ich stand stramm und ließ es über mich ergehen. Er erwähnte Eileen mit keinem Wort, aber es war klar, daß er mich in ihrem Namen zusammenstauchte. Sie war in der Öffentlichkeit blamiert worden. Seine Frau war lächerlich gemacht worden. Und ich hatte den Regeln militärischer Schicklichkeit ins Gesicht geschlagen.

Er schrie mich an: »Haben Sie die Empfangsbestätigung meines Befehls unterschrieben, wonach es Offizieren verboten ist, öffentlich Sympathien für einheimische Personen zu bekunden?«

»Ja, Sir.«

»Dann wissen Sie also, was in dem Befehl steht?«

»Ja, Sir.«

»Und trotzdem haben Sie den Befehl mißachtet?«

»Nein, Sir.«

Jetzt ging er in die Luft. »Was, zum Donnerwetter, meinen Sie damit, nein, Sir.«

»Ich habe mich nie einer öffentlichen Sympathiebekundung für eine Japanerin schuldig gemacht.«

Oberstleutnant Craford trat vor und sagte: »Einer meiner Männer sah sie kürzlich abends zusammen in einem Kino. Er folgte ihnen durch die Nebenstraßen. Sie hielten sich an der Hand«, fügte er verächtlich hinzu.

»Sie sind ein Lügner!« schrie ich.

General Webster klopfte auf den Schreibtisch. »Schweigen Sie, Gruver. Die Sache ist ernst. Also, Craford, was hat sich tatsächlich abgespielt?«

Der widerwärtige Oberstleutnant hustete, zeigte mit Abscheu auf mich und sagte: »Er hat sich dem Befehl offen widersetzt, General. Hat mit einem Japsenmädchen auf der Straße herumgeknutscht. Wohnt zusammen mit ihr. Wir haben ihre Personalien nachgeprüft. Eine gemeine Hure.«

»Sie ...« Ich stand nicht mehr stramm, sondern ging auf Craford los, aber zu meinem Erstaunen packte mich General Webster und zog mich zurück.

»Sie behaupten also, nicht mit ihr gesehen worden zu sein?«

»Jawohl, das behaupte ich ganz entschieden, General Webster«, antwortete ich.

Er wurde ziemlich wütend und fragte leise: »Wie erklären Sie die Tatsache des Zusammenwohnens? Wenn sie in flagranti beim Beischlaf ertappt werden, ist das vielleicht keine öffentliche Sympathiebekundung?«

»Nein, Sir«, antwortete ich. »Nicht nach dem Wortlaut Ihres Befehls. Wir sind nie auf der Straße gesehen worden.«

Der General verlor die Fassung und sagte schroff: »Ich bringe Sie vors Kriegsgericht, junger Mann. Sie haben alle Regeln des Anstands verletzt. Sie sind ab sofort unter Hausarrest. Verstehen Sie, was das heißt?«

»Ja, Sir.«

»Behalten Sie ihn im Auge, Craford. Wenn er wieder etwas anstellt, werfen Sie ihn in den Bunker.«

»Jawohl, Sir«? schnaubte Craford.

»Außerdem«, sagte der General, »habe ich an Ihren Vater telegraphiert.«

Ich schluckte, und er sah, daß das gesessen hatte. Ich erholte mich von dem Schlag und sagte: »All right, Sir. Aber ich wünschte, Sie hätten das nicht getan.«

»Und ich wünschte, Sie hätten sich nicht wie ein Idiot aufgeführt. Craford, führen Sie ihn unter Bewachung in sein Quartier zurück.«

Oberstleutnant Craford freute sich über die Gelegenheit, mich zu demütigen, besonders, weil ich der Sohn eines Viersterne-Generals war. Mit Pauken und Trompeten lieferte er mich in mein halbes Gefängnis ein. Er marschierte mit mir in den Vorraum der Marinekaserne, die kurze Treppe zu den Aufzügen hinauf und durch die Halle an allen offenen Türen vorbei. »So, da sind wir, Negerliebhaber«, knurrte er.

Sobald er gegangen war, rief ich den Motor Pool an, um Joe Kelly an den Apparat zu bekommen. Nach dem fünften Anruf erwischte ich ihn endlich, und er sagte leise: »Kann nicht sprechen, As. Komme rüber.« Gegen Mittag kam er dann und warf sich in einen Sessel. »Jesus Christus, As, jetzt ist der Teufel los!«

»Was ist passiert?«

»Der alte Blubberaugust hat ein paar schwerbewaffnete Jungs in Ihr Haus geschickt, um es durchsuchen zu lassen. Sie haben alles photographiert. Hoffentlich hatten Sie keine Luftwaffenpapiere herumliegen, die Sie nicht herumliegen lassen sollen. Auf jeden Fall haben sie alles auf den Kopf gestellt und das Häuschen mit Brettern vernagelt.«

»Was ist mit Hana-ogi geschehen?«

»Die Nachbarn erzählten mir, sie sei verduftet, kurz nachdem Sie festgenommen wurden. Katsumi sah zu, wie die Männer von Blubberaugust das Häuschen zusammenschlugen. Dann fuhr sie rasch nach Takarazuka hinaus, um Hana-ogi alles mitzuteilen. Aber die zuckte nicht mit der Wimper.«

»Erstaunlich, wie man so ruhig bleiben kann«, rief ich.

»Man gewöhnt sich daran«, meinte Joe. »Wenn man eine Japanerin ist, oder ein GI, gewöhnt man sich daran.«

Aber erst an jenem Abend begann mein wirkliches Martyrium, denn als die Vorstellung von *Swing Butterfly* beendet war, schaute ich von meinem Gefängnis hinunter und sah die graziöse Hana-ogi wie eine Göttin den Blumenweg entlangschreiten, über die Bitchi-bashi, an den Gemüseständen vorbei und den Fußweg zu ihrem Dormitorium hinauf. Und lange, nachdem sie verschwunden war, sah ich noch das Bild des schlanken, graziösen Mädchens vor mir, wie es im Abendschatten untertauchte – und ich war entschlossener als je, sie niemals aufzugeben.

Am dritten Abend meines Hausarrestes saß ich vor dem traurigen Fraß aus der Marineküche, den mir der Ober aufs Zimmer gebracht hatte, als Mike Bailey leise meine Tür öffnete, sich wie ein Detektiv nach allen Seiten umblickte und dann auf den Gang hinaus winkte. In einem Männeranzug, wie ein Portier aufgemacht, schlüpfte Hana-ogi herein. Mike machte rasch das Zeichen des Kreuzes über uns beide und verschwand auf Zehenspitzen.

Ich kann gar nicht beschreiben, wie ich mich freute, Hana-ogi wiederzusehen. Ich war nicht nur von meiner Sehnsucht, sie neben mir auf der Schlafmatte zu haben, gefoltert worden, sondern – wie ich jetzt merkte – war noch hungriger nach dem Klang ihrer weichen Stimme, die mir die Tagesneuigkeiten erzählte. Ich glaube, mein Herz hüpfte vor Freude, als sie mir solche Kleinigkeiten berichtete, wie: »Fumiko-san sagen ich verrückt. Als Oberstreutnant Craford Haus kaputtmachen zwei Kimonos verroren.«

»Was meint du mit *verroren?*«

»Männer nehmen. Ich nicht finden.

Ich war wütend über die verlorenen Kimonos und merkte, daß das Wort *Liebe* eine neue Bedeutung für mich angenommen hatte. Ich befand mich in einem himmlischen Wettbewerb mit Hana-ogi, wer von uns beiden dem anderen mehr geben konnte, und die Erkenntnis, daß ich meine Wünsche dem anderen unterzuordnen hatte, war für mich ebenso neu wie furchteinflößend in ihren Folgerungen. Schon dachte ich an die Zukunft, und ein verwickeltes Problem äußerte sich in der rücksichtslosen Frage: »Hana-ogi, wie alt bist du?«

Sie zählte dreißig an den Fingern ab, und ich hatte ein Gefühl, als ob ein Korb voll Eis über mich ausgeschüttet worden wäre, denn eine Frau von dreißig und ein achtundzwanzigjähriger Mann schienen mir etwas Abnormes zu sein. Ich hatte mehrere Offiziere gekannt, die mit älteren Frauen verheiratet waren, und es ist immer schlecht ausgegangen. Ich war etwas verdrießlich, bis mir einfiel, daß ein japanisches Kind bei der Geburt als ein Jahr alt angesehen wird. Wir rechneten uns also aus, daß Hana-ogi tatsächlich erst neunundzwanzig war und wir acht Monate jedes Jahr gleichaltrig sein würden. Es war erstaunlich, wieviel schöner sie auf einmal mit neunundzwanzig als mit dreißig schien.

Gegen Morgen zog sie sich an, um zu gehen. Dabei fragte sie: »Dinner heute abend – bei Makino?«

Ich erklärte ihr, was Hausarrest bedeutete, und daß ich meine Ehre als Offizier verpfändet hätte. Darauf sagte sie einfach: »ich auch verpfändet meine Ehre. Ich verpfändet Ehre meiner Mutter und täglich Brot meiner zwei Schwestern.«

Dann küßte sie mich und ging.

Und an jenem Abend legte ich meine Ehre ganz unten in den Schrank unter meine Socken und schlich mich durch die Gassen zu Makino, und als ich die Treppe zu dem kleinen Zimmer hinaufstieg, in dem ich Hana-ogi zum erstenmal gesehen hatte, raste mein Herz wie ein Flugzeugmotor, und ich dachte: »Mein Gott, daß ich mich so verlieren konnte!« Und als ich eintrat, wartete Hana-ogi in grünem Rock und brauner Bluse auf mich. Der alte Makino machte uns Tempura, und zu meiner Überraschung fand ich, daß ich langsam Geschmack an japanischen Gerichten bekam. Wir sprachen von allem möglichen, und Hana-ogi erzählte mir, daß *Swing Butterfly* (sie nannte es immer *Butterfry*) in Takarazuka bald vom Spielplan abgesetzt und vielleicht in Tokio weitergegeben würde.

Die Nachricht traf mich wie ein Schlag, und ich hatte nicht den Mut, die Frage anzuschneiden, was sie für uns bedeuten könnte.

Aber sie sagte: »Ich nicht gehen Tokio. Ich bleiben hier und auf dich warten.«

Ich konnte einfach nicht glauben, daß sie Takarazuka aufgeben wollte, und sagte: »Hana-ogi, das kannst du nicht!«

Ehe sie antworten konnte, kam Makino hereingerannt und rief: »M.P.!« Voll Scham versteckte ich mich in einem Wandschrank und hörte den schweren Tritt von Oberstleutnant Crafords Militärstiefeln, und in diesem Augenblick verstand ich, was für eine häßliche Sache die Angst war und warum wir im letzten Krieg gegen die Deutschen gefochten hatten: wir fochten gegen die drohenden Tritte von Militärstiefeln. Und dann änderte sich plötzlich meine Stimmung wie die Windrichtung an einem stürmischen Tag, und ich war von mir selbst angewidert. Ich, ein Fliegeroffizier, brach mein Wort und versteckte mich in einem Schrank mit einer Japanerin, die mich eigentlich hassen sollte. Dies war der Tiefpunkt meines Lebens, und als Oberstleutnant Craford die Treppen hinunterstapfte, kroch ich aus dem Schrank heraus und sagte: »Hana-ogi, ich muß zurück.«

Sie sah mich scharf an und fragte: »Als M.P. kommen ...« Dabei zeigte sie auf den Wandschrank und fuhr fort: »Tut dir leid?« Sie konnte das richtige Wort für *sich schämen* nicht finden, aber sie brachte es fertig, an meiner Stelle zu erröten.

»Ja«, sagte ich. »Ich habe mein Wort gegeben.« Aber als sie sich zum Gehen wandte, wurde ich von schrecklicher Sehnsucht nach ihr gepackt.

Ich nahm ihr Gesicht in meine Hände und rief: »Geh nicht nach Tokio. Warte hier. Ich kann dich nicht gehen lassen.«

Ihr schlanker, aufrechter Körper wurde schlaff, und sie flüsterte etwas auf japanisch in mein Ohr, etwas, das ungefähr dies bedeutete: »Nicht Takarazuka und nicht meine Mutter könnten mich von dir trennen.«

Ich küßte ihr die Hände wie damals an dem ersten Abend. Ich wollte ihr noch vieles sagen, aber ich war so verwirrt, daß ich kein Wort herausbrachte. Kaltblütig ging ich die Treppen hinunter und marschierte offen die Straße zur Marinekaserne zurück. Hana-ogi, die sich meiner tiefen Scham im Wandschrank bewußt war und diese Scham mit mir teilte, ging in ihrem auffallenden Takarazuka-Kostüm ebenso frech an meiner Seite und küßte mich vor der Kaserne zum Abschied. »Rroyd-san«, sagte sie leise, »ich dich lieben takusan sehr.«

## 15

Als ich in die Kaserne kam, warteten mein Vater und General Webster auf mich. Mein Vater blickte auf die Straße hinaus, sah Hana-ogi mutig zu ihrem Dormitorium zurückgehen und sagte: »Hübsches Mädchen. Beinahe hübsch genug, um einem Offizier das Recht zu einem Wortbruch zu geben.«

General Webster fing an zu toben, aber mein Vater schnitt ihm das Wort ab. Er ging mit uns ins Büro des Geschäftsführers und putzte mich herunter.

Nun ist mein Vater kein piepsender Einstern-General, der unter dem Pantoffel seiner Frau steht. Er kaut Kaugummi, wenn er wütend ist, und seine mahlenden Kiefer stehen drohend vor. In diesem Augenblick sah er aus, als ob er mich zusammenschlagen könnte. Ich stand stramm und sah geradeaus.

»Was hast du eigentlich vor?« fragte er mich verächtlich. »Deine Uniform zu beschmutzen, deine Freunde zu demütigen?«

Er machte einen Bogen um mich herum und fauchte mich an: »Schöner Offizier!«

General Webster sagte: »Sie haben Ihr Ehrenwort gebrochen, und Sie werden vors Kriegsgericht gestellt.«

Vater unterbrach ihn und fragte wieder: »Well, was willst du machen?«

»Ich antwortete bestimmt: »Sobald ich hier herauskomme, suche ich mir ein anderes Haus.«

General Webster schnappte nach Luft, und Vater stürmte auf mich ein: »Das wirst du nicht tun! Es gibt eine Nachtmaschine nach Korea. Mit der kannst du fliegen. Den Befehl dazu habe ich fix und fertig. Nimm ihn und verschwinde.«

Ich sagte: »All right. Und wenn ich zurückkomme, dann zu Hana-ogi.«

Die Wirkung dieses fremden Namens auf meinen Vater war verblüffend. Offenbar konnte er sich nicht vorstellen, daß Japanerinnen wirkliche Namen haben und daß amerikanische Offiziere diese fremdartigen Namen und ihre seltsamen Trägerinnen lieben könnten. Er schrie mich an: »Ruiniere dich nur wegen einer gemeinen Hure!«

Ich hatte eine ganze Menge in den letzten Tagen über mich ergehen lassen müssen, und mein Bedarf war gedeckt. Ich holte mit der rechten Faust aus und versetzte meinem Vater einen Hieb unter das linke Ohr. Er taumelte zurück, fing sich wieder und stürzte sich auf mich, aber General Webster trennte uns. Wir zitterten und brachten vor Wut kein Wort heraus; General Webster sprach zuerst: »Bei Gott, Sie haben einen General ge ...«

»Gehen Sie raus, Webster!« fuhr mein Vater ihn an. »Ich werde allein mit ihm fertig.«

Ängstlich und bestürzt zog sich General Webster zurück, und während wir ihn hinausgehen sahen, benutzte ich den kurzen Augenblick, um mich für die Auseinandersetzung zu stählen, die nun folgen mußte. Mein Vater hatte es viermal in seiner Karriere fertiggebracht, Kameraden in den Boxring zu ziehen, wo er sie im Schutz einer anonymen Badehose zusammenschlagen konnte. Ehe unser Kampf begann, ging es mir wie ein Blitz durch den Kopf, daß ich seltsamerweise meinem Vater eine gelangt hatte, obgleich er mich viel weniger beleidigt hatte, als Oberstleutnant Craford. Und ich hatte im Unterbewußtsein die unklare Vorstellung, daß ich vor meinem Freund und Feind zugleich stehen würde, wenn er sich jetzt umdrehte, um auf mich loszugehen.

Ich schüttelte die unfruchtbare Träumerei von mir ab und hob die Fäuste, aber als er sich umwandte, lag ein Grinsen auf seinem Gesicht, und er sagte lachend: »Also, sie ist keine Hure.«

Ich fing an: »Sir, dieses Mädchen ...«, aber er ließ mich nicht weiterreden, zog mich auf einen Sessel neben sich und fragte: »Sohn, was ist eigentlich los?«

Ich wollte ihm wieder erklären, aber er sagte: »Ich bin vom Presidio hierhergeflogen, um dir ein bißchen Vernunft beizubringen. Aber Vernunft steht bei dir augenblicklich nicht sehr hoch im Kurs, was?«

Ich antwortete: »Ich kann keine Lektionen vertragen.«

Er lachte, kaute an seinem Gummi und sagte: »Sohn, ich hätte keine Achtung mehr vor dir, wenn du nicht gegen mich ausgeholt hättest. Sie sah wirklich hübsch aus, und du sagst, sie treibt sich nicht herum?«

Ich erzählte ihm, wer sie war, und er sagte: »Bei Gott, Mark Webster muß seine Hosen verloren haben, als er hörte, daß du ein Haus hast. Er hat mich hingefahren, um es mir zu zeigen. Sag mal, die bauen nicht gerade sehr große Häuser in Japan, was? Und nun verrat mir mal, wie du dir ein Haus organisiert hast.«

Ich fing an, ihm von Katsumi und Joe zu erzählen, aber er sagte: »Weiß Gott, Junge, ich hoffte sehr, du würdest Eileen Webster heiraten. Gute Familie, erstklassige soldatische Herkunft. Die Mutter geht einem ein bißchen auf die Nerven, aber im Dienst kann man ihr immer aus dem Weg gehen. Übrigens, hast du schon gehört, was Webster so furchtbar aufregt? Seine Tochter hat ernste Absichten auf einen Grundstücksmakler aus Seattle. Major, glaube ich. Webster platzt vor Wut und schickt den Kerl auf dem schnellsten Weg in die Staaten zurück.«

Er beobachtete mich genau, kaute dabei auf seinem Gummi herum und sagte dann: »Weißt du, Junge, wenn du Eileen noch willst, kannst du sie immer noch haben. Augenblick mal! Unterschätze diese Art Ehe nicht. Zur Zeit kochst du natürlich vor lauter Erotik, aber das Leben eines Mannes geht weiter, nachdem dieses Feuer heruntergebrannt ist. Dann schätzt man eine Frau, mit der man sich auf gleich und gleich unterhalten kann, jemand, der das Soldatenleben kennt. Worüber unterhältst du dich zum Beispiel mit deiner Madame Butterfly?«

Er wartete auf meine Antwort, aber sobald ich zu sprechen anfing, sagte er: »Um auf Eileen zurückzukommen – hast du mal Offiziersehen gekannt, in denen die Frauen den Soldatenberuf nicht mochten? Schlimmes Los. Schlimme Sache. Deine Mutter und ich waren nicht gerade ein romantisches Liebespaar ...« Er schlug sich auf den Schenkel und lachte herzhaft. »Kannst du dir deine Mutter in einem Schuppen an einem Kanal vorstellen? Auf jeden Fall aber haben wir uns immer verstanden. Wir haben dieselben Interessen. Und wir wollen dasselbe für dich, Lloyd.«

Er machte eine Pause, und ich kam mir vor wie in St. Leonard bei einem ähnlichen Anlaß. Mein Vater hatte damals auch gesagt: »Deine Mutter und ich wollen dasselbe für dich, Lloyd«, aber selbst damals wußte ich schon ganz sicher, daß meine Mutter diese bestimmten Dinge nie für mich haben wollte, und ich hatte das seltsame Gefühl, daß, wenn sie jetzt in Japan wäre – und wüßte, um was es ging –, sie auf meiner und nicht auf meines Vaters Seite wäre.

Er sagte: »Ich nehme an, du hast dir mal Gedanken gemacht, wie sich dein augenblicklicher Kurs auf dein ferneres Leben auswirken würde.«

»Wie meinst du das, augenblicklicher Kurs?«

»Na ja, Heirat mit einer Japanerin.«

»Heirat!«

»Klar, Heirat.« Er kaute schneller auf seinem Gummi herum und sagte dann: »Du willst behaupten, du habest noch nicht an Heirat gedacht? Du hältst dich wohl für den smartesten Jungen auf Erden, was? Kannst dir erlauben, mit einem Mädchen zu schlafen, sogar vielleicht Kinder mit ihr zu haben, und von Heirat keine Rede.«

»Ich habe nicht ans Heiraten gedacht«, sagte ich kleinlaut.

»Natürlich nicht«, sagte er laut lachend. Aus dem anderen Zimmer steckte General Webster den Kopf herein und fragte: »Alles in Ordnung?«

»Gehen Sie raus«, befahl mein Vater, und ich dachte, wie selten Männer seiner Art vor Männern vom Schlage Websters Achtung haben konnten, oder vor der Sorte, wie ich es zu werden schien. »Squaw-Mann« wäre ich früher in der Armee genannt worden. Er ging im Zimmer auf und ab, und seine Gesichtsmuskeln spannten und entspannten sich. Dann drehte er sich scharf um und jagte seine Worte wie Maschinengewehrfeuer heraus:

»Siehst du denn nicht, was passieren wird, Junge? Du wirst dich in eine Sackgasse manövrieren. Du wirst keine Lösung finden. Und plötzlich wird dir der Gedanke an Heirat kommen. Du wirst das Mädchen heiraten, und dann wird zuerst alles wunderbar aussehen. Mein Gott, Junge! Du bist jetzt achtundzwanzig. Warum hast du im Sommer damals in San Antonio Eileen nicht geheiratet?«

Als er Eileens Namen erwähnte, flutete die Erinnerung an

diesen ersten, träumerischen Sommer zu mir in das Zimmer in Kobe herein, und ich antwortete: »Ich habe es nie ganz verstanden, Vater. Vielleicht war es diese Junggesellen-Party.«

»Welche Party?« fragte er mißtrauisch. »Was hast du gemacht?«

»Nicht, was du denkst. Erinnerst du dich noch an die Hochzeit von General Haywards Sohn mit Della Crane?«

»Du meinst Harry Cranes Tochter?«

»Ja. Ihr Vater war an dem großen Frontvorsprung damals gefallen ...«

»Verdammt schneidiger Kerl. Könnten ein paar Männer wie Harry Crane in Korea gebrauchen.«

»Mark Websters Frau hat die Hochzeit mehr oder weniger ausgerichtet. Alles hoch offiziell. Aber am Abend vorher ist eine Bande von uns jungen Offizieren mit Charley Hayward ausgegangen und hat ihn so betrunken gemacht, daß er am anderen Morgen fünfzehn Minuten zu spät zu seiner eigenen Trauung kam. Alle fanden es sehr komisch, außer Mrs. Webster. Nach der Trauung machte sie uns eine schreckliche Szene, nicht so sehr, weil wir Dellas und Charleys Hochzeit verdorben hatten, sondern weil wir ihren ganzen Plan über den Haufen geworfen hatten. Und seit damals hatte ich immer etwas Angst vor Eileen.«

»Angst?«

»Na ja, so ungefähr. Nach der Trauung fuhren wir vier, die Charley betrunken gemacht hatten, nach Randolph Field hinaus. Keiner sprach ein Wort, und wir fuhren sehr schnell, und als ein Fordlastwagen uns einmal beinahe über den Haufen gefahren hätte, sagte einer von uns: ›Das wäre heute der zweite LKW, der uns niedergewalzt hätte‹, und alle lachten, und wir betranken uns wieder, und von da an habe ich in jenem Sommer nie mehr so recht daran gedacht, Eileen zu heiraten. Und dann kam Korea.«

»Aber du hast schon daran gedacht, Madame Butterfly zu heiraten?«

»Nein«, antwortete ich.

»Ein Sohn geht nicht auf seinen Vater los, Lloyd, wenn er nicht etwas ganz Besonderes vorhat. Paß auf, Junge: nehmen wir an, du heiratest dieses gelbe Mädchen wirklich. Ich bin im Auslese-Ausschuß, und dein Name erscheint auf der Liste. Ich würde dich übergehen, und die anderen würden dich übergehen, denn wir wollen keine Offiziere mit gelben Frauen. Wo würdest du dann in Amerika leben? Keiner deiner Freunde würde dich mit einer gelben Frau haben wollen. Und wie wär's mit Kindern? Du kannst keine Halbjapsen nach West Point schicken.«

Es war echt mein Vater, als selbstverständlich anzunehmen, daß seine Enkel nur Jungen wären, die natürlich alle auf die Kadettenschule nach West Point kämen.

Ich wollte gerade etwas dazu sagen, aber er ließ mich nicht zu Wort kommen.«

»Sohn, Mark Webster hatte eine Stinkwut. Ich habe ihm das mit dem Kriegsgericht ausgeredet. Aber in meinem Groll habe ich ihn gebeten, deinen Einsatzbefehl nach Korea fertigmachen zu lassen. Es ist immer noch eine große Versuchung für mich, den Befehl zu unterschreiben und dich zurückzuschicken, damit du die ganze Sache selbst ausboxen kannst. Aber du hast ja genug von Korea mitgekriegt. Sag mal, wie sind diese russischen Düsen?«

Ich sagte, sie seien gut, und er fragte: »Glaubst du, daß sie von russischen Piloten geflogen werden?«

Ich sagte, ich glaubte ja, aber wir hätten noch keinen gefangengenommen.

»Diese Russen sind verdammte Hunde«, sagte er. »Verdammte Hunde.«

Ich sagte: »Bis jetzt sind wir noch immer mit ihnen fertig geworden.«

Er schlug auf den Sessel und sagte: »Sohn, nimm die erotische Seite bloß nicht zu ernst.«

Ich fragte: »Was sollte man ernst nehmen?«

Er antwortete: »Ein ganzes Leben.« Wütend kaute er an seinem Gummi. »Ein ganzes, ausgefülltes Leben.«

Ich sagte: »Beförderungen und einen Platz in der Gesellschaft und so etwas?«

Er sah mich spöttisch an und fragte: »Machst du dich über mich lustig, Junge?«

Ich sagte: »So, wie du eine Generalstochter geheiratet hast?«

Er sagte sehr ruhig: »Ich sollte dir den Hintern versohlen. Manchmal verstehe ich dich einfach nicht. In zehn Jahren mußt du wieder gegen die Japsen antreten.«

»Vielleicht. Aber nicht gegen Hana-ogi.«

»Wie kann man sich als Offizier mit einer Japanerin einlassen und die Sache ernst nehmen?«

Ich sagte: »Hör zu, Paps, der Trick hat früher mal gewirkt. Diese Aussprache von Mann zu Mann ...«

Ein verschmitzter Ausdruck glitt über sein Gesicht, und er fragte: »Was willst du damit sagen?«

Ich antwortete: »Weißt du noch, wie ich in St. Leonard West Point fallen lassen und englische Literatur studieren wollte oder so etwas Ähnliches?«

»Schon lange her. Hatte ich vergessen.«

»Nein, hast du nicht, Paps. Auf dem ganzen Flug vom Presidio hierher hast du dir den Kopf zerbrochen, welche Methode eigentlich damals so gut gewirkt hat, mich herumzukriegen.«

Er wurde einen Augenblick ärgerlich und sagte dann: »Sohn, wir wollen die Tatsachen nicht außer acht lassen. Ich bin hier, weil du mein Sohn bist und ich sehr stolz auf dich bin. Ob du mir glaubst oder nicht, ich bin sogar stolz darauf, daß du dich um Mark Websters dämlichen Befehl nicht gekümmert und dir in Osaka ein Haus genommen hast. Aber ich möchte nicht, daß ein anständiger amerikanischer Junge wie du sein Leben verplempert. Ich habe mit angesehen, wie unsere Männer deutsche Mädchen und französische Mädchen und sogar russische Mädchen geheiratet haben. Und in jedem einzelnen Fall, wenn man die Männer kennt, ist es ein Zeichen von Schwäche. Es sind alles Hosenscheißer. Starke Männer haben den Mut, die Tochter vom Nachbarn zu heiraten. Solche Ehen passen in die Gemeinschaft. Sie machen die Nation stark. In unserem Fall, in deinem und meinem, passen solche Ehen in den militärischen Rahmen. Überlaß' es den Dichtern und Malern und solchen Leuten, die vor Amerika Angst haben, Ausländerinnen nachzusteigen.«

Er kaute seinen Gummi und sagte ganz langsam: »Habe ich dir je von Charley Scales erzählt? Nahm den Abschied und ging zu General Motors. Sagte, er würde einen Haufen Geld verdienen, was er auch tat. Paar Jahre später machte er mir den Vorschlag, auch zu General Motors zu gehen. Lloyd, das war 1933, als die Armee der Mülleimer der Demokratie war. Aber ich habe keinen Gedanken daran verschwendet. Ich bin schon oft in meinem Leben in Versuchung geführt worden, aber nie von Charley Scales. Jetzt zum Beispiel!« Er schnalzte mit den Fingern und sagte: »Wer möchtest du lieber sein, Charley Scales oder ich?«

Es war ein kindlicher Trick, aber er hatte eine starke Wirkung auf mich. Vor meinem inneren Auge sah ich Charley Scales, einen großen, glücklichen und erfolgreichen Geschäftsmann in Detroit und in der Welt. Aber ihn mit meinem Vater zu vergleichen, war lächerlich.

Vater sagte: »Besprich das mal mit deiner Madame Butterfly. Du wirst sehen, sie wird mir zustimmen.«

Ich sagte: »Werde ich tun.«

Er fragte: »Übrigens, wo hat sie eigentlich Englisch gelernt?«

Ich sagte, sie könnte nicht Englisch sprechen, und er rief: »Was, dann hast du wohl Japanisch gelernt?«

Ich sagte: »Nein.«

Er hörte mit Kauen auf und sah mich an: »Du willst mir sagen, ihr habt keine gemeinsame Sprache? Französisch vielleicht?«

Ich sagte: »Well, es ist so ...«

»Du willst mir sagen, ihr könnt euch gar nicht unterhalten?«

»Nun, wenn es etwas Wichtiges zu besprechen gibt ...« Ich wollte ihm erklären, daß sie die Worte für mich tanzte, aber ich fühlte, daß Vater mich nicht verstehen würde. Doch seine Reaktion überraschte mich.

Als er merkte, daß wir keine gemeinsame Sprache hatten, wurde er ungewöhnlich mitfühlend. Ich erinnere mich nicht, ihn je so nett gesehen zu haben, wie er in diesem Augenblick zu mir war. Er legte mir den Arm um die Schultern und sagte beruhigend: »Sohn, du wirst das schon in Ordnung bringen.«

Er ließ General Webster hereinkommen und sagte mürrisch: »Mark, ich habe mich getäuscht. Den Einsatzbefehl für Korea werfen wir in den Papierkorb. Der Junge hier braucht nicht nach Korea. Sein Problem liegt hier.«

General Webster sagte: »Das habe ich ihm auch gesagt, und was hat er ...«

»Mark, haben Sie sich nicht so wegen dieses Jungen.«

»Und warum nicht? Er hat meinen Befehl mißachtet, sein Wort gebrochen, ist auf einen Vorgesetzten losgegangen ...«

Vater sagte lachend: »Mark, Sie wissen genau so gut wie ich, daß es ein Blödsinn war, so einen Befehl für einen Haufen gesunder junger Männer, die Tag und Nacht von hübschen Mädchen umgeben sind, herauszugeben. Aber darum handelt es sich jetzt nicht. Lassen Sie Lloyd in Ruhe.«

»Warum, wenn ich fragen darf?«

»Weil er eines Tages Ihr Schwiegersohn wird.«

»Mein was?«

»Er weiß es heute noch nicht, und Eileen weiß es auch noch nicht. Aber wenn Sie etwas wirklich Nützliches tun wollen, dann sorgen Sie dafür, daß Grundstücksmakler von Ihrer Tochter wegbleiben. Weil sie nämlich früher oder später auch meine Tochter sein wird.«

Die beiden Generale stampften aus der Kaserne, und drei Stunden später befand sich mein Vater auf dem Rückflug nach dem Presidio.

# 16

Wenn mein Vater glaubte, die Tricks, mit denen er mich im College überrumpelt hatte, würden diesmal wieder ihre Wirkung tun, dann hatte er sich geirrt. Denn jetzt wußte ich, was ich wollte. Ich hatte eine prächtige Frau kennengelernt, die ich immer lieben konnte, und machte mir über Väter und Generale und Luftwaffen-Dienstvorschriften einfach keine Gedanken mehr. Hier, auf dieser japanischen Erde hatte ich Hana-ogi gefunden, und bis mein Vater nach Kalifornien zurückgekehrt war, hatten wir uns schon eine Lösung ausgedacht.

Wir einigten uns mit Joe und Katsumi dergestalt, daß wir eine Ecke des kleinen Hauses übernahmen, und dort richteten wir unser neues Leben ein, so gemütlich und voll Liebe, wie es sich zwei Menschen nur wünschen konnten.

Wenn ich abends vom Flugplatz kam, traf ich Joe und Katsumi dabei, das Essen vorzubereiten. Sie erzählten mir, was sich den Tag über zugetragen hatte, und ich tauschte mit Joe den neuesten Armeeklatsch aus. Aber die ganze Zeit war ich nervös, denn meine Augen hingen immer an der Tür, bis ich schließlich Hana-ogis leise Schritte auf der Gasse hörte, worauf Katsumi und Joe sich einen Augenblick verzogen, um Holz zu holen oder im nächsten Lebensmittelladen einzukaufen. Die Tür ging auf, und da war Hana-ogi, ihr zartes, goldfarbenes Gesicht vom raschen Gehen erhitzt. Wie alle Japanerinnen trug sie ihre Bücher und Päckchen in einem hellen seidenen Schal, den sie oben zugebunden hatte, und wenn ich sie mir heute unter den Schiebetüren des kleinen Hauses vorstelle, sehe ich, wie sie ihre Sattelschuhe abstreifte, das seidene Bündel auf den Boden legte, mit der Hand durchs Haar fuhr und über die

Tatami eilte, um mich zu küssen. Ich fing sie in den Armen auf, hob sie hoch und trug sie hinter den Wandschirm, der unseren Teil des Zimmers abtrennte. Dort schlüpfte sie rasch aus ihren westlichen Kleidern und wickelte sich in einen brokatgestickten Kimono. Sie war wunderbar; es gibt keine Worte dafür, wie herrlich sie war.

Aber ich darf die Sache nicht so schildern, als ob die Gemütlichkeit und das Wunder, das in diesem Häuschen blühte, nur von Hana-ogi hergerührt hätten, so schön und vollkommen sie auch war. Denn ich glaube, nie eine bessere Ehefrau gesehen zu haben, als Katsumi Kelly. Sie hielt ihr Haus großartig in Schuß; es war blitzsauber, obgleich Hana-ogi und ich zu Schlampereien neigten. Sie konnte kochen, nähen, konnte sich über vieles unterhalten, und bei fortschreitender Schwangerschaft kam ihre mütterliche Seite noch besser zum Vorschein als ihre frauliche.

Ich habe sie manches Mal beobachtet, und die Erinnerung war mir peinlich, wie ich mich damals auf dem Konsulat beinahe geweigert hätte, sie zu küssen, weil sie mir so plump und abstoßend vorkam mit ihrem Gekicher und ihrer großen Goldkrone. Jetzt schien sie mir eine der vollkommensten Frauen zu sein, die ich je gekannt hatte, denn sie hatte die Eigenschaften ihres Mannes offenbar genau studiert und den ganzen Tagesablauf so eingerichtet, daß das Ergebnis ein zufriedener Gatte und ein friedliches Heim war. Ich habe Joe einmal darüber befragt, und er sagte: »In zehn Jahren wird es in Amerika einen Klub geben – wir Burschen mit japanischen Frauen. Unser Motto wird ein unterdrücktes Kichern sein. Weil wir nicht haben wollen, daß die anderen Stinker unseres Viertels entdecken, was für eine Goldgrube wir gefunden haben.«

Ich fragte: »Sind alle japanischen Ehefrauen so gut wie Katsumi?«

Er antwortete: »Ich gebe zu, daß ich etwas Besonderes gekriegt habe. Aber von den anderen Jungs hört man auch kleine Klagen.« Wir wickelten unsere Kimonos enger um die Beine und lehnten uns zurück, um die schönste Stunde des Tages so richtig zu genießen. Die beiden Frauen beschäftigten sich mit dem Abendessen, und wir hörten ihrem japanischen Geplapper zu. Katsumi sprach schnell – Tagesklatsch, zweifellos –, während Hana-ogi, die den Reis wusch, in kurzen Abständen mindestens zwei dutzendmal in »Hai! Hai!« ausbrach. Dieses Wort schleuderte sie immer aus sich heraus, als ob es aus der Tiefe ihres Magens käme. Es klang wie ein Urschrei der Angst. In Wirklichkeit war es nur die japanische Art, *Ja* zu sagen. Aber zu diesem Maschinengewehr-*hai* nickte sie dauernd mit dem Kopf und sagte in traurigem Singsang. »A, so desu-ka! Ah, so desu-ka!« Wenn man den beiden bei irgendeiner nebensächlichen Unterhaltung zuhörte, konnte man denken, es handelte sich um eine furchtbare Tragödie, die uns alle betroffen hatte.

Joe fragte schließlich: »Um was geht's eigentlich bei euch?«

Katsumi sah überrascht auf und erklärte: »Ich Hana-ogi von einem Fisch erzählen, mein Vater mal gefangen.«

Ich wollte in Lachen ausbrechen, aber Joe fragte: »War es ein großer Fisch?«

»Viel größer als dieser«, sagte Katsumi stolz. »Hanako-san sagen, sie nie einen solchen Fisch gesehen.« Mir gefiel es, wie Katsumi Hana-ogi nannte. Die japanischen Mädchen leiteten ihre Namen oft von weiblichen oder dichterischen Wörtern ab und hängen ein *-ko* oder *yo* an. In Takarazuka zum Beispiel hießen die meisten Mädchen »Nebliger Schnee« oder »Frühlingsblüte« oder »Sternennacht«, und ihre Namen endeten gewöhnlich auf -ko.

Was mich anlangte, so zog ich die andere Form vor, Hanayo, und einmal erklärte mir Hana-ogi: »Hanako mehr japanisch, aber Hanayo mehr süß.«

Je länger ich mit Joe Kelly zusammenwohnte, der in einem Waisenhaus erzogen und von seinen Pflegeeltern hinausgeworfen worden war, desto erstaunter war ich über seine Fähigkeit, sich dem Eheleben so vollkommen anzupassen. Er war ein rücksichtsvoller Gatte, alberte mit Vergnügen im Haus herum und zählte zu der Sorte freundlicher und glücklicher Familienväter, die man aus den Anzeigen der *Saturday Evening Post* kennt.

Übrigens – *Evening Post*. Durch sie lernte ich das Eheleben um einiges besser kennen. Am 30. Mai taten die beiden Frauen furchtbar geheimnisvoll, und beim Essen kamen sie mit ihrer großen Überraschung heraus: es war ein amerikanischer Feiertag, und sie hatten Kürbiskuchen gebacken. Wo sie den Kürbis organisiert hatten, haben wir nie herausgebracht, aber der Teig war etwas sehr Handfestes, denn sie hatten den Kürbis so gebacken, wie man Apfel- oder Kirschkuchen macht und ihn sofort aus der Dose aufs Kuchenblech getan. Es schmeckte wirklich entsetzlich. Ich warf einen Blick auf das Meisterstück und wollte sagen: »Was ...«, aber Joe fiel mir ins Wort und versuchte ein Stück.

»Schmeckt gut«, meinte er eisern.

Die Mädchen bissen in ihr Stück, und man konnte aus den Blicken, die sie sich zuwarfen, ablesen, was sie dachten: »Die Amerikaner müssen verrückt sein, so etwas an Feiertagen zu essen.« Wir aßen unseren Nachtisch schweigend auf, und vier Tage später entdeckte Katsumi beim Durchblättern einer alten *Post* das Bild eines richtigen Kürbiskuchens. Sie wartete, bis ich abends nach Hause kam, und fragte mich verschlagen, ob das ein Kürbiskuchen sei. Ich sagte ja, und sie fragte, wieso er so schön dick und locker bleiben könne. Ich erklärte ihr, wie man Kürbiscreme macht, worauf sie anfing zu weinen, und als Joe nach Hause kam, umarmte und küßte sie ihn und sagte ihm, wie sehr sie sich schämte, ihm einen solchen Mist vorgesetzt zu haben. Hana-ogi war noch nicht da, und ich saß derweil in meiner Ecke und grübelte schuldbewußt über die Zeit nach, als ich Hana-ogi wegen ihres Satzes »Sieh, der Postillion ist vom Blitz getroffen worden« auslachte, und kam zu dem Schluß, daß Joes Methode entschieden besser war. Erstaunlich, wieviel gescheiter dieser Junge aus einem Waisenhaus solche Probleme anpackte, als ich, der ich nicht den leisesten Schimmer von diesen Dingen hatte.

Jedoch darf aus dem Vorhergesagten nicht geschlossen werden, daß alle Japanerinnen vollkommene Ehefrauen wären. Ein Gang durch unsere Gasse hätte jeden davon überzeugen können, daß das japanische Heim genau dieselben Probleme beherbergt, wie das amerikanische – und noch einige besondere dazu. In dem schmalen Häuschen neben dem unseren wohnten die Shibatas. Er war ein kleiner Angestellter, der so gut wie kein Gehalt, dafür aber ein beachtliches Spesenkonto hatte, von dem er beinahe jeden Abend der Woche teure Geisha-Parties finanzierte. Außerdem spaltete er noch einige Beträge davon ab, um eine hübsche junge Geisha so nebenbei auszuhalten. Es ging das Gerücht, daß er ihr eine Wohnung in der Nähe des

Zentrums von Osaka gemietet habe, und traditionsgemäß hätte seine Frau die Sache mit philosophischem Gleichmut hinnehmen müssen. Aber Mrs. Shibata hatte nichts für Tradition übrig. Sie war modern und ging mit dem Messer auf ihren Mann los. Wenn sich ihr schwarzgekleideter Ehemann gegen drei Uhr morgens auf Zehenspitzen nach Hause schlich, herrschte einen Augenblick Stille, während er die Vordertür öffnete. Dann aber vernahmen wir, wie Madame Shibata explodierte und ihn mit einem Stock durch das Haus jagte. Sie war ausgesprochen zänkisch, und Katsumi und Hana-ogi entschuldigten sich für sie. »Japanische Frau muß Männer verstehen können wie Geisha«, sagten sie.

Auch waren die meisten japanischen Ehefrauen duchaus nicht so geduldig und still, wie man sie mir geschildert hatte. Wenn zum Beispiel der Eisenbahner Satosan mit seiner Frau einkaufen ging, so trottete sie respektvoll einen Meter hinter ihm drein und sprach nie ein Wort, außer, wenn sie von ihren nächsten Freunden angesprochen wurde. Aber zu Hause war sie eine Tyrannin, die Sato-san mit verächtlichen Vorwürfen überschüttete, er verdiene nicht genug. Je besser ich die Frauen Japans kennenlernte, desto mehr kam ich zu dem Schluß, daß sie aufs Haar genau den Amerikanerinnen glichen: einige waren sanfte Mütter, andere waren Hausdrachen und einige wenige waren glückhafte Zauberinnen, die ihren Männern nur Gutes taten. Ich folgerte, daß es reine Glückssache war, welche von den drei Kategorien ein Mann bekam, aber wenn ich Hana-ogi ansah, so hatte ich das sich verstärkende Gefühl, daß ich an eine der wirklich glückhaften Zauberinnen geraten war.

Uns gegenüber wohnte die Witwe Fukada mit ihrer zwanzigjährigen Tochter Masako, die ein uneheliches Kind von einem GI hatte. Manchmal hörten wir die Großmutter auf Masako einschreien, sie sei eine Hure, und andere Frauen in der Gasse stimmten ihr zu. Das Amerikanerbaby war unerwünscht und durfte nicht mit den reinen Japanerkindern spielen. Obgleich Joe Kelly und Katsumi sehr beliebt waren und obwohl alle in der Gasse stolz waren, daß eine große Takarazuka-Schauspielerin mit ihrem Flieger unter ihnen lebte, herrschte doch ein großes Ressentiment gegen Masako Fukada, die das japanische Blut geschändet hatte.

Weiter unten in der Gasse wohnten die lustigen Watanabes.

Sie war beinahe so breit, wie er groß war. Sie vertrugen sich großartig, nur das Watanabe-san ein Verhältnis hatte, das ihn noch mehr in Anspruch nahm als eine Geisha: er war vollkommen verrückt auf Pachinko spielen. Er gab sein ganzes Geld für Pachinko aus und verbrachte jede freie Stunde im Pachinko-Lokal. Jede Nacht kam er erst nach Haus, nachdem die Polizei das Lokal um elf Uhr geschlossen hatte, und wir konnten dann die dicke Mrs. Watanabe spöttisch rufen hören: »Hier kommt Pachinko-san! Total pleite!«

Das Pachinko-Lokal stand an der dem Kanal nächstgelegenen Ecke und war ein einziger merkwürdiger Raum mit hohen Spielautomaten an den Wänden. Für ein paar Yen erhielt Watanabe-san sieben Stahlkugeln, die er zur Spitze des Automaten hinaufschoß. Dann beobachtete er mit blutendem Herzen, wie sie auf den Boden des Apparates herunterfielen und natürlich meistens die Löcher verfehlten, auf die es einen Haufen Geld gab. Das Pachinko-Lokal an der Ecke war von morgens bis spät nachts überfüllt. Alle waren vom Pachinkoteufel besessen, einschließlich Hana-ogi und mir, und es war eine merkwürdige Tatsache, daß meine Freundschaft mit den Pachinko-Spielern in diesem vollgedrängten Lokal mir später das Leben rettete.

Gegenüber dem Pachinko-Lokal in der Gasse war der Blumenladen. Eigentlich hätte man annehmen können, daß in der ganzen Gasse niemand einen rostigen Yen für Blumen übrig gehabt hätte, aber beinahe jeder aus unserer Nachbarschaft ging in den Blumenladen, um ein paar Blütenzweige ehrfurchtsvoll nach Hause zu tragen und sie in die Nische zu stellen, wo die Götter wohnten. Ich kann mich auf keinen Tag besinnen, an dem in unserer Nische nicht Blumen gestanden hätten, und ich – der früher kein Veilchen von einem Gänseblümchen hatte unterscheiden können –, ich fing an, sie zu lieben.

Der nächste Laden läßt sich schwer beschreiben. Tatsächlich ist es unmöglich, weil es in der ganzen übrigen Welt keine Läden gibt, die sich mit denen in Japan so richtig vergleichen ließen. Es war ein Sexualgeschäft, in dem sich Männer und Frauen allerhand Aufpulverungsmittel kaufen konnten, um die Schwächen und Insuffizienzen der Natur zu überwinden. Um unsere Neugier zu befriedigen, nahm Katsumi Joe und mich eines Tages hin. Der schüchterne Inhaber hörte still zu, wie wir über seine verblüffende Sammlung von Sexualmaschinchen lachten. Dann sagte er auf japanisch: »Lachen Sie nur. Die jungen japanischen Männer lachen auch. Aber wenn sie verheiratet und mal vierzig sind, dann wenden sie sich um Hilfe an mich.« Katsumi übersetzte und brach in unbändiges Gekicher aus. Ich fragte sie, was sie gesagt habe, und sie erklärte: »Ich ihm sagen, Joe keine Hilfe brauchen.« Der schüchterne Inhaber lächelte nervös und meinte: »Mit zwanzig braucht noch niemand Hilfe.«

Das wirkliche Wunder unserer Gasse aber waren die Kinder. Es gab eine Unzahl von ihnen, und ich kann sie nie vergessen. Sie hatten runde Gesichter, hochrote Bäckchen, glattes, schwarzes Haar, dicke Beinchen und waren grenzenlos lustig. Ich glaube, ich habe noch nie ein japanisches Kind weinen hören. Auf jeden Fall habe ich nie gesehen, daß eines geschlagen wurde, und ich kam zu der Überzeugung, daß die köstlichsten Kinder, die ich je gesehen hatte, diese lärmenden, lustigen Gören waren. Jedesmal, wenn sie sich auf meinem Heimweg durch die Gasse um mich scharten, mußte ich Hana-ogi nur noch mehr lieben.

Jedes Haus in unserer Gasse war mit Menschen verzweifelt vollgestopft, so daß ein winziges Zimmer oft die Wohnkapazität eines vollwertigen amerikanischen Familienhauses hatte. Und diese wimmelnden Menschenmassen lebten und arbeiteten und hatten Kinder und stritten sich über Politik, genau wie alle anderen Menschen auf der Welt. Aber es gab einen Unterschied. Nichts, nicht was unter den Nagel ging, wurde weggeworfen oder vergeudet. Nicht einmal der menschliche Kot, der sorgfältig jeden Morgen eingesammelt wurde und als Dünger für Blumen und pflanzliche Nahrung verwendet wurde. Ich erinnere mich an gewisse Abende in jenem Frühling, als ich gegen Tagesende in die enge Gasse einbog und die Schiebetüren jedes Hauses offen waren und Dutzende von Kindern mit ihren kurzgeschnittenen schwarzen Haaren herausgesprungen kamen, um mich zu begrüßen. Aus jedem offenen Zimmer, das auf die Gasse hinausging, sprachen die Leute mit mir, und ich durfte teilhaben an einer menschlichen Wärme und Güte, die ich nie in Lancaster oder in den Camps, in denen ich aufgewachsen war, kennengelernt hatte. Ich war einer von ihnen

– einer unter den Millionen Menschen, die sich an den letzten Hoffnungsstrahl und das letzte Stückchen Eigentum klammern, das sie ergattern können, und aus dieser kleinen Gasse mit ihren zahllosen Kindern, ihrem Lärm und ihren Blumen und dem unerwünschten ameriko-japanischen Baby und den Pachinko-Spielen und den Sake-Saufereien zog ich Kräfte, die ich vorher nie gehabt hatte.

## 17

Es kam unvorhergesehen. Ich saß in meinem Büro auf dem Flugstützpunkt Itami, als ein Sergeant hereinkam und mir meldete, daß Oberstleutnant Calhoun Craford draußen sei. Der rotbackige Oberstleutnant trat ein und ging sofort aufs Ganze. »Sie halten sich natürlich für sehr smart, was? Holen sich 'nen Viersterne-General von drüben zu Hilfe. Sind wohl gewohnt, sich hinter Pappis Rücken zu verstecken, hä?« Und dann gab er mir Saures.

»Meine Leute sind hinter Ihnen her, Gruver. Wir wissen, daß Sie sich mit Ihrer Zigeunerin im Quartier eines GI verkochen haben. Aber wir können nicht an Sie ran, wegen Ihres Pappis. Also haben wir etwas viel Besseres vor. Wir schicken Joe Kelly mit dem nächsten Transport in die Staaten zurück.«

»Und was geschieht mit Katsumi?«

Der dicke Oberstleutnant sah mich angewidert an: »Wer ist Katsumi-Wieheißtergleich?«

»Kellys Frau.«

»Ach, die Japse. Geht uns gar nichts an, was mit ihr geschieht.«

»Sie werden doch diese Familie nicht zerstören wollen?«

»Was heißt hier Familie! Die Frau ist ein billiges Japsenmensch!«

Ich sagte ihm, daß Katsumi eine anständige Frau sei und die Absicht habe, zum katholischen Glauben überzutreten, dem ihr Mann angehöre. Aber offenbar haßte Oberstleutnant Craford die Katholiken noch mehr als die Farbigen, denn er sagte: »Und wenn wir mit Kelly fertig sind, werden wir schon eine Handhabe gegen Sie finden, Vater hin, Vater her.«

Damit ging er. Ich saß lange da, starrte auf meinen Schreibtisch und überlegte mir das Durcheinander, das ich angerichtet hatte. Ich hatte mich als unkameradschaftlicher Offizier erwiesen. Ich hatte das Leben eines einfachen Soldaten versaut. Ich hatte Eileen blamiert und Hana-ogi eigentlich auch. Dann aber wog ich dagegen ab, welche Vorteile mir Japan gebracht hatte, und auf einmal sahen die Dinge besser aus. Ich hatte die Vorzüge eines Heimes kennengelernt, eines bescheidenen Heimes, in dem die Liebe wohnte. Ich hatte ein schönes Mädchen gefunden, das voll Zärtlichkeit, Grazie und Humor war. Ich hatte endlich gelernt, mein Herz mit einem anderen Menschen zu teilen. Und vor allem hatte ich das leidenschaftliche Glück kennengelernt, wenn die Nacht kam, die Schlafmatte aufzurollen und den schlanken, herrlichen Körper Hana-ogis neben mir zu sehen.

Ich sprang auf und rief: »Gruver-san, wenn du dir dieses Mädchen entgehen läßt, bist du ein Idiot. Heirate sie, Dummkopf! Heirate sie!«

Kaum hatte ich diese Worte gesagt, fing ich an zu schwitzen und erinnerte mich an die Voraussagen, die mir mein Vater an jenem Abend in der Marinekaserne gemacht hatte. Karriere zum Teufel, die Flügel auf meiner Uniform, und was sie versprachen, verloren, meine Stellung in der amerikanischen Gesellschaft futsch, und auf der anderen Seite ich mit einer asiatischen Frau. Aber jetzt setzte sich mein neugewonnener Mut durch.

Ich erkannte den Streich, den mir mein Vater gespielt hatte. Er hatte den giftigen Samen gesät, damit er genau in einem solchen Augenblick aufgehen sollte, und fraglos waren es diese Tricks, gegen die ich mich auflehnte. Ich wollte kein General wie mein Vater werden, mit seinem kalten Kastengeist. Ich wollte kein zweiter General Webster werden, der unter dem Pantoffel Eileens stünde. Und ich wollte auf gar keinen Fall ein Oberstleutnant Craford werden. Ich wollte ein Mann sein, der auf sich selbst gestellt, sein Leben, wie immer es ausfallen sollte, mit der Frau teilte, die ihm dieses Leben erst richtig entdecken half. In diesem entscheidenden und klarsichtigen Augenblick wußte ich, daß ich nie von meinem Ziel abgehen würde. Ich würde Hana-ogi heiraten.

Ich rief Joe Kelly an und bat ihn, mich in einer kleinen Bar in

Osaka zu treffen, wo die M.P. nie hinkam. Diese japanischen Bars kann man Amerikanern unmöglich beschreiben. Wie kann man jemandem eine Bar erklären, deren Raum so klein ist, daß nur vier Gäste und zwei Barmädchen darin Platz haben?

»Joe«, begrüßte ich ihn, »können Sie ein Geheimnis für sich behalten?«

»Klar, As.«

»Ich meine eigentlich zwei Geheimnisse, große?«

»Kriegt Hana-ogi 'n Kind?«

»Joe, Blubberaugust hat Sie auf'm Strich. Er will Sie bei der ersten Gelegenheit nach Hause verfrachten.«

»Das ist kein Geheimnis. Er hat es mir vor zwei Tagen ganz offen angedroht. Ich habe es niemandem gesagt. Wollte Sie nicht unnötig aufregen. Aber er hat mich angeschrien: ›Alle Negerliebhaber kommen nach Haus. Und bald!‹«

»Joe, Sie müssen mir versprechen, daß Sie nichts Unüberlegtes tun.«

»Ich? Halten Sie mich für so blöd wie ihn?«

»Hören Sie: ich habe eines Abends mal gehört, wie Sie zu Katsumi sagten, Sie würden Blubberaugust über den Haufen knallen.«

»Ich? Ich bin kein Revolverheld. Was ist das zweite Geheimnis?«

Ich bestellte noch ein Bier und nahm einen großen Schluck. »Was für Papiere muß man eigentlich unterschreiben, wenn man eine Japanerin heiraten will?«

Joe pfiff durch die Zähne und sagte: »Passen Sie auf, As: das ist nichts für Sie. Selbst wenn Hanako Sie auf den Knien bitten würde, sie zu heiraten. Es ist nichts für Sie.«

»Joe, nicht so vorschnell. Ich habe ihr noch nichts gesagt. Aber bei Gott, ich heirate das Mädchen! Was muß man unternehmen?« Er wiederholte seine Warnung, und ich fragte: »Soll das vielleicht heißen, daß Sie bereuen, Katsumi geheiratet zu haben?«

Sein Gesicht verzog sich zu einem breiten Grinsen, und er antwortete: »Ich habe Ihnen doch mal abends gesagt, daß meine Ehe mit diesem Buddha-Kopp erst das richtige Leben sei. Stimmt nicht. 's ist etwas viel Feineres als Leben. Es ist, als ob Sie tot wären und alle Leiden und Anstrengungen wären vorüber und alles, was noch übrigbliebe, wäre vom Allerbesten

– und es ist das Beste, weil es in ihr drinsteckt. Es ist kein Leben, As. In Chicago habe ich zum Beispiel gelebt. Aber das hier, das ist viel, viel mehr.«

Ich saß, das Gesicht in den Händen vergraben, und blickte einen Augenblick nicht auf. Dann sagte ich: »Genauso geht es mir mit Hanayo.«

Joe beachtete diese Bemerkung nicht und sagte: »As, ich glaube nicht, daß Sie die Schikanen aushalten könnten, die sie mit Ihnen vorhätten.«

»Wieso?«

»Die machen Sie zur Sau. Einfache Soldaten sind's gewohnt, zur Sau gemacht zu werden. Aber Sie haben keine Erfahrung, wie man die Zähne zusammenbeißt und gegen so was angeht.«

»Wie meinen Sie das?«

»Die geben Ihnen so viele Papiere, daß Ihnen die Haare zu Berg stehen. Der Feldgeistliche betet für Sie. Und alles, was sie tun, geschieht natürlich mit so 'nem verruckten Lächeln, als ob Sie übergeschnappt wären und nur von denen gerettet werden könnten. Und was noch schlimmer ist, sie quetschen das Mädchen mit den unverschämtesten Fragen aus. Hana-ogi wird Ihnen nichts verraten, aber einmal nachts, wenn Sie sie küssen, wird sie zusammenbrechen und sich halbtot weinen. Ich glaube nicht, daß Sie's ertragen könnten.«

Ich sagte: »Morgen früh fange ich mit dem Papierkrieg an.«

Er sagte: »As, Sie sind eine Kanone. Die würden dumm dastehen, wenn Sie ihnen mit 'ner Japanerin davonliefen. Sie werden Sie also mit schwerem Geschütz beschießen.«

»Ich bin bereit.«

»As, die werden mit Generalen und Admiralen und Freunden Ihres Vaters ankommen. Es gibt nur einen Weg durchzukommen, und das ist mit Hilfe Ihres Kongreßmannes. Wer ist es?«

»Ich weiß nicht.«

»Wo wohnen Sie?«

»Ich habe keine ...«

»Well, in welchem Wahlkreis wählen Sie?«

»Ich habe noch nie gewählt.«

Zum erstenmal wurde mir klar, daß ich durch und durch Soldat war. Die Luftwaffe war meine Heimat. Ich gab meine Stimme mit dem Bordgeschütz einer F-86 ab.

Joe überlegte und sagte dann: »Keine Sorge. Beinahe jeder

Kongreßmann würde Ihre Sache mit Vergnügen durchboxen. Soll ich sie Shimmark vorlegen? Der steht doch so gerne in der Zeitung.«

Ich dankte Joe und sagte, ich würde es schon irgendwie hinkriegen, aber bereits an diesem Abend begannen sie, mich mit ihren schwerwiegenden Gründen zu bombardieren, ehe ich Hana-ogi überhaupt gesagt hatte, daß ich den Dienst quittieren und sie heiraten wollte. Es war weit weg, in Texas, denn an diesem Abend hörte ich zufällig in eine Rundfunksendung hinein, in der auseinandergesetzt wurde, warum die Demokraten von Texas Dwight Eisenhower in den Präsidentschaftswahlen unterstützen wollten. Ich kannte den General von mehreren Garnisonen her und hatte schon mit seinem Sohn gespielt. Plötzlich, in den dunklen Straßen von Osaka, wurde Eisenhower zum Vorbild, was ein Major der Luftwaffe alles werden könnte: ein Mann, der für viele Arten von Aufgaben bereitstand, wenn sein Land ihn brauchte. Eine ganze schreckliche Stunde lang lief ich in den Straßen herum und überlegte, was ich tun sollte, und dann fand ich mich plötzlich am Eingang zu unserer Gasse, und der magere Watanabe-san hatte beim Pachinko Glück gehabt und kam herausgelaufen, um mir ein Bier zu spendieren, und nach einer Weile hatte ich ganz schön geladen, und so gegen elf kam Hana-ogi, um mich nach Hause zu holen, aber ich sagte ihr noch nichts von meinem großen Entschluß.

Am anderen Morgen schlich ich mich durch Nebenstraßen nach Kobe hinein, denn ich wollte nicht von General Webster oder Oberstleutnant Craford gesehen werden, und ging aufs amerikanische Konsulat. Ich hatte Glück, denn Mr. Carstairs, der kribbelige Konsul, war noch nicht da, und ich konnte mich an die Sekretärin mit dem Pferdegesicht, die mit einem GI verheiratet war, privat wenden.

Sie erkannte mich sofort wieder und sagte: »Wissen Sie, daß Sie meinen kleinen Bruder zum Helden seines ganzen Wohnblocks gemacht haben?«

»Ich? Wieso?«

»Ihr Autogramm. Die Kinder nehmen Korea ernst, zum Unterschied von den Erwachsenen.«

Sie lächelte zwar dabei, aber ich merkte, wie sie mich mißtrauisch anblickte, und nachdem ich ein paar verlegene Ansätze zu einer Unterhaltung gemacht hatte, legte sie ihre Hände fest auf den Schreibtisch und sagte: »Major Gruver, sind Sie hergekommen, um sich nach den Formalitäten für Heiraten mit Japanerinnen zu erkundigen?«

Ich schluckte und mußte wohl rot geworden sein, denn sie fügte schnell hinzu: »Euch Burschen seh' ich es auf einen Kilometer weit an. Weshalb schämen Sie sich denn?«

Ich fragte sie, was sie damit meine, und sie lachte: »Sie glauben alle, es gäbe irgendein Hintertürchen, um den Papierkrieg zu umgehen. Und Sie haben alle Angst, mit ihren vorgesetzten Offizieren zu sprechen.« Sie schaute mich dabei mit solch ansteckendem Ergötzen an, daß ich unwillkürlich lachen mußte, worauf sie sagte: »Aber Sie, As Gruver! Ich hätte nie gedacht, daß Sie auf einen Buddha-Kopf hereinfallen würden.«

Ich fummelte ein bißchen herum und fragte dann: »Bitte, welche Formalitäten sind zu erfüllen?«

»Kann ich Ihnen nicht sagen, Major.«

»Aber Sie arbeiten doch hier.«

»Verboten. Ihr militärischen Helden müßt euch an den Dienstweg halten.«

»So schlimm ist das?«

»Schlimmer, Major. Es ist nicht erwünscht, daß Männer wie Sie Japanerinnen heiraten. Daher machen wir es besonders schwer für Ihresgleichen.«

»Nun, ich wollte mich ja nur erkundigen«, sagte ich.

»Natürlich! Hier ist noch kein Soldat hereingekommen, der wirklich heiraten wollte. Sie wollten sich alle nur erkundigen!«

»Sie wollen mir also nicht helfen?«

Das große Mädchen sah rasch zur Tür hinaus, ob Mr. Carstairs schon da war. Nachdem sie sich vergewissert hatte, daß die Luft rein war, sagte sie: »Der alte Kopfhänger hält sich streng an die Vorschriften. Er würde mich rausschmeißen, wenn er sähe, daß ich Ihnen über gesetzliche Dinge Auskunft gäbe. Aber ich denke, wer sieben MIG's abgeschossen hat, hat ein Recht auf Unterstützung.«

Sie zeigte mir einen ganzen Aktenordner über einen Matrosen, der eine Japanerin geheiratet hatte. Ich hatte ja von dem bürokratischen Leerlauf schon gehört. Hatte auch einiges gesehen, als ich bei Joe Kellys Trauung hier war. Aber ich hatte nicht erfaßt, wie umständlich und erniedrigend das alles war.

Ich fing an zu begreifen, was Joe meinte, als er sagte, daß nur ein GI, gewohnt, strammzustehen und sich herunterputzen zu lassen, eine Heirat mit einer Japanerin durchhalten könne.

Ich sagte: »Da ist ja ein unglaubliches Hindernisrennen!«

Das Mädchen antwortete lachend: »Wenn es nach mir ginge, würden wir es noch schwerer machen. Männer wie Sie sollten sich keine Japanerinnen schnappen, bloß weil sie zu haben sind.«

»Hören Sie, ich brauche keine Vorhaltungen«, protestierte ich.

»Passen Sie auf, Major: ich bin Ihre große Schwester, vergessen Sie das nicht. Wir haben gerade eine Analyse gemacht, was für Amerikaner Japanerinnen heiraten. Die Ergebnisse sind nicht erheiternd.« Sie suchte ein paar Papiere zusammen und las die traurigen Fälle vor: »Wyskanski, Noel. Waise. Keine Schule besucht. Ging mit Fäusten auf den katholischen Priester los. Besserungsanstalt.« »Merchant, Nicholas. Von zu Hause weggelaufen. Regelmäßig im Arrest, seitdem er eingezogen wurde. Zweimal vor dem Kriegsgericht. Bedrohte den japanischen Fürsorgebeamten, der ihm nachwies, daß seine Braut eine gewerbliche Prostituierte war.« »Kelly, Joe. Ihr Freund. Schlechtesten Leumund in der Luftwaffe in Korea. Dauernde Disziplin-Zuwiderhandlungen. War angeklagt, einen Betrunkenen in Chicago ermordet zu haben, aber Freispruch mangels Beweisen. Immer am Rande krimineller Vergehen. Zweimal zur Entlassung aus der Luftwaffe vorgeschlagen.«

Sie warf Kellys Papiere beiseite und fragte barsch: »Wie kommt es, daß Sie mit einem solchen Taugenichts verkehren?«

»Er war in meiner Einheit.«

»Haben Sie Ihre Japanerin durch Kelly kennengelernt?« Ich zögerte einen Augenblick und versuchte, eine richtige Antwort zu finden, aber das smarte Mädchen verstand mich. Sie legte das Aktenstück beiseite und sagte ernst: »Major Gruver, Sie sind einfach nicht der Typ dazu. Diese Männer – notorische Nichtsnutze ...« Sie schlug dabei auf den Aktendeckel und drehte sich um, um sich die Nase zu putzen. In diesem Augenblick öffnete sich die Eingangstür, und herein kam der zimperliche Mr. Carstairs. Mit einem schnellen Blick sah er mich, das Aktenstück und die augenwischende Sekretärin. Er trat genau in die Mitte der Tür zum Büro und sagte: »Mein Gott, Major

Gruver denkt doch nicht etwa daran, eine Japanerin zu heiraten, oder?«

Die Sekretärin sah auf und sagte verächtlich: »Doch, verdammt noch mal! Ich habe ihm gesagt, er sei ein kompletter Idiot.«

»Stimmt«, meinte Mr. Carstairs lakonisch.

Er ging durchs Zimmer und sagte scharf beim Hinausgehen: »Aber wir brauchen keine Sorge zu haben. Die Luftwaffe würde eine solche Dummheit nicht zulassen.«

Als er draußen war, fragte die Sekretärin: »Hat Ihr Japsenmädchen schon die nötigen Anträge eingereicht?«

Ich sagte: »Well ... ich habe noch nicht ...«

Ganz erleichtert brach das große Mädchen in Lachen aus: »Aha, ich verstehe! Sie haben sie noch gar nicht gefragt, nicht wahr? Gott sei Dank!«

Ich wurde rot und sagte: »Hören Sie, wir heiraten wirklich!«

Darauf ging sie nicht ein und sagte: »Jetzt ist mir bedeutend besser. As, hier kommen Dutzende von euch Männern herein, um sich wegen der Heiratspapiere zu erkundigen. Aber die meisten haben bei ihren Bräuten noch gar nicht angehalten. dann atme ich immer auf, weil alles sowieso in Ordnung kommt.«

»Haben Sie ein besonderes Verfahren, es zu verhindern?«

»Nein«, antwortete sie erstaunt. »Es ist einfach so, daß erstklassige Japanerinnen keine Amerikaner heiraten. Sie ziehen Japan vor. As, glauben Sie mir, die Chancen stehen zehn zu eins, daß die Sorte Mädchen, die Sie verdienen, Sie nicht heiratet; und die Sorte, die Sie haben können, würden Sie nicht wollen.«

Ich blickte mich in dem schäbigen Büro um, sah auf den Haufen Heiratsberichte und sagte grimmig: »Sie können eine neue Akte einrichten. ›Gruver, Lloyd. Gute Schulbildung. Nichts Nachteiliges über ihn bekannt. Bester Kampfflieger in Korea. Tadelloser amerikanischer Typ. Heiratete eine Japanerin aus Liebe.‹ Und das halten Sie Ihrem Mr. Carstairs jeden Morgen unter die Nase.«

Wütend ging ich und fuhr wütend ins Dorf Takarazuka hinaus, wo ich in einem Gemüseladen in der Nähe der Bitchibashi wartete. Gegen Mittag sah ich die ersten Takarazuka-Mädchen in ihren grünen Röcken vorbeikommen. Dann ging

Fumiko-san vorüber, und ich versteckte mich im Hintergrund des Ladens, bis sie verschwunden war. Endlich sah ich Hana-ogi von weitem und hatte das für einen Mann so seltene Erlebnis, sein Mädchen beobachten zu können, wie es sich durch das Gewühl der Straße bewegt, ohne zu wissen, daß es beobachtet wird. Bei solchen Gelegenheiten – wenn die Mädchen sich gehen lassen können, sozusagen – sind sie ganz besonders entzückend und bekräftigen doppelt alle Gedanken und Entschlüsse der letzten Tage. Hana-ogi war so. Sie hatte einen grauen, silber- und golddurchwirkten Kimono an, der ihr wunderbar schmeichelte, und ihre Füße in hellgrauen Zori klapperten ihren reizvollen Takt in der Menge der mittäglichen Straßenbummler. Wie sie sich dem Gemüseladen näherte, flatterte mein Herz wie ein gebrochener Propeller, aber ich wußte wenigstens, was ich wollte. Ich streckte die Hand aus, packte sie am Arm und zog sie zu mir herein. Der Besitzer des Lädchens lächelte und trat auf den Bürgersteig hinaus, als ob es für ihn die selbstverständlichste Sache von der Welt wäre, sein Geschäft von Liebespaaren besetzen zu lassen.

»Hanayo!« rief ich mit einer Leidenschaft, die ich noch nie an mir gekannt hatte. »Ich habe mich entschlossen und habe schon die Papiere beantragt. Wir werden heiraten.«

Offenbar hatte sie mich nicht verstanden, denn sie fragte: »Was du sagen?«

»Ich werde dich heiraten und dich mit nach Amerika nehmen.«

Ich erinnere mich, daß eine Wand des Lädchens mit den riesigen weißen japanischen Rettichen vollstand, über einen Meter lang und so dick wie ein Mann. Hana-ogi trat einen Schritt gegen diese zurück und hielt eine Hand an die Wange, an der sie nach der japanischen Mode das Haar kurz herunterwachsen ließ. Sie sah mich einen Augenblick an, und dann füllten sich ihre dunklen Augen mit Tränen.

»Wir nicht von Heirat sprechen, Rroyd-san. Nein, nein!«

»ich weiß, es ist eine Überraschung für dich«, sagte ich. »Aber ich habe mir alles überlegt, und ich bin bereit, den Fliegerrock an den Nagel zu hängen und mir eine andere Beschäftigung zu suchen.«

»Aber Rroyd, ich nicht gehen Amerika.«

»Well, das besprechen wir noch«, sagte ich. »Mal werden sie

dieses blödsinnige Gesetz revidieren, so daß man seine Frau heimbringen kann.«

»Du nicht verstehen, Rroyd-san. Ich nicht gehen wollen.«

Ich trat von den Riesenrettichen weg und starrte Hana-ogi an. Es war mir unbegreiflich, wie ein japanisches Mädchen in diesem überfüllten Ländchen ohne Komfort und ohne Zukunft es ablehnen könnte, nach Amerika zu gehen. Wie hatte doch gleich die Offiziersfrau im P.X. von Osaka gesagt? »Die verdammten kleinen Japsenmädchen legen sich an den Straßenekken mit dem Lasso auf die Lauer und fangen sich die amerikanischen Soldaten ein.« Ich sagte: »Ich erkläre dir alles heute abend.«

Aber sie antwortete höchst merkwürdig: »Eines Tages du Japan verlassen, Rroyd-san. Ehe du gehen, du Bilder von echter Hana-ogi sehen müssen. In Kioto.«

»Ich will keine Bilder sehen!« rief ich. »Zum Donnerwetter! Ich bin hierhergekommen, um dir zu sagen, daß wir heiraten.«

»Du Auto besorgen morgen – früh.« Dann ging sie rasch auf die Ladentür zu, kam aber noch mal zurück und küßte mich leidenschaftlich auf den Mund. »Wenn du nach Amerika zurückgehen«, sagte sie, »du müssen erinnern große Schönheit von Hana-ogi.«

## 18

Früh am nächsten Morgen verließen wir Osaka in Leutnant Baileys Chevrolet und fuhren an einem Fluß entlang, der seit ungezählten Jahrhunderten die Reisfelder dieses Landstrichs bewässert hatte. Er lag tief unter dem Straßenniveau und war von starken Deichen eingesäumt, die vor vielen Generationen gebaut worden waren, und auf dem ganzen Land lagen die Spuren harter Arbeit und die Fußstapfen vieler Menschen. Wo man hinsah, erblickte man Frauen an der Arbeit, Lasten schleppend und hebend.

Unsere Einfahrt nach Kioto war unvergeßlich, denn wir sahen in der Ferne die emporstrebenden Türme großer Buddhistentempel, deren Dächer nach chinesischer Art am Rande hochgezogen waren. Und von einer Straße aus erhaschten wir einen Blick des berühmten Heian-Shinto-Schreines, eines wundervollen, zinnoberroten Gebäudes, das mit riesigen blutroten Ornamenten bedeckt war.

Aber wir waren nicht an Schreinen oder Tempeln interessiert. Wir fuhren durch eine Seitenstraße, die mit uralten Tannen bestanden war, und unter einem Baldachin von Immergrün hielten wir an, um in ein Museum zu gehen. Es war tempelartig gebaut, hatte beinahe hundert Statuen aus Stein und Holz, als ob die ehrwürdigen Helden Japans, für immer in ihren steifen, zeremoniellen Stellungen verharrend, sich versammelt hätten, um uns willkommen zu heißen. Der Kurator eilte herbei, und als er hörte, daß ich kein Japanisch verstand, ließ er einen intelligent aussehenden jungen Mann holen. Er war in den Dreißigern, so schätzte ich, und trug dicke Brillengläser. Seine Zähne waren ausgezeichnet, er hatte ein befreiendes Lächeln und beherrschte die englische Sprache gut.

»Ich habe in Oxford studiert«, erklärte er, »und habe einige Jahre in unserer Vertretung auf der Fifth Avenue und zwei Jahre in unserer Vertretung in Boston gearbeitet. Was wünschen Sie zu sehen?« Es war klar, daß er Hana-ogi nicht kannte und sie lediglich für ein hübsches Straßenmädchen hielt, das ich für den Tag aufgegabelt hatte. Er war daher etwas unglücklich, als sie ihn auf japanisch ansprch. Ich mischte mich ein und sagte: »Wie ich höre, haben Sie eine ungewöhnliche Sammlung alter Drucke von Hana-ogi aus Ogi-ya.«

Sofort zog er sich in sich selbst zurück und musterte mich sorgfältig. Dann sah er Hana-ogi an und verbeugte sich sehr tief. »Sie sind Hana-ogi-san aus Takarazuka«, sagte er in bestem Englisch. »Sie sind sehr schön. Und Sie, Major, sind Lloyd Gruver. Ja, ja, selbst in Kioto haben wir von Ihnen gehört.« Ich wußte nicht, ob er meinte, von mir als Flieger oder von Hana-ogi und mir als Paar gehört zu haben, aber er nickte höflich und sagte: »Ich schätze Ihren Wunsch sehr, die berühmten Drucke der anderen Hana-ogi sehen zu wollen.«

Er führte uns nach oben, an den düsteren japanischen Heldenstatuen vorbei, und ich fühlte, daß ich mich in Feindesland befand. In diesem fremdartigen Gebäude hatte ich zum erstenmal den Eindruck, ein Eroberer zu sein, der von einer fremden Religion und einer sehr fremdartigen Kunst, die viele Jahrhunderte älter waren als mein Heimatland, umgeben war. Dieses Gefühl verstärkte sich, als ich auf dem Boden vor einer Staffelei saß, während der junge Mann an eine verschlossene Vitrine trat. Hana-ogi mußte meine unbehaglichen Gedanken erraten haben, denn sie legte ihre Hand in die meine und flüsterte: »Jetzt du sehen größte Schönheit.«

Ich war auf das, was ich zu sehen bekam, vollkommen unvorbereitet. Ich hatte mir nach den Erzählungen Hana-ogis bestimmte Vorstellungen von der echten Hana-ogi gemacht. Ich dachte mir, daß sie ungefähr meiner Hana-ogi gleichen würde: unwahrscheinlich schön und doch mit einem deutlichen ostasiatischen Einschlag. Ich stellte mir vor, daß die Bilder von ihr etwa denen von Botticelli ähneln würden.

Aber den Schock, den ich beim Anblick des ersten Druckes empfang, werde ich nie vergessen. Der junge Mann hielt ihn einen Augenblick von mir weg und sagte ehrfurchtsvoll: »Dieser erste Druck ist Hana-ogi als junges Mädchen, gerade nach

Ogi-ya gekommen. Er stammt von einem unserer größten Künstler, Shuncho.« Und dann, vor Stolz und Verehrung beinahe platzend, hielt er mir das Bild hin.

Es war furchtbar! Das Gesicht des Mädchens war teigig und flach. Ihr Haar bestand aus lauter gelben Kämmen. Sie war in sieben Kimonos gewickelt, die am Hals auseinanderklafften. Aber am schlimmsten waren ihre Augen; die reinsten Karikaturen, Schlitze, und ihre Zähne waren vollkommen schwarz. An diesem Porträt einer toten Schönheit konnte ich überhaupt nichts Anziehendes finden.

Wahrscheinlich habe ich etwas von meiner Enttäuschung verraten, denn Hana-ogi und der junge Mann versuchten mir zu erklären, daß das Muster ganz nach alter japanischer Tradition entworfen worden sei, so ungefähr, wie ein Frauenporträt von Picasso auf unsere Augen nicht eigentlich schön wirke. Ich erinnere mich, wie ich mich furchtbar anstrengte, mir vorzustellen, wer Picasso war, aber ehe ich mir darüber klar wurde, nahmen sie das erste Bild weg und brachten ein anderes von einem Maler, dessen Namen ich nicht verstand; aber meine Enttäuschung war größer als zuvor. Die berühmte Kurtisane hatte denselben teigigen Teint wie vorher, Schlitzaugen und schwarze Zähne, aber diesmal hielt sie den Kopf in einer solch unnatürlichen Stellung, daß ich dachte: »Wenn sie sich jetzt nicht aufrichtet, erstickt sie.« In der linken Hand hielt sie einen der unzähligen Kämme, die sie in ihrer öligen Haartracht stecken hatte, und in der rechten Hand hatte sie einen schwarzen Elfenbeinfächer, der dem ganzen Bild einen noch dümmeren Ausdruck gab. Selbst das halbe Dutzend Kimonos war schlecht und in überspannten Farben gemalt.

Über dem dritten Bild kam es zum Streit. Ich schrieb mir den Namen des Künstlers auf, Masayoshi, denn es zeigte Hana-ogi, als sie in das Haus Ogi-ya nach ihrer Flucht zurückgekehrt war. Sie hatte viele Kimonos an, die von einer purpurroten Robe bedeckt waren, und ihr Gefolge bestand aus zwei barfüßigen Dienern, die einen Schirm und einen riesigen Blumenstrauß trugen. Ich betrachtete bestürzt das Bild, denn ich erkannte es sofort als eines, das Hana-ogi mir an jenem Abend beschrieben hatte, als sie mir die Geschichte ihrer Vorgängerin vortanzte. Was sie mir aber nicht bechrieben hatte, war, daß dieses Bild eine ungewöhnlich häßliche Frau mit großer Nase, Schmutzflecken über den Augenbrauen und aufgeblasenen Wangen zeigte. »Gott, ist das häßlich!« rief ich aus. Ich fühlte mich betrogen.

Meine Hana-ogi zuckte zusammen, als ob sie geschlagen worden wäre, und der junge Mann nahm den Druck weg. »Ich fürchte«, sagte er beleidigt, »daß Sie unsere Kunst nicht wirklich schätzen können.«

»Man hat mir gesagt, daß diese Hana-ogi die schönste Frau in der japanischen Geschichte war.«

»Das stimmt«, sagte der junge Mann mit Nachdruck.

»Aber diese Bilder ...«

»Es ist unser Kunststil«, erklärte er.

»Aber schauen Sie sich Hana-ogi hier an. Diese hier. Sie ist wirklich schön.«

Der junge Mann sah Hana-ogi nicht an. Statt dessen trug er das Porträt der antiken Hana-ogi in die Vitrine zurück und kam mit einem anderen wieder. Ruhig sagte er: »Ich fürchte, Sie erkennen das Problem nicht, Major. Aber würden Sie mir gestatten, es Ihnen in ein paar Worten zu erklären?«

»Ich bitte darum«, sagte ich.

»Verzeihen Sie mir, wenn ich sehr einfache Worte wähle.«

»Natürlich. Ich habe so viel von dieser Hana-ogi gehört, daß ich nicht enttäuscht nach Hause gehen will.«

»Wenn Sie aufgeschlossen sind«, versicherte er mir, »werden Sie in gehobener Stimmung nach Hause gehen. Das Bild, das ich Ihnen jetzt zeige, stammt von einem der hervorragendsten Künstler Japans. Sein Name ist Utamaro. Haben Sie mal von ihm gehört?«

»Nein.«

»Macht nichts. Aber wollen Sie mir glauben, wenn ich sage, daß seine Werke in der ganzen Welt geschätzt werden? Schön. Sie werden jetzt eine seiner herrlichsten Schöpfungen sehen. Wenn Sie sie betrachten, denken Sie bitte nicht an Hana-ogi. Denken Sie nur an dieses himmlische Gelb.«

Er hielt mir das Bild blitzartig vor die Augen, und das Gelb war tatsächlich wie schönes Sonnenlicht. Er fuhr mit seinen Erklärungen fort, hob die vollkommenen Proportionen des Entwurfs hervor, die wunderbaren Linien, die gedeckten Farbenharmonien und die angedeutete Gesamtanlage. Ich hörte ihm gespannt zu und mußte ihm beipflichten. Dann sagte er auf einmal ohne Übergang: »Was das Gesicht Hana-ogis anlangt, so glauben wir Japaner, daß es vom Himmel gesandt wurde.«

Dieser Kommentar wurde so überzeugend herausgeschleudert, daß irgendeine ferne Ecke meines Hirns dachte: »Die Männer, die diese Frau gekannt hatten, hielten sie eben für schön.« Und gleich darauf kam eine andere scheußliche Erinnerung – als einmal einige von uns jungen Offizieren zu einer Hochzeit eingeladen waren und beim Anblick der Braut in peinliches Schweigen fielen. Bis schließlich einer hinter mir flüsterte: »Well, jeder hält eben seine Braut für die Hübscheste.«

Und ich versetzte mich in Gedanken nach Amerika zurück, überlegte mir, wie ich Hana-ogi vollkommen fremden Leuten vorstellen würde, die sie nie vorher gesehen hatten, und konnte mir denken, daß sie vor einer Japanerin zurückschrecken würden – die in ihren Augen durchaus nicht hübsch wäre –, wie ich mich jetzt von der längst verstorbenen Hana-ogi abgestoßen fühlte. Ich warf noch einen Blick auf das berühmte Gesicht, die merkwürdigen Schlitzaugen und die schwarze Zahnreihe, beschied mich und akzeptierte das Urteil aus den lange verschwundenen Grünen Häusern von Yoshiwara, daß sie schön war. Ich sagte: »Ich glaube, ich verstehe sie.«

Der junge Mann wollte den Utamaro fortnehmen, aber ich sagte: »Lassen Sie mich das Bild noch ein wenig betrachten.« Ich zeigte auf die farbenprächtige Schrift in der oberen Ecke und fragte, was sie bedeute. Während der erstaunlichen Unterhaltung, die darauf folgte, stand der junge Mann aufmerksam, die linke Hand an der Staffelei, vor mir. Ich brauche nur die Augen zu schließen, um ihn zu sehen und sein verwehtes Lob der großen Hana-ogi zu hören.

»Es ist unmöglich zu sagen, was die Schrift bedeutet, Major. Es ist ein Gedicht, das irgendein unwichtiger Mann geschrieben hat, der Hana-ogi besuchte. Diese Symbole hier sind sein Name: der Mann von der anderen Seite von Yanagiwara. Das ist alles, was wir von ihm wissen, ein Fremder aus einem entlegenen Dorf, der die große Frau ein einziges Mal sah. Aber sein Gedicht wird immer unter uns fortleben.«

»Was hat er geschrieben?«

»Es tut mir leid, aber ich kann Ihnen die Bedeutung nicht sagen.«

»Sie können die Symbole nicht übersetzen?«

»O doch!« versicherte er mir stolz. »Ich war Übersetzer unseres Auswärtigen Amtes bei den Verhandlungen über den Friedensvertrag von San Francisco. Aber mit der japanischen Sprache ist es wie mit der japanischen Schönheit und dem japanischen Leben: sie kann nie wesensgemäß übersetzt werden. Zum Beispiel, Der Name Hana-ogi bedeutet *Blume* und *Fächer,* und seine Symbole sind in das Gedicht eingeflochten. Was sie aber in diesem bestimmten Gedicht bedeuten sollen, kann niemand sagen. Selbst der Fremde aus Yanagiwara wußte es nicht.«

»Wie meinen Sie, er wußte es nicht?«

»In Japan sieht ein Mann eine schöne Frau und äußert gewisse Worte; aber sie haben keine zu definierende Bedeutung.«

»Wie können Worte nicht definierbar sein? Hier sind die Zeichen dafür. Da, direkt hier. Warum können Sie sie nicht deuten?«

»Oh, ich kann es natürlich, Major. Die Schwierigkeit ist nur, daß ich es auf so viele verschiedene Arten kann. Nach einer Art zum Beispiel sagt der Fremde aus Yanagiwara: ›Selbst ein flüchtiger Blick im Herbst auf die nachtblühende Blume Hana-ogi durchflutet meine Seele mit sommerlicher Wärme.‹«

»Das klingt verständlich«, sagte ich.

»Aber es ist nicht verständlich, weil ich nur rate, was der Fremde meinte. Denn seine Worte können auch so gedeutet werden: ›Hana-ogi ist schöner als die Abendblume, die ich einst einer alten Liebe auf den Fächer legte, und sie bringt kein herbstliches Frösteln über mein Herz.‹«

Ich war verwirrt. »Sie wollen sagen, daß diese selben Zeichen so verschiedene Bedeutungen haben können?«

»Sie können noch vieles andere bedeuten, Major. Unser Leben in Japan ist voll Andeutungen und versteckter Bedeutungen. Zum Beispiel wird behauptet, Sie hätten sich in Hana-ogi verliebt. Welche Hana-ogi?«

Bei der Erwähnung ihres Namens faßte mich Hanayo-chan an der Hand, und ich sagte: »Welche? Die da. Die Lebende.«

»Aber welche der Lebenden?«

»Diese hier. Hier!«

Der junge Mann, der die Amerikaner hassen mußte, weil sie ihm seine Kunstgalerien in Boston und New York und London weggnommen hatten, stand bitter und aufrecht neben der Staffelei und sagte leise: »Es gibt so viele Hana-ogis heutzutage bei uns. Es ist berühmt in Japan, dieses Mädchen, und wird sehr geliebt. Es gibt da zum Beispiel das Bauernmädchen, das seine Mutter und seine sechs Geschwister unterstützt. Dann die junge Kurtisane, die zur Geisha ausgebildet worden war. Wußten Sie nicht, daß ihr Vater sie an ein Grünes Haus verkauft hatte? Dann die berühmte Schönheit, die von einem Mann aus dem reichen Haus der Matsudaira gerettet wurde. Der dann Selbstmord beging. Seine Tochter, Fumiko-san, ist jetzt in Takarazuka. Oder die graziöse Schauspielerin Hana-ogi, die man immer mit Fumiko-san zusammen sah. Oder die junge Asketin, die den Ehrgeiz hatte, die größte Tänzerin Japans zu werden. Oder das unbesonnene Mädchen, das mit einem amerikanischen Flieger davonlief. Sie sehen, wir sind ein subtiles Volk. Unsere Worte haben viele Bedeutungen.«

Ich glaube, Hana-ogi verstand einiges von dem, was der junge Mann zu mir sagte, denn sie hielt meine Hand eng umklammert, und als er geendet hatte, stand sie auf und zog mich hoch. Sie sah ihn absichtlich an und sagte kühl: »Ich binde meinen Obi nie so.« Dabei deutete sie auf das Bild der verblichenen Hana-ogi, der seltenen, wundervollen Kurtisane, deren Erinnerung immer noch wach war im Herzen des Volkes. Sie zeigte auf Hana-ogis Obi, der nach Art der gewerblichen Prostituierten als Lockmittel vorn gebunden war.

Ich hätte den jungen Mann am liebsten verhauen, nach alldem, was er mir erzählt hatte. Aber er lächelte mich plötzlich an und sagte: »Ich muß Ihnen noch ein Porträt zeigen, Major. In gewisser Hinsicht ist es das schönste von allen.« er brachte etwas sehr Zartes in Gold und Gelb und verblaßtem Blau an. Aus dieser Farbenkomposition blickte uns eine junge Hana-ogi über die Schulter weg an, süß und schön, wie ich sie hatte sehen wollen. Sie schien den Betrachter zu quälen, und in einer unteren Ecke sah man eine ihrer jungen Zofen, ein Kind von neun Jahren, das mit Federball und Schläger spielte. Verzückt zeigte der junge Mann auf das Kind und sagte: »Das war Tatsuta. Selbst die Namen der Kinder, die unsere unsterbliche Hana-ogi bedienten, sind überliefert.«

Dann legte er ganz unerwartet die Hand zärtlich auf den

Kopf meiner Hana-ogi und zerzauste ihr das Haar. »Diese war auch ein Tatsuta. Sehen Sie, der Obi ist hinten gebunden.«

Einen Augenblick argwöhnte ich, er habe mir die Geschichte meiner Hana-ogi erzählt, weil er in sie verliebt und auf mich eifersüchtig war. Aber als wir den Raum mit den kostbaren Bildern verließen, drehte ich mich noch einmal um und sah ihn, wie er die einundvierzig Porträts der berühmten Frau, die vor langer Zeit einmal die Zierde der Grünen Häuser von Yoshiwara gewesen war, sorgfältig verwahrte. Und ich merkte, daß er tatsächlich in Hana-ogi verliebt war, aber nicht in die meine.

Auf der Heimfahrt waren wir still, bis wir an eine Stelle des Flußufers kamen, wo drei Frauen ein Reisfeld bebauten. Da griff Hana-ogi plötzlich nach meiner Hand, küßte sie und flüsterte: »Wir sehr arm. Mein Vater nicht wollen an Geisha-Haus verkaufen. Japanische Väter ihre Töchter lieben. Wie in Amerika. Aber ...« Wir erwähnten das Thema nie wieder, sprachen auch nicht von dem Matsudaira-Mann, der sie gekauft hatte, oder von seiner Tochter Fumiko-san, für die sich Hana-ogi jetzt verantwortlich fühlte. Einige Minuten, nachdem wir das Museum verlassen hatten, hatte ich gefürchtet, daß die Kenntnis der Lebensgeschichte meiner Hana-ogi es mir unmöglich machen würde, sie zu heiraten; aber die Erwähnung ihres Vaters zerstreute meine Zweifel, dann ich erinnerte mich an den alten Bauern, den wir an dem Abend beobachtet hatten, an dem wir zum erstenmal zusammen geschlafen hatten. Das war wirkliche Armut; ein Mann, der jedes Krümelchen Erde durch die Hand siebte, damit ein bißchen mehr Reis darauf wüchse. Ich wußte, daß, wenn Hana-ogis Vater sie verkauft hatte, es für ihn keinen anderen menschenmöglichen Ausweg mehr gegeben hatte. Ich sagte mit neuer Entschlußfreudigkeit: »Und jetzt werden wir heiraten!« Aber sie rückte nur noch näher an mich heran, und ich glaube, daß sie mich nach Kioto geführt hatte, um mich von ihrer Kindheit erfahren zu lassen; und wenn der junge Mann es mir nicht gesagt hätte, hätte sie mir beim Betrachten der Bilder davon erzählt. Mit dem rechten Arm zog ich ihren zerzausten Kopf an mich und fuhr ganz langsam den uralten, unruhigen Fluß entlang.

Aber ich war bekümmert, daß sie mir nicht tatsächlich versprochen hatte, mit mir nach Amerika zu kommen. Vielleicht zögerte sie, um mir eine Möglichkeit offenzulassen, mein vorschnelles Vorhaben, den Dienst zu quittieren, wieder rückgängig zu machen. Dann jedoch erfuhr ich auf eine dramatische Weise, daß sie möglicherweise wirklich entschlossen war, mich nicht zu heiraten, denn eine ältere Frau erklärte mir Hana-ogis Gründe, in Japan zu bleiben.

## 19

Diese liebenswürdige Japanerin mit ihrem maskenhaften Gesicht kam in Begleitung einer intelligenten jungen Frau, die gutes Englisch sprach, in die Marinekaserne von Takarazuka. Sie erklärten, sie bäten mich, in einer Angelegenheit von äußerster Wichtigkeit mit ihnen zu kommen. Ich begleitete sie zu der Bitchi-bashi, an den Gemüseläden vorbei und über den Fußweg, der zu den Dormitorien der Mädchen führte.

Es war das erstemal, daß ich den Fußweg betrat, und wie ich auf das Gebäude zuschritt, in dem Hana-ogi gewohnt hatte, ehe sie mich kennenlernte, bemächtigte sich meiner eine merkwürdige Erregung. Als ich das Dormitorium aber zu Gesicht bekam, sah es verboten aus: eine einfache Holzbaracke mit einem Bambusdach und von einer Reihe japanischer Zedern eingesäumt, die eine hohe Hecke bildeten und das Holzhaus dem Blick völlig entzogen. Es sah wie eine Festung aus, und der Gedanke an ihre Eroberung machte mir Spaß.

Aber meine Führerin ging nicht da hinein. Sie bog auf einen schmalen Pfad ein, führte mich an den Zedern vorbei und einen kleinen Hügel hinauf, von dem aus man den Fluß übersehen konnte. Dort blieb sie an einem merkwürdigen Tor, das wie ein Tempelportal en miniature aussah, stehen, und nachdem sie das Törchen geöffnet hatte, ging sie in einen schönen Garten voran, der um eine gepflegte japanische Villa aus hochpolierten Hölzern lag. Davor stand ein riesiger flacher Stein, auf dem neun junge Mädchen in den grünen Röcken der Takarazuka-Uniform saßen. Die Mädchen sprangen sofort auf und verbeugten sich sehr tief, bis die ältere Dame vorübergegangen war.

Sie führte mich in ein Zimmer, das mit wundervollen weißen

Tatami-Matten bedeckt war und an der einen Seite ein Podium aus ausgesuchtem, goldbraun poliertem Zypressenholz hatte. Man sah sofort, daß es der Übungssaal einer Tanzlehrerin war.

Die Dame stellte sich mir als Teruko-san, einer der ersten Tanzstars Takarazukas, vor. In ihren jungen Jahren war ihr Ruf als Künstlerin legendär gewesen, und jetzt gab sie ihre große Kunst an die jungen Mädchen weiter, die draußen auf dem Stein auf sie warteten. Sie hatten an fünf Tagen der Woche Unterricht und unterwarfen sich der Tyrannei des maskenhaften Gesichts, das sich mir jetzt zuwandte.

Teruko-san saß mit mir auf dem Boden und zupfte ihren Kimono zurecht. Ich sah, daß die Farbe ihrer Gewänder aus fünf genau aufeinander abgestimmten Schattierungen in Grau bestand, die durch einen einzigen, schmalen blauen Streifen um den Hals unterbrochen waren. Ihre Tabi waren weiß und hoben die Konturen ihrer schönen und kräftigen Füße hervor. Sie erinnerten mich an Hana-ogis prächtige Füße, und Teruko-san mußte so etwas Ähnliches beabsichtigt haben, denn sie sagte schnell: »Major Gruver, wenn Sie Hana-ogi überreden, uns zu verlassen, so verliert sie nicht nur die große Bühne von Takarazuka. Sondern auch dies alles.« Mit einer langsamen Bewegung ihrer Hand, als ob es sich um eine Tanzpose handelte, deutete sie auf den schönen Raum und zeigte mit einem Finger auf eine gerahmte Schrift, die in dicken Lettern die Worte eines großen japanischen Romanciers wiedergab.

Sie sagte: »Unser Motto: ›Sei rein, gerecht, schön.‹«

Dann fuhr sie fort: »Wenn ich einmal sterbe, soll Hana-ogi meine Nachfolgerin werden, denn sie ist unsere beste Tänzerin. Ich glaube, sie wird sogar noch größer werden als ich, denn zu meiner Zeit gab es niemanden außer mir, ich überragte alle wie der Fuji-san. Aber heute gibt es viele gute Tänzerinnen, und Hana-ogi übertrifft sie. Und wissen Sie, weshalb sie so gut sind?«

Ich machte eine ehrerbietige Verbeugung, und sie sagte: »Sie sind ausgezeichnet, weil ich sie unterrichte, wie ein berühmter alter Mann mich einst unterrichtet hat. So halten wir die japanische Kunst aufrecht.«

Während Teruko-san weitersprach, hörte ich Hana-ogis helle Stimme mit ihrem leicht verschleierten Timbre, und sie schnitt mir ins Herz; ich sah, wie sie mit äußerster Sorgfalt den

Kimono faltete, um ihren herrlichen sehnigen Nacken den gebührenden Rahmen zu geben; und ich sah sie vor mir, wie sie ihre klassischen Tänze tanzte. Und ich konnte mir sehr wohl vorstellen, daß diese Eigenheiten teilweise aus dem Raum kamen, in dem ich saß. Teruko-san sagte: »Wenn Sie nicht nachgeben, wird Hana-ogi nie mehr hierher zurückkehren.«

Dann wandte sie einen raffinierten Trick an. Sie sagte: »Sie müssen hier sitzenbleiben, Major Gruver, denn ich gebe jetzt Unterricht«, und die Dolmetscherin ging, um die neun jungen Mädchen zu holen. Sie kamen still herein, versuchten ein paar Schritte auf der Tatami, zogen dann ihre grünen Röcke aus und stiegen in hellen Tanztrikots auf das Podium.

Teruko-san war wie verwandelt. Aus einer graziösen älteren Dame war plötzlich eine energische, über die Bühne stampfende Tänzerin geworden, die besser als ihre beste Schülerin war. Sie ließ sie einen einzigen Schritt ewig üben, und ich entdeckte ein oder zwei Madchen, die mir das Zeug zu ganz großen Tänzerinnen zu haben schienen. Dabei merkte ich, daß Teruko-san beabsichtigte, mich in diesen schwer arbeitenden Kindern – ich schätzte sie auf höchstens fünfzehn – Hana-ogi in ihren früheren Jahren sehen zu lassen, und als ich diese hübschen, von der Arbeit erhitzten Gesichter beobachtete, ebenso erhitzt, wie Hana-ogi, wenn sie durch die Gassen nach Hause eilte, konnte ich mir die langen Tage und Jahre ihrer Ausbildung lebhaft vorstellen.

Als die Mädchen gegangen waren, sagte Teruko-san: »Ich wollte Ihnen genau klarmachen, welche Folgen Ihre Pläne zeitigen würden.« Sie führte mich zum Tor, entließ zu meinem Erstaunen die Dolmetscherin und ging mit mir zum Dormitorium zurück, das an diesem späten Nachmittag leer war. Sie nickte der Wache zu und führte mich zu einem kleinen Zimmer, schob die Papiertüren zurück und bedeutete mir einzutreten. »Hana-ogi«, sagte sie.

Das Zimmer war so schön wie das Mädchen, das ich liebte. An der einen Wand standen die lackierten Kommoden und Tabletts und Truhen, in denen sie ihre persönlichen Sachen untergebracht hatte. Der übrige Raum war leer und blitzte vor Sauberkeit. Auf dem Boden lagen acht schneeweiße Tatami; es war also kein großes Zimmer. Um einen sehr alten Holzkohlenofen aus goldener und grüner Keramik, in dem die Kohle auf weißglänzendem Sand lag, waren sechs helle Kissen angebracht. Ein niedriger Tisch mit vier pechschwarzen Eßschalen vervollständigte die Einrichtung, mit Ausnahme eines Bücherbretts, auf dem die gebundenen Theaterstücke standen, in denen Hana-ogi mitgewirkt hatte. Der einzige Schmuck war ein herrlicher japanischen Farbdruck, der eine über einen Felsenabgrund gespannte Brücke im Mondlicht zeigte. Der Halbmond hing tief über der Landschaft. Ich merkte, daß ich begann, die japanischen Drucke zu verstehen, und je mehr ich davon verstand, desto mehr gefielen sie mir.

Aber diesmal war Teruko-san zu schlau gewesen. Denn sie hatte beabsichtigt, mir beim Anblick dieses Zimmers Gewissensbisse einzuflößen, daß ich Hana-ogi daraus entführen wollte. Doch die Wirkung war genau entgegengesetzt. Das Zimmer, in das sich die späten Nachmittagsschatten schlichen, schrie geradezu, ich sollte weiter auf mein Ziel lossteuern und seine Bewohnerin heiraten. Keine Frau von der Vitalität einer Hana-ogi konnte dazu bestimmt sein, in diesem engen Gefängnis ihr ganzes Leben zuzubringen. Die Hölzer des Zimmers waren wunderschön, aber Hana-ogi war noch schöner. Die Tatami waren reizend, die Bücher bedeutend, und der japanische Druck repräsentierte zweifellos höchste Kunst – aber Hana-ogi auch. Und außerdem war sie noch eine herrliche Frau, die mit Wonne durch die dunklen Gassen Osakas eilte, um sich dem Mann in die Arme zu werfen, den sie liebte.

Wenn mich aber der Anblick ihres Zimmers in meiner Liebe zu ihr bestärkte, so war das, was ich jetzt zu sehen bekam, ein direkter Befehl dazu. Denn als ich mit Teruko-san aus Hana-ogis Zimmer kam und durch die Halle ging, warf ich zufällig einen Blick durch die geöffneten Schiebetüren des benachbarten Zimmers.

Es war ebenfalls sehr beachtlich mit seinen acht Tatami, aber es war vollgestopft mit Puppen und Teddybären und Kissen mit rosa und blauen Seidenfransen und kleinen Tischen, auf denen farbige Glasvögel standen, und mit allem erdenklichen Krimskrams in allen vier Ecken. Es war das Zimmer eines jungen Mädchens, das sein Leben genoß, voll des reizenden Ramsches, wie er von Leuten zusammengetragen wird, die keine anderen Sorgen haben. Ich blickte fragend auf Teruko-san, und sie sagte: »Fumiko-san.« Dann zeigte sie auf einen niederen, wundervoll geschnitzten Tisch mit chinesischen Ornamenten, und obgleich sie nicht Englisch sprechen konnte, bedeutete sie mir doch irgendwie, daß dies der Tisch sein, an dem der Vater Fumiko-sans beim Zusammenbruch im August 1945 Hara-kiri begangen habe. Das Zimmer flößte mir Grauen ein, und ich wollte es nicht mehr sehen.

Am Ausgang des Dormitoriums verbeugte ich mich tief und sagte: »Domo arigato gozaimasu, Teruko-san.« Sie war angenehm überrascht über mein bißchen Japanisch, verbeugte sich ebenso tief und sagte: »Do itashi mashite, dozo«, und ich eilte zum Zug, der mich so rasch wie möglich nach Osaka zurückbringen sollte.

Wie soll ich die Fahrt eines über beide Ohren verliebten jungen Mannes durch die Bilderbuchlandschaft Japans nach der Stadt mit den vielen Kanälen beschreiben, wo seine Geliebte ihn erwartete? Der Zug überquerte den Muko-Fluß, und ich sah die Bitchi-bashi von weitem, wo ich so oft auf Hana-ogi gewartet hatte, und wo in diesem Augenblick junge Mädchen in ihren flatternden grünen Röcken vorübergingen. Ein paar Sekunden verfolgte ich mit den Augen den Fußweg, der zum Dormitorium hinaufführte, und ich sah vier der großen Stars Arm in Arm dahinschlendern. Vor dem Dormitorium sah ich Fumiko-san, wie sie hinter dem dunklen, hohen Zedernwall verschwand.

Jetzt fuhr der Zug durchs offene Land, und ich sah die Reisfelder, die bis auf den letzten Zentimeter an den Bahnkörper heranreichten. Dahinter waren die sauberen kleinen Dörfer mit ihren Dächern aus roten Ziegeln, von denen sich die Tempeldächer aus goldenen Ziegeln malerisch abhoben. In den Feldern zogen alte Männer vorsintflutliche Eggen und Frauen gruben die Erde um, während auf den Dorfstraßen Kinder spielten und herumtollten.

Als der Zug in den Umsteigebahnhof Nishinomiya einfuhr, schlug mein Herz einen Augenblick schneller, denn ich wußte, daß gegenüber dem Bahnsteig ein riesiges Reklameplakat für *Swing Butterfly* angebracht war, aus dessen Mitte mich Hanaogis Bild in Großformat anblickte. Ich wartete auf dem Bahnsteig auf den D-Zug und machte mir so meine Gedanken, was die Leute um mich herum wohl sagen würden, wenn sie wüßten, daß ich in wenigen Minuten bei der schönen Schauspielerin sein würde, und daß sie in ihren graublauen Kimono schlüpfen und sich neben mich auf den Boden setzen würde, um mit mir eine Schale kalten Fisch mit Reis zu essen.

Der D-Zug aus Kobe fuhr donnernd herein, und ich vermied das Abteil, in dem die Offiziere des Kommandos General Websters sehr steif in ihren frisch gebügelten Uniformen saßen. Statt dessen stieg ich in einen Wagen am Schluß des Zuges ein, von dem aus ich dann und wann einen Blick des Binnenmeeres erhaschen konnte, und bald erreichten wir die Stelle, wo der Fluß sich in großen Abzugskanälen in die See ergoß, und da war auch schon Osaka. Der Zug stürzte sich in einen Schacht häßlicher Häuser mit vollgehängten Wäscheleinen davor und von da in einen Tunnel, der auf dem überfüllten, geräuschvollen Bahnhof endete. Als ich dem Kanal zustrebte, war ich aufgeregt. Ich war jung und befand mich am Ende einer Reise, die ich am liebsten jeden Tag meines Lebens gemacht hätte: von Takarazuka nach Osaka, zu Hana-ogi.

Und als ich zu Hause ankam, vermehrte sich das Wunder meiner Reise noch um ein Vielfaches, denn Hana-ogi war schon da und empfing mich mit der Nachricht, daß Joe einen Oberst hatte nach Tokio fahren müssen und Katsumi zwei Tage abwesend sein würde. Endlich wieder ein Heim für uns allein! Ich schlüpfte in meinen blau-weißen Baumwollkimono und aß kalten Fisch und Reis mit ihr. Nach dem Essen sagte ich: »Teruko-san hat mich heute besucht. Sie hat mir ihre Tanzschule gezeigt. Jetzt weiß ich, warum du in Takarazuka bleiben willst.«

Sie seufzte und sagte, sie sei froh, daß ich verstünde, warum sie nicht mit mir nach Amerika kommen könne. Aber ich fügte hinzu: »Ich habe auch dein kleines Zimmer gesehen. Mit dem herrlichen Druck.« Ich formte mit den Händen einen Abgrund wie auf ihrem einsamen Bild. Dabei errötete sie und fuhr sich mit der Hand an die zarten Härchen ihrer Wange. Ich sagte: »Und als ich diesen nackten Raum sah, in dem du wie eine Gefangene eingesperrt bis – kein Leben – keine Liebe ...«

Ich nahm sie in die Arme, und ein überwältigendes Liebesverlangen überspülte uns, und als ich danach auf der Tatami lag und ihr zusah, wie sie ihre Kleider für den morgigen Tag aussuchte, sagte ich: »Wir werden also so bald wie möglich heiraten. New York wird dir gefallen. Du kannst Hunderte von

Revuen sehen, einige wie die in Takarazuka, aber keine der Schauspielerinnen wird so schön sein wie du.«

Ich stellte sie mir in New York vor und stand auf, um ihr zu zeigen, wie sie die mutwilligen Haare, die an der Seite ihrer Wangen wuchsen, nach oben kämmen konnte. Sie tat es und besah sich im Spiegel. »Jetzt siehst du wie eine Amerikanerin aus«, sagte ich. Sofort zog sie das Haar wieder herunter und sagte: »Japanisch mehr besser.« Aber ich zeigte ihr, daß sie, wenn sie nur wollte, beinahe wie eine Amerikanerin aussehen könnte, worauf sie ihr Haar zurücksteckte, und die japanischen Koteletten waren verschwunden. Es mag seltsam klingen, aber ich glaube, daß sie auf den Straßen New Yorks nur von wenigen als Japanerin erkannt werden würde.

## 20

Am anderen Morgen bat ich sie, bis zur letzten Minute bei mir zu bleiben. Aber sie bestand darauf, früh gehen zu müssen, und bat mich, ein Taxi zu holen. Ich erinnere mich noch gut an die Sprache, die wir schließlich für uns selbst erfunden hatten:

*Hana-ogi:* Rroyd-san, du takushi bitte. (Bitte, hole ein Taxi.)

*Ich:* Daijobu, ich takushi holen, ne? (all right, ich hole eins.)

*Hana-ogi:* Ich rieber breiben mit dir. Keredomo ich Zug gehen, honto. (Aber ich muß den Zug erwischen, wirklich.)

*Ich:* Mehr sukoshi bleiben, kudasai. (Bleib doch noch ein bißchen, bitte.)

*Hana-ogi:* Dekinai, Rroyd-san. Nicht kann breiben. (Tut mir leid, ich kann nicht bleiben.)

*Ich:* Do shi'te warumsoeilig? (He, warum so einig?)

*Hana-ogi:* Anone! Takarazuka, mein Job-u, ne? Ich Job-u gehen, ne? (Hör mal, ich habe schließlich einen Job.)

*Ich:* Chotto, chotto goddam matte! Takarazuka ichi-ji Start jetzt. Ima erst 10 Uhr, ne? (Warte doch noch eine Minute!)

*Hana-ogi:* Anone! Rroyd-san, du zerzausen mein Haar, ne? Ich Schönheitssaron gehen, hübsch machen, desho? (Desho ist das süße, bedeutungslose Wörtchen, das die Sprache der japanischen Frauen so klangvoll und zärtlich macht)

*Ich:* Nein, nein, nein, Anone! Du takusan steky jetzt. (Hör zu! Du bist jetzt schon sehr hübsch.)

Aber sie ging doch, trotz meiner Bitten, und ich rief ihr noch nach, sich das Haar auf amerikanische Art machen zu lassen. Gegen Abend brachte Joe eine Flasche Suntory mit, den japanischen Whisky, an den wir uns beide so sehr gewöhnt hatten, und wir verkümmelten in aller Ruhe ein paar, während wir auf die beiden Frauen warteten. Und bald kam Hana-ogi mit ihrer neuen Frisur an. Es war eine wahre Verwandlung. »Wow!« rief ich. »Wenn sie so über die Fifth Avenue ginge, würde sie alle anderen ausstechen.« Sie wurde rot vor Nervosität, und ich glaube, sie hätte sich in ihrer amerikanischen Aufmachung gefallen, wenn Katsumi nicht gekommen wäre und alles zerstört hätte.

Ihre Augen waren bandagiert, sie konnte nur durch schmale Schlitze sehen. Joe fürchtete sofort, sie habe einen Unfall gehabt, aber ich erinnere mich, Hana-ogi einen schmerzvollen Blick zugeworfen und in mich hinein gemurmelt zu haben: »Oh, verfluchte Scheiße! Sie hat sich die verdammte Operation machen lassen!«

Und ich hatte recht. Die liebe, gute Katsumi wollte mit aller Gewalt wie eine Amerikanerin aussehen, denn dann würde Joe stolz auf sie sein, wenn er sie nach den Staaten brächte. Also hatte sie sich am ersten Tag, an dem er sie allein ließ, davongeschlichen und war zu einem Kurpfuscher nach Kobe gefahren. Für acht Dollar hatte der ihr die Augenlieder aufgeschitten, um die mongolische Falte zurückzurollen. Er hatte diese Schönheitsoperation schon über tausendemal gemacht, und manchmal war es so erfolgreich gewesen, daß seine Patientinnen ihr japanisches Aussehen vollkommen verloren hatten.

Stolz stand Katsumi vor uns und nahm ihre Bandagen ab. Joe rief: »Was hast du mit deinen Augen gemacht?«

Und noch stolzer schlug die kleine Frau langsam die Augen auf, eines um das andere. »Jetzt habe ich gute Augen«, sagte sie.

Das Ergebnis war furchtbar. Ich hielt den Atem an, und Hana-ogi blickte weg. Aber Joe stand unbeweglich da. Er war ungefähr zwei Meter von ihr entfernt, als sie sich umdrehte, um ihn anzusehen, und er sah, daß aus dem typischen japanischen Gesicht seiner Frau jetzt ein Mischmasch geworden war. Ich beobachtete Joe, aber man konnte nicht erraten, was für Gedanken ihn in diesem Augenblick durch den Kopf gingen. Einmal öffnete er den Mund, um etwas zu sagen, hielt aber sofort inne. Dann trat er auf seine Frau zu, küßte sie und sagte: »Bei Gott, Katsumi, du siehst amerikanischer aus als ich!«

»Ich bin stolz«, sagte sie und vergrub ihr neues Gesicht in seinen Armen.

Es folgte ein Augenblick stiller Spannung im Zimmer; dann

sagte Hana-ogi: »Rroyd-san, wir spazieren gehen, ne?« Joe sah mich an und fragte gereizt: »Was ist los? Stimmt was nicht?« Aber ich antwortete: »Alles in Ordnung. Ich finde, Katsumi sieht großartig aus.«

Aber sobald Hana-ogi und ich den Kanal erreicht hatten, rief sie: »Warum sie das tun? Sie nicht stolz Japanerin sein?« Zornig preßte sie ihre beiden Zeigefinger gegen die Augenlider und zog sie zu ganz schmalen Schlitzen auseinander. »Ich rieben japanische Auge. Ich rieben!« rief sie aus. Dann schluchzte sie auf, und ich versuchte, sie zu trösten; aber sie stieß mich weg und riß mit starken Fingern die Haarsträhnen herunter, die ich hochgeschoben hatte, und sie fielen wieder an der Seite ihrer Wangen herunter, à la japonaise. Dabei riß sie sich mit den Fingernägeln die Haut auf, und ein dünner Faden Blut rieselte auf ihr Kinn. Ich wollte das Blut abwischen, aber sie rief: »Ich stolz japanisch sein. Ich nicht wollen amerikanisch. Ich rieben Tokio, nicht New York.«

Ich stand in der kühlen Nacht und mußte zusehen, wie sie auf ihre Wangen schlug, bis sie aufhörten zu bluten. Dann wandte sie sich trotzig zu mir und sagte: »Du nicht rieben japanische Mädchen, eh? Du dich schämen japanisches Gesicht. Ich mein Gesicht auch schneiden lassen?«

Ich legte den Arm um sie und küßte ihre zerkratzte Wange. Ich sagte: »Als du deine Augenlieder so hochzogst, sahst du wie der Utamaro-Druck aus. Du warst schön. Aber neulich in Kioto war ich auf solche Schönheit noch nicht vorbereitet.«

Ich wollte noch mehr sagen, aber sie packte mich am Arm, flüßterte: »Pst?« und deutete auf eine Gruppe junger Straßenmädchen, die am Kanal herumlungerten. Es waren die Erfolglosen, die sich keinen GI für die Nacht hatten schnappen können. Osaka war ein Urlaubszentrum unserer Truppen, und es hatten sich dort mehr Straßenmädchen angesammelt als in irgendeiner anderen Stadt der Welt, so daß die Chancen der Mädchen sehr mager aussahen. Sie erkannten Hana-ogi und kamen zu uns her.

»Ist es wahr«, fragten sie, »daß Sie einen Amerikaner heiraten?«

Als sie antwortete, sie wüßte es noch nicht, machten sie lange Gesichter, denn für sie war es der höchste Traum, sich einen GI zu fangen, der sie vielleicht nach den Staaten nähme.

Natürlich wußten sie, daß sie darin kaum Glück haben würden, denn das Privatleben der japanischen Bräute wurde von amerikanischen Geldgeistlichen und japanischer Geheimpolizei genauestens durchforscht, und Prostituierte wurden ausgemerzt. Da sie in dieser Nacht nichts zu tun hatten, umdrängten sie Hana-ogi und fragten sie: »Haben sie ein Bild?« Sie hatte keins bei sich, worauf die Mädchen ihr kleine Zettel hinhielten, auf die sie ihren Namen in den chinesischen Buchstaben schrieb, die für alle Namen benutzt werden.

Eines der Mädchen besah sich ihre Unterschrift und fragte: »Wie heißen Sie wirklich, Hana-ogi?«

Zuerst weigerte sie sich, es zu sagen; dann, ganz in ihrer augenblicklichen pro-japanischen Stimmung, antwortete sie leise: »Mein Name war Kaji.« Sofort faßte das Mädchen Hana-ogi um die Handgelenke und rief: »Sie sind kaji, kaji!« Und dann hob sie ihre Hände hoch in die Luft.

Ich fragte, was dies bedeute, und Hana-ogi antwortete: »Auf japanisch, mein wirklicher Name meinen Feuer.«

Eines der Mädchen konnte etwas Englisch, zündete ein Feuerzeug an, das ihr irgendein GI geschenkt hatte, und rief: »Feuer, Feuer!«

Eine andere fragte rasch: »Cigaretto, Major?« Ich ließ eine Packung herumgehen, und im Dunkel der Nacht sah man bald einen ganzen Ring glimmender Funken. Später sagte Hana-ogi trotzig zu mir: »Ich stolz, eine Schauspielerin für solche Mädchen sein – für alle Mädchen in Nihon.«

Als die Straßenmädchen gegangen waren, kam ich wieder auf das alte Thema zurück und fragte: »Was hast du gemeint, als du sagtest, du wüßtest nicht, ob du einen Amerikaner heiraten würdest?«

Sie machte eine Geste mit den Händen, die wie eine zusammensinkende Flamme in der Nacht aussah, und sagte: »Das Feuer gehen aus.«

»Nein!« rief ich. »Es gibt ein Freuer, das nie ausgeht.« Sie lehnte sich an einen Baum am Kanal und sagte: »Vor langer Zeit Teruko-san lieben den Inspektor. Sie waren sehr glücklich und wollen Selbstmord begehen bei Kegon Wasserfall. Aber sie haben nicht, und jetzt er ein berühmter Mann und sie berühmte Frau und sie manchmal zusammen Tee trinken. Sie hat mir heute erzählt.«

»Aber die Flamme ist nicht ausgegangen – sonst hätte sie es vergessen. Glaube mir, die Flamme brannte noch.«

Dann sagte sie etwas sehr Erstaunliches: »Du werden nach Hause gehen und heiraten Eileen ...«

«Eileen?« rief ich. »Woher weißt du ...« Ich hatte ihren Namen nie erwähnt.

»Ja«, sagte sie. »Du Eileen heiraten (sie sprach es Eireen aus). Dein Vater mir sagen.«

»Mein Vater?«

»Ja. General Draufgänger Harry. Er mich spätabends einmal besuchen.«

Wütend stieß ich mit dem Fuß auf, denn ich merkte, wie mein Vater sich wieder einmischte. »Hat er dir das eingeredet?« fragte ich.

»Nein! Er sagen, wenn ich dich heiraten wollen – okay. Aber er wissen, ich nie tun.«

»Was hat er zu dir gesagt?«

»Er sehr nett, sehr freundliche Mann. Er sagen, du Eileen heiraten. Ich auch so denken.«

Ich drang in sie: »Glaub ihm nicht. Vor Jahren hat er mir schon einmal ein Leben aufgeschwatzt ... Ich bin zwar etwas geworden, aber meine Entscheidung war es nicht.«

Sie berührte die Abzeichen auf meiner Uniform und fragte: »Du nicht glücklich, Luftwaffe?«

Ich rief: »Das war eine Seite des Lebens ... es hat mir gut gefallen ... Aber es gibt noch andere.«

Sie nahm mich fest an der Hand und sagte: »Manchmal ich haben Angst vor dir gehabt, weil du in Uniform. Mein Bruder in Uniform und er werden grausam. Deine Armee ihn gehängt. Ich Angst vor Uniformen.« Dann legte sie den Kopf auf meine Schulter und sagte: »Aber du – dein Vater – gute Männer.«

Ich war tief aufgewühlt und versuchte verzweifelt – endlich einmal – zum harten Fundament des Lebens durchzudringen. Ich sagte: »Hanayo, du bist meine ganze Hoffnung. Wenn du mich verläßt, wird alles ...«

Sie sagte auf japanisch: »Ich weiß, Rroyd. Für mich bist du auch der Schlüssel des Lebens. Du würdest mich zur Frau und Mutter machen, und wir könnten zusammen verreisen. Ich könnte dich lieben und dir helfen ...«

Sie wurde sehr zärtlich, und ich wußte in diesem Augenblick, daß ich mit ihr als meiner Frau die solide Existenzgrundlage finden würde, die mir bislang gefehlt hatte. Ich war mir auch bewußt, daß ich für sie die einzige Rettung aus der Dürftigkeit ihres Lebens war. Wenn sie mich jetzt abwiese, könnte sie nur der ruhmreiche Abglanz einer Frau werden, die in den Gefängnissen enger, kahler Zimmer und riesiger Bühnen eingesperrt – nur von anderen Frauen geliebt würde.

Ich hob sie hoch und rief: »Dann wird also geheiratet?«

Doch sie starrte mich an und sagte: »Nein.«

Ich ließ sie sanft auf den Boden nieder und küßte ihr teilnahmloses, goldenes Gesicht und dachte dabei mit bitterem Hohn an die Geschichten, die ich über den weißen Mann in fernen Ländern gelesen hatte. Es waren immer die gelben Frauen, die diese anständigen Männer von ihren hochanständigen weißen Sweethearts weglockten, denn natürlich wußte die ganze Welt, daß gelbe Mädchen böse Ränke spannen, um die weißen Männer zu ködern. Und wenn die gelben Circen dann Erfolg hatten, sanken die weißen Männer immer tiefer auf das Niveau des Barbarismus herunter. »Verflucht noch mal«, rief ich, »die Geschichten sind alle falsch!« Als Hana-ogi fragend zu mir aufblickte, sagte ich: »Ich bin ein ehrbarer West Pointler. In den Romanen hast du mich zu bitten, dich zu heiraten. Hanayochan, bitte, bitte mich!«

Sie lachte zuerst über mein dummes Geschwätz, aber dann, glaube ich, kam ihr eine ferne Ahnung von den leeren Jahren, die vor ihr lagen, denn sie nahm meine Hände, hielt sie an ihr Gesicht und gestand im Ton japanischer Melancholie: »Ich möchte keine einsame alte Frau werden, die Tanzunterricht gibt.« (Ich erinnere mich noch an ihre genauen Worte: »Ich nicht froh Frau sein alt in Haus tanzen lehren kein Mann kommen.«)

Ihre Klage schnitt mir ins Herz, und ich rief: »Dann heirate mich doch!«

Diesmal antwortete sie leiser, ihre Stimme voll jener Ahnung des unvermeidlich Tragischen, die alle Japaner zu quälen scheint. »Ich nie beabsichtigen, dich zu heiraten, Rroyd-san. Japanisch-amerikanische Heiraten nicht gut. Wir von japanischen Mädchen in Amerika lesen – was in Cedar Rapids geschehen.«

»Warum bist du dann zu mir gezogen?« fragte ich in meiner Pein.

Sie drückte ihren süßen Kopf an den meinen und sagte leise auf japanisch: »Ich weiß, es war falsch. Aber für mich war es die einzige gelegenheit im Leben, einen Mann zu lieben. Kein Japaner würde mich heiraten – nach dem, was der Mann im Museum dir erzählt hat. Oh, vielleicht ein Fischer oder ein Reisbauer, ja, so einer würde mich vielleicht nehmen. Aber die japanischen Männer sind zu Frauen, wie ich es bin, sehr grausam. Rroyd-san, du warst in der ganzen Welt der einzige Mann, den ich zu lieben wagte.«

Und sie weinte, bittere Wehklage für einen Lebensabschnitt, der im Alter von neunundzwanzig zu Ende ging. Es war ein höllisches Gefühl, neben ihr zu stehen und mit anhören zu müssen, wie sie sich der invertierten Welt der Takarazuka-Mädchen mit ihren grünen, fließenden Röcken verpflichtet fühlte, während ich auf der Seite der Flugzeuge und des Kriegshandwerks stand. Ich faßte sie an den Händen und rief: »Hanayo-chan! Bitte! Du sprichst von unser beider Leben. Heirate mich!«

Schlaff und verzweifelt zog sie ihre Hände zurück. Dann hob sie die Arme, als ob sie die ganze schlafende Stadt Osaka umarmen wollte, und sagte mit tragischer Endgültigkeit: »Ich japanisch. Ich immer japanisch. Ich nie glücklich anderswo.« Dann wurde sie wieder von dem Elend ihres Herzens ergriffen und fing an zu weinen. Auf den Boden blickend, um mein Gesicht nicht mit ihren Tränen zu benetzen, sah sie einen zerknüllten Kodak-Umschlag liegen, wie sie im P.X. in Japan verwendet werden. Eine Prostituierte, die von einem ihrer Soldatenfreier photographiert worden war, hatte den Umschlag achtlos weggeworfen. Zart bückte sich Hana-ogi, hob das orangefarbige Papier auf und glättete es. Dann zeigte sie mit ihrer schönen Hand auf die von Kodak in Japan benutzte Schutzmarke: die riesige, heilige Buddha-Statue von Kamakura, der uralten Hauptstadt. Das großflächige, teilnahmslose Gesicht war in einen Schrein eingeschlossen als Symbol des japanischen Volkes, und langsam zog Hana-ogi die Hand zurück und deutete auf ihr eigenes, symbolisches Gesicht mit seiner schönen japanischen Augen und dem klassischen Mund. »Ein Dichter sagen, mein Gesicht wie dieses Gesicht von Kamakura. Ich sehr stolz.« Dann deutete sie mit zarter, verzeihender Geste auf unsere dunkele Gasse und fragte traurig: »Katsumi-san heiraten amerikanischer Boy, ne? Was mit ihr geschehen, desho?«

Die Antwort auf diese Frage kam tags darauf in Form eines Extrageschenkes zum vierten Juli für den Überseehelden Joe Kelly. Wir hatten den Festtag dadurch begangen, daß wir mit ein paar Picknick-Körben aufs Land hinausgefahren waren. In der Ferne, in einem Dorf in Kioto, hatten wir Feuerwerk hochgehen hören und Katsumi hatte gesagt: »Japaner feiern gern. Wir feiern sogar amerikanische Festtage.« Aber als wir nach Osaka zurückkamen, fand Joe den verhängnisvollen Brief unter die Tür geschoben vor. Wir hatten zwar alle gewußt, daß er bald eintreffen mußte; trotzdem traf er uns unvorbereitet.

Joes Hände zitterten, während er die Hiobsbotschaft las.

»Schicken sie Sie nach Hause?« fragte ich.

»Yep«, antwortete er mutlos.

Er zeigte mir das Papier, das ich sofort als ein Formblatt erkannte, das GI's nicht zu sehen bekommen sollten, und mein West-Point-Blut geriet in Wallung. »Wie haben Sie denn das bekommen?«

»Freund von einem Freund«, sagte er.

Ich las die unpersönlichen Sätze durch, die mir noch vor zwei Monaten nichts bedeutet hätten. »Amerikanische Militärpersonen mit japanischen Ehefrauen werden unverzüglich in die Heimat versetzt, damit ihre Treue zu den Vereinigten Staaten nicht untergraben wird.« Weiter unten hieß es: »Dies betrifft besonders Personen, die seit dem 1. April 1952 geheiratet haben.« Dann kam der übliche Quatsch, daß die Kommandeure den Männern, die für ihre in Japan zurückgelassenen Frauen besondere Vorsorge treffen müßten, jegliche Unterstützung gewähren sollten.

Joe fragte bitten: »Was meinen sie mit besonderer Vorsorge? 'n guten Posten in 'nem erstklassigen Hurenhaus?«

»Joe, take it easy!«

»Ist nicht so leicht zu nehmen.«

»Joe, ich habe schon Hunderte von Befehlen dieser Art gesehen. Sie verlaufen alle im Sand.«

»Ich glaube, diesmal meinen sie's ernst, As. Ob ich an meinen Kongreßmann schreibe?«

Trotz meiner ursprünglichen Abneigung gegen solche Methoden sagte ich jetzt: »Schreiben Sie direkt an den Präsidenten, Joe.« Ich wandte mich um, küßte die augenoperierte

Katsumi auf die Wange und sagte: »Ich wünschte, wir hätten eine Million Frauen wie Sie bei uns zu Hause.«

Joe sagte: »Das ist übrigens für Sie ebenso wichtig, As. Denn eines Tages werden Sie vielleicht versuchen, Hanayo nach den Staaten zu nehmen.«

»Ich versuche es schon dauernd«, sagte ich. Dann fügte ich verzweifelt hinzu: »Hanayo kann sich nicht entschließen, aber ich habe den Papierkrieg heute morgen eingeleitet. Zur Sicherheit.« Ich merkte, wie Hana-ogi erstaunt den Atem anhielt und etwas einwenden wollte, aber Joe unterbrach sie, indem er in die vier Ecken des Papierholzhäuschens deutete.

»Hier hab' ich es gut gehabt«, sagte er grimmig. »Wunderbare Frau, Kind unterwegs, Freunde, ein Heim. Well, so geht's, wo die Kugel halt hinrollt.«

Für Joe rollte sie schlecht. Am nächsten Tag kamen die Ausführungen zu dem Befehl, eine kalte, geschäftsmäßige Liste der Männer, die in die Heimat abgestellt wurden, und unter dem Buchstaben K fand Joe auch seinen Namen. Er ging mit der Liste sofort zu Oberstleutnant Craford, der ihm erklärte: »Ich sagte Ihnen ja, daß Sie nach Hause geschickt würden. Ich habe vier Männer auf der Liste, und jeder von euch war schon hier, um mir etwas vorzujammern.«

»Aber meine Frau erwartet ein Kind.«

»Alle Frauen kriegen Kinder. Dazu sind die Frauen da.«

»Könnte ich nicht nach Korea zurückgeschickt werden?«

Der Oberstleutnant brummte: »Sie sind jetzt der vierte, der lieber an die Front nach Korea als heim in die Staaten ginge. Ziehen Sie wirklich Korea vor?«

Joe glaubte, eine Chance zu sehen, wenigstens in der Nähe zu bleiben, und sagte lebhaft: »Ja!«

Oberstleutnant Crafard wandte sich angewidert ab und sagte: »Es ist schon eine Schande, wenn ein Mann Japan den Staaten vorzieht. Aber wenn er lieber nach Korea zurückginge, das ist glatter Wahnsinn!«

»Komme ich also nach Korea?«

»Nein!« schrie Craford. »Sie gehen zum Teufel noch mal nach Hause! Alle ihr Japsenliebhaber kommt nach Hause, wo ihr hingehört.«

Er sah Joes Papiere durch und fragte: »Wo ist Ihr Wohnort?«

Joe antwortete: »Osaka.«

Craford lief rot an und sagte: »Ich meine Ihren wirklichen Wohnort.«

»Osaka«, wiederholte Joe störrisch.

Craford schlug auf den Schreibtisch und schrie: »Machen Sie, daß Sie rauskommen, sonst bringe ich Sie noch vors Kriegsgericht!«

Ohne es sich zweimal zu überlegen, hakte Joe ein: »Würde das bedeuten, daß ich in Japan bleiben könnte?«

Craford war einem Schlaganfall nahe und blubberte heraus: »All right, Dollbrägen, all right. Wenn die Transportliste herauskommt, brauchen Sie gar nicht erst zu suchen. Ihr Name steht nämlich ganz obenauf.«

Als Joe mir dies alles berichtete, wurde ich wütend. Ich habe meinem Vater bei der Behandlung Hunderter menschlicher Probleme beobachtet, und wenn er auch ein so kaltschnäuziger General ist, wie man ihn sich nur denken kann, so ging es ihm doch immer zuerst um den Menschen. In Frankreich gab es eine Redensart in seiner Einheit: »Wenn deine Frau im Sterben liegt, brauchst du dich gar nicht erst an den Oberst zu wenden. Er sagt nein. Geh zu General Gruver. Der sagt ja.«

Ich sagte zu Joe: »Sie hassen das Militär, Junge. Aber sie sind nicht alle so. Ich bringe das in Ordnung, und zwar direkt mit General Webster.«

Ich nahm den Zug nach Kobe, und als er in Nishinomiya hielt, prangerte gegenüber das Plakat mit Hana-ogi, die auf mich herunterlächelte.

General Webster lächelte nicht. In den ersten drei Minuten ließ er mich überhaupt nicht zu Wort kommen. »Wer zum Donnerwetter glauben Sie, war gerade bei mir?« sagte er schließlich. »Der Inspektor der Keihanshin Kyuko Eisenbahn-Gesellschaft!« Er wartete, daß seine Bombe einschlüge, aber ich verstand gar nichts, worauf er angewidert sagte: »Die Gesellschaft, der das Theater gehört, in dem Sie sich ausgezeichnet haben – außerdienstlich.«

Ich wartete auf die Explosion, aber es kam keine. General Webster lächelte liebenswürdig und sagte: »Es ist alles erledigt. Der japanisch-amerikanische Zwischenfall wurde durch die Verhandlungen Webster-Ishikawa beigelegt.«

Mit einer spöttischen Verbeugung fügte er hinzu: »Sein Name war Ishikawa.«

Einen Diplomaten nachahmend fuhr er fort: »Hier sind die Bedingungen des Webster-Ishikawa-Vertrages.« Er reichte mir ein Bündel Papiere und sagte: »Sie fliegen nach Randolph Field zurück. Die kleine Schauspielerin geht nach Tokoi.«

»Wann?« rief ich.

»Ihr beide verlaßt die Gegend am 10. Juli – in fünf Tagen.«

Dann bestand er zu meinem Erstaunen darauf, daß ich mit ihm lunchte, und als wir in den Offiziersklub kamen, warteten Mrs. Webster und Eileen bereits auf uns. Wir benahmen uns mit der unverbindlichen Höflichkeit, die man einem Mann gegenüber bezeigt, der soeben aus einem Aussätzigenhospital entlassen wurde, aber Mrs. Webster war zu sehr bewandert auf dem Schlachtfeld gesellschaftlicher Ranküne, als daß sie das Spielchen lange mitgemacht hätte. Ihre erste Salve war: »Haben Sie die neue Schau in Takarazuka gesehen? Das Mädchen, das die Hauptrolle spielt, ist ganz entzückend.«

Ich war immer noch wütend über die Art, wie Joe Kelly behandelt wurde. Ich sagte mir daher: »Da alle Trümpfe ausgespielt sind, kann ich nichts mehr verlieren«, und erklärte laut: »Ich kenne es, es hat großes Talent; aber ich bin nach Kobe gekommen um Ihren Gatten zu überreden, Private Joe Kelly hierzulassen.«

»Wer ist Private Kelly?« fragte Mrs. Webster.

»Seine japanische Frau bekommt ein Kind, und er wird nach Hause versetzt – ohne sie.«

Der General lief rot an und versuchte, das Thema zu wechseln, aber Eileen stand mir bei: »Das ist eine Gemeinheit!«

Ihr Vater sagte: »Mach mir keine Vorwürfe. Der Befehl kommt von oben.«

»Und was passiert mit dem Baby?« wollte Eileen wissen.

Der General legte die Serviette beiseite und sagte: »Ich habe damals eine halbe Stunde mit Kelly herumgestritten und ihn gewarnt, eine Japanerin zu heiraten.«

Aber das machte keinen Eindruck auf Eileen. Sie fragte: »Werden sie von der Armee gezwungen, ihre Frauen sitzenzulassen? Gelten sie nicht als legal verheiratet?«

»Doch, sie sind legal verheiratet«, sagte der General barsch. »Wir müssen ihnen die Heiratserlaubnis geben und ihre Frauen dann im Dreck sitzenlassen.«

»Aber das ist eine ernste Sache«, wandte Eileen ein. »Gibt es niemand, der da einschreitet und eine solche unmenschliche Dummheit verhindert?«

General Webster wandte sich direkt an Eileen: »Ich habe diesem Jungen alle Folgen vorgehalten. Lloyd hat sie ihm vorgehalten. Und was haben wir damit erreicht?«

Aber Eileen sagte: »Das hat gar nichts mit der Sache an sich zu tun. Ich rede von der Ungerechtigkeit, die daraus entsteht.«

Mrs. Webster mischte sich ein und fragte: »Wieso sind Sie in die Sache verwickelt, Lloyd?«

Ich holte tief Atem und antwortete: »Kelly ist aus meiner Einheit in Korea.« (Mit halbem Auge bemerkte ich, wie der General erleichtert aufatmete, daß ich Hana-ogi nicht erwähnt und ihn dadurch in Verlegenheit gebracht hatte. Aber ich hatte nicht die Absicht, wie die Katze um den heißen Brei zu gehen.) »Und außerdem will es der Zufall, daß ich auch beabsichtige, eine Japanerin zu heiraten.«

Damit hatte ich meine Brandbombe geworfen. Der General schluckte. Mrs. Webster wurde dunkelrot, und Eileen legte ihre Hand auf die meine und sagte: »Ich habe immer gewußt, daß du Mut haßt.« Ich sagte: »Danke. Ich glaube, es ist besser, wenn ich jetzt gehe.«

Mrs. Webster fragte niedergeschlagen: »Die Schauspielerin?«

»Ja.«

General Webster sagte: »Lloyd heiratet keine Schauspielerin. Er wird nächsten Donnerstag nach Hause versetzt.«

Ich wollte gehen, aber Eileen bestand darauf, mich zum Ausgang zu begleiten, als ob ich die Dame und sie der Kavalier wäre. »Ich bin stolz auf dich Lloyd«, sagte sie. »Ich wünsche dir alles, alles Gute.« Wir schüttelten uns die Hand, und ich wollte alles mögliche sagen, aber es hätte doch nur blöd geklungen. Schließlich sagte ich: »Es tut mir leid, daß es bei uns schiefgegangen ist.« Sie antwortete: »Es war hauptsächlich meine Schuld.« Dann, als ich mich zum Gehen wandte, sagte sie lachend: »Erinnerst du dich, daß ich dich mal fragte, ob du nicht manchmal den Wunsch hättest, mich zu packen und in eine Scheune zu ziehen?«

Wir lächelten beide verlegen, und sie sagte: »Das hast du jetzt eigentlich getan, nicht? Mit jemand anders.« Sie küßte mich auf die Wange und sagte versöhnlich: »Well, ich bin froh, daß du dich als Mann und nicht als Maus gezeigt hast.«

Als ich nach Hause zurückkehrte, traf ich Joe und Katsumi in einer Art stummer Panik an. »Ich bin von Pontius zu Pilatus gelaufen«, sagte Joe. »Sogar zum Konsul, aber jeder hält einem die Heiratspapiere unter die Nase und sagt: ›Sie haben unterschrieben. Sie wußten, daß Sie sie nicht nach Amerika nehmen durften.‹ Als ob das die Sache besser machte.«

Da ich ja wußte, daß sein Name obenan auf der Liste stand, hatte ich nicht den Mut, ihn nach der neuesten Entwicklung zu fragen, aber er rückte von selbst damit heraus: »Ich bin der erste im ersten Transport.«

Katsumi bereitete schweigend das Essen vor, während meine Augen in Erwartung Hana-ogis an der Tür hingen. Sie kam gegen sieben, und ich sah ihr sofort an, daß sie schon nach Tokio versetzt worden war. Sie war von einer Nervosität, wie ich sie noch nie an ihr bemerkt hatte, und ich fragte mich, ob sie wohl wüßte, daß ich nach den Staaten versetzt war. Wir sahen uns einen Augenblick an, während sie ihre Zori abstreifte, und dann konnte keiner von uns mehr an sich halten. Sie lief weinend über die Tatami auf mich zu und rief: »Rroyd, Rroyd! Ich Tokio gehen fünf Tagen!«

Ich fing sie in meinen Armen auf und hielt sie fest, als ob ich sie zerdrücken wollte, damit sie mir nie mehr entfliehen könnte. »Ich fliege sofort nach Texas zurück.«

Sie stieß mich von sich und rief: »Du Japan verlassen?« Ich nickte, und sie brach in lautes Schluchzen aus und rief Katsumi auf japanisch zu sich. Die beiden Frauen standen in der Mitte des Zimmers und sahen Joe und mich an, und für uns vier ging langsam die Welt unter.

## 21

Es gibt eine japanische Sitte, an die ich mich sehr gewöhnt hatte, und Hana-ogi griff danach wie nach einem Strohhalm, um die Spannung unseres in seinen Grundfesten wankenden Heimes etwas erträglicher zu machen. Sie ging in die Badeecke und zündete Holzkohlenfeuer unter der riesigen, viereckigen Holzbadewanne an.

Als das Wasser heiß war, rief sie mich: »Komm, Rroyd-san, ich deinen Rücken schrubben.«

Ich ging in den kleinen, dampfenden Raum, wusch mich gründlich mit Seife und spülte mich ab, ehe ich in die Wanne stieg. Das Wasser war beinahe kochend, und Hana-ogi nahm eine Art weicher Rinde und rieb damit zwanzig Minuten lang den Rücken, während wir die schwerwiegenden Ereignisse des Tages besprachen.

Als meine Depression auf diese Weise weggezaubert war, seifte sie sich ein, spülte sich ab und nahm meinen Platz in der Wanne ein, worauf ich ihr den Rücken schrubbte. Sobald wir fertig waren, kamen Joe und Katsumi, um sich derselben Prozedur zu unterwerfen, und um neun saßen wir alle mit gekreuzten Beinen um die Sukiyaki-Schale und ließen uns von Katsumi ein tadelloses Abendessen servieren. Hana-ogi sagte: »Das wir nie vergessen«, und das heiße Bad, die gesunde Wirkung des Rückenschrubbens und die freundschaftliche Atmosphäre unseres Heimes ließen uns eine Weile das Damoklesschwert vergessen, das über uns schwebte. Ich glaube, wir wußten alle, daß uns nie wieder, so lange wir lebten, diese enge Bande der Freundschaft und Liebe beschieden sein würden, wie an jenem Abend, und Joe sagte trübsinnig: »wenn ich daran denke, daß ich in einem möblierten Zimmer in Chicago leben muß – und warten, warten, warten.«

Gegen Mitternacht drückte die Schwermut des Unausweichlichen, die über unserem Häuschen hing, so sehr auf uns, daß Hana-ogi und ich es nicht mehr länger aushielten und einen Spaziergang in der kühlen Nachtluft machten. Die Sterne über Osaka waren genau dieselben, die sieben Stunden vorher über Amerika geschienen hatten: Leier, Bootes und Adler. Sie kannten keine nationalen Grenzen, und ich – ein auf die Vereinigten Staaten eingeschworener Offizier – ertappte mich bei dem Wunsch, daß wir eines Tages wie die Sterne sein möchten.

Aber wie es so oft im Leben geht, kaum war mir dieser flüchtige Gedanke durch den Kopf geschossen, als ich mich mehr als Amerikaner fühlte, als je zuvor. Denn am Eingang zu unserer Gasse tauchte ein großer Haufen Raufbolde auf, die herumbrüllten: »Ami go home! Zum Teufel mit Amerika! Go home!«

Sie überfluteten die Gasse in ihrer Raserei. Als sie vor das Haus von Masako Fukada, dem Mädchen mit dem unehelichen GI-Kind kamen, traten sie die Tür ein, zerrten sie auf die Straße und schrien: »Bringt den amerikanischen Bastard um!«

Ehe ich mich versah, rannte Hana-ogi mitten in den Haufen des wütenden Mobs.

Obgleich sie ihre Stellung in Takarazuka und noch mehr riskierte, bahnte sie sich einen Weg zu Masako, die von den Rowdies in den Leib getreten wurde, und warf sich schützend vor sie.

Das machte die Rowdies nur noch wütender. Sie schwangen ihre Fackeln und schrien mit ihren schrillen Stimmen, Hana-ogi sollte umgebracht werden, weil sie mit einem Amerikaner ginge. Ich wollte ihr zu Hilfe eilen, aber Hana-ogi rief mir eine Warnung zu wegzubleiben. Dies lenkte die Aufmerksamkeit des Mobs auf mich, und in dem fahlen Licht ihrer fackernden Fackeln sahen ihre fanatisierten Gesichter genau wie die Plakate japanischer Barbaren aus, die in den Kriegsjahren überall in unseren Wartesälen hingen. Ich erinnerte mich noch, wie ein schreckliches Gesicht auf mich zukam. Es war haßverzerrt, böse, brutal und unmenschlich.

»Auf dich habe ich gerade gewartet, du japanischer Bastard!« rief ich und stürzte mich auf ihn. Ein anderer Japaner hob im selben Augenblick einen Stock, und mir war, als ob mir der Kopf abgeschlagen worden wäre; aber ich war so in Wut geraten, daß ich auf den Anführer losging und den krachenden Zusammenstoß meines Körpers mit dem seinen spürte; und ich hörte den dumpfen Schlag, als er zu Boden fiel, und sein schmerzvolles Stöhnen. Ich schlug auf sein verzerrtes, verhaßtes Gesicht ein, hatte aber gleichzeitig die Geistesgegenwart zu schreien: »He, Joe!«

Der kleine Rowdy rannte glatt durch die Papiertüren unseres eigenen Hauses durch und schwang drohend ein Gewehr. Er bahnte sich einen Weg zu mir, und wir verteidigten uns nun mit vereinten Kräften, aber ich blutete im Gesicht, und es wurde mir sehr schlecht.

»Um Gottes willen«, rief der kleine Gangster, »bloß jetzt nicht! Sie laufen ja schon.«

In der nächsten Sekunde sackte ich unter den Stockschlägen dreier Japaner zusammen und wurde ohnmächtig. Später erfuhr ich, daß der amerikafeindliche Mob uns umgebracht hätte, wenn die Pachinko-Spieler nicht gewesen wären. Die saßen auf der anderen Seite der Gasse, am Kanal, und starrten übellaunig in die Dunkelheit, nachdem der Automatenladen geschlossen worden war. Einer von ihnen, mit dem ich mich gelegentlich in Englisch unterhalten hatte, hörte Joe meinen Namen rufen. Sie kannten uns als Freunde und merkten, daß wir in der Klemme waren.

Der kleine Watanabe-san und der Mann, der zwei Geishas aushielt, und der Mann, der von seiner Frau Dresche bezog, und der Mann, der seine Frau verdrosch, und der Mann, der im Zuchthaus gewesen war – sie alle rannten die Gasse entlang, uns zu Hilfe. Wie man mir erzählte, gab es eine richtige Schlacht, aber ich merkte nichts davon. Das letzte, was ich sah, war ein japanisches Gesicht – nicht eine dieser bösen Masken, sondern Hana-ogis schmale, goldene Schönheit, die sich angsterfüllt und mit geschlossenen Augen über die bewußtlose Masako Fukada geworfen hatte.

Als ich wieder zu mir kam, hörte ich, wie der kleine Joe ruhig wiederholte: »Nein, nein! Bloß keinen Militärarzt. Holt einen Japsendoktor.« Er erklärte einem der Pachinko-Spieler: »Das hab' ich in Chicago gelernt. Nie einen Polizeibullen holen. Bullen helfen einem nie.« Als ich die Augen aufschlug, schmerzten die verkrusteten Stiemen in meinem Gesicht, und das erste, was ich sah, war Hana-ogi. Sie sagte: »Ich nicht verletzt.« Sofort fühlte ich mich besser und mit vorschreitender Nacht wurde mir sogar gut, denn unser kleines Haus war voll von den Leuten aus der Gasse. Sie standen in Kimonos herum oder hockten mit gekreuzten Beinen auf dem Boden, zogen den Atem ein und schlürften den grünen Tee, den Katsumi ihnen reichte. Sie sagten alle und betonten wiederholt: »Die Strolche, die Sie angegriffen haben, waren gar keine Japaner. Es waren koreanische Kommunisten. Wir sind Japaner. Wir sind Ihre Freunde.« Ich erinnere mich an einen jungen Mann, einen kräftigen, tüchtigen Arbeiter, der noch die Schirmmütze der japanischen Armee trug. Ich hatte schon Pachinko mit ihm gespielt und seinen vier Kindern kleine Geschenke mitgebracht. Er murmelte vor sich hin und konnte kein Englisch, aber ich verstand, was er sagte: »Nicht alle waren Koreaner. Es gibt viele Japaner, die euch Amerikaner hassen. Aber ich habe auf Guadalcanal gegen euch gefochten.« (Ich dachte: »Damals hättest du mich geköpft.«) »Und ihr habt euch in Japan viel besser gemacht, als ich für möglich gehalten hätte. Jetzt bin ich euer Freund. Die da draußen, das waren Kommunisten.«

Trotzdem, am nächsten Tag verschwanden Masako-san und ihr Kind aus der Gasse, und man hat nie mehr etwas von ihnen gehört. Masakos Mutter stand auf der Gasse und beschimpfte das Mädchen, es habe die Schlägerei verschuldet, und die anderen Frauen auf der Gasse sahen verlegen weg.

Das war am Sonntag. Montag teilte die Luftwaffe Joe offiziell mit, daß er Mittwoch nach Amerika zurückgeflogen würde. Für Joe war dies gleichbedeutend mit Folterung. Ich sah ihn mit gekreuzten Beinen auf dem Boden sitzen und mit dumpfer Resignation auf die Mitteilung starren. Grimmig blickte er auf und fragte: »Warum gerade ich? Warum soll ich nach den Staaten zurückgeschickt werden?«

Ich erwiderte mechanisch: »Wohin die Kugel rollt.«

»Nein!« schrie er. »Was habe ich in Amerika verloren?«

Ich besänftigte ihn: »Sie werden aus der Luftwaffe austreten, sich einen Job suchen, und bald können Sie Katsumi nachkommen lassen.«

Er sah mich traurig an und sagte: »Ich wünschte, es wäre alles so einfach.«

Ich erinnere mich an jede Einzelheit jenes eindrucksvollen und zugleich ereignislosen Tages. Ich fuhr nach Itami hinaus, um meinen üblichen Papierkram zu erledigen und mit Mike Bailey zu lunchen. Er sagte zu mir: »Mein Techtelmechtel mit Fumiko-san ist aus. Alles klar und sauber wie ein Sergeantenhemd bei der Spindrevision. Sie sagte, sie hätte Angst, es könnte etwas passieren. Selbstmord, runiertes Leben, uneheliches Kind. Sie meinte, solche Sachen kämen in ihrer Familie vor, weil sie Aristokraten seien und das Leben furchtbar ernst nähmen. Sie sagte, Hana-ogi sei richtig. Stark und mutig.«

Ich fuhr nach Takarazuka hinüber, um meine Post abzuholen, und fand einen Brief meines Vaters vor, in dem stand: »Ich verfolge die Meldungen vom Kriegsschauplatz jetzt mit mehr Verständins, seitdem ich mit Dir gesprochen habe. Deine reizende kleine Butterfly hat Dir sicherlich erzählt, daß ich sie an jenem Abend besucht habe. Ich beglückwünsche Dich zu diesem feinen Mädchen. Ich hoffe, daß Mutter und ich Dich bald einmal in Lancaster sehen werden. Bis dahin bin ich außerordentlich stolz auf einen Sohn, der sieben Feindflugzeuge abschießen kann. Harry.«

Am Nachmittag nahm ich einen Zug nach Osaka und hatte wieder das überwältigende Gefühl, mit diesem fremden Land eins zu sein. Auf den Feldern, die ich vom Zug aus sah, hätten Hana-ogi und ich arbeiten können. Die alten Leute konnten ihre Eltern sein, und die dicken kleinen Babies hätten uns gehören können. Der ewige Lebenskampf war unser Kampf.

Als Joe Kelly einmal ausgerufen hatte: »Ich will nicht nach Amerika zurück!« hätte ich ihn beinahe als unpatriotischen Taugenichts niedergeschlagen. Jetzt, im Zug nach Osaka, wußte ich, daß ein Mann sich in vielen Ländern zu Hause fühlen kann. Eines mußte der Fleck Erde sein, gleichgültig, in welchem fremden Land, auf dem er zum erstenmal merkte, daß er und eine bestimmte Frau ein glückliches Paar auf der langen Wanderung menschlicher Wesen über das Antlitz der Erde sein würden: der Mütter, der Bauern, der Baumeister, der Kämpfer. Um schließlich mit ihr zu sterben und zur Erde zurückzukehren.

Dieses leidenschaftliche Gefühl hatte ich in dem Land Hana-ogis kennengelernt, und für mich – U.S.-Offizier, zum Patriotismus erzogen – würden die menschenüberfüllten Felder zwischen Takarazuka und Osaka, die kleinen Kanäle, die winzigen Häuser, die Tatami-Matten und die nächtlich aufgerollte Schlafmatte für immer eine meiner Heimatstätten sein.

Die quälende Empfindung ließ mich nicht los, als ich an jenem sonnigen Nachmittag durch die Straßen Osakas lief, denn im Schaufenster eines Buchdruckerladens sah ich ein altes, auf Holz gedrucktes Porträt einer klassischen japanischen Schönheit. Ihr schwarzes Haar war zu einem Gebirge aufgetürmt, in dem große gelbe Kämme steckten, und sie erinnerte mich an den Tag damals im Museum von Kioto. Ohne zu überlegen betrat ich den winzigen Laden und verbeugte mich vor dem Inhaber. »Haben Sie vielleicht einen Holzdruck von Hana-ogi?« fragte ich. Ich wollte sie wenigstens im Bild mitnehmen, wenn ich Japan verließ. Der Inhaber erklärte mir traurig, er verstünde leider nicht englisch, sauste aber wie der Wind auf die Straße hinaus, brüllte dort herum, und bald erschien das unvermeidliche Mädchen, das von den amerikanischen Soldaten, mit denen es schlief, Englisch gelernt hatte.

»Was wünschen Sie, Major?« fragte es.

»Ich möchte ein Bild von Hana-ogi.«

Ah, so desu-ka!« Der Mann tippelte geschäftig an eine Schublade und erschien sofort mit sechs der glänzenden Photographien wieder, wie sie in Takarazuka verkauft wurden. Sie zeigten meine Hana-ogi als Scheich, als Gondoliere, als chinesischen Prinz und in noch drei gutaussehenden Hosenrollen. Ich machte eine tiefe Verbeugung und sagte: »Ich meinte nicht diese Hana-ogi. Ich wollte ...« und ich zeigte auf das Bild im Fenster.

»Soda!« rief der Mann.

»Ah, soka, soka!« rief das Mädchen, und sie deuteten mir durch ihr Benehmen an, daß der Interessent eines solchen Bildes als einer der ihren betrachtet würde. Zwei Ladenbummler traten hinzu, als der Mann einen Haufen Drucke durchsah. Schließlich holte er einen heraus, ein glänzendes Bild, das vor einem schwarz-schillernden Hintergrund Hana-ogi am Tage ihrer Rückkehr in die Grünen Häuser von Yoshiwara zeigte: wunderbar, mit Bernsteinnadeln im Haar und unzähligen Kimonos. Ihre mit Blau unterlegten Augen waren deutlich geschlitzt, ihre Zähne beerschwarz, und das Haar um ihre

Ohren war seitlich an den Wangen heruntergezogen. Sie war zeitlos, und sie war Japan.

Das kleine Straßenmädchen sagte: »Dieses Bild nicht echt. Nur Kopie. Aber sehr alt. Vielleicht einhundert Jahre.« Die herumstehenden Männer zogen den Atem ein und beglückwünschten mich, als ich die sprechende Erinnerung an Hanaogi aus dem Laden trug.

## 22

Seltsam, aber ich kann mich an jede kleine Nebensächlichkeit dieses wundervollen japanischen Tages erinnern. Als ich in unsere Gasse einbog, kam ich zum Pachinko-Laden und steckte meinen Kopf hinein, um den Männern für ihre Hilfe bei der Schlägerei mit den Kommunisten zu danken. Aber die meisten waren so in ihr Spiel vertieft, daß sie kaum aufblickten. Dann ging ich in den Blumenladen gegenüber und versuchte, dem Verkäufer zu erklären, daß ich einen Strauß Blumen für unser Häuschen haben wollte. Der kleine Mann – ich muß das Wort immer wieder benutzen, weil die Leute wirklich so klein waren – sprudelte etwas auf japanisch herunter und rief hinaus, bis ein Junge erschien. In Japan gibt es immer jemand, der Englisch spricht. Der Junge erklärte mir, daß der Blumenmann, da ich bald nach Amerika zurückkehren würde, mir drei ganz besondere Blumen verehren wolle. Als der Ladeninhaber sie mir gab, sahen sie wie die gewöhnlichen Blumen aus, die amerikanische Mädchen bei Fußballspielen zu tragen pflegen. Ich hatte oft solche für Eileen Webster gekauft; aber jetzt sagte der Junge, während er vor Erstaunen den Atem einzog, zu mir: »Sehr selten, Chrysanthemen, die im Juli blühen.« Er fügte hinzu, daß dies die japanische Nationalblume sei, und bekam ausgesprochen gierige Augen, als ich die Blumen in Empfang nahm.

Ohne dem Geschenk einen besonderen Wert beizumessen, trug ich die Blumen nach Hause, aber sobald die beiden Frauen sie sahen, zogen sie wie der Junge den Atem ein, und Katsumi lief auf die Gasse, um überall herumzuposaunen, daß wir Chrysanthemen im Juli hätten. Und bald war unser kleines Zimmer voll Nachbarn, die auf ihren Fersen hockend die drei wundervollen Blüten anstarrten. Von Zeit zu Zeit kamen noch mehr Leute dazu, verbeugten sich vor Hana-ogi, setzten sich auf den Boden und betrachteten ehrfurchstvoll unsere wunderbare Erwerbung. Watanabe-san ließ sogar seine Spielautomaten stehen, um sie zu sehen. Der Junge, der mir als Dolmetscher gedient hatte, kam dazu und erklärte mir die seltsame Sache: »Auf der Straße nach Kobe ist eine Gärtnerei mit einem großen Treibhaus, in dem diese Blumen gezüchtet werden. Auf einer Seite sind Tücher angebracht, mit denen die Sonne abgehalten werden kann. Mit Hilfe eines Almanachs läßt der kluge Züchter nun die Sonne jeden Tag früher untergehen, indem er die Tücher vorzieht, so daß sie innerhalb dreier Wochen einen Umlauf von vier Monaten zu machen scheint. So werden die Blumen im wahrsten Sinn des Wortes hinters Licht geführt. Sie denken, es sei Herbst und blühen.« Die Männer zogen vor Bewunderung den Atem ein.

Plötzlich fühlte Katsumi das erste Anzeichen jungen Lebens in ihrem Schoß und fiel leicht nach vorn. Hana-ogi wusch ihr die Stirn mit kaltem Wasser, und Joe sagte angesichts des grausamen Zwanges, seine schwangere Frau in Japan zurücklassen zu müssen, laut: »Ich hoffe bloß eines. Ich hoffe, Oberstleutnant Craford geht auch nach Haus und kauft sich einen neuen Buick, hellblau; und ich hoffe, er fährt mit ihm die Avenue hinunter, wenn ich von der anderen Seite mit einem LKW ankomme!«

Ich wollte Joe gerade warnen, mit Bemerkungen über Craford vorsichtig zu sein, als ich aufblickte und sah, wie Hana-ogi ihren Kimono in Falten legte. Er war blauweiß und ganz leicht für den Sommer. Dazu trug sie zwei Unterkleider aus dünnstem Stoff: rosa Seide und weiße Baumwolle. Ich glaubte, sie nie so reizend gesehen zu haben. ohne daran zu denken, daß ich sie beobachten könnte, schob und zupfte sie an ihren Kleidern herum, bis sie ein neues Muster heraus hatte, in dem sie noch schöner aussah als das Bild, das ich gekauft hatte. Ich wollte es ihr zeigen, aber sie hob die Hände und kämmte ihr Haar an beiden Seiten des Gesichts herunter, bis ihre Frisur den japanischen Stil hatte. Dann musterte sie sich im Spiegel und nickte zufrieden. Aber als sie mich lachen hörte, kniete sie schnell neben mir nieder und sagte: »Rroyd-san. Ich so sein müssen. Ich Japanerin.« Ich glaube, sie fürchtete, ich wäre beleidigt, aber ich entrollte den Druck, und sobald sie die kühnen Buchstaben in der oberen Ecke bemerkte, rief sie: »Hana-ogi! Rroyd-san, du kaufen?« Nachdem wir das Bild einen Augenblick betrachtet hatten, ging sie an Katsumis Truhe und kam mit Pinsel und Tusche zurück. In den festen chinesischen Zeichen, die vor langer Zeit von den Japanern für ihre Schrift übernommen worden waren, fügte sie an der Seite des Bildes eine neue Spalte hinzu: »Hana-ogi von Takarazuka-za liebte einen Amerikaner.« Ich schloß sie in die Arme und küßte sie. Aber dabei brachte ich die feine Anordnung von Farbe und Stoff um ihren Hals durcheinander, so daß sie aufstand und ihre Kimonos von neuem zurechtzupfte.

Keine Kleidung kann verliebten Frauen verführerischer stehen als ein Kimono. Als ich Hana-ogi beobachtete, wußte ich, daß in Zukunft, wenn man sich kaum mehr an unsere Besatzungszeit erinnern würde, eine Viertelmillion Amerikaner die Frauen mehr lieben würden, weil sie einmal mit zärtlichen Blicken ein goldhäutiges Mädchen betrachtet hatten, das sich in die schimmernden Falten eines Kimonos hüllte. In Erinnerung ihrer fraulichen Grazie werden ihnen die Frauen für alle Zeit noch weiblicher vorkommen.

Als Hana-ogi endlich angezogen war, rückten sie und Katsumi mit ihrer Überraschung heraus! Sie nahmen Joe und mich ins Marionettentheater nach Osaka. Ganz offen, weil es uns jetzt vollkommen gleichgültig war, wer uns auf der Straße sah, gingen wir durch den lauen Sommerabend in ein uraltes kleines Theater, das nach einer Seite offen war, und in dem seit vielen Generationen Japans berühmte Marionetten vorgeführt wurden. Die Frauen, die entzückend in ihren Kimonos aussahen, lösten Eintrittskarten für ein paar Yen und führten uns stolz zu den überfüllten Sitzreihen, wo wir eine erstaunliche Vorstellung zu sehen bekamen.

Die Bühne war klein und mit vielen Statisten in Schwarz bevölkert. In der Hand hielten sie eineinviertel Meter große Marionetten, die ein merkwürdig menschliches Aussehen hatten und eine alte japanische Tragödie spielten. Zuerst wirkte die Illusion nicht auf mich, denn drei erwachsene Männer bedienten je eine Marionette, und die Männer waren dauernd und vollständig sichtbar. Wenn die Heldin zum Beispiel über die Bühne gehen sollte, so bewegte einer der großen schwarzen

Männer ihren Kimono so, daß der Eindruck des Gehens entstand. Ein anderer bewegte ihren linken Arm und achtete darauf, daß ihre Kleidung sich nicht verschob, während ein vornehmer alter Herr in einem glänzenden Kimono und flügelartigem Jackett den Kopf und rechten Arm der Marionette bediente. Es schien lächerlich, daß sechs menschliche Arme nötig waren, um einer Puppe leben einzuhauchen, aber ehe mir dies richtig bewußt wurde, hatte ich mich schon an die Technik gewöhnt. Merkwürdigerweise traten die großen schwarzen Männer so sehr in den Hintergrund, daß sie so gut wie unsichtbar wurden. Sie lenkten wie Geister aus einer anderen Welt das menschliche Leben, und bald war ich von der Tragödie dieser Puppen wahrhaft gefesselt.

Vor uns rollte eines der vielen klassischen Stücke ab, in dem die beiden Liebenden Selbstmord begehen. In diesem verliebte sich ein verheirateter Mann in ein schönes Mädchen aus Yoshiwara, die Hana-ogi mir in dem dunklen Zuschauerraum als »genau wie die frühere Hana-ogi« beschrieb. Ich kann mir nicht denken, daß ein Amerikaner die Einzelheiten einer japanischen Tragödie je wirklich verstanden hat. Aber soviel wurde mir aus dem Spiel klar, daß zwei Menschen sich einer zunehmend unerträglichen Bedrückung ausgesetzt sahen. Welcher Art diese Bedrückung war, habe ich nie verstanden, aber Hana-ogi und Katsumi weinten leise, und als ich fragte, worüber sie weinten, antworteten sie: »Es ist so traurig. Was die Leute über diesen Mann sagen.«

Aber die Musiker verstand ich. Denn die geheimnisvollen Männer in Schwarz sprachen kein Wort. Der Dialog wurde von einem phantastischen Mann gesungen, der von vier Samisen-Spielern begleitet wurde. *Gesungen* ist vielleicht nicht das richtige Wort, denn ich hatte in meinem ganzen Leben solche unheimlichen Laute nicht gehört. Der Sänger war ein dicker, glatzköpfiger Mann Ende Sechzig, der auf dem Boden hockend, und wenn der Verlauf des Puppenspiels sich dramatisch verdichtete, sich vorbeugend mit höchster Lungenkraft schrie, bis sein rundes Gesicht puterrot wurde und die Adern ihm fingerdick am Hals heraustraten. Während einer Liebesszene kommentierte er die Handlung mit zitternder, femininer Heulstimme, und wenn die Verfolgungen einer gnadenlosen Gesellschaft die beiden Liebenden beinahe umbrachten, wurde seine

Stimme rauh und fruchterregend wie eine gebrochene Säge, die an einem rostigen Nagel herumwetzt. Diesen Mann zu hören, war ein tolles Erlebnis, denn ich hatte nicht gewußt, daß die menschliche Stimme solcher Modulationen fähig war. Ich wette, daß diese furchterregende Stimme jedem durch Mark und Bein gehen würde.

Jetzt näherte sich die Handlung dem Höhepunkt, an dem das Liebespaar sich anschickte, in der historischen Szenerie von Amijima Selbstmord zu begehen. Die geheimnisvollen schwarzen Gestalten wirbelten auf der Bühne wie das Kampfgetümmel rivalisierender Schicksalsgötter durcheinander, die Holzpuppen gingen steif ihrem Untergang entgegen, und der mitreißende Kommentator schrie in höchstem Entsetzen auf, während die gedämpften Samiseninstrumente ihre traurige Begleitung spielten. Es gab noch ein Geräusch in dieser erstaunlichen Tragödie, aber ich bemerkte es nicht, bis der Vorhand sich geschlossen hatte: alle Frauen neben mir weinten, und als ich von dem epileptischen Sänger, dessen Gesicht plötzlich wie das eines Toten aussah, wegblickte, sah ich meine süße Hana-ogi, die Hände in ihren Kimono gefaltet, verzweifelt schluchzen. Sie war so in Tränen aufgelöst, daß ich beinahe auch geweint hätte; aber als ich ihr Gesicht zu mir herüberdrehte, sah ich, daß die durchaus nicht unglücklich war. Über ihrem schönen Gesicht lag ein Ausdruck von Ekstase, und ihre Augen glühten. Ich war erstaunt und flüsterte: »Was ist mit dir, Hanayo-chan?«

»Es war sooooo schön!« sagte sie.

»Was? Der Gesang«?

»Nein«, erwiderte sie leise und nahm meine Hand. »Der Doppelselbstmord. So zart.«

»Wie meinst du das?« fragte ich.

Die Frauen um mich herum standen jetzt auf, und ich sah auf ihren Gesichtern denselben Ausdruck ekstatischer Befriedigung. Offenbar waren sie von dem Doppelselbstmord noch mehr beeindruckt als Hana-ogi. Ich war daher nicht erstaunt, daß sie keinen Versuch machte, mir das Geheimnis zu erklären; als ich aber Katsumi ansah und auf ihrem tränenverschmierten Gesicht denselben Ausdruck von Verzückung bemerkte, mußte ich anerkennen, daß dieser Doppelselbstmord für das japanische Publikum ein durch und durch befriedigendes Erlebnis gewesen sein mußte.

»Um was ging es eigentlich?« fragte ich Katsumi und deutete auf die weinenden Frauen.

»Das Liebespaar«, sagte sie ruhig und zeigte auf die jetzt leere Bühne, »endlich hat es sein Glück gefunden.«

»Sie sind tot«? sagte Joe.

Während wir durch die breiten, sauberen Straßen Osakas zu unserem Kanal zurückgingen, wurde mir schmerzhaft bewußt, daß es immer viele Seiten des japanischen Lebens geben würde, die Joe Kelly und ich nie begreifen würden. »Was war eigentlich die Handlung auf der Bühne?« fragte ich Joe. »Ich sah nur einen Haufen Puppen und einen schreienden Mann.«

Der kleine Bursche lachte, als ob er sonst keine Sorgen hätte, und sagte: »Alle drei Wochen hat Katsumi einen Weinkrampf. Hört sich an, als ob ihr das Herz bräche. Hat mir richtig Angst eingejagt. Dann habe ich herausgefunden, was los ist. Das erstemal war es ein pensionierter General, der sich erschoß, weil er angeklagt war, Staatsgelder gestohlen zu haben. Katsumi sagte, es war so schön, daß sie weinen mußte. Dann eine Geisha aus Kioto. Hat sich die Kehle durchgeschnitten. Das war ganz besonders schön.«

Hana-ogi hörte mich lachen und drehte sich scharf um. Ich erwartete, daß sie mich ausschimpfen würde, aber statt dessen nahm sie meine Hand und sagte schluchzend: »Du mich verstehen. Mut haben. Ehre haben. Sehr schön.«

Als wir auf den Fußweg kamen, der zu unserem Kanal führte, wurde unsere Unterhaltung durch großen Tumult unterbrochen. Wir hörten Stimmen rufen und kamen zur rechten Zeit in unsere Gasse, um ein herrliches Feuerwerk, das vor unseren Augen abgebrannt wurde, zu betrachten. »Ah!« flüsterte Hana-ogi erregt. »Ich vergessen. Tanabata!« Und noch lange, nachdem das Feuerwerk erloschen war, standen die Leute in unserer Gasse herum und sahen zu den Sternen hinauf. Hana-ogi erklärte auf japanisch: »Wega, die Sternenprinzessin, verliebte sich in den Hirtenstern Atair. Im Gegensatz zu den amerikanischen Märchen heiratete der Hirtenjunge die Prinzessin ohne Schwierigkeiten. Dann aber, wie in unseren Geschichten, liebte er seine Frau so sehr, daß er seine Schafe vernachlässigte, so daß der König ihn auf die andere Seite des Milchstraßenflusses verbannte. Einmal im Juli jedes Jahres durchschwimmt er den Fluß, um sich mit seiner Prinzessin in

Liebe zu vereinen. Für das japanische Volk ist Tanabata die Nacht der Liebe.«

Aber als Hana-ogi und ich die Schlafmatte ausbreiteten, stellten wir fest, daß wir noch zwei Nächte zusammenverbringen konnten, und überließen die Liebesumarmungen der Prinzessin und ihrem Schäfer, während wir Seite an Seite lagen und den zarten Geräuschen der japanischen Nacht lauschten. Der blinde alte Mann, der schmerzende Muskeln massierte und brennendes Moxa-Puder zur Heilung auf wehe Nerven streute, ging durch die Gasse, blies auf seiner traurigen Flöte und stieß mit seinem knorrigen Stock auf das Pflaster. Dann herrschte eine Weile Stille. Und jetzt hörten wir Watanabe-san von seinem Pachinko-Spiel nach Hause kommen und seine kreischende Frau hinter ihm her. Hana-ogi kuschelte sich an mich und sagte! »Die ganze Zeit wir nie Streit«, aber ich berührte die kleine Narbe an ihrer Wange und fragte: »Und wie war das damals als ich eine Amerikanerin aus dir machen wollte?« Sie sagte ernst: »Weil ich dich kennen, ich jetzt bessere Japanerin. Du besserer Amerikaner.« Dann verlor ich beinahe die Fassung. Ich wollte in ihrer Liebe aufgehen und ihr gestehen: »Ich kann ohne dich nicht leben, Hanayo-chan. Mein Gott, ich kann dieser einsamen Welt nicht gegenübertreten ohne deine Zärtlichkeit.« Aber da ich wußte, daß die uns noch verbleibenden zwei Nächte unerträglich wären, wenn ich mich jetzt ganz meinem Schmerz hingäbe, nahm ich mich zusammen. Ich schluckte und vergrub mein Gesicht in dem ihren, fühlte ihre japanischen Augen an meinen Lippen und ihr schwarzes japanisches Haar in meinem Gesicht. »O Darling«, flüsterte ich, »warum heiratest du mich nicht?« Sie schlang die Arme um mich wie damals in unserer ersten Nacht in dem Gehölz bei dem Shinto-Schrein und sagte: »Manche Leute lieben nie jemand.« (Sie sagte so: »Manche Reute rieben nie niemand.«) »Oh, Rroyd-san, ich dich lieben, bis meine Füße zu alt zum Tanzen – bis meine Zähne ausfallen, wie bei Hana-ogi.«

Es war beinahe unerträglich. Aber dann kam der süßeste Laut der Nacht, den ich je gehört habe. Der Nudelverkäufer ging leise vorüber und schob seinen Wagen mit den Glöckchen, während er seine rhythmische Melodie auf der Flöte blies. Die ganze Nacht fuhren die Nudelmänner durch die Straßen von Osaka und bliesen ihre süßen Melodien. Einige spielten einen

Laut von fünf Noten, der in einem fernen Ruf endete. Andere spielten eine richtige kleine Melodie. Andere wieder spielten alles durcheinander, und einige wenige, die man nie vergaß, spielten etwas, das wie ein Liebeslied klang, denn sie trotteten immer am Haus vorbei, wenn man bei einem Mädchen lag, das die Schlafmatte auf der Tatami mit einem teilte.

Den Rest der Nacht, so erinnere ich mich, legte Hana-ogi nicht einmal den Arm um mich, und es mag lächerlich klingen, aber wir unterhielten und über folgendes: »Meinst du nicht, daß wir Joe und Katsumi morgen zum Dinner ausführen sollten?« fragte ich.

Sie erwiderte: »Nein, ich denken, wir sollten.«

»Zum Donnerwetter, Hanayo, willst du mir endlich erklären, warum du ›Nein, wir sollten‹ und ›Ja, wir sollten nicht‹ sagst?«

Geduldig setzte sie es mir wieder einmal auseinander: »Auf japanisch höflich zu sagen so. Wenn du nein zu mir sagen, ich sagen nein, um dir zustimmen.«

»Ich verstehe es immer noch nicht.«

»Frag mich etwas!«

»Willst du mich nicht heiraten?«

»Ja, ich dich nicht heiraten.«

»Aber ich habe dich gefragt: ›willst du nicht?‹«

Hier endete das Frage- und Antwortspiel, denn sie flüsterte: »Nein, nein, Rroyd-san. Ich wirklich wollen.«

Sie nahm meine Hand und legte sie auf ihr Herz, und die zarte, goldene Wärme ihres schlanken Körpers durchdrang mich, und sie sagte: »Mein Herz für dich takusan, takusan. Du noch wissen, wann du das zu mir sagen?«

Ich wußte es noch genau, und als das süße Lied des Nudelverkäufers mählich in der Ferne verklang, schliefen wir ein.

## 23

So friedlich der Montag vorübergegangen war, so wenig war es der Dienstag. Als Hana-ogi und ich um acht Uhr dreißig aufwachten, entdeckten wir, daß Joe schon weggegangen war, um noch einen letzten Versuch mit Oberstleutnant Craford zu machen. Katsumi merkte, daß wir gerne allein sein wollten, und ging hinaus, um bei Freunden herumzujammern. Ich machte Feuer, und Hana-ogi, nur in ein Laken gehüllt, bereitete das Frühstück, aber ich zog ihr das Laken immer wieder weg, bis sie schließlich nachgab, worauf wir einen Stuhl gegen die Schiebetüren stellten und das Feuer wieder ausgehen ließen.

Um elf zog sich Hana-ogi an, um nach Takarazuka zu fahren. Ich band ihr den Obi, und sie verlangte, daß ich die Enden bis beinahe auf den Boden baumeln ließ. Sie machte ein paar gezierte Schritte und rief: »Ich Maiko-Mädchen!« Dann band sie die Enden keck zu einer Schleife, dem Symbol für ältere Frauen, zusammen und sagte: »Ich nicht mehr Jungfrau. Ich verheiratete Frau.« Soweit ich mich erinnere, waren die ihre letzten Worte an jenem Morgen. Ich sah ihr nach, wie sie die Gasse hinunterging, und alle Frauen in den offenen Straßenläden und Häusern riefen ihr etwas Freundliches an dem schönen Sommermorgen zu.

Sie war kaum ein paar Minuten fort, als Joe zurückkam. Er warf seine Mütze auf den Boden und fragte ganz verzweifelt: »As, was soll ich tun?«

»Tief atmen«, sagte ich. »Durchhalten. Mal müssen sie das Gesetz ändern.«

»In Washington gibt es fünfzig Senatoren wie Craford.

Glauben Sie wirklich, sie werden dieses Gesetz ändern?« Seine Augen funkelten vor Wut.

»Joe! Sie müssen sich beruhigen.«

»Wie kann ich denn? As, ich bin ein Taugenichts. Wenn ich ohne Katsumi nach den Staaten komme, treibe ich mich in Billardkneipen und Bulettenläden herum. Ich könnte das nicht aushalten.«

»Eine Weile werden Sie schon müssen.«

Er setzte sich mit gekreuzten Beinen auf die Tatami und sagte grimmig: »In Chicago habe ich einen Mann umgebracht. Ich war in die Sache verwickelt – war nicht allein meine Schuld. Sie konnten mir nichts nachweisen. Ich will mich nicht herausreden, denn es hätte genau so gut meine Schuld sein können. Weil ich verdammt nichts taugte. Und wenn ich Katsumi verliere, werde ich wieder verdammt nichts taugen.«

Ich wußte, daß ich eigentlich etwas darauf sagen sollte, irgend etwas Aufmunterndes. Aber es fiel mir nichts ein. Joe sagte: »Ein Mann wie Sie, aus guter Familie, kann das nicht verstehen. Das erstemal, seit ich denken kannn, lebe ich richtig. Wenn ich abends Katsumi mit ihren Holzschuhen die Gasse heraufschlurfen höre – später, wenn sie dieses verrückte, harte, kleine Kopfkissen neben das meine legt – wenn ich die schlichte gottverdammte Anständigkeit in dem Mädchen sehe ...« Er starrte auf die Tatami hinunter, und ich glaube, er kämpfte mit den Tränen. Ich wollte sagen, ich verstünde ihn gut, aber ich brachte kein Wort heraus.

»Joe, versprechen Sie mir, daß Sie mit Oberstleutnant Craford keinen Krach anfangen.«

Er sah mit einem abwesenden Blick zu mir auf, als ob Craford schon tot wäre. »Mit dem?« sagte er verächtlich. »Wenn ich das fette Schwein sehe, glaube ich wahrhaftig an Gott. Gott muß solche Hunde ganz besonders auf dem Strich haben. Sonst wäre ja alles ohne Sinn.«

Ich sagte: »Vergessen Sie's nicht, Joe. Sie haben versprochen, keinen Krach mit dem ...« Ich suchte nach einem Namen, und plötzlich kam mir Joes ganzes Elend wie bittere Galle hoch, und ich ließ eine wahre Kanonade von Flüchen und Schimpfwörtern über Craford los. Ich verfluchte meinen Vater und General Webster und Mrs. Webster und jedes konventionelle Hindernis, das Hana-ogi und mich nicht heiraten ließ. Dann hörte ich auf, vor Wut zitternd.

Joe sah zu mir auf und sagte: »Danke, Major. Ich habe immer vermutet, daß Sie so denken.«

Ich bebte immer noch und sagte: »Trotzdem glaube ich, daß alles noch gut werden wird.«

Er sagte: »Ich nicht.«

Darauf konnte man nichts mehr sagen. Er wußte, wie ich über die Sache dachte. Er wußte, daß ich auf seiner Seite stand. Vielleicht war es mir gelungen, ihn von irgendeiner hitzköpfigen Dummheit abzubringen. Mehr konnte ich nicht erwarten. Ich ging also nach Itami hinaus, um meinen Schreibtisch zu leeren und Mike Baileys Wagen auszuborgen, aber als ich vom Flugplatz ins Theater fuhr, um die letzte Vorstellung von *Swing Butterfly* zu sehen, hatte ich ein scheußliches Erlebnis, das mir eine tragische Vorbedeutung zu haben schien. Vom Haupttor des Flugplatzes in Itami ging eine breite Straße von ungefähr einem Kilometer Längc ab, die auf beiden Seiten mit billigen Tanzlokalen, Bierkneipen, Amüsierspelunken und ausgesprochenen Puffs eingesäumt war. Vor jedem Lokal lungerten ganze Haufen junger Weiber herum, und die Straße war unter dem Namen »1000-Meter-Strich« bekannt. Es wurde behauptet, daß für jeden Amerikaner in Uniform, der sich durch dieses Spelunkenviertel durchzuschlängeln verstand, ohne die Hosen auszuziehen, ein Preis von 1000 Dollar für außerordentliche Tapferkeit ausgesetzt war.

Als ich zum letztenmal durch das Tor des Flugplatzes fuhr, sah ich die schmuddligen Kneipen »Dorf-Bar«, »Kleiner Mann-Klub«, »Zum Fliegenden Bullen« und »Luftwaffen-Himmel«. Dann blieb mein Wagen zu meiner großen Bestürzung plötzlich stehen, und prompt kamen drei Mädchen heran. Eine stieg einfach ein unsd sagte: » Okay, General. Wo soll's hingehen?« Sofort erschien ein M.P. und zog das Mädchen aus dem Wagen auf die Straße. Mir gab er eine brüderliche Warnung: »Nehmen Sie sich vor der in acht, Major. Die taugt nichts.« Er grüßte und zeigte auf eine Kneipe weiter oben. »Wenn ich Ihnen etwas wirklich Nettes empfehlen darf, Major, den Mädchen im ›Silberdollar‹ können Sie trauen.«

Als ich den Wagen wieder in Gang gebracht hatte, sah ich zu meinem Schrecken einen Packard von den Toneyama-Höhen herkommen, dem Viertel, wo die Herren mit dem vielen Lametta wohnten. Drin sapen zwei Oberstfreuen, die mich kannten. Sie beobachteten mit Abscheu, wie die drei unverschämten kleinen Mädchen wieder zu mir in den Wagen klettern wollten, sobald der M.P. uns den Rücken gekehrt hatte. Während ich sie hinauswarf, dachte ich, daß ich eines Tages einmal jemandem von Hana-ogi erzählen würde, der vielleicht auf dem Flugplatz von Itami gewesen war und sich sicher gleich an den »1000-Meter-Strich« erinnern würde. Er würde mir zuzwinkern und sagen: »Junge, Junge, die Japsenmädchen kenne ich auch.« Nichts würde er kennen, und wer Itami kannte, hatte noch lange keine Ahnung von Hana-ogi. Ich fröstelte an meinem Steuer und murmelte: »Das hätte sich alles in fünfzig Jahren zutragen sollen. Dann hätte es vielleicht geklappt. Aber jetzt, in unserer Zeit, ist eine solche Heirat unmöglich.« Ich sah mich in späteren Jahren. Jüngere Offiziere würden prahlend sagen: »O Ja, General Gruver ist ein strammer Soldat und immer sehr förmlich. Aber wußten Sie, daß er in seiner Dienstzeit in Japan mit'ner Geisha davongelaufen ist? Yep, hat sie einfach aus'nem Puff rausgeholt.« Hatten die eine Ahnung!

Doch mein Abscheu über das Erlebnis auf dem 1000-Meter-Strich wurde bald durch Hana-ogis wundervolle Vorstellung verjagt. Als ich sie zum erstenmal in dieser Rolle gesehen hatte, hatte ich mich durch ihre Amerikanerposse beleidigt gefühlt und ihre schauspielerischen Fähigkeiten nicht wirklich schätzen können. Jetzt war meine Reaktion anders, denn ich entdeckte, daß ich sogar gegen meinen Willen über ihre karikatur des Amerikaners lachen mußte. Der Grund war einfach. Sie hatte meine Gewohnheiten und Unarten aus nächster Nähe studiert und stellte sie nun in possenhafter Form auf die Bühne. Wenn Sie zum Beispiel eine Zigarette anzündete, äffte sie mich nach; wenn sie Madame Butterfly den Hof machte, so war ich es, als ich sie damals auf der Bitchi-bashi küssen wollte. Diesmal genoß ich mehr als irgend jemand im Publikum ihre Burleske über meine Landsleute.

Als ihre große Tanznummer kam, fürchtete ich, daß sie durch das Nachäffen von Amerikanismen etwas von ihrer japanischen Originalität eingebüßt haben könnte. Aber ich irrte mich. Ihr Samurai entfaltete eine Unbekümmertheit und Eleganz, die kein Maiko-Mädchen, wie Hana-ogi die jungfräulichen Tänzerinnen nannte, je zustande gabracht hätte. Hana-ogi war Künstlerin. Mehr als Geliebte oder Frau war sie Künstlerin. Wenn ihr amerikanischer Jitterbug noch ausgelassener war, weil sie einen Amerikaner aus nächster Nähe hatte studieren können, so war ihr klassischer japanischer Tanz noch eindrucksvoller, weil sie diesen Amerikaner nicht als Studienobjekt, sondern als Geliebten gekannt hatte – als einen, der sich unendlich sehnte, sie zu heiraten. Ich verstand jetzt, was sie am Abend vorher gemeint hatte. Jetzt war sie eine bessere Japanerin.

In der Pause wollte ich hinter die Bühne eilen und sie umarmen und ihr sagen, daß ich in Gedanken bei jedem ihrer Auftritte anwesend sein würde, und wenn sie noch eine Million Jahre in Takarazuka eingesperrt sein sollte.

Aber ich konnte sie nicht sehen, denn ich kam nicht in ihre Garderobe.

## 24

Meine leidenschaftliche Entzückung war verpufft. Hana-ogi hat nie etwas von dem tiefen Entzücken erfahren, das ich empfand, als ich sie zum letztenmal auf der Bühne tanzen sah; denn als ich meinen Platz zu Beginn des zweiten Aktes wieder einnahm, kam ein M.P. zu mir und fragte: »Major Gruver?«

»Ja.«

»Würden Sie bitte mitkommen?«

Der Vorhang war noch nicht aufgegangen, so daß Hana-ogi mich nicht gehen sah. Ich war froh darüber, denn ich zitterte und dachte, daß Oberstleutnant Crafard mich vielleicht früher zurücktransportieren lassen wollte. Aber als ich hinauskam, standen noch zwei M.P.'s mit Gewehren da. Ich fragte: »Was ist los?«

»Flieger Kelly«, sagten Sie.

»Joe?«

»Yep. Desertiert.«

»Unmöglich! Ich sah ihn doch noch heute morgen.«

»Wissen wir. Wir dachten, Sie könnten uns vielleicht sagen ...«

Ein anderer M.P. unterbrach und sagte: »Er war für einen Sondertransport um 13 Uhr aufgerufen. An sich sollte er morgen fliegen, aber es kam eine Extramaschine durch, und Oberstleutnant Crafard sagte: ›Mit der fliegt er.‹«

Der erste M.P. sagte: »Ich habe ihn um 12.50 auf dem Flugplatz eingeliefert, aber vor dem Start der Maschine ist er verduftet.«

»Wir dachten, Sie wüßten vielleicht, wo er ist.«

»Nein! Das letztemal sah ich Kelly ...«

»Wann war das?«

»So um 8.15. Halt, nein! Es war 11.20.«

»Wissen Sie, wo er wohnt?«

»Natürlich.«

Ich hatte einen häßlichen Geschmack im Mund, als die Sirene des M.P.-Wagens nach Osaka hineinheulte. In Itami fragte ich: »Ist die Maschine abgeflogen?«

»Ja. Es ist glatte Desertion.«

Ich fing an zu schwitzen. Jetzt war Joe Kelly wirklich erledigt. Er würde wegen Befehlsverweigerung und Desertion angeklagt werden, und es konnte sehr wohl sein, daß er Katsumi nie nach den Staaten nehmen konnte. Ich fragte: »Jesus, seid ihr ganz sicher, daß er desertiert ist?«

»Ich habe ihn kontrolliert, Sharkey sah ihn weglaufen«.

Wir hielten am Kanal, und ich ging zur Gasse voraus. Als wir zum Häuschen kamen, versuchten zwei M.P.'s die Tür zu öffnen, aber sie schien von innen verriegelt zu sein. Darauf wollten sie das frischgeflickte Papier aufreißen, aber in diesem Augenblick schien es mir wie mein eigenes Haus zu sein, und ich wollte nicht, daß die Tür kaputtgemacht wurde. Ich sagte: »Vielleicht ist ein Stuhl dagegen gestellt. Ich steige durch ein Fenster ein.«

Ein M.P. kam mit mir zur Rückseite des Hauses, wo ich ein Fenster einstieß und mich durchzuzwängen versuchte. Während ich mit einem Bein noch in der Luft hing, sah ich Joe. Er lag auf dem Boden, und sein Kopf war von einer .45 aufgerissen. Über ihm, offenbar später gestorben, lag Katsumi mit einem Küchenmesser bis zum Heft im Hals.

Einen Augenblick konnte ich nichts sprechen oder tun. Ich starrte nur immer auf den Boden – auf die beiden Liebenden, die sich so sehr nötig gehabt haben. Der M.P. kam heran und blickte über meine Schulter hinein. Dann rief er laut: »Hau die Tür ein, Sharkey!«

Ich sah, wie die schwachen Türen sich bogen und einbrachen. Ich hörte Holz splittern und Papier reißen und die Türen, durch die Hana-ogi so oft in der Abenddämmerung gegangen war, um drinnen ihre seidenen Pakete abzulegen – die Türen waren nichts mehr. Sharkey warf einen Blick hinein und sagte: »Hol die Kamera. Wir müssen das aufnehmen, genau wie's passiert ist.«

Sharkey bellte den Mann neben mir an: »Eddie, du benachrichtigst die Japsenpolizei!« Dann sah er mich und sagte: »Wir werden Sie hier brauchen, Major.«

Ich stieg wieder durch das Fenster hinaus und ging um das Haus herum nach vorn, so sich inzwischen eine Menge angesammelt hatte und Kinder sich über den Kanal hinweg die Tragödie zuschrien. Ein alter Mann schlich sich neugierig durch die zerbrochenen Türen und kam zurück, um genauestens über den Doppelselbstmord zu berichten.

Ich war hilflos vor Wut und wie betäubt. Von allen Menschen auf der Welt hätten Joe und Katsumi Schutz verdient und am Leben erhalten werden sollen. Ich dachte daran, wie fröhlich sie immer gewesen waren und wie sie sich gegenseitig gestützt hatten, und es wurde mir ganz schlecht. Aber dann fiel mir Hana-ogi ein und daß sie bald nach Hause kommen würde, und ich wurde von großen Unruhe ihretwegen ergriffen, denn die Photographen waren inzwischen angekommen und knipsten wie wild darauf los.

Und dann sah ich am Rande der Menschenmenge zwei der kleinen Straßenmädchen, die mit Hana-ogi und mir an einem der letzten Abende gesprochen hatten. Sie machten schon ihre Runde durch die Hauptstraßen und waren an der Ecke stehengeblieben, um zu sehen, was es hier gäbe. Ich sagte zu ihnen: »Erinnert ihr euch an Hana-ogi?«

»Klar Major.«

»Stellt euch dort drüben auf, und wenn sie kommt, sagt ihr, sie solle zurückgehen. Tut mir den Gefallen.«

»Gern, Major. Haben Sie Cigaretto?«

Die andere zeigte auf das Haus und bohrte sich mit dem Finger in den Magen, als ob es ein Messer wäre. »Sie sich töten?«

Ich nickte, und die beiden blickten grimmig fasziniert zu dem Haus hinüber. »Japanerin und GI?«

Ich sagte ja, und die kleinen Mädchen gingen zum Kanal hinunter, um Hana-ogi abzufangen, während die Reporter mich bestürmten. Es waren kluge junge Burschen, die meisten sprachen Englisch, und ich war vernünftig genug, meinem Mund zu halten, denn wenn ich erst angefangen hätte, hätte ich doch herausgesprudelt: »Es sollte nach Amerika zurücktransportiert werden, aber er wollte unbedingt in Japan bleiben.«

Schließlich nahm ich mich zusammen und sagte: »Er gehörte zu meiner Einheit in Korea. Ich bin tief erschüttert.«

Die Reporter entdeckten jemand anders und stürmten davon. Aber einer blieb und fragte: »Sind Sie nicht As Gruver?«

Ich nickte.

»Sie leben doch mit Hana-ogi zusammen, nicht?«

Am liebsten hätte ich ihn niedergeschossen, doch jetzt war sowieso alles zusammengebrochen; daher nickte ich grimmig, und er deutete nach dem Kanal.

Da war sie endlich, Hana-ogi. Die späte Nachmittagssonne spielte auf ihrem zerzausten schwarzen Haar und schimmerte durch die Falten ihres Kimonos. Mit raschen, stelzenden Schritten eilte sie am Kanal entlang und kam so nahe, daß ich ihre anbetungswürdigen Augen und den süßen Mund sehen konnte, der immer zu einem schelmischen Lächeln bereit war.

Die beiden Straßenmädchen hielten sie an, erzählten ihr von den Selbstmorden und rieten ihr, sich der Menge nicht zu nähern. Aber sie beachtete sie nicht und lief am Kanal weiter auf mich zu. Der Zeitungsreporter neben mir ließ mich stehen, rannte zu ihr hin und sprach hastig auf sie ein. Sie suchte mit den Augen die Menge nach mir ab, und als sie mich nicht sah, riß sie sich von den beiden Prostituierten und dem warnenden Zeitungsreporter los, um sich entschlossen einen Weg durch die Menge bis zu dem Punkt zu bahnen, wo die Polizei stand.

In diesem Augenblick fürchtete ich, daß sie durch ihr unüberlegtes Tun ihre ganze Welt zerstörten würde, und instinktiv entrang sich meinen Lippen ein Schrei. Angsterfüllt rief ich: »Sieh, der Postillion!«

Sie blieb stehen. Das Lächeln, das sich auf ihre Lippen gestohlen hatte, verschwand, und ihr schönes Gesicht wurde wieder zur unpersönlichen Maske. Auf Zehenspitzen blickte sie über die Menge hinweg, um mich zu finden, aber ich versteckte mich, damit sie zurückgehen mußte. Nach einer Weile vergeblichen Suchens wandte sie sich von der Menge ab, die sich immer dichter an das Selbstmordhaus heranschob, und ich sah noch, wie sie mit außerordentlicher Grazie zur Hauptstraße zurückging. Die Sommerbrise, die vom Kanal her wehte, bauschte ihren Kimono auf, und das Nachmittagslicht lag auf ihrem Haar. Ich sehe immer noch die sorgfältig gelegten Falten ihres Kleides um ihren schlanken Hals. Dann verschwand sie hinter einer Säule, und ich habe sie nie wiedergesehen.

Denn als ich ihr gerade nachrennen wollte, kam Oberstleutnant Craford angewackelt, und man sah ihm an, daß er beinahe Geschmack an der Tragödie gefunden hatte. Für ihn war sie ein Beweis, daß er recht gehabt hatte. Burschen wie Kelly taugten eben nichts, verdammt noch mal! Er sah mich und kam zu mir herüber, um seine Warnung zu wiederholen, daß er mich nach Hause transportieren lassen würde ...

»Sie Hund!« rief ich. »Sie gemeiner Hund!«

Er sprang zurück, als ob ich ihn geschlagen hätte, und blubberte mich an. Aber ich hatte genug. Kein Wort mehr. »Sie Schwein! Kelly erzählte mir, was Sie zu ihm gesagt haben, Sie Schweinehund! Sie haben den Jungen auf dem Gewissen!«

Er war über meinen Zornesausbruch verblüfft, und plötzlich dämmerte es ihm, daß ich in meiner Entrüstung die Sache meinem Vater melden könnte. Daher versuchte er, mich zu beruhigen, aber ich sagte: »Keine Angst, Sie dreckiger Hund! Ich verpetze Sie nicht – aber Sie haben den Jungen umgebracht.«

Er zog sich zurück, und ein japanischer Polizeioffizier sagte: »Kommen Sie bitte mit«, und drei Stunden lang, während ich darauf brannte, Hana-ogi aufzusuchen, mußte ich Fragen beantworten und Protokolle über den Tod Katsumis aufsetzen. Erst nach zehn Uhr war ich entlassen. Ich nahm mir sofort ein Taxi, dessen Fahrer erstaunt die Augen aufriß, als ich Takarazuka sagte; aber er fuhr mich hin, und um elf in jener Dienstagnacht eilte ich an den Zedern vorbei in das Dormitorium, in dem Hana-ogi wohnte.

Offenbar hatte man mich erwartet, denn die alte Teruko-san und die Dolmetscherin mit dem grimmigen Gesicht standen schon da. »Hana-ogi ist nicht da«, sagten sie bestimmt.

»Aber ich weiß, daß sie da ist!« rief ich.

»Hana-ogi-san ist nach Tokio abgereist.«

»Das kann nicht sein! Ich habe sie vor kurzem noch gesehen!«

»Bitte Major Gruver! Hana-ogi ist nicht hier.«

Ohne zu überlegen, schob ich die beiden Frauen beiseite und

ging den Gang entlang, auf dem Hana-ogi wohnte. Die Takarazuka-Mädchen schauten mir nach, als ich vorüberstürmte, und seufzten, als sie mich vor Hana-ogis leerem Zimmer stehen sahen. Es war so leer. Die wenigen Sachen, die ihm ihre persönliche Note gegeben hatten, waren nicht mehr da.

Aus dem anliegenden Zimmer erschien Fumiko-san und sagte weinend: »Hana-ogi wirklich gegangen, Major.«

Ich drehte mich wie ein Rasender um. So konnte es doch nicht zu Ende gehen – über einen Kanal hinweg, über die Köpfe von Hunderten von Leuten, am Schauplatz eines Selbstmordes? Das konnte doch nicht unser Abschied sein. »Sie muß hier sein!« sagte ich störrisch.

Hilflos stand ich da, und dann sah ich in einer Ecke ihres Zimmers einen Zori liegen, den sie vergessen hatte. Ich ging auf Zehenspitzen über die Tatami, als ob sie noch da wäre und mich tadeln könnte, daß ich die Schuhe nicht ausgezogen hatte, hob den Zori auf, und es schien mir, als ob ihr kraftiger, gelenkiger Fuß, die große Zehe in den Zori-Riemen geschoben, in meiner Hand läge, als ob die ersten Klänge der japanischen Musik ertönten und der Samurai-Tanz begänne und Hana-ogi … o Hana-ogi …

»Hanayo-chan!« schrie ich. »Hanayo-chan! Wo bist du?« Aus den Türen blickten mich die Takarazuka-Mädchen teilnahmslos an. Die Welt schien sich zu verdunkeln, und ich schrie: »Hana-ogi, verlaß mich nicht!« Dann fühlte ich Fumiko-sans Hand auf meiner Schulter. »Jetzt gehen, Rroyd-san. Nicht mehr sein.« Und sie führte mich auf den Weg hinaus.

## 25

Anderentags ließ mich General Webster nach Kobe kommen und sagte: »Schreckliche Sache das, in Osaka gestern abend.« Er fragte mich, ob ich etwas gehört hätte, daß Oberstleutnant Craford die Angelegenheit vielleicht verpatzt hätte. An sich wollte ich dem fetten Blubberaugust, der Kelly umgebracht hatte, eins auswischen. Aber eine nicht zu überhörende innere Stimme sagte: »Wozu Theater machen? Kommt ja doch nichts dabei heraus.« Und ich hielt meinen Mund. Dann zuckte ich mit den Schultern und sagte: »Nehme an, Craford hat's richtig gemacht.«

Aber sofort wurde mir klar, daß ich wieder die Sorte Mann wurde, die ich gewesen war, als ich Kelly seine japanische Heirat ausreden wollte. Ich stellte mich auf die Seite der Armee gegen den Mann, und ich schämte mich. Ich mußte leicht gezittert haben, denn General Webster sagte bärbeißig: »Lloyd, lassen Sie sich von der Sache nicht verbittern. Kelly ist tot. Daran ist nichts mehr zu ändern. Sie haben mir selbst gesagt, daß er ein Taugenichts war – unverbesserlich.«

Ich sah den General an. Ein Mann unter seinem Kommando hatte lieber Selbstmord begangen, als nach den Vereinigten Staaten zurückzugehen, und er zuckte nur die Schultern.

Ich fragte: »Und was war mit dem Oberst in Tokio, der sich lieber erschoß, als sein japanisches Mädchen sitzenzulassen? Oder der Major in Yokohama? Waren das Taugenichtse?«

»Jawohl! Sie waren zweitklassig. Ich habe Berichte über sieben solcher Selbstmorde gelassen, und es war alles schlechtes Material. Erstklassige Männer verlieben sich gelegentlich in Eingeborenenfrauen; klar tun sie das. Aber sie kommen darüber hinweg. Sie vergessen ihre Mädchen und gehen heim, zurück an die Arbeit.«

»Zum Donnerwetter!« brüllte ich. »Warum reden Sie und mein Vater immer von Eingeborenenfrauen? Können Sie sich nicht vorstellen ...«

General Webster zeigte eine erstaunliche Geduld. Er stoppte meinen Redefluß, indem er mir ein gelbes Papier zuschob. »Ein junger Mann ist wohl nichts wert, wenn er nicht den Mut hat, zu seiner Überzeugung zu stehen«, meinte er. »Sie haben den Mut gehabt, für Joe Kelly und seine Eingeborenenfrau einzutreten. Das war ritterlich, Lloyd; aber nötig war es nicht. Lesen Sie das.«

Das gelbe Papier kam aus Washington, und es stand darauf, daß ein Gesetz in Vorbereitung sein, das es Männern wie Joe Kelly ermöglichen würde, ihre japanischen Frauen nach den Staaten zu bringen. »Jetzt endlich!« rief ich.

»Sie haben schon die ganze Zeit daran gearbeitet«, sagte Webster. »Alle Welt wußte, daß das alte Gesetz schlecht war.«

Ich dachte an Joe und Katsumi, wie sie in ihrem Blut lagen, und mir wurde schlecht. Ich mußte Hana-ogi sehen! In der ganzen Welt war sie jetzt die einzige, die mir helfen konnte.

»Sir«, platzte ich heraus, »ich muß unbedingt nach Tokio!«

»Verboten, Lloyd. Sie fliegen nach Hause.«

»Ist mir ganz egal, was passiert. Ich muß zu Hana-ogi!«

Der General zuckte zusammen, als er den fremden Namen hörte, und sagte dann ruhig: »Wenn Sie noch mal meinem Befehl zuwiderhandeln ...«

»All right, ich nehme meinen Abschied. Ich besorge mir ...«

Ich wäre nicht erstaunt gewesen, wenn General Webster jetzt in die Luft gegangen wäre. Aber wenn seine Frau nicht bei ihm ist, ist er gar nicht so übel. Er sagte: »Setzen Sie sich, Lloyd. Ich habe nicht die Absicht, den Vorgesetzten herauszukehren. Sie benehmen sich wie ein Idiot, das wissen wir beide; aber Sie werden langsam wieder zur Vernunft kommen.«

»Wie meinen Sie das?«

»Kommt mir wie 1924 vor.«

»Ich verstehe nicht«, sagte ich gleichgültig.

»Ihr Vater war da in'ne Sache mit'nem Mädchen verwickelt – ich habe Ihnen davon erzählt. In unserer Altersklasse war einer, den Sie nicht kennen. Bursche namens Charley Scales.

Im Jahr 24 hatte er Gelegenheit, aus der Armee auszutreten und eine gute Stellung bei General Motors zu bekommen. Darauf hat Ihr Vater beschlossen, daß Mädchen zu heiraten, den Rock an den Nagel zu hängen und mit Charley zu General Motors zu gehen. Aber einige Vernünftige von uns haben ihm das ausgeredet. Man muß in der Familie bleiben.«

»Mein Vater wollte die Uniform ausziehen?«

»Yep. War vollkommen zusammengebrochen.« General Webster lachte und kratzte sich am Kinn. »Ich erinnere mich, daß wir ihn schrecklich bedauerten. Wir hielten ihn für einen ziemlichen Schwächling, sich durch eine Kellnerin so aus der Fassung bringen zu lassen. Schauen Sie ihn sich heute an!«

Ich sagte: »Ich glaube, er hat 1924 einen Fehler gemacht.«

General Webster atmete erleichtert auf und sagte: »Ich auch; aber man muß einem Mann das Recht zugestehen, sich mal mit'ner Kellnerin einzulassen ...«

»So habe ich es nicht gemeint. Ich meinte, er hätte die Kellnerin heiraten sollen.«

»Lloyd! Ihr Vater ein Chrvrolet-Verkäufer!«

»Ich bin der Meinung, daß er meine Mutter nicht hätte heiraten sollen. Sie waren nie glücklich zusammen.«

»Glücklich, glücklich! Was heißt glücklich? Er ist ein großer General.«

»Ich glaube, er hat aus seinem Leben Mist gemacht.«

Jetzt wurde General Webster wild.

»Glauben Sie? Wer, zum Teufel, sind Sie, das zu glauben? In jeder Generation gibt es nur ganz wenige, die zu einem großen General geboren sind. Vergessen Sie das nicht!«

Ich sagte: »Trotzdem will ich das Mädchen heiraten.«

»Sohn«, sagte General Webster, »der Inspektor von Takarazuka und ich sind gestern nacht lange aufgeblieben, um dafür zu sorgen, daß sein Laden und der meine wegen dieser Selbstmorde nicht in der Presse heruntergemacht werden. Wir haben uns dagegen geschützt, und wir können Ihnen nicht gestatten, alles kaputt zu machen.«

»Verschaffen Sie mir wenigstens die Möglichkeit, mich von ihr zu verabschieden!«

»Nein, sie wollte es selbst so haben.«

»Was?«

»Ich habe mit ihr gesprochen. Sie sagte, ich sollte Sie nach Amerika zurückschicken.«

Ich sagte: »Das glaube ich nicht.« Darauf gab er mir einen Brief, der vor zwei Tagen geschrieben worden war. Ich wußte es, denn Hana-ogi hatte ihn auf meinem Briefpapier geschrieben. Als ich ihn las, konnte ich ihre sanfte Stimme hören, wie sie in meiner Sprache radebrechte:

Darling,

Ziemlich bald (diesen Ausdruck benutzte sie oft ...) unsere letzte Nacht. Ich Tokio gehen, Du Amerika gehen. (Eine Stelle war ausgestrichen, dann ...) Ich nicht glauben, Feuer sterben. Flamme nicht ausgehen. Ich viel an Dich denken. (Dann kam eine Stelle aus ihrem Lehrbuch ...)

Dein Dir immer ergebener und untertänigster Diener,

und der Brief war mit den chinesichen Lettern unterzeichnet, die ihren Namen bedeuteten.

Wie seltsam sie aussahen, diese Zeichen, wie schön und für mich unerreichbar fern hinter dem asiatischen Wall verborgen!

Ich wollte mich auf den Boden werfen und weinen, wie Hana-ogi geweint hätte, wenn wir zu Hause gewesen wären. Aber statt dessen fiel mir das traurige und endgültige japanische Wort ein, das sie sich immer geweigert hatte, mir beizubringen: »Sayonara, Hana-ogi. Sayonara, du schöne Tänzerin. Du hast den dornigen Weg gewählt. Ich hoffe, deine Götter geben dir den Mut, ihn zu gehen. Sayonara, Katsumi, kleine Mutter. Vergeben Sie mir, daß ich Sie einst für zu häßlich hielt, Sie zu küssen. Sie können es nicht mehr wissen, aber ich habe mich durch vier M.P.'s durchgeschlagen, um Sie zum Abschied zu küssen, und der dicke Oberstleutnant Craford schauderte. Oh, Katsumi, sayonara. Und Goddamn it, Sukoshi Joe, Sie sind zu früh gestorben! In diesem Augenblick verabschieden sie ein Gesetz, wonach Burschen wie Sie ihre Frauen heimbringen können. Wir haben uns gut verteidigt, an dem Abend damals, bis ich ohnmächtig wurde. Sayonara, Sukoshi Joe. Sie haben's zu früh getan. Der Gasse und dem Kanal und den Häuschen und dem Pachinko-Laden und den Flöten bei Nacht – sayonara! Und dir, Japan, menschenüberfüllte Inseln, tragisches Land – sayonara, Feind, Freund!«

Doch während ich diese Worte sagte, wußte ich, daß ich sie wieder vergessen mußte, denn ich mußte mir eingestehen, daß ich in einer Zeit lebte, deren einzige ehrenhafte Tätigkeit der Soldatenberuf war, deren einzige akzeptable Einstellung fremden Ländern und andersfarbigen Völkern gegenüber nicht die Liebe, sondern die Angst war.

Wie die Stimme meines Gewissens hörte ich General Webster aus weiter Ferne sagen: »Nehmen Sie sich zusammen, Sohn. Was einen besseren Mann aus Ihnen macht, macht einen besseren Offizier aus Ihnen.«

Ich blickte auf und fragte: »Was ist?«

»Ich darf es Ihnen eigentlich nicht sagen, Lloyd, weil es noch nicht amtlich ist, Aber sobald Sie nach Randolph Field zurückkommen, werden Sie zum Oberstleutnant befördert.«

Unwillkürlich salutierte ich.

Der General sagte: »Gehen wir. Eileen will uns zum Flugplatz fahren.«

# KARAWANEN DER NACHT

# 1

Vor ein paar Jahren wurde ich an einem winterlichen rauhen Morgen ins Büro unseres Marineattachés in der amerikanischen Botschaft in Kabul beordert. Kapitän Verbruggen sah mich mit unheilverkündender Miene an und sagte brummig: »Verdammt noch mal, Miller, vor zwei Wochen schon hat Ihnen der Botschafter aufgetragen, die Sauerei mit diesen *saddle-shoes* in Ordnung zu bringen. Gestern abend hat die afghanische Regierung wieder protestiert, aber diesmal offiziell. Ich wünsche, daß Sie noch heute, bis spätestens drei Uhr ...«

Ich unterbrach ihn. »Etwas viel Wichtigeres liegt vor, Sir. Heute nacht ist ein Telegramm gekommen. Ich habe schon alle Unterlagen für Sie herausgesucht.«

Ich schob ihm eine mit Papieren vollgestopfte Ledermappe hin. Auf der Vorderseite prangte die goldene Inschrift »Für den Botschafter«, und da unsere Botschaft lediglich zwei solcher Mappen besaß, mußte ihr Inhalt natürlich wichtig sein.

»Hat es nicht Zeit, bis der Botschafter aus Hongkong zurück ist?« frage Kapitän Verbruggen. Obwohl er momentan als Stellvertreter des Botschafters amtierte, versuchte er, möglichst alles hinauszuschieben.

Ich enttäuschte ihn. »Es muß sofort etwas geschehen, Sir.«

»Um was geht's denn?« erkundigte er sich vorsichtig.

Ich klappte behutsam den Lederrücken auf und zeigte ihm das Telegramm aus Washington: »Senior-Senator von Pennsylvania erwartet Antwort. Dringlichst.«

Verbruggen, ein schroffer, kahlköpfiger Mensch in den Sechzigern, nahm plötzlich Haltung an, als hätte der Senator von Pennsylvania persönlich das Zimmer betreten. »Was will er denn?« erkundigte er sich; denn überflüssige Lektüre verabscheute er.

»Ellen Jaspar«, sagte ich nur.

Ärgerlich schlug Verbruggen die Mappe zu.

»Seit siebzehn Monaten wird die Botschaft wegen dieser Person gepiesakt. Ich bin schließlich da, um dem Land hier aus seinen mittelalterlichen Zuständen herauszuhelfen, und gebe mir da auch die größte Mühe. Aber andauernd werde ich belästigt mit den *saddle-shoes* oder mit der Jaspar-Geschichte. Es fällt mir absolut nichts ein, was man in dieser Angelegenheit sonst noch unternehmen könnte«, schloß er energisch und schob mir die Papiere zu.

Ich schob sie ihm wieder zurück. »Sie werden das Telegramm aber unbedingt lesen müssen«, sagte ich.

Argwöhnisch öffnete er den Lederdeckel und überflog die Anweisungen aus Washington. Als er sah, daß sogar der Außenminister sich mit der Angelegenheit befaßte, nahm er wieder Haltung ein und zog das Blatt endlich heraus. Langsam las er halblaut vor:

»Benötige dringend die erforderlichen Informationen, um dem Senior-Senator von Pennsylvania vollständige Einzelheiten betreffs Aufenthaltsort und Befinden von Ellen Jaspar angeben zu können. Alle bisherigen Berichte Ihrer Botschaft wurden als ungenügend befunden. Falls nötig, betrauen Sie ihre tauglichsten Leute mit der Sache, da wichtige Nebenumstände mit ihr verbunden. Wenn ich nicht irre, spricht Mark Miller die Landessprache. Falls dies zutreffend, erwägen Sie, ihn unverzüglich mit der Angelegenheit zu betrauen, und beauftragen Sie ihn, umgehend und ausführlichst Bericht zu erstatten. Scheuen Sie keinerlei Aufwand.«

Kapitän Verbruggen lehnte sich zurück, stieß die Luft mit aufgeblasenen Backen aus und schob die Mappe wieder zu mir herüber.

»Macht den Eindruck, als wär' ich die Sache los«, sagte er erleichtert. »Am besten machen Sie sich gleich an die Arbeit, mein Junge.«

Ich nahm die Mappe vom Schreibtisch. »Ich habe bereits

vorgearbeitet, Sir. Schon die ganze Zeit seit meiner Rückkehr.«

»Na, aber wohl mehr so, so, la, la«, sagte er vergnügt.

Verbruggen hatte sich aus eigener Kraft heraufgearbeitet, und seine Manieren verrieten das auch. Das war der Grund, weshalb er in Afghanistan festsaß, einem der unattraktivsten Länder der Welt, das gerade die ersten Anstrengungen machte, aus den Zuständen der Steinzeit herauszugelangen – ein unwahrscheinlich altes, an uralten Überlieferungen unwahrscheinlich zäh festhaltendes Land. In der Botschaft pflegten wir immer zu sagen: Die Zivilisation in Kabul entspricht ungefähr derjenigen von Palästina zur Zeit Christi Geburt. In mancherlei Hinsicht war unser Marineattaché der ideale Mann für Afghanistan; auch er war sozusagen eben im Begriff, aus seiner eigenen »Steinzeit« herauszukommen.

Trotzdem mochte ich ihn gern. Er war ein ungehobelter und schlauer Geschäftsmann, der sich auf dem Markt für gebrauchte Wagen ein kleines Vermögen und außerdem einen Platz in der Demokratischen Partei in Minnesota erworben hatte. Viermal hatte er bei der Wahl von Franklin D. Roosevelt mitgeholfen, und obwohl ich Republikaner war, schätzte ich Verbruggens Redlichkeit. Er hatte den Demokraten sechzigtausend Dollar und sie hatten ihm Afghanistan gegeben.

Verbruggen hatte beinahe so etwas wie ein Recht auf Afghanistan. Schon als Zivilist war er ein fix und fertiger Seemann: Seine Jacht war seine Lieblingsbeschäftigung. Als der zweite Weltkrieg ausbrach, half er der Marine freiwillig bei den Küstenbefestigungen. Mit Hilfe seiner Verdienste und seiner Energie hatte er es dann vom Leutnant zum Kapitän gebracht und beim Aufbau der Stützpunkte auf Manus und Samar viel geleistet. Er war grob, und seine Leute hatten Respekt vor ihm; er hatte Mut, und ich selber konnte das bezeugen.

Übrigens sollte ich von Rechts wegen eigentlich Markus Muehler heißen. Aber als meine Familie im Jahr 1840 aus Deutschland nach Amerika flüchtete, ahnte sie wohl, daß ein jüdischer Name dort nicht besonders förderlich sein würde, und nannte sich fortan Miller. Wie üblich, hatte die Familie recht. Da mein Name und mein Gesicht absolut unjüdisch waren, konnte ich Groton und Yale besuchen, und als die Marine der Vereinigten Staaten 1942 nach ein paar annehmbaren jüdischen Offizieren Ausschau hielt, um einer unfreiwillig aufgezwungenen, unannehmbaren »Zuteilung« vorzubeugen, wurde ich eingestellt. Man war froh, daß die meisten meiner Schiffskameraden nie auf die Idee kamen, ich könnte jüdischer Abstammung sein. In zahllosen Offiziersmessen hörte ich von sogenannten Anthropologen, daß sie »ganz unfehlbar einen Juden herauskennen« würden.

Auf Manus diente ich unter Kapitän Verbruggen, und eines Tages sagte er: »Miller, Sie gehören zu der Sorte, die eigentlich beim Geheimdienst sein sollte. Sie besitzen nämlich Verstand.« Dann setzte er sich so lange bei den Etappenhengsten auf der Insel für mich ein, bis er mir einen guten Posten verschafft hatte. Als dann im Jahr 1945 auch das Außenministerium eifrig darauf bedacht war, ein paar Juden mit Bildung und anständigen Tischmanieren zu finden, erinnerte er sich meiner. Er brachte es tatsächlich innerhalb einer allerdings recht aufregenden Woche zuwege, mich vom Offizier niederen Grades zum Angehörigen des Außenamtes, wenn auch noch bescheideneren Grades, zu machen.

Sodann erhob sich die Frage, wohin der Staat mich nun eigentlich schicken sollte, da nämlich die meisten Botschaften mich nicht haben wollten. Beispielsweise war ich nicht erwünscht in Kairo, aber auch in Bagdad konnte man Juden nicht leiden, zufällig auch nicht in Paris, weil dort viele vom Botschaftspersonal ähnliche Gefühle hegten. Zu diesem Zeitpunkt nun berichtete Kapitän Verbruggen, der inzwischen Marineattaché in Kabul war, daß er mich kenne und daß ich ein manierlicher Jude sei, der ein Gewinn für das Land dort wäre. »Tatsächlich«, so stand in dem Telegramm, das im ganzen Ministerium herumgereicht wurde, »tatsächlich sind ein paar von meinen besten Freunden Juden.« Und so bekam er mich denn. Seine Courage brachte ihm die Dankbarkeit Trumans und ein Kopfnicken des Außenministers ein. Zu jedermanns Erleichterung erwies ich mich als einigermaßen brauchbar, und Verbruggen entwickelte so etwas wie Stolz in bezug auf mich. Ich stellte gewissermaßen eine von seinen Ideen dar, die sich als nicht schlecht erwiesen hatten, was man durchaus nicht allen seinen Ideen nachsagen konnte.

»Ich bin vielleicht nicht gerade wie eine Rakete hinter der Jaspar-Sache hergewesen«, bekannte ich, »aber als das Kabel ankam, habe ich sofort alle Unterlagen zusammengesucht. Ich habe die Akten durchgelesen. Ich glaube, ich weiß, was als nächstes getan werden muß.«

»Na?«

»Heute nachmittag um vier spreche ich Schah Khan. In seinem Haus. Dort redet er nämlich eher. Und wenn überhaupt jemand weiß, wo Ellen Jaspar steckt, dann er.«

»Aber wo er's Ihnen auch sagen wird?« brummte Verbruggen skeptisch.

»In Afghanistan erwarte ich von keinem Menschen, daß er mir irgend etwas sagt. Und das, was man mir sagt, bezweifle ich.«

Der Kapitän lachte. »Sie machen Fortschritte«, sagte er und schaute auf seine Uhr. »Wenn Sie die Akten schon studiert haben, und wenn Sie erst um vier bei Schah Khan sein sollen, dann ...«

»Dann sollte ich mich jetzt wohl mit den *saddle-shoes* befassen«, vollendete ich seinen Satz.

»Allerdings. Diese verdammten Mullahs sind schon wieder im Begriff, irgendeinen größeren religiösen Spektakel zu veranstalten, besonders die aus den Gebirgsdistrikten. Sie sind seit gestern in der Stadt und haben natürlich Wind von der Sache mit den zwei Mädchen gekriegt. Jetzt fordern sie, daß unsere beiden Matrosen heimgeschickt werden.«

»Was? Ein paar irrsinnige Priester wollen uns Vorschriften machen? Sie werden sich doch hoffentlich weigern, Sir?«

»Bestimmt weigere ich mich jedenfalls, mit fanatisierten Moslempriestern anzubändeln, Miller. Die kennen Sie nicht so, wie ich sie kenne; die üben sogar Druck auf ihre eigene Regierung aus. Möglicherweise bin ich gezwungen, meine Matrosen wegzuschicken.«

»Was soll ich also tun, Sir?«

»Sie sprechen doch Paschto. Fahren Sie zum Basar und schauen Sie nach, was eigentlich los ist.«

»Sehr wohl, Sir.«

»Und hören Sie, Miller, wenn es wirklich einen vernünftigen Grund gibt, die Seeleute heimzuschicken, lassen Sie es mich sofort wissen. Ihre Zeit ist sowieso beinahe abgelaufen. Es wäre sozusagen eine freundliche Geste unsererseits, sie ein bißchen früher nach Hause fahren zu lassen. Es würde die Mullahs besänftigen, ohne daß es uns etwas kostet.«

»Ich habe aber gar keine Lust, eine Bande von blödsinnigen Mullahs zu besänftigen«, sagte ich.

»Das brauchen Sie auch nicht, die Verantwortung werde ich schon selber übernehmen.«

Ich verbeugte mich, klemmte die Jaspar-Akten unter den Arm und wollte gehen, aber Verbruggen hielt mich nochmals auf. »Lassen Sie mich wissen, was Schah Khan denkt«, sagte er.

Ich lachte. »Es gibt ungefähr zwölf Millionen Leute in Afghanistan, die gerne wüßten, was Schah Khan denkt. Ich glaube kaum, daß ausgerechnet ich es herausbekomme.«

Im Jahre 1946 hatte die amerikanische Botschaft in Afghanistan nur wenig Personal, weil man sich damals noch kein rechtes Bild vom Ausmaß der Leih- und Pachtverträge gemacht hatte. Wir wenigen, die in der befremdlichen, oft geradezu abschreckenden Stadt Dienst taten, waren durch die herrschenden Umstände gezwungen, eine eng verbundene Gruppe zu bilden; denn damals hatte Kabul absolut nichts zu bieten, keine Lokale, in die man hätte gehen können, kein Kino, keine Zeitungen, kein Radio, kein Theater. Öffentliche Zusammenkünfte waren nicht erlaubt, und den Afghanen war privater Verkehr mit Ausländern untersagt. So waren wir also auf uns selbst angewiesen, und wenn wir Zerstreuung haben wollten, mußten wir uns mit den Leuten von den übrigen Botschaften zusammentun. Am Ende dieses endlosen, bedrückenden Winters, in dem die Stadt eingeschneit war, hatten wir dankbar den Vorschlag der englischen, als einfallsreich bekannten Botschaftsangehörigen begrüßt, Theaterstücke mit verteilten Rollen zu lesen.

Daher fand ich unsere Botschaftssekretärin, Miss Maxwell aus Omaha, in meinem Büro an der Schreibmaschine vor, als ich von Kapitän Verbruggen kam. Sie war etwas nervös, als ich sie um die Akten über die *saddle-shoes*, die Mädchen mit den bunten Schuhen, ersuchte.

»Da drüben«, sagte sie kurz, ohne aufzusehen.

»Könnten Sie mir sie nicht geben?« fragte ich.

»Ach, bitte, Mister Miller«, rief sie, »ich schreibe gerade an unserem Stück für heute abend!«

»Bitte um Entschuldigung«, sagte ich und holte mir die Papiere selber.

»Ich muß doch den dritten Akt tippen«, sagte sie dann. »Die englischen Damen tippen den ersten, das ist der längste. Und eine von den Italienerinnen tippt den zweiten Akt. Natürlich ist sie schon fertig, ich glaube, auf der italienischen Botschaft haben sie überhaupt nichts zu tun.« Sie seufzte.

»Tippen Sie nur ruhig weiter«, beschwichtigte ich sie und sah, daß sie nicht weniger als sieben Durchschläge in der Maschine hatte. »Geben Sie mir aber bitte einen von den drei ersten, die anderen kann man bestimmt nicht lesen.«

»Bei meiner Maschine ist auch noch der siebente lesbar«, versicherte Miss Maxwell. »Das sind die italienischen Maschinen, die keine ordentlichen Durchschläge zustande bringen.«

Ich entdeckte, daß sie eine deutsche Schreibmaschine benutzte, die wirklich sieben brauchbare Durchschläge hergab.

Als ich die Akte aufschlug, stockte mein Blick schon auf der ersten Seite. »Unsere afghanischen Agenten haben mitgeteilt, daß im Basar ein Mord geplant ist, falls die Matrosen die beiden *saddle-shoes* noch einmal belästigen sollten«, stand dort kurz und bündig. Es erhöhte den Ernst der Sache immerhin um einige Grade. Ich ersuchte Miss Maxwell, meinen afghanischen Gehilfen, Nur Muhammad, zu rufen, der kurz darauf schweigend mein Privatbüro betrat.

Er war ein gutaussehender, geschmeidiger junger Mann von zweiunddreißig Jahren und trug einen schlecht sitzenden europäischen Anzug. Er hatte schwarzes Haar, dunklen Teint, tiefliegende Augen, eine große afghanische Nase und außerordentlich weiße Zähne, die er selten zeigte. Nur war eine launische und empfindsame Persönlichkeit. In den zwei Jahren, seitdem er an der amerikanischen Botschaft angestellt war, hatte er sich ein erstaunlich gutes Englisch angeeignet. Im übrigen war es offenes Geheimnis, daß er zugleich auch im Dienst seiner eigenen Regierung stand.

»Setz dich, Nur«, sagte ich. Er nahm tief ernst unter Wahrung der protokollarischen Vorschriften auf dem Stuhl Platz, auf den ich gedeutet hatte, zog seine Hosenbeine zurecht und faltete abwartend die Hände.

»Sie wünschen, Sahib?« sagte er mit einer drolligen Mischung von Bereitwilligkeit und sorgfältigem Bedacht, nicht etwa neugierig zu wirken.

»Es ist wegen der *saddle-shoes«* sagte ich, und Nur Muhammad atmete sichtlich erleichtert auf. »Du hast von der neuesten Nachricht gehört?« fuhr ich fort.

»Was für eine Nachricht?« fragte er sanft.

Nur ließ sich nichts anmerken. Er war viel zu schlau, jemals zuzugeben, daß er irgend etwas wußte, und so mußte ich also auch diesmal den Anfang machen. Ich öffnete den Aktendeckel.

»Irgendeiner von euren Leuten hat uns wissen lassen, daß, falls die Matrosen noch einmal ... Na ja, sie nennen es belästigen, aber meinst du, Nur, unsere Matrosen könnten irgend jemanden wirklich belästigen?«

Im gleichen Augenblick wurde die Tür von einem hübschen jungen Marinesoldaten geöffnet, der sich auf Guadalcanal und Iwo Schima ausgezeichnet hatte und dafür zur Belohnung einer von den zwei Mann Bewachung an der Botschaft war. Er trat flott herein, übergab mir ein paar Papiere, drehte sich militärisch um und verschwand. Seine Uniform war fleckenlos, seine Schuhe waren spiegelblank.

Als er die Tür hinter sich geschlossen hatte, sagte Nur vorsichtig: »Bei der guten amerikanischen Erziehung würde ich nicht denken, daß die jungen Männer jemanden belästigt haben könnten. Aber der Ramadan kommt, die Mullahs gewinnen täglich mehr an Boden, und sie meinen eben, daß so etwas passiert ist. Und wenn Mullahs so etwas meinen, Sahib ...«

Ich reichte ihm die Notiz. Bei dem Wort Mord zog er leise pfeifend die Luft ein.

»Jawohl«, sagte ich, »Mord.« Nur Muhammad legte das Blatt sorgfältig zurück, dann strich er seine Hosenbeine glatt.

»Man sollte die Mullahs lieber nicht ignorieren«, sagte er. »Der Ramadan kommt, und sie wollen ihre Macht beweisen.«

»Nehmen wir also einmal an, der Matrose, den du eben gesehen hast, hätte tatsächlich jemanden belästigt. Bitte, verstehe mich nicht falsch; denn natürlich hat er so etwas nicht getan. Aber nehmen wir an, die Mullahs verdächtigen ihn wirklich: Wen würden sie ermorden?«

Ohne Zögern antwortete Nur Muhammad: »Natürlich die Mädchen, die *saddle-shoes*.«

»Die Mädchen?« Ich mußte nach Luft schnappen.

»Selbstverständlich. Ich will es Ihnen erklären, Miller Sahib. Früher haben die Mullahs am liebsten die Ferangis umgebracht, aber da gab es dann jedesmal Unannehmlichkeiten für die Regierung, und so mußten sie das schließlich aufgeben.«

Immer irritierte mich der afghanische Ausdruck *ferangi* für das englische Wort *foreigner*, Fremder. Es stammte von den ersten einheimischen Sprachstudenten, für die das häßliche Wort mit seinen noch häßlicheren Nebenbedeutungen wegen der ungewöhnlichen Verbindung von *g* und *n* schwer aussprechbar war, so daß sie ein anderes dafür erfanden, welches die ursprünglichen Buchstaben enthielt und Haß, Neid und Verachtung zum Ausdruck brachte.

»Die Mullahs werden keinen Ferangi ermorden«, versicherte Nur.

»Ich finde, wir sollten jetzt gleich zum Basar hinunterfahren«, sagte ich.

»Es wäre besser, wenn ich nicht mitkäme, Miller Sahib. Meine Gegenwart würde die Wirkung der Ihrigen abschwächen und umgekehrt.«

»Das sehe ich ein, aber ich hätte dich doch gern mitgehabt, für den Fall, daß es gefährlich wird.«

»Was soll schon in einem Basar von Kabul gefährlich werden«, sagte Nur geringschätzig.

»Wir waren uns eben darüber einig: Mord!«

»Aber nicht an einem Ferangi«, wiederholte er, und ich entließ ihn zu seinen alltäglichen Pflichten innerhalb der Botschaft.

Dann rief ich beim Sicherheitsdienst an und ersuchte, unsere beiden Matrosen von ihren Posten abzulösen. Nach anfänglichem Widerstand erreichte ich mein Ziel durch die Drohung, andernfalls den Stellvertretenden Botschafter mit der Sache zu befassen. Das wirkte sofort. Von meinem Fenster aus konnte ich die beiden gut geschliffenen Seehelden am Einfahrtstor sehen. Ich sagte Miss Maxwell, daß ich zum Basar ginge.

»Schön«, antwortete sie und griff nach ihrem Hut, »dann kann ich unterdessen die Kopien von unserem Theaterstück abliefern.«

Am Tor unten sagte ich den Matrosen, daß sie in die Stadt gehen dürften, mir aber zuvor ein Ghoddy rufen sollten. Ein paar Minuten später kam eines dieser Taxi an, ein Pferdewägelchen mit zwei Plätzen; während der Kutscher vorne gemütlich auf einem Roßhaarkissen hockt, müssen sich die Passagiere mit dem Rücken zur Fahrtrichtung angsterfüllt an ein abschüssiges Sitzbrett klammern. Streifen aus alten Autoreifen, an die Holzräder geklebt, ermöglichen dem Gefährt, über die miserablen gefrorenen Straßen zu holpern.

Ich habe oft gehört, daß Diplomaten und Militärs mit Heimweh an die ersten fremden Länder zurückdenken, in denen sie Dienst getan haben. Was mich betrifft, so denke ich mit besonderer Sehnsucht an Afghanistan. Damals war es sicher das ursprünglichste und seltsamste Land der Welt. Als junger Mann in Kabul zu sein, war der Inbegriff alles Abenteuerlichen. Jetzt, als ich in dem Ghoddy so dahinzockelte, betraut mit einer unwahrscheinlichen Aufgabe, dachte ich wieder über dies phantastische Land voll phantastischer Widersprüche nach, denen man auf Schritt und Tritt begegnete. Die Stadt Kabul, an der Kreuzung dreitausend Jahre alter Karawanenwege, ist im Westen von der Kette des Koh-i-Baba und im Norden vom Hindukusch umsäumt, einem der Hauptgebirgsmassive Asiens. So lag die Stadt, besonders im Winter, gleichsam gefangen in einer Art Becken, dessen Wände aus Eis und Granit bestanden.

Kabul, von allen, die je dort lebten, Cobble genannt und Kabul nur von denen, die nie dort waren, hat die Gestalt eines großen »U«, die geschlossene Seite gen Osten, wo der Fluß Kabul zum Khyber-Paß fließt, die offene Seite zum Koh-i-Baba gewandt. Die Mitte dieses »U« bildet ein ziemlich hoher Hügel, den man in meiner Heimat Massachusetts schon einen Berg nennen würde. Die amerikanische Botschaft und die meisten europäischen Gebäude lagen am Nordfuß des »U«, der Basar, die Moscheen und das lebhafte Treiben der Stadt am südlichen Ende, dem ich eben entgegenfuhr.

Auch jetzt kam mir wieder einer jener auffälligen Widersprüche in Afghanistan zum Bewußtsein: daß die Leute viel jüdischer aussahen als ich. Sie waren meist groß, von dunkler Hautfarbe, geschmeidig, hatten blitzende schwarze Augen und semitische Nasen. Die Afghanen waren ungemein stolz, als die Nachfahren jener Stämme Israels zu gelten, von denen man annimmt, daß sie während der Diaspora die Hochebenen des heutigen Afghanistan erreicht haben. Genauso stolz aber waren sie auch darauf, daß ihre Heimat ursprünglich Aryana hieß, und demzufolge waren sie auch von Hitler als seine ganz besonderen Schützlinge betrachtet worden. Rätselvollerweise brachten sie es zustande, sich beider Auslegungen zu rühmen. Sie erklärten den Widerspruch damit, daß der Stamm Beni-Israel eben aufgehört hätte, jüdisch zu sein, als er Afghanistan erreichte und jählings die arische Rasse begründete. Ich selber fand das nicht viel unsinniger als manche andere, wissenschaftlichere Theorie und ließ die Frage auf sich beruhen.

Die Kleidung der afghanischen Männer war recht merkwürdig. Die paar Intellektuellen und Staatsbeamten waren angezogen wie Nur Muhammad: westlich, mit Pelzkragen an den Mänteln und hübschen Astrachanmützen, ähnlich geformt wie die Kappen der amerikanischen Überseemannschaften oder auch wie ein Fez. Die übrigen aber trugen Nationaltracht: Sandalen, die es den Zehen ermöglichten, im Schneewasser zu patschen; sackartige weite Hosen von arabischer Art und ungeheuerliche weiße Kittel, die bis unter die Knie reichten und im Wind flatterten; lebhaft gemusterte Westen und Mäntel aus schweren europäischen Stoffen; dazu einen meist schmutzigen Turban, dessen eines Bandende auf der Schulter lag. Im übrigen bezweifle ich, daß es eine zweite

Hauptstadt gibt, in der man so viele schwerbewaffnete Leute sehen kann wie in Kabul. Gehörten sie einem der Gebirgsstämme an, so hatten sie ein Gewehr und über der Brust gekreuzte lederne Gurte, angefüllt mit Patronen; viele von ihnen trugen obendrein Dolche. Die Zivilisation in Afghanistan, repräsentiert von den Staatsbeamten in Astrachanmützen, stand auf beängstigend schmaler Basis.

Schon in meiner allerersten Zeit hier war mir eines aufgefallen: Wo immer zwei von diesen grimmig aussehenden Gebirglern beisammen waren – Männer, die in den Bergen droben ihre Gegner vermutlich kurzerhand aus dem Hinterhalt zu erledigen pflegten –, gab sich der eine von beiden stets höchst männlich, während sein Partner etwas unfehlbar Weibliches hatte. Er ging mit kleinen Schrittchen, hielt ein Taschentüchlein zierlich in der Hand und eine winterliche Blume zwischen den Lippen. Meistens hatte er auch etwas Wangenrot aufgelegt, die Augen nachgezogen und ging Hand in Hand mit seinem rauheren Gefährten.

Ein genauerer Blick auf die Straßen von Kabul erklärte, weshalb das so war. Denn Frauen waren nur in den unkenntlich machenden Hüllen der Mohammedanerinnen zu sehen, oder vielmehr: nicht zu sehen. Zuvor war ich monatelang im Landesinnern gewesen, und doch hatte ich keine einzige Frau wirklich erblickt. Ich war in bedeutenden Privathäusern eingeladen, beispielsweise auch schon in dem von Schah Khan, niemals aber hätte man mir gestattet, eine der in diesen Häusern lebenden Frauen zu begrüßen. Diese allgemeine mohammedanische Sitte war die Erklärung für das kuriose Betragen der Männer. Und so bekam man in den Straßen von Kabul nicht weniger Koketterie zu sehen als etwa in denen von Paris, nur daß sie hier nicht von den Frauen ausging.

Aufgeklärte, im Westen geschulte Afghanen verurteilten die Verschleierung der Frauen und machten sogar geltend, daß es den Augen schädlich sei, aber man blieb in Afghanistan trotzdem bei der strengen Vorschrift, die das mohammedanische Mädchen vom dreizehnten Lebensjahr an für immer zu dieser Absonderung im sozialen Dasein verurteilt.

Immerhin verliehen diese rätselhaften Gestalten in ihren

oft wunderschönen, faltenreichen Gewändern aus kostbarem Gewebe dem Straßenbild eine feierlich ernste und zugleich irgendwie erregende Note. Es hatte etwas Myteriöses, ihnen zu begegnen und sich zu fragen, welche Art weiblichen Wesens wohl unter dieser oder jener Hülle stecken mochte. Selten sind Frauen mir gegenwärtiger gewesen, selten war ich durch ihre Nähe so fasziniert wie gerade in Afghanistan, obwohl ich keine einzige afghanische Frau je wirklich gesehen habe.

Es war gegen Mittag, als ich bei der kleinen, festungsartigen Moschee mit den zwei weißen Minaretts im Herzen der Stadt vorbeikam. Am Eingang lungerten drei Mullahs, dürre, zerzauste Kerle mit langen Bärten und funkelnden Augen, die die heilige Stätte zu bewachen und mich, den so nahe herantretenden Ungläubigen, zu mißbilligen schienen. Sie erwiderten meinen Blick mit unverhohlenem Haß. Das sind die Männer, die Afghanistan in Wirklichkeit beherrschen, dachte ich besorgt.

Im gleichen Moment nahm einer von ihnen, der anscheinend aus dem Gebirge stammte, hinter meinem Rücken irgend etwas wahr, was ihm nicht gefiel. Er begann auf Paschto zu kreischen und zu gestikulieren. Mit wehenden Gewändern und Bärten stürzten sie an mir vorbei. Als ich mich erstaunt umdrehte, entdeckte ich die gute Miss Maxwell, die mit dem Botschaftsjeep in die Stadt gefahren war und mit ihren acht Manuskript-Exemplaren den Bürgersteig entlanggelaufen kam. Die drei fanatischen Mullahs stürzten sich zornentbrannt auf die unverschleierte Frau, ohne Rücksicht, daß es sich um eine Ferangi handelte. Sie bearbeiteten die Ärmste mit Fäusten und spuckten sie an. Der Speichel lief ihr bereits übers Gesicht, als ich mich endlich bis zu ihr durchgedrängt hatte und die Mullahs beiseite stieß, während ich auf Paschto rief: »Aufhören! Es ist eine Ferangi! Aufhören!«

Nur der Umstand, daß ich ihre Sprache konnte, rettete mich. Die heiligen Männer wichen erstaunt zurück. Andernfalls wäre ich nichts weiter für sie gewesen als ein Ungläubiger, der es gewagt hatte, einen Priester anzurühren, und möglicherweise hätten sie die Menge aufgewiegelt. Jetzt kam auch ein Polizist gemächlich heran, der sich zuvor nicht gerne mit ihnen eingelassen hätte.

»Hört mal, wir sind hier in Kabul«, sagte er so leise wie möglich, »nicht in den Bergen. Laßt die Ferangi in Ruhe.«

Die Mullahs zogen sich unter wortreichen Protesten zurück, um weiter die Moschee zu bewachen.

Miss Maxwell, zu Tode erschrocken von dem Überfall, erwies sich als ein tapferes Mädchen. Sie vergoß keine Träne, während ich ihr das Gesicht abwischte. »Vergessen Sie die Sache«, sagte ich, »es sind Irrsinnige. Ich gehe Ihren Chauffeur suchen.«

Ganz in der Nähe fand ich den Botschaftswagen und den afghanischen Fahrer, der an einer Mauer beim Fluß lehnte und den Vorgang seelenruhig beobachtet hatte: Offenbar in dem Zutrauen, daß ich oder sonst jemand die Mullahs gewiß davon abhalten würde, Miss Maxwell ernstlich zu verletzen. Weshalb also hätte er sich auf einen Kampf mit den Priestern einlassen und seinen Hals riskieren sollen?

Jetzt kam er langsam herbeigeschlendert. »Soll ich Miss Maxwell zur amerikanischen Botschaft zurückfahren?«

»Nein, in die italienische sollst du sie bringen.«

»Seien Sie vorsichtig«, sagte er, »die Mullahs sind in diesen Tagen gefährlich.«

Bevor sie losfuhren, gratulierte ich Miss Maxwell zu ihrer Selbstbeherrschung. Daheim in Amerika machten die Leute immer Witze über die Schwäche der Frauen, aber sie hätten nur Miss Maxwell an jenem Märztag in Kabul sehen sollen!

Ich ging zum Basar hinüber, einem Gewirr enger Gäßchen, wo man erstaunlich viele Dinge finden konnte, die meisten zweifellos in den Warenhäusern von Delhi, Isfahan und Samarkand gestohlen. Es bereitete mir eine boshafte Befriedigung, daß das neue Indien genausowenig wie das alte Persien und das Rußland der Revolution fähig war, mit der altüberlieferten Tradition der Dieberei in Mittelasien ein Ende zu machen. Als Darius fünfhundert Jahre vor Christi Geburt durch Kabul zog, handelte man in einem ebensolchen Basar mit denselben Dingen, gestohlen in denselben alten Städten.

Natürlich gab es auch moderne Gegenstände: Von Gilletteklingen in großer Auswahl bis zu chirurgischen Instrumenten aus Göttingen. Ein unternehmender Händler führte Penicillin und Aspirin, ein anderer bot aus einem amerikanischen Militärwarenmagazin in Bombay geraubte Konservenbüchsen mit Campbells Suppen und Zündkerzen für amerikanische Autos an, von denen sich gerade die allerersten auf den holperigen Straßen Kabuls zeigten.

Eigentlich aber waren es die Gesichter, die einem das Gefühl gaben, man sei in die Zeit Alexanders des Großen zurückversetzt, als Afghanistan noch unter makedonischer Statthalterschaft stand, ein Land von hoher Kultur, lange bevor man etwas von England wußte oder gar der amerikanische Kontinent entdeckt war. In diesen Gesichtern glomm etwas von latentem Feuer mit fast manischer Intensität. Wohin man auch schaute, überall waren diese geheimnisvollen weiblichen Wesen, in lose Gewänder gehüllt, die keine Formen verrieten, die Gesichter verborgen. Ich beobachtete die Bewegungen dieser verführerischen Erscheinungen und fragte mich, welche Reize sich wohl da versteckten, als ich zwei Gestalten wahrnahm, die sich mit ganz besonderer Grazie bewegten. Woher ich wußte, daß sie jung waren – ich hätte es nicht sagen können. Auch nicht, woher ich wußte, daß sie schön, begehrlich und lebenshungrig waren. Ich wußte es eben. Und jedenfalls waren sie verführerisch schon allein durch ihr mysteriöses Verhülltsein.

Die eine war in einen kostbaren, wunderschön fallenden Chaderi aus rehfarbener Seide gekleidet, die andere in Grau. Zuerst meinte ich, daß sie meine Aufmerksamkeit erregen wollten, denn sie streiften mich im Vorübergehen, und ich wisperte ihnen zu: »Seid vorsichtig, ihr Mädchen, die Mullahs passen scharf auf!«

Sie stockten vor Erstaunen, wandten sich um und sahen zu den drei finsteren Mullahs hinüber, dann kicherten sie und eilten davon. Als ich ihnen nachschaute, entdeckte ich, daß sie *saddle-shoes*, zweifarbige europäische Schuhe, anhatten. Dies also waren die beiden, von denen behauptet worden war, daß sie sich mit unseren beiden Matrosen im Basar getroffen hätten. Ich erinnerte mich, mit welcher Eile die beiden Seeleute die Botschaft verlassen hatten. Wahrscheinlich stand ein Zusammentreffen der vier jungen Menschen bevor, das zu einer Tragödie führen konnte, wenn ich es nicht rechtzeitig verhinderte.

Ich blieb also den beiden Mädchen auf der Spur und fluchte innerlich auf Nur Muhammad, den ich jetzt gut hätte brauchen können. Die beiden gingen nicht sehr rasch. Von Zeit zu Zeit konnte ich sie vor mir sehen, zwei leichte Gestalten in teurer Seide, bezaubernd mit ihren lebhaften, anmutigen Bewegungen, Begehren erregend und folglich gefährlich. Sie glitten kreuz und quer durch den Basar und hielten offensichtlich erwartungsvoll Ausschau, wobei es sich nur um unsere Matrosen handeln konnte.

Ich folgte ihnen in die Gassen, wo Astrachanmützen verkauft wurden, diese silbergrauen Kopfbedeckungen aus Pelz, die afghanischen Männern so gut standen und die Ferangis so lächerlich machten.

»Sahib, cap! Cap!« riefen die Verkäufer und lachten laut, wenn ich auf Paschto betrübt antwortete, daß nur ein hübscher Mann das tragen könne.

Die Mädchen gingen jetzt nur langsam weiter, verweilten bei den Fruchthändlern, die teure Melonen aus dem Süden anboten, und in den dunklen Verschlägen, wo man indische Stoffe kaufen konnte. Sie hatten sicher nicht bemerkt, daß ich ihnen von ferne folgte. Die Bewegungen dieser fröhlichen, ausgelassenen Mädchen fesselten mich, und ich konnte gut verstehen, daß unsere beiden Matrosen ihrem Zauber verfallen waren.

Einen Moment lang verlor ich sie aus den Augen. Ich bog in ein Gäßchen ein, wo es Metallwaren gab, Bronze, Zinn, Norista und Silber – aber dort waren sie nicht. In unbestimmter Furcht eilte ich zu den Stoffläden zurück. Als ich sie auch dort nicht fand, bog ich um eine Ecke und war scheinbar in eine Sackgasse geraten – ganz zufällig. Und nun erlebte ich einen wahrhaft schockierenden Anblick.

An der Mauer, die das Gäßchen abschloß, lehnten unsere zwei Matrosen in ihren auffälligen Uniformen, und dicht an sie geschmiegt standen die Mädchen, die Schleier zurückgeschlagen, die Lippen auf denen der Männer. Einem der Mädchen war die graue Seide bereits von der Schulter geglitten.

Selten habe ich Menschen gesehen, die sich so völlig ungeniert und leidenschaftlich umschlungen hielten. Nun fingen die Mädchen sogar an, die Uniformen der Matrosen aufzuknöpfen und ihre eigene Kleidung den Ergebnissen dieser Tätigkeit anzupassen. Ein paar Sekunden stand ich starr vor Staunen. Da gewahrte ich mit einem raschen Seitenblick die drei Mullahs, die wohl auf der Suche nach ihren Opfern durch den Basar strichen und in wenigen Sekunden hier entlangkommen mußten. Es bestand kaum Hoffnung, daß sie das Gäßchen übersehen würden.

»Weg, weg mit euch!« schrie ich und rannte auf die Gruppe zu, »hier entlang, rasch!«

Ich versuchte die beiden Mädchen zu ergreifen, teilweise aus Kopflosigkeit, vielleicht auch in dem unbewußten Wunsch, ihre Gesichter zu sehen. Aber sie entwanden sich mir blitzschnell, und als sie mich anblickten, waren Chaderi und Gesichtsschleier wieder an ihrem Platz. Die Mädchen sahen genauso geheimnisvoll aus wie zuvor.

»Die Mullahs?« riefen sie angstvoll.

»Ja, los, los!«

Ich wollte sie in Sicherheit bringen, ohne recht zu wissen, wie. Doch die beiden Pärchen hatten anscheinend das Hemmnis sprachlicher Verständigung auf irgendeine Weise überwunden und für den Notfall einen Fluchtweg ausgeklügelt; denn im Nu waren die beiden Mädchen in einem verborgenen Durchgang verschwunden, während die zwei Matrosen sich über die mir unüberwindlich scheinende Mauer schwangen. Schon stand ich allein in meiner Sackgasse. Ich hörte die aufgebrachten Mullahs hinter mir, wie sie sich durch die Menge drängten, und in der Not des Augenblicks hatte ich die geistesgegenwärtige Idee, mein Wasser gegen die Mauer abzuschlagen.

Dafür zeigten sogar die Mullahs Verständnis. Ich hörte sie nur enttäuscht vom anderen Ende des Gäßchens rufen: »Diese gottlosen Mädchen müssen doch hier irgendwo sein?« Als ich mir dann einen Weg durch die Menge bahnte, erblickte ich in der Ferne zwei verhüllte Gestalten, die eine in grauem, die andere in rehfarbenem Chaderi, wie sie gemächlich in ihren bunten Schuhen aus dem Basar fortschlenderten, während ihre Gewänder im kalten Wind hinter ihnen herwehten wie die Gewänder griechischer Göttinnen. Die Verlockung dieser beiden entschwindenden Gestalten hatte etwas beinahe Qualvolles. Am liebsten wäre ich hinter ihnen hergelaufen, um ihnen verrückterweise klarzumachen, daß ich sie an Stelle der entflohenen Matrosen selber haben wollte, meinethalben sogar in der prosaischen Hast einer Basarecke.

Nun mußten unsere beiden wackeren Seeleute Afghanistan also verlassen, das war klar. Voller Bedauern sah ich den Mädchen nach. Dann wurde mir mit einigem Schamgefühl bewußt, daß ich mich im tiefsten Innern darüber freute. Ich versuchte diesen unfairen Gedanken zu unterdrücken und schaute nach einem Ghoddy aus. Zu meiner Überraschung kam eines direkt auf mich zu, und zwar mit Nur Muhammad, der mir heimlich gefolgt war, um sich die Dinge aus einiger Entfernung anzusehen.

»Unannehmlichkeiten, Miller Sahib?« fragte er sanften Tones, indem er auf die Mullahs deutete, die gerade einer Gruppe von Zuhörern am Basareingang eine Rede hielten.

»Mit knapper Not entkommen«, sagte ich, »ein Wunder.«

Ich kletterte neben ihn auf den schiefen Sitz, und wir kehrten zur Botschaft zurück. Das Pferd klapperte über den gefrorenen Schmutz der Straßen, neben denen die offenen Gossen dahinliefen. In ihnen floß das Wasser der Stadt; unterirdische Rohre waren in Afghanistan unbekannt. In die gleichen Rinnsteine urinierten die Einwohner, warfen sie tote Hunde, und hier wuschen sie auch ihre Nahrung, die sie und sämtliche Ferangis aller Botschaften zu essen bekamen. Es schüttelte mich. Ein Mann aus dem Gebirge, den Karabiner auf dem Rücken, hockte in aller Ruhe über dem Rinnsal und entleerte sich, während ein paar Schritte weiter ein Mann Fleisch wusch, das es vielleicht zum Abendbrot in der französischen Botschaft geben würde.

»Einer von unseren nationalen Schandflecken«, sagte Nur Muhammad bitter.

»Weiß die Regierung eigentlich, wer die beiden Mädchen mit den bunten Schuhen sind?« fragte ich ablenkend.

»Es geht das Gerücht, die eine sei die Enkelin von Schah Khan.«

»Weiß das der Alte?«

»Er ist jedenfalls derjenige, der beim Botschafter protestiert hat.«

»Ist die Enkelin hübsch?«

»Sie soll eine Schönheit sein«, antwortete Nur Muhammad, »aber ich kenne niemanden, der sie je gesehen hat.«

»Und stimmt es, daß Schah Khan öffentlich erklärt hat, er sei ein Gegner der Verschleierung?« fragte ich, um die Tauglichkeit unseres Informationsdienstes in bezug auf diesen Mann zu prüfen, den ich heute aufsuchen wollte.

»Natürlich. Das ist ja auch der Grund, weshalb die Mullahs ihn im vergangenen Ramadan ermorden wollten.«

»Ich bin um vier Uhr bei ihm«, sagte ich. Nur Muhammad versprach, den Jeep bereitzuhalten. Ich ging zu Verbruggen, um ihm Bericht zu erstatten. Wir vereinbarten, die beiden Matrosen noch diesen Nachmittag außer Landes zu bringen. Sie würden auf einem Lastwagen über die endlosen, gefährlichen Gebirgspässe bis Peschawar, der indischen Seite des Khyber-Passes, fahren müssen. Und in den kommenden Jahren würden ihre Erinnerungen an Afghanistan andere junge Männer dazu inspirieren, in ähnliche abenteuerliche und ferne Länder zu ziehen.

## 2

Kabul war schön gegen Ende des Winters, besonders wenn die späte Nachmittagssonne über Persien versank. Dann milderte der Schnee die Trostlosigkeit der elenden Lehmhäuser, und die einsamen Gestalten, die mit ihren Karabinern über die verlassenen Felder wanderten, hatten etwas Heroisches. Niemand konnte in solchen Momenten vergessen, daß er sich in Asien befand.

Schah Khan wohnte im Westen, auf einem bedrohlich wirkenden, festungsähnlichen Besitz, der hinter massiven, mindestens fünf Meter hohen Mauerwällen verborgen lag. Sicher war die Arbeitskraft von Hunderten von Sträflingen notwendig gewesen, um allein die Mauern zu errichten, die viele Morgen Land umgaben. Dieser gewaltige Komplex, ausgestattet mit Wachtürmen und einem eigenen Minarett, lag im Schatten der schönen Berge des Koh-i-Baba, die jetzt schneebedeckt waren und daran mahnten, daß diese Stadt im Winter unzugänglich war, wenn man nicht auf vereisten Gebirgspässen sein Leben riskieren wollte, wo tatsächlich alljährlich zahllose Transporte spurlos verschwanden.

Am Festungstor, das man passieren mußte, wenn man Schah Khan besuchte, hing eine Glockenschnur. Nur Muhammad zog so heftig, daß ein Echo durch die Frostluft klang. Als er ein zweites Mal läutete, hörten wir Pferdehufe. Normalerweise hätte uns zunächst irgendein pensionierter Krieger, der dem Besitzer dieser Festung in der Jugend als Soldat gedient hatte, durch eine kleine Öffnung im Tor kritisch beäugen müssen. Statt dessen wurden beide Torflügel weit aufgetan, und wir erblickten Moheb, den Sohn von Schah Khan, auf einem stampfenden Schimmel.

»Mark Miller!« rief er auf englisch, »kommen Sie herein!« Moheb Khan hatte in Oxford und dann an der Wharton School of. Finance and Commerce, einer Unterabteilung der Universität von Philadelphia, studiert und arbeitete jetz in verantwortlicher Stellung im afghanischen Außenministerium. Heute aber trug er die Kleidung eines reichen Großherrn aus dem Gebirge, Hosen aus weißem Schafsleder, eine kostbar bestickte Weste, einen langen, russisch geschnittenen Pelzmantel und eine silbergraue Astrachanmütze. Er war glatt rasiert, hatte kluge Augen und war sehr weltgewandt – der kultivierte Afghane in Person. Ich kannte ihn schon seit längerer Zeit und fand, daß er sehr gebildet war, vornehme Manieren und sehr viel Arroganz besaß. Er war groß und schlank, mit hoher Stirn und gewelltem, schwarzem Haar, auf das er besonders stolz zu sein schien. Ich respektierte ihn jedenfalls als einen der intelligentesten Menschen, die ich kannte.

War ich mit ihm beisammen, wurde mir jedesmal aufs neue klar, wie schwierig sich die zukünftige Entwicklung Afghanistans gestalten mußte, wenn sie den Afghanen allein überlassen blieb. Zweifellos würde der Widerstand der vielen fanatischen Mullahs aus den Bergen jeden Fortschritt sabotieren, den die wenigen jungen, aufgeklärten und geschulten Männer wie Moheb Khan mit ihren Diplomen von Oxford, der Sorbonne oder dem Technologischen Institut von Massachusetts durchzusetzen versuchten. Es war keineswegs sicher, wie dieser Kampf ausgehen mochte, aber es war selbstverständlich, daß die Angehörigen aller ausländischen Botschaften hofften, Moheb Khan und seine Anhänger würden ihn gewinnen.

»Wo haben Sie denn das Pferd aufgetrieben?« fragte ich, als ich das ausgedehnte Gelände betrat, das während der häufigen Belagerungen im 19. Jahrhundert Tausende von Menschen beherbergt hatte.

»Schauen Sie sich die Brandmarke an!« sagte er, während

er sich herunterbeugte, um mir die Hand zu schütteln. »Verzeihen Sie den Handschuh«, fügte er hinzu, »aber ich darf die Zügel nicht aus der Hand lassen.«

Er deutete auf ein undeutlich eingebranntes »W« in der linken Flanke des Pferdes.

»Ich verstehe nicht«, sagte ich.

»Denken Sie nach, Miller.«

»W – ich kenne kein Gestüt mit diesem Zeichen.«

»Es ist nur eine Gefühlsduselei von mir«, lachte Moheb, »aber Sie müssen es allein herausfinden.«

Ich konnte nicht erraten, was das Zeichen bedeuten sollte. Als Nur Muhammad den Jeep durchs Tor hereinlotste, scheute das Pferd, so daß ich Moheb Khans Reitkunst bewundern konnte. Er lenkte das Tier zu dem Wagen zurück, um es mit dem Motorengeräusch vertraut zu machen. Dann sprang er leichtfüßig neben mir zu Boden, hielt mir die Hände als Steigbügel hin und sagte: »Jetzt reiten Sie.«

Ich habe es nie gelernt, mich an den befehlenden Ton gebildeter Afghanen zu gewöhnen. »Reiten Sie«, sagte ein guter Bekannter, aber schon hatte man das Gefühl, als könne im nächsten Moment einer von diesen allgegenwärtigen Karabinern losgehen, wenn man nicht stracks gehorchte. So setzte ich also etwas zaghaft meinen Fuß auf die hingehaltenen Hände und landete mit einem kraftvollen Schwung im Sattel.

Ich hatte zwar in Groton reiten gelernt und konnte es so einigermaßen, jetzt aber spürte ich sehr rasch, daß dieses Pferd sich von mir nicht lenken ließ. Immerhin hatte das erst halb gezähmte Tier zu meinem Glück nichts gegen einen Reiter einzuwenden; denn als es mit mir losgaloppierte, wollte es mich offenbar nur erschrecken, aber nicht abwerfen. Vielleicht aus Freude, daß überhaupt jemand da war, den es erschrecken konnte. Außerdem hatte der Schimmel aus purem Zufall denselben Wunsch wie ich: nämlich nach kurzer Zeit umzukehren, und so kamen wir denn beide wieder bei dem Jeep an, wo Moheb Khan wartete und sich mit Nur Muhammad unterhielt.

Als ich mit dem edlen Tier dicht neben dem Wagen stehen blieb, der im Leerlauf ging, drückte Moheb plötzlich auf den

Handgashebel, so daß es ein paar laut knallende Fehlzündungen gab und das Pferd jählings scheute und stieg. Zum Glück hatte ich die Zügel noch nicht aus der Hand gelassen. Ich zog sie schleunigst an, um das Tier unter Kontrolle zu bringen. Ich ärgerte mich über Mohebs Rücksichtslosigkeit, sein Pferd auf meine Kosten dressieren zu wollen, während der Schimmel mit mir quer über die offene Ebene galoppierte und wir uns im Kreise drehten, miteinander kämpften und mehrere Minuten dahinkarriolten. Endlich gelang es mir, das Pferd wieder zum Jeep zurückzubringen. Ich sagte in entschiedenem Ton: »Nur Muhammad, stell den Motor ab!«

Aber schon drückte Moheb wieder auf den Handgashebel; diesmal gelang es mir jedoch, das Pferd zu halten. Ich warf Moheb die Zügel zu und stieg ab. »Ein gutes Pferd«, sagte ich kurz.

»Und Sie sind ein guter Reiter«, antwortete er versöhnlich, »so gut habe ich noch keinen Amerikaner reiten sehen.« Ich lachte. »Haben Sie das Brandzeichen noch nicht ergründet?« fragte er.

»Wer könnte die Gedanken eines Afghanen ergründen«, gab ich zurück.

»Ich jedenfalls auch nicht«, bekannte Moheb.

»Wo haben Sie das Pferd her?« fragte ich wieder, während wir dem Hauptgebäude zugingen, einem imposanten, palastartigen Bau aus Lehmziegeln, der von etwa zwölf Nebengebäuden umgeben war.

»Von irgendwelchen Händlern aus dem Norden. Behaupteten, sie hätten es von jenseits des Oxus aus Rußland. Ich hatte neulich jemanden von der russischen Botschaft hier. Das Pferd schien tatsächlich auf russische Kommandoworte zu reagieren.«

»Jedenfalls ein großartiges Tier«, sagte ich, »egal ob russisch oder sonstwas.«

Moheb Khan geleitete mich durch den teppichverhängten Eingang des Haupthauses, dessen Wände fast meterdick waren.

»Das muß im Sommer wunderbar kühl sein«, sagte ich.

»Gewiß. Aber noch wesentlicher ist, daß diese Mauern elf

Tage lang einer britischen Kanonade widerstanden haben.« Er zeigte auf ein paar deutlich erkennbare Einschlagstellen. Aristokratisch verspätet fiel ihm ein, Nur Muhammad zu bedeuten, wo er warten sollte; dann führte er mich zu seinem Vater.

»Schah Khan« könnte etwa mit »wohlgeborener Herr« übersetzt werden und ist in Wirklichkeit gar kein Name; sein Besitzer aber war ein schlauer Patrizier, Ratgeber von drei aufeinanderfolgenden Königen. Er war dünn und grau, trug einen wohlgepflegten Bart, teure Anzüge aus Harris Tweed, die in London gearbeitet waren, und über der Weste eine schwere goldene Uhrkette. Für gewöhnlich sprach er persisch; Ausländern gegenüber bevorzugte er Französisch, weil er die Sorbonne besucht hatte. Er beherrschte aber ebenso fließend Deutsch, Englisch und Paschto, die übliche Landessprache. Gleich allen gebildeten Afghanen betrachtete Schah Khan Frankreich als die Quelle aller Kultur, Deutschland als die Quelle der Feldherrenkunst, Amerika als die Quelle von Büchsenkonserven und England als den Urquell der Falschheit. Dessen ungeachtet war es aber gerade England, mit dem Afghanistan unausgesetzt durch die engsten Bande verknüpft war, ähnlich einem Ehemann, der seine Frau zwar haßt, aber verloren wäre, wenn sie ihn im Stich ließe.

Einer der Gründe, weshalb Schah Khan eine gewisse Vorliebe für mich hegte und mit vertraute, während er den anderen Amerikanern mit Argwohn begegnete, waren meine Französischkenntnisse und die Chance, daß er auf diese Weise seiner fixen Idee frönen konnte, Diplomatie dürfe lediglich in französischer Sprache betrieben werden. Heute nachmittag also sprachen wir demgemäß französisch.

Der Raum, in dem wir saßen, spielte in der Geschichte Afghanistans eine gewisse Rolle, die man kennen mußte, wolle man die heutige Nation einigermaßen verstehen. Hier waren die aufsehenerregenden Morde geschehen, die ganze Dynastien entthront hatten; hier hatte man die Belagerungen durchgestanden, hatten geheime Zusammenkünfte stattgefunden, und – seltsamer als alles andere – hier waren unter dem Protektorat von Schah Khan christliche Trauungen vollzogen worden. Dies geschah jeweils, wenn ein Europäer eine Angehörige einer der Botschaften heiraten wollte; denn in Kabul hielten sich nur selten christliche Pfarrer auf.

Der Raum glich dem Inneren einer Felsenfestung. Er war entworfen von einem deutschen Architekten, möbliert von einem Dänen, der nur das Allerteuerste gewählt hatte, und von einem Franzosen mit Dekorationen ausgeschmückt, deren Transport allein elftausend Dollar gekostet hatte. An der Wand hing zwar unter anderem auch ein Picasso, aber was der Franzose auch unternommen hatte, dem Raum das teutonisch Bedrückende und Schwere zu nehmen – es war und blieb in seinen Stilmischungen ein typisch afghanischer Salon.

Auf dem niedrigen Kopenhagener Tisch lagen einige Nummern der *London Illustrated News*, des *Manchester Guardian*, der *Newsweek*, des *Reader's Digest* und sechs oder sieben französische Magazine. An einer der mächtigen Wände stand ein riesiges Grammophon mit zahllosen, ringsum aufgestellten Lautsprechern; denn Schah Khan liebte Musik, ebenso wie sein Sohn Moheb. An der anderen Wand liefen Bücherregale entlang, auf denen die wichtigsten englischen, italienischen, französischen und amerikanischen Enzyklopädien, aber auch Belletristik in fünf oder sechs Sprachen standen.

Schah Khan, der ebenso afghanisch zu sein vermochte wie sein Sohn, fragte kurzerhand: »Was kann ich für Sie tun?«

Ich wies auf die Ledermappe und sagte: »Unsere Regierung fordert von uns Auskunft über den Aufenthaltsort von Ellen Jaspar.«

»Das verlangt sie seit fast einem Jahr.« Schah Khan saß in einem tiefen Ledersessel, den sein Großvater einst in Berlin erworben hatte. Nicht einmal dem französischen Dekorateur war es gelungen, das Möbelstück aus dem Raum zu entfernen, doch hatte man ihm wenigstens erlaubt, es mit einem neuen Lederbezug in scheußlichem Rot zu versehen.

»Aber diesmal, Exzellenz, ist es nicht nur die Regierung, sondern auch der Senator von Pennsylvania persönlich.«

»Ist der wichtig?« fragte der alte Afghane.

»Nun ja«, sagte ich zögernd, »man könnte es so ausdrükken: Ein amerikanischer Senator hat etwa die gleiche Macht wie Eure Exzellenz in Kabul. Nehmen Sie also bitte an, daß Sie Ihrer Botschaft in Paris eine derartige Nachfrage schicken. Würden Sie keine Auskunft erwarten?«

»Sicher würde ich. Moheb, kennst du den Senator von Pennsylvania?«

»Welchen?« fragte Moheb und rasselte sofort die Namen der beiden Senatoren herunter. »Ich konnte beide ganz gut leiden.«

»Sind es bemerkenswerte Leute?« erkundigte sich sein Vater.

»Sehr sogar«, antwortete Moheb. Der junge Mann war ein ungewöhnlicher Muselmane: Einerseits war er gläubig, andererseits aber trank er Alkohol. Soeben schenkte er uns ein Glas Whisky ein. Sein Vater, ein Moslem der alten Schule, fühlte sich verpflichtet, seinen Sohn zumindest dafür zu tadeln, daß er in Gegenwart eines Ungläubigen trank. Auf seine barschen Einwände in Paschto entgegnete ich in derselben Sprache, die Schuld treffe mich allein. Dieser Hinweis, daß ich auch die Landessprache verstand, besänftigte den alten Herrn.

»Sie meinen also, Monsieur Miller, daß diesmal wirklich etwas geschehen muß?«

»Unbedingt, Exzellenz. Sonst bekommen wir alle einen Verweis oder werden womöglich gar abberufen.«

»Daß wir die Übel, die wir haben, lieber ertragen, als zu unbekannten fliehn«, zitierte Schah Khan aus *Hamlet* auf französisch. »Haben Sie neue Informationen über dieses unglückselige Mädchen?«

Wir verglichen nun gegenseitig alles, was wir über Ellen Jaspar und Nazrullah bis heute wußten. Im Herbst 1942 hatte die afghanische Regierung einen jungen Mann aus guter Familie zum Studium an die Wharton School in Philadelphia geschickt, wo auch Moheb Khan gewesen war. Dieser Nazrullah, damals vierundzwanzigjährig und acht Jahre jünger als Moheb, war sehr begabt, gutaussehend und von seiner Regierung mit einem ansehnlichen Monatsscheck ausgestattet, der es ihm erlaubte, sich in Philadelphia einen gebrauchten roten Cadillac zuzulegen.

Der junge Afghane hatte viel Erfolg in der guten Gesellschaft von Philadelphia, und bald traf man ihn überall in den Colleges Merion, Bryn Mawr, New Hope. Zugleich befähigte ihn das angesehene Ingenieursdiplom, das er in Deutschland errungen hatte, sich auch die besten Noten an der Wharton School zu erarbeiten.

»Trotz seines intensiven geselligen Lebens bestand er die schwierigsten Examen«, sagte Moheb. »Ich war damals an der Botschaft in Washington und habe ihn oft kontrolliert.«

»War er nicht länger drüben als du?« fragte Schah Khan.

»Nein. Und nach Wharton hast du ihn geschickt, weil ich selber dort so gut vorangekommen war.«

Plötzlich ging mir ein Licht auf. »Jetzt weiß ich, was das ›W‹ bedeutet«, rief ich, »Wharton.«

»Richtig«, sagte Moheb, und wir erhoben unsere Gläser.

»Von was redet ihr eigentlich?« fragte Schah Khan aus der Tiefe seines roten Ledersessels.

»Ihr Sohn hat seinem Schimmel ein ›W‹ eingebrannt. Zur Ehre seines Wharton-Diploms.«

»Lächerlich«, brummte der Alte, den der unbefangene Whiskykonsum seines Sohnes irritierte.

»Nazrullah bekam mindestens ein halbes Dutzend Stellungen in Amerika angeboten«, fuhr Moheb fort, »aber er hat es anständigerweise vorgezogen, uns hier daheim zu helfen.«

»Und wo hat er dieses Jasparmädchen kennengelernt?« Schah Khan fingerte an seiner Uhrkette.

»Es war in den Jahren, als nicht allzu viele junge Amerikaner verfügbar waren. Nazrullah ...«

»Wie ist eigentlich sein Familienname?« unterbrach ich.

»Er heißt lediglich Nazrullah. Wie so viele Afghanen hat er keinen Nachnamen. Ja, also das Mädchen – sie war in Bryn Mawr. Aber ich glaube, er lernte sie beim Tennisspielen am Merion-College kennen. Sie stammt aus einer guten Familie in Dorset, Pennsylvania.«

»Wo ist Dorset?« fragte ich und fand es zugleich drollig, daß ich mich bei einem Afghanen danach erkundigte.

»Kleines Landstädtchen in der Nähe von Philadelphia.«

»Aber dort haben sie nicht geheiratet«, erklärte ich Schah Khan.

»Bewahre!« rief Moheb lebhaft. »Ihre Eltern setzten im Gegenteil alle Hebel in Bewegung, um es zu verhindern, und in Bryn Mawr tat man dasselbe. Aber du mußt wissen, was diese Ellen Jaspar daraufhin fertiggebracht hat. Sie ging mitten im Krieg nach England, gelangte von dort wahrhaftig nach Indien, und schließlich kam sie mit einer Eselskarawane über den Khyber-Paß. In Kabul haben sie dann geheiratet.«

»Es war eine großartige Hochzeit«, erinnerte sich jetzt der Alte.

»Haben Sie in Ihrer Mappe da auch Bilder von ihr?«

Ich zog mehrere Photographien von Ellen Jaspar aus den Akten hervor. Als Studentin von Bryn Mawr hatte sie im zweiten Jahr eine Shakespearerolle gespielt, eine schlanke, hübsche Blondine. Im dritten Studienjahr sang sie im Chor unter der Leitung von Fritz Reiner bei einer Aufführung der *Neunten Symphonie* von Beethoven mit. In diesem Chorgewand sah sie mit dem blonden Haar, das unter der Kappe hervorquoll, engelhaft aus. Es gab auch gemeinsame Bilder von ihr und Nazrullah, auf denen sie lieblich und hell, er dunkel und romantisch wirkte. Dann gab es ein Bild von ihr als Schülerin der höheren Schule – mit großen erstaunten Augen und ein klein wenig furchtsamem Gesicht. Ich hatte viele Mädchen von der Art Ellen Jaspars kennengelernt, sie zierten die College-Parks von Radcliffe, Smith und Holyoke. Sie alle hatten gute Noten in Englisch, schlechte in Mathematik und mittlere in Philosophie. Immer war es dieser beschwingte, aufregende Typ; Mädchen, die imstande waren, während ihres zweiten Studienjahres ernstlich zu erwägen, ob sie nicht einen jungen Mann aus Afghanistan, Argentinien oder Turkestan heiraten sollten. Die meisten entwickelten aber im letzten Studienjahr etwas mehr Vernunft und nahmen junge Männer aus Denver oder Sommerville, in der Nähe von Boston.

»Wieso tanzte sie so aus der Reihe?« fragte Schah Khan.

»Wir haben da verschiedene Berichte geschickt bekommen. Ihr Vater sagte, daß er sie flehentlich bat, sich diese Sache aus dem Kopf zu schlagen, aber sie antwortete ihm nur, sie habe genug von Dorset in Pennsylvania und wolle lieber im Wüstensand zugrunde gehen, als einen jungen Mann aus irgendsolcher Kleinstadt zu heiraten.«

»Ist denn Dorset so schlimm?« fragte der alte Afghane. »Ich kenne eine Menge Kleinstädte in Frankreich. Wenn sie auch nicht gerade sehr interessant sind, so sind sie doch keineswegs schlimm.«

»Ich bin öfter nach Dorset hinausgefahren«, sagte Moheb, »es ist mir als ein nettes amerikanisches Städtchen in Erinnerung. Ziemlich viel koloniale Architektur, weiß ich noch. Nicht besser, aber auch nicht schlechter als viele andere Städte der Umgebung.«

»Ja, aber du hast nicht dort gelebt«, meinte sein Vater nachdenklich.

»Immerhin drei Tage lang. Ellen und Nazrullah haben mich an einem Freitagnachmittag mitgenommen. Er wollte ihren Eltern zeigen, daß es noch mehr junge Männer aus Afghanistan gibt, die anständige Manieren haben und Englisch können. Es war ein grauenhaftes Wochenende.«

»Die Jaspars waren sicher etwas ablehnend«, fragte ich.

Moheb antwortete nicht sofort, und ich hatte das Empfinden, als betrete hinter mir jemand den Raum. Ich glaubte auch ein abwehrendes leises Kopfschütteln von Schah Khan zu bemerken. Als ich mich umdrehte, war niemand mehr zu sehen. Aber draußen in der Halle vor der offen stehenden Tür zum Salon lag quer über einen Stuhl geworfen – achtlos, wie ein amerikanisches Kind seinen Regenmantel hinwerfen würde – ein rehfarbener Chaderi.

»Etwas ablehnend?« wiederholte Moheb meine Frage nach dieser fast unmerklichen Unterbrechung, »das ist kein Ausdruck. Sie sahen Nazrullah und mich an, als ob wir den Aussatz hätten.«

»Was war der Vater von Beruf? Bei irgendeiner Versicherung – oder?«

»Ganz recht. Er hatte diese künstlich liebenswürdige Art, die Versicherungsmenschen auf dem ganzen Erdenrund anzunehmen scheinen. Ich mochte ihn aber ganz gern, und seine Frau war eigentlich auch sympathisch. Ich glaube übrigens, er war auch Vorsitzender der lokalen Rekrutierungsbehörde. Ein angesehener Mann also.«

»Und hast du nicht später den Jaspars selber von der Erlaubnis zu dieser Heirat abgeraten?« fragte Schah Khan.

»Und ob. Ich verabredete mich mit ihnen in Philadelphia und nahm sogar den Botschafter mit. Wir besprachen die Sache ganz offen mit ihnen, ohne daß Ellen und Nazrullah etwas davon wußten.«

»Ihr habt ihnen die Wahrheit gesagt?«

»Durchaus. Ich erinnere mich, daß unser Botschafter sogar ein bißchen unglücklich war über die Ausführlichkeit meiner Erklärungen. Ich sagte ihnen auch, daß man ihrer Tochter bei der Ankunft in Afghanistan ihren amerikanischen Paß wegnehmen würde, wenn sie Nazrullahs Frau sei, und daß sie ohne seine ausdrückliche Erlaubnis das Land nicht mehr verlassen könnte. Kurzum, daß sie sozusagen alle Rechte, auch die auf amerikanischen Schutz, verlieren würde.«

»Und was haben die Eltern geantwortet?«

»Die Mutter hat angefangen zu weinen.«

»Haben Sie ihnen auch etwas über die Gehälter und die Lebensbedingungen gesagt?« fragte ich.

»Ja, und zwar sehr ausführlich. Ich habe sie gewarnt, sich von Dingen wie Nazrullahs Cadillac täuschen zu lassen oder von meinem Mercedes. Unsere Regierung sei zwar sehr nobel, solange wir im Ausland sind, zu Hause in Afghanistan aber könnten Nazrullah oder auch ich höchstens zwanzig Dollar im Monat verdienen.« Moheb zuckte resigniert mit den Achseln. »Ich hatte das Gefühl, daß sie mir nicht recht glaubten. Sie haben die Wagen gesehen und womöglich gedacht, daß ich die Unwahrheit sagte. In Dorset ist Habgier genau dasselbe wie in Kabul. Ich glaube, die Jaspars waren überzeugt, daß Nazrullah ein reicher Mann ist.«

»Und was verdient er momentan?« fragte ich.

Die beiden Männer kamen zu dem Ergebnis, daß Nazrullah und seine amerikanische Ehefrau vermutlich mit einem Monatsgehalt von einundzwanzig Dollar angefangen hatten und es inzwischen ungefähr siebenundzwanzig sein könnte.

»Auch das Familienleben habe ich ihnen zu schildern versucht: wie Ellen den größten Teil ihres Daseins in einer Art besserer Hütte wohnen müßte, umgeben von lauter Frauen, die ihr feindlich gesonnen wären, wenn sie sich nicht verschleiert.«

»Stimmt es, Exzellenz«, fragte ich nach einer Pause, »daß man diese Sitte in Afghanistan bald abschaffen wird?«

Der alte Mann lehnte sich in seinen Sessel zurück. »Ihr Amerikaner seid alle überaus voreingenommen, was das betrifft. Sehen Sie«, er zeigte auf den Chaderi in der Halle draußen, »meine Enkelin trägt den Chaderi, und doch hat ihre Mutter an der Sorbonne studiert.«

»Aber tut Ihre Enkelin das gerne?«

»Das kümmert niemanden.«

»Doch, die Russen«, entgegnete ich und berührte damit einen wunden Punkt. »Die Russen sagen, daß sie euch zwingen werden, die jungen Frauen zu befreien, genauso wie sie es mit den russischen Frauen gemacht haben.«

Ich fühlte genau, daß er derselben Ansicht war wie ich und die Russen: Entweder der Chaderi muß verschwinden oder die Revolution kommt, aber er sagte es nicht. »Ich habe gehört«, fuhr er fort, »daß diese junge Dame von ihrer Botschaft – ich glaube sie heißt Miss Maxwell – durch drei Gebirgsmullahs bedroht worden ist und daß Sie es waren, der ihr zu Hilfe kam? Nun, dann wissen Sie ja, wie viel Macht diese Fanatiker immer noch besitzen. Der Chaderi wird bleiben müssen.«

»Ich habe den Jaspars übrigens versichert, daß ihre Tochter keinen zu tragen brauche, habe ihnen aber auch gesagt, was ihr bevorstehe, wenn sie unverschleiert in der Öffentlichkeit erschiene.« Mohebs Stimme wurde hart. »Miller, ich habe den Jaspars absolut alles gesagt, was eine Ausländerin hier erwartet, und späterhin habe ich es auch Ellen auseinandergesetzt. Ich war so aufrichtig, wie man überhaupt nur sein kann. Ich habe ihr gesagt, daß sie ohne jeglichen Rechtsschutz sein würde, nicht besser als ein Tier. Ja, ein Tier!« Er stand auf und ging erregt hin und her. »Ich weiß noch genau, was ich sagte, weil ich – weil ich ein Jahr später einem anderen jungen Mädchen genau dieselben trostlosen Dinge schildern mußte. Nur hatte das Mädchen dann Verstand genug, mich nicht mehr heiraten zu wollen. Bloß eure verdammte Ellen Jaspar war so eigensinnig, und jetzt versuchen sogar Senatoren herauszubekommen, wo sie eigentlich steckt.«

Er setzte sich wieder hin und goß sich Whisky ein. »Unsere lächerliche Regierung«, sagte er bitter. »Da meinen sie, daß unsereiner im Ausland wie ein richtiger Gentlemann auftreten müßte, und wir schaffen uns Cadillacs an, weil man uns Unsummen zur Verfügung stellt. Kein Wunder, daß die Mädchen uns heiraten möchten. Aber wenn man dann wieder heimkommt – na, Sie wissen ja, wie hoch mein Gehalt war: einundzwanzig Dollar im Monat. Und was Nazrullah betrifft – bei seinem Bewässerungsprojekt westlich von Kandahar verdient er, wie gesagt, ungefähr siebenundzwanzig.«

»Ist seine Frau auch dort?« fragte ich unvermittelt.

»Welche?« fragte Schah Khan und merkte, wie ich erschrak.

»Hast du ihren Eltern davon nichts gesagt?« fragte er seinen Sohn.

»Ein paar Dinge gibt es, über die ein Afghane im Ausland nicht spricht«, sagte Moheb.

»War Nazrullah denn verheiratet, bevor er ins Ausland ging?« fragte ich.

»Selbstverständlich hatte er eine Frau«, erklärte Schah Khan, »aber das hat nichts zu besagen.«

»So? Es steht jedenfalls nicht in unseren Akten.«

»Dann tragen Sie es eben jetzt ein«, sagte der Alte. »Nazrullah war bereits verheiratet, als er nach Amerika kam. Das könnte die Jaspars eigentlich beruhigen.« Kaum hatte er das gesagt, entschuldigte er sich dafür. »Verzeihen Sie. Es war nicht anständig von mir. Ich bin nicht weniger beunruhigt über diese Geschichte als die Eltern. Es muß schrecklich für sie sein, so lange keine Nachricht von ihrer Tochter zu haben. Dreizehn Monate, sagen Sie – und keine Ahnung, wo sie eigentlich ist?« Der alte Mann wischte sich ein paar Tränen aus den Augen. Obwohl ich längst wußte, daß den Leuten hierzulande die Tränen locker saßen, fühlte ich doch, daß sie diesmal echt waren.

»Bevor wir Moheb erlaubten, ins Ausland zu gehen«, fuhr er fort, nachdem er sich wieder gefaßt hatte, »haben auch wir darauf bestanden, daß er zuerst ein mohammedanisches Mädchen aus guter Familie heiratet. Wir sagten uns, daß späterhin nichts Ernstliches passieren könnte, selbst wenn er eine Engländerin heiraten würde. Wenn er in Kabul ist, wird er seine Moslemfamilie haben und in Europa eine attraktive Engländerin. Ich habe mich auch einmal mit Nazrullahs Eltern darüber unterhalten. Wir gelobten uns, die Söhne nicht fortzulassen, bevor sie nicht wenigstens ein Kind hätten. Es hat sich als eine sehr gute Idee erwiesen.«

»Das haben Sie dieser amerikanischen Freundin, von der Sie vorhin sprachen, aber nicht erzählt, Moheb?«

»Nein«, antwortete er ehrlich. »Aber es war ein Grund mehr, die anderen ungünstigen Lebensumstände in Afghanistan so kraß zu schildern.«

Ich kreuzte die Hände über meiner Ledermappe. »Also, wo könnte Ellen Jaspar momentan sein?«

Schah Khan ließ sich eine Orangeade bringen, eine schauderhafte, süßliche Flüssigkeit, die enthaltsame Afghanen an Stelle von Alkohol trinken. Sie wurde ihm von einem Mann im Fez serviert.

»Ich habe dieses Problem überdacht«, sagte Schah Khan. »Es ist nicht einfach, aus einem so entlegenen Ort wie Kandahar zuverlässige Nachricht zu bekommen, aber wir werden es schon bewerkstelligen und Nazrullah samt seiner Amerikanerin finden ... Sie müssen wissen, daß seine afghanische Frau mit den Kindern hier in Kabul lebt.«

»Haben sie denn mehr als ein Kind?«

»Ja. Eins hatten sie, als er nach Amerika ging; das zweite bekamen sie nach seiner Rückkehr.«

»Dann muß das zweite Kind also geboren sein, nachdem er bereits mit Ellen Jaspar lebte?«

»Gewiß. Er hatte schließlich auch Verpflichtungen seiner afghanischen Frau gegenüber, nicht wahr. Und sie verdient Beachtung.«

»Ach so,« sagte ich, »und da mußte er ihr natürlich ein weiteres Baby machen.«

Schah Khan sah mich an. »Für einen Nichtmohammedaner ist es schwer, unsere Haltung den Frauen gegenüber zu verstehen«, sagte er. »Wir hegen und pflegen sie. Wir lieben und beschützen sie. Der größte Teil unserer Dichtungen ist ihnen geweiht. Aber wir lassen nicht zu, daß sie unser Dasein in Verwirrung bringen.«

»Ich möchte meinen, daß gerade das durch zwei Ehefrauen besorgt wird«, sagte ich.

»Nun, mein eigenes Dasein zum Beispiel ist eines der friedlichsten, die ich kenne«, versicherte Schah Khan lächelnd, »und doch habe ich vier Frauen.«

»Vier!« rief ich unwillkürlich.

Meine Reaktion belustigte ihn offenbar. »Ihr Amerikaner stellt euch einen Mann mit vier Frauen so vor, als ob er dauernd von einem Bett ins andere springen müsse. Aber das ist natürlich Unsinn. Dafür komme ich in anderer Hinsicht viel schlechter weg als ein durchschnittlicher amerikanischer Geschäftsmann. Er heiratet sehr jung, entwächst seiner Frau, und dann sieht er zu, sie wieder loszuwerden. Ich kann mir das nicht leisten. Ein junges Mädchen, das mich heiratet, hat damit ihr Elternhaus für immer verlassen. Ich kann sie nie wieder zurückschicken, sondern bin gezwungen, sie ihr Leben lang in meinem Haus zu erhalten, außer ich trenne mich offiziell und in Schimpf und Schande von ihr, was etwas sehr Unehrenhaftes und Anstößiges ist. So siedle ich denn diese braven Frauen, eine nach der anderen, im Lauf der Jahre in den rückwärtigen Räumen meines Hauses an. Was den Energieverbrauch und das Finanzielle dabei anlangt, wird es bei unserem hiesigen und bei Ihrem amerikanischen System etwa aufs gleiche herauskommen.«

»Die mohammedanische Einstellung Frauen gegenüber«, sagte Moheb, »ist die Folge eines historischen Zwanges, und das Interessante dabei ist, daß dieser gleiche Zwang heutzutage dahin wirkt, Amerika polygam zu machen.«

Bevor ich dieser verblüffenden Theorie etwas entgegensetzen konnte, erklärte Schah Khan, daß Moheb recht hätte. »Der Islam ist zu einer Zeit entstanden, als Krieg und Unruhen die männliche Bevölkerung dezimierten, so daß es überall zuviel Frauen, beziehungsweise zuwenig Männer gab. Und Mohammed erkannte mit seinem bewundernswerten Sinn für nüchterne Tatsachen, daß es drei Möglichkeiten gab, mit diesem Problem fertig zu werden. Entweder wurden die überzähligen Frauen zu öffentlichen Dirnen, oder man zwang ihnen ein religiös gebundenes Zölibat auf. Oder aber man gab ihnen die Möglichkeit, verheiratete Nebenfrauen zu sein. Der Gedanke an Prostitution war zu unmoralisch, und so wählte Mohammed die dritte Möglichkeit, die zweifellos einwandfreieste Lösung.«

»Und inwiefern soll sich das auf Amerika beziehen?«

Aber er überging meine Frage. »Unser System zwingt mich also, für mehrere Frauen Sorge zu tragen, übrigens auch für Schwägerinnen, Großmütter und so weiter. Dabei fällt mir ein, Miller Sahib – wissen Sie zufällig etwas über eine Quäkerschule in Philadelphia, die George School heißt? Wir denken nämlich daran, meine Enkelin Siddiqa hinzuschicken. Die anderen sind sonst immer nach Paris geschickt worden.«

»Wie alt ist Ihre Enkelin?«

»Moheb, wie alt ist Siddiqa?«

»Siebzehn«, antwortete Moheb. »Sie schwärmt für alles Amerikanische, und so haben wir gedacht ...«

»Es ist eine gute Schule«, sagte ich. »Koedukation, Jungen und Mädchen.«

»Ach – ist es kein Konvent?« fragte Schah Khan erstaunt.

»Nein.«

»Nun, damit ist die Sache erledigt, Siddiqa geht nach Paris, basta. Aber was Moheb da gesagt hat, stimmt. Die Kräfte, die dem Islam die Vielweiberei aufgezwungen haben, werden auch vor der übrigen Welt nicht haltmachen. In Frankreich beispielsweise finde ich die Art, das Problem zu lösen, einfach kläglich. Heimliche Verhältnisse, wilde Ehen, Skandale, Morde.«

»Aber Moheb hat ja von Amerika gesprochen.«

Der junge Diplomat schlürfte seinen Whisky. »Ja, die erschreckende Überzahl an Frauen hat mir größten Eindruck gemacht. In manchen Städten, wie Washington und New York, ist die Situation skandalös.«

»Sie waren während des Krieges dort.«

»Auch im Frieden. Und es gibt nicht bloß einen Überschuß an Frauen, sondern auch eine unaufhörlich zunehmende Anzahl junger Männer, die nicht mehr heiraten mögen. Homosexualität, Ödipuskomplexe, Mutlosigkeit gegenüber Rivalen, psychologische Defekte aller Art.«

Schah Khan unterbrach ihn lächelnd. »Es ist doch so, Miller Sahib«, sagte er, »daß begabte junge Leute wie sie nach Afghanistan kommen und dann so etwa sagen: ein drolliges Land mit lauter drolligen Problemen. Und wenn ich nach Frankreich komme oder Moheb nach Amerika, haben wir genau die gleichen Empfindungen.«

»Und das Drolligste von allem«, lachte Moheb, »ist die Art, in der die gute Gesellschaft bei Ihnen drüben angeblich schokkiert ist, wenn irgendein Mann dabei erwischt wird, daß er zwei Frauen hat. Was erwartet man denn eigentlich von einem Mädchen, wenn es entdeckt, daß nicht genug heiratsfähige Männer vorhanden sind? Sie schnappt sich eben einen verheirateten. Ich jedenfalls kann es ihr nicht verdenken.«

Da ich nicht hergekommen war, um eine Lektion über die Fehler und Mängel meiner Heimat zu empfangen, fragte ich etwas abrupt: »Ellen Jaspar hat also zuletzt aus Kandahar von sich hören lassen?«

»Nicht direkt«, sagte Schah Khan. »Wir wissen nur, daß sie in Kandahar gewesen ist. Sie wurde eines Tages von einigen Mullahs auf der Straße attackiert, weil sie keinen Chaderi trug. Sie zeichnete sich dadurch aus, daß sie zurückschlug, und ihr Mann kam ihr zu Hilfe. Die beiden haben die Mullahs kurz und klein gehauen, worüber ich mich noch heute freue.«

»Na, das wird Ellen Jaspar in ganz Kandahar populär gemacht haben«, sagte ich.

»Schadet gar nichts«, lachte Schah Khan. »Die meisten von uns hier in der Regierung haben genug von diesen Mullahs; nur weiß man eben nicht, wie man sie loswerden soll. Jedenfalls hat Nazrullah keinen Schaden durch die Eskapaden seiner Frau gehabt. Erst vor kurzem erhielt er den besten Auftrag, den ein Ingenieur in unserem Land überhaupt bekommen kann. Er soll die Vorbereitungen für ein Riesenprojekt in Qala Bist treffen.«

Schah Khan schien bewegt, als er den großen Namen aus der Vergangenheit Afghanistans erwähnte. »Monsieur Miller, haben Sie Qala Bist je gesehen?« fragte er.

Das hatte ich nicht, und ich hätte den Alten gern gehindert, in eine Tirade über den verblichenen Ruhm seines Landes auszubrechen. Aber es half nichts. »Sie sollten es sehen«, rief er enthusiastisch, »dieser Bogen, wie er sich aus der Wüste erhebt und sich im Fluß spiegelt! Ich finde ihn noch schöner als Ktesiphon. Kein Mensch weiß, wann er errichtet wurde, aber er hat sicher zu einer immens gewaltigen Anlage gehört. In der Nähe ist eine größere Befestigung, die bestimmt zehntausend Mann beherbergen konnte, und eine verfallene Stadt, die wohl eine halbe Million Einwohner gehabt hat. Heutzutage kennt man nicht einmal mehr ihren Namen.«

»Und welche Vorkehrungen soll Nazrullah in Qala Bist treffen?« fragte ich, wieder in der Hoffnung, Schah Khan unterbrechen zu können. Von früheren Begegnungen mit ihm wußte ich, wie schwer er aufzuhalten war, wenn er einmal auf die verblaßte Glorie Afghanistans zu sprechen kam, die weit vor den Tagen Alexanders des Großen lag. Immerhin hatte ich viel von meinen Kenntnissen der Landesgeschichte dem Alten zu verdanken, denn was er sagte, beruhte jedenfalls immer auf einem fundierten Wissen. Wenn er behauptete, daß Qala Bist einst eine Stadt mit einer halben Million Einwohnern war, so konnte man sich fest darauf verlassen, daß diese Angabe stimmte.

»Nazrullah ging mit seiner amerikanischen Frau nach Qala Bist, um die Voraussetzungen für den Bau einer großen Bewässerungsanlage zu schaffen.«

»Und daß sie Qala Bist mit ihm zusammen erreicht hat, wissen wir auch daher, daß Briefe von beiden kamen«, sagte Moheb. »Aber das ist nun neun Monate her.«

»Ja, und seit ebenso langer Zeit haben auch die Eltern drüben keine Nachricht mehr von ihr«, sagte ich. »Was vermuten Sie also?«

»Wenn wir davon ausgehen wollen, was anderen weiblichen Ferangis passiert ist, so könnte dreierlei geschehen sein«, sagte Moheb, der genau wie sein Vater stets das Wort Ferangi benutzte, ganz gleich, in welcher Sprache sie sich gerade unterhielten. »Erstens könnte sie sich aus Verzweiflung umgebracht haben; zweitens könnte ihr Mann sie eingesperrt haben, ohne daß sie die Möglichkeit hätte, zu entfliehen oder auch nur einen Brief abzuschicken, oder aber, drittens, sie könnte versucht haben, wegzulaufen. In Tschaman ist eine englisch verwaltete Bahnstation. Aber wir haben dort angefragt: In Tschaman ist sie nicht angekommen.«

»Und was vermuten Sie?«

»Ich stelle mir folgendes vor: Nazrullah war sicher sehr liebevoll zu seiner Frau und wird versucht haben, allen Unwillen, den ihre Selbstgefälligkeit vermutlich herausgefordert hat, zu mildern, auszugleichen. Er brachte sie ja auch so rasch wie möglich von seiner dominierenden Familie fort, die ihr wahrscheinlich die Hölle heiß gemacht hat. In Kandahar wird er ihr gut zugeredet haben, sich an allerlei zu gewöhnen, zum Beispiel an die gestampften Lehmböden und an sein Gehalt von siebenundzwanzig Dollar. Sicher wollte sie nach Amerika zurück. Dazu wird er ihr natürlich die Erlaubnis verweigert haben, was sein gutes Recht ist. Und dann – so denke ich mir – wird sie beschlossen haben, auszureißen. Falls sie das versucht haben sollte, ist sie bestimmt zugrunde gegangen, bevor sie die Landesgrenze erreicht hat. Das ist schon öfter vorgekommen, müssen Sie wissen.«

»Aber ich verstehe nicht, wieso Nazrullah so etwas nicht berichtet haben sollte?«

»Aus zwei Gründen«, sagte Moheb, und ordnete sich offensichtlich dem Urteil seines Vaters unter, »aus zwei Gründen. Zunächst, weil sie schließlich nur eine Frau ist und folglich kein Anlaß besteht, großes Aufhebens zu machen. Sobald er nach Kabul kommt, wird er alles erklären. Dann aber auch, weil er Ellen Jaspar offenbar wirklich liebt und hofft, daß sie noch lebt und zu ihm zurückkommt.«

»Wir saßen ein paar Augenblicke schweigend da. Ich merkte erst jetzt, daß die winterliche Dunkelheit sich von den Bergen des Koh-i-Baba auf den eisigen Flügeln des Windes herabgesenkt hatte, der heftig über das mauerumschlossene Gelände wehte. Durchs Fenster sah man den Schnee wirbeln. Ein Gefühl von Einsamkeit überkam mich in diesem mächtigen fremdartigen Raum, mitten in einer Festung, die nicht nur den Stürmen vom Koh-i-Baba, sondern auch manchen anderen Angriffen widerstanden hatte.

»Hätten Sie etwas dagegen, Exzellenz, wenn ich nach Kandahar und Qala Bist ginge? Ein paar wichtige amerikanische Persönlichkeiten bestehen darauf, Näheres zu erfahren.«

»Durchaus nicht. Wenn ich in Ihrem Alter wäre, Miller Sahib, wäre ich schon längst in Kandahar.«

»Also habe ich Ihre Einwilligung?«

»Sogar meinen Segen. Trotz der unzarten Bemerkungen meines Sohnes interessieren wir Afghanen uns für schöne Frauen. Und wenn es sich um eine Ferangi handelt, respektieren wir diejenigen Ferangi, die sich für sie interessieren, ebenfalls.«

Spontan und eigentlich zu meiner eigenen Verwunderung fragte ich: »Besitzen Sie eine Photographie von Ihrer Enkelin Siddiqa? Ich meine die Enkelin, die nach Amerika gehen wollte.«

»Nein«, sagte der alte Mann. »Echte Muselmanen verabscheuen Photographien. Es scheint uns wie eine Verletzung religiöser Prinzipien, ein unerlaubtes Eindringen in die Persönlichkeit eines Menschen.«

»Insbesondere – einer Frau?« lachte ich.

»Ja, insbesondere dann, denn es ist der Gegensatz zur Verschleierung. Aber ich will Ihnen verraten, Monsieur Miller, daß sie ein außergewöhnlich hübsches Mädchen ist und übrigens auch diejenige, die Sie heute vormittag dabei erwischt haben, wie sie im Basar einen Matrosen küßte.«

Ich erschrak. Natürlich hatte ich geglaubt, daß ich der einzige Zeuge dieses Vorfalls gewesen war. »Die beiden Matrosen sind bereits auf dem Weg über den Khyber-Paß«, stammelte ich.

»Ich weiß«, sagte er ruhig, nachdem er mir soeben bewiesen hatte, daß sein Geheimdienst die Afghanen ebenso überwachte wie die Amerikaner. »Wären die Matrosen nicht weggeschickt worden, säße ich jetzt nicht mit Ihnen hier.«

Als kurz darauf Moheb hinausgegangen war, um Nur Muhammad mit dem Jeep vorfahren zu lassen, erhob sich Schah Khan aus seinem Ledersessel und begleitete mich bis zur Tür. Ich blickte auf den rehfarbenen Chaderi, und bei dem Duft, den die Seide ausströmte, befiel mich wiederum jenes erotische Begehren.

»Diese verflixten Gören«, lachte der alte Mann. »Sie begießen Ihre Chaderis mit französischem Parfüm, nur um sich den jungen Burschen besser bemerklich zu machen. Riechen Sie nur mal!« Und er schwenkte mir den Chaderi vor der Nase herum. Ein schwerer Duft blieb in der Luft hängen, auch nachdem Schah Khan die Seide wieder zurückgelegt hatte.

»Monsieur Miller« – der alte Mann legte mir die Hand auf die Schulter. »Monsieur Miller, was Ellen Jaspar betrifft, so will ich Ihnen aus Freundschaft sagen, daß wir eine weitere Information besitzen. Aber vielleicht sollte ich es nicht Information nennen, denn ich habe den Verdacht, daß es nichts als absurde Gerüchte sind. So absurd, daß ich sie keinesfalls an Sie weitergeben möchte; denn glauben kann ich es nicht. Und da Sie ja nun selber nach Kandahar kommen, werden Sie wahrscheinlich dort alles erfahren und können selbst entscheiden, ob Sie einen solchen Unsinn nach Washington melden wollen. Ich persönlich möchte jedenfalls nicht der Übermittler sein.«

»Sie wollen es mir also vorenthalten?«

»Das will ich, denn ich muß auf meine Reputation achten. Aber Sie sind noch jung und können es sich leisten, etwas völlig Unglaubhaftes für möglich zu halten. Jedenfalls wünsche ich Ihnen den Segen Allahs.«

Er wünschte mir den Segen Allahs und meinte damit Gott den Allmächtigen, unseren gemeinsamen Einen Gott.

»Morgen früh finden Sie alle Papiere in Ihrem Büro, die Sie benötigen, um nach Kandahar zu gehen oder wo immer sonst Sie hinwollen in Afghanistan.«

Ich bedankte mich bei ihm. Als ich vor die Tür zu dem Jeep trat, sah ich Moheb auf seinem schönen Pferd, das sich im Kreis drehte, scheute und schließlich mit ihm davongaloppierte. Während es im Schneegestöber verschwand, mußte ich lachen bei dem Gedanken, daß es bestimmt das einzige Pferd war, das zum Andenken an die Wharton School in Philadelphia die Brandmarke »W« trug.

## 3

Fast jedes Gebäude in Afghanistan trägt Spuren irgendeiner Gewalttat. Einige waren allerdings eigens zu dem Zweck errichtet, Belagerungen zu widerstehen, wie etwa das mauerbewahrte Fort, das jetzt Schah Khan gehörte. Andere waren der Schauplatz von Mordtaten und blutigen Vergeltungsmaßnahmen gewesen. In manchen Gegenden gab es noch Spuren von Alexander dem Großen, von Dschingis Khan, Tamerlan und dem Perser Nadir Schah.

Besonders stark aber wurden solche Vorstellungen angesichts der Bauten auf britischem Gelände heraufbeschworen: Hier hatten Massaker und Metzeleien sondergleichen stattgefunden; hier waren Bündnisse verraten und tapfere Männer abgeschlachtet worden, und die Tatsache, daß England noch immer freundschaftliche Beziehungen zu Afghanistan unterhielt, war ein Beweis der englischen Elastizität.

Im Jahr 1946 war das britische Gebiet sicher das am höchsten zivilisierte in Afghanistan, weitab gelegen, mit eigenen Parks, Tennisplätzen und Restaurants. Hier versammelte sich auch die europäische Kolonie, in welche die Amerikaner etwas zögernd aufgenommen worden waren, an den endlosen Winterabenden, um gemeinsam Theaterstücke zu lesen. Das heutige Stück, frisch aus den Schreibmaschinen dreier Botschaften, hieß »Born Yesterday«, eine wildbewegte Komödie, die seit einem Monat in New York gespielt wurde.

Ingrid, eine großgewachsene Schwedin, sollte die Rolle der Billie Dawn lesen; ein Engländer, der die Überzeugung hegte, daß er die Redeweise amerikanischer Gangster beherrschte, las den Harry Brock, und ich hatte die Rolle des Reporters.

Auch Italiener, Franzosen und die Frau des türkischen Botschafters hatten Rollen. Eigentlich war es erstaunlich, wie gut sich alle an solchen Abenden amüsierten, und recht ermutigend, wenn man bedachte, daß es unter den obwaltenden Umständen möglich war, ein so geselliges, heiteres und zugleich auch geistig anregendes Leben zu führen, voll witziger und spannender Unterhaltungen, obwohl es doch immer wieder dieselben Menschen waren, die hier zusammenkamen.

An diesem Abend verspätete sich unsere Lesung, weil Miss Maxwell noch fehlte, die eine der Nebenrollen lesen sollte. Unserem Gastgeber, dem britischen Botschafter, war diese Verspätung unangenehm, wie ich erriet, weil er sich indessen mit Sir Herbert Chinnery unterhalten mußte, einem steifen Beamten von hohem Rang, der die Aufgabe hatte, die britischen Botschaften in Asien zu beaufsichtigen und Bericht über sie zu erstatten. Deshalb hielt er sich momentan in Kabul auf wie vorher an der Botschaft in Persien, und es war wichtig, ihn bei guter Laune zu erhalten.

»Beunruhigen Sie sich nicht«, sagte Sir Herbert jetzt zu unser aller Erleichterung, »ich habe die Beobachtung gemacht, daß Amerikaner nur selten pünktlich sind.«

Ich erwiderte, Miss Maxwell sei stets pünktlich und sicher durch irgendeinen Zwischenfall aufgehalten worden. Ich erzählte auch, daß sie am Morgen schon um sechs Uhr aufgestanden war, um den dritten Akt zu tippen, und wie sie dann darauf bestanden hatte, das Manuskript persönlich in die italienische Botschaft zu bringen. »Wobei sie das Opfer ziemlicher Mißhandlungen durch drei Mullahs wurde«, schloß ich meinen Bericht.

»Das Übliche?« erkundigte sich Sir Herbert.

»Ja – und schon das zweite Mal in dieser Woche«, sagte der Botschafter.

»Ich hätte Lust, Whitehall zu empfehlen, daß alle Engländerinnen in Kabul verschleiert gehen müßten.«

»Ich flehe Sie an, Sir Herbert, unterlassen Sie das«, rief Gret Askwith, eine junge Engländerin mit Pfirsichteint. Sie kam mir immer ein bißchen prüde vor in ihrer englischen Art, aber sie war entschieden die hübscheste von den unverheirateten Ausländerinnen in Kabul. Außerdem machte es ganz den Eindruck, als hätte gerade ich die meisten Chancen bei ihr, obgleich es ein paar recht annehmbare junge Europäer unter uns gab. Freilich konnte ich auf ihre Beachtung nur dann hoffen, wenn sie nicht entdeckte, daß ich Jude war, eine Tatsache, die bisher allen Botschaften noch unbekannt war.

Es bestand nicht gerade das beste Einvernehmen zwischen der englischen und der amerikanischen Botschaft in Kabul. Die Engländer tolerierten uns, aber das war auch alles. Kapitän Verbruggen hielt man für einen alten Blödian und für einen ungebildeten Kerl, unsere Sekretärinnen waren zu hübsch und bezogen zu hohe Gehälter, unsere Matrosen waren undiszipliniert, und Leute wie meinesgleichen waren zu wenig zurückhaltend. Das einzige, was sie an unserer Botschaft gelten ließen, war meine Kenntnis des Paschto. Aber selbst diese Anerkennung war beeinträchtigt durch die Tatsache, daß drei von ihren eigenen Botschaftsleuten auch Paschto sprachen, von denen einer obendrein noch Russisch und Persisch konnte. Immerhin wurden wir geduldet, auch gab es ausgezeichnete Mahlzeiten bei uns, und die Hausbar stand fast immer allen offen.

»Da ist sie endlich«, rief Sir Herbert in der knabenhaften Art, die sich viele Engländer bis in hohe Alter bewahren. Als aber die Türe aufging, war es nicht Miss Maxwell, sondern unerwarteterweise Moheb Khan. Er trug jetzt einen feingestreiften dunkelblauen Anzug aus der Bondstreet und hatte sich von oben bis unten in einen einwandfreien Diplomaten verwandelt.

»Sie haben mich schon dreimal zu einem solchen Leseabend eingeladen, Sir«, sagte er, indem er den Botschafter begrüßte, »darf ich heute abend teilnehmen?«

»Mein Bester, es ist uns eine Ehre.«

»Ich habe gehört, das heutige Stück sei sehr lustig. Ich hatte auf der italienischen Botschaft zu tun, wo Signorina Risposi es mir verraten hat.« Moheb verbeugte sich in Richtung der italienischen Sekretärin, einem ziemlich plumpen Mädchen.

»Sie hat Ihnen die Wahrheit gesagt«, sagte Sir Herbert, »ein Bekannter aus Washington hat das Stück neulich gesehen und sich so gut amüsiert, daß er mir das Textbuch per Luftpost herschickte.«

»Könnten wir nicht anfangen?« fragte die Schwedin, »Miss Maxwell kommt ja erst im zweiten Akt dran, bis dahin ist sie gewiß hier.«

»Ich meine, wir sollten lieber warten«, sagte Sir Herbert. »Die Dame hat ein gut Teil des Manuskriptes für uns getippt, wie Mister Miller mir sagte.«

»Ja, und nach ihrem Erlebnis mit diesen Mullahs«, fügte Miss Askwith hinzu.

»Glauben Sie, daß die Mullahs an Boden gewinnen?« erkundigte sich Sir Herbert bei Moheb Khan.

»Nein«, antwortete Moheb zögernd, »andererseits verlieren sie auch nicht an Boden.«

Sir Herbert sprach jetzt über die Gerüchte bezüglich der Abschaffung des Chaderi, und es entstand eine allgemeine Diskussion. Obwohl ich noch nicht sehr lange im Lande war, wußte ich bereits, daß es zwei Themen gab, die unfehlbar jeden interessierten: der Chaderi und die neueste Methode, Darmkrankheiten zu kurieren. Es gab niemanden in Kabul, der sich nicht früher oder später durch das Trinkwasser eine Darminfektion holte. Tatsächlich erklärte Signorina Risposi, nachdem das Gespräch über den Chaderi verebbt war, daß ein deutscher Arzt während des Krieges ein neues Mittel entwickelt habe.

»Hilft es wirklich?« fragte die Schwedin, und nun begann eine allgemeine lebhafte Unterhaltung über Darminfektionen, an der sich alle Anwesenden angeregt beteiligten. Viele Sprachen schwirrten durcheinander. Wer hätte sie nicht am eigenen Leib erlebt, diese unangenehmen, den Körper schwächenden Infektionen, die für die Bewohner Afghanistans eine wahre Geißel waren!

»Was wird eigentlich von seiten der Regierung dagegen unternommen?« fragte die Frau des französischen Botschafters zu Moheb gewendet.

»Es ist ganz einfach«, erklärte er. »Die Europäer sind immer so entsetzt über unsere offenen Wasserleitungen. Kein Ruhmesblatt – zugegeben. Vom Genuß dieses Wassers sterben die meisten der kleinen Kinder hierzulande. Das ist aber weder ein Segen noch ein Fluch. Sie sterben eben. Daher liegt die durchschnittliche Lebenserwartung in Afghanistan bei dreiundzwanzig Jahren. Doch diese Zahl besagt nichts. Denn diejenigen, die als Kind nicht an unserem Wasser gestorben sind, sind für den Rest ihres Lebens absolut immun gegen alles und jedes. Wenn Sie Umschau halten, können Sie eine Menge Leute entdecken, die ein ganz unwahrscheinlich hohes Alter erreicht haben. Wer unser Wasser bis zu seinem siebenten Lebensjahr getrunken hat und nicht daran gestorben ist, kann höchstens noch durch eine Kanonenkugel umkommen.« Er lachte. Ein rundlicher englischer Arzt, der sich vorübergehend in Kabul aufhielt, sagte: »Sie dürfen nicht etwa glauben, daß er scherzt, denken Sie nur an Polio, die gerade in hochzivilisierten Ländern wie etwa Amerika so viele Kinder befällt.«

»Bei uns bekommen die Kinder keine Polio«, sagte Moheb. »Dafür aber viele Europäer, wenn sie erst als Erwachsene in unser Land kommen und gegen die Giftstoffe in unserm Wasser nicht immun sind.«

Endlich erschien Miss Maxwell. Ihre Wangen waren gerötet, von der Kälte wie anscheinend auch von einem Erlebnis, das sie erregte.

»Nein, es ist einfach zu viel!« rief sie atemlos.

»Was ist denn los?« fragten mehrere Stimmen auf einmal.

»Heute vormittag haben drei Mullahs auf mich eingeschrien«, begann sie aufgeregt.

»Wir wissen schon von dieser unseligen Affäre«, sagte Sir Herbert beruhigend.

»Ja, also daraus habe ich mir nicht viel gemacht«, fuhr sie fort, »ich bin schließlich aus Omaha fortgegangen, weil ich Afghanistan kennenlernen wollte, und ich liebe es.« Jetzt gewahrte sie Moheb. Sie eilte zu ihm und ergriff seine Hand. »Was meinen Sie aber, was ich eben gesehen habe, keine zweihundert Schritte von der Botschaft?«

»Doch nicht noch mehr Mullahs?« fragte Moheb lächelnd.

»Nein, aber Wölfe. Jawohl, ein riesiges Rudel von Wölfen. Sie liefen über ein offenes Schneefeld.«

»Die Stürme vertrieben sie aus den Bergen«, sagte Moheb.

»Greifen sie Menschen an?« erkundigte sich jemand.

»Sie sind um diese Jahreszeit gänzlich ausgehungert. Morgens kann man gelegentlich ihr Heulen hören. Es sind die Wölfe aus dem Hindukusch.«

Die Vorstellung von Wölfen, die in Rudeln in der Vorstadt von Kabul herumjagten, bis sie irgendein einsames Lebewesen fanden, Mensch oder Tier, verbreitete einen Augenblick lang schweigendes Erschrecken in der Gesellschaft, die sich hier eingefunden hatte, um ein Lustspiel zu hören. Wir fröstelten ein bißchen und rückten näher zusammen. Ich bemerkte mit Anerkennung, daß Miss Maxwell keinen Versuch machte, die Aufmerksamkeit auf sich zu ziehen. Sie versuchte nur ganz einfach zu berichten, was sie gesehen hatte.

»Sie waren ganz und gar nicht wie die Wölfe bei Walt Disney. Es waren richtige Bestien, struppige, gräßlich Bestien.«

»Hatten sie große Zähne?« erkundigte sich Signorina Risposi.

»Das weiß ich nicht. In solch einem Moment – wissen Sie, sie kamen direkt auf unseren Wagen zugestürzt. Wäre ich am Steuer gewesen – ich weiß wirklich nicht, was ich gemacht hätte. Aber zum Glück fuhr Sadruddin, und er hat einfach auf die Hupe gedrückt. Vor Schreck machten sie kehrt.«

»Wohin?« fragte die Schwedin.

»Nach der Stadt zu«, sagte Miss Maxwell und zeigte in die Richtung, in der wir alle wohnten.

»Die Wölfe sind einer der Gründe, weshalb man hier so hohe Mauern baut«, sagte Moheb Khan.

»Wahrhaftig ein Land voll erstaunlicher Gegensätze«, bemerkte der französische Botschafter.

»Wundern Sie sich wirklich so über die Wölfe?« fragte Moheb. »Verraten Sie es mir bitte, ob Sie sich wirklich über die Wölfe wundern.«

»Nein«, sagte der französische Botschafter zögernd, »denn wenn man nach Kabul kommt, erwartet man – nun, man erwartet eben den Hindukusch.«

»Ja, aber man ist dann doch nie vorbereitet auf das, was

man erwartet hat«, sagte Sir Herbert. Auch er schien damit einverstanden, daß die Lesung des Theaterstücks sich noch verzögerte. Schließlich machte es in Kabul wirklich nichts aus, wann eine Gesellschaft zu Ende war, um zehn, um eins, um vier. »Ich erinnere mich gerade daran, wie ich vor dem Krieg in Indien war«, fuhr er fort; er sagte zwar nicht, daß es eine schöne Zeit gewesen war, aber man fühlte, er wollte es uns zu verstehen geben. »Ich ging oft in der Gegend von Kaschmir auf die Jagd, und eines Tages sagte ich zu Bekannten, daß ich mit meinen eingeborenen Trägern auf die Jagd nach einem braunen Kaschmirbären gehen wollte. Wir saßen in einer Bar in Srinagar, und ein Fremder, der meine Worte gehört hatte, fragte mich, ob es wirklich mein Ernst sei, daß ich einen brauen Kaschmirbären schießen wolle. Ich antwortete ihm, daß ich in der Tat diese Absicht hätte. Mein Ton verriet ihm sicher, daß mir seine Frage nicht paßte.«

Er machte einen Moment Pause, weil ein Bedienter eintrat und ein paar der kostbaren Holzscheite auf das Kaminfeuer legte. Der Wind draußen heilte vernehmbar. Wir warteten gespannt auf die Fortsetzung der Erzählung.

»Der Fremde beachtete aber meine stillschweigende Zurechtweisung nicht. ›Wissen Sie denn etwas über den Kaschmirbären?‹ fragte er. ›Ja, daß es ein Bär ist‹, sagte ich gereizt, ›ich habe welche im Zoo von Simla gesehen. Roger Soundso hat auch einen geschossen.‹ Der Mann war beharrlich. ›Aber haben auch Sie schon einmal einen geschossen?‹

»Nein‹, antwortete ich. ›Dann wissen Sie auch nicht Bescheid. Sie dürfen keinen braunen Kaschmirbären schießen, glauben Sie mir.‹ Ich bedankte mich für sein Interesse, und wir verließen die Bar. Unterwegs auf der Jagd fragte mich einer von meinen eingeborenen Führern, ob ich schon jemals in Kaschmir einen Bären geschossen hätte. Als ich verneinte, schlug er vor, daß wir den Rückweg antreten sollten. Dies reizte meine Neugierde nun dermaßen, daß ich die Pferde erst recht antreiben ließ, und so kamen wir in den Teil von Kaschmir, wo der braune Bär zu Hause ist.

Lange Zeit fanden wir nichts. Gegen Sonnenuntergang kamen wir zu einem Dickicht, und obgleich ich keine klare Sicht hatte, konnte ich doch erkennen, daß da ein Bär war. Ich legte an und schoß. Mein Schuß hatte aber den Bären nicht getötet, sondern, weit schlimmer, nur tödlich verwundet.«

Sir Herbert hielt inne, und ich dachte, daß er bereits mehr erzählt hatte, als er eigentlich wollte. Aber er trank nur einen Schluck Whisky und sprach weiter. »Ich nehme an, daß niemand von Ihnen hier je einen braunen Kaschmirbären geschossen hat. Dieser Bär hat nämlich eine Stimme wie ein menschliches Wesen, wie eine Frau in äußerstem Schmerz. Wenn er angeschossen ist, zwängt er sich durchs Dickicht und schreit wie eine verwundete Mutter. Man meint geradezu, die Worte zu hören. Er jammert und weint, und man versteht, daß er vor Schmerzen sterben möchte. Es ist ...« Sir Herbert suchte vergeblich nach einem Wort dafür.

Von ihrem Platz beim Feuer sagte Lady Margaret: »Es ist erschütternd und furchtbar. Mein Mann wollte, daß wir weiterziehen. Aber die Führer erklärten, daß er erst den Bären töten müßte. Das war seine Pflicht. So drang er also ins Dickicht vor, doch der Bär war in den Urwald entwichen.« Das Ehepaar schwieg einen Moment. Man hörte wieder den immer heftigeren Wind, der den letzten diesjährigen Schneesturm brachte.

»Ich verfolgte die Spuren des weinenden Bären etwa eine Stunde lang. Es war nicht schwer, das Tier weinte und schluchzte fortwährend, und es war keine Hinterlist dabei. Allmählich schien er mir kein einzelnes Tier zu sein, sondern was da klagte und jammerte, waren sämtliche Geschöpfe, die vom Menschen gejagt und geschossen werden. Ich versichere Ihnen, der Bär sprach zu mir, indem er seinen Todesschmerz hinausweinte. Endlich fand ich ihn erschöpft unter einem Baum. Sogar als ich schon neben ihm stand, klagte er noch über den Menschen.«

»Und haben Sie ihn dann erschossen?« fragte der französische Botschafter.

»Ja. Ich weiß zwar nicht wie, aber ich habe ihn erschossen. Danach beeilte ich mich, so rasch wie möglich nach Srinagar zu kommen. Ich wollte unbedingt den Mann aus der Bar wiederfinden. Aber ich konnte ihn nie mehr entdecken, er war verschwunden.«

»Und was ist die Pointe von Ihrer Geschichte, Sir Herbert?« fragte Moheb. »Angenommen, wir schießen heute abend einen Wolf – er würde sich bestimmt ganz anders benehmen.«

»Die Pointe ist, daß wir alle, wie wir hier sind, nicht vorbereitet waren auf das, was uns wirklich in Afghanistan erwartet. Zum Beispiel hat man Ihnen, Miss Maxwell, sicher in Washington eine säuberlich getippte Beschreibung von Kabul ausgehändigt. Scharfes Klima, nehmen Sie warme Kleidung mit, seien Sie auf Darminfektionen gefaßt, und so weiter.«

»Ganz richtig«, lachte Miss Maxwell, »es handelte von lauter solche Sachen.«

»Und es stimmt ja auch, nicht wahr?«

»Das tat es.«

»Ja. Aber auf Tage wie den heutigen hat man Sie nicht vorbereitet: daß Sie um sechs Uhr aufstehen, um ein Theaterstück abzuschreiben, daß Sie von Mullahs im Basar überfallen werden und daß ein Rudel Wölfe sich auf Ihren Wagen stürzen wollte.«

»Nein, wahrhaftig nicht. Aber ich hätte mir andererseits auch nicht träumen lassen, daß es ein so warmes gemütliches Zimmer wie dieses hier geben würde, und doch ist dieser Abend hier und heute das beste, was ich mir hätte wünschen können. Freilich war ich weder auf diese Mullahs noch auf die Wölfe gefaßt. Ich kann mir schon kaum mehr vorstellen, daß sie Wirklichkeit waren.«

»Genau das hatte ich gemeint«, sagte Sir Herbert. »Nichts hatte mich auf die Schreie des Kaschmirbären vorbereitet, und oft scheint es mir, als sei dieses schreckliche Erlebnis nie Wirklichkeit gewesen. Aber, Miss Maxwell, immer wieder, im Lauf der Jahre, werden die Wölfe für Sie Wirklichkeit gewinnen, so wie der angeschossene Bär für mich. Und für uns alle hier wird noch nach Jahren das ganze Afghanistan immer wieder echte Wirklichkeit sein.«

»Das hört sich wahrhaftig an«, sagte Moheb, »als ob es etwas unendlich Schwieriges wäre, mein Vaterland zu verstehen, und dabei ist es doch ganz leicht! Sie brauchen nämlich weiter gar nichts zu tun, als in der elften Edition der Encyclopaedia Britannica nachzulesen, was Sir Hungerford Holdich über Afghanistan geschrieben hat.« Moheb Khan sprach den Namen in überaus korrektem Englisch aus.

»Was sagen Sie da?« fragte die große Schwedin interessiert.

»Gestatten Sie«, sagte Moheb mit einer leichten Verbeugung zu Sir Herbert und zog den betreffenden Band aus dem Regal. Und mit ebenso korrekter, aber ironischer Betonung las er vor.

»Die Afghanen, von Kindheit auf an Blutvergießen gewöhnt, sind mit dem Tode vertraut und im Angriff verwegen, bei Mißerfolgen aber leicht entmutigt. Turbulent und sehr widerspenstig gegen Gesetz und Disziplin. Scheinbar frei und liebenswürdig im Umgang, besonders wenn sie etwas dadurch zu gewinnen hoffen, aber zu größter Brutalität fähig, wenn solche Hoffnungen sich als trügerisch erweisen. Sei haben keinerlei Skrupel, einen Meineid zu schwören, sich tückisch, eitel und habgierig und von leidenschaftlicher Rachsucht, die sie in grausamster Art, auch auf Kosten des eigenen Lebens, befriedigen. In keinem anderen Land werden kriminelle Handlungen aus so unwesentlichen Motiven begangen und bleiben im allgemeinen so ungesühnt, obgleich andererseits diese sehr selten vorkommenden Bestrafungen scheußlich sind. Unter sich sind die Afghanen streitsüchtig, intrigant und mißtrauisch. Verrat und Tätlichkeiten sind etwas Alltägliches. Ein reisender Afghane verheimtlicht Ziel und Zeit seiner Reise und lügt bei diesbezüglichen Fragen aus Vorsicht. Er ist durch Abstammung und Charakter ein Räuber. Wenn er aus Tradition und Gewohnheit innerhalb seines eigenen Hauses den Fremden respektiert, so betrachtet er es doch als selbstverständlich, seinem Nachbar einen Wink zu geben und seinen Gast durch den Nachbar überfallen und ausplündern zu lassen, nachdem jener nicht mehr unter seinem Dach weilt. Die Unterdrückung von Raub und die Erhebung von Steuern betrachtet er als Tyrannei. Der Afghane rühmt sich beständig seiner Abstammung, seiner Unabhängigkeit und seiner Tapferkeit. Er betrachtet sein Land als die überlegenste aller Nationen und sich selbst als jedem seiner eigenen Landsleute ebenbürtig.«

»Aber dies«, sagte Moheb, »ist nur ein kleiner Teil, und früher habe ich mich oft gefragt, wann ich eigentlich alle diese hier genannten Eigenschaften in mir entwickeln werde, die ich als echter Afghane angeblich haben müßte. Verlogen, hinterlistig, betrügerisch – was hat mich wohl abgehalten davon, mich als rechten Raubmörder zu qualifizieren? Nun, ich habe es dann aufgegeben, obwohl der zweite Absatz in dem Buch hier doch wieder Hoffnungen erregt. Wollen Sie ihn hören?«

»Ja«, sagte Sir Herbert.

Moheb Khan lächelte und las weiter:

»Die Afghanen sind befähigt, größte Entbehrungen auszuhalten und werden unter britischer Disziplin zu ausgezeichneten Soldaten, obwohl nur wenige sich in der indischen Armee befinden. Mäßigkeit und Ausdauer charakterisieren den größten Teil der Leute, wenngleich die besseren Klassen nur allzu häufig ruiniert sind durch üble und erniedrigende Ausschweifungen. Der erste Eindruck, den der Europäer erhält, ist durchaus günstig. Besonders wenn man aus Indien kommt, ist man eingenommen von ihrem anscheinend freimütigen, offenherzigen, gastfreundlichen und mannhaften Wesen. Aber dieser günstige Eindruck ist nicht von Dauer, und man entdeckt bald, daß der Afghane ebenso grausam und hinterhältig wie selbstbewußt ist.«

Moheb Khan klappte das Buch zu und sah uns an. »Komisch«, sagte er, »daß dies alles von einem Engländer geschrieben ist, der nie begreifen konnte, wie die Afghanen es fertiggebracht haben, zweimal die englische Armee zusammenzuschlagen – gleich zweimal! Sicher hat er sich hingesetzt und gegrübelt, was für Leute diese Afghanen wohl sein mochten. Schließlich kam er zu einer Beschreibung von Menschen, die den Engländern so unähnlich sein sollten, wie nur irgend möglich. Übrigens geriet mir seine Beschreibung in Oxford zum erstenmal in die Hände. Und wie habe ich darauf reagiet? Ich war stolz darauf, daß ein Ferangi sich so viel Mühe gegeben hatte, meinen Charakter zu ergründen. Heute, da ich erwachsen bin, sehe ich in seinen Worten nichts als Haß und Ignoranz. Es sind die gewichtigen Worte eines Gelehrten, der eine Erklärung dafür suchte, wie die Afghanen ihre kämpferischen Fähigkeiten hervorgebracht haben. Unvergeßliche Feststellung: ›Aber dieser günstige Eindruck ist nicht von Dauer, und man entdeckt bald, daß der Afghane ebenso grausam und hinterhältig wie selbstbewußt ist.‹«

»Moheb«, sagte ich, »Sie haben diese Passage auswendig gelernt, nicht wahr?«

»Nur die vorteilhaften Stellen«, lachte er.

»Finden Sie Grausamkeit und Hinterlist denn so vorteilhaft?« erkundigte sich Miss Askwith.

»Wenn man mit diesen Eigenschaften des Selbstbewußtsein verteidigt, sind sie recht gut«, sagte Moheb. »Sie dürfen dabei nur an Selbstbewußtsein denken.« Dann lachte er und setzte hinzu: »Aber alle Engländer hier haben mich während schwerer Jahre als vertrauenswürdigen Freund kennengelernt. Wie hätte ich es sonst wagen können, Ihnen einen derartigen englischen Text, noch dazu in diesem Hause, vorzulesen? Meine grausamen und hinterlistigen Ahnen haben schon zweimal die Bewohner dieses Hauses niedergemetzelt. Das war 1841 und 1879. Jedenfalls finde ich es schrecklich nett von Ihnen, mich überhaupt hierher einzuladen.«

»Denken Sie nur ja nicht«, sagte Sir Herbert, »daß man bei uns diese Massaker vergessen hat. Es verleiht dem Leben in Kabul aber einen gewissen Reiz, ungefähr so, wie wenn in Hiroshima ein Flugzeug über der Stadt erscheint.«

»Sollten wir nicht jetzt mit unserem Theaterstück anfangen?« sagte ich.

»Ja. Miller ist nämlich der Star«, scherzte ein junger englischer Offizier. »Er ist mein stärkster Rivale bei Miss Askwith.«

»Fest steht jedenfalls, daß er im Stück Ingrid zu küssen hat«, sagte einer von den Franzosen.

»Allerdings. Es wäre fein, wenn wir vor Morgengrauen noch bis zu dieser Stelle kämen«, sagte ich.

»Kluger Mensch«, lachte Ingrid, »frühmorgens sehe ich nämlich gräßlich aus.«

Nun begann unsere Lesung. Während des ersten Aktes klang das Ganze nicht sehr überzeugend. Der Engländer, der die Rolle des Harry Brock las, blieb der Ästhet aus Oxford, und Ingrid konnte niemals etwas anderes sein als eine schwedische Schönheit mit kräftigem Busen. Auch alle anderen, ich selber nicht ausgenommen, blieben ebenso sie selbst. Aber der Kamin brannte warm, die Zuhörer lauschten aufmerksam, draußen gab es Wölfe, und wir waren in der Fremde, weit, weit fort von allem, was wir unter Zivilisation verstanden. Ich glaube, sogar Moheb Khan konnte sich dieser Stimmung nicht entziehen. Er fragte Sir Herbert, ob die vorigen Abende ebenso gelungen gewesen seien wie dieser.

»Ja, jedenfalls seit ich hier bin. Vor drei Wochen haben wir ›Mord im Dom‹ gelesen.«

»Wie schade, daß ich nicht dabei war. Die amerikanischen Studenten waren so begeistert von Eliot. Sie verehren ihn als einen Landsmann, der ein Dichter wurde, und sie respektieren ihn, weil er genug Charakter besaß, Amerika den Rücken zu kehren, was sie selber gerne täten, wenn sie es nur könnten.«

Ich war wohl von meiner Rolle als intellektueller Reporter beeinflußt. »Genau wie Eliot sind ja auch Sie von Amerika fortgegangen, Moheb«, sagte ich, »nur daß Sie es im Gegensatz zu ihm stündlich bereuen.«

»Einverstanden, Miller. Wenn ich etwas liebe, dann sind es bestimmt schnelle Automobile und ein bißchen Verantwortungslosigkeit. In Amerika genoß ich beides, und während ich hier daheim schufte, sehne ich mich natürlich zurück.« Er hob resigniert die Schultern. »Aber von einem gewissen Alter an muß man eben erwachsen sein.«

»Ich bin sicher, auch Ihre Heimat wird das eines Tages werden«, antwortete ich trocken. Er errötete ein wenig, nickte aber dann freundlich zustimmend; denn er war keiner von denen, die nicht auch einen anderen Standpunkt akzeptieren können. Im Gegenteil: Er respektierte eher jemanden, der zu widersprechen wußte.

Nachdem die Bedienten unsere Punschgläser neu gefüllt hatten und das Kaminfeuer wieder heller flackerte, begannen wir mit dem zweiten Akt. Jetzt ging es schon besser. Die Zuhörer ließen es sich gefallen, daß Harry Brock Oxforder Akzent sprach und Ingrids Beschimpfungen sich genauso anhörten, als wäre die Figur im Stück das dümmliche blonde Durchschnittsgeschöpf, das man in allen Ländern und zu allen Zeiten trifft. Ich glaube, der Erfolg hing damit zusammen, daß wir keine andere Möglichkeit hatten, uns ein wenig zu amüsieren, und so sympathisierte jeder mit jedem, was wir unter normalen Verhältnissen sicher nicht getan hätten. Andererseits aber hatte ich bisher auch noch nicht entdeckt, daß die schöne Ingrid so viel Witz besaß. Die Unterhaltung nach dem zweiten Akt war sehr viel lebhafter als nach dem ersten. Wir hatten uns besser in unsere Rollen hineingefunden, und Harry Brock war mit seiner ehrgeizigen Blondine leibhaftig gegenwärtig.

»Wir könnten ein paar Leute von Ihrem Typ in unserem Land gut brauchen«, sagte Moheb zu dem Engländer, der den Altwarenhändler las, wobei er die Rolle, nicht den ehemaligen Oxfordstudenten meinte.

»Ja, über diesen guten Harry wäre eine Menge zu sagen, was nicht im Stück steht. Miller, wie viel hat Amerikas Entwicklungsgeschichte wohl solchen Leuten zu verdanken?«

»Ich glaube, eine ganze Menge. Aber Sie waren doch nie in Amerika, oder?«

»Nein, aber während ich die Rolle las, hatte ich das Empfinden, daß Harry Brock ein amerikanischer Urtypus ist. Zwar möchte man ihm das Fell über die Ohren ziehen, vergißt aber dabei, daß er so etwas wie die Lebenskraft der ganzen Nation verkörpert, ob man ihn nun leiden mag oder nicht.«

»Miller, Sie lesen Ihre Rolle großartig«, sagte Gret Askwith, womit sie sicher verschiedenen anderen Anwesenden das Herz brach, »waren Sie etwa mal auf einer Schauspielschule?«

»O nein, nur als Schüler bin ich mal in ›Outward Bound‹ aufgetreten.«

»An dieses Stück hatten wir auch schon gedacht«, sagte Sir Herbert, »aber die jüngeren Herrschaften fanden es veraltet. Ist das auch Ihre Meinung?«

»Ich glaube, ja. Aber es würde vielleicht trotzdem Spaß machen.«

»Es ist doch von einem Engländer, oder?«

Ich antwortete ihm nicht; denn ich schaute auf Gret Askwith und hatte das Gefühl, daß wir uns demnächst näher aneinander anschließen würden, so daß es bei künftigen Einladungen automatisch heißen würde »Gret und Mark«. Mir stand schon Schah Khans Besitz vor Augen, wo ein Zelt errichtet wäre und Moheb auf seinem Schimmel angeritten käme, um Trauzeuge zu sein.

Als ich Gret so anschaute, während sie errötete, weil sie vielleicht ähnliche Gedanken gehabt haben mochte, verwischte sich plötzlich ihr Gesicht. Ich sah einen Chaderi, der nach Parfüm duftete, ein Paar *saddle-shoes* und hörte den Namen Siddiqa. Ich blickte auf Siddiqas Onkel Moheb Khan und wußte, daß ich Gret Askwith niemals heiraten würde, gleichviel, wie unausweichlich uns ein Flirt jetzt auch bevorstand. Sir Herbert wiederholte seine Frage.

»Ich weiß nicht, ob ›Outward Bound‹ von einem Engländer

ist«, sagte ich, »eher würde ich denken, von einem gefühlvollen Amerikaner, der gern recht englisch wirken wollte.«

»Vielleicht haben Sie recht«, erwiderte er mit einem dünnen Lächeln. Wir lasen den dritten Akt mit ebenso viel Intensität wie den vorigen. Mein Werben um Ingrid wurde mit mehr Gefühl aufgenommen, obwohl es mir ja nur von der Rolle vorgeschrieben war. Zum Schluß bekamen wir viel Applaus. Niemand bezeugte Lust, aufzubrechen, weil es so gemütlich war hier drinnen, während draußen der Schneesturm vom Hindukusch pfiff.

So waren wir recht erstaunt, als Moheb ziemlich unvermittelt fragte, ob er Ingrid nach Hause fahren dürfe. Die junge Schwedin lächelte und willigte ein. Wenige Minuter später hatte Moheb bereits die beiden Mäntel geholt. Aus der Art, wie Ingrid sich von ihm in ihren Pelz helfen ließ und dann Mohebs Arm nahm, konnte man schließen, daß sie noch unter der Einwirkung ihrer Theaterrolle stand. Es gab kaum einen Zweifel, was sich zwischen den beiden heute nacht zutragen würde, nachdem die Tür sich vor ihnen geöffnet und Ingrid sich in der hereindringenden Winterluft noch enger an ihren Begleiter geschmiegt hatte.

»Ist Moheb verheiratet?« fragte jemand, als die Tür wieder geschlossen war.

»Doch. Er hat zwei Frauen«, sagte ein Engländer.

»Beide afghanisch?«

»Ja. Er hätte gerne eine Amerikanerin geheiratet, aber es ist nichts daraus geworden.«

»Das Gespräch wurde von Sir Herbert unterbrochen. »Wir sollten wirklich ›Outward Bound‹ lesen«, sagte er, »ich biete mich für die Rolle des Barmannes an.« Sofort erhob sich ein Stimmengewirr, wer welchen Akt abtippen sollte. Miss Maxwell, die Amerikanerin par excellence, bestand darauf, den längsten Akt abzuschreiben, und setzte ihren Willen durch.

»Und für das Liebespaar nehmen wir Gret und Miller«, sagte Sir Herbert. Während alle uns beide ansahen, hatte ich wieder jenes Gefühl, daß es unvermeidbar war, sich in Afghanistan zu verlieben. Gret lächelte dieses schöne englische Lächeln, mit schneeweißen Zähnen und leicht errötenden Wangen. Nach einem Moment des Zögerns fragte ich, ob ich sie heimfahren dürfte.

Sie lachte und errötete noch mehr. »Sir Herbert«, sagte sie dann, »Sie müssen aber bitte dafür sorgen, daß nicht auch über uns beide, wenn wir weg sind, so gesprochen wird, wie vorhin über Moheb Khan und Ingrid.«

Sir Herbert blickte etwas unsicher auf Lady Margaret, bevor er antwortete. »Ich meine, Miss Askwith, Sie sollten schon entdeckt haben, daß jede hübsche junge Dame in Kabul gewissen Spekulationen ausgesetzt ist. Gestern wie heute. Werden Sie mit Mark Miller fahren?«

»Natürlich«, sagte Gret vergnügt, »genau wie Ingrid mit Moheb gefahren ist.« Sie hatte kaum ihren Mantel an, als sie bereits besitzergreifend meinen Arm nahm.

Sir Herbert lächelte ein wenig gezwungen. »Nun, dann kann ich mir denken, wie unglücklich Freddy und Charles sein werden.«

»Nächstesmal fahre ich mit Freddy oder Charles«, lachte sie.

»Aber im nächsten Stück sollten doch gerade Sie und Miller ein Liebespaar sein«, sagte Lady Margaret.

Gret zwinkerte ihr lächelnd zu. »Lady Margaret, haben Sie nicht bemerkt, daß die Heldin am Ende des Stückes immer dermaßen von ihrem Theaterliebhaber enerviert ist, daß sie nichts mehr von ihm wissen will? Heute abend waren Ingrid und Mark Miller das Liebespaar. Aber sie hat keine Miene gemacht, sich von ihm heimbringen zu lassen. Bis wir unser nächstes Stück lesen, werde ich den guten Mark gründlich satt haben. Heute ist er mein Kavalier und wird mich vor den Wölfen schützen.«

»Bravo, Gret«, applaudierte ihr die Frau ihres Vorgesetzten.

»Es sieht so aus, als ob Sie Ihre Sekretärin an den Yankee verlieren werden«, sagte Sir Herbert zum Botschafter, und ich führte Gret zum Jeep, den Nur Muhammad vorgefahren hatte.

Die englische Botschaft war so zahlreich, daß nicht alle im Botschaftsgebäude wohnen konnten. Einige waren in einem den Engländern gehörenden großen Haus westlich vom Stadtpark untergebracht. Es ging dort immer sehr lebhaft zu. Das Haus war ständig von Gelächter erfüllt, von den Scherzen, die der Engländer liebt, sobald er im Ausland ist, und von einer etwas märchenhaft unwirklichen Atmosphäre, die er um sich verbreitet und die es ihm ermöglicht hat, in fast allen Ländern der Erde einigermaßen geruhsam und gelassen zu existieren. Ich war oft in diesem Haus, und es war stets voll Wärme und Herzlichkeit. Als ich es noch nicht so gut kannte, hatte ich mich manchmal gefragt, wie ein Mann es wohl fertigbrächte, eine Engländerin zu verführen, und wie er sie wohl davon abbrächte, kühlwitzige Scherze über gar nichts zu machen. Jetzt, da ich eine der hübschesten Engländerinnen nach Hause begleitete, beschäftigten mich ähnliche Überlegungen.

Als wir aber die gewundene Straße entlang fuhren, die von der Botschaft nach Kabul hineinführt, zu unserer Linken die dräuenden Berge des Hindukusch, mondbeglänzt im Schnee, versanken derartig triviale Gedanken. Wir waren nur noch zwei Fremde in einem fremden Land, deren Heimat in weiter Ferne lag. Gret rückte näher zu mir, und wir hielten uns an den Händen.

Da sahen wir plötzlich das Licht von Fackeln und eine aufgeregte Menschenmenge. Nur Muhammad verließ den Wagen, um zu sehen, was geschehen war. Nach wenigen Augenblicken kam er zurück. »Die Wölfe haben einen alten Mann erwischt«, berichtete er.

Es mußte ziemlich schnell passiert sein. Den Erzählungen der Leute zufolge hatten etwa zwanzig Wölfe den Mann überfallen und in wenigen Minuten in Stücke gerissen. Jetzt waren sie in östlicher Richtung davongelaufen. Man hatte Soldaten mit Fackeln ausgeschickt, um ein paar von ihnen zu erlegen, woraufhin sich die übrigen von selbst davonmachen würden. Wir fuhren weiter und waren gleich darauf bei Grets Haus.

Sie fragte mich, ob ich noch mit hineinkommen wolle, und ich ging mit. Erfahrungsgemäß wußte ich, daß nach Leseabenden ohnehin niemand pünktlich in sein Büro kam und daß es hier immer Spaß, lustige Gespräche und heimliche Küsse unter der Treppe gab. Ich sagte Nur Muhammad, er solle nach Hause fahren. Ich würde später zu Fuß durch den Stadtpark gehen.

»Das können Sie nicht«, antwortete er, »die Soldaten haben die Wölfe ja noch nicht gefunden.«

Die ganze Nacht aber in diesem Haus zu bleiben, hatte ich keine Lust. »Dann will ich doch lieber mit Nur Muhammad heimfahren«, entschuldigte ich mich bei Gret, »er ist seit dem frühen Morgen im Dienst.«

Sie stimmte mir so eifrig zu, daß es sich fast anhörte, als sei sie erleichtert, und ich stieg mit unfeiner Hast, wie mir später einfiel, wieder in den Jeep.

»Wir wollen die Wölfe suchen«, sagte ich zu Nur Muhammad. Wir fuhren kreuz und quer bis zum Stadtrand. Wir konnten von hier aus die Soldaten sehen und die Lichter, die sich geheimnisvoll am Flußufer entlang bewegten.

Wir hielten im Mondlicht am Rand einer uralten Stadt. Dort lag der Hindukusch, und die Unabsehbarkeit Asiens umgab uns. Im Norden irgendwo waren der Oxus und die Ebenen von Samarkand, im Süden Kandahar und die riesige Wüste von Belutschistan, im Westen jener seltsame See, der sich in der Luft auflöst, und die Minaretts von Schiras und Isfahan. Ich spürte die Weite von Zentralasien, das sein Gesicht verschleiert wie Siddiqa, und wie ihre Verschleierung einen eigenartigen Reiz bewahrte, so bewahrte diese schweigende asiatische Nacht mit den Lichtern drunten am Fluß ihren eigenartigen Reiz.

Meine Träumerei wurde durch Schüsse unterbrochen. Wir sahen das Feuer aus den Gewehrläufen. Aber jetzt vernahmen wir ein neues Geräusch. Vom Fluß herauf, quer über die Felder, kamen die Wölfe. Sie liefen so dicht aneinandergedrängt, daß man sie im einzelnen nicht unterscheiden konnte. Sie waren wie ein einziges animalisches Wesen, das Hunger hatte und keine Nahrung fand. Es war eine erschreckende, übermächtige Kraft, die da über den Schnee herankam, eine Kraft, die von einer anderen, unsichtbaren Kraft getrieben wurde, eine Verkörperung Asiens.

Sie mußten uns gewittert haben, denn das Rudel kam direkt auf uns zu. Als sie aber den Jeep gewahrten, dessen Scheinwerfer unter Nurs Hand jetzt scharf aufleuchteten, schlugen sie eine andere Richtung ein und verschwanden in der eisigen Nacht.

»Dort, dort!« schrie Nur den Soldaten entgegen, die angehastet kamen. Ein paar Schüsse wurden den Wölfen nachgeschickt. Hoffentlich haben sie sie nicht getroffen, dachte ich.

Die Soldaten kamen zum Jeep und freuten sich über den Ferangi, der Paschto konnte. Etwas später erschien auch ein Offizier im Wagen des Regiments. Zwei Mann wurden zur Wache aufgestellt.

»Es wird bald Frühling«, sagte der Offizier, »dann gibt es hier keine Wölfe mehr. Bis zum nächsten Winter.«

## 4

Am nächsten Morgen weckte mich Nur Muhammad, weil Kapitän Verbruggen um elf Uhr eine Besprechung angesetzt hatte. Ich stand sofort auf, wusch mich und wartete auf das heiße Wasser zum Rasieren, das Nur mir brachte. »Es ist schon nach zehn«, sagte er mahnend. Ich betrachtete ihn, während ich mich rasierte, wie er wartend dastand, dunkel, sauber und mit einer Astrachanmütze auf dem Kopf. »Ich soll mitkommen zu Seiner Exzellenz«, sagte er voller Stolz, und ich erkannte genau, daß er meine Schuhwichse benutzt hatte, um nicht nur meine, sondern auch seine eigenen Schuhe auf Hochglanz zu bringen. Er war nicht verpflichtet, dergleichen zu tun, sondern war nur auf der Botschaft angestellt, um mir dienstlich zu helfen. Da er aber verheiratet war und Kinder hatte, arbeitete er auf seine Bitte hin auch privat für mich, um sich etwas mehr Geld zu verdienen. Er sah meinen eingeborenen Bedienten scharf auf die Finger. »Denn sonst, Sahib«, hatte er mir erklärt, »sonst werden Sie hinten und vorn bestohlen.«

Ich wohnte in einem der neuen Häuser, nicht weit von dem britischen Wohnheim und von unserer eigenen Botschaft. Jeden Morgen ging ich auf das flache Dach meines Hauses und betrachtete die Landschaft, die ich so liebte, den Koh-i-Baba, der eher einer gotischen Architektur als einem Gebirge glich, den schwermütigen Hindukusch, der hierzulande Hindukiller genannt wurde: der vielen Inder wegen, die bei dem Versuch, das Gebirge zu überqueren und Handel in Samarkand zu treiben, ums Leben kamen.

Weit im Osten treffen sich diese Gebirgszüge mit dem Massiv des Pamir, das undurchdringbar und geheimnisvoll die Scheidelinie zwischen den Ländern bewacht. Von dort führt es dann zum Karakoram, wo die Volksstämme der Hunza, Gilgit und Kaschmiri leben und die Gebirgszüge sich östlich durch Asien hinunterschwingen.

Verbruggen hatte die vier Leute zusammengerufen, die am besten über die Affäre Ellen Jaspar orientiert waren. Richardson vom Geheimdienst, ein in Tweed gekleideter, pfeiferauchender Mann, der einen englisch gestutzten Schnurrbart trug und dafür bekannt war, daß er nie eine Vermutung äußerte, wenn er sie nicht durch Dokumente bekräftigen konnte. Er war vom FBI zum Außenamt gekommen und war Experte für Sicherheitsfragen und russische Geheimpläne. Wir alle vermuteten, daß er nur für kurze Zeit hierher geschickt worden war, um das afghanisch-russische Grenzgebiet zu studieren. Die Sache mit Ellen Jaspar fand er lästig und machte kein Hehl daraus. Jetzt saß er schweigend da, die Hände über seiner Mappe mit Geheimmaterial gefaltet, und harrte der Fragen, die er von uns anderen erwartete.

Nexler, der spitzfindigste und zurückhaltendste Mann der Botschaft, Ende Vierzig, war der einzige von uns allen, der sich einer ganz gesicherten Beamtenkarriere im Außendienst erfreute. Im Gegensatz zu uns anderen war er nicht aus irgendeinem anderen Beruf zum Außenministerium gekommen, sondern von Anfang an Diplomat gewesen und fand besonderes Vergnügen daran, uns von Zeit zu Zeit an die Kluft zu erinnern, die ihn von uns trennte. Er war Meister darin, seine Ansichten zu verbergen, und wir hatten ihn im Verdacht, daß er insgeheim den Marineattaché für einen politischen Schafskopf hielt, Richardson für einen beschränkten Polizisten und mich für den unvermeidlichen Kinderschreck, hergeschickt von einem Ministerium, das dazu gezwungen war, unerprobte Leute auf neugeschaffene Posten zu berufen. Er ertrug sein Leiden, in Kabul sein zu müssen, mit gefaßter Haltung und wartete auf den Tag, an dem er zu einer ›richtigen‹ Botschaft versetzt würde, zum Beispiel nach Buenos Aires oder nach Wien. London und Paris würden dann später drankommen. Während dieser Wartezeit übte er die Strategie, so wenig zu sagen wie überhaupt möglich.

Nur Muhammad und ich traten ein, und Kapitän Verbruggen wandte sich sofort zu mir. »Schah Khans Büro hat die nötigen Papiere geschickt, Sie können nun also nach Kandahar.«

»Ich werde morgen abfahren.«

»Schön. Und was meinen Sie, werden Sie dort herauskriegen?«

»Gestern sprach Schah Khan von drei Vermutungen. Erstens könnte Ellen Jaspar Selbstmord begangen haben.«

»Ist das wahrscheinlich?« fragte Verbruggen.

»Immerhin ist es möglich. Die Lebensweise, die ihr in Afghanistan zugemutet wurde, muß ihr jedenfalls einen Schock versetzt haben. Sogar mich haben noch manche Dinge erschreckt, die Moheb Khan gestern gesagt hat.«

»Moheb? Das ist doch der im Außenministerium, nicht?«

»Ja. Er hat mir etwas gesagt, was wir nicht in den Akten stehen haben: Nazrullah war bereits mit einer Afghanin verheiratet, und sie hatten ein Kind, bevor er nach Amerika ging.«

»Das wissen wir längst«, sagte Richardson und klopfte mit der Pfeife auf seine Mappe.

Es irritierte mich, daß er mir Informationen verheimlicht hatte.

»Wissen Sie auch, daß Nazrullah nach seiner Heirat mit Ellen Jaspar noch mit seiner afghanischen Frau geschlafen hat und daß sie danach ein zweites Kind bekam? Das hätte Ellen Jaspar durchaus zum Selbstmord treiben können. Denken Sie an den Fall Alison vor drei Jahren.«

Die Erwähnung dieser unangenehmen Sache machte meine Landsleute nachdenklich. »Von einem Selbstmord hätte man doch wohl gehört«, sagte Richardson.

»Dasselbe habe ich Moheb gesagt. Wissen Sie, was er mir geantwortet hat? Ellen Jaspar sei schließlich nur eine Frau, und wenn Nazrullah nach Kabul zurückkommt, wird er uns schon über alles informieren.«

»Und was hat Schah Khan sich sonst noch einfallen lassen?« fragte Verbruggen. Ich sah Nexler an, wie unangenehm ihn diese nachlässige Ausdrucksweise berührte. Als waschechter Diplomat hätte er wahrscheinlich gefragt: »Und wie lauteten die anderen Hypothesen?« Mir war Verbruggens Art lieber.

»Die zweite Theorie: Ihr Mann hält sie eingesperrt – und wir bekommen für die nächsten paar Jahre nichts von ihr zu sehen und zu hören. Entsinnen Sie sich der Fälle mit der Engländerin Sanderson und dieser Holländerin ...«

»Vanderdonk«, half Richardson prompt.

»Nehmen Sie so eine Vermutung ernst?« fragte Verbruggen. Nexler zog die Augenbrauen hoch.

»Gewiß. Es hat sich, wie gesagt, ja schon ereignet.«

Richardson zog an seiner Pfeife und sagte dann vorsichtig: »Meine eingeholten Informationen bekräftigen die Annahme, daß Nazrullah seine amerikanische Ehefrau liebt. Tat alles Erdenkliche, sie glücklich zu machen. Kann keine Parallele zu Sanderson und Vanderdonk entdecken. Deren Ehemänner verabscheuten sie, hielten sie acht oder neun Jahre eingesperrt, um es zu beweisen. Ich lehne diese Theorie ab.«

»Lehnen wir vorerst mal gar nichts ab«, erklärte Verbruggen entschieden. »Wir sind hier in Afghanistan, und keiner von uns kann sich in einen Afghanen hineinversetzen. Wie wollen Sie wissen, wozu Nazrullah imstande wäre?«

Richardson lächelte, stocherte in seiner Pfeife und sagte: »Also nehmen wir an, er hält sie eingesperrt. Wo? In einem Ort wie Kandahar? Einem Außenposten von Qala Bist?«

»Vergebung, Sir«, unterbrach Nur Muhammad, »ich habe alle derartigen Fälle der jüngeren Vergangenheit untersucht. Ohne Ausnahme diente das Haus der Mutter des Ehemannes als Gefängnis. Wenn man eine Ferangi mit einem halben Dutzend verschleierter Frauen umgibt, so können diese die Ferangi nicht nur versteckt halten, sondern sie genießen das sogar.«

Kapitän Verbruggen sah Nur Muhammad so wohlwollend an, als ob er sagen wollte: Was immer wir dir an Gehalt zahlen, mein Sohn, du bist es wert. Laut fragte er: »Hat man im Haus von Nazrullahs Mutter nachgeforscht?«

»Gründlich«, sagte Nur, »nicht die kleinste Spur von der Ferangi.«

»Aber hatte die afghanische Regierung nicht auch in den Fällen Sanderon und Vanderdonk nachgeforscht?« Nexler hatte zum erstenmal den Mund aufgetan.

»Doch«, bekannte Nur, »und sie haben nichts entdeckt. Aber Nazrullahs Familie ist viel moderner.«

»Würden Sie es für denkbar halten, daß sie hier in Kabul versteckt ist?«

»Nein«, antwortete Nur schnell, »das halte ich für ausgeschlossen, obwohl Eure Exzellenz darauf hingewiesen haben, daß wir uns hier in Afghanistan befinden.«

Verbruggen nickte. Kein Amerikaner hier trug den Titel Exzellenz, und keinerlei Auslegung des Protokolls hätte ihn Verbruggen zugestanden, aber ich wußte längst, daß sich jeder diese Anrede gern gefallen ließ.

»Gibt es keine Möglichkeit, daß jemand von uns die Familie aufsucht und selber nachschaut?« fragte Nexler.

Der Marineattaché drehte sich heftig zu seinem Kollegen um. »Sie übersehen dreierlei: In Afghanistan ist ein Privathaus eine unzugängliche Festung, und wenn man trotzdem versucht einzudringen, so schießen sie. Das Land kennt kein *habeas corpus* und, das Wesentlichste, Ellen Jaspar ist keine amerikanische Staatsbürgerin mehr.«

»Vielleicht sollten wir das dem Senator von Pennsylvania mitteilen«, sagte Nexler trocken.

»Der kann uns wegen dieser verdammten Sache hübsch auf die Hörner nehmen, aber nicht wir die afghanische Regierung. Na, und was war also Schah Khans dritter Einfall?«

»Er hat mich auf etwas hingewiesen, was ebenfalls schon vorgekommen ist. Nämlich, daß sie davongelaufen sein und versucht haben könnte, die britisch verwaltete Eisenbahnstation von Tschaman zu erreichen. In diesem Fall wüßten wir jedenfalls, daß sie in Tschaman nicht eingetroffen ist, wie eine Rückfrage ergeben hat. Dann wäre sie in der Wüste umgekommen, genau wie die zwei erwähnten anderen Frauen.«

»Von denen habe ich keine Akten«, protestierte Richardson.

»Das war lange vor Ihrer Zeit«, beruhigte ich ihn, und er zog sich hinter den Rauch aus seiner Pfeife zurück.

»Ist Ihr Rapport damit beendet?« fragte Verbruggen.

»Ja, Sir«, sagte ich mit einer Entschiedenheit, die keineswegs meinem wirklichen Empfinden entsprach. Denn da war noch Schah Khans Erwähnung von einem unglaubwürdigen Gerücht, das er mir vorenthalten hatte. Doch schwieg ich lieber davon, weil ich zu vernünftigen Schlußfolgerungen kommen wollte statt zu willkürlichen Spekulationen.

»Ich möchte darauf hinweisen«, brummte Verbruggen mit dem nüchternen Realismus, der bezeichnend für ihn war, »daß die erste Alternative zwei weitere Möglichkeiten enthält, die Ihnen entgangen sind. Schah Khan hält es also für möglich, daß Ellen Jaspar sich umgebracht hat. Ebenso gut könnte aber auch dieser Nazrullah sie umgebracht haben.«

Nur Muhammad, von dem ich eigentlich erwartet hätte, daß er sofort gegen diese Verdächtigung seines Landsmannes protestierte, erklärte sich indessen mit der Logik dieser Annahme einverstanden.

»Es ist nicht ausgeschlossen«, sagte er, »aber ich kenne Nazrullah ganz gut. Es ist zumindest sehr unwahrscheinlich, daß er eine Ferangi ermordet.«

Verbruggen nickte. »Unwahrscheinlich auch nach allem, was ich selber von ihm weiß. Aber ich wollte nur auf die Möglichkeit hinweisen.«

»Danke, Sir«, sagte ich. »Ich habe diesen Nazrullah zwar nie gesehen, aber nach allem, was ich bisher über ihn zu lesen bekam, scheint er nicht der Typus eines Mörders.«

»Wir verlieren uns in Mutmaßungen«, mahnte Verbruggen, »kehren wir zu den Tatsachen zurück.«

Richardson hüstelte. »Ich habe einen kompletten Bericht über Ellen Jaspar. FBI und der Marinegeheimdienst haben uns ausgeholfen.« Er öffnete feierlich seinen Aktendeckel, schaute fragend zu Nexler, ob er beginnen solle, wartete aber die Antwort nicht erst ab:

»Ellen Jaspar, geboren in Dorset, Pennsylvania, 1922. Vater Grundstücksmakler und Versicherungsagent. Sie hat einen Bruder, drei Jahre jünger, normal in jeder Hinsicht, diente in der Armee, zufriedenstellend. Jetzt Student, Universität von Pennsylvania. Beiliegend Photographie der Jaspars 1943, ein Jahr bevor Objekt unserer Untersuchungen späteren Ehemann kennenlernte.«

Richardson nahm die Photographie zur Hand. »Wenn Sie die typische amerikanische Familie sehen wollen – hier ist sie. Sogar der Collie und der Buick fehlen nicht.«

Sie hätte tatsächlich aus jedwedem Teil der Staaten stammen können, die Mutter ein bißchen mollig und gut angezogen, der Vater groß, solide wirkend, der Sohn ein wenig verlegen und in etwas zu knappen Hosen, der Collie sehr gepflegt, der Buick soeben gewaschen, die Tochter ...«

»Sie ist viel hübscher als die meisten Ausländerinnen, die mit einem Afghanen verheiratet sind«, sagte Nur Muhammad, als er die Photographie betrachtete.

Richardson aber sagte zu meinem Erstaunen: »Donnerwetter, mit der wär' ich gern mal ausgegangen, die ist ja prima!«

Ich sah sie mir noch einmal an. Ellen Jaspar war mit ihren zwanzig Jahren die typische Schülerin eines der guten Mädchen-Colleges wie Bryn Mawr: Sehr schlank, elegant, eine attraktive Blondine, die auf Nazrullah natürlich Eindruck gemacht haben mußte. Vermutlich hätte niemand sie für eine Intelligenzbestie gehalten, dafür war sie zu hübsch, andererseits auch kaum für eine von den besonders Scharfen bei den Wochenend-Tanzereien, dafür schien sie wieder zu intelligent. Sie war sozusagen ein blitzsauberes Ding. Man sah ihr an, daß sie sehr gepflegt war, und kam nicht auf den Gedanken, sie hätte sich zum Photographieren besonders zurechtgemacht.

Kapitän Verbruggen nahm das Bild an sich. »Gibt es irgendwelche Anhaltspunkte, wieso sie ausgerechnet einen Afghanen geheiratet hat?«

Richardson, der auf dem Photo etwas entdeckt haben mußte, was uns anderen entgangen war, sagte: »Für meine Begriffe sieht sie aus wie eine von denen, die dauernd etwas auszusetzen haben und an ihrer Mutter herumkritisieren.« Verbruggen, der ebenfalls eine Tocr hatte, lachte. »Wir wissen ja«, fuhr Richardson fort, »daß zwölfjährige Mädchen sich meistens wegen ihrer Eltern genieren. Aber dieses Alter geht, gottlob, rasch vorbei. Diese Ellen Jaspar aber sieht aus wie der Typ, der bis in seine Zwanzigerjahre hinein nicht von der ständigen Auflehnung gegen seine Zeit und seine Umwelt losgekommen ist.«

Ich ließ mir das Bild noch einmal geben und fand jetzt, daß Richardson nicht unrecht haben mochte.

Verbruggen fragte, ob etwas dergleichen in den Berichten erwähnt sei.

»Jawohl«, sagte Richardson. »Sie hat die höhere Schule in Dorset mit Erfolg besucht. Aber dann zeigte sie sich mit allem und jedem unzufrieden. Ihre Eltern taten sie in eine gute Privatschule nach Philadelphia, wo sie sich anscheinend wohl fühlte; denn sie machte alles mit, Hockey, Chorsingen, Theateraufführungen. Die Jungens führten sie zum Tanz aus, und im Sommer half sie sogar bei der Beaufsichtigung in irgendeinem Ferienlager. War ganz in Ordnung.«

»Vielleicht hätte sie gerne Reisen gemacht?«

»Davon wissen wir nichts. Aber sie machte gerne Feld- und Gartenarbeit und leitete auch die Kinder im Ferienlager dabei an.«

»Und im College?« fragte Verbruggen, »auch wieder Hokkey, Singen, Theaterspielen?«

»Richtig«, sagte Richardson. »Nur daß sie so gut sang, daß sie in einen halbprofessionellen Chor aufgenommen wurde, der bei Konzerten in Philadelphia mitwirkte.«

Verbruggen lehnte sich zurück und sah zur Decke. »Unbegreiflich«, sagte er. »Wo steckt denn nur der schwache Punkt, der sie zu dieser Heirat veranlaßte?«

»Tja«, sagte Richardson, »die erste Andeutung kam vielleicht von einem ehemaligen Mitschüler in Dorset, der befragt worden ist. Ich habe seine Aussage hier:

Als Ellen aus der Schule von Philadelphia wieder heimkam, war sie recht hochnäsig. Ich meine nicht wegen reich oder so, da war sie immer nett, aber sie hat so komische Sachen dahergeredet. Sagte, daß Dorset stinkfad wäre, und fragte uns, ob wir wirklich Lust hätten, unser ganzes Leben hier zu versauern und jedes Wochenende in den Landklub zu gehen. Und was da schon groß dran wäre! Allmählich hat mich das geärgert, und ich hab mich nicht mehr mit ihr verabredet.«

Richardson ließ das Blatt sinken und lächelte nachdenklich. »Das ist die Version des jungen Mannes. In Wirklichkeit scheint es umgekehrt gewesen zu sein. Sie hat aufgehört, sich mit ihm zu verabreden. Wenigstens haben alle anderen es so dargestellt.«

»Ist denn Dorset so schlimm?« fragte Verbruggen, genau wie Schah Khan gefragte hatte.

»Auch darüber haben wir einen Bericht. Es scheint eine sehr nette Kleinstadt zu sein, gute Familien, gute Pastoren, gute Schulen. Irgendwo in der Nähe gibt es sogar ein kleines Theater. Jedenfalls ist Dorset über dem Durschnitt. Als Ellen Jaspar nach Bryn Mawr kam, nahm ihre Widersetzlichkeit zu. Aber ich möchte betonen, daß keiner von allen Befragten erklärte, er habe vorausgesehen, daß sie irgendeine Verrücktheit begehen könnte. Meistens findet sich in solchen Fällen mindestens einer, der eine Katastrophe kommen sah. In unserem Fall aber niemand. Ihre Zimmergenossin hat zum Beispiel folgendes ausgesagt:

Ellen war ein gutes, liebes Ding. Sie war treu, verantwortungsbewußt und vertrauenswürdig. Wir haben drei Jahre miteinander verbracht, und wenn sie etwas unternahm, so tat sie es mit offenen Augen. Sie hatte durchaus gutartigen Charakter.

Eine andere Zimmergefährtin schilderte sie etwas anders:

Ellen konnte sehr erbittert sein über das, was sie die Nichtigkeit in ihrem Familienleben daheim nannte. Es graute ihr davor, wieder nach Hause zu gehen, dort zu leben oder sich dort zu verheiraten. Ich bin ein paarmal bei ihr daheim gewesen, und mir hat es sehr gut gefallen. Ich konnte ihre Abneigung gar nicht begreifen, aber es war ihr ernst damit. Einmal hat sie höhnisch gesagt, daß die Leute in Dorset nicht bloß die Uhren zurückstellen, sondern den Erfinder der Uhr am liebsten erschießen würden. Sie hat mir anvertraut, daß sie entschlossen sei, niemals dorthin zurückzukehren; woraufhin ich ihr sagte, daß es in New York oder Chicago wahrscheinlich nicht weniger idiotisch zugeht. Kann sein, hat sie geantwortet, aber irgendwo auf Erden muß es doch etwas geben, was anders ist? Ich habe ihre Bitterkeit nie verstehen können.«

»Um Gottes willen«, rief Kapitän Verbruggen entsetzt, »das hört sich ja genau an wie meine Tochter!« Er zog eine Photographie von seiner Tochter aus der Brieftasche und zeigte sie uns. »Entdecken Sie einen Unterschied?« erkundigte er sich.

»Ja, natürlich«, sagte Richardson lächelnd. »Der Unterschied zwischen normalen jungen Mädchen und Ellen Jaspar trat während ihres zweiten Studienjahres im College zutrage. Sei erklärte einer Freundin, daß sie nie im Leben so einen Langweiler heiraten würde, dessen höchstes Lebensziel der Verkauf von Versicherungspolicen in Dorset wäre. Übrigens liegt da auch eine Aussage von einem Studenten am Haverford College vor:

Ellen war wirklich sehr anziehend, sie war einfach gute Klasse. Im ersten Jahr habe ich sie zu verschiedenen Tanzveranstaltungen eingeladen. Sie hat tolles Aufsehen erregt und vertrug sich ausgezeichnet mit meinen Kameraden, war sehr beliebt bei ihnen. Wenn sie sich später nicht so verändert hätte, wäre vielleicht aus unserer Freundschaft etwas Ernstes geworden. Jedenfalls dachte ich schon daran, es zumindest zu versuchen. Wodurch die Veränderung dann kam, weiß ich nicht. Erst meinte ich, es läge an mir, aber dann hörte ich auch von anderen Leuten, daß sie nicht mehr recht klug aus Ellen wurden. Trotzdem nehme ich die Schuld am Scheitern unserer Beziehung noch heute auf mich, weil ich immer denke, es hätte bloß der Richtige kommen müssen, um Ellen bei der Stange zu halten.«

Hm. Um diese Zeit ist dann wohl Nazrullah aufgetaucht!« sagte Verbruggen. »Haben Sie vielleicht auch darüber einen Bericht?«

»Allerdings«, sagte Richardson, der sich förmlich im Rampenlicht sonnte. Bevor er las, was Ellens damalige Zimmergenossin zu Protokoll gegeben hatte, zündete er sich gemächlich eine Pfeife an, dann nahm er das Blatt zur Hand.

»Im März 1944 war auf der Wharton School ein Tanzabend, und vier von uns waren dazu eingeladen. Oder vielmehr, ein Freund von mir hatte mich gebeten, noch drei nette Freundinnen mitzubringen. Obwohl Ellen damals nicht mehr gern ausging, redete ich ihr gut zu. Sie würde einen sehr netten Franzosen kennenlernen, der ihr bestimmt gefiele und so. Sie entschloß sich mitzukommen. Wir fuhren mit der Bahn nach Philadelphia, und mein Freund erwartete mich mit einem komischen Vehikel, einem lustigen alten Klapperkasten. Neben ihm stand ein dunkler junger Mann, der einen Cadillac hatte und außerdem einen Turban trug. Das war zu viel. Ellen sah ihn, er wurde ihr vorgestellt, und schon war's um sie geschehen. Von diesem Tag an trafen sie sich sehr oft. Später kreuzte auch noch ein zweiter Afghane von der Botschaft in Washington auf, und sie fuhren alle zusammen nach Dorset, um Ellens Familie zu besuchen, was aber ein völliges Fiasko gewesen sein muß. Als Ellen zurückkam, war sie ganz außer sich und sagte, daß sie lieber mitten in der Wüste umkommen würde, als irgendsoeinen Holzbock aus Dorset zu heiraten. Sie hat kurz vor den Abschlußprüfungen das College verlassen, und ich hörte nur im Herbst noch einmal von ihr. Da erschien sie plötzlich bei uns zu Hause in Connecticut und war ziemlich nervös. Dieser Nazrullah war ohne sie nach Afghanistan abgereist. Sie besaß einen Paß und auch ein paar Hundert Dollar, brauchte aber noch weitere Zwölfhundert. Es war sicher idiotisch von mir, aber ich hab sie ihr geliehen. Und seitdem habe ich nie wieder von ihr gehört.«

»Auch niemand anderer«, brummte Verbruggen. »Und was hat der Vater gesagt?«

Richardson las vor.

Ich heiße Thomas Shalldean Jaspar, bin Inhaber einer bekannten Versicherungs- und Grundstücksagentur in Dorset. Der Name meiner Frau ...«

»Die Einzelheiten über die Erzeuger können wir uns vielleicht schenken«, unterbrach Verbruggen. Richardson legte das erste Blatt beiseite, bevor er weiterlas:

»Mein Frau und ich kommen einfach zu keiner Erklärung für die Handlungsweise unserer Tochter, sosehr wir uns auch den Kopf zerbrechen. Ellen war solch gutes Kind, bis sie plötzlich begann, alles und alle hier in Dorset, auch meine Frau und mich, zu kritiseren. Als sie nach Bryn Mawr kam, wurden wir etwas optimistischer. Sie hatte zwei besonders nette Mädchen als Zimmergenossinnen und lernte ein paar wirklich nette Studenten vom Haverford College kennen. Aber dann ging doch alles schief. Sie wollte von den jungen Leuten nichts mehr wissen, und wenn sie uns daheim besuchte, was selten genug vorkam, war sie ausgesprochen gehässig. Ihr Benehmen war einfach abnorm.«

Richardson hielt inne und zog an seiner Pfeife. »Ich brauche Ihnen das nicht alles vorzulesen«, sagte er. »Nur ist mir da etwas aufgefallen. Immer, wenn Mister Jaspar auf etwas zu sprechen kommt, was nicht alltäglich ist, nennt er es abnorm. Er und seine Frau scheinen ein ziemlich feststehendes Urteil für alles parat zu haben. Was nicht ins Schema ihrer Vorstellungen paßt, das ist dann eben abnorm.«

»Besten Dank für ihre profunde Analyse«, sagte Verbruggen. Auf anderen Botschaften hätte eine so bissige Bemerkung die Gefährdung einer Karriere anzeigen können, da sie immerhin vom Stellvertretenden Botschafter kam, aber auf einem so irregulären Außenposten wie hier arbeiteten wir eben auch unter irregulären Regeln, die einen ziemlich großen Spielraum für Späße erlaubten. Verbruggens trockene Bemerkung war sicher genauso auf ihn selbst wie auf Richardson gemünzt, und sie lachten alle beide.

»Verzeihung, Sir«, sagte ich, »aber vielleicht haben wir den Hinweis, nach dem wir suchen, gerade in diesem Wort? Wenn Mister Jaspar alles abnorm findet, was nicht ganz gewöhnlich und alltäglich ist, so war seine Tochter womöglich in Versuchung, sich gegen dieses Schema aufzulehnen? Und was hätte sie Absurderes tun können, als sich einen Afghanen mit Turban und Cadillac zu suchen.«

»Mein lieber Miller«, sagte Verbruggen, »als ich Richardsons Analyse profund nannte, meinte ich es wörtlich; denn ich dachte, die Folgerung käme erst noch, weil ich sie offengestanden nicht ganz mitgekriegt hatte. Aber jetzt haben Sie mir's ganz klar gemacht, und ich danke Ihnen.«

Richardson zündete sich wieder die Pfeife an. »Vielleicht sollten wir doch noch einmal auf Mister Jaspars Aussagen zurückkommen, der tatsächlich ein komplett stumpfsinniger Herr zu sein scheint. Seine Äußerungen jedenfalls sind es. Also:

Auf einem durchaus formellen Tanzabend an der Wharton School lernte meine Tochter einen jungen Mann aus Afghanistan kennen. Noch bevor wir auch nur das mindeste über ihn wußten, war sie bereits in ihn verliebt. Selbstverständlich wandten wir uns sofort an ein Detektivbüro, und dort erfuhren wir, daß er einen Cadillac besaß, auf den Universitäten gute Noten bekam und zu Beginn des Krieges in Deutschland gewesen war. Das berichteten wir natürlich sofort dem FBI, aber die erklärten, sie wüßten Bescheid über ihn. Er sei kein Spion. Nach der Abschlußprüfung ging der junge Mann ...«

»Sie bemerken, daß Mister Jaspar nie den Namen Nazrullah nennt? Wahrscheinlich fand er ihn abnorm.«

»Vielleicht war er nur verwirrt, weil Nazrullah keinen Nachnamen hat«, mischte sich Nur Muhammad ein. Kapitän Verbruggen nickte ihm freundlich zu, und wir hörten weiter.

Eine Woche vor dem Examen verließ Ellen das College, und keiner wußte, wo sie war. Jedenfalls nicht mit dem jungen Mann zusammen; den beobachteten unsere Detektive nämlich, bis er sich nach Afghanistan einschiffte. Eine Weile später tauchte Ellen dann bei einer Freundin in Connecticut auf, von der sie sich zwölfhundert Dollar lieh, die ich selbstverständlich zurückzahlte, als ich es erfuhr. Von dort ging sie nach England. Wie sie das schaffte, wissen wir nicht; denn damals im Krieg war das sehr schwierig. Ich nehme an, daß sich die meisten Leute von abnormen Abenteuerern imponieren lassen, besonders wenn es sich um ein hübsches junges Mädchen handelt. Seit Februar 1945 haben wir kein Wort mehr von unserer Tochter gehört.«

Richardson brach ab. »Hat keinen Zweck, weiterzulesen, der unglückliche Mann hat keine Ahnung ...«

Auch aus Ellens College hatte Richardson Berichte. Dekane und Professoren hatten alle übereinstimmend ausgesagt, daß sie niemals Schwierigkeiten gemacht habe. Zufrieden über die Lückenlosigkeit seiner Akten, schloß Richardson die Mappe.

Ich war die ganze Zeit über recht beeindruckt gewesen von der gelassenen Miene, die Nexler zur Schau trug. Jetzt hüstelte er diskret und zog einen Brief aus der Jackentasche, den er sorgsam entfaltete. »Es war nicht ganz zutreffend«, sagte er, »zu behaupten, kein Mensch habe die Entwicklung der Dinge vorhergesehen. Ich habe da einige Informationen von Harvard eingeholt, wo ein Professor von Bryn Mawr zur Zeit Gastvorlesungen hält. Eine ungewöhnliche Rückfrage bei unseren dortigen Leuten ...« Er wandte sich herablassend zu Richardson und sagte beiläufigen Tones: »Später will ich Ihnen den Brief gern überlassen. Er dürfte von Bedeutung sein.«

Begreiflicherweise schien Richardson ärgerlich, weil man ihm Informationen vorenthalten hatte, aber er verbarg seinen Unwillen hinter dem Ritual des Pfeifeanzündens. »Es würde mich interessieren, was Sie erfahren haben«, sagte er mit erzwungener Liebenswürdigkeit.

»Vielleicht hat es auch weiter keine Konsequenzen«, sagte Nexler kühl, »es stammt lediglich von einem Professor für Musik, den Ihre Leute seinerzeit übersehen haben. Er sagte folgendes:

Die Neuigkeiten über Ellen Jaspar überraschen mich nicht; denn ohne mit den Anschein von Allwissenheit geben zu wollen, muß ich gestehen, daß ich irgend etwas dieser Art kommen sah. Ich habe es auch Ellens Eltern mitgeteilt, aber sie haben dem keine Beachtung geschenkt.

Gleich als Ellen bei uns in Bryn Mawr eintrat, berührte mich ihr Anblick seltsam. Sie erschien mir wie jemand, dem ein tragisches Schicksal bevorsteht. Anders kann ich es nicht ausdrücken, obwohl tragisch nicht ganz das ist, was ich meine. Ich sah in ihr ein Mädchen voll bester Absichten, das entschlossen war, sich von unserer Gesellschaftsordnung loszusagen, und ich fragte mich oft, ob sie wohl genug Kraft besitzen würde, sich etwas Besseres dafür aufzubauen.

Ohne daß ich sie gefragt hätte, gestand sie mir eines Tages, daß sie bestimmt so weit wie irgend möglich von Dorset weggehen würde. Sie sagte es voller Haß, was mir aber damals nicht sonderlich alarmierend schien; denn dergleichen äußern viele junge Menschen in ihrem ersten Jahr am College. Als sie sich dann auffallend viel mit mittelalterlicher Musik beschäftigte, fühlte ich, daß dies nicht allein der Musik galt. Sobald ich aber ihre anderen Lehrer über sie befragte, fanden sie nichts Ungewöhnliches an ihr, obwohl sie allen als überdurchschnittlich erschien. Ich mußte also annehmen, daß es sich um eine temporäre Laune bei ihr handelte.

Als Ellen dann im zweiten Jahr aus den Ferien zurückkam und die Welt als völlig sinnlos erklärte – so, als ob sie nur aus den Tanzveranstaltungen eines Kleinstadtklubs bestehe, fing ich an, ihre zunehmende Bitterkeit ernster zu nehmen, und bat meine Frau, einmal mit ihr zu reden. Wir luden Ellen Jaspar und einen Studenten von Haverford, mit dem sie damals ein wenig befreundet war, zum Mittagessen ein. Wir fanden den jungen Mann sympathisch, mußten freilich zugeben, daß Ellen recht hatte, wenn sie behauptete, daß seine Ambitionen nicht weiter reichten als die ihres Vaters.

Mein Frau und ich waren schließlich überzeugt davon, daß Ellen sich eines Tages ernstliche Unannehmlichkeiten zuziehen würde. Wir schrieben einen gemeinsam von uns unterzeichneten Brief – weil männliche Lehrer an Mädchenschulen ja mitunter gewisser Dinge verdächtigt werden, was wir vermeiden wollten. Wir schrieben den Eltern also, daß für ihre Tochter vielleicht schwere seelische Störungen zu befürchten seien, wenn man keinen ernsthaften Versuch unternehme, Ellen ihrer Familie und ihrer Gesellschaftsklasse wieder zuzuführen. Wir zogen uns aber nur den Zorn der Eltern zu. Sie machten mich schlecht und wiesen darauf hin, daß ihre Tochter in ihren Fachgebieten zur vollen Zufriedenheit der Professoren arbeite, daß es abnorm sei, wenn ein Dozent für Musik sich einbilde, ihnen Ratschläge erteilen zu können usw. usw.

Es war natürlich nicht das erste Mal, daß ich diese Unterscheidung zwischen wichtigen und unwichtigen Fächern hörte, und ich muß bekennen, daß ich gegen solche Menschen immer gereizt bin.

Im Frühjahr 1944 lernte Ellen den jungen Afghanen kennen. Soviel ich weiß, war ich der einzige Mensch, mit dem sie über ihre Absicht sprach, den jungen Mann zu heiraten. Ich nahm sie sofort mit zu meiner Frau, dann baten wir auch den jungen Afghanen zu uns, um ihn ins Gebet zu nehmen. Er war übrigens einer der nettesten ausländischen Studenten, und wir dürfen nicht von uns behaupten, daß wir Ellen vorausgesagt hätten, sie würde Schwierigkeiten mit ihm bekommen. Vielmehr sagten wir ihr offen, daß wir ihn für einen sehr gebildeten Menschen hielten, daß aber eine solche Heirat ihre seelischen Probleme sicher nicht lösen würde. Darauf fragte sie, was denn ihre Probleme eigentlich seien. Ich antwortete ihr: Sie haben eine Krankheit, an der unsere ganze westliche Kultur leidet. Sie finden kein Genüge an den alten Konventionen und Anschauungen; aber Sie sind innerlich nicht stark genug, sich neue zu schaffen. Sie sah mich unsicher an und meinte, der Entschluß, mit Nazrullah zu gehen, könnte ihr darin vielleicht helfen. Ich erklärte ihr, daß es nichts helfe, andererseits aber auch nichts schaden würde. Dies war das letzte Gespräch, das ich mit Ellen hatte, und ich bin der festen Überzeugung, daß es nicht Nazrullah war, der Ellen getäuscht hat, sondern, umgekehrt, Ellen ihn. Sie hat sich, wie so viele junge Menschen, von den Glaubenssätzen losgesagt, die einst unsere Gesellschaft geformt haben, aber keine neue Lebensform gefunden, die ihr den nötigen Halt gibt, den jedes menschliche Dasein braucht.«

Nexler überreichte den Brief mit formeller Verbeugung Richardson während Kapitän Verbruggen polterte: »Also ich, ich hätte mich genauso verhalten wie die Jaspars. Wenn meine Tochter gute Note in den Hauptfächern bekommt und so ein windiger Musiker mir einen derart überspitzten Brief schreibt wie diesen da – nein, da wäre ich genauso wütend!« Er wandte mir sein gerötetes Gesicht zu. »Miller, wie finden Sie diesen Brief?«

»Nun, es ist wohl ein Teil des Bildes, das man sich von Ellen Jaspar machen muß, Sir«, sagte ich vorsichtig, um nicht sein Vaterherz zu kränken.

»Was für eine Antwort!« rief er ärgerlich. »Ich wollte ja nur sagen, daß ich als Vater genau reagiert hätte wie dieser Mister Jaspar. Aber als Außenstehender muß man zugeben, daß dieser Musikmensch wenigstens die Augen offen hatte.«

Nexler lächelte zufrieden.

Verbruggen wandte sich abrupt Nur Muhammad zu. »Ich habe dich herbestellt, Nur, um eine neue Ansicht über ein leider gar nicht neues Thema zu hören. Also was meinst du zu der Angelegenheit?«

Nur Muhammad gehörte zu den Afghanen, die es an jeder Botschaft gab. Sie lernten mit Leichtigkeit Französisch, Deutsch, Türkisch und hatten keine fest umrissenen Aufgaben. Er hatte eine annehmbare Erziehung, verstand es, sich rasch unentbehrlich zu machen, und stand, wie schon gesagt, natürlich zugleich im Dienst seiner eigenen Regierung. Es gab da eine stillschweigende Übereinkunft, nach welcher afghanische Angestellte wie Nur Muhammad ihrem Außenamt alles mitteilten, was die betreffende Botschaft dieses Amt offiziell wissen lassen wollte. Umgekehrt wurde es ebenso gehandhabt. Nur Muhammad war heute vormittag hierherbeordert worden, damit die afghanische Regierung erfuhr, daß wir in Kandahar ihre volle Unterstützung erwarteten.

Selbstverständlich tat Nur so, als ob weder er noch wir von dergleichen irgend etwas je gehört hätten. Er räusperte sich. »Exzellenz, ich denke folgendes: Die Dame wird nicht als Gefangene in Kabul gehalten, und Nazrullah hat sie auch nicht umgebracht. In Qala Bist ist sie wahrscheinlich auch nicht eingesperrt. Nur Frauen könnten eine Ferangi gefangenhalten. Männer könnten das nicht. Deshalb glaube ich, daß sie weggelaufen und auf dem Weg nach Tschaman, zu der englischen Eisenbahn, umgekommen ist.«

»Aber warum sind wir dann nicht informiert worden?«

»Nazrullah hofft sicher, daß sie noch am Leben ist. Und die afghanische Regierung ist ja mit Ihnen einig, Exzellenz. Schah Khan hat genausowenig Informationen wie Sie.«

»Na schön. Pass' aber gefälligst da unten im Süden auf Mister Miller gut auf. Wir haben keine Lust, uns über einen weiteren verlorengegangenen amerikanischen Staatsbürger Sorgen zu machen.«

»Ich werde ihn hüten wie meinen Augapfel, Sir«, sagte Nur. Der abschließende Ton, in dem Verbruggen gesprochen hatte, verriet ihm, daß er sich verabschieden solle, und er zog sich mit viel Würde zurück.

Dann wandte Verbruggen sich zu mir: »Ich möchte, daß Sie sich dort unten noch um etwas anderes kümmern. Verschiedene Botschaften hier möchten sich zusammentun, um einen gemeinsamen Arzt zu engagieren. Natürlich einen Ferangi. Wir haben gehört, daß ein Deutscher in Kandahar praktiziert. Wie hieß er noch?«

Richardson schaute in seine Mappe: »Dr. Otto Stieglitz.«

»Richtig. Scheint ein Flüchtling zu sein, Nazigegner. Andererseits könnte er aber auch nach Afghanistan geflohen sein, um den Russen oder den Engländern zu entwischen, die ihm möglicherweise einen Kriegsverbrecherprozeß gemacht hätten. Die Italiener empfehlen ihn jedenfalls als guten Arzt. Interessieren Sie sich also mal für ihn. Womöglich weiß er sogar irgend etwas über Ellen Jaspar.«

»Noch etwas, Sir«, sagte ich nun, nachdem wir bei unserer Beratung zu keinem konkreten Resultat gekommen waren, »beim Abschied gestern deutete Schah Khan etwas an von einem Gerücht. Es sei aber dermaßen ausgefallen, daß er es mir nicht wiederholen wolle, damit es nicht in Verbindung mit seinem Namen in unsere Akten kommt. Jedenfalls gibt es also ein Gerücht, hartnäckig genug, um von Kandahar bis Kabul gelangt zu sein, auch wenn es noch so abnorm wäre ...«

»Da gebrauchen Sie ja Mister Jaspars Lieblingswort«, lachte Verbruggen.

»Schah Khan nannte es absurd. Aber es bedeutet wohl in diesem Fall dasselbe. Ich weiß nicht ...«

»Na, heraus mit der Sprache, Miller, Sie haben wohl die ganze Nacht darüber nachgedacht?«

»Ich meine – ich meine, ob Ellen Jaspar womöglich Nazrullah umgebracht hat und die afghanische Regierung es zu vertuschen sucht?«

Richardson schüttelte den Kopf. »Die afghanische Regierung, das ist schließlich Schah Khan. Dann hätte er es doch nicht Ihnen gegenüber angedeutet.«

Verbruggen gab sich noch nicht zufrieden. »Hat irgend jemand Nazrullah seither gesehen?«

»Jawohl«, sagte Richardson, »dieser Experte für Bewässerungsanlagen, Professor Pritchard aus Colorado. Er hat berichtet, daß er bei seinen Untersuchungen der Wasservorkommen entlang der persischen Grenze in Qala Bist mit Nazrullah gesprochen hat.«

»Ob sie vielleicht mit den Russen Unannehmlichkeiten bekommen hat?« sagte ich. In Amerika wäre sicher jedermann über diese Frage erstaunt gewesen; denn 1946 wußte man dort noch so gut wie nichts über die Haltung Rußlands uns gegenüber. Hier in Kabul, wo man Tür an Tür mit Rußland lebte, sahen die Dinge damals bereits anders aus.

»Daran habe ich auch schon gedacht«, sagte Verbruggen.

Wenn die Berichte der amerikanischen Botschaft in Kabul aus der damaligen Zeit je veröffentlicht werden sollten, wird jeder, der in diesen Jahren dort Dienst tat, wie ein Genie erscheinen. In Wirklichkeit gehörte nichts weiter dazu, als daß wir alle imstande waren, bis zehn zu zählen, nachdem Richardson einen sehr klaren Sinn für Tatsachen hatte und Kapitän Verbruggen einen guten Instinkt für militärische Angelegenheiten.

»Die Afghanen verabscheuen den Kommunismus«, sagte ich, »insbesondere seine Haltung religiösen Fragen gegenüber. Andererseits wissen wir, daß der russische Geheimdienst hier tätig ist. Wenn nun eine amerikanische Staatsangehörige kein Geheimnis daraus macht, daß sie nicht nur von Amerika, sondern auch von Afghanistan genug hat – könnten dann nicht die Russen sich ihr genähert haben?«

Richardson versuchte seine Pfeife in Brand zu bekommen. »Da sind auch noch die Chinesen. Vergessen wir nicht, daß die vom chinesischen Kommunismus kontrollierten Länder im Norden an Afghanistan grenzen.«

»Ach was«, sagte Verbruggen, »ich glaube, da sind wir auf der falschen Fährte. Wenn sie zu den Russen oder zu den Chinesen übergelaufen wäre, hätten die es bestimmt aus Propagandagründen an die große Glocke gehängt. Nein, nein. Ebensogut könnten wir vermuten, daß sie sich in diesem Augenblick gerade mit 'nem europäischen Prinzen in Venedig amüsiert. Warum sollte sie übrigens nicht wirklich nach Europa entkommen sein?«

Richardson widersprach entschiedenen Tones. »Die Chancen einer Amerikanerin, nach Indien zu gelangen, ohne bemerkt zu werden, dann von Karatschi oder von Bombay aus per Schiff nach Europa, sind so minimal, daß man sie überhaupt nicht in Betracht ziehen kann. Möchten Sie vielleicht die britische Botschaft anrufen und sich erkundigen?«

»Nein, ich sehe es ein«, sagte Verbruggen. »Sie werden also herausfinden müssen, Miller, was passiert ist.«

»Ich werde mein Bestes tun, Sir«, sagte ich.

»Entweder Sie klären den Fall, oder Sie landen verdammt schnell wieder bei der Marine«, brummte er. Alles lachte, und

Richardson ging, gefolgt von Nexler. Als wir allein waren, legte Verbruggen mir den Arm um die Schulter. »Miller, es wäre eine feine neue Feder an meinem Hut, wenn wir Licht in diese Sache brächten, bevor der Alte aus Hongkong zurück ist.«

»Ich will mir alle Mühe geben«, versprach ich noch einmal.

»Aber auch nichts überstürzen, Miller, hören Sie? Es ist Ihr erster wichtiger Auftrag. Sie können gar nicht genug Informationen einholen. Und versuchen Sie auch, das Land besser kennenzulernen! Scheuen Sie sich nicht etwa davor, einen dämlichen Eindruck zu machen. Es könnte sein, daß uns in dieser Gegend demnächst ein kleiner Krieg aufgezwungen wird, und Sie wären dann der einzige Amerikaner der wenigstens Teile von ihr zu sehen bekommen hat. Sperren Sie nur gut die Augen auf.«

»Soll geschehen, Sir.«

»Herrje, ich wünschte, ich könnte mit Ihnen tauschen!« rief er.

»Na also, viel Glück mein Junge.«

Nexler wünschte sich sehnlich, nach Paris oder auch nach Washington zu kommen, Verbruggen und ich aber liebten Afghanistan. Wir scherten uns nicht um Darminfektionen oder Einsamkeit. Afghanistan bot eine Aufgabe, die sehr schwer zu lösen war; früher oder später mußte man seine Fähigkeiten auf diesem vorgeschobenen Außenposten beweisen, und die Anfänge hier hatte ich bereits hinter mir.

## 5

Es war noch nicht ganz hell, als Nur Muhammad und ich den Jeep für die Fahrt nach Kandahar vollpackten. Wir verstauten Benzinkanister, Reservezündkerzen, ein Seil, die Handkurbel, Schlafsäcke und Medikamente. Dem Vorrat der Botschaft hatten wir vier Kisten mit Armeerationen entnommen, zwei Reservereifen und ein paar Behälter mit Trinkwasser. Hätte uns ein Landfremder beobachtet, so wäre er nie auf den Gedanken gekommen, daß wir lediglich aus der Hauptstadt eines souveränen Landes in die nächstgrößere Stadt fuhren, die obendrein nicht einmal so weit entfernt lag. Eher sahen wir aus wie Abenteurer, die sich einer Karawane auf unerschlossenen Wegen zugesellen wollten, und dergleichen stand uns auch bevor, ohne daß wir es wußten.

Bevor wir Kabul verließen, bat ich Nur, am Haus von Nazrullahs Familie vorbeizufahren. Es lag an der Peripherie der Stadt. Angesichts der hohen, widerstandsfähigen Holztore, die mit uralten Riegeln verrammelt waren, wurde mir klar, daß es sich um eine der üblichen Festungen handelte. Die Lehmmauern, die das Grundstück umgaben, waren einige Meter hoch, so daß alles, was dahinter lag, unsichtbar blieb.

Es gab kein Gesetz, das irgend jemanden dazu berechtigt hätte, in ein solches Haus einzudringen, wo man eine Frau mit Leichtigkeit für immer verbergen konnte.

Wir hielten an und betrachteten die schweigende, abweisende Mauer, als am Tor plötzlich ein schwaches Licht aufglomm. Jemand schien uns in der Dämmerung zu beobachten.

»Meinst du, sie wissen, wer wir sind?« flüsterte ich.
»Selbstverständlich. Ein Jeep bedeutet Ferangi.«
»Warum fragen wir nicht einfach nach Ellen?«
Zu meiner Überraschung wies er das nicht einfach von sich, sondern kletterte achselzuckend aus dem Wagen und ging ans Tor. Obschon der unsichtbare Späher ihn sehen mußte, ereignete sich nichts, und Nur entschloß sich, den Glockenstrang zu ziehen.

Das Licht bewegte sich von neuem. Nach der landesüblichen Pause öffnete sich die kleine Pforte, die in das eigentliche große Tor eingelassen war. Ein hagerer Mensch, in Tücher gewickelt und mit einem schmuddeligen Turban auf dem Kopf, kam zum Vorschein. Unbewegt hörte er zu, was Nur ihm sagte, und schüttelte dann verneinend den Kopf. Wieder quietschte die kleine Pforte und schloß sich. Zwischen den dicken Bohlen konnte ich das kleine Licht verschwinden sehen.

»Sie wissen nicht, wo sie ist«, sagte Nur und warf einen geringschätzigen Blick auf die Mauer, die im grellen Licht unserer Scheinwerfer lag.

Die Straße von Kabul nach Kandahar ist etwa dreihundert Meilen lang und existiert seit dreitausend Jahren. Nach ihrem Zustand im Winter 1946 beurteilt, mußten die letzten Ausbesserungsarbeiten ungefähr achthundert Jahre zurückliegen. Jede einzelne Meile auf ihr war ein Abenteuer. Die Schlaglöcher zwangen uns, nicht mehr als dreißig Kilometer die Stunde zu fahren, und wo immer die Feuchtigkeit von den Felsen heruntersickerte, lag die Straße tief unter Wasser, so daß wir Umwege über aufgeweichte Felder machen mußten. Wir kamen an vielen Fahrzeugen vorbei, deren Insassen friedlich schliefen, bis einer von ihren Gefährten irgendwelche Ersatzteile zu Fuß von Kabul herbeischaffte.

Um sechs Uhr erhob sich die Sonne über den Bergen. Wir sahen hier und da eine Behausung aus Lehmziegeln, von Wällen umschlossen, die noch zusätzlich mit dornigem Gebüsch und scharfen Glasscherben abgesichert waren. Kleine bebaute Felder lagen neben der Straße, auf denen in guten Jahren ein wenig schütteres Getreide stehen mochte. Meistens aber blieb der Regen zwischen den nahen Bergen hängen, und dann war die Arbeit der Bauern vergebens.

Das Auffälligste an der Landschaft waren die Farben. Alles, was nicht unterm Schnee lag, war braun – die Berge, die Lehmmauern, der Boden, auf dem nichts wuchs. Auch die Menschen auf ihrem Weg nach Kabul schienen aus schmutzigem Braun zu bestehen, die Hemden, die ihnen bis auf die Knie hingen, waren vielleicht einmal weiß gewesen, jetzt waren sie schmutzig braun, und auch die Hunde waren braun.

Im Frühjahr von Kabul nach Kandahar zu fahren bedeutet, aus Schnee und Eis in ein Blütenmeer zu kommen. Schon am ersten Vormittag entdeckten wir blaue Blumen am Straßenrand. Über die braunen Felder flogen gelbe Vögel. Die großen Ebenen waren nicht mehr mit Schnee bedeckt und begannen beinahe verheißungsvoll auszusehen.

Unsere erste Rast machten wir in der alten Hauptstadt von Afghanistan, in dem durch seine Geschichte berühmten Ghazni. Bei meinen Studien über Afghanistan hatte Ghazni meine Phantasie immer ganz besonders beschäftigt. Aus der vieltürmigen Stadt war im Jahr 1000 ein barbarischer Eroberer hervorgegangen, Mahmud Ghazni, der Jahr für Jahr mit seinem Heer über den Khyber-Paß in die Ebenen von Indien zog und bei diesen Überfällen kein einziges Mal besiegt wurde.

Die Chronisten behaupteten von ihm, daß er die Städte Indiens »wie fette Kühe in der Sonne liegen ließ und regelmäßig erschien, um sie zu melken«. Er metzelte die Bewohner nieder, schöpfte den Reichtum des ganzen Landes ab und verwandelte seine schäbige kleine afghanische Stadt allmählich in ein Zentrum von Kultur, Reichtum und Macht.

Dieser Stadt näherten wir uns also, aber schon aus der Ferne schien es mir, als ob eine große Enttäuschung meiner harrte. Kahl, monoton, eine Ansammlung zerbröckelnder farbloser Bauten, umgeben von einem scheußlichen Lehmwall. Das Ganze sah auf den ersten Blick aus wie ein Haufen verkommener Kuhställe. Keine Bäume, kein Flußlauf, kein freier Platz. Dieser trostlose, im Absterben begriffene Wirrwarr elender Lehmhütten sollte die ärgste meiner Enttäuschungen in Afghanistan sein – Ghazni, einst eine der glanzvollsten Städte der Welt.

Als wir dann den Wall wirklich erreichten, gab es immerhin ein wenig Trost: Das gewaltige Stadttor, flankiert von zwei mächtigen Rundtürmen, war sehr schön. Außerhalb dieses Tores zu stehen, inmitten der anderen Fahrzeuge, und um Einlaß in die Stadt zu ersuchen, rief ein geschichtliches Gefühl wach. Als wir den Jeep in die engen Gassen hineinsteuerten, wurde mir der Unterschied zu Kabul sofort gegenwärtig. Dort verbreiteten die Botschaften eine internationale Sphäre, und deutsche Ingenieure hatten wenigstens den Flußlauf reguliert. Dergleichen gab es hier in Ghazni nicht.

Auf einem belebten kleinen Platz, der ungepflastert und von staubigen Verkaufsbuden gesäumt war, hielten wir schließlich an. Die Männer liefen in schmutzigen weißen Hosen, knielangen Kitteln, europäischen Westen und schäbigen Mänteln herum, und jeder hatte einen großen Turban auf. Alle trugen zerrissene Sandalen, die die Zehen frei ließen, und man entdeckte keine einzige von den hübschen Astrachanmützen. Herumziehende Händler schleppten sich mit Fellen und Häuten, mit Schläuchen voll Ziegenmilch, mit Trauben und Melonen aus dem Süden, mit Holzkohlebündeln und allen möglichen anderen ländlichen Produkten. Verglichen mit dem Basar von Kabul war dies hier armselig, die Farben fehlten, auch gab es keine ausländischen Waren, und keine einzige Frau war zu erblicken. Trotzdem wirkte es auf eine zeitlose Weise eindrucksvoll. Ich war es zufrieden, als Nur mich bat, auf den Wagen zu achten, bis er eine Unterkunft für uns gefunden hätte. Auf der miserablen Straße in Richtung Kandahar weiterzufahren, konnten wir nicht wagen; denn unterwegs irgendwo zu übernachten, wäre unmöglich.

Nach kurzer Zeit war ich dicht umringt von Leuten, die den Ferangi bestaunten und ganz entzückt waren, als ich sie in ihrer Sprache anredete. Sie erzählten mir, daß der Winter hart gewesen sei und Nahrungsmangel geherrscht habe. Da tauchte Nur wieder auf. Im selben Augenblick war die Menge auf geheimnisvolle Weise verschwunden. Ich dachte zunächst, die Leute hätten Angst, wegen ihrer Zudringlichkeit getadelt zu werden, sah aber sogleich, daß es vielmehr zwei Mullahs waren, zwei lange bärtige Kerle mit bösen Gesichtern, deren Anblick sie erschreckt hatte. Die Mullahs kamen auf unseren Jeep zu, den sie als Produkt der modernen Zivilisation zu beschimpfen begannen.

Ihr Zorn mäßigte sich, als ich sie in Paschto ansprach und ihnen versicherte, daß ich ihr Freund sei. Schießlich unterhielten wir uns über meine Reise nach Kandahar. Es stellte sich heraus, daß die Mullahs gar nicht so bösartig waren, wie sie schienen. Dank Nurs Redekünsten fingen sie sogar an zu lachen, so daß die Männer, die vorhin so lautlos auseinandergestoben waren, wieder herankamen und uns im Kreis umstanden. Nur versicherte ihnen, daß dieser Ferangi es weder auf die Frauen in Ghazni abgesehen noch jemals in seinem Leben Alkohol angerührt hätte, und so verneigten sie sich höflich, als wir von ihnen Abschied nahmen.

Nur Muhammad rief einen Jungen herbei, der mich zum Hoteleingang führte, während Nur den Jeep in den Hof lenkte, wo er unter Bewachung stand. Der Junge ging voraus, einen schmalen Pfad entlang. Und dann betrat ich mit großer Spannung zum erstenmal ein afghanisches »Hotel«. Das Zimmer hatte zwar Fenster, aber keine Glasscheiben darin, und keine Tür im ganzen Haus hatte ein Schloß. Es gab weder Wasser noch Heizung, kein Essen und kein Bettzeug, was allerdings auch überflüssig gewesen wäre; denn Betten gab es ebensowenig. Man mußte sich auf den Boden legen. Dennoch war es in einer Hinsicht bemerkenswert: auf dem schmutzigen Fußboden lagen fünf prachtvolle Perserteppiche. Sie stammten aus Samarkand und waren sicher von wandernden Händlern über Gebirge und durch Wüsten nach Afghanistan geschmuggelt worden. Sie lagen offenbar schon seit vielen Jahren hier, waren aber noch so farbenprächtig, als wären sie eben erst geknüpft worden. Die Teppiche machten mir das Hotel erträglich, und ich war böse, als Nur kam und all unsere Habseligkeiten, die Reservereifen inbegriffen, auf ihnen ablud.

»Wieso bringst du dieses Zeug hier herein?«

»Wo soll ich es sonst lassen, Miller Sahib?«

»Im Jeep natürlich«, sagte ich aufgebracht.

»Im Jeep?« wiederholte er erstaunt. »Da wird doch alles gestohlen!«

»Du wolltest doch zwei Männer mit Gewehren engagieren?«

»Aber Miller Sahib! Die sollen aufpassen, daß niemand die Räder stiehlt«, erklärte er mir geduldig. »Wenn wir die Ersatzreifen dort lassen, haben die beiden Männer sie nach zehn Minuten verkauft.«

»Na schön! Schauen wir, daß wir irgendwo etwas zu essen bekommen, ich habe Hunger.«

»Zusammen können wir unmöglich gehen. Einer von uns muß das Zimmer bewachen.«

Ich sah aus dem Fenster auf den Hinterhof und zeigte auf die beiden kräftigen Burschen, die es sich im Jeep bequem gemacht hatten.

»Kann nicht einer von den beiden heraufkommen?«

»Die?« fragte er gedehnt. »Die würden alles ausräubern und uns niederknallen, wenn wir sie dabei erwischen.«

»Ach so. Und warum hast du sie denn engagiert?«

»Damit sie aufpassen, daß die Räder am Jeep bleiben«, wiederholte Nur in unerschöpflicher Geduld. Dann zog er mich an das gegenüberliegende Fenster, das auf die Straße führte. Vierzig oder fünfzig verhungert aussehende Leute, die offenbar zu den Gebirgsstämmen gehörten, lungerten vor dem Haus herum. »Die warten darauf, daß wir beide zusammen das Zimmer verlassen«, sagte Nur leise.

Es war etwa drei Uhr nachmittags, als ich nach der ergebnislosen Suche nach einem Eßlokal wieder zu dem kleinen Platz zurückkam. Dort entdeckte ich schließlich eine Art Kaffeehaus. Es enthielt einen lebensmüden Tisch, drei ebensolche Stühle und eine von Fliegendreck undurchsichtige Wasserflasche. Aber – die Hauptsache – es roch nicht übel. Ich war an die afghanische Küche gewöhnt, und es stellte sich heraus, daß diese hier ausgezeichnet war. Der Kellner trug ein zerrissenes Jackett und einen grünen Turban. Er brachte mir eine Ladung Nan, dicke, aus grobem Mehl gebackene Fladen. Wir Ausländer liebten dieses Brot, das in Öfen aus Lehmziegeln über Holzkohlenfeuer gebacken wurde und noch den Geschmack von frischem Getreide hatte. Dazu bekam ich eine große Schüssel Pilav, eine dampfende Mischung aus Graupen, ungemahlenen, geschälten Weizenkörnern, Zwiebeln, Rosinen, Pinienkernen, Orangenstreifen und Stückchen von geröstetem Lammfleisch. Von Nan und Pilav hätte ich während meiner ganzen Reise leben können, ohne dessen je überdrüssig zu werden.

Während ich aß, versammelten sich wieder ein paar Neugierige. Zwei der Männer setzten sich auf die freien Stühle, die anderen stellten sich neben mir auf. Von Zeit zu Zeit bot ich ihnen ein Stück Brot an, mit dem sie in die Pilavschüssel langten. Auf diese Weise hatte ich sieben oder acht Gäste, die sich mit mir meine Mahlzeit teilten, und wir freuten uns dieser Gemeinsamkeit, die so typisch für den Orient ist.

Als ich bezahlt hatte und meinen neuen Freunden Lebewohl sagte, sah ich ein paar Männer schreiend und gestikulierend über den Platz laufen. Meine Gäste aber zerrten mich am Arm und verlangten aufgeregt, daß ich mit ihnen käme. Ich zögerte; denn ich hatte eigentlich Nur ablösen wollen, damit er zum Essen gehen konnte. Doch irgendein böser Geist veranlaßte mich, meiner Neugierde nachzugeben und den Männern hinaus vor das Stadttor zu folgen. Wir waren bald inmitten einer erregten Menschenmenge, die einen schweren in den Erdboden gerammten Pfahl umdrängte. Hinter diesem Pfahl, der etwa zwei Meter hoch war, standen vier Mullahs, unter denen ich auch die beiden von heute vormittag erkannte. Mit ihren düsteren, verschlossenen Gesichtern sahen sie aus wie Patriarchen aus dem Alten Testament. Ich hatte das beklemmende Gefühl, in irgendeine biblische Szene hineingeraten zu sein, die mindestens zwei bis drei Jahrtausende zurückliegen mußte. Die bärtigen Mullahs, die Kamele neben der zerfallenen Mauer drüben, die Menge der Männer im Turban – sonnengebräunte Gesichter, die Bärte grau vom Staub der Wüste: Das Ganze hätte tatsächlich die Szenerie zu irgendeinem religiösen Ritus in Ninive oder Babylon sein können.

Nur ein einziges Wahrzeichen für das zwanzigste Jahrhundert gab es hier, einen Telegraphenmast, dessen Leitung Ghazni mit Kabul verband und der in eine brüchige Stelle der Befestigungsmauer eingelassen war. Was ich jetzt zu sehen bekommen sollte, hätte mit seiner Hilfe zwar in ein paar Minuten aller Welt bekannt werden können, aber mit Ausnahme von Nur und mir hätte kein Mensch in Ghazni das auch nur für der Mühe wert gehalten.

Die Mullahs hatten zu beten angefangen. Die sinkende Sonne warf schräge Strahlen auf ihre scharfen Gesichter. Plötzlich verstummten sie. Aus dem Stadttor kamen vier bewaffnete Soldaten, eine unsicher gehende, barfüßige Frau in der Mitte. Ein grob gewebter weißer Chaderi und Gesichtsschleier verhüllten die schmale Gestalt, durch den sie wohl die haßerfüllten Blicke gewahrte, die sie begleiteten.

Die Soldaten banden die Hände der Frau an Nägel, die in den Pfahl geschlagen waren, und fesselten ihr auch die Füße, über die jetzt der Stoff des Chaderi fiel. Die Mullahs begannen wieder zu beten, und die Menge respondierte in einem Ritual, das ich nicht verstand. Dann legte einer der Priester los. Aber obgleich er Paschto redete und ich jedes Wort verstand, begriff ich nichts. Er prangerte die Frau als Ehebrecherin an und nannte sie die »Hure von Ghazni«.

»Hier steht sie, die leibhaftige Beschimpfung aller Menschen, die an Allah glauben!« rief er. Welche Strafe mochte der Unglücklichen wohl bevorstehen?

Dann trat ein anderer der Mullahs vor. »Wir haben den Fall dieser Ehebrecherin geprüft«, rief er, »und sie schuldig befunden. Wir übergeben sie dem Gericht der Männer von Ghazni.« Hierauf verließen alle vier Mullahs den Schauplatz und gingen in die Stadt zurück.

Während ich ihnen noch verblüfft nachschaute, hörte ich einen dumpfen Aufschlag und ein Stöhnen. Als ich mich umdrehte, lag ein ziemlich großer Stein vor den Füßen der Frau. Er mußte sie eben getroffen haben. Jetzt bückten sich die Männer neben mir nach Steinen – die gleichen, die zuvor meine Gäste gewesen waren. Bald standen alle ringsum bewaffnet, und mit derselben Zielsicherheit, mit der ich die Leute nach Hunden hatte werfen sehen, begannen sie die verhüllte Frau zu steinigen. Von allen Seiten kam der Hagel. Die Frau schrie nicht, dafür aber schrie die Menge. Ein kräftiger Mann hatte die Frau mit einem besonders schweren, kantigen Stein so hart getroffen, daß kurz danach das erste Blut durch den Chaderi drang. Dieser Anblick löste das Jubelgeschrei der Menge aus. Ein Stein von ähnlicher Größe traf die Frau an die Schulter und bewirkte wiederum beides: Blut und Jubelgeschrei. Ich spürte ein Würgen in der Kehle. Wer würde der Bestrafung Einhalt gebieten? Gleich darauf aber wurde mir wirklich übel. Ein großgewachsener Mann warf einen Steinbrocken gegen die Brust der Frau, Blut schoß durch den zerrissenen Chaderi, und jetzt stieß sie einen gellenden Schrei aus. Ich wollte davonlaufen, wurde aber durch die rasende Menge daran gehindert. Ich wußte recht gut, daß ein Fremder, der bei einem derartigen Vorgang auch nur den kleinsten Fehler beging, sein Leben riskierte. Ich flehte zum Himmel, daß die Leute endlich genug haben möchten von der abscheulichen Szene. Jetzt begriff ich auch den Sinn der Nägel. Sie verhinderten, daß die Frau, deren Gewand längst in Fetzen herabhing und die offensichtlich ohnmächtig geworden war, zu Boden sinken konnte. Ich hoffte, die Soldaten würden einschreiten, aber sie standen unbeteiligt da und sahen zu, wie die Männer nach immer neuen Steinen suchten. Den nächsten Steinhagel spürte die Frau gewiß nicht mehr. Einer von den kräftigsten Burschen befahl der Menge einzuhalten, weil er jetzt den richtigen Brocken gefunden hätte. Man gehorchte ihm willig. Die Menge beobachtete gespannt, wie er sorgfältig zielte und sein Geschoß mit widerwärtiger Kraft schleuderte. Es traf die Bewußtlose ins Gesicht, rasch hervorquellendes Blut zeigte den Erfolg, und die Masse johlte.

Inzwischen hatten sich die Stricke gelöst. Der Körper lag zusammengesunken am Fuß des Pfahles. Die Männer umdrängten ihn jetzt und schmetterten aus unmittelbarer Nähe immer größere Blöcke mit aller Kraft. Sie hörten erst auf, als der Körper zermalmt war und sich ein Steinhügel über ihn türmte. So sahen die Gräber draußen in der Einöde aus.

Völlig zerstört kam ich in die Stadt zurück. In dem Café saßen die Leute, mit denen ich Freundschaft geschlossen hatte; einer der Steinewerfer winkte mir grüßend zu. Sie unterhielten sich angeregt über den Vorfall und gratulierten sich wahrscheinlich gegenseitig zu den besten Treffern.

Nur Muhammad, der sich inzwischen durch einen Jungen Pilav hatte holen lassen, lag schlafend auf einem der Teppiche. Er wachte aber sofort auf, als ich das Zimmer betrat. »Wie sehen Sie denn aus, Sahib«, sagte er erschrocken, »Sie sind ja ganz weiß?«

»Eine Frau«, stammelte ich, »eine Ehebrecherin.«

»Steine?«

»Ja.«

Nur schlug die Hände vors Gesicht. Er schämte sich seines eigenen Landes.

»Es war furchtbar, Nur«, sagte ich. »Wie kann man so etwas zulassen?«

Er saß mit gekreuzten Beinen, während ich mich auf einem der Reservereifen niederließ.

»Sie dürfen nicht meinen, daß wir uns nicht schämen«, sagte er. »Moheb Khan, der König – wenn die so etwas sähen!«

»Warum verbieten sie es nicht?« fragte ich ekelerfüllt.

»Wenn sie es tun würden, Miller Sahib, dann kämen die Männer, die Sie vorhin gesehen haben, und alle Stämme aus dem Gebirge nach Kabul gestürmt, um Sie und mich und Moheb Khan und sogar den König umzubringen.«

»Das glaube ich nicht«, rief ich aufgebracht.

»Es ist früher oft genug passiert«, sagte Nur. »In Kabul gibt es ungefähr zweitausend aufgeklärte Afghanen, die genau wissen, daß solche Dinge abgeschafft werden müssen. In Kandahar gibt es vielleicht fünfhundert. In Ghazni keinen einzigen. Rechnen Sie sich aus: Zwölf Millionen irrsinnige Fanatiker gegen allerhöchstens fünftausend vernünftige Menschen. Es tut mir auch nicht leid, daß Sie das haben mitansehen müssen, Miller Sahib. Nur auf diese Weise können Sie Afghanistan verstehen lernen.«

»Soll es also ewig so weitergehen?«

»Nein«, sagte Nur entschieden, »das darf es nicht. Jenseits vom Oxus hatten sie genau die gleichen Unsitten. Öffentliche

Exekutionen unter Anführung von Mullahs waren zum Beispiel in Samarkand etwas ganz Alltägliches. Aber die Kommunisten aus Moskau und Kiew haben es verboten. Wir haben vielleicht noch zehn Jahre Zeit, diese Dinge zu beseitigen. Wenn es bis dahin nicht gelingt, dann wird Rußland an unserer Stelle dafür sorgen.«

»Das wißt ihr also?«

»Miller Sahib, halten Sie Menschen wie Schah Khan etwa für dumm? Die Regierung weiß es, aber zwölf Millionen Menschen wissen es nicht.« Er stand auf und ging nervös zwischen unseren herumliegenden Gepäckstücken auf und ab. »Hier in Ghazni, ein paar Autostunden von Kabul entfernt, glaubt jeder einzelne von den Männern, daß es solche Dinge wie eben diese Steinigung bis an sein Lebensende geben wird. Nehmen wir an, Sie sagen den Leuten heute abend: Schluß damit für alle Zeiten! Man würde Sie umbringen.«

Plötzlich kam mir ein erschreckender Gedanke. Ich packte Nur heftig am Arm. »Ist das am Ende auch Ellen Jaspar passiert?«

Nur machte sich frei und lächelte. »Nein, Miller Sahib, das hätte sich ganz bestimmt bis Kabul herumgesprochen.«

»Mir ist schlecht«, sagte ich, »ich muß an die frische Luft, komm.«

»Ich kann die Sachen nicht alleinlassen.«

»Dann rufe gefälligst einen von den beiden Wächtern«, sagte ich scharf, »ich muß aus dieser Stadt raus.«

»Gehen Sie ruhig, ich bleibe hier.«

»Ich fürchte mich allein«, bekannte ich ehrlich.

»Das kann ich verstehen.« Wider seine Überzeugung rief Nur durchs Fenster einen der beiden Kerle herauf. Ich versicherte ihm, daß ich die Verantwortung übernähme. Er erklärte dem bärtigen Krieger, daß wir ihn niederschießen würden, wenn nur eine von den Sachen fehlen sollte. »Hast du verstanden?« fragte er. Der Mann nickte stumm. Als wir draußen waren, hörten wir, wie er die Sachen an der Türe aufstapelte, um eventuelle Eindringliche aufzuhalten.

Wir überquerten den kleinen Platz, wo die enthusiasmierten Männer mir wiederum zuwinkten, und kamen vor das

Stadttor. Ein paar Hunde schnupperten an dem Pfahl, der aus dem Steinhügel ragte, angelockt vom Blutgeruch.

»Wie lange wird man die Leiche dort liegen lassen?« fragte ich.

»Bis heute nacht, Miller Sahib. Aber Sie müssen wenigstens wissen, daß die Mullahs solche Urteile nicht willkürlich fällen, sondern erst genaue Untersuchungen anstellen. Es ist nicht anders als bei einem Gericht, ein legaler Vorgang. Nur eben ein grauenvoller.«

Wir wandten uns von dem Steinhügel fort und gingen ein Stück weiter, einen der alten Karawanenwege entlang, bis wir Ghazni nicht mehr sehen konnten.

»Schaun Sie, Miller Sahib«, rief Nur, »da sind ja Povindahs!« Er deutete mit einer für ihn bemerkenswerten Lebhaftigkeit auf das freie Feld neben der Straße, wo einer jener Normadenstämme, die zu gewissen Jahreszeiten Afghanistan durchqueren, seine Zelte aufgeschlagen hatte.

»Sehen Sie sich nur die Frauen an!« rief Nur.

Ich betrachtete aus einiger Entfernung die Nomadinnen, die alle schwarz angezogen und mit blitzenden Ketten behängt waren. Keinerlei Chaderi und Gesichtsschleier hemmte ihre schönen freien Bewegungen. Die letzten Strahlen der untergehenden Sonne beleuchteten die braunen Gesichter und verliehen ihnen eine animalische Unbekümmertheit. Seit Jahrtausenden ziehen diese Stämme durch ganz Asien, und niemand war es je gelungen, ihnen Einhalt zu gebieten.

Während ihrer Wanderungen durch Länder wie Afghanistan mochten sie wohl mit Verachtung auf die mohammedanischen Sitten blicken, die den Frauen vorschrieben, sich in sackartige Hüllen zu stecken und wie leblose Gegenstände behandeln zu lassen.

»Die machen sich sicher über euch lustig«, sagte ich zu Nur.

»Ja, aber sie zahlen einen hohen Preis dafür.«

»Wieso?«

»Sie sind verfemt. Niemand will etwas mit ihnen zu tun haben.«

»Warum warst du dann so aufgeregt bei ihrem Anblick?«

Nur lachte. »Alle Männer bei uns fühlen sich von diesen schwarzen Zelten angezogen wie die Wespen vom Honig. Ich kenne eine Menge, die versucht haben, eine Nacht in solch einem Zelt zu verbringen.«

Er deutete zu den Zelten hinüber, wo die Frauen sich zu schaffen machten. »Aber die Männer passen auf, daß sich keiner in die Nähe wagt«, sagte er.

Einer der Nomaden kam jetzt auf einem braunen Pferd auf uns zugeritten. Es war ein großer dunkelhäutiger Mensch mit Schnurrbart und einem Turban, dessen Ende ihm über die Schulter flatterte. Er trug Gewehr und Patronengurt und streckte abwehrend den Arm aus: »Nicht weitergehen!« Nur sprach mit ihm. Der Mann antwortete höflich, wiederholte aber seine Warnung, spornte sein Pferd und ritt zurück zu den Zelten.

»Er hatte den Verdacht, daß wir Regierungsbeamte sind.«

»Wohin ziehen sie wohl?«

»Sie folgen der Schneeschmelze.«

Als wir schon im Begriff waren zu gehen, fiel mir eine kleine rote Gestalt auf, die zwischen den Zelten hin und her lief, so geschwind, wie ein buntgefiederter Vogel im Frühling durch die Zweige flitzt. Es war ein rotgekleidetes junges Mädchen, das hinter einer Ziege herjagte. Aber bevor ich genauer hinsehen konnte, war sie schon wieder verschwunden. Ich mußte an Siddiqa, Schah Khans Enkelin, denken, deren Bewegungen etwas ebenso Behendes und Zaubervolles hatten.

Nur Muhammad, dem selten etwas entging, weshalb ihn auch die afghanische Regierung beauftragt hatte, sich von den Amerikanern anstellen zu lassen, kicherte leise. »Hübsch, nicht?« sagte er.

»Was bedeutet das rote Kleid?«

»Daß sie nicht verheiratet ist.«

Jetzt kam hinter einem der Zelte die widerspenstige Geiß hervorgeschossen – direkt auf uns zu, hinter ihr drein das flinke Mädchen. Nur ein paar Schritte von uns entfernt erwischte sie das Tier und rollte mit ihm in den Staub. Ich konnte ihre blitzenden Augen sehen, die bunten Spangen und Ketten und auch die zwei kurzen schwarzen Zöpfe, die hin und her flogen, während sie mit der Geiß raufte. Ich konnte verstehen, daß ein Afghane Gefallen an ihr finden mochte. Wir schauten ihr zu, wie sie das Tier endlich bändigte und geschickt in die Hürde zurücktrieb.

»Ein tröstlicher Gedanke, daß auch solche Leute zu Afghanistan gehören«, sagte ich auf dem Rückweg zu Nur.

»Sie gehören nicht zu Afghanistan. Im Winter ziehen sie nach Indien, im Sommer nordwärts. Für sie ist Afghanistan nur ein Korridor.«

»Zu welchem Land gehören sie denn?«

»Das hab ich mir noch nie überlegt. Eigentlich müßten es wohl Inder sein.«

Es war dunkel, als wir den Stadtwall wieder erreichten, auf dem sich flackernde Lichter hin und her bewegten. Es hatte etwas feierlich Ernstes, wie die uralte Stadt sich zur Ruhe anschickte. Wir blieben stehen und betrachteten die schweren Türme, zu deren Füßen außerhalb der Stadt ein Lagerfeuer brannte. Angehörige einer Karawane brieten sich einen Hammel.

Nur bat mich, nicht wieder zu dem Steinhaufen hinüberzusehen. »Er ist ein Schandmal für uns«, sagte er. Wir gingen zu dem kleinen Café, das von schwachen Lampen erhellt war, und ließen uns nieder. Gutgelaunte Männer gesellten sich zu uns, stützten gemütlich die Ellbogen auf, und wider Willen war ich bald wieder in ein Gespräch mit diesen halbwilden Menschen verwickelt, die gegen unsere Zivilisation kämpften und doch so begierig waren, etwas über Amerika zu hören. Sie aßen von unserem Nan und von unserem Pilav, sprachen über die Schwierigkeiten des Lebens in Ghazni, über die Steuern, die hohen Pferdepreise. Schließlich begleiteten sie uns zum Hotel, traten ein und blieben noch lange mit gekreuzten Beinen auf den schönen Teppichen bei uns sitzen.

## 6

Kurz nach Sonnenaufgang verließen wir Ghazni. Der Pfahl war inzwischen entfernt worden, denn Holz ist in Afghanistan eine Kostbarkeit. Die Steine aber lagen ringsum verstreut – vielleicht für den Fall, daß sie bald wieder gebraucht werden sollten.

Wir waren noch keine Stunde unterwegs, als wir zur ersten Brücke kamen. Da ich von ihrer Geschichte nichts wußte, interessierte sie mich nicht sonderlich, obgleich sie bemerkenswert schön war: schätzungsweise um 1900 erbaut und offensichtlich von einem guten Ingenieur. Unglücklicherweise hatte anscheinend vor kurzem eine Überschwemmung die Zufahrten weggewaschen, so daß sie als zwecklose, isolierte Steinstruktur über dem Wasser stand. Wir mußten die Straße verlassen und uns ein leeres Bachbett suchen, auf dem wir zum Fluß hinunterfuhren, um ihn dann an einer seichten Stelle, die Räder des Jeeps im Wasser, zu überqueren. Sobald der Fluß mehr Wasser führte, wäre freilich der Verkehr völlig lahmgelegt. Eine so hübsche Brücke – dachte ich bedauernd.

Eine halbe Stunde darauf kamen wir an die nächste Brücke, die noch schöner war: eine Art kraftvoller Gotik, die an deutsche und französische Städte erinnerte. Aber auch ihre Zufahrten waren fortgespült. Wieder eine bewundernswerte Konstruktion, doch auch sie nutzlos geworden.

Bei der dritten Brücke erging es uns nicht besser. Ich erkundigte mich bei Nur, ob sämtliche Brücken in diesem Zustand seien.

»Ja«, sagte er mit düsterer Miene, »wir nennen sie ›Brücken in afghanischem Stil‹, weil sie unbenutzbar sind.«

»Und woran liegt das?«

»An der afghanischen Idiotie«, sagte er und ich merkte, daß er das Gespräch nicht gerne fortsetzen wollte.

Bei der siebenten unbenutzbaren Brücke mußten wir einen Fluß überqueren, der mehr Wasser führte als die vorigen. In der Mitte blieben wir stecken, naß bis auf die Haut. Endlich kam ein Lastwagen, der uns ins Schlepptau nahm. Bis dahin hatten wir nichts zu tun als die Brücke zu bewundern, meiner Ansicht nach die schönste von allen.

»Prachtvolle Brücke«, sagte ich unwillkürlich. »Wer hat sie denn gebaut?«

»Ein Deutscher.«

Ich war jetzt schlechter Laune. Er merkte es, und darum gab er mir besonders bereitwillig Antwort, als ich weiterfragte. »Es war in der Zeit«, erzählte er, »als Afghanistan gerade die ersten Schritte unternahm, sich etwas zu technisieren und zivilisieren, und die Deutschen erklärten, die beiden Hauptstädte müßten eine Verbindung miteinander haben. Sie gaben uns also eine große Anleihe und schickten Experten, die einen Plan ausarbeiteten. Der König bewilligte ihn, damit Afghanistan ein modernes Land mit modernen Straßen würde. Dann schickten sie einen Brückenbauer, einen Architekturprofessor, der schon viele Brücken gebaut hatte, und die Arbeiten fingen an.«

Nur zeigte zu der Brücke hinauf. »Es war ein berühmter Mann, der immer nur das Allerbeste geleistet hatte. Er soll gesagt haben, daß eine Brücke mehr sei als bloß eine Brücke, nämlich ein Symbol, und daß die schöne Steinmetzarbeit der Ausdruck der afghanischen Seele wäre. Er baute an die zwanzig Brücken. Schah Khan und auch mein Vater warnten ihn vergeblich; solche Steinbrücken wären gut für regulierte europäische Flüsse, aber von afghanischen Flüssen im Frühjahr verstehe er nichts. Er erklärte, er hätte schon zahllose Brücken gebaut und über viel, viel größere Flüsse als diese Bächlein hier.«

Nur sah finster auf die Brücke. »Das ist natürlich schon

lange her; es war, bevor ich geboren bin, aber ich weiß noch, wie mein Vater es uns erzählte. Sie sind damals zur Regierung gegangen und haben gesagt, daß die deutschen Brücken unseren Flüssen im Frühjahr nicht standhalten könnten. Wissen Sie, was man ihnen zur Antwort gab? Sie wollten doch nicht etwa klüger sein als ein so berühmter Deutscher, der schon in ganz Europa Brücken gebaut habe!

Schah Khan hatte damals natürlich noch keinen so hohen Rang wie heute, aber mutig war er schon immer. Er gab sich nicht geschlagen, sondern ging zu den Deutschen und machte ihnen klar, daß die Brücken für Afghanistan lebenswichtig wären! Wenn sie mißglückten, würde es furchtbar sein für sein Land. Er versuchte dem deutschen Brückenbauer die reißende Wildheit afghanischer Flüsse im Frühjahr zu schildern und daß sie Felsblöcke mitreißen, so groß wie Häuser. Der Architekturprofessor war ganz böse und erklärte, er habe die Brückenpfeiler in den Felsgrund der Flußbetten eingelassen, und seine Brücken könnten niemals einstürzen. Nein, sagte Schah Khan, sicher nicht, aber die Flüsse hier machen es genauso wie die Menschen, sie greifen niemals direkt an. Die afghanischen Flüsse werden die Brücken auf irgendeine andere, unvorhergesehene Weise besiegen, genauso wie unsere schlecht bewaffnete und unterernährte Armee die Engländer besiegt hat. Aber es half nichts. Der Deutsche sagte, eine Brücke sei eine Brücke. Als man die Sache dem König vortrug, befahl er Schah Khan zu schweigen, und der deutsche Botschafter betonte, daß Schah Khan in Frankreich erzogen und folglich emotionell unausgeglichen wäre. Also wurden die Brücken gebaut, und im ersten Jahr gab es keine große Überschwemmung, so daß wir achtzehn Monate lang eine wunderbare Verbindungsstraße zwischen Kabul und Kandahar hatten. Im zweiten Winter gab es viel Schnee in den Bergen und danach eine rasche Schneeschmelze, und die Wassermassen rissen wirklich Felsen, so groß wie Häuser, mit. Aber der Deutsche behielt recht: Die Brücken waren so widerstandsfähig, wie er gesagt hatte. Nur waren sie eben zu kurz, so daß die Flüsse sie umgingen, alle Anfahrten wegspülten und die Brücken einfach isolierten.«

»Warum bringt man die Zufahrten nicht in Ordnung?«

»Das hat man getan. Aber die nächste Überschwemmung riß sie wieder mit fort, und das wiederholte sich immer aufs neue. Mein Vater rechnete aus, daß man hunderttausend Mann das ganze Jahr hindurch beschäftigen müßte, um die Brücken brauchbar zu erhalten. Schließlich erklärte die Regierung: Wozu eigentlich Brücken? Und so ist die Straße, die die Nation zusammenhalten sollte, zu einem traurigen Mahnmal für die Unfähigkeit der Menschen geworden.«

»Und was war mit dem Deutschen?«

»Nach der ersten Katastrophe fuhr er von Kabul nach Kandahar und wollte seinen Augen nicht trauen. Er sah das kleine Rinnsal und konnte es nicht fassen, daß dieses Bächlein seine Brücken besiegt hatte. Dann ging er nach Kabul zurück und erzählte allen Leuten, daß kein einziger seiner Brückenpfeiler eingestürzt wäre. Alle zuckten die Achseln. Schließlich ließ der deutsche Botschafter ihn rufen. Man hat nie erfahren, was er ihm gesagt hat, nur daß der Architekt sich am gleichen Abend noch erschossen hat.«

Nur schüttelte betrübt den Kopf. »Die Sache mit den Brükken ist eine Katastrophe ohne Ende. Jedesmal, wenn die Regierung irgend etwas Neues einführen will, lachen die Mullahs und die Stammeshäuptlinge aus dem Gebirge und erinnern an die Brücken. Sie sind Amerikaner, Miller Sahib, und vielleicht können Sie die Deutschen nicht leiden, und Amerika hat ja auch zweimal Krieg gegen sie geführt, aber in Afghanistan waren die Deutschen großartig. Das meiste, was wir hier haben, sind Sachen aus Deutschland, und die sind immer gut. Aber seit dem Unglück mit den Brücken werden sogar diese Dinge verdächtigt. Diese verfluchten Brücken!« Wieder schüttelte er betrübt den Kopf.

»Übrigens«, sagte er dann, »Sie wollen einen deutschen Arzt in Kandahar aufsuchen, nicht wahr?«

»Woher weißt du denn das?« fragte ich unvorsichtigerweise.

Nur stammelte: »Ich – ich weiß es nur ganz zufällig.« Es war das erste Mal, daß ihm ein solcher Fehler unterlief, und er tat mir leid. Aber er war rasch wieder Herr seiner selbst. »Ein paar Meilen weiter unten werden Sie eine Brücke sehen, die von Afghanen gebaut ist. Sicher werden Sie bei ihrem Anblick lachen, aber sie steht und hält seit über dreißig Jahren.«

Endlich kam ein Lastwagen, und die Leute zerrten uns unter viel Geschrei und mit Hilfe von Seilen ziemlich mühelos aus dem Fluß heraus. Geld wollten sie nicht annehmen, aber für die angebotenen Zigaretten waren sie dankbar und versicherten uns unter herzlichem Gelächter, daß die Flüsse weiter im Süden jetzt noch keine Schwierigkeiten machen würden.

Als wir unsere Fahrt fortsetzten, sagte Nur: »Sie dürfen nicht glauben, daß ich widerspenstig bin, wenn ich behaupte, daß wir hierzulande eben unsere eigene Art haben, den Dingen zuleibe zu rücken. Ich meine ja nicht, daß diese Art immer erfolgreich sein muß.«

»Nein, ich mißverstehe dich nicht, Nur. Wenn ihr aber andererseits Dinge macht, die kein anderer Mensch begreifen kann, oder wenn ihr ständig Entschuldigungen für unentschuldbare Mißstände sucht, werden eben eines schönen Tages die Russen kommen und die Zügel in die Hand nehmen.«

»Das ist ja gerade das Problem, das uns am meisten beschäftigt. Wir müssen den Russen zuvorkommen!«

»Amerika verfolgt jedenfalls die Politik, euch dabei zu unterstützen.«

»Um eines wollte ich Sie bitten, Miller Sahib. Wenn wir jetzt nach Kandahar kommen, werden Ihre Berichte über Nazrullah natürlich die Meinungen über ihn in Kabul beeinflussen. Darum möchte ich Ihnen nur sagen, daß er ganz auf unserer Seite steht und fortschrittlich gesinnt ist. Bitte glauben Sie mir das. Leute wie Nazrullah dürfen nicht ruiniert werden.«

»Ich habe nicht die Absicht, ihn zu ruinieren«, sagte ich kühl.

»Ich will lediglich herausfinden, wo seine Frau ist.«

»Das möchte ich auch«, sagte Nur. »Aber lieber auf die afghanische Art.«

Ich wollte eine gereizte Antwort geben, aber wir kamen gerade zu der afghanischen Brücke, und ich schwieg. Sie führte über einen kleineren Fluß, sah eher aus wie eine Achterbahn und konnte nicht mit ihren schönen europäischen Schwestern konkurrieren, die wir zuvor gesehen hatten. Aber sie machte den Eindruck, als ob sie gut und gern noch weitere hundert Jahre aushalten würde. Ich dachte im stillen, daß man einen deutschen Experten, der eine solche Brücke baute, vermutlich am Brandenburger Tor aufknüpfen würde.

Ich betrachtete sie näher. »Aber bei Überschwemmungen kann man sie wohl nicht benützen?«

»Nein«, sagte Nur, »aber sie zwängt das Wasser nicht ein. Sie sehen ja, wie die Straße sich vorher senkt und dann scharf wieder ansteigt zur Brücke hin. Wenn man den Fluß in Frieden läßt, läßt er auch die Brücke in Frieden und macht nur ein oder zweimal im Jahr die Straße unpassierbar. Aber wer braucht schon jeden Tag eine Straße? Soll sie sich ruhig ein bißchen verschnaufen. Eigentlich sind die Senkungen in der Straße das ganze Geheimnis.«

Ich unterdrückte sämtliche Antworten, die mir auf der Zunge lagen. Schließlich waren wir dank des deutschen Brükkenfiaskos naß geworden, bei dieser hier aber hübsch trocken geblieben.

Kurz vor unserem Ziel überholte uns ein offener Lastwagen mit einer seltsam aussehenden Gruppe junger Männer. Sie waren in lebhafte Farben gekleidet, und die Haare, über der Stirn in Simpelfransen geschnitten, fielen ihnen bis auf die Schultern. Sie hatten scharfe Nasen und waren hellhäutiger als die Afghanen im allgemeinen. Einer von ihnen fiel sofort durch seine Schönheit auf. Er konnte kaum zwanzig sein, und im ersten Moment hielt ich ihn für ein Mädchen. Er bemerkte, daß ich ihn erstaunt ansah, und rief eine unflätige Bemerkung herüber. Seine Gefährten lachten laut. Als ich auf Paschto etwas zurückrief, verstummten sie. Nur der Schöne lachte hämisch weiter. Er schaute zu uns herüber, während seine langen Haare im Wind wehten, und rief mit ausgestrecktem Arm: »Ich weiß schon, was der Ferangi möchte, aber er kriegt es nicht!«

Die anderen lachten aufs neue, und dann waren sie vorüber auf dem Wege nach Kandahar.

»Was waren das für Leute?« erkundigte ich mich bei Nur.

»Eine Tänzergruppe. Sie kommen jedes Jahr.«

»Warum haben sie so lange Haare?«

»Das ist Tradition. Ihren kostbaren Kostümen nach zu schließen müssen sie gut tanzen können.«

Kurz vor Kandahar holten wir einen jungen Mann ein. Er trug nicht nur die gewöhnlich sackartigen Hosen und den langen Kittel darüber, sondern auch einen weinroten Mantel, der nach Pariser Haute Couture aussah und ganz offenbar für eine Frau gemacht war. Als wir anhielten und den jungen Mann zum Mitfahren einluden, weiteten sich seine Augen vor Staunen und Freude. Er kletterte auf den Rücksitz und breitete sorgfältig seinen Mantel über die Ersatzreifen, auf denen er hocken mußte.

»Schon mal in einem Auto gefahren?« fragte ich.

»Nein, noch nie.«

»Kandahar?«

»Ja. Zum Frühlingsfest.«

»Schon mal dort gewesen?«

»Nein, noch nie. Aber ich habe viel von Kandahar gehört; es ist sehr berühmt.«

»Wo bist du denn zu Hause?«

»Oben in den Bergen, in Badakschar.«

»Davon habe ich noch nie gehört«, sagte ich zu Nur, der auf weiteres Befragen herausbekam, daß es ein paar hundert Meilen von hier im Norden liegen mußte. »Wird irgend so ein Räubernest sein«, sagte er auf englisch.

»Ist es schön bei dir daheim?«, fragte ich.

»Sehr schön. Letztes Jahr haben wir eine gute Ernte gehabt, und im Herbst habe ich ein Pferd an die Povindah verkauft. Deswegen habe ich jetzt auch genug Geld für Kandahar. Ja, da würdest du staunen, Sahib!« Plötzlich verstummte er und sah uns schreckerfüllt an. Er kannte uns ja gar nicht, und Reisende, die durchblicken ließen, daß sie gut bei Kasse waren, hatten schon oft genug damit ihr Leben aufs Spiel gesetzt.

»Darüber halt besser deinen Mund, du Idiot«, sagte Nur, »diesmal hast du noch Glück gehabt. Wir sind nämlich von der Regierung.«

Der junge Mann seufzte erleichtert.

»Wo hast du denn deinen schönen Mantel her?« fragte Nur.

Er war ein lebhafter Bursche und liebte es offenbar, sich zu unterhalten. »Der ist schon seit Jahren in unserer Familie. Mein Vater hat ihn auch schon einmal auf einer Reise nach Kabul angehabt. Ich bin aber noch nie in Kabul gewesen, aber mein Bruder hat den Mantel auf einer Reise nach Herat angehabt. Mein Bruder sagt, Herat ist eine sehr große Stadt.«

»Und wo hat dein Vater den Mantel her?«

Der junge Mann antwortete nicht.

»Dein Vater hat seinen Eigentümer erschlagen, was?« fragte Nur. »Wahrscheinlich sind Fremde über eure Berge gekommen, und der Mantel hat deinem Vater gefallen.«

Ich drehte mich um und sah den Burschen an, auf dessen Gesicht sich jetzt ein munteres Lächeln verbreitete. »Ihr Regierungsleute wißt doch immer über alles genau Bescheid! Ihr wißt, wie man Schafe züchten muß und wieviel Steuern ihr von einem haben wollt und wie man Straßen baut. Bloß über diesen Mantel wißt ihr nichts.«

Er lachte in sich hinein und kreuzte die Arme enger über seinem Mantel.

»Also, wer hat wen umgebracht?« fragte Nur.

Aber der Bursche lachte. »Nein, nein, Mister Government! Das ist eine Sache, die ihr nie erfahren werdet. Wenn ihr wollt, könnt ihr ja den Wagen anhalten, dann geh ich eben zu Fuß.«

»Immer sachte«, sagte Nur.

»Schön«, antwortete der junge Mann ernst, »dann hören Sie auf, nach dem Mantel zu fragen.«

Schweigend fuhren wir weiter. Aber als die Minaretts von Kandahar in Sicht kamen, brach der Bursche in helle Begeisterung aus. »Die Stadt! Die Stadt!« rief er, und als wir vor den Wällen ankamen, war es ungewiß, ob er nicht noch aufgeregter war als ich, der hier seine erste diplomatische Mission erfüllen sollte.

Wir ließen unseren Passagier im Zentrum von Kandahar absteigen, einer ausgedehnten, schmutzigen, von Kamelspuren durchzogenen Stadt, deren Lehmmauern aussahen, als stammten sie noch aus der Zeit von Darius, dem Perserkönig. Nur suchte uns eine Unterkunft, die zwar bedeutend besser war als die in Ghazni, dafür aber keine schönen Teppiche hatte. Sobald der Jeep unter bewaffneter Bewachung stand, fragte ich: »Wie du ja schon weißt, soll ich diesen Dr. Otto Stieglitz aufsuchen. Könntest du vielleicht herausfinden, wo er wohnt?«

»Jetzt gleich?«

»Jetzt gleich«, antwortete ich. Wenige Minuten später kam er wieder und führte mich in eine abscheuliche enge Gasse. An einer schmutzigen Hauswand war ein Schild angebracht: Praktischer Arzt, Universität München.

»Soll ich mitkommen?« fragte Nur.

»Nein, danke.«

»Kandahar ist gefährlicher als Kabul«, sagte er besorgt.

»Ich werde schon allein zurechtkommen«, sagte ich und betrat das Haus.

Das Wartezimmer war ein kleiner, unregelmäßiger, schmutziger Raum. Zwei Männer mit Turban saßen auf alten Stühlen. Einer von ihnen stand auf und bot mir seinen Platz an, aber ich sagte ihm, daß ich lieber stehen bleiben wolle. Die bronzenen Gesichter sahen mich erstaunt an. »Ferangi?« fragte der eine. Ich sagte ihnen, daß ich Amerikaner sei.

Nach ein paar Minuten öffnete sich die andere Tür. Ein dritter Mann mit Turban trat heraus. Nachdem einer der beiden Wartenden in das Sprechzimmer gegangen war und dem Arzt wohl etwas von dem Ferangi erzählt hatte, wurde die Türe sofort heftig wieder aufgerissen. Ein Europäer mittleren Alters erschien.

»Wer sind Sie?« fragte er auf englisch. Ich nannte ihm meinen Namen. Er machte ein mißtrauisches Gesicht und fragte grob, was ich wolle.

Ehe ich noch erklären konnte, daß ich lieber warten wolle, bis er mit seinen Patienten fertig wäre, rief er auf Paschto: »Diese Amerikaner kommen daher und verlangen Privilegien. Das tun sie ja immer. Aber er muß warten wie alle anderen!«

»Selbstverständlich werde ich warten«, sagte ich in derselben Sprache. Doch das machte ihm keinerlei Eindruck. Er trat einen Schritt zurück, sah mich gereizt an und fragte nochmals, was ich wolle. »Haben Sie vielleicht zufällig einmal die amerikanische Ehefrau eines gewissen Nazrullah behandelt?« fragte ich.

Er gab keine Antwort, sondern sah mich nur zornig an. Dann machte er kehrt und warf die Türe schmetternd hinter sich zu.

Als der letzte der Wartenden im Sprechzimmer verschwunden war, begann es zu dunkeln, und ich saß allein in dem trübseligen Wartezimmer. Endlich öffnete sich wieder die Tür, und Dr. Stieglitz erschien. »Jetzt können wir reden«, sagte er etwas milder. Er führte mich nicht in sein Sprechzimmer, ließ aber die Tür offen, so daß etwas Licht hereinfiel von der nackten Glühbirne, die nebenan von der Decke hing. Der Arzt hatte ziemlich schütteres graublondes Haar und rauchte eine Pfeife. Er wirkte eher erschreckt als angriffslustig, und seine Brauen waren gerunzelt. »Also«, sagte er, Sie haben nach Madame Nazrullah gefragt. Jawohl, ich habe sie behandelt. Vor nicht ganz einem Jahr. Nehmen Sie übrigens Platz.« Er deutete auf einen der Stühle, während er sich müde auf dem zweiten niederließ. »Man muß vorsichtig umgehen mit diesen Stühlen«, fuhr er fort, »aber vielleicht wissen Sie, wie schwer es in Afghanistan mit Holz ist? Sie können sich kaum vorstellen, was für eine Mühe ich hatte, diese Tür da zu bekommen. Ich hätte sie vorhin nicht so zuschlagen sollen, aber Besucher machen mich nervös.« Er lehnte sich zurück und fragte einigermaßen bereitwillig: »Was wünschen Sie sonst noch zu wissen?«

Bevor ich antworten konnte, kam von der Straße her ein hagerer ältlicher Afghane herein, gefolgt von einer verschleierten Frau. Sie blieb demütigt neben der Tür stehen, während der Mann vortrat, sich verbeugte und mit dem Arzt zu reden begann. Ich verstand, daß es sich um seine Frau handelte, die krank war.

»Nah schön«, brummte Stieglitz, »es ist zwar spät, aber ich will sehen, was ich tun kann.« Er ging mit dem Mann ins Sprechzimmer, während die kranke Frau neben der Tür stehenblieb. Stieglitz drehte sich nach mir um. »Am besten kommen Sie mit uns hier herein«, sagte er, »der Mann würde Sie sicher nicht gern mit seiner Frau allein lassen.«

So versammelten wir uns denn zu dritt im Sprechzimmer. »Sagen Sie Ihrer Frau, daß sie sich hinsetzen soll«, sagte Stieglitz zu dem Mann. Der Alte ging hinaus und befahl seiner Frau, sich hinzusetzen, worauf sie sich gehorsam auf dem Fußboden niederließ.

Das Sprechzimmer war ebenso unsauber wie der Warteraum und enthielt fast keine ärztlichen Instrumente. In einem Glasschränkchen befanden sich ein paar von Fliegen verschmutzte Flaschen mit Pillen, daneben stand eine Art Schreibtisch, der aus Kistenlatten zusammengenagelt war. Eine Glühbirne an der Decke bildete die einzige Beleuchtung.

»Was fehlt deiner Frau?« fragte der Arzt.

»Magenschmerzen, Doktor Sahib.«

»Fieber?«

»Ja.«

»Hoch?«

»Nein, mittel.«

»Ist sie schwanger?«

»Die Hebamme sagt, nein.«

»Ist ihre Periode regelmäßig?«

»Das weiß ich nicht, Doktor Sahib.«

»Geh sie fragen«, sagte Doktor Stieglitz. Der Mann ging ins Nebenzimmer, ließ die Tür offen und hockte sich neben seine Frau auf den Boden.

»Werden Sie denn die Frau nicht untersuchen?« fragte ich.

»Eine mohammedanische Frau? Wo denken Sie hin!«

Der Mann kam wieder, gab Auskunft, und Fragen und Antworten wurden fortgesetzt. Mehrere Male noch mußte der Mann zu seiner Frau gehen, um die nötigen Auskünfte für den Arzt zu bekommen. Während einer dieser Pausen sagte Stieglitz: »Das schlimmste daran ist, daß die Männer immer denken, die Krankheiten ihrer Frauen werfen ein schlechtes Licht auf sie selber. Dann verheimlichen sie einem oft etwas Wichtiges. Außerdem kaufen sie meistens nicht die Medikamente, die man ihnen verschreibt, weil der Apotheker zu viel dafür verlangt.«

»Was wird mit dieser Frau hier geschehen?« fragte ich.

Stieglitz zuckte mit den Achseln. »Sie wird sterben. Das heißt, sie stirbt eben ein bißchen früher als sonst.«

Der Alte fand jetzt, daß der Arzt mehr nicht zu wissen brauche, und erkundigte sich kurzerhand nach dem Befund.

»Es ist komisch«, sagte Stieglitz auf englisch, »aber nach einiger Zeit bekommt man Übung; meistens kann man erraten, was diesen Frauen fehlt, und vielleicht könnte man ihnen, auch wenn man sie untersuchte, nicht besser helfen als auf diese Art und Weise.«

Er sagte dem Mann, welche Medizin er kaufen solle, und nahm die armseligen Münzen, die der Alte auf den Tisch legte, schweigend an.

Als der Mann ging und die Tür hinter sich offen ließ, konnte ich sehen, wie er neben seiner Frau auf dem Boden hockte, sie tröstete und ihr gut zuredete. Dann gingen sie fort, die Frau wiederum demütig einen Schritt hinter ihrem Mann.

»Also nun zu Madame Nazrullah«, sagte der Arzt. »Da Sie sich mit ihr befassen, sind Sie wahrscheinlich von der amerikanischen Botschaft?«

»Das bin ich.«

»Und man hat Sie hierhergeschickt, damit Sie mich ausspionieren?«

»Keineswegs«, log ich.

Er sah mich an. »Natürlich sagen Sie nicht die Wahrheit. Eben jetzt fragen Sie sich beispielsweise, was ein Mann wie ich in diesem Loch hier eigentlich sucht. Nun, spionieren Sie mich nur aus; ich mache dasselbe mit Ihnen.« Er sprang auf und riegelte die Außentür ab. Dann setzte er sich rittlings auf einen der wackligen Stühle draußen im Wartezimmer, das Kinn auf die Lehne gelegt. »Junger Mann«, sagte er, »würden Sie mir bitte meine Pfeife mitbringen?«

Er sah erschöpft aus.

Ich holte ihm die Pfeife und betrachtete ihn, während er sie in Brand setzte. Seine Hände zitterten. Wahrscheinlich hatte er einen ermüdenden Tag hinter sich. Sein Kopf mit dem schütteren, kurz geschnittenen Haar war ein wenig zu groß. Seine Augen, von hartem Blau, hatten einen herausfordernd spöttischen Ausdruck. Ganz gewiß war er keiner von diesen deutschen Übermenschen. Ich war geneigt, an seiner ehrlichen Grobheit Gefallen zu finden. In Kabul würde er durch die Botschaften zahlungsfähigere Patienten bekommen, dachte ich. Er erriet ganz richtig, daß mich die Frage beschäftigte, was ihn eigentlich in diesem Drecknest hier hielt.

»Nazrullahs Frau«, begann er, »hat über ein Jahr lang hier gelebt. Aber warum interessiert Sie das?«

»Sie ist verschwunden.«

»Was?« rief er in echter Überraschung.

»Sie ist verschwunden. Ihre Eltern haben seit dreizehn Monaten nichts mehr von ihr gehört.«

Er begann zu lachen. Aber es war kein herzliches, sondern ein höhnisches Lachen. »Ihr Amerikaner! Meine alten Eltern haben seit vier Jahren nichts mehr von mir gehört, aber deshalb bestürmen sie nicht die deutsche Botschaft.«

»Mit einer Amerikanerin, die einen Afghanen geheiratet hat, ist es wohl eine etwas andere Sache«, sagte ich kurz.

»Jede Ferangi, die einen Afghanen heiratet, muß wissen, was sie tut«, sagte er ungeduldig. »Ich habe Madame Nazrullah übrigens mehrmals behandelt.«

»Was fehlte ihr denn?«

Er sah mich kühl an. »Sie war eine sehr liebenswürdige und ganz normale Person«, sagte er dann, »zufrieden mit ihrem Mann – und er mit ihr. Ich habe Nazrullah als einen anständigen Afghanen kennengelernt. Sagen Sie, Mister Miller, haben Sie keinen Hunger?«

»Doch.«

»Essen Sie Pilav und Nan?«

»Sehr gern sogar.«

»Gut, ich auch.« Er zögerte. »Leider muß ich eine Unhöflichkeit begehen, die Sie mir hoffentlich nicht übelnehmen. Ich wünschte, ich könnte Sie einladen. Aber offen gesagt, Mister Miller, Sie haben das Honorar vorhin ja gesehen ...«

»Nicht doch«, sagte ich, »selbstverständlich lade ich *Sie* zum Essen ein.«

»Nein, nein, mein eigenes Essen kann ich schon selber bezahlen.« Er rief aus irgendeinem rückwärtigen Raum einen

Wächter herbei, der, mit einem Gewehr und zwei Dolchen bewaffnet, auch sofort erschien. Stieglitz schloß sorgfältig das Schränkchen mit den Pillen ab und schob den Türriegel zurück, den der Wächter hinter uns sofort wieder einrastete. Wir gingen zum Stadtplatz zu einem Lokal, das einigermaßen ordentlich aussah. Vorsichtig fragte Stieglitz: »Mögen Sie Bier?«

»Nicht gerade gern«, sagte ich.

»Wirklich nicht?« rief er erfreut und erklärte mir dann, daß es ihm oft nur sehr schwer gelinge, jeden Monat wenigstens ein paar Flaschen aufzutreiben. »Es macht das Leben etwas erträglicher«, sagte er. »Wenn Sie also nichts dagegen haben?«

»Ich trinke am liebsten Tee.«

»Bekommt einem auch besser«, lachte er erleichtert.

Nachdem er unser Essen gebracht hatte, holte der Kellner aus einem geheimen Winkel eine Flasche deutsches Bier, der man ansehen konnte, daß sie lauwarm war. Stieglitz hielt sie wachsam im Auge. Mit äußerster Behutsamkeit öffnete er den Verschluß und drückte rasch den Mund auf die schäumende Flasche, damit kein Tröpfchen verlorenging. Dann tat er einen langen, genießerischen Zug und stellte die Flasche vor sich auf den Tisch.

»Was hätten Sie denn gemacht, wenn ich gesagt hätte, daß ich gerne Bier trinke?« fragte ich lächelnd.

Er blinzelte listig mit den Augen. »Schade, hätte ich gesagt, in Kandahar dulden die Mullahs keinen Alkohol, und wir hätten alle beide Tee getrunken. Ich versuche gar nicht, es Ihnen zu erklären, Mister Miller, aber dies ist das einzige, das mir einen gewissen Kontakt mit Europa vermittelt.«

Ich lachte. Dann fragte ich ihn, ob er eine Vermutung hätte, weshalb Nazrullahs Frau verschwunden sein könne.

»Was heißt verschwunden? Ich bin nicht überzeugt davon, daß sie wirklich verschwunden ist.«

»So? Haben Sie vielleicht etwas gehört?«

»Ich kümmere mich nicht um Gerüchte.«

»Das heißt also, daß Sie Gerüchte gehört haben?«

»Mister Miller, ich habe bisher nicht mal gehört, daß sie verschwunden ist.«

»Wirklich nicht?«

Er wurde ungeduldig. »Woher sollte ich es denn gehört haben? Sie sind letzten Juli beide von hier nach Qala Bist gegangen. Seitdem habe ich sie nicht gesehen.«

»Und war alles normal, als Sie sie das letztemal sahen?«

»Normal?« wiederholte er und leckte sich die Finger. »Wer ist schon normal? Vielleicht hat sie sich, als wir uns zum letztenmal sahen, gerade überlegt, wie sie ihren Mann umbringen könnte? Wen in ganz Afghanistan kann man schon als normal bezeichnen? Jedenfalls war sie gesund, falls Sie das meinen. Sie lachte häufiger, als daß sie heulte, und außerdem war sie hübsch.«

»Woher wissen Sie denn, daß Sie geweint hat?«

»Das habe ich nicht wörtlich gemeint. Sooft ich sie sah, hat sie jedenfalls gelacht«, sagte er in abschließendem Ton. Trotzdem fragte ich weiter.

»Wußten Sie eigentlich ihren Mädchennamen?«

Dr. Stieglitz warf das Stück Nan, das er an Stelle eines Löffels benutzt hatte, auf den Tisch. »Genug! Essen Sie lieber!« Er trank einen großen Schluck Bier, was ihn augenscheinlich wieder besänftigte. Er wechselte das Thema. »Wissen Sie eigentlich, warum es in diesen Ländern hier eine so besonders furchtbare Strafe ist, den Dieben die rechte Hand abzuhacken?«

Er deutete auf ein paar bärtige Männer, die im Kreis auf einem Teppich um die gemeinsame Schüssel hockten, aus der sie mit der rechten Hand ihren Pilav fischten.

»Ich sehe«, sagte ich, »aber ...«

»Nur die rechte Hand darf in die gemeinsame Schüssel greifen«, erklärte mir Stieglitz, dozierend wie ein deutscher Professor, »hierzulande kennt man kein Papier für gewisse Zwecke, sondern benützt die linke Hand. Das ist unumstößliches Gesetz, und dadurch ist jemand, dem die Rechte fehlt, für immer vom gemeinsamen Mahl verbannt.«

Während er sprach, hatte ich zwei Leute beobachtet, die schräg über die eine Ecke des Platzes draußen eine Lampengirlande befestigten.

»Was geschieht denn dort?« fragte ich.

»Das sind Vorbereitungen für den Tanz. Das Frühlingsfest lockt die Tänzer heraus, dreckige kleine Biester.«

Ich schilderte ihm die Gruppe auf dem Lastwagen. Er setzte die leergetrunkene Bierflasche hart auf den Tisch. »Ja, ja, das ist diese Sorte. Sind sich alle gleich. Dreckige Tiere, weiter nichts.«

»Sie sahen aber eigentlich ganz sauber aus«, sagte ich lachend.

»Sauber? Jawohl, parfümiert sogar. Aber es sind niederträchtige Päderasten und Sodomiten. Wenn sie nur in die Stadt kommen, ist schon der Teufel los.«

»Sie setzen mich in Erstaunen.«

»Was? Wieso erstaunt Sie das? In einer sozialen Gemeinschaft, in der keine Frauen zugelassen sind, müssen selbstverständlich Männer deren Funktionen übernehmen.«

»Das habe ich auch schon bemerkt, wenn auch nicht in diesem Zusammenhang.«

»Das ist aber der einzige Zusammenhang, der zählt. Unsere hübschen Tanzknaben sind dreckige kleine Huren. Wie könnten sie sich sonst zum Beispiel ihre teuren Gewänder leisten?«

Die Girlanden draußen waren jetzt befestigt, und durch Absperrungen wurde eine Art Bühne auf dem Platz markiert, vor der sich immer mehr Männer mit Turbanen, hin und wieder auch einige mit Astrachanmützen, hinhockten. Aus einem Seitengäßchen, das später auch als Umkleideraum diente, kam jetzt ein älterer Mann, den ich ebenfalls auf dem Lastwagen gesehen hatte, und sprach zum Publikum.

»Kommen Sie«, sagte Stieglitz, »schauen wir uns die kleinen Ferkel an.«

Wir schlenderten hinüber. Der Sprecher versicherte, er habe diesmal die besten Tänzer Afghanistans nach Kandahar gebracht, die soeben großen Erfolg in Kabul gehabt hätten und sogar vor dem König aufgetreten wären. Einige Männer erschienen mit Flöten, Trommeln und einem merkwürdigen Streichinstrument, das etwas zwanzig Saiten hatte. Sie begannen in der quäkenden orientalischen Weise, zugleich aber auch mit dem wilden wechselnden Rhythmus der erregenden Musik der asiatischen Hochebenen zu spielen – eine Abwandlung griechischer, mongolischer und indischer Tonfolgen. Als Melodie war es interessant, als Rhythmus unwiderstehlich.

»In die Musik bin ich ganz vernarrt«, sagte Stieglitz, »sie spielen aber auch ausgezeichnet, das muß man zugeben.« Allmählich hörten die Männer zu reden auf und begannen sich hin und her zu wiegen. Etwas wie Erregung wurde spürbar. Plötzlich sprangen mit lautem Schrei zwei junge Männer aus dem Gäßchen heraus auf die Bühne und begannen einen wirbelnden Tanz, bei dem das lange Haar waagerecht in der Luft schwang. Sie hielten, im Unterschied zu westlichen Tänzern, den Oberkörper fast unbewegt, um so lebhafter waren Arme, Beine und auch der Kopf am Tanz beteiligt.

»Wollen Sie immer noch leugnen, daß das wirklich Künstler sind?« fragte ich Stieglitz leise.

»Es sind ihre anderen Künste, gegen die ich was habe«, antwortete er. Der Star der Truppe blieb während der ersten halben Stunde unsichtbar, und die Leute begannen ungeduldig zu werden. Es war offensichtlich, daß sie alle jenen jungen Mann erwarteten, der mir auf der Landstraße so unflätige Worte zugerufen hatte. Auch ich wartete gespannt auf sein Erscheinen. Der Anführer der Truppe nützte die Vorfreude des Publikums und ließ erst einmal Geld einsammeln.

»Wieviel gibt man?« fragte ich.

»So wenig wie möglich«, knurrte Stieglitz, aber ich spendierte trotzdem einen Papierschein und empfing dafür ein professionelles beifälliges Lächeln.

Nun setzte dumpfer Trommelwirbel ein, die Flöten eilten hastig die Tonleiter hinauf und herunter. Dann verstummte die Musik plötzlich, und aus dem Gäßchen kam mit langsam wiegenden Bewegungen, eher schreitend als tanzend, der erwartete Jüngling. Er trug eine purpurne Tunika mit eingewebten Goldfäden, die Hosen waren grau und der Turban, dessen freies Ende ihm auf die Schulter hing, aus blaßblauer Seide. Das lange Haar wippte ihm über die Schultern und glänzte im flackernden Licht. Er war in der Tat von ungewöhnlicher Schönheit, und man sah ihm deutlich an, daß er es wußte und willens war, mit dieser Schönheit möglichst viel Verwirrung zu stiften.

Das Tempo der Musik beschleunigte sich, die atemlosen Zuschauer starrten gebannt, und der Tänzer fing an, seinen Körper und seine Füße immer schneller und schneller zu bewegen. Immer war er eine winzige Spur hinter dem Takt der Musik zurück, was unwillkürlich die Vorstellung von Lethargie und sexueller Langeweile erweckte.

Jetzt begannen die Musiker wilde Schreie auszustoßen, als wollten sie den Jungen zu rascheren Bewegungen anfeuern. In dem gesteigerten Tempo des Tanzes löste sich der Turban und umwirbelte mit blausilbernen Blitzen den schlanken Körper, der sich wie rasend drehte. Keine Frau, kein Tanz der Sieben Schleier könnten größere Erregung auslösen als dieser junge Mann, der seinen Turban fliegen und flattern ließ, bis sein langes schwarzes Haar befreit war und ebenfalls wie eine flache Scheibe um seinen Kopf wirbelte. Der Rhythmus steigerte sich immer mehr, der Junge hämmerte den Boden mit den Füßen, sein Kopf zuckte wie in Ekstase.

Dr. Stieglitz, der dem Jungen kein Wort der Anerkennung gönnte, brummte nur: »Vermutlich sein letztes Auftreten, wird zu alt.«

»Wieso? Er kann kaum zwanzig sein.«

»Sein Beruf ist aber nicht das Tanzen, sondern etwas ganz anderes, wie ich Ihnen schon sagte. Er ist hier, um Kunden zu kirren für eine Truppe von verderbten kleinen Bengels. Sobald sie zu alt sind, um diese Schweine zu interessieren«, sagte er und deutete auf die stumm keuchenden Zuschauer, »ist es aus und vorbei mit ihnen und dieser goldige kleine Kerl dort, der die Fiedel spielt, sucht sich zehn andere Halbwüchsige aus den Bergen für sein dreckiges Geschäft.«

Ich entdeckte den jungen Mann aus Badakschar in seinem eleganten europäischen Damenmantel. Aber er bemerkte mich nicht, sondern war ganz entrückt und wandte kein Auge von dem Tänzer, der jetzt in wilden ekstatischen Kreisen über die Bühne wirbelte, daß sein purpurnes Kostüm und die nachtschwarzen Haare im Lampenlicht aufflammten.

Ich stieß den jungen Gebirgler ein wenig an. Er zuckte mit den Augenlidern, kaum fähig, mich auch nur zu bemerken. Er war wie in Trance, während er dem Tänzer zuschaute, der sich nun in ein furioses Finale hineinwirbelte. Es war tatsächlich kaum zu glauben, daß ein Mensch es fertigbrachte, bei diesem Tempo nicht die Beherrschung über seinen Körper zu verlieren. Auch die Musik schien in Ekstase geraten. Dann ein letztes Aufleuchten von Purpur, fliegenden Haaren und blitzenden Augen – und der Tanz war zu Ende. Der junge Mann aus den Bergen atmete tief auf. Ich wünschte ihm gute Nacht, aber er hörte nichts.

## 7

Nur hockte auf den Reservereifen und rasierte sich, einen Handspiegel zwischen die Knie geklemmt und das heiße Wasser neben sich auf dem Fußboden, als ich am nächsten Morgen aufwachte. Ich bewunderte eine Weile seine Geschicklichkeit. »Dieser Tänzer gestern abend war wunderbar«, sagte ich endlich, »aber Dr. Stieglitz behauptet, es wären alles Lustknaben.«

»Das sind sie«, sagte Nur, »aber die Polizei paßt auf.«

»Kannst du mir verraten, Nur, was du über diesen Dr. Stieglitz weißt?« fragte ich nach einer Pause.

Er prüfte sein Kinn mit den Fingerspitzen, als ob eine gute Rasur heute besonders wichtig wäre, und trocknete sich dann langsam das Gesicht. Anscheinend war er auf meine Frage vorbereitet, und möglicherweise hatte er sich sogar bei seiner Behörde die Antwort sagen lassen. »Man hat zum erstenmal im Februar 1945 von ihm gehört. Er ist aus Persien schwarz über die Grenze gekommen, besaß keinen gültigen Paß und wurde in Herat festgenommen. In Kabul war er noch nie. Er hatte eine Promotionsurkunde von irgendeiner deutschen Universität bei sich.«

»Von München«, sagte ich.

»Ja. Als der Krieg zu Ende war, wurde der afghanische Botschafter in Paris beauftragt, Erkundigungen über ihn einzuholen. Er konnte sich überzeugen, daß Stieglitz wirklich Arzt ist. Sein Diplom ist echt; ich glaube, wir bekamen eine Photokopie aus München.«

»Aber es ist doch schrecklich schwer, über die afghanische Grenze zu kommen. Wie hat er es denn fertiggebracht?«

»Sie vergessen, Miller Sahib, daß er ja nicht irgendwer ist, sondern ein Arzt. In Afghanistan braucht man Ärzte. Obendrein ist er Deutscher, und Deutsche hat man hier seit jeher geschätzt. Von der unseligen Brückensache abgesehen, ist hier schließlich alles von Deutschen aufgebaut. Man weist deutsche Flüchtlinge nicht gerne aus.«

»Glaubst du, er war ein Nazi?«

»Waren das schließlich nicht alle Deutschen? Offiziell, meine ich«, sagte Nur gelassen, während er seine Rasiersachen wegpackte.

»Ist das alles, was du weißt?«

»Er kam dann nach Kandahar und hat sich diese Praxis eingerichtet. Die Einwohner hier loben ihn sehr. Wir sind also froh, ihn zu haben, und hoffen, daß er lange hierbleibt.«

»Wie meinst du das?«

»Nun, für die meisten Deutschen ist Afghanistan die Endstation. Von hier aus gibt es nicht mehr viele Länder, wohin sie gehen könnten.«

»Nicht mal nach Deutschland zurück?«

»Dorthin am wenigsten.«

»Wie viele deutsche Staatsangehörige mögen wohl hier im Lande sein?«, fragte ich nachdenklich. Ich war nie ein Deutschenhasser. Aber ich wußte gut genug, daß ich als Bürger dieses Landes sicher auch ermordet worden wäre. Außerdem hänge ich an Verwandten und Freunden, und die Vorstellung, daß sie verhungert, verstümmelt oder vergast sein könnten, war nicht allein moralisch entsetzlich für mich, sondern ich fürchtete mich ganz einfach vor jedem Deutschen. Ich glaube nicht, daß diese Furcht etwas mit ungesunder Angst vor dem Tod zu tun hat. Von Kindheit an hat man mich gelehrt, daß alle Menschen sterben müssen, auch ich. Aber wir Juden haben eine Art Leidenschaft für Kontinuität, und möglicherweise lag da auch der Grund für meine Vorliebe für die Geschichte Afghanistans. Auch hatte ich vor dem zweiten Weltkrieg immer eine Art Beruhigung in dem Gedanken gefunden, daß ich vielleicht Kinder und Enkel haben würde, in denen mein Blut weiterleben konnte. Und wenn ich an Dinge dachte, die ich besonders liebte, zum Beispiel Musik, so schien es mir gut, denken zu können, daß meine Nachkommen all diese Dinge weiter genießen und sich an ihnen freuen würden, so daß mir mein eigener künftiger Tod zwar traurig, aber nicht tragisch schien. Hätte ich aber denken müssen, daß niemand aus meiner ganzen, ziemlich großen Familie weiterleben würde, so wäre mir der Gedanke an meinen Tod unerträglich gewesen.

Ein bißchen geistesabwesend, weil mir eben wieder diese Dinge durch den Kopf gingen, hörte ich noch, wie Nur auf meine eben gestellte Fragte antwortete. Er sagte etwas von ungefähr sechshundert Deutschen, die nach Afghanistan geflüchtet seien, und daß einige davon gute Papiere hätten.

»Lauter Nazis?« fragte ich.

»Wie man's nimmt. Viele haben Hitler gehaßt. Die Beweise dafür trugen sie am eigenen Körper und haben kein Geheimnis daraus gemacht. Ich habe mit Moheb Khan darüber gesprochen ...« Diese letzten Worte beschäftigten mich, so daß ich nicht recht zuhörte, was er weiter sprach. Sooft ich mit Nur und Moheb Khan beisammen gewesen war, hatte Moheb ihn wie einen Bedienten behandelt. Es gab also anscheinend noch eine ganze Menge Dinge im afghanischen Geheimdienst, von denen ich nichts ahnte. Vielleicht stellte sich eines Tages heraus, daß mein braver Nur der jüngste Bruder von Moheb Khan oder vielleicht sogar der Neffe des Königs war.

»Wenn Stieglitz ein so guter Arzt ist«, sagte ich, »weshalb kommt er dann nicht nach Kabul?«

»Es gibt so etwas wie eine Übereinkunft mit illegalen Einwanderern. Sie müssen sich über das ganze Land verteilen. Dorthin, wo sie eben am dringendsten gebraucht werden. Aber wenn er sich in Kandahar gut bewährt, könnte man ihn eines Tages nach Kabul rufen.«

Beim Mittagessen amüsierte ich mich über die Begegnung zwischen den beiden. Der Deutsche war Nur gegenüber bedeutend vorsichtiger, als er es mit mir gewesen war. Natürlich witterte er sofort, daß Nur etwas mit der Regierung zu tun hatte. »Es ist mir ein Vergnügen, Eure Exzellenz kennenzulernen«, sagte er mit unbewegter Miene zu Nur.

»Ich bin keine Exzellenz, leider. Ich bin der Chauffeur von Miller Sahib«, gab Nur ebenso ernst zur Antwort.

Stieglitz betrachtete Nurs europäische Schuhe, seinen Anzug und seine Astrachanmütze und schien nicht geneigt, in diese vermeintliche »Falle« zu gehen. »Da kann man Mister Miller wirklich nur gratulieren«, sagte er. »Ich wünschte übrigens, ich spräche ebenso gut englisch wie Sie, Nur Sahib.«

»Und ich wünschte, ich hätte ein Diplom von der Münchner Universität«, gab Nur zurück, und sie lächelten endlich beide.

In den folgenden Tagen sah ich Stieglitz ziemlich häufig, und je öfter ich mit ihm beisammen war, desto mehr gewann ich die Überzeugung, daß die Botschaften einen guten Arzt bekämen – falls sie ihn bekämen. Jedenfalls war ich entschlossen, zu tun, was in meiner Macht lag. Wir aßen oft zusammen, wobei er stets seine Bierflasche eifersüchtig bewachte, während ich ihm allerlei Fragen stellte, die er bereitwillig beantwortete, vielleicht, weil ich ihn immer zum Essen einlud.

Ich kam zu dem Ergebnis, daß er kein Nazi gewesen sein konnte. Er hatte in seiner Wissenschaft eine humane Haltung, und er besaß offenbar auch den Glauben an ihre Aufgabe, geistige und physische Leiden zu lindern. Er schien begeistert, endlich wieder einmal einen Partner für philosophische Gespräche zu haben. Nach dem Abendessen begleitete er mich zu den Tanzvorführungen und rauchte später im Café seine Pfeife, während wir uns bis nach Mitternacht miteinander unterhielten.

Kein Tag verging, in dem er nicht seinen Widerwillen gegen diese Tänzer äußerte, insbesondere gegen den Solisten. »Sie sind ein Schandfleck für das Land«, sagte er, »eine Pest! Bei Gott, man sollte die Frauen aus ihren Schleiern auswikkeln und Afghanistan endlich eine normale psychologische Basis verschaffen.«

Wir unterhielten uns auch mit Nur darüber. Er lachte nachsichtig. »Jedem Ferangi, der herkommt«, sagte er, »brennt irgendeine Sache unter den Nägeln. Sie, Dr. Stieglitz, sagen: ›Weg mit dem Schleier der Frauen‹; der französische Botschafter fordert zweitausend afghanische Medizinstudenten mehr als bisher; der amerikanische Botschafter erklärt: ›Baut Wasserleitungen von den Bergen in die Stadt‹; die Russen sagen: ›Pflastert eure Straßen.‹ Wissen *Sie*, was zuerst geschehen sollte?«

»Nun?«

»Alles zusammen«, erklärte Nur. »Ja, lachen Sie ruhig! Aber es ist wirklich wahr: Wir müssen das gesamte Land an sämtlichen Fronten, auf allen Gebieten zugleich, in die Höhe bringen. Aber das erfordert mehr Intelligenz und mehr Unternehmungsgeist, als zur Verfügung stehen. Statt zu lachen sollten Sie lieber für uns beten.«

»Mein Stoßgebet ist, daß du mich endlich zu dem Haus führst, in dem Nazrullah wohnt, wenn er in Kandahar ist«, sagte ich.

»Ich hatte es für heute vorbereitet«, sagte Nur höflich.

»Kommen Sie mit, Doktor?«

»Gern«, sagte Stieglitz. Wie üblich zog ich die Geldbörse, und wie üblich atmete er erleichtert auf. Bevor der Kellner zusammenrechnete, nahm Stieglitz rasch noch ein Stück Nan vom Tisch, das er unterwegs aß.

Nur führte uns zu einem der typischen ummauerten Häuser, wo der unvermeidliche Torwächter uns mürrisch musterte und dann einließ. Ungewöhnliches war nicht zu entdekken: ein Garten mit ein paar Obstbäumen, Lehmmauern, einige persische Teppiche und ein männlicher Bedienter. Auf einem Tisch lagen drei uralte Nummern der *Time*, die Polstermöbel waren mit grellrosa Wollstoff überzogen, und irgendwo hing eine Farbphotographie vom König.

Dann aber kam eine offenbar noch junge Frau in einem blaßblauen Chaderi und mit verschleiertem Gesicht ins Zimmer. Dr. Stieglitz machte ein überraschtes Gesicht, ebenso Nur Muhammad, der mich als den Angehörigen der amerikanischen Botschaft vorstellte, von dem er bereits gesprochen habe, als er unseren gemeinsamen Besuch verabredete. »Ich bin stolz, Sie in Nazrullahs Haus willkommen zu heißen«, sagte die junge Frau liebenswürdig. Dann ließ sie durch den Diener ihre beiden Kinder holen, ein vierjähriges Mädchen und einen Knaben, der erst ein paar Monate alt war.

»Nazrullahs Kinder«, sagte Nur beifällig.

Ich wunderte mich über die Verschleierung der jungen Frau. Das paßte nicht zu der Fortschrittlichkeit, mit der es ihr andererseits gestattet war, fremde Männer in Abwesenheit ihres Mannes überhaupt zu empfangen. Vermutlich mit Rücksicht auf Nur Muhammad, von dem sie nicht wissen konnte, wie er über dergleichen dachte. Keinesfalls durfte sie ihren Mann vor einem anderen Afghanen kompromittieren.

Da ich keine Ahnung hatte, ob man eine verschleierte Mohammedanerin ansprechen darf, fragte ich indirekt: »Warum hat Mrs. Nazrullah ihren Gatten nicht nach Qala Bist begleitet?«

»Es gab keine Unterkunft dort«, sagte sie ruhig. Ich mußte unwillkürlich daran denken, daß es für Ellen Jaspar aber trotzdem eine Unterkunft gegeben haben mußte.

»Nehmen Sie bitte Platz«, fuhr sie fort

»Wir werden Ihren Gatten hoffentlich bald sehen«, sagte ich, während wir uns setzten und der Bediente vier Gläser mit Orangensaft brachte. »Können wir Ihrem Gatten irgend etwas mitbringen oder ausrichten?« fuhr ich fort.

»Das ist sehr liebenswürdig von Ihnen«, sagte sie und lachte ein wenig verlegen. Sie wies auf eine größere Schachtel, die offenbar schon darauf wartete, nach Qala Bist mitgenommen zu werden.

»Der gute Nur scheint mir zuvorgekommen zu sein«, sagte ich lächelnd.

»Ja«, sagte sie. »Er sprach gestern abend davon. Aber ich bin Ihnen sehr dankbar für Ihr Angebot, denn ich möchte nicht, daß Nur Ungelegenheiten hätte, weil er seine Rechte womöglich überschreitet.« Sie sprach so gewandt, daß ich meine Vorstellungen über das Ehedreieck Nazrullahs revidieren mußte. Diese afghanische Frau war durchaus kein barfüßiges Kind der Wildnis, das er nur genommen haben konnte, um den Nachwuchs zu sichern.

»Sprechen Sie eine Fremdsprache?« fragte ich.

»Französisch«, antwortete sie, »und auch ein bißchen Englisch.«

»Sehr gescheit«, brummte Stieglitz, »denn eines Tages

werden Sie wohl Frau Botschafter sein.« Sie lachte abwehrend und fragte den Arzt, ob er Französisch könne.

»Ja«, sagte er.

»Und Sie, Miller Sahib?«

Ich nickte. »Ja, Madame.«

»Warum sprechen wir dann nicht alle französisch«, sagte sie und versicherte mir auf meinen fragenden Blick, daß es Nur mindestens ebenso geläufig wäre wie ihr.

Ich machte wohl ein etwas verblüfftes Gesicht; denn Nur erklärte mir sofort, sein Französisch gehe auf die Zeit zurück, als er an der französischen Botschaft angestellt gewesen war.

»Kommen Sie in ein paar Jährchen wieder, Mister Miller, und Sie werden erleben, daß Ihr Nur Muhammad fließend russisch spricht«, sagte Stieglitz.

»Miller Sahib«, sagte die junge Frau und legte kühl und sachlich die Hände ineinander, »man hat mir gesagt, weshalb Sie hier sind. Ich würde Ihnen gern behilflich sein, habe aber leider keine Ahnung, wo sich die zweite Frau meines Mannes befinden könnte.«

»Ist sie nicht bei ihm?«

»Ich glaube nicht.«

»Und hier ist sie auch nicht?«

Madame Nazrullah lachte herzlich. »Nein, wir haben hier in Kandahar noch keine Ferangi monatelang hinter Mauern versteckt gehalten.«

»Verzeihen Sie bitte«, sagte ich.

»Sie sind durchaus entschuldigt«, gab sie zurück. »Vor wenigen Jahren hätten Sie vielleicht ein oder zwei solcher Fälle hier feststellen können. Ich begreife also Ihren Verdacht.«

»Ich danke Ihnen«, sagte ich.

»Und ich möchte Ihnen versichern und bitte Sie aufrichtig, mir zu glauben als einer Freundin, die weder Ihnen noch Ellen etwas Böses wünscht, daß wir niemals einen Streit miteinander gehabt haben. Während der kurzen Zeit in Kabul lebten wir wie Schwestern zusammen. Ellen hat meine kleine Tochter in den Schlaf gesungen ...«

»Aber wußte sie vorher, daß – ich meine – eine zweite Frau ...«, stotterte ich.

Sie lachte wiederum hinter ihrem Schleier. »Natürlich wußte sie es. Als wir uns kennenlernten, küßte sie mich und sagte: ›Du bist also Karima. Nazrullah hat mir viel von dir erzählt.‹ «

»Wie soll ich das glauben«, platzte ich heraus. »Keine Amerikanerin ...«

Nur unterbrach mich. »So dürfen Sie nicht sprechen, Miller Sahib. Was Karima da erzählt, ist nicht unglaublicher als vieles andere, was sich inzwischen als wahr herausgestellt hat.«

»Du hast recht. Ich muß mich entschuldigen.«

»Ich weiß, wie schwer es sein mag, mohammedanische Sitten zu verstehen«, sagte sie freundlich. »Aber, bitte, halten Sie sich in Ihrem Bericht nach Kabul an die Tatsache, daß Ellen in Nazrullahs Haus immer mit Achtung und Liebe behandelt worden ist. Und auch sie behandelte uns so.«

»Bezieht sich das auch auf Nazrullahs Mutter und Schwestern?«

»Ja. Ellen nahm täglich Unterricht in Paschto bei unserer Schwiegermutter. Sie war ein bewundernswertes Geschöpf, und wir alle haben sie sehr gern gehabt.« Hierauf stand sie auf, verneigte sich und wollte gehen.

»Nur noch eine Frage«, bat ich, »haben Sie irgendeine Vermutung, wie unwahrscheinlich auch immer ...«

»Was mit Ellen geschehen sein könnte? Nein, keine. Aber ich versichere Ihnen, daß alles, was Ellen tat, stets klug und vernünftig war. Es kann nichts geschehen sein, was sie nicht ausdrücklich wollte; sie behielt stets einen kühlen Kopf und war eine ausgesprochen begabte Persönlichkeit. Wenn ihr etwas Böses geschehen ist, so wäre es nicht zuletzt ein entsetzlicher Verlust für mich selbst.« Sie unterbrach sich einen Moment, und ich glaube, daß sie weinte. Aber sie beherrschte sich gleich wieder. »Als Nazrullah nach Kandahar mußte und mich in Kabul zurücklassen wollte, bestand Ellen darauf, daß ich hierher mitkam, weil sie ohne mein Töchterchen nicht sein wollte. Wie gesagt, Miller Sahib, es gab zwischen uns nichts als Liebe.«

Sie ging zur Tür, wandte sich aber dort noch einmal um. »Vielleicht war es deshalb, weil sie selber anscheinend keine Kinder bekommen kann. Dr. Stieglitz wird das bestätigen.«

Sie verneigte sich noch einmal und verschwand.

»Und ich Schafskopf hatte eine Halbwilde aus dem Hindukusch erwartet«, sagte ich.

»Karimas Schwester ist in Frankreich erzogen«, bemerkte Nur.

»Wie ist das mit den Kindern?« wandte ich mich an den Arzt.

Statt einer Antwort brummte er irgend etwas auf deutsch und wandte sich zum Gehen, sagte aber dann noch bissig: »Solche Dinge gehen eine Botschaft nichts an.« Er ließ uns stehen. Ich sah ein, daß es gute Gründe für seine Flucht aus Deutschland gegeben haben mußte; denn er war wohl zu ehrlich und aufrichtig, um unter einer Diktatur leben zu können.

»Das ist wohl seine Art, Karimas Behauptung zu bestätigen«, sagte Nur, während wir Stieglitz folgten. »Nehmen Sie es ruhig in Ihren Bericht auf, Miller Sahib, es wird schon stimmen.«

An diesem Abend erschien Dr. Stieglitz nicht zum Essen, aber wir gingen wieder auf den Stadtplatz, um den Tänzern zuzusehen.

»Diese Truppe könnte man so, wie sie da ist, nach New York bringen. Sie würde ein Riesenaufsehen erregen«, sagte ich.

»Ist das Ihr Ernst?« fragte Nur mißtrauisch.

»Natürlich ist es mein Ernst. Der Solotänzer könnte eine große Karriere machen. Ist dir eigentlich klar, wie gut er ist?«

»Sehen Sie nur«, rief er während einer Pause, »da ist ja wieder unser Freund aus Badakschar. Immer noch in Verzükkung.«

Meine Bemerkung wegen New York hatte ihn aber auf eine unerwartete Weise betrübt. »Sie sagen, die Tänzer sind so gut, Miller Sahib. Aber Sie wissen nicht, wie trostlos es ist, in einem Land zu leben, wo solche Talente überhaupt keine Chancen haben.«

Ich fand es taktvoller, hierauf nichts zu erwidern. »Ist es wahr, was ich gehört habe, daß nämlich in Rußland Tanzgruppen wie diese hier manchmal mit Medaillen ausgezeichnet und sogar nach Paris geschickt werden?«

»Ja, das tut man eigentlich überall. Als ich in China war, gingen die Leute sogar mitten im Krieg abends in die Oper. Aber bessere Tänzer als diese hier hatten sie dort nicht.«

»Wirklich?« Nur blieb bedrückt.

Am nächsten Morgen jedoch sollten wir einen ganz anderen Eindruck von den Tänzern bekommen. Ich saß auf den Ersatzreifen und rasierte mich, als einer von den bewaffneten Leuten, die im Jeep übernachtet hatten, den Besuch von Dr. Stieglitz ankündigte.

»Wollen Sie etwas Einmaliges zu sehen bekommen?« fragte er bei seinem Eintritt.

»Wieso, was ist denn los?«

»Haben Sie den Radau heute nacht gehört?«

»Ja, so gegen vier Uhr«, sagte Nur, »ich dachte, es wäre eine der üblichen Raufereien.«

»Mit der hat es angefangen.«

»Und dann?«

»Die Leute haben sich wie gewöhnlich wegen der Tänzer gestritten. Besonders natürlich um Ihren Liebling, Mister Miller.«

»Der, von dem ich dir sagte, daß er in New York Erfolg haben würde«, erklärte ich Nur.

»Na, den hat er schon heute nach gehabt«, sagte Stieglitz. »Erst haben sich zwei Männer seinetwegen geprügelt, und dann hat es einen Mord gegeben.«

Nur murmelte einen Fluch. »Schon wieder!« sagte er dann.

»Ja«, sagte Stieglitz. »Ich habe unserem amerikanischen Freund ja versichert, daß er ein Satan ist. Aber Sie haben es mir nicht so recht glauben wollen, nicht wahr?«

»Jedenfalls habe ich nicht an Mord gedacht.«

Nur mochte ahnen, was wir erleben sollten, ich aber nicht; keines von all den Büchern, die ich über Afghanistan gelesen hatte, ließ auch nur andeutungsweise derartig scheußliche Erlebnisse vermuten: weder das in Ghazni geschweige das, was uns am Stadtplatz von Kandahar an diesem heiteren Frühlingsmorgen bevorstehen sollte. Stieglitz, der so etwas bereits in Herat erlebt hatte, wie er mir später gestand, bat uns, noch einen Augenblick mit zu ihm zu kommen. Sein Torhüter ließ uns ein, und Stieglitz holte aus einem doppelt und dreifach verschlossenen Schiffskoffer einen Photoapparat hervor. Er schlang sich den Riemen über die Schulter, setzte die Astrachanmütze auf, und wir gingen zum Stadtplatz.

Dort, wo am Abend zuvor die Tänzer aufgetreten waren, drängte sich auch jetzt eine dichte Menschenmenge – im nüchternen Tageslicht eine harte und grelle Szenerie. Ein alter Mann bildete den Mittelpunkt der Aufmerksamkeit. Er schien nicht besonders wohlhabend zu sein; Sandalen und Kittel waren abgetragen, und die Weste war fast zerfetzt. Trotzdem hatte seine Haltung etwas Würdiges. Er gehörte nicht zum Pöbel, der ihn zwar umdrängte, aber doch ehrerbietigen Abstand von ihm hielt.

Jetzt ertönte Trommelwirbel, langsam und düster, in ganz anderem Rhythmus als am Abend für die Tänzer. Er kündigte, wie sich gleich herausstellte, das Erscheinen von acht uniformierten, grimmig aussehenden Polizisten an. Sie marschierten zu einer mit Kieselsteinen abgegrenzten Stelle. Zwei von ihnen trugen je einen Holzhammer und eine kurze Stange, die sie in den Boden trieben, bis nur noch etwa zwanzig Zentimeter hervorragten. Wieder ertönten die Trommeln, und aus dem Gäßchen, das als Garderobe für die Tänzer gedient hatte, kamen zwei Mullahs, klein, rundlich und glattrasiert, ganz anders als ihre dürren, hakennasigen Kollegen aus dem Gebirge. Sie winkten den Trommlern ab, dann begannen sie zu beten, erst der eine, dann der andere. Ich konnte ihre Worte nicht alle verstehen, doch schien es sich um die Reinigung all derer zu handeln, die einem altehrwürdigen Ritus beiwohnen sollten. Sie beteten auch dafür, soviel ich verstand, daß alle hier Anwesenden, die das Kommende mitansehen sollten, immerdar Allah und die Gebote Allahs und seines Propheten achten möchten. Als die Gebete zu Ende waren, wurde ein gefesselter Gefangener herbeigeführt.

»Das ist ja der junge Mann mit dem Mantel!« rief ich.

»Ja, der aus Badakschar«, sagte Nur. Er machte mir ein Zeichen, lieber zu schweigen, während Stieglitz seinen Photoapparat zur Hand nahm.

Der junge Mann war zum Glück in einer Art Betäubungszustand. Ich bezweifle, daß er begriff, was mit ihm geschehen war und noch geschehen sollte. Er war mit den Ersparnissen eines ganzen Jahres nach Kandahar gekommen und in etwas verstrickt worden, was sein Verständnis überstieg. Die Wärter mußten ihn führen wie ein stumpfes Tier.

»Ist er der Mörder?« fragte ich flüsternd. Ein Mann links neben mir antwortete leise: »Ja. Als der Tanz heute nacht zu Ende war, versuchte er den Haupttänzer zu kaufen, aber den hatte schon ein Polizist mit Beschlag belegt und auch schon bezahlt. Das wollte dem Jungen aus den Bergen nicht in den Kopf, und schließlich hat er den Polizisten erstochen. Alle haben es gesehen.«

»Welche Strafe steht darauf?« fragte ich.

»Ich wünschte, Sie würden es nicht mitansehen«, sagte Nur.

»Und du selber?«

»Ich muß wohl darüber nach Kabul berichten«, sagte er resigniert. Die beiden Mullahs wandten sich jetzt dem wie abwesend vor sich hinstarrenden jungen Mann zu. »Du hast einen Mord begangen!« riefen sie. Aber er war außerstande, die Beschuldigung auch nur zu verstehen.

Die Mullahs traten zu einem dicken Beamten in Astrachanmütze.

»Wünscht die Regierung, den Fall zu übernehmen?«

Der Dicke antwortete: »Hier handelt es sich um ein Verbrechen aus Leidenschaft, mit dem die Regierung nichts zu schaffen hat.«

Hierauf nickte er den Mullahs zu und trat zurück.

Jetzt wandten sie sich an den würdigen Alten in der zerrissenen Weste. »Gul Majid, dieser Gefangene hat deinen Sohn ermordet. Durch das Gesetz des Propheten ist er dir zur Bestrafung ausgeliefert. Nimmst du an?«

Der alte Mann trat vor, erhob die Augen, so daß er den jungen Menschen gerade ansah, und sagte mit deutlicher Stimme: »Ich übernehme den Gefangenen.«

Die Mullahs beteten noch einmal, riefen Gerechtigkeit und Allahs Gnade herab und verschwanden.

Die Leute, die den Gefangenen gebracht hatten, schoben

ihn dem Alten zu. Jetzt war das Ganze nur noch ein Vorgang zwischen dem jungen Mörder und dem Vater des Ermordeten, eine Auseinandersetzung, die sich ein Wüstenvolk vor Jahrtausenden ausgedacht hatte, ehrwürdig geworden durch die Tradition unzählbarer Generationen. Staat und Religion hatten sich zurückgezogen. Der Schuldige und der Rächer standen einander gegenüber, während die Menge schweigend und gespannt wartete.

»Bindet den Gefangenen!« rief der Alte.

Während die Menge in Beifallsgeschrei ausbrach, flüsterte Nur: »Ich wünschte, es würde ein einziges Mal Mitleid geübt. Aber nein!«

Der Mörder wurde mit dem Gesicht nach oben zwischen die Pflöcke gelegt und mit Händen und Füßen daran festgebunden. Kein weiterer Versuch geschah, dies als eine religiöse Zeremonie auszugeben, wir wohnten einer vorausbestimmten, unabänderlichen Strafe bei. Die Leute traten beiseite und machten einem Kordon Polizisten Platz, Kameraden des Ermordeten. Sie standen nahe genug bei dem Gefesselten, um einen Aufstand der Menge verhindern zu können, aber auch weit genug entfernt, um den Zuschauern die Sicht nicht zu versperren.

Der Alte stand zu Füßen seines Opfers und murmelte ein kurzes Gebet. Dann reichte ihm einer seiner Begleiter eine Art verrostetes Bajonett. Mit lauter Stimme rief er: »Diese Waffe hat mein Großvater von den Engländern bei der Belagerung von Kandahar erobert.« Die Menge jubelte.

Ich blickte auf den jungen Mann hinunter. Seine Augen waren glasig. Er befand sich offenbar immer noch in jenem Trancezustand, in den ihn der Anblick der Tänzer versetzt hatte und in dem wahrscheinlich auch der Mord geschehen war. Als aber jetzt der Alte mit dem rostigen Bajonett neben seinem Kopf hinkniete, begann der Junge zu schreien.

Es war ein grausiger, irgendwie atavistischer Schrei, der aus vorgeschichtlichen Zeiten zu stammen schien, in denen der Mensch noch nicht Mensch war. Er paßte ganz in diese Szene, die uns allesamt in die Kategorie des Tierischen verwies. »Nein!« schrie er. »Nein!« Aber wir waren ja nicht im Zeitalter menschlicher Sprache.

Der Alte griff in die Haare des Opfers und zog ihm den Hals straff. Dann begann er mit seiner Waffe wie mit einer Säge die Gurgel zu durchsägen, und bei jeder seiner Bewegungen bewegte sich auch der Kopf des Burschen nach oben und nach unten, während grauenhafte Schreie aus seiner Kehle drangen.

Plötzlich löste sich Dr. Stieglitz aus der Menge der Zuschauer und unterbrach den Alten, der verwirrt zu ihm aufsah. Stieglitz deutete auf seine Kamera. »Du willst doch ein Bild, nicht? Dann mußt du auf die andere Seite gehen, dort ist das Licht besser.«

Der Alte verstand. Ich sah mit gesträubtem Haar, wie er seinen Platz wechselte und von der anderen Seite her seine Tätigkeit fortsetzte, nun unbeschattet im grellen Sonnenlicht.

Endlich verstummten die Schreie. Wenige Minuten später richtete sich der Alte unbeholfen auf, in der Linken den Kopf des Toten. Er hielt ihn hoch und schritt triumphierend den Kreis der Umstehenden ab.

Ich sah weg, als er in unsere Nähe kam. Mein Blick fiel auf den Tänzer, der diese gräßliche Szene heraufbeschworen hatte. Mit gespannter Miene verfolgte er jeden Schritt des Alten. Seine Kleider waren adrett, und er duftete nach Parfüm. Als er meinem ekelerfüllten Blick begegnete, lächelte er.

»Mister Miller!« Stieglitz hatte den Tänzer dicht hinter mir entdeckt, und ehe ich es verhindern konnte, hatte er uns zusammen photographiert.

Nur und ich wanderten wortlos über den Stadtplatz zu unserem Restaurant. Aber ich war nicht imstande, etwas zu essen. Bald gesellte sich auch der Arzt zu uns und sagte, als ob nichts geschehen wäre: »Ich trinke eine Flasche Bier. Die letzte. Ich hätte zwei gute Gründe, eines Tages nach Kabul zu gehen. Dort gibt es keine öffentlichen Hinrichtungen, aber dafür deutsches Bier.«

»Wenn Sie so etwas verurteilen, warum haben Sie es dann photographiert?«

»Weil ich finde, daß es festgehalten werden muß. Jeder historische Vorgang sollte festgehalten werden. In ein paar Jahren wird es dergleichen nicht mehr geben. Dafür wird Nur Muhammad sorgen.« Er lächelte.

»Als Sie den Alten unterbrachen«, sagte ich, »da hätten Sie doch versuchen können, ihn umzustimmen.«

»Ich?« rief Stieglitz, »die hätten mich auf der Stelle umgebracht.«

»Sicher«, stimmte Nur zu.

»Aber daß Sie ihn auch noch auf die andere Seite bitten! Mein Gott, nein, es ist nicht zu fassen!«

»Das hat doch an der Sache nichts geändert«, sagte er und öffnete mit gewohnter Sorgfalt den Verschluß der Bierflasche.

Ich zitterte vor Zorn und Ekel. Plötzlich brach ich in ein lautes, stoßweises, nervöses Gelächter aus. Nur und Stieglitz versuchten vergeblich, mich zu beruhigen. Ich konnte nur wortlos durch die offene Tür auf den Platz hinaus zeigen, den der alte Mann gerade überquerte. In der Rechten trug er das Bajonett, an der Linken führte er den Tänzer, der sich nach allen Seiten, für den Beifall der Menge dankend, verneigte. Doch war nicht dies der Grund zu meinem Lachen, sondern es war der europäische Mantel des Hingerichteten, den der Alte jetzt trug, den zerrissenen und immer noch eleganten Pariser Damenmantel.

»Halt, halt!« rief ich, als sie draußen vorbeikamen, und sie blieben stehen. »Doktor, machen Sie doch auch hiervon noch eine Photographie«, sagte ich und stellte mich zu dem ungleichen Paar.

Als wir uns wieder an den Tisch setzten, war Nur so böse, daß er seinen üblichen höflichen Ton vergaß.

»Warum mußten Sie das tun?« fragte er aufgebracht.

»Es sah so abnorm aus«, sagte ich und schämte mich plötzlich.

»Sie gebrauchen Mister Jaspars Wort«, sagte er bitter.

»Was? Wessen Wort?« fragte Stieglitz, der seinen Apparat wieder in das Lederetui steckte.

»Ein Landsmann von Miller Sahib«, antwortete Nur. »Immer wenn der etwas sieht, was er nicht verstehen kann, nennt er es abnorm.«

»Es tut mir leid«, sagte ich.

»Vor ein paar Jahren hat ein Franzose Aufnahmen von einem Lynchgericht in Alabama gemacht«, sagte Nur. »War das auch abnorm?«

»Ich habe ja nur gelacht, weil ich mit den Nerven fertig war«, sagte ich.

»Schön, ich hoffe, Sie sind jetzt imstande, Ihr Problem ernsthaft zu diskutieren.«

»Was meinst du damit?« fragte ich gereizt.

»Sie haben den Terror in meinem Land erlebt, jetzt können wir vielleicht über Ellen Jaspar reden.«

»Meinetwegen«, sagte ich, »aber ich habe dich ja bereits um Verzeihung gebeten.«

»Ja«, sagte Nur zögernd. »Aber als Sie diesen alten Narren und diesen gemeinen Bengel abnorm nannten und darüber gelacht haben, da ...«

»Nicht doch, Nur, ich habe ja nur über den Mantel lachen müssen, der hat das Ganze gleichsam abgerundet.«

»Den Mantel hatte ich vergessen«, sagte er. »Aber Sie sollen diese Sache nicht als typisch für Afghanistan betrachten.«

»Nein, Nur. Aber jetzt zu Ellen Jaspar. Als ich mit Schah Khan sprach, deutete er etwas von irgendeinem Gerücht an, das aber so absurd sei, daß er es mir nicht wiederholten wollte.«

»Was für ein Gerücht?« fragte Dr. Stieglitz.

»Ich habe Sie gleich am ersten Tag unserer Bekanntschaft danach gefragt.«

»Ach so. Ja, aber ich habe wirklich keine Ahnung«, brummte er und machte einen Schluck aus seiner Bierflasche.

»Und du?« fragte ich Nur.

»Wie ich Ihnen bereits gesagt habe, ist sie verschwunden; sie ist davongelaufen.«

»Und du bist überzeugt, daß sie nicht fanatischen Mullahs in die Hände gefallen ist?«

Nur war irritiert. »Miller Sahib, Sie haben mich in Ghazni gefragt, und schon dort habe ich Ihnen versichert, daß man sie nicht umgebracht haben kann. Trauen Sie mir nicht?«

»Was wir eben gesehen haben«, sagte ich bedrückt, »erlaubt wohl einigen Zweifel.«

»Jene zwei Mullahs gehören zu den besten Vertretern unserer Priesterschaft. Sie haben in strikter Übereinkunft mit afghanischem Brauch gehandelt. Natürlich wissen sie, daß öffentliche Exekutionen nicht in alle Ewigkeit so weitergehen können, und Sie dürfen mir glauben, Miller Sahib, daß diese beiden Mullahs auf unserer Seite sein werden, wenn es eines Tages soweit ist. Ich selber habe einen Bruder, der ist Mullah und dabei ein viel besserer Staatsbürger als ich.«

»Ich würde ihn gern kennenlernen«, sagte ich brüsk.

»Wenn wir wieder in Kabul sind, können Sie das. Sie verkennen den Islam, wenn Sie meinen, daß Vorfälle wie der heutige von ihm gutgeheißen werden.«

»Es ist eine verdammt gute Religion«, sagte Stieglitz in Paschto, was den Fluch viel wirkungsvoller machte. »Um Ihnen die Wahrheit zu gestehen, ich bin selber zum Islam übergetreten.«

»Was?« rief ich erstaunt.

»Warum nicht? Hier ist jetzt meine Heimat, und ich finde, es ist ein interessantes Land mit einer sehr tiefgründigen Religion.«

»Sie haben also das Christentum aufgegeben?«

»Allerdings. Warum nicht? Eine Religion ist schließlich nichts Ewiges, sie taugt für eine bestimmte Zeit und für eine bestimmte Gegend, und wenn sie nichts mehr taugt, tut man besser, eine andere anzunehmen. Hat das Christentum in Deutschland irgend etwas verhindern können? Die totale Perversion der Gesellschaft? Die Massenhinrichtungen? Den Verrat an allem Humanen? Nein, als ich nach Herat kam, bin ich zum sunnitischen Islam übergetreten, weil er unmöglich schlechter sein kann als solches Christentum.«

»Ich nehme an, Sie wissen, daß Ellen Jaspar auch Muselmanin geworden ist«, sagte Nur.

»Vernünftige Person«, brummte Stieglitz. »Wir haben uns bei unserer letzten Begegnung übrigens darüber unterhalten. Sie sagte, daß sie aus ihrem neuen Glauben großen Trost geschöpft hat. Nannte ihn einen Wüstenglauben und sagte, daß das Christentum bloß noch eine Konvention sei für Leute, die sich am Samstag überfressen, in der darauffolgenden Nacht Ehebruch begehen und am Sonntag Golf spielen. Sie wolle eine Religion, die realer und näher an den originalen Quellen wäre. Wie der Islam hätten auch das Judentum und das Christentum in der Wüste begonnen, wo Gott näher zu sein scheint und Leben und Tod geheimnisvoller. Sie behauptete, wir alle seien im Grunde tierische Lebewesen aus der Wüste, und das Leben sei ursprünglich als harter Kampf gedacht gewesen. In Oasen wie Philadelphia oder München degeneriere der Mensch und verliere die lebendige Beziehung zu seinem Ursprung.«

»Würden Sie denn nicht nach Deutschland zurückkehren, wenn sie könnten?« fragte ich.

Er sah mich geringschätzig an. Wir hatten dieses Thema bisher nie berührt. Aber seine Angleichung an die neue Umgebung erlaubte die Schlußfolgerung, die ich offen ausgesprochen hatte. »Nein«, sagte er kurz, »ich würde niemals zurückkehren.«

Jetzt kam der Pilav, und obgleich mich der Gedanke an Essen zuvor angeekelt hatte, war ich nun doch hungrig geworden. Wir tauchten alle drei unsere Finger in die Schüssel und bekundeten damit eine Art männlich harter Brüderlichkeit. Stieglitz war etwa vierzieg, Nur war zweiunddreißig, ich war sechsundzwanzig. Wir respektierten jeder die Eigenart des anderen, und ich fühlte mich in der Gesellschaft beider wohl.

»Sie dürfen aber den Islam nicht nur für eine Wüstenreligion halten«, sagte Nur. »Er ist voller Kraft, und die Welt hat sein letztes Wort noch nicht vernommen.«

Es trieb mich zu einer ziemlich hinterhältigen Frage: »Wenn ein neuer Staat Israel ins Leben gerufen wird – werdet ihr Moslems ihn akzeptieren?«

»Die Juden können gut für sich selber sorgen«, lachte Stieglitz. Meine kaum erwachten brüderlichen Gefühle sanken wieder in sich zusammen. Ich fand es schockierend, daß ein deutscher Flüchtling so etwas sagte.

»Die Moslems sehen es sicher nicht gern«, sagte Nur, »besonders die Araber nicht. Offengestanden, ich auch nicht. Ich möchte nicht gern, daß die Juden einen Teil von meinem Land bekämen. Aber die Alternative gefällt mir ebensowenig.«

»Der Botschaft war nicht bekannt, daß Ellen Jaspar Mohammedanerin geworden ist«, sagte ich nach einer Pause.

»Viele Ferangi-Frauen sind das«, sagte Nur. »Wir sehen keinen Grund, es offiziell bekanntzugeben.«

»Ferangi-Frauen?«

»Natürlich. Die Christen meinen immer, daß es Konversion nur in einer Richtung geben kann, aber hier sehen Sie einmal den umgekehrten Weg. Dr. Stieglitz aus Deutschland und Ellen Jaspar aus Amerika.«

Ich mußte wiederum lachen, aber diesmal erleichtert. »Und was ist mit dem Bier?« fragte ich Stieglitz und zeigte auf die halb geleerte Flasche.

»Ein Deutscher kann vieles sein«, sagte Stieglitz, »Katholik, Jude, Protestant, Moslem, aber immer ist er ein Biertrinker. Ich habe eine Sondererlaubnis vom Mullah, von dem, den Sie gestern gesehen haben. Er ist ein verständnisvoller Liberaler.«

# 8

In dem Teil Afghanistans, den ich mit Nur durchquerte, fließen zwei Flüsse, der Helmand, der im Koh-i-Baba, westlich von Kabul, entspringt, und der Arghandab, der durch Kandahar fließt. Etwa bei Qala Bist vereinigen sie sich, um gemeinsam in die Wüste vorzustoßen. Hier, am Punkt ihres Zusammentreffens, entwickelte sich vor alter Zeit eine hohe Kultur. Nach Schah Khans Beschreibungen hätte ich Qala Bist gern gesehen, auch wenn man mich nicht ohnedies hingeschickt hätte, damit ich Nazrullah aufsuchte, und wenn Ellen Jaspar nicht von dort aus verschwunden wäre.

Die Ruinen lagen nur siebzig Meilen von Kandahar entfernt. Da aber der größte Teil des Weges durch die Wüste führte, hatte Nur unsere Sachen schon vor Tagesanbruch im Jeep verstaut, und wir verließen Kandahar beim ersten Strahl der aufgehenden Sonne. Wir waren jetzt wie Afghanen aus den Wüstengebieten gekleidet. Zunächst ging unser Weg an gut gepflegten Obstplantagen und landwirtschaftlichen Anwesen vorbei, alle von hohen Lehmmauern umgeben, an deren Ecken stets eine Art Podest aufragte.

»Was sind denn das für Dinger?« fragte ich.

Nur lachte. »Dahinter liegen Melonenfelder.«

»Und was haben die Podeste damit zu tun?«

»Die sind für die Wachtposten. Es ist sehr schwer, hier Melonen anzubauen. Die letzten vier Wochen vor der Ernte muß man bewaffnete Leute aufstellen zum Schutz gegen Diebe. Als ich neun Jahre alt war, hielt ich schon mit einer

Pistole auf unserer Melonenpflanzung Wache. Wir sind eben eine Nation von Briganten, und der König in Kabul kann nicht so regieren wie euer Präsident in Washington. Bei uns werden Könige umgebracht.«

Wir kamen jetzt in den Ort Girischk, wo wir das Melonengebiet verlassen und uns nach Süden wenden mußten, durch die Wüste. Für mich war es ein eigenartiger Eindruck – diese unendliche Wüste, die von Zentralasien über Arabien und Ägypten und schließlich, als Sahara, bis Marokko und an den Ozean reicht. Nie zuvor hatte ich sie gesehen, und als die Morgensonne jetzt die winddurchwehte Einöde mit den von der Hitze versengten Felsen beleuchtete, spürte ich eine mir ganz neue, unbekannte Welt. Dies war das Universum der Sandverwehungen, der träge wiederkäuenden Kamele, der in Weiß gehüllten Männer – ein unabsehbares und unermeßliches Universum. Der Abschnitt, den wir passieren mußten, war ein guter Beginn für mich als Neuling; denn die afghanische Wüste ist zwar kleiner als die berühmteren Wüsten Arabiens, Ägyptens und Libyens, dafür aber noch grausamer. Hier gab es keine Oasen, keine Vegetation und vielfach auch nicht einmal mehr Felsen, die Schutz boten. Es war nichts als eine ungeheuerliche Einöde, über die unaufhörlich der Wind heulte. Sich in ihr zu verirren, bedeutete den sicheren Tod. Jahr für Jahr forderte sie ihre Opfer, und nicht zu Unrecht hat die afghanische Wüste daher auch ihren Namen: Dascht-i-Margo, die Todeswüste. Wir waren seit zwei Stunden unterwegs, als sich endlich der gewaltige steinerne Bogen von Qala Bist am Horizont zeigte. Vor etwa tausend Jahren war er ein Teil eines mohammedanischen Bauwerks, aber auch hierüber wußte man nichts Genaues mehr. Nur der Bogen stand noch, ein geradezu unwahrscheinliches Meisterwerk inmitten der Wüste, hoch emporstrebend, aus Lehmziegeln gefügt, in schönen Proportionen.

»Warten Sie nur, bis wir dort sind«, lachte Nur, als ich ihn bat, einen Augenblick anzuhalten, weil ich den Anblick bewundern wollte. Als wir dann weiterfuhren, stiegen allmählich die Umrisse einer verödeten Stadt vor uns auf, Mauern, die vom Flußufer hinaufführten und ein riesiges Gelände umgaben, Türme von majestätischer Größe, Festungsanlagen, die einst Tausende von Kriegern beherbergt haben mochten.

»Was war das alles früher einmal?« fragte ich.

»Das weiß kein Mensch. Es ist eine von unseren kleineren Ruinenstädten.« Nur zeigte über die Wüste nach Westen. »Dort drüben, wo der Helmand versickert, liegt eine verlassene Stadt, sieben Meilen lang, von der auch niemand weiß, wer sie erbaut hat. Sie ist eben einfach da.«

»Was heißt das – wo der Helmand versickert?«

»Dieser Fluß hier«, sagte Nur und zeigte auf das mächtig dahinströmende Wasser, »verschwindet plötzlich in der Wüste.«

»Und wohin?«

»Ins Nichts. In die Luft. Er verflüchtigt sich sozusagen. Er fließt in einen See, der austrocknet.«

»Hm. Aber ich möchte trotzdem gern wissen, wer das hier erbaut hat.«

Nur lachte. »Das kann Ihnen niemand sagen. Es ist seit jeher dagewesen.«

»Hat die Stadt denn keinen Namen?«

»Nein. Qala Bist ist einfach die Bezeichnung für den Bogen.«

»Der ist ein Meisterwerk. Wenn wir so was in Amerika hätten, stünde er längst unter Denkmalschutz.«

Nur lachte von neuem. »Ihr habt eben ein paar Tausend Jahre zu spät angefangen. Übrigens gibt es natürlich ein paar Vermutungen über diese Stadt hier. Vielleicht war sie die Winterresidenz des Mahmud von Ghazni. Jedenfalls wäre er reich genug gewesen, sie bauen zu können. Andere wieder meinen, daß das alles hier schon lange vor Mahmuds Zeiten dagewesen sein muß.«

Zu gern hätte ich gewußt, was einst hier geschehen war, aber meine Aufmerksamkeit wurde durch einen jungen Mann abgelenkt, der auf dem Festungswall vor uns erschien. Er trug die Kleidung der Wüstenleute und einen Turban. Er winkte uns schon von weitem zu, und ich erkannte, daß er einen Bart trug.

»Das ist ja Nazrullah!« rief Nur. Ein schönes Bild, wie er

dort auf dem Wall stand. Er hätte gut ein junger Krieger von vor tausend Jahren sein können, der dort oben die Wache befehligte.

»He, Nazrullah«, rief Nur, »ich habe einen Amerikaner mitgebracht. Von der Botschaft.« Narullah ließ den Arm sinken und zögerte einen Augenblick. Aber dann kam er den schrägen Wall heruntergeklettert. Er lief auf uns zu, offensichtlich erfreut, Besucher zu sehen.

»Guten Tag, Nur«, rief er herzlich. Die beiden umarmten sich in einer Weise, die mir wieder einmal klarmachte, daß mein Gehilfe und Chauffeur kein ganz gewöhnlicher Mann sein konnte. Dann wandte sich Nazrullah zu mir und sagte auf englisch mit freundlichem Lächeln: »Seien Sie willkommen in meiner bescheidenen Unterkunft, auch wenn sie nur vierhundert Räume enthält.«

Wir lachten, und Nur sagte: »Du brauchst nicht englisch zu reden mit Miller Sahib. Er versteht Paschto, und er ist gekommen, um auszuspionieren, was für ein schlimmer Bursche du bist.« Es war deutlich zu merken, daß Nur inständig wünschte, ein gutes Einvernehmen zwischen Nazrullah und mir zu schaffen.

Nazrullah streckte die Hand aus und hieß mich noch einmal herzlichen Tones willkommen. »Hier entlang«, erklärte er dann, »wir haben eine Bresche in den Wall geschlagen. Sie können mit dem Jeep in die Stadt fahren.«

Unterwegs betrachtete ich beide – Nazrullah und seine seltsame Stadt. Er war ein gut aussehender Burscher, nicht ganz so groß wie ich, aber drahtiger und besser proportioniert. In seinen Bewegungen und seiner Art zu sprechen lag viel lebendige Gewandtheit und Temperament. Sein Haar war ziemlich lang, vermutlich, weil Friseure in Qala Bist rar waren. Doch wirkte er sehr gepflegt und tadellos sauber, obschon das unter den hiesigen Bedingungen nicht ganz einfach sein konnte. Er war sehr sympathisch, und ich verstand die Hochachtung, mit der Moheb Khan, Nur und Dr. Stieglitz von ihm sprachen.

Die ausgestorbene Stadt war ebenso eindrucksvoll wie dieser junge Afghane, wenn auch in anderer Weise. Enorme Mauern zogen sich bis zu acht oder zehn Meilen über das hügelige Gelände, auf dem wohl einst fruchtbare Anpflanzungen standen. Die innere Stadt war ein Gewirr aus ehemaligen Palästen, Moscheen mit Minaretts, Befestigungen und Verwaltungsbauten. Jedesmal aber, wenn ich meinte, wir seien nun zum eigentlichen Stadtkern gekommen, stellte sich das als Irrtum heraus. Größere und kleinere Stadtteile gingen in andere, ganz ähnliche über, und dies wiederholte sich sechs- oder siebenmal.

Endlich erreichten wir einen größeren Platz, ebenfalls von Mauern umschlossen. Hier hatte Nazrullah seine Zelte errichtet; von hier aus leitete er die Arbeiten für das Bewässerungsprojekt, mit dessen Hilfe das ganze Gebiet durch den Helmand fruchtbar gemacht werden sollte. Er hatte zwei Jeeps zur Verfügung, drei Ingenieure und vier Diener. Frauen waren keine da. Aber eines der Zelte, besser als die übrigen, mußte wohl das von Ellen Jaspar gewesen sein, als sie vor neun Monaten nach Qala Bist gekommen war. Ich versuchte das Zelt unauffällig näher in Augenschein zu nehmen, aber Nazrullah sagte ganz unbefangen: »In diesem Zelt hause ich. Jetzt wollen wir Ihre Sachen abladen lassen.«

»Bitte, machen Sie sich keine Mühe«, sagte ich entschuldigend.

»Wieso denn? Sie sind meine ersten Gäste aus Kabul. Selbstverständlich müssen Sie bei mir hausen.« Er schlug die Vorhänge zurück und bat uns ins Zelt hinein. Der Boden war mit einem erlesenen Perserteppich bedeckt. Auf einem Tischchen stand ein Bild von Ellen Jaspar, in demselben Kleid, das sie bei der Aufführung von Beethovens *Neunter* in Philadelphia trug.

Nazrullah zeigte uns unsere Schlafplätze, und seine Leute brachten das Gepäck herbei. Während sie unsere Habseligkeiten auspackten und in großen Pappkoffern unterbrachten – Nazrullah hatte sie als Schränke im Basar erstanden –, betrachtete ich einen großen Lederkoffer, der mit den Buchstaben E. J. gezeichnet war. Er stand verlassen in einer Ecke und sah aus, als ob er auf die Rückkehr seiner Eigentümerin wartete.

Nazrullah führte uns dann zu einem anderen Zelt, wo wir

das übliche Mahl aus Pilav und Nan bekamen. Der Koch hantierte direkt vor dem Eingang an einem Ofen, gewiß nicht anders als seine Vorgänger hier vor tausend Jahren. Ich sah ihm zu, wie er Nan bereitete. Der kegelförmige Ofen aus Ton glich einem Bienenkorb mit abgeschnittener Spitze, unter dem in einer kleinen Grube Holzkohle glomm. Der rohe Teig wurde fest gegen die schrägen Innenwände des Tongefäßes gedrückt, so daß er nicht in die Kohlen fallen konnte.

Nazrullah, der mein Interesse bemerkte, erklärte: »Diese Backöfen haben die Wüstenvölker schon vor drei- oder viertausend Jahren entwickelt. Der Teig ist klebrig genug, um zu haften, und das Feuer tief genug, um ihn nicht zu verbrennen.«

Nach dem Essen brachten die Diener uns Wasserschalen für die fettigen Finger, dann gingen wir in Nazrullahs Wohnzelt zurück. »Es tut mir gut, hier am Rande der Wüste zu leben«, sagte er nachdenklich. »Nach dem Aufenthalt in Deutschland und Amerika hat die Wüste mir wieder zum Bewußtsein gebracht, was Afghanistan eigentlich ist.«

»Bevor ich hierher in die Todeswüste kam«, sagte ich, »bildete ich mir ein, schon allerhand über Afghanistan zu wissen. Ich hielt es für ein gebirgiges Land voll unbewohnbarer Täler und Hochgebirgsebenen.«

»Ja, das dachte ich früher auch. Aber in Wirklichkeit sehen vier Fünftel von Afghanistan so aus wie das Land draußen vor den Mauern dieser Stadt: Wüste, unterbrochen von ein paar Flüssen. Und wo immer man diese Flüsse zur Wüste hinlenken kann, lohnt es sich tausendfach. Hätten Sie geahnt, Mister Miller, daß Afghanistan das Land ist, in dem man am besten über das Wasser und seinen Wert Bescheid weiß? Jeder Afghane ist Fachmann für Bewässerung. In unserem Land wird kaum je ein Tropfen Wasser verschwendet. Die Bauern lenken einen winzigen Bach aus den Bergen oft meilenweit ab, um ein Feld zu bewässern, und führen ihn dann kunstgerecht wieder zu seinem ursprünglichen Bett zurück, damit auch andere, die tiefer liegende Felder haben, ihn nützen können.«

»Nein, das wußte ich nicht.«

»Meine Aufgabe hier ist, genau dasselbe mit dem Helmand

zu machen. Nur daß das eben ein großer Fluß ist. Wir bauen oben in den Bergen einen Riesendamm, wo wir alles Wasser stauen wollen, das sonst hier in der Wüste ungenützt versikkert.«

Die Begeisterung beflügelte seinen Wunsch, sich mitzuteilen, und schon waren wir aus dem Zelt heraus und auf dem Weg zur Stadt. Tote Straße riefen Zeiten wach, in denen hier der Handel mit Seide aus Indien und mit Pelzen aus Rußland geblüht haben mochte. Wir erklommen Steintreppen, so gut instand, daß sie ebensogut erst gestern errichtet sein konnten, betraten dann eine riesige Vorhalle, deren Wände noch Spuren von Fresken trugen, und kamen endlich zur Festung, die aussah, als wäre sie noch gestern von Truppen benutzt worden. Nazrullah, mit der Umgebung vertraut, war rascher als ich. Mich faszinierte die schweigende Pracht. Unglaublich, daß die Menschen, die hier geherrscht hatten, spurlos vergessen waren , daß eine Stadt von solcher Größe untergehen konnte ohne auch nur ihren Namen zu überliefern.

»Es muß doch ein beklemmendes Gefühl sein, in solch einer Umgebung zu leben«, sagte ich, als ich Nazrullah auf dem Wehrturm wieder eingeholt hatte.

»Ja, das ist es. Gleichgültig, wieviel Interesse man an der Vergangenheit hat. Wenn man hier lebt, fängt man an, über sie nachzudenken. Aber man findet keine Anhaltspunkte, und dann ist es ja auch nicht die Vergangenheit, mit der ich mich zu beschäftigen habe, sondern die Zukunft.«

Er zeigte auf den Fluß, der unter uns zu Füßen der Mauern dahinströmte. »Ich muß mich darum kümmern, dem Fluß da unten genügend Wasser abzugewinnen.«

»Und was werden Sie damit tun, wenn Sie es haben?«

Er deutete auf die Wüste jenseits der Stadt, wo der Wind den Sand vor sich her wehte. »Es sieht wie Wüste aus«, sagte er, »aber an sich ist es Ackerland. Dieser Boden läßt sich bebauen, wenn man Wasser hinleitet. Und wenn erst das gesamte Projekt verwirklicht ist, dann wird das Land hier genauso wertvoll sein wie damals, als in dieser Stadt eine halbe Million Menschen gelebt hat. Sie müssen irgendeine Bewässerungsanlage gehabt haben.«

»Glauben Sie?«

»Ganz bestimmt. Schauen Sie einmal dorthin, stromaufwärts. Sehen Sie die versandeten Uferbänke? Der Helmand war sicher einmal zur Bewässerung von Dämmen eingefaßt.«

Er wies auf eine Reihe von Erdhügeln, die südwärts zu ein paar kleineren Bergen führten. Zweifellos waren sie von Menschenhand errichtet; denn sie standen in regelmäßigen Abständen, waren von beachtlicher Höhe und mußten einem wichtigen Zweck gedient haben. »Hören Sie, Mister Miller, möchten Sie, daß ich Ihnen etwas wirklich sehr Interessantes zeige?« fragte Nazrullah.

»Nun, jedenfalls würde ich mich gerne hier umsehen, nachdem ich schon mal da bin.«

»Also gut« antwortete er vergnügt. »Sie sind der erste Amerikaner, der es zu sehen bekommt.« Er wandte sich um zu Nur: Hallo, kommst du mit zum Karez?«

»O nein«, rief Nur ohne Zögern zurück, »und wenn Miller Sahib einigermaßen bei Vernunft ist, geht auch er nicht mit.«

»Er will aber gern«, rief Nazrullah enthusiastisch, »und wenn er geht, ist es für dich eine Schande, wenn du hier bleibst.«

»Ich schäme mich«, lachte Nur zu uns herauf, »aber ich bin eben ein Feigling. Du mußt die Ehre Afghanistans allein retten.«

Wir durchquerten die verlassene Stadt und kletterten in einen von Nazrullahs Jeep, den er geschickt durch die enge Durchfahrt im Stadtwall steuerte und in die Wüste hinaus. Als wir vor einem jener Erdhügel haltmachten, entdeckte ich, daß sie aus Lehm gemauert waren. Einfache, rohe Stufen führten zur Spitze hinauf.

Von oben sah ich im Innern des Hügels wiederum Stufen, die in finstere Tiefen führten. Nazrullah warf einen Kieselstein hinunter, der nach langer Pause erst aufschlug. Ich begriff, daß wir über einem Luftschacht standen, der zu einem unterirdischen Wasserlauf führte. »Hinunter mit uns!« rief Nazrullah eifrig wie ein Junge. Ich sah ihm nach, wie sein aufgeregtes Gesicht mit dem verstaubten Bart allmählich verschwand. Ich folgte ihm zögernd. Als ich den Boden erreicht hatte, stand ich auf einer schmalen Mauerkante, neben der ein klarer Wasserlauf dahinströmte, schwach beleuchtet durch das heruntersickernde Licht.

»Sind alle Hügel so wie dieser hier?«

»Ja. Es ist ein unterirdisches System, das Gebirgswasser herunterführt. Sind Sie bereit, bis zum nächsten Hügel hier unten entlangzukriechen?« Er bemerkte mein Zögern. Lächelnd zog er eine Taschenlampe heraus. »Wir haben schon alles für solche Expeditionen ausgekundschaftet«, sagte er.

Ich blickte auf die niedrige Decke des Tunnels, in dem man nur in gebückter Haltung vorwärtskommen konnte, und war nicht recht sicher, ob meine langen Beine das aushalten würden. »Es ist nur eine Viertelstunde«, beruhigte mich Nazrullah.

»Also, dann los«, sagte ich mutiger, als ich eigentlich war. Wir krochen in den Tunnel hinein, Nazrullah voraus. Der Rücken tat mir weh, meine Beine wurden ganz gefühhlos. Aber als wir eine Weile so gekrochen waren, begann schon der schwache Lichtschein des nächsten Schachtes sichtbar zu werden. Ich faßte neuen Mut und betrachtete mir nun auch die Konstruktion des Tunnels. Die Decke war durch keinerlei Pfosten abgestützt und lediglich durch die Lehmbindung zusammengehalten. Jedesmal, wenn ich mit dem Kopf anstieß, fielen kleine Erdbrocken ins Wasser. Ich hatte das beklemmende Gefühl, daß das Ganze eigentlich jeden Moment einstürzen konnte, und war insgeheim froh, als wir endlich wieder aufrecht standen. Unsere Füße waren pitschnaß. Mein Rücken krachte förmlich, als ich mich streckte. Ich war noch zu steif, um die Stufen sofort wieder hinaufklettern zu können, und so blieben wir ein paar Minuten aufatmend in der kühlen Zugluft des Schachtes stehen und ruhten uns aus.

»Jetzt verstehen Sie sicher, warum Nur die Einladung ausgeschlagen hat«, lachte Nazrullah.

»Ja, aber ich bin trotzdem froh, daß ich mitgekommen bin«, sagte ich. »Wer hat denn das gebaut?«

»Vielleicht die Perser, wahrscheinlich aber die Afghanen. Es ist die beste bis heute bekannte Art, Wasser durch die Wüste zu leiten. Oben auf der Erde würde es in der Sonne sofort verdunsten.«

»Wie alt ist dieser Tunnel?«

»Wenn man annimmt, daß er von den Einwohnern der Stadt benutzt wurde, so müßte der Schacht, in dem wir stehen, vor etwa dreizehnhundert Jahren gegraben worden sein.«

»Dann wollen wir lieber rasch hinaufklettern«, sagte ich.

»Natürlich ist er oft ausgebessert worden. Diese Tunnels halten nicht lange.«

»Daran habe ich schon gedacht, als wir unterwegs waren«, gestand ich lachend.

»Das Karezsystem hat viele Menschenleben gekostet«, sagte Nazrullah. »Sachverständige gingen in die Berge, um zunächst nach unterirdischen Quellen zu suchen, und mitunter mußte man dreißig Meter tief danach bohren. Dann mußte man herausfinden, wo der Wasserspiegel sich zur Erde heraufarbeitete, und dann wurden diese unterirdischen Tunnels gegraben, oft zwanzig Meilen lang, indem sie dem natürlichen Wasserlauf folgten.«

»Und wenn die Tunneldecken einstürzten?«

»Das kam natürlich oft vor. Die, unter der wir eben entlanggekrochen sind, kann jeden Moment einstürzen«, sagte er ohne sichtliche Gemütsbewegung. »Die Leute, die in dem Karezsystem arbeiteten, bildeten eine besondere Kaste. Sie lebten unter besonderen Gesetzen, bekamen besonderes Essen und hatten mehr Frauen als andere. Mullahs und Polizei hatten ihnen nicht viel zu befehlen, denn meist kamen sie bald ums Leben. Die Tunneldecken brachen ein, weil man sie nicht abstützte, sondern einfach dem Glück vertraute. Und wenn die Karezmänner tot waren, erbten ihre Nachfolger die paar Habseligkeiten und auch gleich die Frauen.«

Allmählich bekam ich Beklemmungsgefühle hier unten und begann die Stufen hinaufzuklettern. Nazrullah folgte mir. Oben atmete ich befreit auf und bemerkte, wie Nazrullah lächelte. »Nur gut«, sagte er, »daß ich Ihnen das nicht schon im Tunnel erzählt habe.«

»Trotzdem wird er heute nacht im Traum sicher über mir zusammenstürzen.«

»Solche Gefühle habe ich auch schon gehabt«, gestand er.

»Nach ganzen Serien von Einstürzen mußte man die Leute manchmal mit Peitschen wieder in die Schächte treiben. Vom König wurde ein Gesetz erlassen, wonach die Söhne dieser Karezmänner den Beruf der Väter erben mußten. In manchen Distrikten wurden sie bei der Geburt sogar mit einem Zeichen gebrandmarkt.«

»Rauhe Sitten«, sagte ich und suchte meinen Schauder zu verbergen.

Wir stiegen die äußeren Stufen hinunter und setzen uns im Schatten des Hügels auf den Erdboden. »Ja, es ist ein rauhes, ein grausames Land«, sagte er, »und diese Tunnels erinnern einen immer wieder daran. Aber auch heute noch gibt es Dinge in Afghanistan, die Sie erschrecken würden.«

»Oh, ich habe schon einiges zu sehen bekommen«, sagte ich.

»Was?« fragte er.

»In Ghazni wurde eine Frau zu Tode gesteinigt. In Kandahar hatte ein junger Mann einen Mord begangen – eines Tänzers wegen. Man säbelte ihm den Kopf ab. Mit einem verrosteten Bajonett.«

»Dann sind Sie ja eingeweiht«, sagte Nazrullah mit tonloser Stimme. Er schien ganz ruhig, aber seine Nervosität verriet sich durch das Zucken in seinem Gesicht. »Ich zwinge mich gelegentlich, in den Karez hinunterzugehen«, sagte er dann, »um mich an all das menschliche Leid zu erinnern, daß es auszurotten gilt. Hätte ich gewußt, daß Sie diese Exekutionen mitangesehen haben, hätte ich Sie nicht auch noch in den Tunnel geführt. Aber ich finde immer, daß man mit einem Ferangi nicht reden kann, bevor er nicht einige bestimmte Beobachtungen gemacht hat.«

»Ich habe jetzt drei hinter mir«, sagte ich. »wir können also miteinander reden.«

»Das glaube ich auch, und vor allem möchte ich Ihnen zweierlei erklären. Das ist nicht mit wenigen Worten getan, aber vielleicht lohnt es sich – genau wie Ihr Gang durch den Karez. Ich bin mit zwanzig Jahren nach Deutschland gegangen«, fuhr er fort, »bis dahin war ich von Privatlehrern unterrichtet worden, deren Hauptaufgabe, wie mir später schien, darin bestand, mich von der Minderwertigkeit Afghanistans und vom Ruhm Europas zu überzeugen. Ich machte mir diese Lehren zu eigen und kam also nach Deutschland, völlig vorbereitet auf meine Minderwertigkeit. In Göttingen aber fand ich heraus, daß die wirklichen Barbaren nicht jene primitiven Menschen sind, die zum Beispiel in Ghazni Frauen steinigen, sondern daß die Deutschen das waren. Ich war von 1938 bis 1941 dort und sah eine Kultur zugrunde gehen, die einst wohl so gewesen sein mochte, wie meine Lehrer sie dargestellt hatten, die jetzt aber nur noch ein Hohn ihrer selbst war. Sie können mir glauben, daß ich in Deutschland mehr gelernt habe, als Sie je hier in Afghanistan lernen könnten.

Wie Sie wohl wissen, kam ich dann nach Philadelphia, wo die Hälfte der Leute eine Art Neger in mir sah. Was ich in Deutschland noch nicht gelernt hatte, bracht man mir in Amerika bei. Diesen Bart ließ ich mir erst dort stehen. Warum wohl? Zunächst beschloß ich, in Philadelphia wie ein Neger zu leben. Ich wohnte in Negerhotels, aß in ihren Restaurants, las ihre Zeitungen und ging mit Negermädchen aus. Es ist ein abscheuliches Leben, das man als Neger in Ihrem Lande führt, Mister Miller. Vielleicht nicht so schlimm wie das Leben eines Juden in Deutschland, aber bedeutend schlimmer als das Leben eines Afghanen in Ghazni. Um den Leuten in Philadelphia zu beweisen, daß ich kein Neger war, ließ ich mir dann später den Bart wachsen und trug auch einen Turban, was ich daheim nie getan hatte.

Meine Ausbildung war jeden einzelnen Cent wert, den die Regierung dafür ausgab, und nach sechs Jahren Göttingen und Philadelphia hungerte ich förmlich danach, wieder heimzukommen und an die Arbeit zu gehen. Und ich weiß, daß wir hier eine ebenso gute soziale Gemeinschaft aufbauen können wie in Europa oder Amerika.«

Ich blickte auf unsere Umgebung, eine öde Wüstenei, ein verschlammter Fluß, kahle Berge, eine ausgestorbene Stadt. Ich begriff, wie heroisch das Ziel war, das Nazrullah sich gesetzt hatte.

»Und weiter möchte ich Ihnen sagen«, fuhr er nach kurzer Pause in seiner lebhaften Art fort, »daß ich jeden Tag aufs neue froh bin, wieder hier zu sein. Ich bin ein erwachsener Mensch geworden, draußen in der Welt, und nicht länger ein Kindskopf, der von Afghanistan weg wollte. Mit achtundzwanzig Jahren kann ich Chef eines Unternehmens sein, das diesen ganzen Teil von Asien revolutionieren wird. In Philadelphia hat man mir auf einer Cocktailparty einen Posten in der Schuhbranche angeboten. ›Sie könnten eine Menge Geld verdienen‹, sagte mir der Mann. Mister Miller, ich bin in der Wüste hier, weil ich es nicht anders will. Ich will den Erdboden umgraben wie einst die Karezmänner, gründlich, von oben bis unten. Und wenn die Decke über mir zusammenstürzt – gut, ich frage nicht danach.«

Wieder folgte ein Augenblick angespannten Schweigens, dann lachte er, und wir machten uns auf den Rückweg.

In den folgenden Tagen sprach Nazrullah eifrig über alle Aspekte des afghanischen Lebens, sooft ich aber das Gespräch auf seine Frau zu lenken suchte, brach er ab. Jedenfalls war ich mittlerweile überzeugt, daß sie in Qala Bist nicht sein konnte. Wenn Nazrullah offenbar von diesem Thema nicht reden wollte, so bewies er doch bei jeder Gelegenheit seine sonstigen Qualitäten, und wenn ich ihn beobachtete, wie er mit Ingenieuren und Arbeitern umging, sah ich, daß er viel reifer war als seine Jahre.

Er hatte eine beneidenswerte Fähigkeit, aus allen Menschen das Beste herauszuholen. Ich verstand gut, daß der Schuhfabrikant in Philadelphia ihn engagieren wollte und daß eine europäische Tiefbaugesellschaft ihm ihre Vertretung für Asien angeboten hatte. Er besaß Witz, ein angenehmes, immer bereites Lächeln und eine natürliche Feinheit, die seine Wirkung auf eine zivilisationskranke Schülerin von Bryn Mawr nur zu begreiflich machte. Daß sich Ellen Jaspar in ihn verliebt hatte, war durchaus verständlich; nicht zu verstehen aber war, daß sie sich seinetwegen in ernsthafte Schwierigkeiten verstrickt haben sollte, falls sie überhaupt noch lebte.

Hätte ich Nazrullahs erste Frau in Kandahar nicht aufgesucht, so hätte ich freilich weiterhin angenommen, daß deren Existenz an allem schuld war. Aber diese in Seide gehüllte Gestalt hatte mich davon überzeugt, daß sie und Ellen Jaspar die besten Freundinnen waren, und so schien es mir immer schwerer herauszufinden, was sich hier eigentlich abgespielt hatte.

Manchmal verglich ich Nazrullah mit Nur, der weniger sicher auftrat, da er nie im Ausland gewesen war – ein Mangel, gegen den er tapfer ankämpfte. Nazrullah stellte sich allen Problemen auf beherzte Weise und war für einen Afghanen bemerkenswert offen, zum Teil weil es seiner Natur entsprach, zum Teil weil er kein Talent für Spitzfindigkeiten besaß, während Nur ein Meister der Diplomatie war. Am unterschiedlichsten aber waren sie in ihren Vorstellungen über das, was zur Entwicklung ihres Vaterlandes am nützlichsten wäre. Nur hing an der Tradition; sein Bruder war Priester, und so sah Nur die Rettung Afghanistans in der Wiederbelebung des Individuellen und der Erneuerung der islamischen Religion. Nazrullah hingegen meinte bei den endlosen Diskussionen, die wir in seinem Zelt führten, daß religiöse Fragen ihn nichts angingen. Er hatte sich über die drei großen Weltreligionen, Judentum, Christentum und Islam, seine eigene Meinung gebildet und fand, daß die eine so gut sei wie die andere, daß aber der Islam am besten zur sozialen Struktur Afghanistans paßte. »Was das Land wirklich retten wird«, erklärte er, »ist der Anschluß an die moderne Welt – ein neues Wirtschaftssystem, eine neue Verfassung, Wasserleitungen, Straßen, Landwirtschaft ... Alles Dinge, die wir zustande bringen können und werden.«

Eines Tages forderte er mich auf, ihn zu dem Staudammgelände zu begleiten. Nur protestierte, es sei viel zu weit, aber Nazrullah hatte in seiner lebhaften Art binnen fünfzehn Minuten bereits eine Art Expedition zusammengestellt. »Sie werden einen Blick in die Zukunft Afghanistans tun«, versprach er.

Wir brausten aus der Stadt hinaus in einer Karawane von drei Jeeps. Fahrten durch die Wüste sollte man möglichst gruppenweise machen, meinte Nazrullah. An diesem Tag ging alles glatt. Ohne Zwischenfall erreichten wir Girischk. Von dort aus folgte eine schlimm aussehende Strecke, die man mit den Fahrzeugen nur schwer überwinden konnte. Wir schafften es trotzdem und hielten schließlich an einem Ziegenpfad, wo wir die Wagen unter Bewachung zurückließen. Wir erkletterten eine Anhöhe. Tief unten schäumte der Helmand, dessen Frühlingsfluten durch eine enge Felsschlucht strömten.

»Um einen Staudamm zu bauen, wie amerikanische und deutsche Experten empfehlen«, erklärte Nazrullah, »braucht man eine Schlucht und einen in der Nähe liegenden Berg. Dort unten sehen Sie die Schlucht und weiter drüben einen verdammt guten Berg.«

»Und was tut man mit den beiden?« fragte Nur.

»Man baut eine Straße vom Fuß des Berges bis zur Schlucht. Dann führt man die Straße mittels einer Behelfsbrücke über die Schlucht hinüber, so hoch wie möglich. Dann sprengt man den Berg, Stück für Stück, transportiert die Felsbrocken zu der Brücke und wirft sie von dort in den Fluß. Wenn man das drei bis vier Jahre lang jeden Tag gemacht hat, hat man einen Damm.«

Er zeigte uns, wo die Straße gebaut und die Brücke über die Schlucht geführt werden sollte. »In den ersten Monaten kann man so viele Felsstücke da hinunterwerfen, wie man will, der Fluß nimmt sie mit wie Strohhalme. Aber eines schönen Tages bleiben die ersten liegen, und damit fängt auch der Fluß an, sich ein bißchen zu stauen. Und von diesem Tag an hat man ihn in der Hand.«

Er ließ sich seinen Feldstecher bringen, durch den ich sehen konnte, daß bereits Vermessungsmarken an der Nordseite der Schlucht angebracht waren und irgendwelche anderen Merkmale auf der gegenüberliegenden Seite, hoch über dem augenblicklichen Wasserstand.

»Das wird der Tunnel«, sagte Nazrullah. »Während wir die Felsbrocken hinunterwerfen, schachten wir gleichzeitig einen Tunnel aus, und sobald der Wasserspiegel diese Höhe erreicht, leiten wir den Helmand durch den Tunnel. Dann werden Tausende von Tonnen Felsen in die Schlucht gefahren und mit Erde bepackt. Das setzt sich in ein paar Jahren ab, wird zementiert, und man hat seinen Staudamm.«

Es war schwer, sich das vorzustellen, aber Nazrullah hatte

den Boden oft genug untersucht, und für ihn existierte das Ganze bereits. Er deutete zu einer flußaufwärts liegenden Markierung. »Das Wasser wird bis dorthin steigen. Im Frühjahr, wenn wir es für die Felder nicht brauchen, werden wir es speichern, und im Sommer, wenn die Dürre kommt, ist es dann vorhanden. Mit jedem Tropfen Wasser, der durch den Tunnel geht, gewinnen wir außerdem Elektrizität, die bis jenseits der Berge nach Kandahar geführt werden soll.«

Ich dachte an die primitive Bevölkerung und sagte, daß die Leute sicher nicht viel Gebrauch davon machen würden.

»Da irren Sie sich«, rief Nazrullah. »Fortschritt erzeugt seine eigene Dynamik. Ich selber habe zum Beispiel so eine primitive Gemeinde in Tennessee gesehen, wo ...«

»Tennessee kann man doch eigentlich kaum primitiv nennen«, sagte ich und mußte insgeheim über diese Vokabel lächeln, deren Anwendung auf Afghanistan uns der Botschafter in Kabul strikt verboten hatte, um den Afghanen nicht zu kränken.

»O doch«, antwortete er prompt, »zumindest die Bergregionen. Ich war dort und finde, daß es im selben Verhältnis zu New York steht wie Girischk zu Kabul. Kaum hatten die Leute dort Elektrizität bekommen – trotz aller vorherigen Einwände, daß es an Verwendungsmöglichkeiten fehle –, hob sich ihr Lebensstandard zusehends.«

Ich konnte ihm nicht widersprechen, zumal seine ehrliche Begeisterung etwas Überzeugendes hatte. »Ist es nicht eine großartige Vorstellung, wie eines Tages die Felsbrocken da hinunterpoltern werden? Nicht willkürlich, wie seit Jahrtausenden, sondern zu einem ganz bestimmten Zweck? Es wird der Auftakt sein zu etwas Gutem, das nicht einmal dieser starke Fluß wird hemmen können.«

Mit leuchtenden Augen sah er uns an. »Wir werden Schulen bauen und Straßen und nicht aufhören, bis das Werk vollbracht ist.«

Ich schaute auf den ungebärdigen Strom hinunter, der frei und wild zwischen den Felsen dahinschäumte. Er schien mir die fessellose Freiheit Afghanistans zu symbolisieren, und beinahe fand ich es schade, daß er eingedämmt werden sollte. Ich sagte es halblaut vor mich hin.

»Was meinen Sie da?« Nazrullah fragte es ohne Zorn oder auch nur Erstaunen, sondern starrte mich an. »Das ist eine sonderbare Äußerung, Mister Miller. Es sind nämlich genau dieselben Worte, die Ellen an dieser Stelle hier gebraucht hat. Ihr Amerikaner seid so sentimental. Euer eigenes Land habt ihr bis zum äußersten technisiert, und dann kritisiert ihr andere, die ihr eigenes Land nur ein bißchen voranbringen möchten.«

»Ich habe es mehr symbolisch gemeint«, entschuldigte ich mich.

»Das hat auch Ellen getan, aber gemeint ist dasselbe. Nämlich, je moderner Tennessee wird, um so romantischer wäre es, Afghanistan so primitiv zu lassen, daß es nett sein wird, hinzufahren und die Leute dort anzuschauen. Aber das werden wir ändern.«

»Ich möchte ja, daß Sie es ändern. Vielleicht hat Ellen gemeint, daß die altmodischen Sitten besser sind? Eine Menge Amerikaner denken so.«

»Und was denken Sie selber?«

»Daß es immer traurig ist, wenn etwas Freiheitliches zugrunde geht. Eben deshalb haben wir ja eine Botschaft in Kabul, um Ihnen bei der Zivilisierung des Landes zu helfen, ohne daß es seine Freiheit einbüßt.«

»Das ist auch notwendig«, sagte er. »Denn wenn Amerika versuchen wollte, diese Entwicklung aufzuhalten, wäre sofort Rußland da, um uns zu helfen.«

»Wobei?« fragte ich. Aber er hörte mich nicht mehr, sondern stapfte bereits den Hügel hinunter; er schien sich geärgert zu haben. Unten sprang er in einen der Jeeps und raste in wildem Tempo die gefährliche Strecke bis Girischk, während Nur und ich mit einem der Ingenieure zurückkehrten nach Qala Bist.

## 9

Kurz vor Qala Bist kam ein anderer Jeep in rascher Fahrt auf uns zu, in eine Wolke von Staub und Wüstensand gehüllt. Am Steuer saß ein afghanischer Offizier, neben ihm Dr. Stieglitz.

»Wo ist Nazrullah?« rief er. Während wir alle gemeinsam weiterfuhren, rief er mir zu, daß er schlechte Nachrichten bringe. Als wir Nazrullah endlich begegneten, stiegen alle aus, und Stieglitz und er sprachen deutsch miteinander.

Endlich wandte Nazrullah sich an mich. »Tut mir leid, Mister Miller, es betrifft auch Sie.« Es handelte sich um den Amerikaner Pritchard, der sich vor einiger Zeit in die Todeswüste begeben hatte, um die Frühjahrsüberschwemmungen des Helmand zu messen.

»Hier ist eine offizielle Anweisung für Sie«, sagte der afghanische Offizier und übergab mir eine Notiz, der ich entnahm, daß die amerikanische Botschaft das Militärkommando in Kandahar angerufen hatte. Der Text lautete:

> Miller: fahren Sie sofort in die »Die Stadt«, von dort nach Tschahar. Wenn möglich, nehmen Sie deutschen Arzt Dr. Stieglitz mit, auf unsere Kosten. Unbedingt mindestens zwei Jeeps mitnehmen, da frühere von der afghanischen Regierung Beauftragte auf der Suche nach Pritchard, der in Tschahar vor drei Wochen Beinbruch erlitten, spurlos verschwunden. Ausführliche Unterweisungen dortiger Behörden einholen, bevor Sie aufbrechen.

Der Befehl kam von Verbruggen, und ich stellte mir seine rauhe, bekümmerte Stimme am Telephon vor.

»Sie wissen, was los ist?« fragte ich Stieglitz.

»Ja.«

»Kommen Sie mit?«

»Ich stehe zu Ihrer Verfügung.«

»Gegen welches Honorar?« erkundigte ich mich. Aber bevor er antworten konnte, zog ich ihn beiseite. Er schwieg vorerst. Ich war sicher, daß er längst erraten hatte, was mein Besuch bei ihm in Kandahar bezweckte. Also würde er sich von mir einen günstigen Bericht nach Kabul erhoffen und deshalb ein niedriges Honorar fordern. Andererseits war er schließlich ein erfahrener Arzt, und das Bier in Kandahar war teuer ...

Der arme, dickliche Mann, der da vor mir stand, schien keine Lösung zu finden. Ich schämte mich plötzlich, besonders weil er Deutscher und ich Jude war.

»Verzeihen Sie, Doktor«, sagte ich, »ich hätte Sie gar nicht fragen, sondern Ihnen lieber einen Vorschlag machen sollen. Sind sie einverstanden mit zweihundert Dollar, plus zwanzig Dollar für jeden zusätzlichen Tag, falls wir länger als fünf Tage ausbleiben sollten?«

Ich sah ihm an, daß mein Angebot viel höher war, als er je gewagt hätte zu fordern. »Ich nehme an«, sagte er, und dann bedankte er sich so überschwenglich, daß er mich fast in Verlegenheit brachte. »Sie haben ja keine Ahnung, Mister Miller, wie diese verdammten Leute mich wegen dem Bier hochnehmen.«

»Also abgemacht«, sagte ich und wandte mich zu dem afghanischen Offizier. »Werden Sie uns fahren?«

»Keinesfalls«, mischte sich Nazrullah ein, »das tue ich!« Er rief seine Mitarbeiter zusammen: »Welche Mondphase haben wir? Welcher Jeep ist im besten Zustand? Mister Miller, können wir Ihre Büchsenrationen mitnehmen? Wie ist es mit Wasser, Brechstangen, Schleppseilen?« Sobald er über alles zufriedenstellende Auskünfte bekommen hatte, sah er auf die Uhr. »Schön, wir können Qala Bist in vierzig Minuten verlassen. Wir nehmen Mister Millers und meinen Jeep, einen fährt Nur, den anderen ich. Bitte alle sofort zu meinem Zelt kommen.«

Er sprang in seinen Jeep und sauste los in Richtung Qala

Bist. Wir folgten ihm bis zu dem großen Platz, auf dem sein Zeltlager stand. Gemeinsam mit Nur stellte er innerhalb der nächsten zehn Minuten die Expedition zusammen, die katastrophal enden konnte, wenn irgend etwas vergessen wurde. Nur, der sich besonders gut auf technische Dinge verstand, kümmerte sich um die Jeeps, während Nazrullah das Einpakken unserer Nahrungsmittel überwachte. »Turbane für die beiden Ferangi!« rief er, und einer von seinen Ingenieuren löste das Problem, indem er zwei Dienern die Turbane von den Köpfen nahm. »Die werden Sie nötig brauchen«, sagte Nur, daß ich mir einen davon einpackte.

Einige Stunden vor Einbruch der Dunkelheit bestiegen wir die beiden Wagen. Nazrullah beriet sich noch einmal mit seinen Mitarbeitern und dem Offizier, eine Landkarte vor sich ausgebreitet, und zog eine Bleistiftlinie von Qala Bist über die Wüste bis zu einem Punkt, der auf der Karte einfach als »Die Stadt« bezeichnet war. Von dort führte er die Linie nach Süden weiter, bis sie den entlegenen Ort Tschahar erreichte. »Diese Route also nehmen wir«, sagte er, »und wenn irgend etwas passieren sollte, könnt ihr euch darauf verlassen, daß wir nicht weit davon entfernt sind.« Er beobachtete aufmerksam, wie Nur und der Offizier die Route in ihre eigenen Karten übertrugen.

»Und wo, glauben Sie, könnten diese vermißten Leute sein, die Sie ausgeschickt haben?«

»Es ist schon zehn Tage her«, sagte der Offizier, »wir haben einen Jeep mit zwei Mann ...«

»Einen Jeep?« unterbrach Nazrullah.

»Ja.«

»Verdammt!« rief er, und dieser Fluch, den er vom Wharton College hatte, hörte sich in seinem Mund ausnehmend drollig an. »Verdammt!« Einen einzigen Jeep in dieser Gegend!«

»Ja«, antwortete der Offizier ziemlich gleichmütig, »sie verließen Kandahar vor zehn Tagen, fuhren nach Girischk und wollten von dort aus die Wüste durchqueren.« Er zeichnete in Nazrullahs Karte eine Linie ein, die sich mit der unsrigen etwa auf halbem Wege durch die Wüste berührte.

Nazrullah dachte nach. »Vielleicht könnten wir sie auf der zweiten Hälfte unserer Fahrt entdecken.«

»Wenn sie eine Panne hatten«, sagte ich, »haben sie vielleicht eine Fahne gehißt.«

Nazrullah sah mich mitleidig an. »Waren sie vertraut mit der Wüste?« fragte er den Offizier.

»Ja. Es waren unsere zuverlässigsten Leute.«

Nazrullah studierte wieder seine Karte. »Wir wollen unsere Route ein bißchen ändern«, sagte er. »Hier«, er deutete auf die Karte »können wir einen Abstecher machen und Umschau halten.« Er zog einen kleinen Haken nordwärts mit dem Bleistift, fast schon außerhalb der Wüste. »Also«, sagte er zum Abschied, »salam aleijküm.«

Mit diesen Worten setzte er seinen Wagen in Bewegung. Ein paar Minuten später waren wir bereits am Rand der Wüste und fuhren westwärts, der sinkenden Sonne zu, eine kleine Karawane aus zwei Jeeps, jeder weithin gekennzeichnet mit weißen flatternden Tüchern an hochragenden Stangen.

Die Dascht-i-Margo ist keine Wüste im herkömmlichen Sinn; zwischen ihren endlosen Sandflächen finden sich Ansammlungen von schieferartigem Gesteinsschutt, die während vieler Millionen Jahre durch die allmähliche Abtragung von Gebirgen entstanden sind. So kamen wir auf unserer Fahrt immer wieder zu solchen Schieferstrecken, die oft eine halbe Meile lang waren und auf denen wir mit sechzig Stundenkilometern fahren konnten, zur Seite die geschweiften Linien der Sanddünen.

Ein anderes charakteristisches Merkmal der Dacht-i-Margo: Im Unterschied zu anderen Wüsten findet man keine Spur irgendeiner Vegetation oder eines Lebewesens. Keine Oase weit und breit, nicht einmal Steinhaufen, von Menschenhand zu irgendeiner Markierung gefügt. Nichts als eine einzige flammendheiße Leere und Öde. Als wir kilometerweit zwischen Sanddünen dahinfuhren, mußte ich an die Polargegenden denken: Dort gab es doch wenigstens zu Eis gefrorenes Wasser und Insekten. Hier aber war das Nichts, und dieses Nichts kochte in der Hitze – bei fünfundfünfzig Grad Celsius. Schlimmer noch als diese Hitze aber war der Wind.

Nur blickte auf den fliegenden Sand. »Der Wind muß ungefähr vierzig Stundenkilometer haben«, meinte er. »später werden es sicher siebzig. Es ist der Wind, der die Menschen in der Wüste tötet.«

Ich erkannte jetzt auch den Zweck unserer weißen Fahnen: Oft verloren wir die Sicht auf den zweiten Wagen, und man konnte nie sicher sein, ob eine vorausliegende Strecke auch wirklich befahrbar war oder ob man in einem Sandwall einsank. Man versuchte dann, den Wagen zu wenden und der Fahne des anderen zu folgen. Keiner hielt sich allzu dicht hinter dem anderen, aber beide Fahrer achteten sorgfältig darauf, daß der Abstand nicht zu groß wurde.

Nachdem wir länger als eine Stunde unterwegs waren, stoppte Nazrullah, der gerade vorausfuhr, und wartete, bis wir herankamen. Er winkte uns, leise zu sein, und zeigte auf eine kleine Herde Gazellen, etwa fünfzehn Tiere. Ein Wunder in dieser Ödnis, in der unsere Augen weit und breit keinen Grashalm entdeckten. Doch die Tiere waren sicher vertraut mit verborgenen Plätzen, die noch kein Mensch je gesehen hatte.

Ich betrachtete bezaubert die zarten, graziösen Tiere, die mitten in der flammenden Hitze verharrten. Was taten sie hier? Afghanistan hatte so viele Gebiete, wo Gazellen Nahrung finden konnten. Weshalb kamen sie in diese Öde, und warum bewegte es mich so, sie zu sehen?

Eines der Tiere hatte uns wohl erspäht, denn mit schwereloser Eleganz sprangen alle auf, machten kehrt und schossen im schrägen Sonnenlicht, einer Vision gleich, davon. Ich hatte noch niemals so geschmeidige Bewegungen gesehen. Während die anderen in der Ferne verschwanden wie verklingende Musik, lief eines der weiblichen Tiere in unsere Richtung, sah plötzlich die beiden Wagen, warf sich mit einem hohen Luftsprung herum und folgte den Gefährten. Es sah so schön aus, daß ich einen Ausruf des Entzückens nicht unterdrücken konnte. Das Tier hatte die gleiche Farbe wie der Chaderi von Siddiqa und war plötzlich keine Gazelle, sondern die Verkörperung von etwas, wonach es mich verlangte. In diesem grausamen Land voller Häßlichkeiten, in dem man nur Männer zu sehen bekam, erinnerte mich die Gazelle an das Frauenhafte, an tanzende Mädchen, an das Mysterium, welches die Hälfte der Welt ausmacht. Ich sah ihr nach, wie sie in unvergleichlicher Grazie davonlief, hierhin und dorthin springend, bis sie hinter einer fernen Sanddüne verschwunden war. Mit Tränen in den Augen fühlte ich, wie mir die furchtbare Einsamkeit der Wüste unerträglich wurde.

»Sie müssen aus der Karawanserei gekommen sein«, sagte Nazrullah. Er meinte die Soldaten der Patrouille. Wir zogen die Karten hervor und stellten fest, daß wir dicht bei dem von ihm eingezeichneten Abstecher waren. »Immerhin besteht die Hoffnung, daß sie bis zur Karawanserei gelangt sind.« Wir fuhren in nördlicher Richtung weiter.

Die Sonne war im Untergehen, als wir den höchsten Punkt einer Düne erreichten und einen jener Anblicke hatten, die seit jeher alle Wüstenreisenden erfreuen: Eine ummauerte Karawanserei inmitten des Sandes. Es war ein etwas düster aussehender, gleichwohl geheiligter Zufluchtsort, Lehmmauern, die einen Innenhof umgeben, in dem die Tiere der Karawanen untergebracht werden. Eintreten konnte man nur durch ein einziges, schönproportioniertes Tor. Die Karawanserei war Hunderte von Jahren alt; vielleicht stammte sie sogar aus den Zeiten Mohammeds. Sie lag am Rande der Wüste und in der Nähe eines Bächleins, an dem Gras wuchs. Wie viele Tausende von Karawanen mochten schon hierhergekommen sein, um Schutz für die Nacht zu suchen? Es ist ein Gesetz der Wüste, daß jeder, der eine Karawanserei betritt, die Nacht über in ihr sicher ist, ungeachtet, ob er dort persönliche Feinde antrifft – und bestimmt gibt es eine Menge Geschichten über Todfeinde, die in solch einer Karawanserei den geheiligten Frieden miteinander teilten.

Vor dem Eingang begannen Nazrullah und Nur den Boden abzusuchen nach irgendwelchen Spuren, aber ohne Erfolg. »Bis hierher sind die beiden jedenfalls nicht gekommen«, sagte Nazrullah.

Ich hoffte, daß wir weiterfahren würden; denn während mir die Ruinen von Qala Bist immerhin imponiert hatten, fand ich diesen Bau hier bedrückend in seinem Schweigen und irgendwie furchterregend. Möglicherweise stand ich noch unter dem Eindruck dieser unerträglichen Verlorenheit, die mich nach der Flucht der Gazellen befallen hatte. Das Zwielicht in der Wüste verstärkte dieses Gefühl.

»Fahren wir weiter?« fragte ich.

»Wir wollen hier essen«, sagte Nazrullah, und drinnen legten er und Dr. Stieglitz Tücher auf den Lehmboden. Nur zündete die zwei mitgebrachten Lampen an, deren weißer Schein die hohe Decke beleuchtete. Die riesigen Schatten, die das flackernde Licht auf die Wände warf, sahen unheimlich und drohend aus. Dschingis Khan, dachte ich bei mir, würde sich, wenn er jetzt einträte, sicher ganz daheim fühlen.

Am Ende des riesigen Raumes stand eine schwere runde Säule, die bis hinauf unters Dach führte. Sie war aus Stuckgips und schimmerte im Lampenlicht.

»Was für eine schöne Säule«, sagte ich.

»Und berühmt außerdem«, antwortete Nur.

»Wofür berühmt?«

»Wegen ihrer ungewöhnlichen Konstruktion.«

»Gips ist doch nichts so Ungewöhnliches?«

»Nein, ich meinte ihr Inneres.«

Dr. Stieglitz schien neugierig. Aber später war ich fest davon überzeugt, daß er die Antwort im voraus wußte, die Nur schließlich gab.

»So ums Jahr 1220 kam Dschingis Khan ...«

»Im Augenblick hab ich an ihn gedacht«, unterbrach ich.

»Wieso?« fragte Nur.

»Ich sah die Schatten an den Wänden, fand sie unheimlich und dachte, daß Dschingis Khan sich ganz zu Hause fühlen würde, wenn er hier hereinkäme.«

»Er ist wirklich einmal hier gewesen«, sagte Nazrullah.

»Und was war mit der Säule?« fragte Stieglitz.

»Dschingis Khan zerstörte Afghanistan, wie Sie ja wissen. Bei einem einzigen Einfall in ›Die Stadt‹ zum Beispiel kam fast eine Million Menschen ums Leben. Auch in Kandahar wurden die Bewohner niedergemacht. Eine Handvoll Flüchtlinge entkam hierher. In diesen Raum. Sie dachten, die Mongolen würden sie nicht finden. Aber sie fanden sie doch. Zunächst ließ Dschingis Khan einen Pfahl aufrichten und bis durchs Dach führen. Dann wurden den Gefangenen die Hände gebunden; man legte sie auf den Boden rings um den Pfahl und band sie mit den Füßen an ihm fest.«

»Und weiter?« fragte Stieglitz. Ich sah Schweißperlen auf seiner Stirn.

»Eine Schicht Menschen wurde immer auf die andere gelegt, bis hinauf unters Dach. Während die Opfer noch am Leben waren, ließen die Mongolen Maurer kommen, und das Ganze wurde mit Stuckgips ummauert. Wenn man das Zeug wegschlagen würde, fände man menschliche Skelette. Aber die Regierung läßt es nicht zu; es ist eine Art von Mahnmal.«

Keiner von uns sagte etwas. Das Essen war fertig, doch niemand schien Hunger zu haben. »Immer und immer wieder im Lauf seiner Geschichte ist Afghanistan zerstört worden«, sagte Nazrullah. »Wissen Sie, was ich mitunter glaube? Wenn ein paar Tausend Menschen, darunter auch ich, Kabul endlich neu aufgebaut haben, dann kommen die Russen oder die Amerikaner und legen es in Schutt und Asche.«

»Halt, halt!« rief ich.

»Ich sage nichts gegen die Amerikaner ... oder die Russen. Sie würden uns nicht aus Haß vernichten. Dschingis Khan war auch nicht haßerfüllt, als er ›Die Stadt‹ zerstörte, auch Tamerlan nicht, ebensowenig wie alle die anderen Zerstörer Afghanistans. Ich bin auch nicht mutlos. Nur kann ich mir nicht vorstellen, daß dieses Land seinem Schicksal entgehen wird, immer wieder zugrunde gerichtet zu werden.« Er zuckte die Achseln. »Wenn es unser Schicksal ist, dann müssen wir eben immer aufs neue mit dem Aufbau beginnen.«

Er lachte und untersuchte die Konservenbüchsen, die schon geöffnet auf den Wolldecken standen. »Ich für mein Teil liebe jedenfalls amerikanische Büchsenrationen. Aber wir müssen achtgeben, daß Nur und ich kein Schweinefleisch erwischen.«

»Aber wir haben ja lauter Büchsen mit Schweinefleich aufgemacht«, rief ich erschrocken.

»Dann picken wir beide jeder ein Stück heraus und bitten Sie, es auf Ihren Teller legen zu dürfen. Sehen Sie, so. Und den Rest behalte ich hübsch auf meinem eigenen, nachdem

diese symbolische Handlung vollzogen ist. Weil ich Schweinefleisch nämlich so schrecklich gern mag.«
Wir lachten, und dann aßen wir einträchtig miteinander, zwei Moslems, ein christlicher Renegat und ein Jude, und das Gefühl von Verlassenheit war verschwunden. Als wir aber die Teller einsammelten, sah ich, daß Dr. Stieglitz fast nichts gegessen hatte.

Ein wenig später vernahm ich mit Erleichterung, daß wir nicht hier übernachten, sondern die kühle Nachtluft benutzen wollten, um die Wüste zu durchqueren. Wir gingen in die Nacht hinaus, und zum erstenmal sah ich die Sterne über der Wüste – greifbar nahe infolge der Lufttrockenheit. Sie leuchteten und strahlten in der reinen Luft, wie ich es noch nie gesehen hatte, und sie waren viel größer als sonst. Vor allem aber erstaunte ich darüber, daß man sie bis zum Horizont hinunter sehen konnte.

Während ich stand und die Sterne bewunderte, schrieb Nazrullah auf einen Zettel, daß wir am Abend des 11. April 1946 hier gewesen seien, um die vermißten Soldaten zu suchen, sie aber nicht gefunden hätten. Mit einem scharfen Schieferstück klemmte er das Papier an der Türe fest. Dann fuhren wir hinaus in die Wüste.

Der sengende Wind hatte sich gelegt. Am Himmel stand der fast volle Mond, ein gutes Stück über dem Horizont, und leuchtete uns. Ohne sein unglaublich helles Licht hätten wir die Fahrt nicht antreten können. Die Sanddünen sahen weiß aus und reflektierten das Mondlicht, so daß es fast taghell war. Ich fragte Nur, weshalb wir so langsam führen.

»Weil man bei diesem Licht den Gotsch nicht sieht«, sagte er.

»Den Gotsch? Was ist das?«

»Flockiges weißes Zeug, das in großen Fladen ausblüht. Ich glaube, Sie nennen es Gips.«

»Ach so, Gips ist das! Und der liegt so aufgetürmt?«

»Ja. Die Wüste ist voll davon. Sonst hätte Dschingis Khan keinen Stuckgips für seine Säule gehabt.«

»Aha, dazu benützt man also Gips«, sagte ich.

»Mit Wasser gemischt, ist er sehr nützlich«, erklärte Nur,

»aber fahren Sie nicht hinein, wenn er trocken ist.« Wir hörten eine Hupe gellen und schauten nach Nazrullahs Fahne aus. Sie war in eine Bodensenkung vor uns abgesackt, und Nazrullah machte uns warnende Zeichen, nicht nachzukommen. »Er steckt im Gotsch fest«, sagte Nur. »Im Mondschein kann man das Zeug nicht erkennen.«

»Sind wir heute nachmittag auch an solchen Stellen vorbeigekommen?« fragte ich.

»Das will ich meinen. Aber bei Tag sieht man sie rechtzeitig.«

Wir stiegen aus und gingen zu Fuß zu den anderen. »Nichts passiert«, sagte Nazrullah, »nur die Räder greifen nicht.«

Ich kniete mich hin und befühlte das Zeug. Es war eine Art von flockigem Pulver, sehr weich in der Hand, und natürlich bot es den Rädern keinen Widerstand. »Hier ist das Seil«, sagte Nazrullah. Wir brachten unseren Jeep vorsichtig bis an den Rand der Einbruchstelle, befestigten das Seil und zogen Nazrullahs Jeep langsam heraus. Dann fuhren wir weiter, durch die Wüste, bei Nacht. Die großen Sterne funkelten über uns, und der Mond beleuchtete eine geisterhafte Welt.

Wir waren etwa sechzig Kilometer in die Wüste eingedrungen, als ich etwas Ungewöhnliches entdeckte. Erst hielt ich es für eine Anhäufung von Schiefer, als ich aber Nur darauf aufmerksam machte, sagte er: »Nein, das muß der Jeep sein.« Er hatte recht.

Wir gaben Nazrullah, der uns voraus war, Lichtsignale, die er sofort bemerkte. Er wendete und kam zurückgefahren. »Was ist los?« fragte er.

»Miller Sahib hat den Jeep entdeckt.«

Nazrullah blickte in die Richtung, die wir ihm zeigten. »Nicht sehr angenehm, da hinüber zu müssen«, sagte er.

Im Schritt fuhren wir los und gerieten auf eine riesige Gotschfläche. »Stoßt zurück«, rief Nazrullah, »steckt die Fahne in harten Boden.«

Nachdem wir seine Weisung befolgt hatten, fuhren wir vorsichtig und ganz langsam wieder hinter ihm drein.

Schon aus einiger Entfernung sahen wir den Jeep und darin zwei Gestalten. Die letzten Schritte gingen wir zu Fuß. Die

Männer saßen in Wüstenkleidung in ihrem Jeep, mit offenen Augen und vollständig ausgedörrt. Der trockene Wüstenwind hatte bei Tagestemperaturen von fünfzig Grad die beiden Körper mumifiziert.

»Die beiden müssen seit acht bis zehn Tagen tot sein«, sagte Nazrullah. »Wir können sie ruhig hierlassen. Jetzt kann ihnen nichts mehr geschehen.«

Der Jeep enthielt noch reichlich Nahrungsmittel, auch Benzin, aber kein Wasser. »Ziehen Sie ihn mal weg, Mister Miller«, sagte Nazrullah, »ich will schauen, ob die Schaltung noch funktioniert.« Ein wenig zögernd schob ich den Fahrer vom Lenkrad fort, während Nazrullah auf den Sitz kletterte und den Motor anließ. Der Tote wog fast nichts. Der Motor sprang an, stockte, starb ab. Die Kupplung war kaputt. »Arme Kerle«, sagte Nazrullah. »Legen Sie ihn zurück.«

Als wir wieder bei unseren Wagen waren, sagte er: »Sie haben vielleicht noch zwei Tage gelebt, länger bestimmt nicht. Töricht, sich mit einem Jeep allein in die Wüste zu wagen.« Er schien nun doch erschüttert zu sein. »Wollen Sie nicht zur Abwechslung mal mit Dr. Stieglitz tauschen?« fragte er dann. Ich setzte mich neben ihn. Als wir wieder unterwegs waren, kamen wir natürlich auf die beiden Toten zu sprechen.

»Haben Sie sie gekannt?« fragte ich Nazrullah.

»Glücklicherweise nicht«, antwortete er einsilbig. Wir schwiegen eine Weile, dann lachte er. »Es ist sehr komisch, mit Dr. Stieglitz zu fahren. Er ist so deutsch.«

»Stimmt es, daß er Mohammedaner geworden ist, oder hat er nur Spaß gemacht?«

»Warum sollte es nicht stimmen? Er muß sowieso für immer hier leben.«

»Warum glauben Sie das?«

»Weil ihn entweder die Engländer oder die Russen verhaften würden, sobald er über die afghanische Grenze ginge.«

»Wegen Naziverbrechen?«

»Natürlich.«

»Aber steht denn das fest? Oder nur ein allgemeiner Verdacht?«

»O nein. Die in Kabul haben seine Papiere gesehen. Ich

möchte meinen, daß die Beschuldigungen keineswegs hypothetisch waren.«

Ich dachte darüber nach, weshalb die afghanische Regierung diese Akten der amerikanischen Botschaft vorenthielt, zumal sie doch genau zu wissen schien, daß wir an Stieglitz als möglichen Botschaftsarzt dachten. Ich wollte aber keine direkte Frage stellen, sondern versuchte es auf diplomatischere Art. »Wenn die Engländer gedroht haben, ihn außerhalb von Afghanistan zu verhaften, müssen sie also etwas Bestimmtes über ihn wissen.«

»Das tun sie auch.« Nazrullah lachte, weil er meine Absicht erraten hatte. »Als verantwortliche Behörde kennen sie seine Akten, und wenn sie ihn in Indien erwischten, würden sie ihn verhaften. Aber wenn Afghanistan ihm erlaubt, in Kabul zu leben, was ich übrigens für sicher halte, dann würden die Botschaftsangestellten als Privatpersonen ihn natürlich konsultieren. Und bestimmt würde Ihre Botschaft keine Ausnahme machen: in New York einsperren, in Kabul als Arzt verwenden.«

»Vielleicht haben Sie recht«, sagte ich zögernd.

Wir schwiegen, bis er eine Weile später hinzufügte: »Sie wundern sich, daß Stieglitz Mohammedaner geworden ist. Aber wenn ich zum Beispiel für immer in Dorset und bei Ellens Familie hätte bleiben müssen, wäre ich bestimmt Presbyterianer geworden.« Es überraschte mich, daß er seine Frau plötzlich ganz von selbst erwähnte, aber seine beiläufige Haltung der eigenen Religion gegenüber schien mir noch bedeutsamer; denn damals war ich der Ansicht, daß niemand seinen Glauben wechseln sollte. »Könnten Sie tatsächlich Christ werden?« fragte ich.

»Sechs Jahre lang, in Deutschland und in Amerika, bin ich Christ gewesen, ausgenommen auf dem Papier. Könnten Sie sich nicht vorstellen, daß Sie als Mohammedaner beten, wenn Sie ständig in Afghanistan leben würden?«

»Eine Gegenfrage: Wenn Sie zum Beispiel bei den Engländern in Palästina arbeiten müßten, könnten Sie dann auch zum Judentum übertreten?« fragte ich.

»Warum nicht? Außerdem ist vielleicht die Hälfte aller

Afghanen jüdischer Herkunft: nur weiß man es eben nicht mit Sicherheit. Jedenfalls hat Afghanistan sich jahrhundertelang damit gebrüstet, daß wir von einem der verschwundenen Stämme Israels herkommen. Dann freilich hat Hitler uns zu Ariern ernannt, was uns allerlei Vorteile verschaffte.«

»Aber was ist Ihre persönliche Meinung?«

»Ich persönlich glaube, daß wir ein Mischmasch sind. Haben Sie schon mal etwas von dem ergötzlichen Mythos über die Leute von Hazara gehört? Nein? Von denen wird behauptet, daß jeder Mongole, der sich je in Afghanistan ansiedelte, und das müssen, nebenbei bemerkt, Millionen gewesen sein –, daß sie also allesamt sich in diesen Tälern niederließen und daß ihre Nachkommen sich niemals mit den Afghanen vermischt haben. Das bedeutet sozusagen ein Jahrtausend Rassenreinheit, haha! Vielleicht stamme ich geradenwegs von diesen Schweinehunden ab, die die Säule in der Karawanserei errichtet haben.«

»Sie meinen, Sie könnten Jude werden?«

»Wer weiß, vielleicht bin ich überhaupt einer? Oder ein Mongole, ein Hindu, ein Tadschike. Außerdem natürlich hundertprozentig arisch, schwarz auf weiß besiegelt von der Universität Göttingen.«

Wir fielen in Schweigen wie die Wüste rings um uns her. Ein leises Gefühl der Verbundenheit regte sich in mir. Endlich stellte ich die Frage, die Nazrullah zweifellos erwartete, als er mich aufforderte, den Platz mit Stieglitz zu tauschen. »Wo ist Ihre Frau Ellen?«

»Sie ist mir weggelaufen.«

»Wissen Sie wohin?«

»Nicht genau.«

»Glauben Sie, daß sie noch lebt?«

»Ich weiß, daß sie noch lebt.« Er umklammerte das Lenkrad fester. »Ich fühle das.« Aus der Art, wie er es sagte, schloß ich, daß er sie noch lieben mußte. Er tat mir leid. Zugleich fand ich es beinahe komisch, daß ich Mitgefühl für einen Mann empfand, der doch eine treue, gute Frau besaß, die in Kandahar auf ihn wartete. Es kam mir verwirrend und ungemein mohammedanisch vor; ich wußte noch nichts von dem

Durchschnittsamerikaner, der seiner Frau aufrichtig zugetan ist, sich aber in Sorge quälen kann, wenn seiner Geliebten irgend etwas zustößt.

»Ihre Eltern haben seit dreizehn Monaten keine Nachricht mehr von ihr«, sagte ich.

»Kennen Sie Ellens Eltern?« fragte er, und ich glaubte, ein wenig Spott herauszuhören.

»Nein, aber ich habe ihre Aussagen gelesen.«

»Nun, dann wissen Sie ja Bescheid.« er lächelte. »Wenn Ellens Eltern jene Säule sähen, würden sie zetern, und wenn man ihnen erklären wollte, daß man gegen den Geist des Dschingis Khan nicht viel ausrichten kann, würden sie kein Wort begreifen.« Er schwieg einen Moment. »Diese Eltern waren unfähig, Ellen auf irgendeine Art zu helfen. Sie mußten sie verlieren, das war ihr Schicksal. Aber es war auch das meine. Und es gab keine Möglichkeit, nicht die geringste, es zu verhindern.«

Ich schwieg. Nazrullah sah starr geradeaus. Dann fragte ich, ob Ellen noch in Afghanistan sei.

Seltsamerweise blickte er zu den Sternen hinauf, den westlichen und den östlichen, bevor er leise antwortete: »Sicher ist sie noch in Afghanistan. Ja, bestimmt.«

Tief im Westen stand jetz ein besonders großer Stern. Nazrullah hielt an und wartete, bis Nur mit dem anderen Jeep uns eingeholt hatte. Dann deutete er zu dem vermeintlichen Stern: »›Die Stadt‹«, sagte er, »wir können hier kampieren.«

»Warum fahren wir nicht hin? Sie ist doch so nah?«

»Das sieht nur so aus. Es sind noch an die hundert Kilometer. In der Wüste täuscht das.«

Ich sah mich nach einer Mulde um, die uns vor dem Wind schützen sollte, der sich allmählich wieder erhob. Aber Nazrullah führte uns zu dem höchsten Punkt des Hügels. »Hier kriechen wir in unsere Schlafsäcke. Sie haben heute gesehen, wie grausam in der Wüste die Hitze sein kann. Noch leichter kann man durch Überschwemmungen umkommen. Alle drei oder vier Jahre geht irgendwo ein Sturzregen nieder, wie Sie ihn bestimmt noch nie erlebt haben: eine Sintflut, die alles begräbt, was ihr in den Weg kommt. Wer in einer Bodensenke überrascht wird, ist verloren. Möglich, daß es hier vielleicht zum letztenmal vor fünfhundert Jahren geregnet hat. Aber wie soll man wissen, wann die nächste Sturzflut kommt? Nicht weit von hier zog Alexander der Große mit seinem Heer aus Indien heimwärts und lagerte in der Wüste. Da brach eine Sturzflut über das Heer nieder; zwei Drittel seiner Männer kamen ums Leben. Afghanistan ist ein rauhes Land, Miller. Legen Sie sich nie in der Nähe eines Baches schlafen.«

Bei Sonnenaufgang fuhren wir westwärts weiter. Ich sah ein, daß wir diese Strecke bei Dunkelheit nicht hätten bewältigen können. Wir mußten unseren Weg zwischen Schiefergestein suchen, das uns vor Hitze förmlich entgegenglühte. Die Luftfeuchtigkeit war gleich Null, der sengende Wind trocknete uns erbarmungslos aus, während wir über den glühenden Boden fuhren. »Achten Sie darauf, daß Sie sich nicht die Nase reiben«, warnte Nur, »die Luft ist durchsetzt mit winzigen scharfen Nadeln, die sich in die Haut eingraben. Das kann böse Infektionen geben.« Ich befühlte meine Nase. Nur hatte recht, sie war wie mit feinen Nadeln gespickt.

Eine Zeitlang fürchtete ich, einen Kollaps zu bekommen. Ich stöhnte vor Durst. Aber Nazrullah, in dessen Jeep jetzt wieder Stieglitz saß, sagte energisch: »Wir haben genügend Wasser und auch noch Dosen mit Saft, aber das dürfen wir nicht anrühren, bevor wir nicht ganz sicher sind, daß wir ›Die Stadt‹ heute wirklich erreichen.« Dann gab er Gas und fuhr uns voraus.

Wir waren wie ausgedörrt. Ich fühlte das Wasser aus meinen Poren verdampfen, und meine Gedanken kreisten immer wieder um die beiden toten Soldaten. Allmählich aber gelang es mir, Selbstbeherrschung zu üben. Ich redete mir ein, daß ich gar nicht durstig sei, daß ich einfach in einer unwirtlichen Gegend einen unangenehmen Auftrag zu erfüllen habe und den Umständen keine Gelegenheit geben dürfe, mich umzubringen. Es gab ein paar Möglichkeiten, die Lebensgeister aufzufrischen. Nazrullah wartete jetzt, bis wir ihn eingeholt hatten, und forderte uns auf, die Turbane anzulegen. Er zog einen Kanister mit Flußwasser hervor, das nicht zum Trinken taugte, und ließ es über die Turbane rieseln, bis es uns in den

Nacken rann. Dann fuhren wir weiter. Der Turban, ein acht Meter langer Stoffstreifen, hielt eine ganze Menge Flüssigkeit fest, die allmählich verdunstete, so daß der Kopf sich abkühlte. Aber schon nach zehn Minuten hatte der flammend heiße Wind alles getrocknet, und die »Berieselung« wurde wiederholt.

Endlich kamen wir zu einem Engpaß, der zwischen Felsen abwärts führte zu einer Ebene, auf der wir endlich wieder Bäume erblickten, Anzeichen von Leben, sogar ein Dorf, hinter dem eine Ruinenstadt lag, und daneben einen großen See. Wir waren so erleichtert, daß wir vor lauter Freude auf die Hupen drückten.

Ein paar Leute kamen heraus und winkten, aber wir hielten nicht an. »Sagt dem Scharif, daß wir gleich zurückkommen?« rief Nazrullah, und wir fuhren geradenwegs zu dem See, wo wir uns auszogen und ins Wasser legten.

Es war jener große, flache See, in den der Helmand mündet; Sonne und Wind lassen das Wasser ebenso schnell verdunsten, wie die Berge des Koh-i-Baba es heruntersenden. Der mächtige Strom stirbt hier ganz einfach, wenn im Spätsommer der ganze See völlig austrocknet.

Während wir uns anzogen, kam der Scharif. Er brachte uns Melonen und andere Früchte, deren Saft uns bald übers Kinn tropfte. Gleichmütig hörte er sich an, wie Nazrullah ihm den Punkt beschrieb, wo der Jeep mit den beiden Toten stand, und war nicht sonderlich berührt davon. Menschen, die am Rande der Wüste leben, sind daran gewöhnt, daß sie ihre Opfer fordert.

Das Gespräch wandte sich dann dem Amerikaner Pritchard zu. Der Scharif berichtete, daß Pritchard sich das Bein gebrochen habe, als er etwa siebzig Meilen weiter südlich, in Tschahar, den Wasserstand gemessen hätte. Ursprünglich sei beabsichtigt gewesen, ihn mit einer Bahre durch die Wüste hierher zu schaffen. Die Leute in Tschahar hätten jedoch behauptet, das Bein sei auch dort zu heilen, und so habe man den Plan aufgegeben. Vor eine Woche nun sei die Nachricht gekommen, daß es sich um eine Infektion handle. »Hat der gebrochene Knochen die Haut durchbohrt?« fragte Dr. Stieglitz.

»So haben wir gehört.«

»Und man wollte also versuchen, die Sache dort zu behandeln?«

»Das tut man hier überall, seit ewigen Zeiten«, sagte der Scharif und ließ einen Mann herbeirufen, der angehinkt kam mit einem geschienten Bein, das er sich kürzlich gebrochen hatte. »Den haben wir auch selber behandelt«, sagte der Scharif.

Stieglitz befühlte das Bein. »Gut gemacht«, sagte er. »besser könnte ich's auch nicht.«

»Können Sie uns einen Führer mitgeben?« fragte Nazrullah.

»Selbstverständlich«, antwortete der Scharif und schickte ein paar Leute, unsere Wasserbehälter neu zu füllen. »Ich würde aber lieber nicht in der Tageshitze fahren«, meinte er.

»Das müssen wir aber«, sagte Nazrullah. Wir fuhren am See entlang und konnten auf diese Weise ganz gut »Die Stadt« betrachten, die sich an seinem anderen Ufer ausdehnte. Zur Zeit Alexanders war sie eine der größten Städte der Welt; in der Nachbarschaft ihres Basars hielt er Feldlager. Tausend Jahre später war sie Zielscheibe der Mongoleneinfälle; Dschingis Khan ließ kaum einen Bewohner dieser Gegend am Leben. Auch Tamerlan, und wie die Eroberer alle hießen, hatte die Reichtümer geplündert; heute steht »Die Stadt« in majestätischem Todesschweigen.

Sie war so ausgedehnt, daß sie eher einer Kette von Städten, etwa der Route zwischen New York und Richmond, glich: streckenweise abgegrenzte, meist aber verschmolzene Besiedelungszentren, zuweilen unterbrochen von landwirtschaftlichen Nutzflächen. Die eigentliche Verkehrsstraße war aber wohl der Fluß gewesen, den wir jetzt überquerten, so daß man das Ganze besser überblicken konnte.

Wälle von beträchtlicher Höhe waren unterbrochen von Toren und Nischen, in denen einst wohl die Statuen irgendwelcher Heroen standen, bevor die Moslems kamen. Dann sah man wieder Gebäude, die sicher der Verwaltung gedient hatten. Vielleicht waren von hier einstmals Boten nach Jerusalem ausgeschickt worden, tausend Jahre vor der Zeit des Herodes.

Und alles das zerfiel ohne Gnade in der heillosen Trockenheit ...

Es gab zerstörte Festungsanlagen, offenbar von den Moslems erbaut zum Schutz gegen wilde Horden aus Persien und gegen die Krieger des Dschingis Khan, denen sie ein paar Tage widerstanden haben mochten, bevor ihre Verteidiger niedergemetzelt wurden.

Qala Bist, im Osten der Todeswüste, hatte mich durch seine Erhabenheit beeindruckt. »Die Stadt«, westlich der Wüste, war hingegen so riesenhaft und befremdlich, daß sie mit nichts vergleichbar schien. Dennoch konnte ich mir vorstellen, daß einst in ihren Straßen Menschen gegangen waren und in ihr gelebt hatten. Und plötzlich erschien sie mir wie eine Vision: So würde vielleicht in zweitausend Jahren das Gebiet zwischen New York und Richmond aussehen, verlassen, verödet, in gespenstischer Größe.

Die Hitze am Morgen war grausam gewesen. Jetzt, auf der Fahrt durch »Die Stadt«, war sie nahezu unerträglich. Sooft wir auch nur an einen Wassertümpel vorbeikamen, sprangen wir von den Jeeps und tauchten ins Wasser, mitsamt unseren Kleidern. Dann füllten wir die Kanister mit dem meist schmutzigen Naß und begossen während der Fahrt unsere Turbane. Das half zwar immer nur für ein paar Minuten; aber wären diese Wassertümpel nicht gewesen, hätten wir in den Ruinen Schutz suchen müssen und die Fahrt erst am Abend fortsetzen können.

Nach solch einem Tauchbad forderte Nazrullah mich wieder auf, den Platz mit Stieglitz zu tauschen. Jetzt sprach er nicht über seine Frau, sondern über »Die Stadt«. »Vielleicht hat man von hier aus mit China, Indien und Arabien Handel getrieben«, meinte er. »Es war keine so schöne Stadt wie Balkh, aber sie muß großartig gewesen sein. Wer, glauben Sie, hat ›Die Stadt‹ zerstört?«

»Dschingis Khan«, sagte ich prompt.

»Nazrullah lachte.

»Sie überschätzen den guten alten Dschingis, obgleich er Balkh, die schönste der afghanischen Städte, tatsächlich zerstört hat. Aber nicht diese hier und auch nicht Herat. Zwar hat er die Bevölkerung ausgemerzt, doch Menschen sind schnell ersetzt, und Herat lebt immer noch. Nein, diese Stadt hier hat ein anderer auf dem Gewissen.«

»Die Pest vielleicht?«

»Es gibt drei abweichende Hypothesen, die einander aber nicht ausschließen.« Nazrullah liebte diese Art von Gesprächen nach deutschem Muster, wie fast alle gebildeten Afghanen.

Ich lachte. »Wissen Sie, was mir eben einfällt, Nazrullah? Daß weder Sie noch Moheb Khan noch Nur jemals Ausdrücke gebrauchen wie zum Beispiel ›Beim Bart des Propheten‹ oder ›Beim Blut der Ungläubigen‹ und dergleichen. Ich kann gar nicht glauben, daß ihr wirklich waschechte Mohammedaner seid.«

»Dasselbe könnte ich Ihnen vorwerfen«, antwortete er ganz ernsthaft, »nie sagt auch nur einer von Ihnen auf der Botschaft ›Kruzifix‹ oder ›Ach, herrje‹. Wir leben eben in einem denaturierten Zeitalter.«

»Also, erzählen Sie weiter, Sohn des Propheten.«

»Da fällt mir was Komisches ein«, sagte er. »Ich ging eine Zeitlang viel mit einer Studienkollegin in Pennsylvania aus, deren ganzes Wissen über Asien sich in der hübschen Ballade ›Abdul Abulbul Amir‹ erschöpfte. Und das Drollige dabei war, daß dies für sie ganz genauso viel oder so wenig Sinn ergab wie für die, die bedeutend mehr über Asien wußten.«

»Sie wollten mir aber eigentlich erzählen, wie es kam, daß ›Die Stadt‹ ausstarb.«

»Also, sie hatte eines der frühesten Beispiele für Bewässerungsanlagen. Ich glaube, daß sogar Alexander sich schon darüber geäußert hat. Man kann auch noch Überbleibsel sehen, dort drüben zum Beispiel. Vielleicht war es ein Reservoir. Aber die Bewohner wurden wohl allmählich träge, hielten es nicht gut instand. Sie dachten wahrscheinlich, daß etwas, was Jahrhunderte ausgehalten hat, auch noch weitere hundert Jahre existieren würde, ohne daß man etwas dafür zu tun brauchte. Sie reinigten die Abflüsse nicht mehr und bauten keine neuen Dämme. Damit war ihr Todesurteil gefällt. Dschingis Khan ist nicht schuld daran; die Bevölkerung war einfach faul und fett geworden.

Der zweite Grund, und das ist besonders wichtig, war das Salz. Wenn man ein Gebiet lange Zeit bewässert, hinterläßt das konstant fließende Wasser Salz, das heißt, daß sich der bebaute Boden nach jeder Ernte ein bißchen verschlechtert. Dafür konnten die Faulenzer nichts, vielleicht wußten sie auch nicht, was man dagegen tun kann. Möglicherweise werden in ein paar hundert Jahren auch Colorado und Utah brach liegen, weil die Farmer dort gar so fleißig sind. Der Salzbestand des amerikanischen Bodens steigt jedenfalls enorm rasch an.

Die dritte Möglichkeit ist die schlimmste von allen: die Ziegen. Diese verdammten Viecher sind der Fluch von Asien. Allah hat fruchtbares Land gegeben, Wälder und guten Akkerboden, der alle reichlich ernähren könnte. Aber der Satan hat Asien die Geißen gegeben. Sie haben die Wälder vernichtet, die jungen Bäume abgefressen und die Felder in Wüsten verwandelt. Die Ziege ist sicher das verheerendste Tier, das je erschaffen wurde, und viel gefährlicher als die Kobra.«

»Aber wie hätten Geißen denn eine Stadt zerstören sollen?«

»Als diese Stadt hier eine Metropole war, müssen die Berge ringsum mit Bäumen bedeckt gewesen sein. Sicher blühte auch das Geschäft mit Holzkohle, und den Rest haben dann die Ziegen besorgt. So haben wir heutzutage in Afghanistan fast keine Wälder mehr. Oder dachten Sie, daß wir zum bloßen Vergnügen in Lehmhäusern wohnen? Wir haben kein Holz. In Amerika sind es nicht die Geißen, sondern die Menschen, die die Wälder zerstören.«

Ich kam nicht dazu, das Gespräch auf Ellen zu bringen. Unser Begleiter, der hinten auf den Reservereifen saß, rief uns zu, daß wir gleich in Tschahar sein würden. Wir tauchten noch einmal in eine der Wasserpfützen. Dann vertauschten wir die Turbane mit Astrachanmützen und versuchten uns, so gut es ging, in Ordnung zu bringen. »In diesem verdammten Nest«, sagte Nazrullah, »muß man dem Scharif zu imponieren suchen. Sonst erreicht man überhaupt nichts.« Während wir ins Dorf einfuhren, fügte er noch hinzu: »Wir sind hier so weit von Kabul weg, daß die Regierung sozusagen gar nicht existiert, außer in der Person dieses Räubers, der mit uns machen kann, was er will.«

Es war ein ganz hübsches Dorf mit einer großen Karawanserei und mit Granatapfelbäumen, die kühlenden Schatten warfen und deren Blüten fremdartig dufteten. Der Scharif, ein hünenhafter Mann, kam heraus, uns zu begrüßen. Daß er das Kommando führte, konnte man sofort merken. Er gab sich als Herrscher eines – wenn auch noch so lächerlichen – Königreiches, hatte seine eigene Armee, seinen eigenen Staatsschatz und war seine eigene Gerichtsbarkeit. Da er so nahe an Persien und so weit von Kabul lebte, verwendete sein kleines Reich hauptsächlich persische Münzen und auch persische Briefmarken. »Derartige sogenannte Fürstentümmer gibt es noch zu Dutzenden in Afghanistan«, sagte Nazrullah auf englisch zu mir, und ich begriff, daß der Abtransport eines Ausländers mit einem gebrochenen Bein von hier nicht sehr einfach sein konnte. Wenn hier jemand krank war, so kurierten ihn entweder die einheimischen Medizinmänner, oder er starb. Eine dritte Möglichkeit gab es wohl kaum.

Der Hüne führte uns zu einer niedrigen, stickigen Lehmhütte abseits der Karawanserei. Dort fanden wir den amerikanischen Ingenieur. Er lag auf einer Strohmatte, die über ein aus Stricken geflochtenes Lager gebreitet war. Er war aschfahl und abgemagert, ungefähr Ende der Vierzig und offensichtlich von zäher Natur. Nazrullah streckte ihm die Hand hin. »Die amerikanische Botschaft hat Ihnen einen Landsmann geschickt«, sagte er, »der Sie mitnehmen soll.«

»Ja, ja«, sagte John Pritchard, »so schnell wie möglich!«

Die Leute des Scharifen hatten ihn tadellos sauber gehalten und sogar rasiert. Aber er war in erbarmungswürdigem Zustand. Das linke Bein war von zwei Knochensplittern durchbohrt. Man sah genau, daß es brandig war, die Haut war straff gespannt und grünlich. Dr. Stieglitz untersuchte das Bein mehrere Minuten lang, dann die Leisten- und Achseldrüsen. Als er fertig war, richtete er sich auf und legte Pritchard die Hand auf die Schulter. »Mister Pritchard«, sagte er, »Ihr Bein muß amputiert werden.«

Der Ingenieur stöhnte. Sein Gesicht wurde noch fahler.

Stieglitz erklärte es uns. »Meiner Ansicht nach kann das Bein durch nichts mehr gerettet werden, und ich bin sicher, daß jeder Arzt diese Meinung teilen würde. Es tut mir sehr leid, Mister Pritchard, aber ich muß es Ihnen sagen.«

Pritchard ließ sich nichts anmerken; sicher war er darauf schon gefaßt gewesen.

»Wir stehen aber vor einer schwierigen Frage«, fuhr Dr. Stieglitz fort. »Ich kann das Bein hier amputieren, aber wie sollen Sie dann wieder zu Kräften kommen? Ich kann das Bein aber auch für den Moment verarzten, und wir bringen Sie so rasch wie möglich nach Kandahar, wo alles natürlich viel leichter zu bewerkstelligen wäre und Sie sich hinterher auch leichter erholen könnten. In diesem Fall erhebt sich die Frage, ob Sie den Transport über die Wüste aushalten würden.«

Jeder wartete, daß einer der anderen etwas sagen würde, als aber alle schwiegen, sagte endlich Pritchard: »Wenn ich hier bleibe, sterbe ich, das weiß ich.«

»Sie möchten also lieber sofort nach Kandahar?« fragte Stieglitz.

»Ja, ja«, sagte Pritchard flehentlich.

»Wie denken Sie darüber, Nazrulla Sahib?« erkundigte sich der Arzt.

»Mister Pritchard«, wandte Nazrullah sich an den Kranken, »entsinnen Sie sich auch noch genau, was die Wüste bedeutet? Trauen Sie sich wirklich die Kräfte zu, sie in diesem Zustand zu durchqueren?«

»Wenn ich hier bleibe, sterbe ich«, sagte Pritchard wieder.

»Wir bringen Sie nach Kandahar«, sagte Nazrullah. Er sah auf die Uhr. »Wir müssen vor Dunkelheit in ›Die Stadt‹ zurück, dort werden wir übernachten und bei Tagesanbruch weiterfahren. Sind Sie alle damit einverstanden? Und Sie, Mister Pritchard, fühlen Sie sich wirklich imstande, die Fahrt auszuhalten?«

»Je früher, desto besser«, antwortete Pritchard.

Ich war betroffen, nicht nur über die Entscheidung selbst, sondern auch über die Hast, mit der sie gefällt worden war. »Einen Augenblick«, sagte ich. »Dr. Stieglitz, ist Mister Pritchard denn überhaupt imstande, eine derartige Entscheidung selbst zu treffen?«

»Ich bin dazu imstande«, sagte Pritchard, »ich bin schon

viel zu lange hier, verdammt noch mal. Wenn ich noch länger bleibe, sterbe ich.«

»Haben Sie je die Wüste durchquert?« fragte ich und verriet gewiß meine Befangenheit, daß ich es überhaupt wagte, als der Jüngste von allen hier mitzureden.

»Wie wäre ich denn sonst hergekommen?« fragte Pritchard nur zurück.

»Aber entsinnen Sie sich der mörderischen Hitze?«

»Hören Sie, Mister Miller, ich weigere mich, hier zu bleiben, verstehen Sie? Nur rasch, rasch!«

»Die Hitze!« rief ich, »haben Sie die Wüste je bei Tage erlebt?«

»Ja, allerdings«, schrie der Kranke unter Aufbietung aller seiner Kräfte.

»Aber Doktor«, wandte ich mich beschwörend an Stieglitz, »Sie wissen doch, was die Hitze und der Transport für das Bein bedeuten!«

»Der Deutsche schwieg.

»Oder wissen Sie es etwa nicht?«

»Doch«, sagte Stieglitz widerstrebend. »Und jede Minute, die man die Operation hinauszögert, vergrößert natürlich die Gefahr.«

»Aber das ist es ja, was ich meine«, sagte ich leiser. Mir war zumute, als ob ich in Tränen ausbrechen müßte. Sehr ruhig sagte ich dann: »Sie müssen ihn hier operieren, und zwar sofort.«

»Die Lebensgefahr, Mister Miller«, sagte der Deutsche ernst, »die Lebensgefahr bleibt genau die gleiche.«

»Um Himmels willen, geben Sie mir doch eine vernünftige Antwort«, flehte ich, »ja oder nein?«

»Es gibt hier kein ja oder nein. Das Risiko ist in beiden Fällen gleich groß. Ich kann es nicht entscheiden.« Er drehte sich zu Pritchard um. »Sie wissen, daß Sie in Lebensgefahr sind, nicht wahr?«

»Seit drei Tagen bin ich dem Ende nahe«, sagte Pritchard, »ich habe keine Angst mehr. Aber vielleicht können Sie mir sagen, was nach Ihrer Meinung das beste wäre?«

»Nein«, sagte Stieglitz. »das kann ich nicht. Ich weiß es

nämlich nicht. Entscheiden müssen Sie es und Ihr Landsmann.«

Pritchard sah zu mir. Am liebsten hätte ich mich weggewendet, so nah schien er mir am Tod zu sein. »Junger Freund«, sagte er ruhig, »ich schätze, daß ich die größere Chance habe, wenn ich nach Kandahar komme.«

Ich war so sicher, daß die Wüstenhitze den sicheren Tod für ihn bedeuten mußte, daß ich keine andere Ansicht gelten lassen mochte. In meiner Verzweiflung bat ich Nazrullah, einen Augenblick mit hinauszukommen.

»Sie verschwenden kostbare Zeit«, sagte er.

»Ich brauche aber Ihren Rat.«

»Kandahar«, sagte er.

»Bitte!« bat ich.

Widerwillig folgte er mir hinaus. »Sie sind der Amerikaner«, sagte er barsch, »Sie haben zu entscheiden.«

»Ja«, sagte ich. »Aber Sie müssen doch einsehen, daß der Körper durch das Bein immer weiter vergiftet wird. Unmöglich kann Pritchard lebend bis Kandahar kommen.«

»Der Arzt meint, er kann. Es wäre gescheiter, wir führen ab.«

»Aber so helfen Sie mir doch«, bat ich, »soll ich noch einmal mit Stieglitz reden?«

»Stieglitz? Der kann keine moralischen Entscheidungen treffen. Über die Tatsachen hat er sich ja klar ausgesprochen.«

Vor Nervosität brach mir der Schweiß aus. »Ich kann mich nicht mehr genau erinnern, was er gesagt hat.«

»Er hat gesagt, daß Pritchard wahrscheinlich so und so stirbt.«

»Das hat er nie gesagt.«

»Er hat es jedenfalls angedeutet. Und wenn es stimmt, was ich ihm glaube, dann ist das Problem ganz einfach. Es ist dann nämlich nur noch die Frage zu beantworten, was für Ihr und für mein Land das beste ist.«

»Aber Nazrullah, so kann man doch nicht mit einem Menschen umgehen, der wahrscheinlich im Sterben liegt?«

»Besinnen Sie sich doch, Miller! Er stirbt so oder so – was ist also am besten zu tun? Soll man seinem eigenen Wunsch denn gar kein Gewicht beimessen? Bleibt er hier, so weiß er, daß er rettungslos stirbt; das hat er ja klar ausgedrückt.«

Ich zögerte einen Moment, sagte aber dann: »Gut, also wir fahren.«

»Ist dies Ihre endgültige Entscheidung?«

»Ja.«

»Bitte, geben Sie es mir schriftlich.«

»Wieso?« rief ich erstaunt.

»Derartige Dinge nehmen manchmal ein böses Ende, und Amerikaner beschuldigen Afghanen auch gern. Wenn es die falsche Entscheidung war, so will ich jedenfalls nicht die Verantwortung dafür tragen.«

»Schön«, sagte ich. »Ich bin nicht ängstlich, aber in diesem Fall will ich nochmals mit Stieglitz reden.«

»Sie haben noch zehn Minuten«, sagte Nazrullah.

»Stieglitz«, sagte ich, als er mir vor die Türe hinaus gefolgt war, »Sie dürfen mir jetzt nicht ausweichen. Was ist das beste für Pritchard?«

»Das kann ich nicht sagen«, wiederholte er eigensinnig.

»Das ist eine lausige Antwort für einen Arzt«, sagte ich aufgebracht.

»Unter diesen Umständen die einzig mögliche.«

»Was heißt unter diesen Umständen?« rief ich ungeduldig.

»Pritchard wird sterben«, sagte er unumwunden.

»Wenn Sie das Bein sofort abnehmen, hat er vielleicht noch eine Chance.«

»Vielleicht.«

»Und wenn man ihn durch die Wüste schleppt, hat er keine.«

»Vielleicht. Aber er selber ist davon überzeugt, daß er stirbt, wenn er hier bleiben muß. Er ist geistig und seelisch erschöpft – falls Sie das in Ihrem Alter verstehen können. Daher ist es vielleicht besser für ihn, die Fahrt nach Kandahar zu versuchen, weil er dadurch neuen Mut bekommt, Sie können ihn ja noch mal fragen.«

Wir gingen hinein, und ich sagte Nazrullah, daß er in fünf Minuten das verlangte Papier bekommen würde. Ich sah die kahlen Lehmwände und roch die verbrauchte, trockene Luft.

Nicht einmal als Gesunder hätte ich es hier ausgehalten. In der brütenden Hitze drei Wochen hier zu liegen, während die eingeborenen Quacksalber das Bein ruinierten, es täglich mehr anschwellen und immer grüner werden zu sehen und jetzt die Aussicht auf mindestens sechs weitere Wochen hier – das konnte einen Menschen wohl töten.

Ich setzte mich behutsam zu ihm auf das armselige Lager. »Ich weiß, ich bin in elendem Zustand«, sagte er, »aber wenn ich hier bleibe ... Wie war doch Ihr Name?«

»Miller. Ich gehöre zur Botschaft. Man ist dort in höchster Sorge um Sie.«

»Ich wußte nicht, daß sich irgendwer einen Deut um mich schert.« Er drehte den Kopf weg, weil er seine Tränen nicht zurückhalten konnte. »Großer Gott, Miller, diese Zustände hier sind ja unter aller Menschenwürde.«

»Ja, wahrhaftig.«

»Wie, zum Satan, bin ich eigentlich hierher geraten? Wasserstand untersuchen für ein Volk, das sich einen Dreck um so was kümmert und dem alles völlig einerlei ist?«

»Das dürfen Sie nicht sagen, Sie haben doch selber nach Kabul über Nazrullah berichtet. Er ist ein guter Ingenieur.«

»Der Kerl mit dem Bart?«

»In Deutschland ausgebildet. Aber sagen Sie mir: Sie sind entschlossen, die Fahrt anzutreten?«

»Wenn ich hier bleibe, sterbe ich«, wiederholte er.

»Und das Risiko ist Ihnen klar?«

»Falls Sie um Ihren lausigen Posten bange sind, kann ich's Ihnen ja schriftlich geben«, schrie er aufs neue mit unerwarteter Kraft. »Ich will hier raus, zum Donnerwetter!«

»Das Schriftliche erledige ich schon allein.« Ich fühlte mich miserabel, weil ich das sichere Gefühl hatte, daß ich ihn zum Tod verurteilte. Auf einen Bogen mit Briefkopf der Botschaft kritzelte ich hastig, was Nazrullah von mir verlangt hatte, und setzte meine Unterschrift darunter. Nazrullah las es, zeigte es Stieglitz und Nur als Zeugen und faltete das Papier sorgsam zusammen. »Wir können am Rand der Wüste übernachten und sie durchqueren, sowie wir das unangenehmste Stück hinter uns haben«, sagte er.

Erst aber verlangte Pritchard, daß wir seine sämtlichen Aufzeichnungen über die Messungen zusammensuchten. »Dazu bin ich schließlich hergeschickt worden«, sagte er. »Wenn die Leute diesen Damm bauen wollen, brauchen Sie meine Vorarbeiten.« Stieglitz stimmte ihm zu meiner Verwunderung zu.

»Ein Wissenschaftler braucht seine Aufzeichnungen«, sagte er.

So mußte ich mich also mit einem Führer zwei Meilen flußabwärts begeben. Wir kamen zu einem kleinen Schutzdach, unter dem es siedend heiß war, und fanden einige Meßgeräte und ein ganzes Bündel Akten, die Nazrullah später für den Dammbau benötigen würde. Obendrein hatte Pritchard auch Aufzeichnungen gemacht, die zur Festlegung der Grenzverhältnisse zwischen Afghanistan und Persien dienten, nachdem des Flusses wegen schon mit Kriegsstreitigkeiten gedroht worden war. Hier also hatte Pritchard sich das Bein gebrochen. Ich mußte unwillkürlich an die eleganten Nichtstuer vom Außenamt denken, die sich auf Cocktailparties herumtrieben, und wünschte, daß sie einmal hierher kämen und sich anschauten, unter welchen Bedingungen dieser Mann für die beiden Länder, das seine und Afghanistan, gearbeitet hatte.

»War der Ferangi ein guter Mensch?« fragte ich den Eingeborenen.

Nachdem er sich von seiner Verblüffung erholt hatte – wer fragte ihn je nach seiner Meinung? – versicherte er eifrig, Pritchard sei ein sehr guter Mensch. »Denn«, so sagte er, »er weiß genau, wie man mit einer Pistole umgehen muß.«

Ich fuhr mit Nazrullah, während Pritchard auf den leergeräumten Rücksitz des anderen Jeeps gelegt wurde. Stieglitz sagte ermutigend zu ihm: »Wir werden es schon schaffen.«

Unterwegs war es meine Aufgabe, sobald wir anhielten, so viel Wasser wie möglich über den Kranken zu gießen, um seine Temperatur niedrig zu halten. Aber ziemlich bald schon fiel er in Fieberphantasien, dazwischen bat er mich, im gleichen Wagen mit ihm zu fahren, weil er über daheim sprechen wollte.

Wir kamen wieder an den ausgestorbenen Gebäuden der

»Stadt« vorüber. Als es gegen Abend etwas kühler wurde, ließ Pritchards Fieber nach, und wir sprachen über Amerika. Er stammte aus Colorado und hatte oft in den Rocky Mountains gejagt: Elche, Bären und Bergziegen. Von letzteren hielt er nichts; er fand, daß sie viel Schaden anrichteten, und dann erzählte er von einem Mann, der nur ein Bein habe, aber ein guter Jäger sei. »Zu dieser Art von Leuten gehöre ich auch«, sagte er zuversichtlich, »zu denen, die nicht klein beigeben. Ich werde schon lernen, mit einem Holzbein zu gehen.«

Bei unserem nächsten Halt gab Stieglitz ihm ein starkes Schlafmittel.

## 10

Sobald es hell genug war, bewältigten wir die Fahrt durch die unangenehmen Gebirgsschluchten. Als die Sonne voll am Himmel stand, waren wir bereits in der Wüste. Mitunter hielten wir an, um unsere Turbane zu begießen. Zuerst fuhr ich mit Nur und dem Kranken, dem ich feuchte Kompressen machte. Trotzdem verschlechterte sich sein Zustand zusehends, und bei einem neuen Halt bestand Stieglitz darauf, den Platz mit mir zu tauschen. Zu Anfang unserer Fahrt hatte ich nicht geglaubt, daß Pritchard bis hierher überhaupt noch am Leben sein würde. Fast war ich bereit, Stieglitz recht zu geben, obwohl es Pritchard jetzt deutlich viel schlechter ging.

Nachdem Nazrullah und ich eine Weile über Pritchard gesprochen hatten, fragte er plötzlich: »Was möchten Sie noch über meine Frau wissen?«

Die Frage erstaunte mich. In meiner Verblüffung wußte ich nichts Besseres zu sagen als: »Sie ist Ihnen also davongelaufen?«

»Ja, letzten September.«

»Das ist acht Monate her.«

»Mir kommt es länger vor.« Er strich sich über den Bart. Unter seinem nassen Turban sah er recht asiatisch aus.

»Warum ist sie davongelaufen?« wagte ich zu fragen.

»Das würden Sie nicht verstehen«, antwortete er mit einem nervösen Auflachen. Wahrscheinlich hätte er mir wirklich gerne geholfen, aber die Tatsachen schienen so kompliziert, daß er augenscheinlich keinen Mut hatte. In seiner Hilflosigkeit erinnerte er mich an jenen besorgten Ehemann in der Sprechstunde von Dr. Stieglitz, der zwischen dem Arzt und seiner Frau hin und her geeilt war und doch nur das zu berichten vermochte, was er selber verstand.

Ich gab mich also zufrieden, zumal die Bedingungen, unter denen er den Wagen lenken mußte, sehr schwer waren. Es war unerträglich heiß, und wir rangen beide nach Luft.

»Für Pritchard muß es höllisch sein«, sagte er.

»Deswegen war ich ja gestern auch so außer mir«, erinnerte ich ihn.

»Bitte, fangen Sie nicht wieder damit an.«

»Übrigens habe ich in Kandahar Ihre andere Frau kennengelernt«, sagte ich.

»Ich weiß, Karima hat es mir geschrieben.«

»Wieso«, fragte ich erstaunt, »wir waren ja bereits auf dem Weg hierher, als wir sie aufsuchten.«

»Der Bote, der Dr. Stieglitz gebracht hat, hatte den Brief bei sich«, sagte er, und wir mußten beide lachen.

»Tut mir leid«, sagte ich, »aber die ganze Sache ist mir unbegreiflich.«

»Für mich noch mehr als für Sie«, bekannte er.

»Dann hat Ihre Frau – hat Karima also die Wahrheit gesagt? Sie hatten es Ellen mitgeteilt?«

»Was Karima sagt, ist immer die Wahrheit, Miller.«

»Ist sie schön?« fragte ich spontan.

»Ja, sehr schön. Es war recht albern, daß sie sich verschleiert hat.«

»Wahrscheinlich tat sie es wegen Nur.«

Nazrullah fing an zu lachen. »Dabei fällt mir etwas ein, was Ihnen vielleicht mehr Aufschluß über Ellen geben wird als vieles andere. Ich verstehe Ihr Mißtrauen. Sicher denken Sie, daß sie schlecht behandelt worden ist. Ich kann freilich nicht mehr tun, als Ihnen das Gegenteil versichern. Jeder einzelne in meiner ganzen Familie versuchte ihr das Leben so schön und so erträglich zu machen wie irgend möglich. Ja, also wissen Sie, was sie tat? Am ersten Morgen nach unserer Hochzeit kam sie zum Frühstück ... verschleiert.«

»Was?«

»Ja, Sie haben richtig gehört. Sie trug einen kostbaren Chaderi, den sie sich in London hatte machen lassen. Sie wollte noch afghanischer sein als die Frauen in meiner Familie. Alle bemühten sich, nicht laut zu lachen, und ich war sehr gerührt, weil Ellen offenbar ein guter Kamerad sein wollte. Wir setzten ihr auseinander, daß man beim Frühstück nie Chaderi und Schleier trägt. Als ich sie dann auch daran hindern wollte, es außerhalb des Hauses zu tun, gab es schwere Kämpfe.«

Er lachte aufs neue bei dem Gedanken an jene Zeit, und es klang irgendwie väterlich und gerührt. »Vielleicht haben Sie davon gehört, daß die Mullahs sie eines Tages in Kandahar bespuckt haben? Als es vorbei war, fing sie zu weinen an, aber nicht etwa über die Mullahs, sondern über mich, weil ich schuld daran war, daß sie unverschleiert ging.«

»Das kann ich nicht begreifen«, sagte ich.

»Ich bin noch keinem Landsmann von Ellen begegnet, der begriffen hat, was für eine ungewöhnliche Frau sie ist. Jedenfalls haben es ihre Eltern nicht begriffen und auch nicht ihre Lehrer. Man hielt sie für ein Kind, aber sie war ein erwachsener Mensch. Ich bezweifle, daß sie jemals überhaupt kindlich war. Sie gehört zu den Menschen, die durch die Dinge hindurchschauen, um die Beschaffenheit Gottes zu ergründen. Bei einer unserer allersten Begegnungen hat sie mir die Beschaffenheit und Wirkung der Atombombe auseinandergesetzt.«

»Sie haben sich 1944 kennengelernt. Da gab es noch keine Atombombe.«

»Aber sie hat sich eine vorgestellt«, behauptete er.

Ich sah ihn mißtrauisch an und wollte gerade weitersprechen, als die anderen hinter uns hupten. Während wir auf sie warteten, sagte Nazrullah: »Ellen sah kommen, daß die Völker, wenn sie ihren Wahnsinn weitertrieben, unfehlbar zur Herstellung einer noch nie dagewesenen Waffe kommen mußten. Und sie hat diese Waffe sogar ziemlich genau beschrieben. Sie sagte, daß wir ja im ›Zeitalter des Luftraums‹ leben und die Waffe daher durch die Luft kommen und ganze Städte ausradieren würde. Und sie glaube nicht an eine Möglichkeit, die Katastrophe zu verhindern oder ihr zu entgehen.

Sie wolle nach Afghanistan, bevor der Irrsinn losginge, wie sie sagte. Zuerst dachte ich, sie meinte es im Sinn einer Zuflucht ... Aber sie sagte, daß es nirgendwo eine Zuflucht geben würde. Nur wolle sie so weit wie möglich fort sein von den Stätten der idiotischen Zivilisation, wie sie sich ausdrückte. Sie wolle in einer natürlichen Umgebung leben und sterben. Übrigens nehme ich an, daß sie ähnliche Gedanken hatte, als sie auf mein Dammbauprojekt schalt.«

Stieglitz kam jetzt mit ernster Miene heran. »Er wird es nicht schaffen«, sagte er, »und er möchte, daß Miller wieder mit ihm fährt.«

Selbstverständlich sprang ich sofort auf und ging hinüber, obgleich ich eben, wie mir schien, so nahe an der Lösung des Rätsels um Ellen Jaspar gewesen war. Nachdem ich mich zu Pritchard gesetzt und ihm nasse Tücher aufgelegt hatte, ächzte er und wandte mir die Augen zu. Er war dem Tod sehr nahe.

»Ich kann nicht mehr atmen«, flüsterte er.

Nur saß hinter seinem Lenkrad und weinte.

»Wir alle können nicht atmen«, versicherte ich Pritchard, »das macht die Hitze.«

»Nein, nein«, sagte er leise, »das ist etwas anderes.«

»Wir haben schon mehr als die Hälfte geschafft«, sagte ich tröstend.

»Ich möchte, daß Sie meine Frau benachrichtigen«, flüsterte er.

»Sie wohnt in Fort Collins. Verdammt gute Frau. Schreiben Sie ihr ...«

Er hielt inne, verzog das Gesicht unter einem beinahe sichtbaren Schmerz und verlor die Besinnung. Ich tauchte seinen Turban in Wasser und legte wieder nasse Tücher auf das Bein. Das Flußwasser war verbraucht, und ich sagte Nur, daß wir Trinkwasser nehmen müßten. Nur sah mich nur stumm an, dann auf den Horizont vor uns und lauschte auf Pritchards Ächzen. Ich sah, wie ihm die Tränen übers Gesicht liefen und fast augenblicklich trockneten.

»Nehmen Sie nur das Wasser«, sagte er dann.

Ich goß ein wenig von dem Trinkwasser auf Pritchards

Kopf. Er kam wieder zur Besinnung, lange genug, um mir ein paar unzusammenhängende Sätze an seine Frau zu diktieren. Sie solle sich beraten lassen von einem Mr. Forgraves in Denver, die Kinder sollten unbedingt das College absolvieren, alle beide. Dann war plötzlich die Rede von einer neuen Farbe, über die er in einer technischen Zeitschrift gelesen habe und die für den Keller geeignet sei.

»Pritchard«, sagte ich, als er schwieg, »es wäre vernünftiger, wenn ich Dr. Stieglitz rufe.«

»Nein. Wenn ich sterbe, dann in Ihrer Gegenwart, ohne diesen gottverdammten Nazi.« Er begann zu frösteln, aber gleich darauf liefen ihm kleine Schweißbäche übers Gesicht, die genauso rasch trockneten wir Nurs Tränen.

»Ich verbrenne«, rief er plötzlich. Nur, der alles mithörte, hielt den Jeep an.

»Ich fahre keinen Menschen im Auto, wenn der Tod zu ihm kommt«, sagte er schluchzend und stellte sich mit ungeschütztem Kopf in die Sonne. »Wenn der Tod diesen Menschen fordert, so soll der Tod kommen. Hier.«

Schreckerfüllt sah ich den anderen Jeep davonfahren und drückte auf die Hupe. »Laßt den Lärm, Kinderchen«, sagte Pritchard im Delirium.

Nazrullah kam zurück. »Was ist denn los mit dir?« schrie er Nur an.

»Ich will keinen Menschen fahren, zu dem der Tod kommt«, wiederholte Nur eigensinnig. Er zog einen kleinen Teppich aus seiner Habe heraus, breitete ihn in den Sand und kniete sich hin, um nach Mekka gewendet zu beten.

»Er sieht beängstigend aus«, sagte Nazrullah zu dem herbeieilenden Stieglitz.

Ein seltsames Gefühl der Verlassenheit überkam mich. »Herrgott«, flüsterte ich, »sei meinem Landsmann gnädig.« Während dieser Worte starb Pritchard.

Verzweifelt sah ich auf Nazrullah. Er zuckte die Achseln. »Es war eine Chance. Niemand hat sie für besonders groß gehalten.«

Die Gefühllosigkeit dieser Bemerkung machte mich zornig. Ich hätte Lust gehabt, mich auf diejenigen zu stürzen, die in diesen Selbstmord gewilligt hatten. Aber Nurs Stimme brachte mich zur Besinnung. »Ihr seid alle Verbrecher«, schluchzte er, »einen Sterbenden in die Wüste zu schleppen!«

Das war zu viel für mich. »Wenn das deine Meinung war«, rief ich außer mir, »warum hast du's nicht gesagt?«

»Niemand hat mich nach meiner Meinung gefragt«, schluchzte er. Ein einziges beistimmendes Wort von ihm, und wir hätten Tschahar nicht verlassen! Doch ich wußte, weshalb er geschwiegen hatte: Er hatte Angst gehabt, Nazrullah zu widersprechen, der sozial höher stand als er. So saßen wir also mitten in der Wüste mit einem Toten, den wir mitnehmen mußten, erbarmungslos bedroht von der Mittagshitze.

Nur Muhammad war unfähig, den Jeep mit dem Toten zu fahren. So mußte ich mich ans Steuer setzen. Nachdem wir eine Weile schweigend in Richtung Kandahar gefahren waren, sah ich plötzlich dicht vor mir ein Feld voll Gotsch. Ich riß das Steuer herum. Aber dadurch prallte der Wagen gegen einen scharfkantigen Steinblock, und die vordere Radachse brach.

Nur verlor völlig die Nerven. Er klagte sich laut an, daß er in diesem schwierigen Gelände nicht am Steuer gesessen hatte, und verfluchte das Schicksal, die Wüste, den Sand, in den der Leichman durch den Aufprall hinausgeschleudert worden war. Nazrullah beruhigte den armen Nur, sprach mich von jeder Schuld frei und half Dr. Stieglitz, die Leiche auf den anderen Jeep zu heben. Dann studierte er gelassen seine Karte.

»Die Karawanserei mit der Säule muß nördlich von hier liegen«, sagte er. »Wir schleppen den Jeep erst mal dorthin ab und beraten dann, was weiter geschehen soll.«

Während wir das Seil festbanden, fragte Dr. Stieglitz: »Können wir nicht zurückfahren und die Achse vom Jeep der beiden Soldaten holen?«

Nazrullah hielt inne und dachte nach. »Nein«, sagte er dann. »Erstens bin ich nicht sicher, ob wir den Jeep so ohne weiteres wiederfinden. Ein zweites Mal gelingt das in der Wüste kaum. Vor allem aber haben wir nicht mehr genügend Wasser, um wieder umzukehren und den Weg noch einmal zu machen. Außerdem – und das ist vielleicht das Wesentlichste:

Womöglich sind die Leute vom Scharif bereits dort gewesen. Stellen Sie sich vor, wir kommen hin, und der Jeep ist gar nicht mehr da.«

Er verknotete das Seil und schleppte uns dann ab, der Karawanserei zu, die wir um vier Uhr nachmittags erreichten. Sein Zettel steckte unberührt an der Tür.

Wir schoben den Jeep in einen der wabenartigen Räume und hielten dann eine Beratung ab. Nazrullah setzte uns die Möglichkeiten auseinander, zwischen denen wir zu wählen hatten. Wir beschlossen, daß zwei von uns nach Qala Bist zurückfahren und Pritchards Leiche mitnehmen sollten. Es hatte keinen Sinn, vier Menschenleben zu riskieren. Die anderen beiden sollten hier bleiben – mit so viel Nahrungsmitteln versehen, wie für die zwei übrigen entbehrlich – und warten, bis der Ersatz aus Qala Bist kam. »Wir brauchen also nur noch zu entscheiden, wer fährt und wer hierbleibt«, sagte Nazrullah.

Da ich inzwischen einiges gelernt hatte, sagte ich schnell: »Ich werde die Order schreiben und die volle Verantwortung übernehmen. Dr. Stieglitz und Nur bleiben hier, Nazrullah und ich fahren.«

»Ganz vernünftig«, meinte Stieglitz. Aber Nur war mit dieser Regelung nicht einverstanden. Er schneuzte sich und stammelte: »Es ist meine Pflicht, bei Miller Sahib zu bleiben.«

»Hiermit bist du deiner Pflicht enthoben«, sagte ich feierlich, um ihn zu beruhigen.

»Nein, das geht nicht«, beharrte er gewissenhaft.

»Diese ganze Auseinandersetzung ist überflüssig«, unterbrach Nazrullah uns, »ich habe es mir überlegt. Wenn jemand die Wüste durchqueren muß, dann wir Afghanen. Miller und Stieglitz bleiben hier, Nur und ich fahren.«

Nur wollte widersprechen, aber Nazrullah schrie ihn mit einem der Flüche nieder, die er in Amerika gelernt hatte: »Halt's Maul, um Christi willen!« Nur verstummte erschrocken.

Wir gingen mit den Kanistern zu dem kleinen Wasserloch, dessen stehendes Naß die Karawanserei notdürftig versorgte, und füllten die Kanister so gut es ging. »Könnt ihr damit drei bis vier Tage auskommen?« fragte Nazrullah mit gerunzelter Stirn und wies auf den verbliebenen Wasserrest.

»So lange wird es ja nicht dauern«, sagte ich. Aber im stillen dachte ich an Nazrullahs Bestürzung, als er gehört hatte, daß die beiden Soldaten mit nur einem Jeep in die Wüste gefahren waren, und so drückte ich ihm sämtliche verfügbaren Wassergefäße gefüllt in die Arme. »Also«, sagte ich munter, »gute Fahrt, und halten Sie Ihre Kiste hübsch aus dem Gotsch heraus.«

Bei der Abfahrt versicherte er mir spontan: »Miller, sowie wir uns wiedersehen, erzähle ich Ihnen alles über Ellen, was Sie wissen wollen. Das ist ein Versprechen.« Er lenkte den Jeep in die Wüste hinein, die er fürchtete, und ich blickte ihnen nach, wie sie sich rasch nach Osten zu entfernten, die einsame Fahne in der Gluthitze über ihren Köpfen.

Gegen Abend aßen Stieglitz und ich ein spärliches Mahl und tranken einen Schluck von dem schlechten Wasser, das zwar trinkbar war, aber scheußlich schmeckte. Dann gingen wir hinaus, um den flammenden Sonnenuntergang anzusehen, und saßen in der erfrischenden Kühle, bis die ersten riesigen Sterne und der weiße Mond erschienen. Kurz darauf tauchte ein kleines Rudel Gazellen auf, die jetzt noch zauberhafter wirkten als im Tageslicht. Sie kamen von Norden und kehrten jetzt zur Nacht in die Sicherheit der Wüste zurück, wo keiner ihrer Feinde sie überraschen konnte. Welch ein Kontrast zu dem furchtbaren Todeserlebnis von heute nachmittag! Wir standen stumm in ihren Anblick versunken, bis sie uns trotz unserer Reglosigkeit wahrnahmen und rasch hinter einer Sanddüne verschwanden.

»Wie schön«, flüsterte Stieglitz. Zum erstenmal fühlte ich mich ihm innerlich ein bißchen näher, obwohl ich immer noch nicht begreifen konnte, warum er eingewilligt hatte, einen Sterbenden in die Wüste hinauszuschleppen.

»Es ist schon nach neun«, sagte er, »gehen wir schlafen.«

Wir betraten den riesigen Raum und zündeten die Coleman-Lampe an. Ich vermied, in die Nähe der unheimlichen Säule zu kommen. Immerhin aber war sie vorhanden.

»Es hat mich, offengestanden, gewundert, daß Sie sich geweigert haben, eine Entscheidung vom rein medizinischen Standpunkt aus zu treffen«, sagte ich endlich. »Weshalb haben Sie mich mit keinem einzigen Wort unterstützt, da doch die Tatsachen so klar waren?«

»Waren sie wirklich so klar?«

»Aber sogar ich als Laie habe ja gesehen, daß Pritchard das nicht überleben konnte!« sagte ich gereizt. Das Gefühl der Zusammengehörigkeit, das ich beim Anblick der Gazellen gespürt hatte, war wieder verschwunden. Er merkte es wohl, und vielleicht dachte er daran, daß ich ihn wegen dieser Sache womöglich später dem Botschafter in Kabul nicht empfehlen würde.

Sein Gesicht verfinsterte sich. »Also sogar Sie konnten diese Diagnose stellen, hm. Aber lassen Sie mich Ihnen sagen, junger Freund, daß *ich* sie nicht stellen konnte. Obwohl ich bereits Arzt war, als Sie noch nicht trocken hinter den Ohren gewesen sind. Es gibt eine ganze Menge Diagnosen, Mister Miller, die Sie durchaus nicht zu stellen imstande sind.«

Er nahm unser Messer, stand auf und stapfte zu der Säule am anderen Ende des Raumes. Erregt begann er an dem Gips herumzukratzen.

»Nazrullah hat gesagt, das Ding steht unter Denkmalschutz«, erinnerte ich ihn.

»Trotzdem möchte ich wissen, was da drunter ist«, sagte er und kratzte weiter. »Tatsächlich«, rief er nach einer Weile, »schauen Sie, Mister Miller, da steckt ein Skelett. Bringen Sie doch mal die Lampe her.«

Widerstrebend ging ich hinüber. Stieglitz hielt die Lampe an die Stelle, die er aufgeschabt hatte. Ich erkannte einen Knochen. »Ist das von einem Schädel?« fragte ich.

»Jawohl. Wie viele Leichen mögen da drinstecken?« Er stellte die Lampe nieder und legte sich flach auf den Boden. Ich mußte die Breite seiner Schultern am Boden einritzen. Dann schob er sich wie ein Uhrzeiger weiter; ich markierte jeweils – dich an dicht – die Schulterbreite in den Boden. So ging es im Kreis um die Lampe herum. Dann stand er auf und zählte. »Hm, macht dreißig Personen pro Schicht. Und wie viele Schichten?« Er sah zum Dach hinauf. Sein Tun kam mir gespenstisch vor. »Fünfundvierzig Schichten, würde ich schätzen«, sagte er. Etwas wie Schrecken malte sich auf seinem Gesicht. »Mein Gott«, rief er, »dann wären ja mehr als dreizehnhundert Menschen in dieser Säule eingemauert worden.«

Wir setzten uns auf den Boden und betrachteten das grausige Monument. Ich konnte nicht verstehen, warum Stieglitz so gefesselt davon war. »Als Pritchard starb«, sagte ich schließlich bedrückt und um das Schweigen zu unterbrechen, »kam es mir so vor, als ob Sie sich bekreuzigt hätten. Waren Sie früher Katholik?«

»Ja.«

»Und nun sind Sie abtrünnig geworden.«

»Gewiß. Da ich den Rest meines Lebens unter Mohammedanern verbringen muß.«

»Warum eigentlich?« fragte ich.

»Das wird man Ihnen sicher nicht verheimlicht haben, Mister Miller, oder? Und es ist auch der Grund, weshalb dieses Ding hier mich so fasziniert. Es gibt mir nämlich gewissermaßen Hoffnung.«

»Hoffnung? Wie meinen Sie das?«

»Nun ja – sehen Sie, die Dinge, die wir in Deutschland getrieben haben, Sie wissen schon ... Kurz gesagt, diese Säule beweist wieder einmal, wie recht ich habe. Das waren Dinge, die es zu allen Zeiten und überall auf Erden gab.«

Ich wollte einwenden, daß man Staatsbürger eines zivilisierten Landes im 20. Jahrhundert nicht gut mit Dschingis Khan vergleichen könnte, aber er sprach bereits weiter. »In jedem Kulturkreis gibt es immer ein paar Leute, die ausbrechen. Wenn wir Glück haben, bemerken wir es rechtzeitig und halten sie unter Kontrolle. Wenn nicht, dann ...« Er deutete stumm auf die Säule.

Wir stritten und diskutierten bis Mitternacht. Stieglitz blieb bei seiner Überzeugung: Das, was er in Deutschland erlebt habe, sei eine ständig wiederkehrende Erscheinung, die in allen Völkergemeinschaften und zu allen Zeiten auftreten könne. Ich widersprach seiner Behauptung von der Unvermeidbarkeit solcher Geschehnisse, aber er ließ sich nicht überzeugen.

»Ich bin zwar nie in Amerika gewesen«, sagte er, »aber geben Sie doch zu, daß man dort die Leute dazu bringen könnte, mit den Negern genau dasselbe zu machen, was in Deutschland mit den Juden geschehen ist.«

»Sie können Amerika nicht nach ein paar Geistesgestörten beurteilen«, sagte ich.

»Ein paar? Es sind zahllose. Bei uns wurden sie auf die Juden losgelassen, in Amerika wird man sie eines schönen Tages auf die Neger loslassen.«

»Niemals wird es bei uns Konzentrationslager geben!«

»Nicht zu Anfang, nein. Das würden die Zartfühlenden bei euch nicht dulden, und dann habt ihr ja auch eure *Bill of Rights* ... Aber nach zwei oder drei Jahren totalitärer Propaganda – der Präsident, die Kirchen, die Zeitungen, das Kino, die Gewerkschaften –, glauben Sie nicht, daß sich viele Ihrer Landsleute bereit finden würden, die Neger mit Maschinengewehren niederzumachen?«

»Nein«, sagte ich trocken.

»Mister Miller, Sie sind ein Idiot«, brach es aus ihm hervor. Zu meinem Erstaunen sprang er auf, lief zu der Säule und hämmerte mit den Fäusten dagegen. »Denken Sie etwa, daß Dschingis Khan mit dieser Säule hier angefangen hat? O nein! Da geht man Schritt für Schritt voran, bis so eine Säule kaum noch der Rede wert ist. In jeder beliebigen amerikanischen Stadt gibt es Leute, die einfach selig wären, wenn man sie hübsch behutsam, Schritt für Schritt, dahin brächte, eine solche Säule aus lebendigen Menschen zu errichten. Glauben Sie, wir Deutschen hätten gleich mit so was angefangen? O nein, Mister Miller. Auch ich habe nicht gleich mit so was angefangen, auch ich nicht!« Er bearbeitete die Säule mit grimmigen Faustschlägen, so daß ich dachte, er würde sich die Fingerknöchel blutig hauen.

Heftig atmend setzte er sich wieder neben mich auf den Boden. Mitternacht war längst vorüber. Wir waren beide erschöpft von den Erlebnissen des vergangenen Tages, aber an Schlaf war nicht zu denken.

»Mister Miller«, sagte Stieglitz dann mit ruhiger Stimme, »glauben Sie etwa, daß meine Akten, die in den Händen der

Alliierten sind, gleich mit dem Schlimmsten beginnen? Keineswegs. Ich war ein angesehener Arzt, verheiratet mit der Tochter eines bekannten Geschäftsmannes, Mitglied der Kirchengemeinde. Meine Frau und ich sahen gewisse Aufstiegsmöglichkeiten durch die Partei, und so wurde ich Mitglied. Viele kluge Menschen in Deutschland haben ebenso gehandelt. Zuerst war's leicht. Die Juden, fanden wir, sollten einfach unter sich bleiben, das war alles. Sie blieben unter sich. Damit fing es an.

Eines Tages verlangte man von mir, daß ich mich um den Gesundheitszustand der Juden kümmern sollte, die man isoliert hatte, und das tat ich. Sehr sorgsam sogar. Sie müssen mir glauben, Mister Miller, sowie ich einen entdeckte, der irgendein teures Medikament benötigte, habe ich das sofort gemeldet, und sicher gibt es eine Menge Juden, die eben deswegen noch am Leben sind, jawohl.« Er nickte gedankenverloren. Sicher hatte er sich diesen Dialog schon oft allein vorgespielt und sich vielleicht vorgestellt, daß er vor Gericht stünde. »Es steht alles aufgezeichnet in meinen Akten. Bestimmt«, sagte er.

Er sah mich bittend an, ein müder, dicklicher Mann mit Turban, zerfurchter Stirn und besorgten Augen. »Unerwarteterweise ergaben sich aber dann immer weitere Dinge. Einer sollte für unzurechnungsfähig erklärt werden, weil sie ihn sterilisieren wollten. Ein andermal verlangte man, daß ich einen mir ganz fremden Menschen als Dreivierteljuden bezeichne, damit man sein Eigentum beschlagnahmen konnte. Ich sah ihn zum erstenmal in meinem Leben, aber er war offensichtlich Jude. Schließlich kann man einen Juden immer genau als solchen erkennen, nicht wahr? Und so wurde mein Charakter Schritt für Schritt korrumpiert.«

Es trieb ihn wieder zu der Säule hin, die er aufs neue mit den Händen bearbeitete. »Miller«, rief er heiser, »Miller, seien Sie versichert, daß der Mann, der diese lebendigen, atmenden Menschen einmauerte, vorher anderes, weniger Furchtbares getan hat! Glauben Sie, daß Sie selber immun wären?«

»Juden umzubringen? Allerdings.«

»Ah, aber eure Juden sind die Neger. Sind Sie dagegen immun?«

»Natürlich«, rief ich angewidert.

»Sie lügen, Sie belügen sich selbst! Diese Säule ist genauso gut auch Ihre Säule! Es ist die Säule von Amerikanern, Engländern, Deutschen! Ich allein hätte sie nicht aufbauen können, o nein!«

Seine Stimme begann zu schwanken, als wollte er in Tränen ausbrechen. Aber zum Glück fing er sich wieder und setzte sich auf den Boden. Es war zwei Uhr morgens, sein Gesicht war müde, aber angespannt, als triebe es ihn zu immer neuen Enthüllungen. Sein Ausdruck erinnerte mich an den Abend in Kandahar, als er gegen die Tänzer gewettert hatte.

»Als Deutschland auf allen Fronten siegte, 1941, trug man mir die Leitung eines Forschungsinstituts an. Sie sagten, es betreffe militärische Dinge von höchster Wichtigkeit und es hätte etwas mit dem Angriff auf England zu tun. Was hätte ich antworten sollen? Ich fühlte mich geschmeichelt. Abzulehnen wäre ohnehin unmöglich gewesen, das können Sie sich ja vorstellen. Ich redete mir ein, daß ich mithelfen könne, den Krieg zu gewinnen. Eines Tages wurde mir die Frage vorgelegt: Wieviel Grad Kälte kann ein Mensch aushalten?« Er hielt inne, offenbar in quälende Erinnerungen versunken. Ich fürchtete mich immer mehr, ihm zu sagen, daß ich selber Jude war.

Ein paar Minuten lang sprach keiner von uns ein Wort. Er stand wieder auf und ging ein paarmal um die Säule herum, während seine Lippen sich lautlos bewegten, als hielte er in Gedanken eine Rede. Das flackernde harte weiße Licht der Coleman-Lampe ließ ihn alt erscheinen. Plötzlich blieb er stehen. Er lehnte sich gegen die Säule, und eine ganze Sturzflut von Worten brach aus ihm hervor. Er erzählte mir die Geschichte von einem Mann, einem Juden, den er mehrere Wochen hindurch mit wissenschaftlichen Kälteexperimenten zu Tode gequält hatte. Der Mann hieß Sem Levin; er hatte den Namen behalten. Die ganze Zeit stand er gegen die Säule gelehnt, und ich konnte sehen, daß seine Knie zitterten. Die

Erzählung dauerte lange. Er ersparte mir keine Einzelheit, und wenn ich ihn dazwischen hätte unterbrechen können, so tat ich es nicht, weil ich selber vor Grauen wie gelähmt war. Seine Stimme wurde immer tonloser in dem grabesstillen unheimlichen Raum. Endlich war die Geschichte beendet, er sagte nur noch: »Und während dieser ganzen Zeit betrog mich meine Frau und ging mit jedem ins Bett, der ein bißchen was zu befehlen hatte.«

Vollkommen erschöpft schwieg er und sah mich an: wie jemand, der sich selbst nicht mehr zu helfen weiß und sich an einen Priester um Rat wendet.

Dieser Sem Levin hatte übrigens das Experiment um volle zwei Wochen länger ausgehalten, als ursprünglich vorgesehen. Nach Stieglitz' Meinung deshalb, weil er den festen Willen hatte, nicht zu sterben. Ich erkannte die Parallele: Das Beispiel sollte mir begreiflich machen, wieso er, Stieglitz, keine Entscheidung hatte treffen können, als Pritchard absolut nach Kandahar wollte.

Er stand und sah mich an. Ich raffte mich zusammen. »Stieglitz«, sagte ich und sprang auf. »Stieglitz, ich bin Jude.«

Er ging ein paar Schritte auf mich zu, sah mich ungläubig an und machte sogar einen Versuch zu lachen. Dann bewegte er sich rückwärts, bis er wieder gegen die Säule stieß.

»Sie scherzen«, brachte er endlich heraus.

»Nein«, sagte ich kalt, »ich scherze nicht.«

Ich sah, wie er mit halb irren Blicken den Boden absuchte und sich gleich darauf blitzschnell bückte. Er hob das Messer auf. Hatte er Angst, daß ich den von ihm umgebrachten Juden an ihm rächen wollte? Aber erst dadurch brachte er mich in wilden Zorn. Vorher hatte ich nichts als tiefen Abscheu empfunden. Jetzt aber hätte ich den nächstbesten Gegenstand auf ihn werfen können, wie er so dastand, das Messer in beiden Händen, auf meinen Angriff wartend. Ein atavistischer Haß flammte in mir auf. Blindlings ging ich auf ihn los. Halb betäubt von Angst und Erschöpfung hielt er sich das Messer, die Spitze nach außen, vor die Brust. Ich boxte ihn mit der Faust in die Seite. Als er versuchte, sich mit dem Messer zur

Wehr zu setzen, machte ich einen Scheinausfall nach rechts, bog mich nach links vornüber und hämmerte auf seine Rippen ein. Schließlich mußte ihn ein besonders harter Schlag in die Herzgegend getroffen haben. Er sank an der Säule zu Boden, das Messer immer noch mit beiden Händen umklammert abwehrend vor der Brust. Ich war so wütend, daß ich weiter auf ihn einschlug und ihm schließlich mit einem Stoß in die Magengegend den Rest gab. Er streckte sich stöhnend.

Das Messer fiel ihm aus der Hand. Ich kniete jetzt über ihm und wahrscheinlich hätte ich ihn umgebracht, wenn nicht im gleichen Augenblick die Tür aufgegangen wäre.

Im ersten Morgenlicht trat ein großer schlanker Afghane ein. »Wer wird denn in einer Karawanserei kämpfen«, sagte er mit tiefer Stimme. Verwirrt schaute ich auf und sah in ein dunkles Gesicht mit schwarzem Schnurrbart. Der Mann trug einen Turban, über der Brust gekreuzte Patronengurte, und im Gürtel steckte ein Dolch mit silbernem Griff.

»Wer wird denn in einer Karawanserei kämpfen«, wiederholt er.

Ich sprang auf die Füße: »Kein besonderer Anlaß.«

»Gut«, sagte er und schleuderte mit der Fußspitze das Messer gegen die Wand, wo es abprallte und zu Boden fiel. Dann ging er hin, hob es auf und steckte es neben seinen Dolch in den Gürtel. »Ich werde es aufbewahren.«

Indessen kamen noch mehr Männer herein und zum Schluß eine Frau, hochgewachsen, kräftig, mit Nasenspange und Ketten geschmückt und ohne jede Verschleierung. Ich erkannte die Eindringlinge: Es waren die Povindah, die wir in Ghazni gesehen hatten, deren Anführer so drohend auf uns zugeritten war.

Auch er schien mich wiederzuerkennen. Er sah mich einen Augenblick schweigend an, ging dann hinaus und gab einige kurze Befehle, die ich nicht verstehen konnte. Gleich darauf brachten ein paar Männer allerlei Geräte und Holz und begannen in der Mitte des Raumes, genau unter einer Öffnung in der Decke, ein Feuer zu entzünden. Es loderte hell, und drei Frauen machten sich daran zu schaffen – stumme Gestalten in grauen Kitteln und schwarzen Röcken. Wenn sie auch nicht eigentlich schön waren, so wirkten sie doch attraktiv und faszinierten mich durch die Ausgewogenheit ihrer Bewegungen.

Dann aber trat ein Mädchen herein, das schlechthin bezaubernd aussah, ein frisches junges Ding mit zwei kurzen schwarzen Zöpfen in rosa Kittel und rotem Wollrock. Es war das Mädchen, das in Ghazni die Geiß eingefangen hatte. Ich sah, daß sie keine Nasenspange trug und ein klares und liebes Gesicht hatte. Auch sie blickte mich an, während sie auf das Feuer zuschritt, und es schien mir, als ob sie ein wenig lächelte. Ihre Grazie erinnerte mich an die Gazellen, die in ihrer Behendigkeit jeden Moment davonspringen können.

Und schon wurde sie gerufen – von dem großen Mann mit dem Dolch: »Mira!« Sofort eilte sie zu ihm. Er befahl ihr irgend etwas mit leiser Stimme, was ihr aber zu mißfallen schien; sie rührte sich nicht von der Stelle bis er ihr einen kleinen sanften Stoß in den Rücken gab: »Mira, tu, was ich dir sage!« Sie ging hinaus. Ich nahm an, daß er sie fortgeschickt hatte, weil sie mich so offen angesehen hatte, und war enttäuscht. Aber es zeigte sich, daß ich mich geirrt hatte; denn gleich darauf kam sie wieder zurück.

Sie kam zurück, aber nicht allein, sondern in Begleitung einer auffallend schönen jungen Frau mit blondem Haar, heller Haut und blauen Augen. Zwar trug sie, wie die anderen, einen grauen Kittel, einen schwarzen Wollrock und klirrende Armbänder, aber eine Povindha war sie nicht. Es mußte Ellen Jaspar sein – verbrannt von langen Märschen in der Sonne, schlank, vibrierend vor Leben und Gesundheit und noch tausendmal verführerischer als auf den Photographien.

Alles andere, was ich mir von ihr vorgestellt hatte, wußte ich nicht mehr bei ihrem Anblick. Vielleicht hätte ich eher etwas Schwächliches oder gar Neurotisches erwartet, ein Mauerblümchen, das Angst vor männlichen Annäherungen hatte und sich abwehrend gegen die Welt sperrte. Es war keine Spur von Unnatürlichkeit in ihrem jugendlichen, schönen Gesicht zu lesen, und mir klangen die Worte Richardsons vom Geheimdienst im Ohr: »Donnerwetter, mit der wäre ich gern mal ausgegangen, die ist Klasse!«

Jetzt wußte ich auch, warum Nazrullah auf meine Frage, ob Ellen in Afghanistan sei, die östlichen und westlichen Sterne betrachtet hatte: Er las den Zeitpunkt aus ihnen ab, zu dem die Nomaden wieder ins Land gezogen kamen. Jeder Mann, der Ellen Jaspar sah, mußte versucht sein, sich die Zeiten ihres Gehens und ihrer Wiederkehr zu merken. Diesem Povindha-Stamm also hatte sie sich angeschlossen, als sie Nazrullah davonlief. Ich wollte auf sie zutreten und ihr sagen, wer ich sei, weshalb ich hier war und daß ich sie suchte. Aber sie ließ mich gar nicht zu Worte kommen, sondern nickte nur leicht, als wüßte sie längst über alles Bescheid, und ging an mir vorüber zu Stieglitz, der noch immer benommen am Boden lag.

»Dr. Stieglitz!« rief sie. Er richtete sich auf, erkannte sie und sank kraftlos wieder zurück, die Hände vors Gesicht geschlagen, als könnte er nicht glauben, was er sah.

Sie beugte sich nieder, ergriff seine Hände und zog ihn vom Boden auf. »Fehlt Ihnen etwas?« fragte sie.

»Madame Nazrullah ... das ist doch nicht möglich ...« stammelte er. Sie wandte sich zu mir. »Ich bin Ellen Jaspar«, sagte sie freundlich, »und Sie sind Mister Miller von der amerikanischen Botschaft.«

»Woher wissen Sie das?« fragte ich verwirrt.

»Unsere Leute sind Ihnen bei jener Exekution in Ghazni gefolgt«, erklärte sie lächelnd.

Ihre Sicherheit machte mich seltsamerweise verlegen. »Ich bin jedenfalls froh, Sie am Leben zu finden«, brachte ich hervor.

»Die Wilden haben mich ganz gut behandelt«, sagte sie. Dann ging sie zu dem großen Mann mit dem Dolch, offensichtlich dem Karawanenführer, und schob ihren Arm unter den seinen – mit einer dieser Gebärden, die alles verraten. So gibt sich eine Frau nur einem Mann gegenüber, den sie liebt. Ellen Jaspar war also mit dem Anführer einer Nomadenkarawane ausgerissen, und das unkontrollierbare Gerücht davon mußte bis zu Schah Khan nach Kabul gedrungen sein. Kein Wunder, wenn er sich weigerte, es weiterzugeben.

»Dies ist Zulfiqar«, sagte Ellen.

»Ist die Fehde beendet?« fragte der lange Nomade mich und Dr. Stieglitz. Wir nickten schweigend. »Dann wollen wir essen«, rief er einladend, und so begann mein erstes gemeinsames Mahl mit den Nomaden.

## 11

Wir saßen noch bei unserem morgendlichen Nan-Frühstück, als zwei kleine Jungens mit flinken Beinen hereingelaufen kamen und aufgeregt durcheinander schrien. Sie gehörten zu genau der Sorte, die in den Basaren des Orients alles und jedes zu stibitzen fähig ist, ohne daß man es merkt. Sie hatten den Jeep entdeckt, und die Männer drängten sofort hinaus, ihn zu besehen.

»Wem gehört der Jeep?« fragte Zulfiqar.

»Mir«, sagte ich.

»Und warum steht er dort drin?«

Ich zeigte auf die gebrochene Achse. »Ich bin gegen einen Felsblock gefahren, weil ich dem Gotsch ausweichen wollte.«

»Dem Gotsch? Was sucht ihr hier in der Wüste?«

Alles stand im Kreis um uns herum, und da Stieglitz noch immer nicht ganz Herr seiner selbst war, mußte ich dem Karawanenführer von Pritchards Tod berichten. Anschließend wollte ich es für Ellen Jaspar auf englisch wiederholen, aber sie unterbrach mich in ziemlich fließendem Paschto.

Als wir zu unserem unterbrochenen Frühstück zurückkehrten, überfiel Zulfiqar mich mit der plötzlichen Frage: »Was wollen Sie von Ellen wissen?« Statt einer Antwort wandte ich mich an Ellen: »Wie konnten Sie auf den ersten Blick wissen, wer ich bin?«

»Man hat es uns in Ghazni gesagt«, sagte Zulfiqar.

»Aber in Ghazni hat ja kein Mensch gewußt, weshalb ich dort war?«

Er lachte. »Zwei Minuten nach Ihrer Ankunft dort«, sagte Ellen, die in sein Lachen einstimmte, »hat Mira Sie gesehen. Im Basar.«

»Im Basar war überhaupt kein weibliches Wesen.«

»Mira ist überall, man sieht sie nur nicht immer.«

»Gilt das für alle Povindha?«

Zulfiqars Lächeln verschwand. Er schlug leicht mit der Hand auf den Teppich, auf dem unsere Schüsseln standen. »Wir sind keine Povindha«, sagte er energisch. »Diese Namen haben die Engländer erfunden. Er bedeutet, daß es uns gnädigst gestattet ist, ihre Gebiete zu betreten. Wir sind Kotschi, die Wanderer, und haben es nicht nötig, um Erlaubnis zu fragen, wenn wir Ländergrenzen überschreiten. Wir selber waren es ja, unser Stamm, der lange vor den Engländern die Grenzen markiert hat.« Er sprach jetzt wieder ruhig und freundlich, wiederholte aber nochmals eindringlich: »Wir sind Kotschi.«

»Mira sah Sie im Basar«, fuhr jetzt Ellen fort, »und kam sofort ins Lager zurück, um uns zu sagen, daß ein Ferangi in der Stadt sei. Sie wußte auch schon, daß Sie zur Botschaft gehören, einen Jeep haben und einen afghanischen Chauffeur, der im Regierungsdienst steht, und daß Sie unterwegs waren nach Kandahar. Woher sie das alles wußte? – Keine Ahnung!«

Ich schaute auf Mira, deren schwarze Augen vor Stolz blitzten.

»Als Sie bei der Steinigung der Frau waren, haben drei von unseren Männern Sie beobachtet. Dann sprachen sie mit Ihren bewaffneten Wächtern. So erfuhren wir, daß Sie nach Qala Bist wollten, und als Sie in die Nähe unseres Lagers kamen, habe ich Sie vom Zelt aus gesehen.«

Zulfiqar lächelte. »Ellen wollte gleich mit Ihnen sprechen, aber ich habe es ihr ausgeredet: ›Verdirb ihm nicht den Spaß. Er ist ein junger Mann. Laß ihn nach Qala Bist fahren und alles selber herausfinden. Laß ihn unserer Spur durch die Wüste folgen, er wird sich bestimmt sein ganzes Leben lang daran erinnern.«

Ich lächelte ihm anerkennend zu. »Sie haben mir angeboten, meine Fragen über Ellen zu beantworten«, sagte ich. »Also: Wieso ist sie bei Ihnen?«

»Wir lagerten im Herbst drei Tage bei Qala Bist«, antwortete er bereitwillig und ohne Zögern, »auf dem Weg zu unserem Winterquartier in Dschelum. Da kam sie zu uns ins Lager und plauderte mit den Frauen und Kindern. Sie konnte schon damals etwas Paschto, und unsere Leute erzählten ihr alles, was sie wissen sollte, von Dschelum und der Route dorthin, über Spin Baldak, Dera Ismail Khan, Bannu, Nowschera und Rawalpindi. Als wir aufbrachen, kam sie zu mir und sagte, daß sie mitwollte. Ich fragte, warum ...«

Ellen unterbrach ihn: »Ja, ich sagte ihm, daß ich gerne mit freien Menschen ziehen wollte.«

Ich drehte mich zu ihr. »Ist er verheiratet?« fragte ich auf englisch.

Sie antwortete mir laut auf Paschto: »Ja. Ich kann mich anscheinend immer nur in verheiratete Männer verlieben.« Dann zeigte sie auf eine der stattlichen älteren Frauen: »Das ist Racha, Miras Mutter.« Auf diese Weise erfuhren alle, was ich Ellen gefragt hatte, und meine Bekanntschaft mit ihr begann für mich mit einer gewissen Verlegenheit.

Racha verneigte sich vor mir mit anmutiger Würde, aber ich kam mir vor wie ein zurechtgewiesener Schuljunge. Vergeblich versuchte ich daran zu denken, daß ich zwei Jahre älter war als Ellen. Mein Blick fiel auf Mira, und ich sah, daß sie über meine Verwirrung lächelte.

Nach dem Essen wandte sich Zulfiqar an Ellen: »Ist der Dicke ein Arzt?« Und dann bat er sie, Dr. Stieglitz zu fragen, ob er sich um ein paar von seinen Leuten kümmern wollte.

»Du kannst ihn selber fragen«, sagte Ellen, »er spricht Paschto.«

»Natürlich, ich helfe Ihnen gern«, sagte Stieglitz eifrig. Er schien offensichtlich froh, den kläglichen Eindruck ausgleichen zu können, den er nach unserem Zweikampf gemacht haben mußte.

»Der Doktor wird euch behandeln«, rief Zulfiqar. Seine Leute kamen herbei und zeigten Stieglitz ihre verletzten Arme und Beine, aber auch die Zähne, die längst hätten behandelt werden müssen. Ich beobachtete ihn und war von seiner Geschicklichkeit beeindruckt, auch davon, wie gut er mit den Menschen umzugehen verstand, und fühlte in mir einen Zwiespalt aus Anerkennung und Abneigung. Er seinerseits schöpfte gewiß neue Hoffnung, daß ich ihn trotz allem unserer Botschaft empfehlen würde. Einmal blickte er kurz auf und sagte mit einem halben Lächeln auf englisch: »Erstaunlich gesunde Leute, diese Kotschi – wenn man bedenkt, daß sie nie einen Arzt zu sehen bekommen.«

Ich brachte es nicht über mich, ihm etwas zu antworten, und ging zum Tor, wo ich einem höchst seltsam aussehenden Menschen begegnete. Er war klein und verwachsen, bedeckt mit Narben und Schrammen, und unrasiert und steckte in unbeschreiblich zerfetzten Gewändern. Das eine Ende seines Turbans hing ihm bis zu den Knien. Er grinste mich durch schwarze Zahnstummel an. Eine tiefe Narbe lief ihm vom linken Augenwinkel bis zum Kinn. In viel zu großen Sandalen schlurfte er zu Stieglitz, um ihm eine Wunde an seinem Arm zu zeigen.

»Was ist denn mit dir passiert?« fragte der Arzt erstaunt.

»Das verdammte Biest«, sagte der kleine Mann und spie durch seine Zahnlücken.

»Das ist Maftoon«, erklärte mir Ellen. »Er sorgt für die Kamele. Was ist denn geschehen, Maftoon?«

»Das verdammte Biest«, wiederholte der Kleine nur.

»Er hat eine schreckliche Plage mit den Tieren«, sagte sie lachend. Dann redeten sie miteinander, und er nickte.

»Eins von den Viechern hat ihn gebissen«, erklärte sie mir. »Auf Maftoon sind sie andauernd wütend. – Kommen Sie mit.« Sie führte mich zu den Kamelen hinaus, denen sie kleine Stücke Nan zuwarf. Die Tiere rissen die Mäuler weit auf. Im Oberkiefer hatten sie kräftige Backenzähne. Ich wollte gerne ein solches Kamelgebiß genauer betrachten und hielt Ausschau nach einem jungen Tier.

»Versuchen Sie es ruhig mit diesem hier.« Ellen lockte ein mächtiges weibliches Tier heran, das ziemlich schlecht gelaunt aussah. »Es ist das Kamel, das den armen Maftoon gebissen hat«, sagte sie, »aber mit mir ist es gut Freund. Komm, komm«, rief sie, und das riesige Tier kam herbei, senkte den Kopf und bettelte um ein Stück Nan. Die gespaltene Oberlippe hob sich, Ellen drückte ihre Finger gegen den flachen harten Gaumen.

»Interessant«, sagte ich. Das Tier schritt langsam davon. Aber als jetzt Maftoon wieder in der Tür erschien, gab es seltsame Töne von sich, eine Mischung von Grunzen, Grollen, Gurgeln und Knarren, und ließ keinen Zweifel daran, daß Maftoon gut daran täte, ihm fern zu bleiben.

»Jetzt müssen Sie zuschauen«, sagte Ellen, während der kleine Kameltreiber sich den Turban vom Kopf nahm und ihn zu Boden warf. Dann zog er den Kittel aus, die zerfetzten Hosen, die Sandalen, und schließlich stand er nackt da.

Hierauf trat er ein paar Schritte zurück, und das grollende Kamel kam wieder heran. Es schnüffelte an den Kleidungsstücken und fing dann an, sie erbost herumzustoßen. Es stampfte auf ihnen herum, bespuckte sie, biß hinein und schleuderte sie wieder in den Sand. Als es endlich genug hatte, stelzte es würdevoll unter leisem Grunzen davon. Maftoon sammelte seine Lumpen wieder auf, zog sich an und machte sich an die Verfolgung der solchermaßen besänftigten Bestie. Als er sie erreicht hatte, ließ sie sich von ihm am Hals kraulen, grunzte erfreut und folgte ihm zu dem spärlichen Weideplatz.

»Was hatte denn das alles zu bedeuten?« fragte ich erstaunt.

»Erfahrene Kameltreiber sagen, daß diese Tiere sehr nachtragend sind. Maftoon hatte mit der alten Dame eine heftige Auseinandersetzung, und obwohl sie ja gesiegt hat, wie sein Arm beweist, würde sie ihn von neuem anfallen, wenn er ihr nicht seine Kleider überlassen hätte. Jetzt gibt sie sich zufrieden, und morgen wird sie ihm ohne weiteres erlauben, sie zu beladen.«

Wir folgten den beiden und ließen uns auf ein paar Steinen nieder. Vor uns weideten die Tiere auf einem Boden, der für meine Augen so gut wie kahl war.

»Ich werde nie müde, den Kamelen zuzuschauen«, sagte Ellen.

»Sicher geht das zurück auf die Sonntagsschule in Dorset, zu Hause in Pennsylvania. Da malten wir zu Weihnachten immer Kamele an die Wände. Mein Gott, wie weit liegt das zurück!«

Ich war so oft unterbrochen worden, wenn ich Nazrullah nach ihr hatte fragen wollen, daß ich entschlossen war, wenigstens bei diesem Zusammensein mit ihr selbst soviel wie möglich herauszubekommen. »Warum geben Sie Ihren Eltern keine Nachricht?« frage ich.

Anscheinend hatte sie eine derartige Frage erwartet. »Was könnte ich ihnen denn schon schreiben?« sagte sie ruhig. »Nachdem sie nicht mal eine so einfache Sache wie die mit Nazrullah verstehen konnten, wie sollten sie dies begreifen?« Sie deutete auf die Kamele, Maftoon und die Karawanserei.

»Aber vielleicht könnte ich es verstehen?«

»Das ist unwahrscheinlich.« Sie sagte es mit einem Unterton von Geringschätzung.

»Nazrullah liebt Sie immer noch. Können Sie mir nicht wenigstens erklären, was zwischen Ihnen beiden geschehen ist?«

»Nazrullah ist ein sehr guter Mensch. Und ein sehr langweiliger Mensch.«

Ihre Arroganz irritierte mich. In diesem Augenblick zeigte sich Zulfiqar im Tor. Ich glaubte schon, er sähe uns nicht gern beisammen, hatte mich aber getäuscht. Er freute sich offensichtlich, daß Ellen mit einem Landsmann reden konnte. Im stillen fragte ich mich, worüber die beiden sich wohl unterhielten, wenn sie allein waren. »Kann Zulfiqar eigentlich lesen und schreiben?« erkundigte ich mich.

»Bücher, nein. Aber Zahlen ... besser als Sie und ich zusammen.« Sie sprach in so gelangweiltem Ton, daß ich dieses Thema fallenließ.

»Nazrullah scheint mir einer der begabtesten Menschen hier im Land zu sein«, sagte ich statt dessen.

»Allerdings, das ist er.« Sie sprach ebenso gleichgültig wie zuvor, setzte aber dann mit Wärme hinzu: »Karima, seine Frau, taugt aber mindestens ebenso viel wie er.«

»Ich habe sie kennengelernt, nur war sie leider verschleiert.«

»Karima? Verschleiert!«

»Ja. Es war jemand dabei, der bei der Regierung angestellt ist.«

»Ach so. Ja, so ist es eben hierzulande.« Wieder hatte sie diesen monoton gelangweilten Tonfall. »Karima beachtet die Sitten, um Nazrullah nicht zu schaden, und er versichert der Regierung, er verlange es von ihr, um sie zu schützen.«

Ich mußte an Nazrullahs Erzählung vom ersten Morgen nach der Hochzeit denken. »Nazrullah hat mir erzählt, daß Sie selber sich zu Anfang verschleiern wollten.«

Sie errötete. »Nazrullah schwatzt viel.«

»Karima hat mir auch allerlei erzählt. Zum Beispiel, Nazrullah habe Ihnen schon in Amerika gesagt, daß er bereits verheiratet war.«

Sie lachte. »Ich möchte wissen, warum die amerikanischen Männer solche Nebensächlichkeiten immer so wichtig nehmen. Selbstverständlich hat er's mir gesagt. Sie beweisen nur, Mister Miller, daß Sie nie verstehen würden, wieso ich von Dorset weg wollte.«

»Und gibt es vielleicht eine Chance für mein Begriffsvermögen, warum Sie Nazrullah verlassen haben?«

Sie sah mich mit ihren tiefblauen Augen so ruhig an, daß es beinahe beleidigend war. Dann lachte sie: »Ausgeschlossen für jemanden, der bei der amerikanischen Botschaft arbeitet.«

Ich hatte genug. »Wenn Sie ein Mann wären, würde ich Ihnen jetzt eine Ohrfeige verabreichen«, sagte ich böse. »Warum bringen Sie nicht wenigstens so viel Anstand auf, Ihren Eltern mitzuteilen, wo Sie sind?«

Meine Schroffheit machte ihr Eindruck. »Sie stellen eine heikle Frage, Mister Miller, und eine verletzende obendrein. Meine Eltern sind liebe, brave Leute und meinen es herzlich gut. Aber was sollte ich ihnen schreiben? Etwa so?« fragte sie lachend und rezitierte:

»Liebe Mamsi und Papsi,
ich bin dem Nazrullah ausgerissen, weil er so grauenhaft langweilig ist, und bestimmt findet das auch seine andere Frau. Er würde prachtvoll nach Dorset passen, wo er nicht im geringsten auffallen würde, weil er nämlich genau wie Du, geliebte Mamsi, fest daran glaubt, daß der liebe Gott in seiner Güte allen Leuten große Autos bescheren möchte, daß Elektrizität die Menschheit glücklich macht und daß überhaupt alles Übel auf Erden aufhören wird, wenn man

nur überall genug Konserven kaufen kann. Du warst so erschrocken wegen ihm, Papsi, aber das hättest Du nicht zu sein brauchen. Er könnte Dein Zwillingsbruder sein, und Du hättest lieber darum kämpfen sollen, ihn – statt mich – in Dorset zu behalten. Er wäre nämlich bestimmt fähig, zehnmal soviel Versicherungspolicen zu verkaufen wie Du. Eure Euch liebende Tochter

Ellen

PS Ich lebe jetzt mit einem Mann, der weder Heim noch Herd noch Vaterland hat, auch keinerlei hehre Verantwortlichkeiten, ausgenommen die Sorge für einundneunzig Kamele. Seine Frau hat mir den schönsten grauen Kittel genäht, den Ihr Euch vorstellen könnt, und ich trage ihn, wenn wir die tieferen Regionen des Himalaja überschreiten. Zu Fuß notabene. Das nächste Mal schreibe ich Euch aus Dschelum, wohin wir in ungefähr elf Monaten kommen.

Eure Ellie.«

Sie sah mich mit bitterem Ausdruck an. »Falls Sie glauben, daß dergleichen meine Eltern beruhigen wird, so schreiben *Sie* es ihnen. Mir selber fehlt offengestanden der Mut dazu.«

Sie brachte mich völlig aus der Fassung. »Eines Tages werden Sie alt«, sagte ich böse, »und was tun Sie dann bei einer Kotschi-Karawane?«

»Was wird Senator Vandenberg tun, wenn er alt wird? Und Sie selber? Wie heißen Sie eigentlich mit Vornamen, Mister Miller?«

»Mark. Groton und Yale.«

»Ich bin zutiefst ergriffen. Wenn es überhaupt jemanden gibt, den ich in der afghanischen Wüste hätte treffen wollen, dann einen ehemaligen Yale-Studenten. Sagen Sie, glauben Sie ehrlich, daß es in Dorset etwas grundlegend Gutes und in Afghanistan etwas grundlegend Böses gibt?«

»Ich glaube, daß sich jeder am besten an sein eigenes Land, sein eigenes Volk und seine angestammte Religion halten sollte. Ich habe gehört, Sie hätten die Ihre aufgegeben.«

»Es fällt nicht schwer, den Presbyterianismus aufzugeben.«

»Sie reden, als ob Sie noch nicht ganz erwachsen wären.«

»Zum Teufel mit Ihnen! Hier sitze ich zwischen den Kamelen und denke: Dieser gute Junge, Mark Miller, Groton und Yale. Die Jahre werden vergehen, und er wird in irgendeiner langweiligen Stadt festsitzen, zum Beispiel auf der Botschaft in Brüssel. Und allmählich wird er alt werden, und er wird alles versäumt haben, alles, den einzigen Sinn, den das Ganze hat.« Sie sah mich bedauernd an: »Ein so junger Mann wie Sie und schon so greisenhaft. Sie tun mir wahrhaftig leid.«

Ein paar Minuten sah ich sie schweigend an. Endlich zuckte sie die Achseln. »Ich ergebe mich«, sagte sie, »ich werde schreiben. Haben Sie Papier?«

Ich ging hinein, um ihr aus meiner Mappe Briefpapier zu holen, und stieß unterwegs auf Zulfiqar. »Ellen will an ihre Eltern schreiben«, sagte ich.

»Darum bitte ich sie seit Monaten«, antwortete er.

Ich brachte ihr das Papier. Sie hockte sich auf einen Felsbrocken und nagte an meinem Federhalter. Schließlich begann sie rasch zu schreiben. Ich betrachtete sie. Hätte ich nicht kurz zuvor ihre bitteren, scharfen Ausfälle gehört, so hätte ich geschworen, sie sei noch lieblicher als auf den Photographien. Sie hatte so gar keine Ähnlichkeit mit einem unzufriedenen, unreifen, nörglerischen Geschöpf, und ich konnte nicht aus ihr klug werden.

»Genügt das?« Sie warf mir den Bogen zu. Ich hob ihn auf, drehte mich aus der blendenden Sonne weg und las.

Liebe Eltern,
es tut mir leid, daß ich nicht früher geschrieben habe, aber ich fand es so schwer, Euch von den Veränderungen in meinem Leben zu berichten, die sich inzwischen ergeben haben. Ich will Euch aber gleich sagen, daß sie mich glücklicher gemacht haben, als ich je zuvor gewesen bin, zuversichtlicher und in jeder Hinsicht sicherer. Ich liebe Euch nach wie vor innig.

Meine Ehe mit Nazrullah war nicht allzu gut, aber daran war nicht etwa er schuld. Als Ehemann war er sogar noch viel besser, als ich Euch anfangs schrieb, und es tut mir leid, daß ich ihm weh tun mußte, aber es gab keine andere Möglichkeit. Ich lebe jetzt mit ein paar wunderbaren Menschen zusammen, die auch Euch gefallen würden. Später berichte ich Euch mehr über sie.

Damit Ihr seht, wie verrückt das Leben sein kann, verrate ich Euch jetzt nur, daß ich momentan am Rand der Wüste mitten in einer Herde von Kamelen sitze und mich mit einem reizenden Yale-Menschen unterhalte, Mark Miller, der Euch einen ausführlichen Brief schreiben wird und Euch vielleicht von sich aus erklären kann, was sich alles ereignet hat. Er wird Euch auch bestätigen, daß ich glücklich bin und quicklebendig.
Eure Euch liebende Tochter Ellen.

Ich dachte an meine nahe beisammen lebende Familie in Boston und hätte über Ellens Unfähigkeit, Kontakt mit den Ihren zu halten, heulen mögen. »Schreiben Sie die Adresse«, sagte ich und gab ihr einen Umschlag, »ich werde den Brief in Kandahar per Luftpost abschicken.«

»Weiß Gott, Miller«, sagte sie nachdenklich, »ich habe wirklich die Wahrheit geschrieben. Ich bin glücklich, gesund und quicklebendig, und wenn ich auf so erfreuliche Weise altern könnte wie Racha, so wäre ich meinem Schicksal dankbar.«

Sie schrieb den Umschlag, dann kaute sie wieder am Federhalter. Plötzlich aber nahm sie den Brief und zerriß ihn in winzige Fetzen, die sie zwischen die Kamele flattern ließ. »Ich kann eine derartige Unaufrichtigkeit nicht abschicken«, sagte sie leise.

Wir sahen uns eine Weile stumm an. Ich las in ihren Augen Bitterkeit und Abneigung gegen mich, die aber bald dem Ausdruck von Ratlosigkeit wichen. »Ich werde Ihren Eltern schreiben«, sagte ich. Sie tat mir jetzt leid.

»Ja, bitte«, sagte sie.

Ich ging in die Karawanserei. Ich war todmüde von dem schrecklichen gestrigen Tag und der schlaflosen Nacht. Andererseits erwartete ich jeden Augenblick die Ankunft von Nazrullah oder anderen Leuten aus Kandahar, und bevor sie kamen, wollte ich gern so viel wie möglich vom Leben der Kotschi beobachten. Ich zwang mich also, wach zu bleiben, sah den Kindern und Frauen zu und nahm mir vor, mich morgen auszuschlafen. Dann aber fiel mein Blick auf Dr. Stieglitz, der neben der Säule am Boden lag, und es war mir unmöglich, noch länger gegen den Schlaf anzukämpfen. Ich sank auf den gestampften Lehmboden; das letzte, was ich wahrnahm, war, daß Racha eine Decke über mich breitete.

Ich erwachte bei Dunkelheit und stellte zufrieden fest, daß unsere Leute nun vor dem morgigen Tag nicht kommen konnten und mir noch Zeit für die Kotschi blieb. Der große Raum war von Speisedüften erfüllt, und mehrere Gestalten beschäftigten sich rings um das große Feuer. Da gewahrte ich, daß Mira neben mir saß. »Zulfiqar hat gesagt, ich soll Ihnen die Kinder vom Leibe halten«, erklärte sie und fügte dann in ungelenkem Englisch hinzu: »Ellen mich Englisch ein paar Worte lehren.« Sie sagte es stockend und lächelte spitzbübisch dazu. Ich streckte die Hand nach einem ihrer abstehenden schwarzen Zöpfe aus und zog sie ein wenig daran. »Ellen machen Haar mir amerikanische Art.«

»Arbeitet Ellen auch bei euch?«

»Jedes Arbeit«, antwortete sie, fuhr aber dann auf Paschto fort: »Sind Sie gekommen, um Ellen mitzunehmen?«

»Sie will nicht mitkommen.«

»Dann bin ich froh«, sagte sie.

»Woher weißt du denn, daß ich sie mitnehmen wollte?«

»Wir wissen alle, daß sie uns eines Tages verlassen wird.«

Ich schwieg. »Sehen Sie, wie sie arbeitet?« Mira zeigte hinüber zum Feuer. Zulfiqar hatte den Ferangi zu Ehren einen Hammel schlachten lassen; von Zeit zu Zeit stach Ellen mit einer langen Gabel in den Braten am Spieß, prüfte, ob er gar war, und fuhr sich mit der Zunge über die Lippen. Die Kinder umlagerten das Feuer und erbettelten sich Kostproben, als ob Ellen ihre Mutter wäre. An der Wand lehnten die Männer und warteten auf das unvorhergesehene Festmahl, während Zulfiqar und Stieglitz amerikanische Konservenbüchsen öffneten, deren Deckel die Kinder eifrig ableckten.

Als alles fertig war, rief Zulfiqar uns zum Essen. Ellen schnitt ruhig und geschickt Stück um Stück von dem Braten und verteilte ihn, als hätte sie dergleichen ihr Leben lang getan. Manchmal strich sie sich mit den fettigen Fingern das Haar aus dem Gesicht. Die Worte aus ihrem Brief fielen mir ein, daß sie gesund und glücklich sei. Sie war es ganz offensichtlich. Als ich an die Reihe kam, reichte sie mir ein Stück von dem appetitlich gebräunten Fleisch und lächelte mir freundlich zu.

Mira führte mich zu dem Teppich, wo die Anführer mit ihren Frauen saßen. Ich ließ mich gegenüber von Dr. Stieglitz nieder, neben den sich später Ellen setzte. Als ich das Nan lobte, erklärte sie mir, daß es über einem Feuer aus getrocknetem Kameldung gebacken sei. »Können Sie es nicht schmekken?« fragte sie, »es ist erdnah, lebensnah.«

Zulfiqar nickte zufrieden. »Den Hammel, den wir hier essen, haben wir selber aufgezogen.«

Später erzählte ich ihm von dem Brief, den Ellen geschrieben und wieder zerrissen hatte, und Ellen sagte: »Zulfiqar versteht so etwas. Ich kann ihm Dorset nicht beschreiben und denen in Dorset nicht ihn.«

Der große Kotschi-Häuptling sagte: »Schreiben Sie für Ellen.«

»Das will ich. Morgen.«

Der Gedanke an morgen rief eine traurige Stimmung in mir hervor. Auch die anderen schwiegen, und wir sahen uns mit einem sonderbaren Gefühl an. Mira unterbrach die Stille. »Was wollen Sie Ellens Eltern schreiben?«

»Was soll ich ihnen schreiben?« fragte ich zurück, und wieder wanderte mein Blick über unsere kleine Runde. Zu meiner Überraschung ergriff Racha das Wort.

»Schreiben Sie«, sagte Zulfiqars Frau, »daß wir jetzt zum Oxus aufbrechen und im Winter zum Dschelum zurückwandern. Wir leben zwischen den Flüssen.«

»Aber nennen Sie ihn nicht Oxus in Ihrem Brief«, sagte Ellen, »im Atlas steht Amu Darya, ungefähr tausend Meilen vom Dschelum. Wir machen den Weg hin und zurück jedes Jahr.«

»Zweitausend Meilen?«

»Ja. Jedes Jahr.«

»Reiten Sie auf den Kamelen?«

Diese Frage erregte allgemeines Gelächter. »Nur die ganz kleinen Kinder«, sagte Ellen, »wir anderen gehen zu Fuß, und Zulfiqar hat ein Pferd. Das braucht er, weil er die Karawane immerfort abreiten muß.«

»Macht Ihnen das Gehen denn nichts aus?«

»Im Gegenteil, meine Beine sind sehr kräftig davon geworden,«

»Seit wann wandert Ihr Stamm schon zum Dschelum?« fragte ich Zulfiqar.

»Das weiß niemand«, antwortete er.

»Und wo ist der Dschelum, genau gesagt?«

»Weit über der indischen Grenze«, sagte er. Ich mußte lachen.

Er sah mich verwundert an. Ich erklärte ihm den Grund meiner Heiterkeit. »Wir haben in Kabul, in der amerikanischen Botschaft, darüber gesprochen, wo Ellen wohl sein könnte. Bei diesem Gespräch war auch ein gescheiter, ein sehr gescheiter englischer Beamter« – ich versuchte, Richardson nachzumachen, wie er sich die Pfeife anzündet, so daß alle lachten –, »der eigentlich sehr gut Bescheid wissen sollte. Er erklärte, die Chancen einer Amerikanerin, über die indische Grenze zu kommen, seien gleich Null.«

Der Kotschi lachte. »Tausende von uns gehen alljährlich hinüber und herüber, und kein Mensch weiß, wie und wo. Ja, ja, die Engländer!«

»Wir sind die Wanderer, die alle Besserwisser zum Narren halten«, sagte Ellen.

»Und wohin ziehen Sie von hier aus?« fragte ich.

»Musa Darul, Daulat Deh, in fünfundzwanzig Tagen Kabul, Bamian, Qabir.« Und dann nannte Zulfiqar einen Namen, der meine Phantasie schon als Kind beschäftigt hatte: Balkh, in längst versunkenen Zeiten einer der größten Namen Zentralasiens.

»Balkh«, wiederholte ich und träumte ein paar Sekunden davon, ich käme dorthin. Aber meine Gedanken wurden von Ellen unterbrochen. »Wir gehen nach Kabul«, sagte sie ganz ruhig. Ihre Betonung ließ vermuten, daß es nicht unmöglich wäre, mich der Karawane anzuschließen. Ich beugte mich vor, um das Gespräch mit Zulfiqar darauf hinzulenken, und Mira tat mit offensichtlich gespanntem Gesicht dasselbe.

»Sie gehen nach Kabul?« fragte ich.

Zunächst antwortete niemand. Dann sagte Zulfiqar bedächtig: »Sie sind jung. Man wird Soldaten schicken, den kaputten Jeep zu holen.«

Ich sah fragend auf Dr. Stieglitz, und er rief eifrig, offensichtlich bestrebt, meine Sympathie wiederzugewinnen: »Er hat recht, Mister Miller, Sie sind jung, Sie sollten wirklich die Bergpässe einmal sehen. Ich bleibe bei dem Jeep.«

Ellen widersprach ihm. »Nein, Sie müssen auch mitkommen. Wir könnten Sie gut für die Karawane brauchen.«

Zulfiqar lehnte sich zurück und starrte zur Decke. Endlich wandte er sich an Racha: »Könnten wir solch einen Arzt in Qabir brauchen?« Racha sah den Deutschen prüfend an und nickte langsam. »Bis Qabir ist es noch weit«, sagte Zulfiqar, »wollen Sie trotzdem mit uns kommen?«

Stieglitz überlegte und biß sich auf die Lippen. »Ja«, sagte er dann zögernd.

»Wieviel Geld könnt ihr beiden Ferangi für uns erübrigen?« erkundigte sich Zulfiqar. Ich besaß noch zweihundert Dollar in afghanischem Geld, Stieglitz viel weniger. Aber die Amerikaner seien ihm einiges schuldig. »Wenn ihr auf dem Rückweg im Herbst durch Kandahar kommt ...«

Zulfiqar hielt ihm die Hand hin, aber ich hatte das Gefühl, Stieglitz warnen zu müssen, auf welches Risiko er sich da einließ. Ich stand auf und nahm ihn beiseite. »Mit mir ist die Sache einfach«, sagte ich. »Wenn Verbruggen wütend wird, werde ich heimgeschickt. Gut, ich lasse es darauf ankommen ... Außerdem glaube ich, daß er es verstehen wird. Aber bei Ihnen, Doktor? Wenn Sie die afghanische Regierung verärgern ... Sie könnten ausgewiesen werden, und Sie wissen ja, was das bedeuten würde.«

»Außer, ich kann mich rechtfertigen.«

Ich überhörte diese Bemerkung. »Obendrein laden Sie den Kotschi eine schwere Verantwortung auf«, sagte ich.

»Meinen Sie, dieser Zulfiqar weiß das nicht? Er benutzt mich, wie ich ihn. Ich muß unbedingt mitkommen, ich fühle, daß es meine innerliche Rettung sein wird.«

Wir gingen zu den anderen zurück. Mira kam im Schein des langsam erlöschenden Feuers zu mir. »Die Kotschi möchten, daß Sie bis Kabul mitkommen«, sagte sie und setzte auf englisch hinzu: »Und ich möchte auch.«

»Ich komme mit«, sagte ich.

Wir saßen um die Glut, und es wurde von der Säule gesprochen.

»Es ist nichts Besonderes«, sagte Ellen, »eine Untat wie tausend andere.« Zulfiqar ging und schaute die freigekratzte Schädeldecke an. Niemand schien von der Geschichte sonderlich berührt zu sein.

Als ich mich zum Schlafen niederlegte, kamen mir die ersten Zweifel über mein Vorhaben. Wenn nun der Botschafter aus Hongkong zurückkehrte und großes Theater machte? Es konnte das Ende meiner Karriere im Außenamt bedeuten. Oder wenn Schah Khan einen offiziellen Protest einreichte? Ich würde aus dem Land geschickt werden wie neulich unsere beiden Matrosen. Da hörte ich Zulfiqars mächtige Stimme: »Wir brechen um vier Uhr auf.« Aus einem mir selbst nicht eingestandenen Grunde beruhigte mich diese Mitteilung. So zeitig konnte Nazrullah mit den Jeeps aus Kandahar bestimmt nicht hier sein, und war ich mit den Kotschi einmal unterwegs, spielte es gar keine Rolle, was Schah Khan und der Botschafter dachten; denn bevor ich nicht in Kabul ankam, konnten sie sowieso nichts unternehmen.

Ich wurde von dem ungeheuerlichen Lärm geweckt, mit dem der Aufbruch der Karawane vorbereitet wurde. Widerspenstige Kamele wurden mit Handelswaren beladen, schwarze Zelte abgepflockt und zusammengefaltet, die Tiere aus dem Innenhof herausgetrieben. Die Kinder mußten hier und dort mit zugreifen, und dies alles fand unter größtem Geschrei statt. Hatte ich jemals gedacht, daß Nomaden träge seien, so wurde ich an diesem Morgen eines anderen belehrt.

Als wir die Karawanserei verließen, erinnerte ich mich, wie sorgsam Nazrullah kürzlich Nachricht über das Woher und Wohin hinterlassen hatte. Ich wollte ihm gegenüber wenigstens ebenso viel Rücksicht aufbringen und einen Zettel am Jeep befestigen. So kritzelte ich also eilig ein paar Zeilen, daß ich seine Frau bei guter Gesundheit in einer Kotschi-Karawane getroffen hätte und daß ich mich ebenfalls dieser Karawane anschlösse, um mit ihr bis Kabul zu wandern. Als ich Zulfiqar den Inhalt des Zettels vorlas, machte er ein seltsames Gesicht und bat mich zu warten, bis er sich mit den anderen beraten hätte. Kurz darauf kam er zurück: Ich solle einen anderen Zettel schreiben und das Wort »Kotschi« weglassen. Dann forderte er Ellen auf, den neuen Text zu lesen, und ich merkte, daß sie versuchte, nicht zu lachen. »Er erfüllt jedenfalls den beabsichtigten Zweck«, sagte sie etwas unbestimmt. Zu meinem Erstaunen bestand Zulfiqar auf einer dritten Fassung. Als er endlich zufrieden war, ging ich und befestigte den Zettel am Lenkrad des Jeeps.

Wir brachen noch in der Dunkelheit nach Norden auf, eine

zeitlose Karawane auf zeitlosen Pfaden. An der Spitze ritt Zulfiqar in karierter Weste und europäischem Mantel. Er ritt ein braunes Pferd und war bewaffnet mit Gewehr, Patronengurten und Dolch. Auf den Kamelen saßen nur einige Kinder und eine der älteren Frauen, die krank war. Die anderen gingen zu Fuß, langsam und gemächlich, trieben die Schafherde an und sorgten dafür, daß die Kamele in einer Reihe blieben. Dazwischen schwankten die mit Körben beladenen Esel, und hinter ihnen marschierten Ellen in schweren Stiefeln und Mira in Sandalen.

Am schwersten beschäftigt war Maftoon, der unentwegt vor und zurück lief, die Kette seiner Kamele entlang, und ständig kontrollierte, ob die Lasten nicht verrutschten. Im Laufe unserer Reise stellte ich fest, daß immer abwechselnd eines der Kamele böse auf ihn war und ihm sein ohnehin hektisches Dasein noch schwerer machte. Entweder wollte es sich nicht erheben oder sich nicht niederlegen, wollte aus der Reihe gehen oder war sonst irgendwie widerspenstig.

In der aufgehenden Sonne schimmerte Ellens Haar wie reines Gold. Sie wußte genau, daß sie unter den dunklen Kotschi eine Schönheit war. Sie hatte einen elastischen, freien Gang, und ihre breiten Schultern bewegten sich rhythmisch im Morgenlicht. Aber sie war nicht die einzige Schönheit; neben ihr ging, ebenso kräftigen Schrittes, die schwarzhaarige Mira, Tochter des Karawanenbesitzers, ein bemerkenswert selbstbewußtes Persönchen. Sie spürte es sofort, wenn mein Blick auf ihr ruhte und es schien sie zu freuen. Jedenfalls beobachtete ich, wie sie Ellen mitunter etwas zuflüsterte und zu mir hersah.

Wir gingen etwa vierzehn Meilen täglich. Außer in der Wüste, wo wir nur bei Nacht wanderten, waren wir meist von der Morgendämmerung bis zur Mittagsstunde unterwegs und machten an Punkten halt, die den Kotschi seit Jahren vertraut waren. Das Aufstellen und Abbauen der Zelte wurde die Dominante im Tagesrhythmus. Ich versuchte bei der Arbeit mit den Kamelen zu helfen. Die merkwürdigen, eigensinnigen Tiere fesselten mich. Ich konnte ihnen stundenlang zusehen, wie sie mit ihren faltigen Kinnbacken wiederkäuten.

Als ich einmal das struppige alte Kamel betrachtete, das mit Maftoon auf Kriegsfuß stand, entdeckte ich, wie sehr es meiner guten alten Tante Rebekka in Boston glich. Ich hatte ihre weinerliche Stimme noch im Ohr, wie sie zum Abschied zu mir gesagt hatte: »Mark, sei nur immer recht vorsichtig!« Ganz wie Tante Rebekka fand auch das Kamel fortwährend neue Dinge, die ihm nicht gefielen, und seine Augen sahen ständig aus, als hätte es gerade eine Gelbsucht überstanden. Beide hielten beim Essen das Gesicht ein wenig seitwärts, und überdies besaß Tante Rebekka einen etwas struppigen Pelzmantel, der genau die Farbe des verstaubten Kamels hatte. Von nun an nannte ich das Tier »Tante Becky«, und es reagierte auf diesen Ruf in einer Weise, die Maftoon schwer erbitterte. Während es sofort böse wurde, sobald Maftoon sich ihm näherte, wandte es sich auf meinen Ruf mir zu und benahm sich gegen mich wie eine nachsichtige alte Dame. Ich machte »Tante Becky« zu meinem besonderen Schützling und ging während der langen Märsche oft neben ihr.

Ich wurde zusehends kräftiger, war sonnengebräunt, schlief prächtig, bekam einen enormen Appetit und fühlte mich so gesund wie nie zuvor. Ich wunderte mich nicht mehr darüber, daß Ellen dieses Dasein gefiel.

Meine Vorstellung von den Nomaden als einem edlen Naturvolk aber mußte ich nach der ersten Reisewoche revidieren, als wir die Umgebung der kleinen Basarstadt Musa Darul erreichten. Nachdem die Zelte aufgeschlagen waren, begaben sich sechs der Männer mit vier Kamelen, zu denen auch »Tante Becky« gehörte, in den Ort. Kurz darauf kehrten sie mit einer erstaunlichen Fülle von Melonen, Fleisch, Schuhen und anderen Dingen wieder zurück. Es gab ein üppiges Festmahl, und alles wäre in bester Ordnung gewesen, hätte nicht Dr. Stieglitz mich gebeten, ihm, als ich zur Post ging, aus dem Basar ein Päckchen Tabak mitzubringen.

So schlenderte ich also durch den Basar auf der Suche nach Tabak, als ein dürrer Mensch mich mit schmeichelnder Stimme in schlechtem Englisch ansprach.

»Sahib, Sie haben Auto?«

Ich verneinte es in Paschto, worauf er mir versicherte, daß

er mir trotzdem etwas für ein Auto verkaufen wolle, zu einem Preis, dem ich nicht würde widerstehen können.

»So, so«, sagte ich, »was denn?«

Er ergriff wortlos meinen Arm und zerrte mich zu einem Holzverschlag. Dort lagen zwischen Astrachanmützen und indischen Stoffen sechs ziemlich neue Autoreifen. »Da staunen Sie, Sahib«, sagte er stolz. Ich aber starrte die Reifen an und fragte mich, wie sie wohl nach Musa Darul geraten sein mochten. Dann entdeckte ich einen Vergaser, ein Ölfilter, eine Hebewinde, eine komplette Werkzeuggarnitur – mit einem Wort, alles, was sich von einem Jeep nur abmontieren läßt, sogar ein Lenkrad. An diesem Rad aber hing festgebunden mein Zettel für Nazrullah.

»Wo haben Sie das her?« fragte ich.

»Heute nachmittag bekommen«, sagte er glücklich. »Aus Rußland.«

»Da haben Sie sicher einen guten Handel abgeschlossen«, sagte ich, während ich mindestens zwanzig Einzelteile zählte, die man mir von meinem Gehalt in Kabul abziehen würde. »Aber wo wollen Sie hier einen Kunden hernehmen?« fügte ich hinzu.

Er lachte. »Ich warte – fünf, sechs Wochen. Wenn bis dahin niemand kauft, verfrachten wir alles nach Kabul.«

»Ja, ja, schicken Sie nur alles nach Kabul«, sagte ich resigniert und sah mich im Geist schon durch den Basar wandern und meinen Jeep Stück für Stück zurückkaufen.

Zornbebend kam ich ins Zeltlager zurück, wo ich zunächst auf Ellen stieß. »Diese verdammten Gauner«, sagte ich, »zu dieser Reise haben sie mich einzig und allein aufgefordert, damit sie meinen Jeep beklauen können. Ratzekahl haben sie ihn ausgeschlachtet.«

Sie versuchte ihr Lachen zu unterdrücken, aber ohne Erfolg. »Sie dachten doch nicht, daß sie nur Ihren Charme genießen wollten?«

»Haben Sie das etwa gewußt?«

»Natürlich«, sagte sie. »Erinnern Sie sich an den Schrecken, den Ihr Zettel bei Zulfiqar hervorgerufen hat? Haben Sie nicht gesehen, wie ich lachen mußte, als er verlangte, daß Sie drinnen in der Karawanserei warten, bis er sich mit den anderen beraten hätte? Als Sie nämlich das erstemal zu dem Jeep hinausgehen wollten, war ja das Lenkrad schon aufgepackt – auf Tante Becky.«

Ich war stumm vor Wut.

»Miller, lachen Sie doch ein bißchen. Sie hätten die Leute sehen sollen, wie sie es wieder abluden und anmontierten, während Sie den zweiten und dritten Zettel schrieben!«

»Das kostet mich ein Monatsgehalt«, sagte ich grollend.

»Ist das etwa zu viel für eine solche Reise? Und beschweren Sie sich bitte nicht bei Zulfiqar. Der Arme hat sowieso schon ein schlechtes Gewissen; denn in einer Karawanserei sollte man eigentlich niemand berauben.«

Den Tabak für Stieglitz hatte ich natürlich vergessen. Da trat Mira zu uns beiden und gab mir drei Päckchen: »Ich bekommen in Basar für Doktor …«

Ich sah Ellen an. »Woher hat sie das? Hat sie denn Geld?«

»Oh, Mira ist sehr geschickt«, bekam ich zur Antwort.

## 12

Zwar war ich recht gekränkt, daß die Kotschi mich zu der Wanderung hauptsächlich aufgefordert hatten, um meinen Jeep zu demontieren, aber allmählich vergaß ich es. Zunächst schon deshalb, weil nach Musa Darul das Terrain immer interessanter wurde. Wir zogen den Helmand aufwärts, der uns schließlich nahe an Kabul heranbringen sollte, in einem Tal, das sicher noch nicht viele Fremde zu Gesicht bekommen hatten. Es lag westlich der unfruchtbaren Ebenen um Ghazni und östlich der Gebirgskette des Koh-i-Baba. Keine Straße durchkreuzte das Tal, und tagelang trafen wir auf keinerlei Wohnstätten.

Auf diesem Marsch begann ich einzusehen, wie recht Nazrullah mit seiner Klage über die asiatischen Ziegen hatte: Tag um Tag waren wir unterwegs, ohne auch nur einen einzigen Baum weit und breit zu sehen. Einst hatten große Wälder diese Hügel bedeckt. Das war historisch belegt. Allmählich aber hatten die Ziegen und die Habgier der Menschen dafür gesorgt, daß selbst die einsamsten Hochtäler kahl und baumlos geworden waren. Ein Wunder, daß unsere Geißen immer noch etwas zum Abrupfen fanden!

Unsere Karawane zog sich über mehrere Meilen hin: etwa zweihundert Menschen und eine große Zahl von Kamelen und Schafen – also eine riesige Karawane, für die Zulfiqar, als das Haupt des Kotschi-Stammes, die Verantwortung trug. Er sah sehr eindrucksvoll aus mit seinem hageren Gesicht, dem dichten Schnurrbart und dem Gewehr über dem Rücken, wenn er gebieterisch den Zug entlang ritt. Im Gegensatz zu den anderen trug er unterwegs stets einen weißen Turban. Das Bemerkenswerteste an ihm waren seine Schweigsamkeit und sein Lächeln. Er wußte, wie wichtig es war, die Leute bei guter Laune zu erhalten, und mit seinem Schweigen unterstützte er eindrucksvoll die allgemeine Ansicht, daß er bedeutend mehr wisse als alle anderen.

Als wir in der Karawanserei den gebratenen Hammel gegessen hatten, ahnte ich nicht, was für eine Ausnahme das für die Kotschi gewesen war. Für gewöhnlich ernährten sie sich sehr bescheiden. Morgens gab es heißen Tee und Nan, mittags Pilav, abends Quark aus Ziegenmilch und dazu ein Stückchen Fleisch, falls gerade vorhanden. Wir lebten also recht dürftig, aber es bekam allen ausgezeichnet. Die Kinder hatten zwar fortwährend Hunger und taten mir leid, doch Ellen beruhigte mich, daß keines der Kinder rachitisch sei, und in der Tat waren alle gesund und vergnügt.

Drei Dinge dieses Nomadenlebens brachten mich zur Verzweiflung: Die Kotschi waren schmutzig, sahen stets schlampig aus und machten nicht den geringsten Versuch, sich für irgendwelche geistigen Fragen zu interessieren.

Die sackartigen Hosen und die ehemals weißen Kittel der Männer wurden fast nie gewaschen, ebensowenig die dicken Wollröcke der Frauen. Ein Glück, daß die große Lufttrockenheit zumindest keinen Schweißgeruch aufkommen ließ, da jedes bißchen Feuchtigkeit sich sofort verflüchtigte. Am ärgsten sahen die Haare der Nomaden aus. Die Frauen kämmten sich selten, und die Männer ließen ihr Haar unbekümmert wachsen, bis es ihnen auf die Schultern hing.

Bestimmte Meinungen über Gut und Böse, Gedanken über Vergangenheit und Zukünftiges existierten bei den Leuten nicht. Ihre Gespräche beschränkten sich auf die Ereignisse des Alltags: ein Lamm, das zur Welt kam, ein widerspenstiges Kamel, den langen Weg, das Auskundschaften von Grenzposten und was man im Basar stibitzt hatte. Vielleicht waren sie glücklich in ihrem undifferenzierten Verhältnis zum Leben und zur Natur. Ich fand sie recht langweilig und hegte den häßlichen Verdacht, daß sich Ellen deshalb bei ihnen so wohl fühlte, weil sie im Vergleich zu ihnen wie ein Genie erscheinen mußte. Immerhin gesellte sie sich oft zu Stieglitz oder zu mir – offensichtlich froh, wieder einmal einen Gesprächspartner aus ihrer eigenen Welt zu haben.

Zulfiqar und seine Tochter bildeten allerdings Ausnahmen in dieser Umgebung voll Schmutz und Apathie. Beide waren geistig beweglich und aufnahmefähig und in bezug auf Sauberkeit mit den anderen gar nicht zu vergleichen, möglicherweise dank Ellen, die Zulfiqar das Haar schnitt und auf seine Kleidung achtete. Auch Mira sah immer adrett aus. Sie befolgte eifrig alles, was Ellen ihr riet, und versuchte, sich ebenso sauber und nett herzurichten wie Ellen.

Mira besaß mehrere Kleidungsstücke aus roter, blauer und grüner Wolle und hatte sogar ein zweites Paar Sandalen, das sie aber nur anzog, wenn wir uns einem Ort näherten und sie in den Basar ging. Besonders stolz aber war sie auf ihren Kamm und einen Waschlappen – zwei kostbare Errungenschaften, mit deren Hilfe sie ihr prachtvolles Haar und ihre schöne, gesunde Haut pflegte. Ihre Augen und die Brauen waren so tiefschwarz, daß ihre Haut weißer wirkte, als sie in Wirklichkeit war.

Ich ging oft an Miras Seite. Sie mußte auf die Schafe achtgeben, die einen wichtigen Bestandteil des Kotschi-Besitzes bildeten, und es war reizend, ihr zuzuhören, wenn sie auf Paschto oder in ihrem drolligen Englisch plauderte. Ich versuchte ihre eng begrenzte Vorstellungswelt zu ergründen und fand bald heraus, daß sie keine Ahnung von Geschichte oder irgendwelchen Dingen hatte, die man in der Schule lernt. Erstaunlicherweise aber wußte sie – im Unterschied zur Ignoranz der anderen Kotschi – eine ganze Menge über Zentralasien und kannte sich in allen Dingen aus, die ihr Volk und ihren Stamm betrafen. Sie war geübt und gewitzt im Handeln und hatte nur einen großen Kummer: Ihr Stamm besaß nicht mehr als ein Pferd, und dies gehörte Zulfiqar.

»Ein Mann wie Sie sollte nicht zu Fuß gehen müssen«, erklärte sie mir eines Tages. »In Ihrem eigenen Land wären Sie bestimmt einer von den Anführern.« Ich bat sie, sich deswegen keine Sorge zu machen. Schließlich besäße ich ja einen Jeep, was in gewisser Weise noch mehr bedeute als ein Pferd.

Sie dachte nach. »Aber für hier ist ein Pferd besser als ein Auto.«

»Keine Sorge, ich gehe gern zu Fuß.«

»Ein Anführer muß aber ein Pferd haben. Sehen Sie meinen Vater an! Meinen Sie, er hätte so viel Macht, wenn er kein Pferd hätte?« Übte ich auch mitunter heftige Kritik an den Kotschi, so gab es doch ebenso viele erheiternde Überraschungen. Einmal – wir waren seit fünf Tagen in Richtung Musa Darul unterwegs – sah ich eins der Mutterkamele abseits vom Weg stehen. Ich wollte es zurücktreiben, aber als ich hinkam, entdeckte ich Maftoon: Er saß mit verrutschtem Turban unter dem Tier und melkte sich die Milch – verklärt vor Wohlbehagen – direkt in den Mund.

»Aber Maftoon«, rief ich vorwurfsvoll.

»Hunger«, antwortete er und schielte mich an.

»Steh auf«, sagte ich, »diese Milch ist für die Kleinen.« Er rührte sich nicht. »Übrigens weiß ich jetzt, warum ›Tante Becky‹ dich immer beißt, Maftoon. Du mißhandelst sie.«

Er sah mich erstaunt an. »Ich mißhandle das Biest?«

»Jawohl. Es ist ein Wunder, daß sie nicht schon längst wieder auf dich losgegangen ist.«

»Wieso?«

»›Tante Becky‹ hat sich bei mir beklagt, daß du sie zu schwer belädst«, sagte ich ganz ernst. »Maftoon, komm her und hör mir zu!«

Widerstrebend erhob er sich und sah mich unter seinem verrutschten Turban grinsend an. »Morgen können Sie selber ›Tante Becky‹ beladen«, sagte er, »dann werden Sie schon sehen.«

Am nächsten Morgen weckte er mich auf und brachte mich zu den Kamelen, die gerade beladen wurden. »Tante Becky«, eines der größten Tiere der Karawane, lag noch friedlich am Boden und zeigte keine Lust, sich auch nur zu rühren. Als sie aber merkte, daß heute ich sie beladen sollte an Stelle ihres Feindes Maftoon, schien sie so erfreut, wie ein mürrisches, triefäugiges Kamel nur eben sein kann. Sowie ich jedoch die erste leichte Decke auf ihren Rücken legte, stieß sie einen abgrundtiefen Seufzer aus, der selbst den schlimmsten Bösewicht hätte rühren müssen. Aller Kummer über die Verworfenheit der Welt war darin enthalten. Ich klopfte »Tante Becky« beschwichtigend den Kopf und plazierte ein paar so leichte Gegenstände auf die Decke, die sie unmöglich auch nur zu spüren sein konnten. Aber die Seufzer steigerten sich bis zum Ausdruck tiefster Depression: Haargenau meine Tante Becky in Boston, wenn sie sich über die irischen Politiker, die italienischen Kolonialwarenläden, die jüdischen Kaufleute und die Unfreundlichkeit ihrer Familienangehörigen beklagte. Das Kamel Becky seufzte weiter. Ganz gleich, was ich ihm auflud, sein Mißmut nahm zu. Selbst bei einer so leichten Last, gar nicht zu vergleichen mit den Bestandteilen meines Jeeps neulich, stellte es sich so mühsam und ächzend auf die Beine, als sollte dies sein letzter Erdentag sein, und es hätte sich nur mir zuliebe noch einmal erhoben, um sogleich vor meinen Augen zusammenzubrechen. Ich versetzte »Tante Becky« einen ermunternden Klaps und fühlte so etwas wie Verständnis für Maftoon. Im Lauf des Vormittags schaukelte »Tante Becky« frohgemut dahin, und als ich sie überholt, begrüßte sie mich mit freundlichem Schnauben.

Am nächsten Morgen weckte Maftoon mich wieder. »Tante Becky« begrüßte uns mit so gramerfüllter Miene, daß ich nur ein Taschentuch auf ihren struppigen braunen Rücken legte. Sie aber stöhnte, als hätte ich sie mit einem glühenden Eisen traktiert. Am dritten Morgen ärgerte mich ihr Getue. »Ich will doch sehen«, sagte ich zu Maftoon, »wieviel dieses Biest in Wirklichkeit tragen kann.« Ich belud Becky mit einer tüchtigen Last. Sie benahm sich genau wie an den beiden vorausgegangenen Tagen, wollte sich zunächst nicht erheben und zeigte später die gleiche freundliche Gelassenheit. Ich beschloß, die Kamele von jetzt an wieder Maftoon zu überlassen. Das war mein Glück; denn als man Becky an diesem Abend ihre Last abnahm, fiel ihr plötzlich ein, daß sie schlecht behandelt worden war, und schnappte nach Maftoon. Zwar entkam er ihr, aber bald darauf konnte man wieder einmal sehen, wie Becky ihre Wut an seinen Kleidern ausließ. »Miller Sahib«, warnte er, »ziehen Sie sich aus!«

Ich lachte. Aber als ich mich Becky näherte, wollte sie auf mich losstürzen. Ich hatte meine Rettung nur Maftoon zu verdanken, der sich zwischen uns warf. Da Becky für heute bereits Frieden mit ihm geschlossen hatte, geschah ihm nichts. So entkleidete ich mich also und sah zu, wie »Tante Becky« meinen Sachen den Teufel austrieb.

Es gab in diesem Karawanenleben Augenblicke, in denen ich Stolz und Ärger zugleich empfand: Einmal kamen wir in der Morgendämmerung zu einem kleinen Hügel. Vor uns lag ein Dorf im Schlaf. Als die Hunde laut bellten, traten ein paar Männer aus den Hütten. Sowie sie die Kotschi-Karawane sahen, alarmierten sie sämtliche Dorfbewohner. Alles, was nicht niet- und nagelfest war, wurde in wilder Eile zusammengerafft und in die Behausungen gerettet. Die Frauen preßten die Kinder an sich, als hätten sie Angst, sie würden ihnen geraubt. Als wir dann näher kamen, hockten die Leute stumm unter den Türen und beobachteten uns. Bei solchen Gelegenheiten ritt Zulfiqar an der Spitze der Karawane, eine imponierende Gestalt, das Gewehr herausfordernd über dem Sattelknopf, während er die Leute und die kläffenden Hunde hochmütig ignorierte. Hinter ihm schaukelte die endlose Kette der Kamele, gefolgt von den Männern, der Schafherde, den Frauen, Eseln, Ziegen und Kindern. Die Nachhut bestand wieder aus bewaffneten Männern. Es war eine stolze Karawane, ein seltenes Bild in den engen Dorfgassen. Was aber die Dörfler in Harnisch brachte, war die Unverfrorenheit, mit der es die Nomadenfrauen wagten, frei und ohne Verschleierung dahinzuschreiten. Dazu kamen noch drei weitere Anlässe zu Verdacht und Mißbilligung: Da war zunächst Ellen, der man natürlich sofort ansah, daß sie keine Kotschi war, dann Dr. Stieglitz und schließlich ich, der junge Amerikaner, der neben einem schönen, rotgekleideten Nomadenmädchen ging. Natürlich fragten sich die Leute, was wir wohl in dieser Karawane zu schaffen hatten.

Mitunter kam es vor, daß erboste Mullahs bei solchen Gelegenheiten auf Ellen zuliefen und sie anspuckten, wie es ihr auch in Kandahar geschehen war. Aber sie hatte gelernt, sie auf eine ruhige, überlegene Art abzuwehren. Sie begriff den moralischen Zwang, unter dem diese Fanatiker in einer sich rasch verändernden Umwelt standen, und sie wollte alles vermeiden, was ihren Fanatismus verstärken mußte. Wenn Zulfiqar die Mullahs herankommen sah, trieb er sein Pferd zwischen sie und Ellen, so daß die Mullahs zurückwichen und uns nur ihre Flüche nachschickten.

Sooft die Dörfler aber Stieglitz oder mich beschimpften, freuten wir uns stets über ihre Verblüffung, wenn wir mit einem Paschto-Fluch antworteten und ihnen einredeten, daß wir blonde Kotschi wären. Mitunter kamen sie näher heran und fragten, ob wir Ferangi seien. Dann sagten wir ihnen die Wahrheit, und wir lachten gemeinsam. Es kam auch vor, daß beherzte junge Burschen ein Stück mit uns gingen und uns tausend neugierige Fragen stellten. Selbst wenn ich nicht aus jedem größeren Ort, von jeder erreichbaren Poststation ohnehin Nachricht nach Kabul geschickt hätte, die Botschaft wäre trotzdem bestens informiert gewesen: Die Nachricht, daß wir mit einer Kotschi-Karawane unterwegs waren, ging mündlich von Dorf zu Dorf, durch ganz Afghanistan. Auf diese Weise war auch das Gerücht »Eine blonde Ferangi-Frau zieht mit der Karawane« bis zu Schah Khan gedrungen.

Eines Morgens, als wir durch ein besonders armseliges Dorf zogen und uns wie üblich lauter mißtrauische Gesichter durch die Dämmerung anstarrten, lernte ich eine liebenswerte Seite von Ellen kennen.

»Es tut einem in der Seele weh«, sagte sie, »diese verschreckten Gestalten mit unseren freien Nomaden zu vergleichen.«

Ich stimmte ihr zu.

»Wie schön wäre es«, fuhr sie fort, »sich vorzustellen, daß solche bedrückenden Dörfer nicht mehr existierten, daß die Menschen wieder frei sein würden.«

Der Widerspruch in ihrem Denken fiel mir auf. Offenbar meinte sie, man könne Freiheit einfach dadurch erreichen, daß man Zustände der Vergangenheit zurückruft. Mir fielen Nazrullahs Worte ein, wie hartnäckig Ellen das Staudammprojekt ablehnte, weil es dem Fluß seine wilde Ungebundenheit nahm. Und doch muß er eingedämmt werden, damit er den Menschen Nutzen bringen und die wirkliche Befreiung, die Überwindung von Armut und Unwissenheit, erringen helfen kann.

»Ich fürchte, Ellen, Sie haben reaktionäre Gedanken. Afghanistan kann seine Freiheit nicht dadurch erringen, daß es ins Zeitalter der Karawanen zurücksinkt. Das Land kann sich nur retten, wenn es eine andere Art von Freiheit in die Dörfer bringt.«

»Welche Art?«

»Verkehrswege, Bücher, Technik.«

»Ach, Miller, Sie mißverstehen die menschliche Natur. Wir alle sind frei geboren, ganz wie die Nomaden, aber dann verkriechen wir uns in engen Gefängnissen, engen Straßen, engen Siedlungen. Diese Gesinnung muß überwunden und der Geist der Nomaden wieder erweckt werden.«

»Das ist doch unmöglich, Ellen. Die Dörfer sind die Keimzelle der Gesellschaft. Wir müssen sie auf der Basis der Freiheit erneuern. Man muß vorwärtsschreiten, ein Zurück gibt es nicht.«

»So? Aber in Dorset ist mein Vater so etwas wie der Geist dieses Dorfes. Können Bücher und Technik meinen Vater etwa ändern? Wie sollten sie dann diese Leute hier ändern?«

»Doch, Ellen, nur der Fortschritt kann die Menschen ändern.«

Sie blieb mitten auf dem Weg stehen und dachte nach. Das Licht aus einer der Hütten fiel auf ihr hübsches Gesicht und ließ ihre Armbänder aufblitzen. »Miller, bis zu einem gewissen Grade haben Sie vielleicht recht«, sagte sie, »aber Sie vergessen, daß Menschen wie mein Vater ...«

In diesem Augenblick kam ein kleines Mädchen, weniger furchtsam als die größeren, auf uns zugelaufen und griff nach Ellens Armreifen. Mit impulsiver Gebärde beugte Ellen sich nieder, hob das Kind hoch und schwenkte es lachend durch die Luft. Dann stellte sie es wieder auf die Füße, zog einen ihrer Armreifen ab und schenkte ihn der Kleinen. Ich mußte an Karimas Worte denken, daß Ellen selbst keine Kinder haben konnte, und fragte mich, ob die seltsame Inkonsequenz ihrer Gedanken- und Vorstellungswelt vielleicht damit zusammenhinge.

Während Ellen noch mit der Kleinen scherzte, stürzte wild gestikulierend eine Frau aus dem Haus. »Die Kotschi wollen mein Kind entführen!« schrie sie gellend. Das war das Signal. Sofort waren wir von allen Seiten umzingelt. Kreischende Frauen rissen Ellen wie Furien an den Haaren und wollten ihr das Gesicht zerkratzen. Als eine der Frauen den Armreif entdeckte, riß sie ihn dem Kind aus der Hand und warf ihn Ellen, der Unreinen, vor die Füße.

Jetzt tauchte auch noch ein Mullah auf. Die Angreiferinnen zogen sich zurück. »Hure, Hure!« schrie er und bespuckte Ellen. Zulfiqar aber hatte inzwischen die Szene wahrgenommen. Er kam herangeritten und drängte den Priester beiseite, der uns mit einiger Distanz gestikulierend und scheltend verfolgte, bis wir aus dem Dorf heraus waren.

Zulfiqar war abgestiegen, und Ellen lehnte den Kopf an seine Schulter. »Ich wollte weiter gar nichts, als einem kleinen Mädchen ein Armband schenken«, sagte sie unter Tränen.

»Aber wie konntet ihr so weit zurückbleiben?«, fragte Zulfiqar mit sanftem Vorwurf.

»Miller und ich hatten eine Auseinandersetzung.«

»So, so.«

»Ich habe behauptet, daß die Afghanen ursprünglich die Freiheit des Karawanenlebens besaßen und daß sie sich nicht länger von den Mullahs wie in Gefängnisse einsperren lassen sollen.«

»In bezug auf die Vergangenheit hast du recht.«

»Und Miller hat gesagt, daß es kein Zurück gibt und bald keine Karawanen mehr und daß die Menschen nur frei werden können, wenn sie Bücher und Straßen und Elektrizität bekommen.«

»In bezug auf die Zukunft hat er recht.« Zulfiqar schwang sich wieder auf sein Pferd. »Eines Tages werden wir alle in Dörfern wohnen, aber es werden schönere sein als dieses hier.« Und damit galoppierte er davon.

Am nächsten Morgen erhielt ich eine sozusagen poetische Bestätigung für Zulfiqars Zukunftsvisionen. Es begann gerade zu dämmern, als wir durch ein Dorf zogen und ausnahmsweise einmal kein Hund zu bellen begann. Eines der Häuser war von Kerzenschein erleuchtet, und es kam mir, als wir so vorüberzogen, wie eine freundliche, warme Zuflucht im Schatten der drohenden Gebirge vor. Es war sicher nur ein winziger, bescheidener Raum, aber er bot seinen Bewohnern Schutz, eine menschliche Heimstätte. Die schöne Freiheit unserer Zelte, errichten neben wilden Gießbächen und auf hohen Bergpässen, verblaßte vor dem Frieden eines solchen Zuhause, an dem wir zufällig in der Morgendämmerung vorüberwanderten.

Ich blickte zu Zulfiqar hin, der auf seinem braunen Pferd eben vorbeiritt. Als er meinem Blick begegnete, fiel ihm wohl auch das Gespräch mit Ellen vom Vortag ein, und er nickte mir zustimmend zu. Jetzt begann der erste Hund zu kläffen, die Leute strömten aus ihren Häusern, der alte Zank zwischen ihnen und den Nomaden fing wieder einmal an.

Seitdem ich beobachtet hatte, wie Mira wieselschnell bei ihrer sogenannten »Arbeit« umherflitzte, verstand ich, weshalb die Dorfbewohner beim Anblick der sich nähernden Karawane all ihren beweglichen Besitz so eilig zu bergen suchten. Wann immer wir durch eine Ortschaft gekommen waren, hatte Mira irgendein neues Kleidungsstück, ein Werkzeug oder Küchenutensilien erobert. »Das einzige, was dieses Mädchen noch nie gestohlen hat«, sagte Ellen, »ist ein Bett. Aber wer weiß, eines Tages kommt sie vielleicht auch damit an!«

Als Mira einmal eine Säge anbrachte, fragte ich sie, warum sie das eigentlich mache. Sie zuckte die Achseln. »Weil die Leute mich hassen. Und so hasse ich sie eben auch und nehme ihnen ihre Sachen weg. Sehen Sie nicht, wie die Männer mich mit den Blicken verfolgen? Die hätten gar nichts dagegen, sich mit einem Kotschi-Mädchen einzulassen. Für eine Nacht nur, versteht sich. Ich verachte sie.«

Wir hatten zehn schwarze Zelte, aber viele unserer Leute zogen es vor, in Decken gewickelt unter freiem Himmel zu schlafen. Zulfiqar, Racha, Ellen und Mira hatten ein gemeinsames, auffallend großes Zelt, dessen Eingangsplane von zwei Pfählen gestützt wurde. Zu beiden Seiten hingen Teppiche, so daß ein geschützter Platz vor dem Zelt entstand, auf dem sich die »Geselligkeiten« des Lagerlebens abspielten. Wenn am späteren Nachmittag die Tiere versorgt waren, saß Zulfiqar oft dort mit untergeschlagenen Beinen, Racha und Ellen neben sich, während er sich mit seinen Leuten unterhielt und Anordnungen gab. Es waren die Stunden, in denen Zulfiqar und ich gute Freunde wurden.

Er wollte vieles von mir wissen, im Grunde aber lernte ich mehr von ihm, als er von mir. Die Kotschi waren Muselmanen; doch sie lehnten die Tyrannei der Mullahs ab, obwohl sie, wie alle Sunniten, Mekka getreu anhingen. Als wir über den Islam und sein starkes Vertrauen auf die Allmacht Gottes und auf die Natur sprachen, die in Gott begründet liegt, begann ich besser zu verstehen, daß Ellen und auch Dr. Stieglitz fähig gewesen waren, sich dieser Religion anzuschließen.

An solch einem Nachmittag vor dem Zelt sagte Ellen eines Tages: »Niemals könnte ich meinen Eltern meine Konversion erklären. Das ist vielleicht der tiefste Grund, weshalb ich ihnen nicht schreiben mag. Sehen Sie, ich bin in dem Glauben erzogen, daß Gott ganz persönlich, ähnlich wie ein unsichtbarer Helikopter, genau über dem Turm der presbyterianischen Kirche in Dorset schwebt, wobei es ihm freisteht, auch auf die lutherische Kirche, ein Stück weiter unten in derselben Straße, ein wachsames Auge zu halten. Seine Hauptsorge galt aber natürlich unserer Gemeinde; nur wir besaßen die wahre Religion. Alles andere war Blendwerk. Hätten meine Eltern auch nur ein einziges Mal, während ich heranwuchs, das Zugeständnis gemacht, daß Gott sich vielleicht auch um die Juden zum Beispiel kümmert, so wäre ich möglicherweise noch heute in Dorset. Denn das hätte mir eingeleuchtet, und ich hätte meinen Eltern mehr Vertrauen geschenkt.«

»Reden eigentlich alle amerikanischen Frauen so viel?« fragte Zulfiqar, als Ellen schwieg. Ich lachte: »Mehr oder weniger, ja.« Er zuckte die Achseln und schüttelte verwundert den Kopf, ähnlich wie Maftoon, wenn er sich das Verhalten eines seiner Tiere nicht zu erklären wußte.

Ellens Worte ließen mich vermuten, daß Stieglitz ihr gesagt hatte, ich sei Jude. Ich fragte sie danach.

»Was, Sie sind Jude?« rief sie erstaunt und erfreut, »Zulfiqar, hast du gehört? Miller ist Jude.«

Der große Nomade beugte sich vor und betrachtete mich. »Wirklich?« fragte er. Ich nickte, worauf er lachte.

»Sie sollten nur hören«, sagte Ellen, »was dieser närrische Riese über die Juden denkt.«

Ein paar der Männer, die im Lager umhergingen, blieben stehen und lachten mit, ohne zu wissen, was vorging. Zulfiqar verlangte, daß alle Anwesenden seine markante semitische Nase mit der meinen verglichen, die bedeutend kleiner und gerader war, und wir alle hatten unseren Spaß an seinem Eifer.

Später, im Verlauf des Gesprächs, fragte er mich, ob es stimme, daß die meisten Juden habgierig seien. Ich dachte nach, lächelte Ellen zu und antwortete schließlich: »Zulfiqar, wir wollen es einmal folgendermaßen ausdrücken: Angenommen, ihr stellt euren Jeep in der Nähe von ein paar Juden ab, so würden sie wahrscheinlich die Reifen stehlen, falls ihr nicht aufpaßt.«

Einige der Umstehenden begriffen meine Anspielung schneller als er und lachten, sagten aber nichts, vermutlich aus Respekt vor ihm. Endlich verstand auch er und stimmte in das Gelächter ein. Dann wollte er mit einem mißtrauischen Blick auf Ellen wissen, wie ich von der Sache erfahren hätte.

»Im Basar von Musa Darul haben die Leute versucht, mir die abmontierten Teile zu verkaufen«, sagte ich. Wieder lachten alle, auch Zulfiqar und ich selber. Von dieser Stunde an war ich sozusagen ein Stammesbruder der arischen Nomaden.

Tagtäglich sammelten einige Frauen, während wir durch die baumlosen Täler zogen, den Mist der Kamele ein. Ich konnte mich immer noch nicht daran gewöhnen, daß sie es mit bloßen Händen taten. Natürlich wußte ich, wie kostbar der sorgfältig in den Körben der Esel gestapelte Kamelmist war: der einzige Brennstoff der Nomaden. Er verbrannte langsam, hatte einen angenehmen Geruch und ließ sich leicht transportieren.

Die Kinder freuten sich immer, wenn sie Kamelmist entdeckten, den die Frauen irgendeiner anderen Karawane vor uns übersehen hatten, und schlossen Wetten ab, welches von unseren eigenen Kamelen als nächstes wieder etwas liefern würde. Einmal ging ich mit Mira hinter »Tante Becky« her, die, wie so oft, nicht in der Reihe marschierte, so daß es den Frauen entging, als sie etwas fallen ließ. Kinder waren auch nicht in der Nähe. So hielt ich denn mit zusammengebissenen Zähnen den Atem an, drehte das Gesicht weg, packte mit meinen bloßen Händen zu, rannte schleunigst hinter den Eseln her und warf den kostbaren Brennstoff in einen der Körbe, wofür die Frauen mich denn auch sehr lobten. Als ich wieder neben Mira ging, schaute sie sich um, ob niemand uns sähe, schlang mir die Arme um den Hals und küßte mich zum erstenmal: »Jetzt bist du ein ganz echter Kotschi!«

Von nun an war es nicht mehr Zulfiqar, um dessentwillen ich an den Nachmittagen zu seinem Zelt kam. Manchmal gingen Mira und ich auch zwischen einsamen Hügeln ein wenig spazieren. Zwei Tage nach unserem ersten Kuß durchstreiften wir ein kleines Seitental, in dem ein paar dürftige Blumen blühten. »Eigentlich kennt ihr Nomaden nur zwei Jahreszeiten«, sagte ich, »den schönsten Teil des Frühlings und den schönsten Teil vom Herbst. Den Winter kennst du gar nicht, Mira, nicht wahr?«

Sie deutete auf den schneebedeckten Koh-i-Baba. »Nein, aber wir sind doch immer in Gefahr, daß er uns überrascht.«

Unsere bevorstehende Ankunft in Kabul fiel mir ein und daß ich mich dort von der Karawane trennen mußte. Mira fühlte meine Traurigkeit und küßte mich, als plötzlich Ellen auftauchte. »Du solltest lieber ins Lager gehen, Mira«, sagte sie. Mira ging stumm zurück zu den anderen.

»Sie müssen sich genau überlegen, Miller«, sagte Ellen, als Mira verschwunden war, »was Sie mit dem Mädchen beginnen. Mira ist temperamentvoll und unberechenbar und nimmt alles sehr ernst. Sie müssen auch daran denken, daß sie die Tochter des Karawanenführers ist.« Sie hielt inne, um dann hinzuzufügen: »Übrigens ist sie bedeutend intelligenter, als sämtliche Mädchen zu Hause in meinem College waren.«

»Warum lehren Sie sie nicht schreiben und lesen?«

»Kümmern Sie sich lieber um das, was Sie sie lehren«, sagte sie kurz.

Ich begann aber bald festzustellen, daß Ellen ihrerseits sich auf Dinge einließ, die ihr gefährlich werden konnten. Als sie mich Miras wegen warnte, mochte sie vielleicht auch an sich selbst gedacht haben. Auffallend häufig wanderte sie Seite an Seite mit Dr. Stieglitz vor den Kamelen einher. Wenn wir uns nachmittags vor dem Führerzelt versammelten, kam auch er, und sie setzte sich meistens neben ihn. Ich hätte gerne gewußt, ob Zulfiqar Anstoß daran nahm. Ob ihm die Erklärung, daß sie beide gern französisch miteinander sprachen, als einer der Gründe für diese Freundschaft einleuchten mochte? Ich hatte oft genug gelesen, wie leidenschaftlich und unbeherrscht Mohammedaner auf alles reagieren, was ihre Frauen betrifft, und ich begann mir nicht nur Ellens wegen Sorgen zu machen, sondern auch in bezug auf Mira und mich. Je mehr ich aber Zulfiqar beobachtete, um so verwirrender schien mir sein Verhalten, das so ganz und gar nichts von Eifersucht und Rachedurst ahnen ließ. Er kam oft unterwegs zu Stieglitz und Ellen geritten und unterhielt sich harmlos mit beiden. Noch häufiger aber ritt er an ihnen vorbei, sein gewohntes Lächeln im Gesicht. Allmählich gewann ich aber den Eindruck, als fühlte er sich irgendwie erleichtert, daß jemand da war, der sich ein wenig um Ellen kümmerte.

In meinem Fall lagen die Dinge freilich anders, da Mira ja seine Tochter war. Zweifellos hatte er ein- oder zweimal gesehen, wie wir uns küßten. Auch mußte er bemerken, daß wir vor seinem Zelt und bei den Mahlzeiten jetzt immer nebeneinander saßen, und doch behandelte er weder Mira noch mich anders als sonst. Er sprach selten wie immer, schenkte uns aber stets sein unvermeidliches Lächeln.

In der letzten Nacht, bevor wir nach Kabul kamen, veranstalteten die Kotschi ein Abschiedsfest. Maftoon hatte ein paar Mann zu einem überaus lauten Orchester zusammengestellt, das zu Tänzen und Gesängen begleitete. Ich hielt mich von Mira fern, um uns den Abschied nicht noch schwerer zu machen, und sah neiderfüllt auf Stieglitz, der mit den Kotschi weiter bis Balkh ziehen würde. Als wir später in unsere Schlafsäcke krochen, fragte ich: »Haben Sie Ellen eigentlich gesagt, was Sie mir neulich erzählt haben – bei der Säule in der Karawanserei?«

»Ich habe ihr jedenfalls gesagt, daß ich Afghanistan nicht verlassen kann.«

»Aber den Grund haben Sie ihr nicht verraten?«

»Früher oder später erfährt sie es sowieso«, antwortete er, »der Zeitpunkt ist nicht so wichtig.«

»Das weiß ich nicht. Vielleicht wäre ich weniger aufgebracht gewesen, wenn Sie mir gleich Ihre Geschichte verraten hätten. In der Karawanserei aber hätte ich Sie umbringen mögen. Ihr Glück, daß Zulfiqar kam.«

»Das hätte weiter keine Konsequenzen gehabt«, sagte er gleichmütig.

»Und wie denken Sie jetzt über mich? Als Juden, meine ich?«

Er schwieg so lange, daß ich schon dachte, er sei eingeschlafen. Plötzlich aber sagte er: »Ich habe alles aufgegeben, meine Heimat, meine Familie ...«

»Sie haben mir ja verraten, daß Ihre Frau Sie betrogen hat. Also kann das nicht so schwer für Sie gewesen sein.«

»Ich rede von meinen Kindern. Ich habe sie aufgegeben, auch meine Arbeit, die Musik, die Heimat ... Alles, was ich liebte. In gewisser Weise, Mister Miller, bin ich gestorben. Aber das ist ganz gut so, Tote brauchen sich vor keiner irdischen Gerichtsbarkeit zu verantworten.«

Ich schwieg. Schließlich lebte er in Wirklichkeit ja noch.

»Den Juden habe ich Schlimmes zugefügt«, fuhr er fort, »und Sie sind Jude. Ob Sie es glauben oder nicht: Für mich haben diese beiden Tatsachen nichts miteinander zu tun. Für Sie als Juden empfinde ich keinerlei wie auch immer geartete Gefühle, aber für Sie als Menschen ... Offen gestanden, ich wäre gern Ihr Freund geworden, Mister Miller.«

»Nennen Sie mich nicht immer so betont Mister Miller.«

Nach einer langen Pause sagte er: »Wissen Sie noch, wie unsere Auseinandersetzung in der Karawanserei angefangen hat? Nein? Sie beschuldigten mich, weil ich Pritchards Bein nicht in Tschahar amputiert hatte. Ich versuchte Ihnen klarzumachen, daß es im menschlichen Leben Dinge gibt, die über das Medizinische hinausgehen, und verglich Pritchards Glauben, in Tschahar sterben zu müssen, mit Sem Levins Entschlossenheit, am Leben zu bleiben. Der springende Punkt ist der: Ich quäle mich, weil ich Sem Levins Willen entgegen gehandelt habe, während ich Pritchards wegen keinerlei Reue empfinden kann, weil ich in Übereinstimmung mit seinem Willen gehandelt habe. Auf die eine oder andere Weise hatte er selbst sich zum Tode verurteilt.«

»Vielleicht ahne ich, wenn auch nur ungefähr, was Sie meinen«, sagte ich.

»Mit mir ist es genau dasselbe«, fuhr er fort. »Ich bin bereits gestorben. Wenn die Russen mich aufhängen würden, so spielt das keine Rolle. Sie hängen einen Toten. Wenn ich aber weiterleben darf, so will ich ein neuer Mensch sein. Als Sie mich in Kandahar zum erstenmal aufsuchten, war ich ein lebender Leichnam und hatte an nichts Interesse außer an meiner Flasche Bier. Jetzt bin ich ein menschliches Wesen.«

»Ist das Ellens Verdienst?« fragte ich.

»Ja«, bekannte er. »Vergessen Sie nicht, Miller, auch Sie, wenn Sie uns in Kabul verlassen, sind ein lebender Mensch.« Er schwieg einen Moment. »Haben Sie je mit einer Frau geschlafen, die Sie wirklich liebten?«

»Selbstverständlich«, log ich im Gedanken an ein paar flüchtige und hitzige Abenteuer während des Krieges.

»Dieses Nomadenmädchen zu verlassen – das bedeutet mehr für Sie, als Sie denken. Was werden Sie machen, Miller, wenn Mira aus Ihrem Dasein verschwindet?«

»Ich werde meine Arbeit an der Botschaft wieder aufnehmen«, sagte ich kurz.

»Mit dem Geruch von Kamelen in der Nase? Seien Sie nicht töricht, Miller.« Er drehte sich zur Seite und schlief bald darauf ein.

Von der Karawanserei bis Kabul waren es etwa dreihundertfünfzig Meilen gewesen, für die man fünfundzwanzig Wandertage rechnen muß. Da wir aber mitunter zwei oder drei Tage kampiert hatten – je nachdem, wo es ausreichend Futter für die Tiere und Nahrungsmittel für uns gab –, war es Mitte Mai geworden, als wir von der letzten Paßhöhe herab Kabul zu unseren Füßen erblickten. Ich zeigte Mira die Gegend, in der ich wohnte. »Dort«, sagte ich, »morgen werde ich wieder dort schlafen.«

Mira nahm mein Gesicht zwischen die Hände, küßte mich und antwortete: »Nein, morgen wirst du nicht dort schlafen!«

Nicht alle Karawanen erregten derartiges Aufsehen in Kabul wie die unsere. Kaum hatten wir begonnen, unsere schwarzen Zelte auf dem dafür bestimmten Gebiet zu errichten, erschienen die ersten Behördenvertreter. Moheb Khan fuhr in einem neuen Chevrolet vor, elegant wie immer, und wollte sich vergewissern, ob die Sache mit Ellen Jaspar und der Kotschi-Karawane tatsächlich stimmte. Er sprach lange Zeit mit Zulfiqar und Ellen, während Mira und ich draußen vor dem Zelt standen. »Wer ist dieser Moheb Khan?« wollte Mira wissen. Ein hoher Regierungsbeamter, erklärte ich, der ihrem Vater eine Menge Unannehmlichkeiten machen könnte, falls man ihn ärgerte. »Hm«, sagte sie, »er sieht sehr wichtig aus.«

Ich vermied die Begegnung mit Moheb, weil ich mich erst umziehen wollte, als schon der nächste Beamte erschien und nach Stieglitz verlangte. Sie setzten sich in unser Zelt und unterhielten sich auf deutsch. Ich verstand zwar kein Wort, aber jedenfalls wurde Stieglitz weder nach Kandahar zurückbeordert noch festgenommen.

Dann aber war ich an der Reihe. Kurz nach Mittag kam Richardson vom Geheimdienst an. Er entzündete mit enervierender Sorgfalt seine Pfeife und sagte dann mit bedeutsamer Stimme: »Miller, ich muß Ihnen leider sagen, die Hölle ist los wegen diesem Jeep. Das wird Sie an die sechshundert Dollar kosten. Die Leute haben alles gestohlen, bis auf das Nummernschild vorn. Nazrullah mußte zweimal wegen dieser Sache durch die Wüste fahren.«

»Es war blödsinnig von mir, ich weiß«, sagte ich kleinlaut, »aber ich dachte, Verbruggen würde Verständnis haben.«

»Der Botschafter ist außer sich«, sagte Richardson, aber ich merkte an seinem nachdenklichen Ton, daß die Sache nur halb so schlimm war.

»Was wird mir also passieren?« fragte ich.

»Na also, Sie haben Kopf und Kragen noch mal gerettet, Miller, mit Ihrem Bericht aus Musa Darul. Wir haben alles nach Washington gekabelt, und wenigstens ist jetzt der Senator von Pennsylvania befriedigt. Aber die Eltern! Warum schreibt sie ihnen denn nicht, zum Kuckuck?«

»Sie hat zu schreiben versucht, mehrmals sogar. Aber sie müßte diesen Leuten so vieles erklären, daß sie die Briefe immer wieder zerreißt. Ich habe hier einen Brief aufgesetzt, den man ihnen schicken kann, und außerdem einen ausführlichen Bericht geschrieben.«

»Gut. Ich glaube übrigens nicht, daß Sie sich allzu große Sorgen über den Botschafter zu machen brauchen. Man ist in Washington heilfroh, daß Sie Ellen Jaspar befreit haben.«

»Befreit? Sie ist noch nie in ihrem Leben so glücklich gewesen.«

»Wollen Sie etwa sagen, daß sie bei diesen Kotschi bleiben will?« fragte Richardson ungläubig.

Es war unmöglich, ihm alles auf einmal zu erklären. Zulfiqar, Stieglitz, den Islam – nein, das ginge über sein Begriffsvermögen. Deshalb sagte ich nur: »Nicht ich habe sie befreit, sondern sie mich.«

»Bitte, sprechen Sie vernünftig«, sagte er und zog an seiner Pfeife, »was Sie da sagen, ist unverständlich.«

»Ich werde morgen auf der Botschaft alles erklären.«

»Hm. Könnten wir nicht ein paar Schritte draußen an der frischen Luft gehen?« fragte er.

»Natürlich. Ich habe gerade einen kleinen Spaziergang von dreihundertfünfzig Meilen gemacht und bin gut zu Fuß.«

»Spaziergang? Zu Fuß? Nicht auf einem Kamel?«

Als wir außer Hörweite der Zelte waren, sagte er: »Vielleicht werden Sie morgen gar nicht in Ihrem Büro auf der Botschaft sein.«

Ich erschrak. »Wird man mich also doch heimschicken?«

»Im Gegenteil. In Washington haben sie sich nämlich inzwischen was Neues ausgedacht.« Er sah zu Boden und ließ mich zappeln. »Haben Sie schon mal was von Qabir gehört?« fragte er dann.

»Nein«, sagte ich etwas unsicher.

»Qabir ist ein Versammlungsort der Nomadenstämme.«

»Wo?«

»Irgendwo im Hindukusch, aber im Atlas steht es nicht.«

»Haben Sie nicht bei den Engländern angefragt? Die wissen so was doch immer.«

»Sie kennen auch nicht mehr als den Namen.«

Jetzt fiel es mir ein. »Warten Sie«, sagte ich, »der Karawanenführer hat es erwähnt, eines Abends, als er von der Marschroute sprach. Er meinte auch, daß er Dr. Stieglitz in Qabir brauchen könnte.«

Richardson stieß, in Nachdenken versunken, ein paar Kieselsteine mit der Fußspitze weg, dann sah er mich an. »Miller, halten Sie es für möglich, daß die Kotschi Sie nach Qabir mitnehmen?«

Ich war sprachlos. »Was?« brachte ich nur heraus.

»Es wäre nämlich gut, wenn wir jemanden hätten, der mal dort war. Es gibt kaum Informationen über dieses Qabir. Man weiß nur, daß die Nomaden sich alljährlich dort treffen. Möglicherweise auch Russen, Chinesen, Tadschiken und Usbeken ...«

»Was soll ich dort machen, falls es mir gelänge, hinzukommen?«

»Machen sollen Sie gar nichts, sondern sich nur gut umschauen. Vor allem wäre es großartig, wenn man herausbekäme, auf welche Weise russische Nomaden über den Oxus kommen, wenn welche dort sein sollten.«

»Aber dann wäre ich ja auf der Botschaft mit meiner Arbeit ganz lahmgelegt«, wehrte ich mich.

»Im Augenblick vielleicht ein Vorteil«, sagte er. »Glauben Sie, Sie könnten es zustande bringen, daß die Karawane Sie mitnimmt?«

»Vielleicht«, sagte ich und gab mir Mühe, meine Freude zu verbergen.

»Versuchen Sie es, Miller. Dann würde sich wohl auch die Angelegenheit mit dem Jeep regeln lassen.«

»Scharf bin ich nicht gerade auf dieses Qabir. Hört sich recht öde an. Aber Balkh hätte ich gern mal gesehn. Kann ich heute abend kommen und mir ein paar Sachen holen, die ich brauche?«

»Wir wollen nicht, daß Sie in der Botschaft gesehen werden. Sagen Sie mir, was Sie brauchen, und ich bringe es Ihnen.«

»Ein bißchen Geld, Vitaminpillen, Nasentropfen. Sie können sich nicht vorstellen, Richardson, wie einem die Schleimhäute austrocknen. Ja, und ein paar Notizblöcke.«

»Schreiben Sie lieber nichts über Qabir auf. Versuchen Sie, sich alles Wichtige zu merken.«

»Ich weiß ja noch gar nicht, ob ich je nach Qabir gelange, falls dieser Ort überhaupt existieren sollte.«

Am späten Nachmittag, während Mira im Basar umherstreifte, kam Richardson wieder und brachte alles, worum ich gebeten hatte, außerdem einen Stapel Post. Mit einer Herzlichkeit, die bei ihm höchst ungewöhnlich war, schüttelte er mir die Hand. »Wissen Sie überhaupt, Miller, was sich Ihnen da für eine einmalige Gelegenheit bietet? Seit sieben Jahren versuchen wir, nach Qabir zu gelangen. Die Engländer übrigens auch. Aber vergeblich. Halten Sie die Augen offen!«

»Soll geschehen. Was hat Verbruggen gesagt?«

»Er sagte: ›Sich vorzustellen, daß diese wichtige Sache ausgerechnet solch einem Bruder Leichtfuß zufällt.‹«

Ich schwor mir: Ich muß nach Qabir kommen! Um jeden Preis. Als Richardson gegangen war, wurde mir klar, daß ich mich gar nicht so besonders für seine russischen Nomaden und den Punkt interessierte, an welchem sie über den Oxus kamen, sondern daß ich vor allem mit Mira zusammenbleiben wollte. Irgendwie würde ich Zulfiqar schon überzeugen, wieso ich plötzlich mit seiner Karawane weiterziehen wollte. Ich wandte mich meiner Post zu. Freundinnen hatten auf Briefe geantwortet, aber ich entsann mich kaum noch ihrer Gesichter. Ein Brief meines Vaters erinnerte mich an den Stil von Mr. Jaspar, und die provinziellen Geschehnisse in Boston, von denen mein Alter Herr berichtete, erschienen mir fade und langweilig, obgleich mich diese Dinge bis vor kurzem noch sehr interessiert hatten. Ich begriff die Veränderung, die mit mir vorgegangen war, selbst nicht recht. Jedenfalls nahmen meine Erlebnisse mit einem halbwilden Nomadenstamm und einem intellektuell verwirrten Mädchen aus Dorset meine Gedanken uneingeschränkt in Anspruch. Es sei denn, ich wollte mir eingestehen, daß der Hauptgrund Mira hieß.

Eben diese Frage aber wurde überraschend von Zulfiqar

gelöst. Er erschien in Begleitung von Dr. Stieglitz in unserem Zelt. »Der Doktor hat die offizielle Genehmigung, bei uns zu bleiben«, sagte er, »er kommt mit nach Qabir.«

»Wo ist denn das?« fragte ich gleichgültigen Tones.

»Wo wir uns jeden Sommer versammeln. Im Hindukusch.«

»Dann wünsche ich Ihnen gute Reise«, sagte ich zu Stieglitz. »Es klingt, als wäre es ziemlich weit.«

»Das ist es«, sagte Stieglitz. »Aber was wir Sie eigentlich fragen wollten ... Wir brauchen nämlich eine ganze Menge Medikamente.«

Ich machte ein möglichst uninteressiertes Gesicht: »Sicher können Sie alles im Basar hier bekommen.«

»Sicher«, sagte Zulfiqar, »nur haben wir kein Geld.«

»Diesmal habe ich nun leider keinen Jeep mehr«, gab ich zur Antwort.

»Aber dieser amerikanische Herr ... Hat er Ihnen kein Geld gebracht?«

»Doch, ja«, sagte ich und wartete.

»Wir dachten nämlich«, fing Stieglitz an, »wir dachten, ob Sie vielleicht die Medikamente bezahlen würden, wenn ...« Er stockte.

»Wenn was?«

»Wenn wir Sie nach Balkh mitnähmen«, vollendete Zulfiqar den Satz.

Ich ließ etwas Zeit verstreichen und fragte dann: »Wieviel Geld würden Sie denn brauchen?«

»Ungefähr zweihundert Dollar«, antwortete Zulfiqar.

»Ich habe hundertfünfzig«, sagte ich.

»Gut«, rief er, und ein paar Stunden später kamen die beiden mit einem ganzen Warenlager von Medikamenten und ärztlichen Instrumenten zurück, das für die Ausstattung einer mittleren Apotheke gereicht hätte. Es waren alles Dinge, die auf Schleichwegen aus Paris oder Manila hierher gelangt waren, und dort, wohin wir aufbrechen wollten, mußten sie ein Vermögen bedeuten. »Sie haben ja eine ganze Menge für meine Dollar bekommen«, sagte ich.

»Wir werden auch eine Menge brauchen«, sagte Zulfiqar. Dann empfahl er uns beiden, schleunigst schlafen zu gehen, weil wir um vier Uhr morgens schon aufbrechen wollten.

Stieglitz, vom Handel im Basar ermüdet, befolgte Zulfiqars Rat; dieser selbst aber ging anscheinend keineswegs schlafen; ich hörte Hufgetrappel, und da außer Zulfiqar niemand sein Pferd reiten durfte, mußte er es sein. Kurz darauf aber schlüpfte ein kleiner Junge ins Zelt und flüsterte mir zu, daß ich hinauskommen solle. Ich warf mir ein Kleidungsstück um. Als ich vors Zelt trat, sah ich jedoch keineswegs Zulfiqar, sondern im Licht der Sterne stand Mira und hielt ein weißes Pferd am Zügel.

»Es ist nicht recht, daß du immer zu Fuß gehst«, sagte sie.

»Wo hast du das Pferd her?« fragte ich benommen.

»Aus Kabul«, sagte sie, »es ist mein Geschenk für dich.«

»Aber Mira, wo hast du denn so viel Geld hergehabt?«

»Das sage ich dir später. Ich hatte so große Angst, daß du unterwegs umkehren könntest, wenn du bis Balkh zu Fuß gehen mußt«, flüsterte sie. »Du brauchst ein Pferd, ein Mann wie du muß ein Pferd haben.«

Ich fand keine Worte. Plötzlich fiel mein Blick auf die Flanke des Tieres, an der ein »W« prangte. Miras merkwürdiges Interesse an Moheb fiel mir ein. Verwirrt fragte ich sie, woher sie denn wußte, daß ich bei der Karawane bleiben würde.

»Mein Vater und ich haben seit Tagen darüber nachgedacht, was für einen Trick wir ausfindig machen könnten, damit du bei uns bleibst. Gestern abend sagte er, es sei ihm etwas eingefallen; ich solle nur schlafen gehen.«

»Willst du damit sagen, daß Zulfiqar gerne wollte, daß ich mitkomme?« fragte ich und dachte an meine hundertfünfzig Dollar.

»Natürlich wollte er das. Wie hat er es fertigbekommen?«

»Auf eine sehr interessante Weise«, sagte ich.

Sie ergriff behutsam meine Hand und schickte den kleinen Jungen schlafen, der immer noch bei uns gestanden hatte. Dann führte sie mich und das Pferd weit vom Lager weg bis zu einem Platz, wohin sie zuvor schon eine Decke gebracht haben mußte. Nun merkte ich, daß sie auch irgendwo eine Flasche Parfüm aufgetrieben hatte – vermutlich im Basar. Wir sanken in einer wilden Umarmung auf den Boden nieder. Es war für uns beide die Einweihung in die Liebe, unter dem vollen Mond, auf einer Hochebene Asiens. Kurz vor vier Uhr gingen wir ins Lager zurück, und ich hatte nun wengistens allen Grund, die Kotschi bis Balkh zu begleiten.

## 13

Seit vielen Jahrhunderten schon gibt es den Weg von Kabul zu dem historisch berühmten Tal von Bamian, wo der Buddhismus lange vor der Geburt Mohammeds blühte. Zahllose Reisende haben seit den Tagen Alexanders diese Strecke beschrieben. Die Kotschi aber mieden sie und kannten einen Karawanenweg, der durch enge Felsschluchten führte und nur für Karawanen taugte.

Die Berge standen wie drohende Bollwerke, die niemand je bezwungen hat. Es erschien mir unmöglich, daß man in die Schluchten zwischen ihnen eindringen konnte; es sei denn mit einer Kamelkarawane. Unter Zulfiqars erfahrener Leitung wanderten wir auf die mächtigen Felswände zu, und jedesmal – wie undurchdringlich auch immer sie aussehen mochten – tat sich ein unerwarteter Zugang auf, eine Schlucht, mitunter auch ein grünendes Tal, das in malerischem Schwung nordwärts führte.

Die Tiere wurden fetter, sie fanden reichlich Gras, und es kam sogar vor, daß die Kamele die Kundgebungen ihres Mißvergnügens einstellten. Stundenlang konnte ich die Fettschwanzschafe beobachten, komische Tiere, die kaum wie Schafe aussehen, sondern eher wie absonderliche Riesenkäfer mit kleinen Köpfen und zu hohen Beinen. Den Namen haben sie von ihrem enormen Schwanz, der ähnlich aussieht wie eine mit Wolle umwickelte Bratpfanne. Sowie die Schafe zu laufen anfingen, wippte der Schwanz hin und her, und das sah ganz grotesk aus. Ich ließ mich belehren, daß er dieselbe

Funktion hat wie der Buckel der Kamele. In Zeiten guter Ernährung speichert er Fett auf, das den Tieren, sobald sie hungern müssen, zugute kommt. Außerdem hatte ich den Verdacht, daß unser Pilav oft nach Lanolin, dem Wollfett schmeckte. Jetzt, da die Tiere reichlich Nahrung fanden, wurden die Schwänze riesenhaft; die Schafe sahen aus wie von einem ungeschickten Schulkind auf die Tafel gezeichnet. Wenn ich so dasaß und die breiten, riesigen Dinger betrachtete, fragte ich mich, wie diese Tiere es eigentlich zustande bringen, sich zu paaren. Bis heute weiß ich es nicht.

Mitunter, wenn wir eine andere Karawane überholten, die Karakulschafe besaß, wirkten unsere Schafe noch viel garstiger. Die Karakulschafe haben lange Hälse, ausdrucksvolle Köpfe, tiefliegende sanfte Augen und schön gebogene Ohren. Für mich waren es die schönsten Tiere Afghanistans. Ihr Fell, als Astrachan im Handel, gehört zu den bedeutendsten Exportgütern des Landes. Wo immer man der Herkunft großen Reichtums nachforscht, wie etwa im Falle von Schah Khan, stellt sich heraus, daß er in irgendeiner Weise auf den Besitz dieser Schafe zurückgeht. Diese aristokratisch aussehenden Tiere mit unseren lächerlichen Schafen zu vergleichen, gereichte uns zum Nachteil, wie ich fand, und ich fragte Zulfiqar, weshalb wir keine Karakulschafe hätten. »Ganz einfach«, war seine Antwort, »sie halten die Wüste nicht aus.«

Die Berge des Koh-i-Baba wurden immer unzugänglicher, die Kamele grunzten und brummten nun wieder, und wir machten kürzere Tagesmärsche als bisher. Wenn wir gute Weideplätze fanden, blieben wir manchmal drei, sogar vier Tge. In diesen Tagen voller Ruhe hatten Mira und ich unsere beste Zeit. Wir ließen den größeren Kindern den Schimmel im Lager; sie durften darauf reiten, und wir suchten uns mit einem Vorrat von Nan einen Hügel oder eine Bodensenke, lagen in der Sonne, die jetzt nicht mehr brannte, sprachen über alles miteinander und liebten uns.

Das Beisammensein mit Mira war eine natürliche und einfache Freude. Allmählich hatte ich mir ihre anspruchslosen Sorgen, die alle das Karawanenleben betrafen, zu eigen gemacht. Wo würden wir heute schlafen? Wann würden die

Mutterschafe lammen? Könntest du es aushalten in einem Dorf wie dem, das wir gestern sahen? Dies etwa waren unsere Unterhaltungen. Mira war übrigens der festen Meinung, daß sie in einem Dorf, wo sie Chaderi und Schleier tragen müßte, nach wenigen Wochen unfehlbar umkommen würde, eine Meinung, der zu widersprechen ich nicht imstande war.

Sie war ein Naturkind, eine Art Elfe, alt genug, um sich zu verheiraten, jung genug, um mit einem Stecken in der Hand einer Kamelherde nachzurennen. Bisher hatte sie noch keine Neigung verspürt, einen der Nomaden als ihren Lebensgefährten zu akzeptieren; doch auch an mich schien sie in diesem Zusammenhang nicht zu denken. Nur einmal, kurz nachdem wir Kabul verlassen hatten, sagte sie: »Schön wäre es, wenn du für immer bei uns bleiben könntest. Du bist ein starker und brauchbarer Mann in der Karawane. Mein Vater mag dich.«

Einmal erkundigte ich mich bei ihr, wie die Kotschi ihre Hochzeiten begingen. »Meistens verzichten sie auf Mullahs«, sagte sie. »Der Mann geht einfach zum Vater des Mädchens, das er haben will, und sagt: ›Ich möchte deine Tochter. Wie viele Schafe gibst du ihr mit?‹ Vielleicht verlangt er auch ein paar Kamele. Wenn sie heiraten, bleiben sie ja sowieso bei der Karawane, und die Tiere sind für den Stamm nicht verloren und die Tochter auch nicht.«

»Gibt es kein Fest?«

»Doch. Trommeln und Flöten, und ein Hammel wird geschlachtet. Die Kinder bekommen buntes Zuckerzeug und die Braut zwei neue Kleider. Wenn ich heirate, bekomme ich einen schwarzen Rock.«

»Ellen trägt auch einen schwarzen Rock. Ist sie mit deinem Vater verheiratet?«

»Nein. Der Rock ist nicht von ihm. Racha hat ihn ihr gegeben, weil Ellens Kleider kaputt gingen.«

»Hat Racha ihr auch die Armreifen geschenkt?« Ich fragte nur, um etwas zu sagen, während wir auf dem Boden lagen und den weißen Wölkchen nachsahen, die über den Kamm des Koh-i-Baba trieben.

»Die Armringe sind von Zulfiqar«, sagte Mira, doch ich

hörte nur halb hin und dachte: Seit acht Wochen sind wir nun unterwegs, ohne daß es auch nur ein einziges Mal geregnet hat. In welch seltsamer Welt leben diese Menschen. Aber dann fiel mir ein, daß ihre Welt vielleicht gar nicht so seltsam war; denn in Arizona leben die Menschen beispielsweise auch ohne Regen, ohne Wolken, nur mit dem einen großen Unterschied, daß es dort keine Mira gab.

Sie unterbrach meine Gedanken. »Was wirst du sagen, wenn dich später jemand fragt, wie du zu den Kotschi gekommen bist?«

»Ich werde antworten: Den ersten Teil der Reise war ich gezwungen, mit ihnen zu wandern, weil man mir meinen Jeep gestohlen hatte.«

Sie lachte. »Ich habe sogar geholfen, die Räder abzumontieren. Als wir sie in Musa Darul zum Basar brachten, habe ich auch meinen Anteil bekommen.«

»Was den zweiten Teil der Reise betrifft«, sagte ich, »so wird die Antwort schwieriger sein. Vielleicht werde ich sagen: Ein schönes Nomadenmädchen hat mich mit einem Schimmel gekauft.«

Mira küßte mich rasch, lief zu einem Bach und brachte mir in ihrem Filzhut von dem frischen Bergwasser. »Jetzt gestehe mir endlich, Mira, wie du zu dem Pferd gekommen bist«, sagte ich. Ich mußte an die besitzergreifende Art denken, mit der Moheb Khan damals den Arm der hübschen Schwedin genommen hatte.

»Gekauft, von dem Geld, das ich mit dem Jeep verdient habe. Das ist doch ganz in Ordnung, oder? Du hast einen Jeep eingebüßt und dafür ein Pferd bekommen.«

Meine Gedanken wanderten von Moheb Khan zu Nazrullah. »Hast du jemals Ellens Ehemann gesehen?«

»Nazrullah? Ja. Er hat einen Bart.«

»Kennt dein Vater ihn auch?«

»Warum sollte er? Wie mein Vater dir in der Karawanserei gesagt hat, lagerten wir drei Tage bei Qala Bist ... ehe wir in die Wüste zogen. Am dritten Tag kam Ellen und bat meinen Vater, sie mitzunehmen. Vorher hatte sie noch nie mit ihm gesprochen. Er hat also nichts damit zu tun, daß sie ihrem

Mann davongelaufen ist. Sie liebte uns alle miteinander, die ganze Karawane, die Kamele, die Kinder, alles. Viel später erst hat er ihr erlaubt, in seinem Zelt zu schlafen.«

»War Racha nicht böse darüber?«

»Wieso? Sie ist ja in seinem Zelt geblieben.« Mira machte unbefangen die höchst unfeine Geste der Kotschi für den Beischlaf. »Aber nicht so wie bei dir und mir«, setzte sie dann hinzu, »nicht so schön ... unter den Sternen.«

»Liebt Ellen deinen Vater?«

»Jeder Mensch liebt meinen Vater«, war ihre einfache Antwort. »Es gibt Stämme, wo die Männer sich gegenseitig töten; bei uns ist das noch nie passiert. Aber Ellen liebt meinen Vater nicht in der Art, in der ich dich liebe.« Sie griff nach mir, und es endete damit, daß wir den kleinen Abhang hinunterrollten und uns schließlich eine geschützte Mulde zwischen den Felsen suchten.

Es war eine unausgesprochene, aber klare Übereinkunft zwischen uns beiden, Zulfiqar nie dadurch in Verlegenheit zu bringen, daß wir innerhalb des Lagers miteinander schliefen. Wir lagen immer unter freiem Himmel. Mira ging vor aller Augen scheinbar in Zulfiqars Zelt schlafen, ich in das meine. Wenn dann alles ruhig war, warf Mira kleine Steinchen gegen die Zeltwand, ich nahm meinen Schlafsack, trug ihn an den ruhenden Kamelen vorbei ins Freie, und wir blieben bis zum Morgengrauen draußen.

Trotzdem waren es die hellen Tagesstunden während der Wanderungen, in denen ich am tiefsten meine Liebe zu Mira empfand. Wenn ich zu Pferde, wie Zulfiqar, die Karawane entlang ritt und dabei gelegentlich Mira überholte, ohne daß sie mich bemerkte, betrachtete ich sie, wie sie in ihren Sandalen leichtfüßig dahinschritt, den Wollschal um die Schultern geschlungen, während ihre kurzen Zöpfe kohlschwarz in der Sonne glänzten. Sie war das natürlichste Menschenkind, das ich je gesehen hatte. Sie beneidete niemanden, liebte diejenigen, die ihr gefielen, nahm sich, wessen sie bedurfte, befaßte sich nur mit den Problemen, die das tägliche Leben ihr stellte, und verbrachte ihr Dasein auf den Hochebenen, wo die Natur großzügig und erhaben war, oder am Rande der Wüste, wo das Leben so klare Forderungen stellte, daß der Mensch sie ohne zu fragen einfach befolgen mußte. Manchmal hörte sie mein Pferd herankommen und schaute über die Schulter zurück – zu mir, dem sie dieses Pferd verschafft hatte. In ihrem Blick lagen Stolz und das Bewußtsein ihrer Ebenbürtigkeit. Und dieser Blick gab mir ein bisher ungekanntes Selbstgefühl. Ich hatte den Krieg mitgemacht als tapferer Bursche; auf dem Karawanenzug durch die Gebirge des Koh-i-Baba entdeckte ich, was es hieß, ein Mann zu sein.

Wir waren seit fünf oder sechs Tagen unterwegs, als ich eine entschiedene Veränderung an Dr. Stieglitz zu bemerken begann. Die Zaghaftigkeit, die er in Kandahar und Musa Darul gezeigt hatte, war ebenso verschwunden wie der Ausdruck unterdrückten Schuldbewußtseins. Frisch marschierte er ohne Turban und Astrachanmütze und bot seine stahlgrauen kurzgeschnittenen Haare dem Wind und der Sonne dar. Zeitweise sah er sogar auf seine etwas gezwungene deutsche Art glücklich aus, und es gelang ihm, den gegenseitigen Respekt, den wir seit jenem Abend vor Kabul füreinander empfanden, zu verstärken.

Er war an der Spitze der Karawane gegangen, blieb aber nun zurück, bis ich ihn eingeholt hatte. Ohne von Mira Notiz zu nehmen, sagte er: »So könnte man bis ans Ende seiner Tage wandern.«

»Vielleicht deshalb, weil Ihre Gesundheit sich gebessert hat?«

»Ich halte nicht viel von Bewegung in frischer Luft«, sagte er. »Daheim hatte ich immer nur einen ganz kurzen Weg bis zu meiner Praxis, und trotzdem ging es mir ausgezeichnet. Nein, ich glaube eher, das Bekenntnis in der Karawanserei hat meiner Gesundheit gutgetan. Daß ich diese Dinge einem Juden anvertrauen konnte ...«

»Sie meinen, Sie haben sich dadurch reingewaschen?« fragte ich abweisend.

»Nein, Miller, das nicht. Bedenken Sie, als ich davon sprach, wußte ich ja gar nicht, daß Sie Jude sind. Von dem, was ich getan habe, kann ich mich nicht reinwaschen, aber ich kann vielleicht lernen, die Bürde der Vergangenheit zu akzeptieren und zu tragen. Darum geht es mir.«

»Und vorher haben Sie es jahrelang ohne solch eine innere Auseinandersetzung ausgehalten?«

»Ich verstehe, was Sie meinen. Sehen Sie, ich war zu sehr mit mir selber beschäftigt: Wie konnte ich aus Deutschland wegkommen? Wie nach Persien gelangen? Würde man mich aufhängen oder nicht? Es war alles armselig, ich weiß. Und dann später nur die Sorge um mein Bier und meinen Tabak.«

Ich fragte ihn, was ihn so plötzlich über sich selbst hatte hinauswachsen lassen, und er antwortete, es sei der Kampf mit mir neben der Säule gewesen. »Seit Jahren war Sem Levin ein Gespenst, das mich an der Kehle packen wollte. Als aber dann ein lebendiger Mensch es tat, ein Jude, da war das Gespenst für immer verschwunden. Ich habe einen lebendigen Menschen getötet, aber ich habe die Strafe dafür bezahlt. Die Karawane zieht weiter.«

»Es tut mir leid, daß ich Ihr Gespenst vertrieben habe«, sagte ich hart.

»Sie haben es aber getan. Die Karawane zieht weiter – vorwärts. Mit Deutschland geht es vorwärts. In wenigen Jahren wird sich Amerika um seine Freundschaft bemühen. Komischer Gedanke, nicht?«

»Und Sie bilden sich ein, das könnte die Vergangenheit auslöschen? Ein Handgemenge mit einem Juden?«

»In gewisser Hinsicht, ja. Einen Alptraum kann man nur eine Zeitlang ertragen, dann erlischt er. Entweder, weil man mit einem Juden rauft, oder weil man mit Nomaden wandert, oder auch, weil der Kalender 1946 zeigt statt 1943. Die Säule mit den eingemauerten Menschen bleibt bestehen, aber draußen im Tageslicht weiden die Nomaden ihre Herden.« Er sah mich aufatmend an und rief den Berggipfeln zu: »Der Alptraum weicht!«

Dann blieb er auf dem Felspfad stehen. »Miller, erlauben Sie mir, zum Zeichen meiner Reue Sem Levin die Hand zu küssen.«

Ich war schockiert, aber ich merkte, wie sehr er diese symbolische Handlung brauchte. Nachdem sämtliche Tiere und Treiber uns überholt hatten, kniete er sich auf die Erde und küßte meine Hand. Als er wieder aufstand, klopfte ich ihm verlegen die Schulter. »Was Sie da gesagt haben, Stieglitz, ist wahr. Der Alptraum weicht. Ich will Sie nicht länger als ein entartetes Subjekt betrachten. Sie sind einer von uns ... einer von uns.«

Er nickte und ging schnell weiter, um seinen gewohnten Platz neben Maftoon bei den Kamelen einzunehmen. Als er fort war, sagte Mira, der er keinen Blick gegönnt hatte, scharfsinnig: »Er redet und redet, aber im Grunde denkt er doch an nichts anderes, als daß er in Ellen verliebt ist. Sicher werden sie bald ...« Und wieder machte sie das bewußte Kotschi-Zeichen.

»Was wird dann passieren?«

»Kann sein, daß mein Vater ihn umbringt«, sagte sie gleichmütig. Sie erzählte mir, daß sich Maftoons Frau in Rawalpindi einmal mit einem Basarhändler eingelassen hatte. Als Zulfiqar sie daraufhin tüchtig verprügelte, schlich sie sich von der Karawane weg und ging zu ihrem Liebhaber. Aber Maftoon war ihr gefolgt und erstach den Mann. »Sie geht dort drüben«, sagte Mira, »die linke von den vier Frauen, die Kamelmist sammeln.« Sie war ein wenig älter als Racha, sah gut aus und lachte uns zu, eine funkelnde Goldmünze an ihrer Nase. Offenbar hatte sie bemerkt, daß wir von ihr sprachen, und wollte wissen, was Mira gesagt hatte.

»Ich habe erzählt, daß Maftoon deinetwegen einen Mann umgebracht hat.«

»Das hat er«, lachte sie, »und mir hat er einen Zahn ausgebrochen.« Sie zwinkerte mir zu. »Wenn du Mira verläßt, bringt sie dich um.«

Und damit lief sie davon.

»Nein«, sagte Mira lachend, »so verrückt bin ich nicht. Wenn die Zeit kommt, gehst du. Wenn die Zeit kommt, gehe ich.«

Ich begann Ellen und Stieglitz schärfer zu beobachten und mußte Mira recht geben. Sie waren ineinander verliebt, und Zulfiqar wußte es. Bisher hatte er den Deutschen seinem Zelt ferngehalten und natürlich konnte Ellen nicht so wie Mira nachts fortschleichen. Trotzdem suchte ich nach einer Gelegenheit, sie rechtzeitig vor der Gefahr zu warnen, die sie heraufbeschwor; denn wenn Zulfiqar sich auch den Anschein gab, als kümmere ihn die Sache nicht, so war ich doch davon überzeugt, daß er sich an Stieglitz rächen würde, falls die Ehre es erforderte.

Ellen war schöner denn je. Wir waren jetzt weit über viertausend Meter hoch, die Schneegrenze lag nicht mehr fern, und Ellen trug einen langen grauen Burnus mit Kapuze wie die Tadschiken in den Bergen. Er war aus grober Wolle und reichte ihr bis an die Knöchel. Die Kapuze hatte Racha mit Gold- und Silberfäden bestickt. Wenn Ellen auf meinem Schimmel ritt, was sie mitunter gern tat, während ich mit Mira zu Fuß ging, kam sie mir vor wie eine junge Göttin, die ihre Heerscharen einem gebirgigen Göttersitz entgegenführt. Ich konnte gut verstehen, daß Stieglitz sich in sie verliebt hatte.

Eines Morgens brachte ich mein Schlafzeug zu den Kamelen, um es aufzuladen, als ich in der Dämmerung Ellen gewahrte. »Kann ich ein paar Worte mit Ihnen sprechen?« fragte sie.

Ich übergab Maftoon meine Sachen und erlaubte ihm, zur Belohnung auf meinem Pferd zu reiten. Dann ging ich mit Ellen der Karawane voraus.

Es war die schönste Stunde des anbrechenden Tages. Wir waren im Begriff, das große Tal von Bamian zu durchqueren – dem Sonnenaufgang entgegen. Die silbrigen Felsspitzen begannen leuchtend aus den grauen Schatten der Täler aufzutauchen, ähnlich wie menschliche Gedanken aus dem Unterbewußtsein ins Leben gerufen werden. Das Tal war breit und üppig. Von hier hatte sich der Buddhismus nach China und Japan ausgebreitet. Zwischen fruchtbaren Weidegründen, von Pappeln gesäumt, rieselten kleine Bäche dahin – das Ganze wirkte wie eine große, baumbestandene Parkanlage. Es war schön, so im zunehmenden Licht dieses Tal zu durchwandern.

»Miller«, begann Ellen, »ich habe mich verliebt.« Der aufrichtige Kummer, der in ihrer Stimme lag, forderte Respekt und Beachtung.

»Ich weiß«, sagte ich.

»Wir haben versucht, es zu verbergen, auch vor uns selbst.«

»Mira hat es trotzdem gemerkt. Sie meint, daß ihr euch beide in große Gefahr begebt.«

»Die Gefahr ist mir gleichgültig«, sagte sie kühn. »Ich bin nicht von Bryn Mawr weggegangen, um Gefahren zu meiden. Um so etwas wie dies hier zu erleben, bin ich von Qala Bist weggegangen. Und nun, wo ich endlich gefunden habe, was ich immer suchte ...« Sie stockte.

Die ersten Lichtstrahlen brachen hinter den Gipfeln hervor und flammten über den Himmel. »Miller, was soll ich tun?« fragte sie flehend. Ich hätte ihr gerne geholfen, wußte aber nicht wie.

»Betrachten wir die Sache doch mal anders herum«, sagte ich. »Überlegen Sie einmal, was Sie bereits getan haben. Sie wandern mitten in Zentralasien um halb fünf Uhr morgens auf Karawanenwegen. Ellen, was machen Sie eigentlich hier?«

»Ich könnte Sie genau dasselbe fragen?« suchte sie sich zu verteidigen.

»Das ist etwas anderes. Ich bin offiziell ausgeschickt worden. Um Sie zu suchen.«

Sie lachte. »Hierher? Meinetwegen? O nein! Sie sind nach Qala Bist geschickt worden. Hier sind Sie auf eigene Rechnung. Sie sind hier, Miller, weil Sie zum erstenmal in Ihrem kleinen, begrenzten Dasein mit einem wunderbaren Mädchen schlafen, und ich mache Ihnen nicht den geringsten Vorwurf. Nur versuchen Sie nicht, mir weiszumachen, die Regierung der Vereinigten Staaten habe Sie ausgeschickt, um mit einem Mädchen unter den Sternen zu liegen.«

»Schön, soweit also mein Fall. Und wie steht's mit Ihnen?«

»Es hat mich hierher getrieben. Es war weder Nazrullah, der ein höchst rücksichtsvoller Ehemann war, noch Zulfiqar, der jeder Frau gefallen könnte. Es hat überhaupt nichts mit Liebe und mit Männern zu tun. Ich glaube, ich bin hierher getrieben worden von alledem, was ich in der Welt geschehen sah, ohne daß ich die Macht besaß, es zu bekämpfen.«

Ich schwieg und suchte sie zu verstehen. »Ellen könnten Sie mir nicht in ganz einfachen Worten Ihr rätselhaftes Verhalten erklären?«

»Ich fürchte, das kann ich nicht«, antwortete sie nachdenklich. »Denn wenn Sie nicht verstehen, daß Amerika verheerende Fehler macht, können Sie auch mich nicht verstehen.«

»Amerika leistet verdammt gute Arbeit«, sagte ich.

»Ich rede mit einem Schwachsinnigen«, seufzte sie. »Lieber Gott, ich brauche so nötig jemanden, der mir rät, und du schickst mir einen Schwachsinnigen!«

»Versuchen Sie's noch einmal, Ellen, vielleicht kann ich Sie doch verstehen«, sagte ich geduldig.

»Miller, sehen Sie nicht kommen, daß wir gezwungen sein werden, immer größere und größere Bomben herzustellen, bis wir schließlich die ganze Welt zerstören können?«

»Möglich. Aber ich tröste mich mit der Tatsache, daß Amerika diese Bomben macht und nicht jemand anderer.«

»Denken Sie, andere können es nicht genauso gut?«

»Natürlich nicht. Etwa Rußland oder China? Wo sollten die den technischen Verstand hernehmen?«

»Seien Sie doch nicht kindisch, Miller! Wir reden über unser Seelenheil, denn ...«

»Wer hat Ihnen all dieses Zeug eigentlich eingeredet, Ellen«, unterbrach ich sie. »Stieglitz etwa?«

»Ja. Er sagt ...«

»Sagt er auch, daß er ein Nazi war und Juden umgebracht hat?«

»Ja. Und eben deshalb muß ich mit ihm leben. Für immer.«

Ich war dermaßen aufgebracht über all diesen Unsinn, daß ich grob wurde. »Reden Sie gefälligst wie ein normaler Mensch mit mir«, sagte ich.

Die Sonne erhob sich über den Horizont, als wollte sie eine Erleuchtung bringen, die wir beide nicht zu finden wußten. Lichtgarben flammten über den Himmel. Ellen schien froh, daß die Nacht zu Ende war. Sie streifte sich die Kapuze vom Kopf, und das Morgenlicht spielte in ihrem schimmernden Haar. »Ich rede wie ein normaler Mensch. Bitte, versuchen Sie wenigstens zu begreifen.«

»Ich werde es versuchen, weil ich neugierig bin.«

»Sehen Sie, ich war ein Mädchen wie andere auch, das in einer ganz normalen Familie aufwuchs und ganz normale Freunde und Freundinnen hatte. Ich ging gern aus, gab Einladungen und kam im College gut voran. Aber in meinem fünfzehnten Jahr, lange bevor der Krieg ausbrach, erkannte ich eines Tages, daß alles, was meine Familie tat, völlig gegenstandslos war. Es wurden Punkte zusammengezählt in einem Gesellschaftsspiel, das überhaupt nicht existierte, außer in unseren Wahnvorstellungen. Haben Sie selber nie dieses Gefühl gehabt?«

»Nein.«

»Natürlich nicht«, sagte sie ganz ohne Spott. »Nun, dann kam also der Krieg, und ich bekam allerlei Unsinn zu hören, wie ihn die Leute sonst nur selten offiziell von sich geben. Ich hielt aber den Mund, weil mein Vater das alles so ernst nahm. Er war alt und konnte zu Hause bleiben, und eben deswegen konnte er es sich leisten, heldenhaft zu tun. Als Vorsitzender der Rekrutierungsbehörde hielt er begeisternde Ansprachen an alle die jungen Menschen, die er in den Krieg schickte. Miller Sie wären tief ergriffen gewesen von seinen Worten. Sie wie die meisten der jungen Leute. Höchstens ein paar von meinen Klassenkameraden waren nicht so borniert.«

»Ein paar von den meinen auch nicht«, sagte ich böse. »Ich erinnere mich an einen Philosophiestudenten, Krakowitz. Der sagte mal: Es gibt nur eins, was noch schlimmer ist, als einen Krieg zu gewinnen, und das ist, ihn zu verlieren. Er war der Überzeugung, daß keiner gewinnen kann, wenn man gegen Hitler, Mussolini und Tojo kämpft. Krakowitz kämpfte trotzdem. Er ist bei Iwo Schima gefallen.«

»Also, im College geriet ich an diese daheimgebliebenen Professoren«, fuhr Ellen nach kurzer Pause fort. »Es war ihre Aufgabe, an der Welt Kritik zu üben. Man bezahlte sie jedoch, damit sie sie verteidigten. Nur einer von ihnen ließ manchmal durchblicken, daß ihm bewußt war, die Welt müßte kritisiert werden, und wir kamen uns dadurch näher. Er gab Musikunterricht. Schließlich schrieb er meinen Eltern, daß ich mit der Welt hadere. Ach, wie recht er hatte! Aber mein Vater donnerte ihn nieder und wies ihn darauf hin, daß ich in den Hauptfächern sehr gut vorankäme. Ich mußte an Plato denken, an das Schattenbild, das die Menschen mit der Wirklichkeit verwechseln. Es kam meinem Vater nie in den Sinn, daß dieser spinnige Musikprofessor die Wirklichkeit sah, während die anderen Lehrer mir gute Noten gaben in Fächern, die gar nicht zählen ... schon gar nicht am Jüngsten Tag.«

Sie hielt inne. Ich war so konfus von dem Durcheinander ihrer Gedankengänge, daß ich nichts zu erwidern vermochte. Welcher Gegensatz zu der Natürlichkeit, mit der Mira das Karawanenleben meisterte – ohne sich um die übrige Welt zu kümmern.

»Als der Krieg seinen Höhepunkt erreichte«, fuhr Ellen fort, »bestätigten sich meine Gedanken. Ich weiß nicht, warum ich Nazrullah heiraten wollte. Mir war damals noch nicht klar, daß er genauso ist wie mein Vater. Ich nehme an, ich wollte hierher, weil es so weit weg war von allen amerikanischen Wertbegriffen. Die Tatsache, daß Nazrullah schon eine Frau hatte, erleichterte es mir. Können Sie folgen?«

»Nein«, gestand ich.

»Ich will nur sagen, daß mein Vater alles, was nicht ganz alltäglich ist, als abnorm bezeichnet, und ich hatte genug von seinen armseligen Maßstäben. Was war also das Abnormste, was ich tun konnte? Mit einem Afghanen auf und davon gehen, der einen Turban trug und eine andere Frau hatte.« Sie lachte. »Wissen Sie, was mir meine Illusionen über Nazrullah zerstört hat? Der Turban. Er trug ihn nämlich in Philadelphia nur aus Angeberei. In Kabul dachte er gar nicht daran, ihn anzulegen.«

»Ich verstehe immer noch nicht.«

»Viele junge Menschen in Amerika würden mich sehr gut verstehen. Sie fangen an, sich gegen eine Gesellschaft aufzulehnen, die von Leuten wie mein Vater aufgebaut ist.«

»Dann gnade Gott Amerika«, sagte ich bitter.

»Aber gerade diese Sorte von jungen Menschen wird Amerika retten. Sie begreifen, was vorgeht, und werden die Dinge ändern.«

Trotz ihrer Spitzfindigkeiten gefielen mir Ellens leidenschaftliche Ehrlichkeit und der Ernst ihrer Gedanken. Nur enthielten diese Gedanken eben keinerlei Logik. Die Sonne warf jetzt ihr Licht ins Tal von Bamian und beleuchtete die Kette der weißen Kalksteinschroffen, die den nördlichen Horizont umschlossen. Sie waren tief zerklüftet, lange Schatten spielten über sie hin. Die Pappeln, die überall grünten, machten zu ihren Füßen halt und zeichneten sich scharf gegen das grelle Weiß ab. Dann aber sahen wir in einer riesigen, in den Felsen gehauenen Einbuchtung, die gigantische Statue eines Menschen, kunstvoll aus dem Gestein gemeißelt. Es mußte ein Kultbild sein, doch hatte das Ganze etwas Unheimliches – mit dem zerschlagenen Gesicht, in dem nur Lippen und Kinn noch erkenntlich waren.

Während wir mit einer gewissen Scheu vor dem mächtigen Koloß aus Kalkstein standen, holte die Karawane uns allmählich ein. Zulfiqar deutete lässig mit dem Gewehrlauf auf die gesichtslose Gestalt. »Buddha«, sagte er lakonisch.

Die Karawane zog ihrem gewohnten Zeltplatz entgegen. Ellen und ich aber standen und sahen zu dem faszinierenden Bildwerk hinauf. Wer hatte es wohl hier, mitten im Herzen des Islam, aus dem Fels gehauen, und wer mochte das sanfte Antlitz Buddhas zerstört haben?

Auf diese Fragen sollte ich zwar keine Antwort erhalten, dafür aber sah ich daneben, im Felsen, eine Anzahl Höhlen, angeordnet wie Zellen einer Honigwabe. Ellen meinte, es müsse vielleicht einmal ein Kloster gewesen sein. Nach kurzem Suchen fanden wir eine Öffnung im Fels. Offenbar der Zugang zu den Höhlen. Zunächst kamen wir in einen finsteren engen Gang, der steil aufwärts führte. Nach ziemlich mühsamer Kletterei über scharf vorspringende Steinkanten erreichten wir eine kleine Holzbrücke, die über dem Kopf des Buddha endete. Tief unter uns lag das weite offene Tal, in einiger Entfernung, im hellen Sonnenlicht, stellten unsere Leute die Zelte auf.

Von hier aus führte ein neuer Felsengang zu mehreren miteinander verbundenen, geräumigen Höhlen, einstmals wahrscheinlich den Unterrichtsräumen der Mönche. Eine dieser Höhlen gefiel uns besonders gut, weil man von hier aus den Koh-i-Baba sehen konnte. Dort ließ Ellen sich mit gekreuzten Beinen auf dem Felsboden nieder, den Burnus eng um sich geschlungen, und wir nahmen unsere Auseinandersetzung wieder auf.

»Wenn Sie die Welt erkennen als die armselige Angelegenheit, die sie in Wirklichkeit ist ...«, begann sie. Aber ich genoß eben einen der grandiosesten Anblicke in ganz Asien, und deshalb hörte ich erst nach einer Weile, was sie sprach. »Meine Mutter bebte förmlich vor Glück, wenn unser neues Auto größer war als das vorige, oder wenn ein College, dessen Lehrplan höchst mangelhaft war, ein neues Studentenheim für eine Million Dollar baute.« Sie hielt inne, weil sie den Faden verloren hatte, und lachte. »Kurzum, man entscheidet sich, diesem ganzen Kram den Rücken zu kehren und eine einfachere Basis zu suchen. Ich fand, daß Nazrullah einfacher war als Dorset. Zulfiqar war noch einfacher als Nazrullah. Und Otto Stieglitz ist einfacher als alle zusammen!«

»Wie kommen Sie darauf? Er hat seinen medizinischen Doktor an einer ausgezeichneten Universität gemacht.«

»Er ist einfacher, weil er über das Persönliche hinausgelangt ist, er ist ein Nichtmensch. In Deutschland ist er in die Hölle hinabgestiegen. Die Erinnerung daran hat er um den halben Erdball geschleppt. Aber er hat sich freigekämpft aus der Welt der Menschen und hat seine Bürde abgeworfen. Er ist ein Nichtmensch ... Er ist da, wo wir ganz neu beginnen.«

»Ellen, glauben Sie wirklich an diesen Unsinn?« fragte ich beschwörend.

»Sie sind genauso, Miller, wie ich früher gewesen bin«, sagte sie nachsichtig. »Bestimmt denken Sie ernstlich, daß irgendwer da droben über Ihr Leben Buch führt, wie in der Schule: Wer die Namen von fünfzehn neuen Vögeln auswendig kann, kriegt eine Plakette. Wer sich aufs Differentialrechnen versteht, bekommt das Junioren-Ehrendiplom. Wer sich bei der Marine nichts zuschulden kommen läßt, erhält ein Empfehlungsschreiben vom höchsten Vorgesetzten. Und wenn Sie dem Botschafter hübsch gehorchen, setzt er vielleicht eines Tages seine Unterschrift unter ein weiteres Empfehlungsschreiben. Alle diese kleinen Verdienste werden dann in das große Buch eingetragen, von dem sogenannten himmlischen Buchhalter. Eine beruhigende Theorie ... hat schon meinen Vater sehr glücklich gemacht. Er sammelte seine Punkte und kaufte immer größere Autos. Und wenn er ein größeres Auto hatte, war er auch zu einem größeren Haus berechtigt. Er bekam das größere Haus und wurde als Mitglied in den Landklub aufgenommen. Und weil er im Landklub war, konnte er seine Tochter nach Bryn Mawr schicken. Verstehen Sie, wohin das führt? Wenn seine Tochter sich in Bryn Mawr gut hält, hat sie Anspruch, Mark Miller zu ehelichen, der auf dieselbe Weise genügend Punkte zusammengebracht hat, um die Yale-Universität besuchen zu können. Und was weiter? Ganz einfach: Die Tochter und Mark Miller müssen von nun an gemeinsam Punkte sammeln, und wenn sie das unterlassen, erschrecken die guten Alten zu Tode.

Nein, nein, Miller, Sie setzen auf die falsche Karte. Es gibt keinen himmlischen Buchhalter. Niemand da droben hat sich auch nur einen Dreck darum gekümmert, ob Sie sich in der Marine gut oder schlecht geführt haben. Und wenn wir in Balkh sind und Sie Mira im Stich lassen, dann müßte der da droben eigentlich Blitz und Donner auf Sie niederschicken und Ihre Bilanz auf Null runtersetzen, weil Sie sich wie ein Schwein benehmen. Aber er denkt gar nicht daran, weil es ihn gar nicht gibt. Angenommen aber, es gäbe ihn, so würde er höchstens lachen und in seine Chronik eintragen: Dieser Miller hat sich in letzter Zeit ganz gut gemacht. Und in Balkh, wenn Sie Mira und die Karawane verlassen, werde auch ich sie verlassen. Aber ich werde mit Otto Stieglitz gehen.«

Ich betrachtete den Raum, der uns umgab. Von hier war Weisheit ausgegangen in alle Länder, von dieser kleinen Zelle im Bienenstock eines Mönchsklosters. Hier hatten Menschen Jahre um Jahre von Felsen umschlossen und ohne Kontakt mit der Außenwelt gelebt, bis alle ihre irdischen Leidenschaften ausgebrannt und ihre geistigen Visionen geläutert waren. Ich empfand mit Sicherheit, daß jede dieser hinausgesandten Lehren das widerlegte, was Ellen da sprach. Die Weisheit der Welt, gleichviel ob buddhistisch, mohammedanisch, christlich oder jüdisch, hat immer darauf beharrt, daß es erstrebenswerte Ziele gibt, daß die menschliche Gesellschaft es wert ist, erhalten zu bleiben, ungeachtet dessen, in welch zerrüttetem Zustand sie sich zu Zeiten auch befinden mochte, daß es einen himmlischen Buchhalter gibt – vielleicht den Menschen selber

–, der zwischen Gut und Böse unterscheidet. Ich fühlte mich diesen ehrwürdigen Weisheitslehren verpflichtet, die einst von dieser Zelle hier ausgegangen waren. Wenn Ellen diese Verpflichtung nicht empfand, so war mein Mitleid mit ihr um so größer.

»Haben Sie mit Stieglitz geschlafen?« fragte ich geradeheraus.

»Nein, aber wenn er es will, werde ich's tun.«

»Haben Sie an Zulfiqar gedacht? Daß er Stieglitz oder ... Sie umbringen könnte?«

»Das spielt für uns keine Rolle.«

»Aber für mich«, gab ich zurück.

»Sie haben doch selber Stieglitz beinahe umgebracht.«

»Darüber bin ich hinweg.«

»Miller, das ist es ja, wovon ich die ganze Zeit rede! Es ist Ihr erstes vernünftiges Wort. Begreifen Sie doch endlich, was es heißt, wenn ich Ihnen sage, daß Stieglitz und ich über alle Voreingenommenheiten hinausgewachsen sind. Das sind wir wirklich, Miller. Wir stehen jenseits dieser Welt, und ob Zulfiqar uns umbringt oder nicht, ist ganz gleichgültig.«

»Aber vielleicht wäre es für Zulfiqar nicht ganz gleichgültig?«

»Das ist eine schwere Frage«, sagte sie ernst. »Ich hatte keine moralische Berechtigung, mich Nazrullah aufzudrängen. Aber ich rechtfertigte mich vor mir selbst mit dem Gedanken, daß er eine Frau und eine Tochter hatte.«

»Jetzt hat er auch einen Sohn.«

»Wirklich? Ach, wie froh wird Karima sein! Er hat sich so sehr einen Sohn gewünscht.« Sie schwieg einen Augenblick, ehe sie weitersprach.

»Ich hatte auch kein Recht, mich Zulfiqar aufzudrängen, aber er ist stark genug, damit fertigzuwerden. Er hat eine brave Familie und eine gute Karawane, und beiden ist er unentbehrlich. Otto Stieglitz jedoch hat nichts, nicht einmal eine Aufgabe. Seine und meine Wiedergeburt geben der Welt eine Chance, zu überleben. Offen gesagt, Miller, durch Wesen wie Sie oder Nazrullah oder Zulfiqar gewinnt oder verliert die Welt nichts. Menschen wie Sie haben keinerlei moralische Bedeutung.«

»Sie wissen, daß Stieglitz ausgeliefert und gehängt werden könnte?«

»Ja. Eben deshalb braucht er mich. Aber einer der Vorteile, in einem Nichtstaat wie Afghanistan zu leben, besteht darin, daß man hierzulande die Nichtmenschen, die bereits gestorben sind, nicht auszuliefern pflegt.«

»Balkh liegt dicht an der russischen Grenze. Er könnte auch gewaltsam entführt werden.«

»Zivilisierte Nationen unternehmen keine gewaltsamen Entführungen«, antwortete sie, bezeichnend genug für ihre Unlogik.

»Sie vergessen, oder vielleicht hat er es Ihnen nicht erzählt, daß er tägliche Aufzeichnungen über seine Experimente gemacht hat. ›Ich bin Wissenschaftler‹, hat er mir großspurig erklärt, ›ich habe mir genaue Aufzeichnungen über meine Experimente gemacht.‹ Und die Engländer haben diese Aufzeichnungen, verstehen Sie? Er fällt unter die Kriegsverbrecher.«

»Er ist bereits verurteilt gewesen, Miller, und er ist gestorben. Auch ich bin gestorben, denn ich habe alle Lebensmöglichkeiten zurückgewiesen, die ich je kennenlernte. Ich kann nur noch in den tiefsten Tiefen leben – dort, wo der Irrsinn einer geistig erkrankten Welt nicht hindringt und wo noch Hoffnung besteht. Begreifen Sie?«

»Nein.«

»Merkwürdig, wie engstirnig Sie sind«, sagte sie nachdenklich, offensichtlich ohne mich kränken zu wollen, und erhob sich. Sie stand da in ihrem Burnus, als wäre er eine akademische Robe. »Die Weisen, die hier einst zu ihren Schülern gesprochen haben, hören jetzt, was ich sage, und sie stimmen mir zu. Sie alle wissen, daß Kulturkreise zerfallen und korrupt werden und daß der Mensch die im Verfall begriffenen Gesellschaftsordnungen ablehnen muß, wenn er frei bleiben will. Sie wissen, das Leben muß, wenn es sich erneuern und ergänzen soll, zu seinen Urgründen zurückkehren. Ja, die Weisen, die hier gestanden haben, geben mir recht, auch wenn ich jemanden wie Mister Miller nicht dazu bewegen kann, mir ernsthaft zuzuhören.«

Als Sie die Zelle verließ, neigte sie sich zum Abschied vor jenen unsichtbaren Lehrern, die Generationen von buddhistischen Mönchen unterwiesen hatten – jenen Gelehrten, gestorben und begraben Jahrhunderte vor der Entdeckung Amerikas, geschweige denn der Gründung Dorsets in Pennsylvania. »Die verstehen mich«, sagte Ellen mit leisem Lächeln, als wir uns auf den Weg zur Karawane machten.

## 14

Wir hatten Bamian seit zwei Tagen hinter uns gelassen. Ich war allein ein Seitental hinaufgestiegen, als ich plötzlich Ellen und Stieglitz auf den Felsen über mir herumklettern sah. Ich unterdrückte meinen ersten Impuls, sie anzurufen. Irgendwie fühlte ich, daß sie allein und ungesehen bleiben wollten, und als sie hinter einen Felsen gelangten, der sie zwar nicht meinen Blicken, aber der Sicht der Karawane entzog, stürzten sie einander leidenschaftlich in die Arme. Nach wenigen Sekunden begann der Deutsche, Ellen zu entkleiden. Ich verbarg mich schleunigst und überlegte, wie ich unbemerkt von ihnen zur Karawane zurückkommen könnte, als mich ein paar kleine Kieselsteine trafen. Ich erriet sofort, daß Mira irgendwo stekken mußte, und bald entdeckte ich ihren roten Rock. Sie hockte hoch oben in den Felsen und hatte Ellen und Stieglitz und auch mich beobachtet. Ich winkte ihr ärgerlich zu, von dort wegzugehen. Aber sie legte nur den Finger auf die Lippen, und nachdem sie die beiden anderen, die ich jetzt nicht mehr sehen konnte, ein paar Sekunden lang beobachtet hatte, signalisierte sie mir triumphierend das bewußte Kotschi-Zeichen.

So waren wir denn alle vier in den Felsen hier verteilt, Ellen und Stieglitz ahnungslos ihrer lang unterdrückten Leidenschaft hingegeben, Mira der unbefangenen Neugierde des Naturkindes frönend, und ich mit angehaltenem Atem und von Sorge erfüllt, daß Zulfiqar die beiden dort oben entdecken könnte.

Nachdem Ellen und Stieglitz wieder zur Karawane zurückgekehrt waren, kam Mira behende zu mir heruntergeklettert.

»Du darfst es niemandem sagen!« beschwor ich sie.

Sie lachte. »Die wissen sowieso alle Bescheid.« Mira schlang den Arm um mich und wir liefen rasch hinunter.

»Wie soll es jemand wissen, wenn du nichts verrätst?«

»Man braucht die beiden doch nur anzusehen«, sagte sie.

Sie hatte freilich recht. Als Zulfiqar um die Mittagsstunde die Karawane anhielt, war es offenbar im ganzen Lager bekannt, daß die längst erwartete Vereinigung der beiden stattgefunden hatte. Ich harrte beklommen, was geschehen würde. Da Zulfiqar sehr viel größer war als Stieglitz – ich fand es übrigens unbegreiflich, daß eine Frau den unbedeutenden kleinen Deutschen dem stattlichen Kotschi vorzog –, so würde es vermutlich zu keiner langen Schlägerei, sondern zu einem raschen Totschlag kommen. Doch zu meiner Verwunderung ereignete sich überhaupt nichts, weder an diesem noch an einem der folgenden Tage. Ellen wurde zusehends schöner, ihr Lächeln bekam etwas Warmes, und ihre Bewegungen waren weicher. Sogar die Art, in der sie ihren langen grauen Burnus trug, hatte etwas Verführerisches. Während unserer mühsamen Tagesmärsche bergauf strahlten ihre blauen Augen ohne ein Zeichen von Ermüdung.

Zulfiqar zeigte keinerlei Reaktion, und die beiden Liebenden wurden immer kühner. Sie hatten begonnen, nachts im Schlafsack des Arztes unter den Sternen beisammenzuliegen, irgendwo am Rand des Lagerplatzes. Nachmittags kam Stieglitz nicht mehr, wie zuletzt seit einiger Zeit, zu Zulfiqars Zelt. Ich sah ihn oft lächeln. Seine Nervosität war verschwunden, seine Hände waren ganz ruhig, wenn er mit seiner Pfeife hantierte, und mitunter lehnte er sich an den Pfosten unseres Zeltes und wirkte dabei ganz entspannt. Nur wenn Zulfiqar unterwegs auf seinem Pferd dicht an Stieglitz vorbeiritt, sah ich ihn zusammenzucken, als erwarte er, daß Zulfiqar ihn im Vorbeireiten hinterrücks mit seinem Dolch erstechen würde. Nichts vermochte diesen Reflex zurückzuhalten. Ich dachte spottend und bangend zugleich, daß die beiden ihre hochgemute Liebesromanze zwar als – wie sie meinten – Nichtmenschen in vollständiger Gleichgültigkeit gegen Zulfiqar begonnen hatten, daß sie aber trotzdem immer ängstlicher wurden, je tiefer sie sich in ihre Liebe verstrickten.

Der Weg zwischen Bamian und Qabir dauerte elf Tage, in denen wir immer weiter in den Hindukusch eindrangen. Wenn es auch höhere Berge in Asien gab, so übertraf doch nichts die grandiose Erhabenheit dieses Gebirges im Kontrast zur Lieblichkeit seiner Täler. Oft sahen wir von einem steilen Kamm aus ein meilenweites grünendes Tal, vollkommen unberührt von Menschen, zu unseren Füßen liegen. Dann wieder verengte sich unser Pfad zu einer schmalen, düsteren Schlucht, in die ein Gießbach stürzte, und endete jählings vor einer schroffen Felsnase. Plötzlich aber entdeckte man eine gebrechliche Brücke, vor unzähligen Jahren von Nomaden erbaut, die uns über die Schlucht und weiter bergauf führte.

Wie in der Wüste täuschte ich mich auch hier im Abschätzen von Entfernungen. Da erhob sich etwa ein hoher Berg vor uns, und ich hoffte, daß wir mittags zu seinen Füßen unser Zeltlager aufschlagen würden. Aber bis dahin war er noch meilenweit entfernt, am Mittag des nächsten Tages war er kaum näher gerückt, auch am dritten und vierten Tag fehlten noch ein paar Meilen, und erst am fünften Tag erreichten wir ihn.

In diesen Tagen sah ich wenig von Ellen. Sie und Stieglitz waren ganz miteinander beschäftigt. Nur beim Auf- oder Abladen unserer Sachen wechselte ich ein paar Worte mir ihr. An dem Tag, an dem wir endlich den Fuß jenes Berges erreichten, kam Ellen zu mir ins Zelt. Halb ernst, halb mit dem Versuch zu scherzen, sagte sie: »Miller, diese Wanderung mit der Karawane geht ihrem Ende zu. Ich hoffe nur, daß Sie sich nicht durch Ihre Beziehung zu Mira irgendwie schaden und die Sache allzu ernst nehmen.« Dies schien mir keine sehr überzeugende Bemerkung von jemandem, der mit seiner eigenen ungezügelten Liebesaffäre Mord und Totschlag heraufbeschwor; außerdem widersprach es ihren eigenen Worten, die sie vor wenigen Tagen über Mira und mich geäußert hatte. Jetzt trat aber Mira selbst ins Zelt, und Ellen ging.

»Ich glaube, Ellen hat dich gern«, sagte sie beiläufig. Aber ich beachtete ihre Worte nicht weiter, sondern freute mich nur, daß sie gekommen war.

Nacht für Nacht schliefen wir im Freien, beim Rauschen der Gebirgsbäche, umgeben von schützenden Felswänden. Der Mond leuchtete uns, und hin und wieder hörten wir die Geräusche der schlafenden Karawanentiere, so daß wir uns in der gewaltigen Bergwelt nie verlassen vorkamen. Mira war zärtlich, wild und elfisch und besaß eine erstaunliche Menschenkenntnis. Ich begann zu grübeln, was aus uns beiden werden sollte. Unser Zug über den Hindukusch näherte sich dem Ende. Bisher hatte ich derartige Fragen unbewußt verdrängt, jetzt aber erhoben sie sich immer deutlicher. Ich konnte mir nicht vorstellen, wie ich mich von Mira trennen sollte. Sie schien mir zu einem Teil meines Daseins geworden, und in meiner Ratlosigkeit versuchte ich nun erst recht, alle Gedanken an die Zukunft zu unterdrücken. Mira aber zeigte sich zu meinem Erstaunen bereit, über solche Dinge zu sprechen und mit geradezu erschreckender Ausführlichkeit alles ans Licht zu ziehen, was mich insgeheim quälte.

Ich fragte sie, was Zulfiqar mit ihr beginnen werde, wenn ich sie verließe. »Gar nichts«, sagte sie nüchtern, »denn er hat außer mir niemanden, dem er seine Karawane vererben könnte.« Als ich sie fragte, ob sie unter den Männern der Karawane einen finden könnte, der sie heirate, nachdem unsere Beziehungen doch allen längst bekannt waren, lachte sie und antwortete: »Wer Kamele hat, bekommt auch einen Mann.«

»Und wenn du ein Kind hättest?«

»Oh, in anderen Ländern, habe ich gehört, gibt es Kinder, deren Mütter sind tot und die Väter unbekannt.«

»Mira, sage mir, was du dir von deinem Leben erwartest.«

»Im Winter Dschelum, im Sommer Hindukusch. Haben es die Amerikanerinnen bei euch drüben besser?«

»Liebst du mich?« fragte ich.

»Habe ich dir nicht ein weißes Pferd gekauft?« Sie gab mir einen Kuß. »Schlaf jetzt, über diese Dinge brauchen sich nur die Frauen den Kopf zu zerbrechen. Schließlich bekommen wir die Kinder, nicht ihr.«

Am besten aber lernte ich sie kennen, wenn ich ihr keine Fragen stellte. Einmal hatte ich Maftoon mein Pferd geliehen und wanderte neben ihr. »Ellen ist die schönste Frau, die ich jemals gesehen habe«, sagte sie plötzlich. »Ich würde etwas darum geben, wenn ich so aussehen könnte wie Ellen. Aber innerlich möchte ich lieber so sein wie Racha.«

»Weshalb?« fragte ich.

»Weil alle Menschen, die mit Racha in Berührung kommen, irgendwie stärker werden. Bei Ellen ist das nicht so.«

»Doch«, sagte ich, sie hat Dr. Stieglitz ganz verändert.«

Mira lachte nur. »Der war ja schon halbtot. Jede Frau mit zwei halbswegs kräftigen Beinen hätte ihn retten können. Dr. Stieglitz zählt überhaupt nicht.«

»Ich habe immer Angst, dein Vater könnte ihm plötzlich etwas antun.«

»Vielleicht bringt er ihn um, obwohl das bei uns noch nie vorgekommen ist. Andererseits ist mein Vater aber vielleicht ganz froh, daß er Ellen losgeworden ist.«

»Was sagst du da?« rief ich erstaunt.

Aber sie war mit ihren Gedanken zu Racha zurückgekehrt. »Racha hilft den Frauen, wenn sie gebären«, sagte sie nachdenklich, »sie weiß auch, wie man mit kranken Schafen umgeht und mit den Kamelen. Außerdem ist sie der einzige Mensch, auf den mein Vater hört; sie darf ihm sogar widersprechen. Er vertraut ihr auch immer das ganze Geld der Karawane an, und sie bringt es in Dschelum auf die Bank.« Sie schwieg und dachte über ihre Mutter nach. »Weißt du«, sagte sie dann, »Racha trägt Gold in der Nase und kämmt sich fast nie, aber sie ist trotzdem das Herz der Karawane. Zulfiqar müßte schön dumm sein, wenn er sie gegen Ellen eintauschte.«

»Wenn du bei uns bliebest«, fuhr sie nach einer Pause fort, »würde ich versuchen, so zu werden wie Racha.«

Jetzt kam Maftoon angetrabt. »Will der Sahib sein Pferd zurückhaben?« fragte er. »Natürlich will er's zurückhaben, du Dreckskerl«, fuhr Mira ihn an, »es gehört sich überhaupt nicht, daß du reitest, wenn er zu Fuß geht.« Und schon war Maftoon vor Schreck abgestiegen und ich saß im Sattel.

Kurz darauf holte Zulfiqar mich im Galopp ein. »Kommen Sie, kommen Sie mit!« rief er. Ich ritt ihm nach, ein paar Meilen weit, bis er auf dem Kamm eines Hügels anhielt und auf mich wartete. Vor unseren Augen erstreckte sich eine riesenhafte Ebene. »Qabir«, sagte er.

Richardson hatte zwar von der Bedeutung Qabirs gesprochen, aber von der Weite und Großartigkeit hatte ich mir keine Vorstellung gemacht. Zwei Flüsse aus dem Hindukusch vereinten sich auf dieser Hochebene. Ihre Ufer entlang standen, so weit man sehen konnte, in Gruppen die schwarzen Zelte der Nomaden. Etwa vierhundert Karawanen mochten dort unten lagern, kaum eine kleiner als die unsere mit ihren zweihundert Menschen. Aber ich mißtraute meiner Schätzung und fragte Zulfiqar, wieviel Menschen dort unten wohl wären.

In kindlicher Freude zuckte er die Achseln. »Weiß nicht«, sagte er, »vielleicht sechzigtausend, vielleicht mehr.«

Seit mehr als tausend Jahren versammelten sich also die asiatischen Nomaden regelmäßig auf diesem entlegenen und schwer zugänglichen Hochplateau, am Zusammenfluß zweier Ströme – ohne daß es je einer Regierung der umliegenden Länder gelungen war, genau herauszufinden, wo dieser Treffpunkt lag, noch, aus welchen Stämmen die hier Versammelten kamen. Kaum zu glauben. Jetzt würden freilich bald Flugzeuge das Geheimnis auskundschaften. Im Augenblick jedoch war Qabir noch immer der letzte Vorposten ganz und gar freier Menschen.

»Los geht es!« Zulfiqar gab seinem Pferd die Sporen und ritt im Galopp hinunter in die Ebene mitten unter die Karawanenlager. Ich folgte ihm so schneidig es irgend ging, brauchte aber doch einige Zeit, bis ich ihn wiederfand. Er ritt von einem Zeltlager zum anderen, rief alten Freunden lebhafte Begrüßungen zu, berichtete atemlos von den Erlebnissen des Winters in Indien und vereinbarte Zusammenkünfte und Beratungen über den Warenaustausch, den die Karawanen betrieben. Ganz offensichtlich war er eine der wichtigsten Persönlichkeiten hier und spielte im Zusammenhalt des Ganzen eine große Rolle.

Endlich entsann er sich meiner, und wir ritten nebeneinander an einem der beiden Flüsse entlang, bis wir einen guten Lagerplatz gefunden hatten.

»Warten Sie hier, bis ich wiederkomme«, sagte er und war schon wieder davon. Nach ein paar Minuten kam er noch einmal zurückgaloppiert. »Wenn die anderen kommen, so sagen Sie Maftoon, daß vier von den besten Hammeln geschlachtet werden sollen.« Dann gab er dem Pferd die Sporen, daß es stieg, und verschwand endgültig.

Es mußte noch eine gute Stunde dauern, bis unsere Karawane anlangte. So konnte ich in Muße die unbekannten Karawanen aus dem Herzen Asiens betrachten, die nahe an mir vorüberzogen, gleichfalls auf der Suche nach Lagerplätzen: Volksstämme, von denen ich nie eine Ahnung gehabt hatte, Kamele, die den Oxus überschritten und Tausende von Meilen zurückgelegt hatten, Kinder mit runden, geröteten und frischen Gesichtern, Frauen in schweren Pelzstiefeln, und alle sonnengebräunt. Irgendwo flußaufwärts spielte jemand auf einer Art Flöte; es klang wie eine Beschwörung der Arabischen Nächte oder wie ein Musikstück von Borodin. Natürlich erregte ich als Fremdling auf meinem Schimmel beträchtliches Aufsehen. Einige der Männer redeten mich in den verschiedensten mir unbekannten Sprachen an. Es gelang mir, ihnen in Paschto klarzumachen, daß dieser Platz hier für Zulfiqars Karawane bestimmt sei, und wieder merkte ich, daß alle großen Respekt vor ihm hatten.

Beim Anblick unserer Kotschi, die jetzt oben auf der Hügelkuppe erschienen, bedrückte mich wieder der Gedanke an das Ende meiner Reise. Ich sah unsere imponierende, schöne Karawane mit ihren zweihundert Menschen, mit den vielen schwerbeladenen Kamelen, mit den Eseln, den Ziegen und der riesigen Schafherde. Ich fühlte mich dieser Karawane verbunden und gehörte zu ihr wie sie zu mir.

Jetzt erkannte ich auch Mira in ihrem leuchtend roten Rock an der Seite von Ellen, deren Haar im Sonnenschein schimmerte. Ich sah den beiden entgegen, das Pferd fest am Zügel: dem Nomadenmädchen, das ich liebte, und der seltsamen blonden Frau, der ich gerne geholfen hätte, auch wenn ich nicht imstande war, sie zu verstehen.

Ich wartete in einer Art träumerischer Benommenheit, bis die Karawane herankam und drei der Männer mich gewahrten. »Hierher!« rief ich und ritt ihnen entgegen. Dann sprang ich ab und küßte Mira vor aller Augen. »Ich hatte Angst«, flüsterte sie.

»Angst? Wovor denn?«

»Daß du womöglich verschwunden sein könntest.« Sie lachte nicht, und auch Ellen machte ein ernstes Gesicht. Aber gleich darauf ließ Mira ihre flinken Finger in meine Taschen gleiten und suchte nach Geld.

Ich gab ihr ein paar Münzen. Sie freute sich wie ein kleines Kind, rief die ganze Jugend unserer Karawane zusammen und lief mit ihnen der Musik entgegen. Ich folgte meinem schwarzzöpfigen Rattenfänger bis zu einem freien Platz, wo ein paar russische Usbeken ein primitives Karussell aufgestellt hatten: zehn eiserne Stangen, sternförmig an einem starken Pfahl befestigt, deren jede ein grob geschnitztes Holzpferd trug. In einem halben Dutzend verschiedener Sprachen schrien die Usbeken: »Die wildesten, unbändigsten Rosse der Welt!«

»Laßt sie alle reiten!« befahl Mira den Usbeken. Die Kotschikinder durften sich auf die Holzpferdchen setzen und waren außer Rand und Band vor Freude. Zwei kräftige Männer stemmten sich innerhalb des Kreises, dicht am Pfahl, gegen die waagerechten Stangen und setzten das Karussell auf diese Weise erst langsam, dann immer rascher in Bewegung, während die Kleinen auf ihren Pferden vor Freude jauchzten und kreischten.

»Dieses Karussell war das erste aufregende Erlebnis meines Daseins«, sagte Mira, während die Kinder anderer Stämme herbeigelaufen kamen und mit den unsrigen um die Wette schrien. »Als ich noch klein war, ließ mein Vater mich immer hier Karussell fahren.« Ihr Gesicht leuchtete, als wäre sie eines dieser ausgelassenen, fröhlichen Kinder. Plötzlich aber drückte sie sich an meine Schulter und sagte: »Aber jetzt bin ich genauso glücklich wie damals.«

Da viele Frauen und Kinder von fremden Karawanen das Karussell umstanden, blieb es ihnen nicht verborgen, daß

Mira und ich zusammengehörten. Diese Beobachtung sollte mir den Auftrag, mit dem man mich hierher geschickt hatte, beträchtlich erleichtern. Als Fremdling hätte ich sofort das Mißtrauen der Nomaden erweckt, als offensichtlicher Liebhaber eines feurigen Kotschimädchens, wie sich bald herumsprach, war ich unverdächtig. Und so gestand man mir Freiheiten zu, die man gewiß keinem Fremden sonst gestattet haben würde.

Als die Usbeken das Karussell anhielten und Mira die Kinder zusammenrief, hatte indessen Ellen in unserer Nähe eine Gruppe fremder Kinder um sich geschart. Sie begann mit den Usbeken in Paschto zu verhandeln. Schließlich streifte sie zwei ihrer Armringe ab und gab sie einem der Männer, der sie auf ihre Echtheit prüfte. Als die Kinder dann auf den Holzpferden saßen und jauchzend durch die Luft ritten, stand Ellen in der Nachmittagssonne daneben und sah ihnen schweigend und ernst zu.

Als sie später, bei Einbruch der Dunkelheit, nachdem die Hammel am Spieß gebraten waren, ihren gewohnten Platz einnahm und das Fleisch auszuteilen begann, kam Zulfiqar mit etwa dreißig anderen Karawanenbesitzern und ein paar Tadschikenmusikern. »Ellen!« rief er, »laß das Essen und komm her!« Mit weit ausholender Gebärde schwenkte er Ellen in die Mitte der Runde zu einem schnellen stampfenden Tanz. Seine Gäste sahen eine Weile zu, dann griffen sie sich Kotschifrauen und tanzten ausgelassen mit. Zulfiqar überließ Ellen einem der russischen Nomadenführer und kam atemlos zu mir. »Miller, ich will Sie mit einem der Hauptführer bekannt machen.« Er zog mich zwischen den tanzenden Paaren auf die andere Seite hinüber zu einem großen, kahlköpfigen Mann von etwa fünfzig Jahren, der Pelzstiefel, eine rauhhaarige Wolljacke und einen schweren, metallbeschlagenen Gürtel trug. Sein großes Gesicht war rund und glatt rasiert, die vorstehenden Backenknochen verrieten seine mongolische Herkunft. »Das ist Shakkur, der Kirgise«, sagte Zulfiqar und legte ihm die Hand auf die Schulter. »Er schmuggelt Gewehre. Fast alle deutschen Flinten im Hochplateau stammen von ihm. Meine auch.«

Der Kirgise nickte freundlich und zeigte zwei Reihen großer, weißer Zähne, von denen einer der vorderen fehlte. »Du englisch?« fragte er in gebrochenem Paschto.

»Amerikaner«, antwortete ich.

Er lachte erfreut und hielt die Arme so, als bediene er ein Maschinengewehr. »Ah!« rief er. »Chicago! Ich Kino sehen!«

Seine Lebhaftigkeit gefiel mir, obgleich mich seine Ansicht über Amerika etwas irritierte. Als »Gegenleistung« ließ ich mich auf die Fersen nieder, kreuzte die Arme über der Brust und versuchte eine Andeutung russischen Kosakentanzes.

»Nein, nein«, rief er heftig und winkte den Musikanten. Dann tanzte er uns einen richtigen, ungestümen kirgisischen Tanz vor: ein starkes Stampfen, unterbrochen von rasend schnellen Schritten. Plötzlich griff er nach Ellen, die neben dem Feuer stand, und schwenkte sie auf- und niederwogend im Kreis. Sie kannte den Tanz nicht, aber der stämmige Kirgise führte sie so sicher und leicht, daß Ellen scheinbar mühelos seinen Schritten folgte. Das Tadschikenorchester steigerte die schrille Musik, der Tänzer schwenkte seine Partnerin hoch in die Luft, drehte sie um und stellte sie sanft neben dem Festbraten auf die Füße.

»Zeit zum Essen!« rief der Kirgise lachend, und Ellen schnitt ihm und den hungrigen Gästen gewaltige Fleischstücke ab.

Nach dem Festmahl rief Zulfiqar Dr. Stieglitz an seine Seite und verkündete: »Dies ist ein deutscher Arzt.« Er unterbrach sich und befahl Maftoon, die Kisten herzubringen. Nachdem er seinen Freunden alle die Medikamente gezeigt hatte, fuhr er fort: »Wenn bei euch Kranke sind, könnt ihr sie morgen hierherbringen.«

»Und was kostet es?« erkundigte sich der Kirgise.

»Gar nichts«, sagte Zulfiqar. Am nächsten Morgen standen Frauen und Männer, in die verschiedenen Gewänder ihrer Stämme gekleidet, vor unserem Zelt. Ellen assistierte Dr. Stieglitz bei seiner Tätigkeit. Während einer kurzen Pause sagte Stieglitz zu mir:

»Sie können sich gar nicht vorstellen, Miller, was für ein Unterschied das ist, kranke Frauen zu behandeln, die ihre

Kleider ausziehen dürfen und einem sagen können, wo es ihnen weh tut! Wenn ich jemals nach Kabul kommen sollte, dann gibt es in meiner Sprechstunde keine Chaderi mehr. Und weg mit den Männern, wenn sie kranke Frauen haben.«

Da kam Zulfiqar zu Pferd und brachte meinen Schimmel mit. Wir ritten bis zum Ende der Hochebene und besuchten systematisch eine Karawane nach der anderen. Zulfiqar beriet die Karawanenführer, wie sie ihre Waren am besten in Geld umsetzen konnten, und lud alle höchst großmütig ein, ihre Kranken zu seinem deutschen Arzt zu schicken.

Ich war sehr beeindruckt von seiner Art, mit den Leuten umzugehen: Ein Lächeln, ein gelegentlicher Scherz, ein beiläufiges Wort über mich – all dies zusammen machte sein Auftreten zu weit mehr als einer lediglich kommerziellen Angelegenheit. Ich merkte, daß er ein ausgesprochen diplomatisches Talent hatte. Zulfiqar war ein Mann, der genau wußte, daß Lächeln und Höflichkeit ihm Vorteile einbringen konnten, die einem anderen vielleicht entgingen. Zu welchem Zweck er das alles tat, wußte ich nicht, aber es war klar, daß er etwas dabei im Sinn hatte.

Ich aber kam auf diese Weise in die Jurten der Nomaden aus dem Norden, runde braune Zelte mit tief heruntergezogenem Dach, das die Wände fast ganz verbarg; Zelte, in denen Männer mit schrägstehenden Augen lachten, während ihre drallen Frauen uns mit Yakkäse und Lammfleisch bewirteten. Ich war erleichtert, daß keine russischen Soldaten die Nomaden begleitet hatten und vermutlich nicht einmal politische Kommissare. Genau konnte man das allerdings nie wissen. Das riesige Lager von Qabir war nichts anderes als eine der großen Handelsmessen, gleich der in Nischni Nowgorod oder in Leipzig. Nur eines gelang mir absolut nicht zu erfahren, obgleich es wichtiger war als alles andere (und ich war zutiefst enttäuscht darüber): Ich brachte nicht heraus, wo die russischen Nomaden den Oxus überschritten.

Richardson hatte mir befohlen, nichts schriftlich niederzulegen, und so memorierte ich jede Nacht die Namen der verschiedenen Stämme und ihrer Nebenstämme, denen ich tagsüber begegnet war. Es waren Hunderte, und sie waren aus ganz Asien hier zusammengeströmt. Je öfter ich in den Zelten und Jurten all dieser Karawanen war, um so stolzer war ich darauf, als erster Fremder nach Qabir gelangt zu sein, wenn ich auch bisher nicht viel mehr zu sehen bekommen hatte als das Oberflächlichste. Nach einigen Tagen nahm Zulfiqar mich zum Zusammenfluß der beiden Flüsse mit – ein Gebiet, das nur die Karawanenführer betreten durften. Wir zügelten unsere Pferde vor einer großen Jurte in russischem Stil, deren Seitenwände aus Fellen bestanden. Das geräumige Innere war geschmückt mit Gewehren, Dolchen, Säbeln und drei schönen rotblauen Perserteppichen. Von hier aus wurde das gesamte riesige Zeltlager von Qabir geleitet.

Auf einem weißen Samarkandteppich vor einem niedrigen Tisch saßen mit gekreuzten Beinen die beiden Hauptführer, die Qabir regierten. Einer von ihnen war Shakkur, der Kirgise. Wie er so auf diesem Ehrenplatz saß, eine massige Gestalt mit glänzendem Schädel und durchdringendem Blick, wirkte er sehr imponierend: statt des ausgelassenen Tänzers, als den ich ihn auf unserem Fest kennengelernt hatte, ein strengblickender, gewichtiger Mann. Das Zeltlager von Qabir zu leiten, war in der Tat eine schwere und verantwortungsvolle Aufgabe.

Der zweite war ein älterer Hazara, ein Mann, dessen sichtlich mongolische Herkunft ihm in Kabul Verachtung eingetragen hätte, der aber erfolgreiche Handelsgeschäfte in Karakulfellen betrieb. Ein Großteil der Felle, die alljährlich in Qabir angeboten wurden, gingen durch seine Hände. Er trug die unansehnliche Kleidung eines Bauern, und wenn ihm jemand widersprach, so hörte er es sich ruhig und mit geschlossenen Augen an. »Er war schon Hauptführer, als mein Vater mich zum erstenmal mit hierher nahm«, sagte Zulfiqar.

Der Alte sprach fließend Paschto. »Sie sind der erste Fremde, der dieses Zelt von innen sieht«, sagte er zu mir. Ich fragte ihn, ob auch Russen aus Moskau nach Qabir kämen. Er lächelte nachsichtig. »Keine Kommunisten.«

Fast jeder, den ich in dieser Jurte kennenlernte, war auf seine Art ein Original. Am meisten aber gefiel mir ein siebzigjähriger Mongole, der von jenseits des Karakorum mit zwei

Eseln und einem Pferd gekommen war. Mit der Schneeschmelze auf den Hochpässen war er aufgebrochen und auf einer der höchsten Straßen der Welt acht Wochen lang ganz allein unterwegs gewesen. Er trug eine Gilgimütze, und seiner schäbigen Gewandung sah man die lange Reise an. Der Alte mit dem zahnlosen Mund zwischen dem schlohweißen Bart redete unaufhörlich – vom Geschäft, vom Handel mit Gold. »Ich wandere diese Route seit sechsunddreißig Jahren«, sagte er, »jeder kennt mich als den alten Mann mit dem Gold.«

»Ist Ihnen nie etwas zugestoßen?«

»Ich habe in meinem ganzen Leben noch keinen Banditen erschossen«, war die Antwort.

Später vertraute Zulfiqar mir an: »Es stimmt, was er sagt. Er hat immer nur auf anständige Leute geschossen. Vierzig Jahre lang war er nämlich selber Räuber im Karakorum.«

Gegen Ende der vierten Woche erwischte man einen Tadschiken, der einem Usbeken Handelswaren gestohlen hatte, und man brachte ihn zu der großen Jurte. Wir versammelten uns um den weißen Teppich, während die beiden Scharifen den Fall berieten. Keine Nation hatte den Anspruch, über die hier in Qabir anwesenden siebzig- oder achtzigtausend Menschen zu herrschen. Durch Übereinkunft waren diese beiden Männer – der eine ein Waffenschmuggler, der andere ein Verstoßener – ermächtigt, die absolute Herrschaft auszuüben. Die beiden hätten also das Recht gehabt, über den bebenden Tadschiken ein Todesurteil auszusprechen. Nach kurzer Beratung verkündete der Kirgise, daß dem Dieb die rechte Hand abgehackt werden sollte.

Ich erschrak. Unwillkürlich trat ich vor und bot an, den Wert der gestohlenen Sachen zu ersetzen. Aber der alte Hazara lehnte mein Anerbieten ab. »Die Sachen sind ohnehin wieder bei ihrem Eigentümer. Es geht uns nicht um die Bestrafung dieses armseligen Diebes, sondern darum, ein abschreckendes Beispiel zu geben.«

Ein paar Männer brachten den jammernden Tadschiken hinaus. Wir vernahmen einen erbarmungswürdigen Schrei, dann trat einer der Usbeken mit bluttriefendem Dolch wieder ein.

Der Hazara hatte offenbar beobachtet, daß mir beinahe übel wurde, und nahm mich beiseite. »Man muß hart sein«, versuchte er mir zu erklären, »ich habe dieses Amt seit vielen Jahren, aber das war mein letzter Urteilsspruch. Denken Sie nicht schlecht von mir.«

»Werden Sie Ihr Amt niederlegen?« fragte ich.

»Ja, morgen«, sagte er, »und es gibt eine Menge Leute hier, die Ihren Freund Zulfiqar zum nächsten Scharifen machen wollen.«

Jetzt fiel es mir wie Schuppen von den Augen. Zulfiqar hatte von der Absicht des Hazara gewußt oder sie scharfsinnig erraten und zwölf Monate stillschweigend darauf hingearbeitet, sein Nachfolger zu werden. Er hatte Ellen, Stieglitz und mich für seine Absichten eingespannt – nicht anders als ein Amerikaner, der sich beispielsweise bei General Motors in Pontiac im Staat Michigan eine höhere Stellung zu ergattern sucht. Es war nicht ganz fair von mir, aber ich war über Zulfiqar entzückt; denn seine Machenschaften bewiesen, daß meine Ansichten über die Menschen stimmten, und nicht Ellens. Überall auf Erden benahmen sich die Menschen genauso wie ihr Vater in Dorset, sie hatten dieselben alltäglichen Ambitionen und verfolgten sie auf dieselbe Art. Jetzt aber durchfuhr mich mit Schreck der Gedanke, daß wir hier keineswegs in Dorset waren. Wenn Zulfiqar Ellens Ehebruch duldete (und als etwas anderes konnte er es den hier waltenden Gesetzen nach nicht betrachten), um seine Ziele in Qabir zu erreichen – was würde er ihr und Stieglitz antun, nachdem er sein Ziel erreicht hätte? Und was würde er mir antun? Als Scharif des Lagers konnte er ungehindert machen, was ihm beliebte.

Mit diesen wenig erheiternden Gedanken ging ich zu unseren Zelten zurück und suchte nach Dr. Stieglitz. Ich brauchte ihm aber nicht erst zu berichten, was ich mitangesehen hatte; denn vor ihm stand Ellen und hielt den Arm des Tadschiken, während der Arzt die Wunde behandelte.

»Nun, Ellen«, sagte ich, »da haben Sie die primitiven Daseinsformen, die Ihnen so gut gefallen. Ich will Ihnen dazu nur sagen, daß die ganze Gerichtsverhandlung nicht länger als vier Minuten gedauert hat.«

Der blutige Anblick und mein Hohn waren zu viel für sie. Sie wurde kreidebleich und wäre ohnmächtig geworden, wenn der Tadschik nicht versucht hätte, sie aufzufangen. Als sein blutiger Armstumpf ihren Burnus streifte, stieß er einen Schmerzensschrei aus, der Ellen wieder zur Besinnung brachte. Sie hielt sich am Tisch fest, und der Anblick ihres aschfahlen Gesichts erstickte jedes Triumphgefühl. Afghanistan war sehr verschieden von Pennsylvania. Ich dachte mit Bangen an die Gefahren, denen diese schöne Frau sich mit offenen Augen ausgesetzt hatte.

Am nächsten Tag rasierte sich Zulfiqar mit besonderer Sorgfalt und ließ sich von mir wieder in die Jurte begleiten. In einer offiziellen Versammlung gab der alte Karakulhändler Hazara bekannt, daß er sein Amt niederlegen wolle. »Ihr müßt einen jüngeren Mann wählen«, sagte er, »einen, der euch viele Jahre dienen kann.«

Ich wußte nicht, ob Zulfiqar für diese Zusammenkunft vorgearbeitet hatte oder nicht, aber sowie der alte Hazara sich wieder hingesetzt hatte, erhob sich ein junger Kirgise, den ich schon öfter in unserem Zeltlager gesehen hatte. »Da der eine von unseren beiden Hauptführern mein Stammesbruder Shakkur von jenseits des Oxus ist, fände ich es richtig, wenn der neue Mann aus dem Süden wäre.« Eine recht geschickte Taktik; denn der alte Hazara war keineswegs aus dem Süden gekommen, sondern stammte vielmehr aus dem nördlichsten Afghanistan.

Der Trick wirkte. Ein Usbeke, der gleichfalls schon öfters unsere Gastfreundschaft genossen hatte, sagte: »Wir könnten den Kotschi Zulfiqar wählen. Er ist zuverlässig.«

Es gab zwar keine begeisterte Zustimmung, wohl aber eine ruhige Diskussion, und dann wurde durch einen Wahlakt, dessen Methode mir schleierhaft blieb, Zulfiqar gewählt. Es war ein triumphaler Augenblick für ihn. Einer der Männer, die Paschto sprachen, flüsterte mir zu: »Wir haben Ihren Freund gewählt, weil er uns seinen Arzt mitgebracht hat, ohne Bezahlung dafür zu nehmen.«

Während Zulfiqar bei den ihn umdrängenden Karawanenführern zurückblieb, ritt ich zu Stieglitz und Ellen.

»Zulfiqar ist zum Scharifen von Qabir gewählt«, rief ich.

»Was bedeutet das?« fragte Ellen.

»Sie haben ja den Tadschiken gesehen. Es bedeutet unumschränkte Macht.«

Die Farbe wich wieder aus ihrem Gesicht. Stieglitz erkannte sofort die Konsequenzen dieser Wahl. »Zulfiqar muß das seit Monaten geplant haben«, sagte er nachdenklich. »Sicher hat er geahnt, daß der Alte sein Amt niederlegen wollte. Und natürlich wußte er, daß er den Leuten hier mit einem Arzt imponieren konnte. Dazu Ellen als Gegenstand der Bewunderung. Und von Ihnen, Miller, hat er das nötige Geld bekommen. Himmelherrgott, jeden von uns hat er für seine Zwecke eingespannt.«

Ellen widersprach: »So simpel, wie sich das anhört, kann es nicht gewesen sein.«

Stieglitz aber fuhr unbeirrt fort: »Solange er uns also für die Wahl brauchte ...« Er sah mich an, und ich nickte zustimmend.

»Sie sollten beide so rasch wie möglich von hier weg«, sagte ich. »Nein!« rief Ellen. »Miller, Sie dürfen uns nicht in Panik versetzen. Wir laufen nicht weg. Wir glauben beide an das, was ich Ihnen in Bamian gesagt habe. In dem Mönchskloster. Wenn es sein muß, dann soll es auf diese Weise enden.«

Die beiden umarmten sich und beschlossen, bei ihrem ursprünglichen Plan zu bleiben. Ich hätte von Ellens Haltung beeindruckt sein müssen. Aber immer, wenn sie eine ihrer heroischen Reden hielt, überzeugte mich zwar ihre Aufrichtigkeit, nicht aber ihre Logik. Jetzt begann ich sogar an ihrer Aufrichtigkeit zu zweifeln. Ich wußte selbst nicht recht warum – vielleicht auch wegen der Bedenkenlosigkeit, mit der sie Nazrullah und Zulfiqar verletzt hatte.

Während der folgenden Tage behandelte mich Zulfiqar, als wäre ich sein Schwiegersohn. Er konnte unmöglich ahnen, mit welchem offiziellen Auftrag ich nach Qabir mitgekommen war, doch hätte er mir selbst als mein persönlicher Assistent keine besseren Dienste leisten können. »Man hört viele Gerüchte hier«, sagte er. »Angeblich sollen die Russen ihren Nomaden zum letztenmal erlaubt haben, den Oxus zu überschreiten. Das war übrigens auch einer der Gründe, weshalb ich Scharif werden wollte. Falls Shakkur nämlich nächstes Jahr nicht kommen könnte ...«

Er gab also zu, daß er es darauf angelegt hatte. Ich fragte ihn, weshalb die Russen mit der Schließung ihrer Grenzen drohten.

»Wenn Indien selbständig wird, dann wird es seine Grenze ebenfalls schließen. Eines Tages werden die Kotschi nicht mehr wandern können, sondern an einem Platz bleiben müssen.«

»Und was dann?«

»Es ist der Grund, weshalb Racha unser Geld nach Dschelum auf die Bank bringt«, vertraute er mir an. »Wir sparen, soviel wir können, und in ein paar Jahren kaufen wir uns ein Stück Land.«

Er zögerte einen Augenblick, fuhr aber dann aufrichtigen Tones fort: »Ich habe in Kabul mit Moheb Khan darüber gesprochen. Wenn der neue Dammbau fertig ist, wird es viel neues Ackerland am Rande der Wüste geben.«

»Und Sie haben sich schon darum beworben? Sie wollen seßhaft werden?«

»Ein Winterquartier«, sagte er. »Wir ziehen dann nicht mehr nach Indien. Im Frühling bringen wir natürlich unsere Waren nach Qabir, aber nur einige von uns. Die übrigen bleiben zu Hause und bebauen die Felder.«

»Wissen das die anderen schon?«

»Sie würden es mir nicht glauben«, lachte er. »Aber Racha und ich sind fest entschlossen. Bald wird es soweit sein.«

Es war einer der Momente, in denen man die enteilende Zeit mit Augen zu sehen glaubt. Ich dachte an die Auseinandersetzungen mit Ellen. »Entsinnen Sie sich an den Morgen, als die Dorfbewohner dachten, wir wollten ihre Kinder stehlen?« fragte ich ihn. »Ellen meinte, Afghanistan müsse wieder in die Zeit der Karawanen zurückkehren; ich sagte, die Karawane müsse im Fortschritt enden, das heißt im Dorf.« Ich schwieg. Es war ein schaler Triumph. »Mein Gott, wie schön war es, mit euch durch diese tristen Dörfer zu ziehen«, sagte ich. »Wird euer Dorf wenigstens besser sein?«

»Wer die Freiheit einmal gekannt hat, bleibt immer ein freier Mensch.«

»Und trotzdem wollt ihr aufgeben?«

»Weil die alte Freiheit uns entgleitet. Schon jetzt schicken sie Berittene, die uns an den Grenzen auflauern ... Steuereinnehmer. Nächstens werden sie anfangen, unsere Zelte zu inspizieren. Qabir – wie viele Jahre werden wir uns hier noch versammeln können?«

Ich blickte über die Zelte. »Sie werden sich hier noch versammeln, wenn wir beide längst vergessen sind, Zulfiqar«, sagte ich.

»Nein, die Zeit der schwarzen Zelte ist vorbei«, antwortete er.

»Weiß Ellen, was Sie denken?«

»Vielleicht hat sie es erraten. Und vielleicht hat sie deshalb ...« Er beendete seinen Satz nicht, sondern lächelte mir nur auf seine gewohnte Weise zu. »Menschen wie Ellen haben ihre bestimmten Vorstellungen, wie Nomaden leben und wie sie denken sollten. Aber wir sind ganz anders, und es tut mir leid, wenn wir diese Leute enttäuschen.«

»Sie haben sich solche Mühe gegeben, Scharif zu werden. Wenn die schwarzen Zelte verschwinden – wozu dann?«

»Die Zelte verschwinden, aber der Handel bleibt.«

»Und Sie wollen Händler werden? Ein Kaufmann wie der alte Hazara?«

»In zehn Jahren werden nur noch wenige von all den Zelten hier sein: eine Handvoll Männer wie ich oder Hazara oder Shakkur mit Kamelen und ein paar Treibern, die sie versorgen. Wir werden doppelt soviel Waren fünfmal so gut verkaufen. Bedenken Sie, Miller, vier Fünftel dieses Lagers sind überflüssig. Frauen und Kinder mitzubringen kostet nur Geld.«

»Sind die anderen einverstanden?«

»Jeder von uns in der großen Jurte. Besonders die Russen.« Und plötzlich gebrauchte er zu meinem Erstaunen dieselben Worte wie Stieglitz: »Die Karawanen ziehen weiter. Sie ziehen zu einem fernen Horizont.«

Die Zeit rückte heran, das große Lager von Qabir aufzulösen, ein Ereignis, das traditionellerweise mit einem afghanischen Polospiel gefeiert wurde. Zulfiqar schickte Maftoon zu mir und ließ mich fragen, ob ich mitspielen wolle.

»Sage Zulfiqar, daß ich von Polo keine Ahnung habe«, sagte ich. Aber Mira klaschte vor Vergnügen in die Hände und bestand darauf, daß ich mitmachen solle. Als ich das Pferd sattelte, schaute sie nach, ob alles sorgfältig befestigt war. »Es kann sehr grob dabei zugehen«, sagte sie.

Ich ritt mit Zulfiqar zu einem abgesteckten Gelände. Frauen und Kinder waren schon versammelt und redeten aufgeregt durcheinander. Sie machten bereitwillig Platz für Mira und Ellen. Auf dem Spielfeld stand der alte Hazara inmitten der Reiter und legte die Spielregeln fest. Er saß schief im Sattel, eine Ziege unter den Arm geklemmt, und zeigte uns die etwa zweihundert Meter voneinander entfernten Grenzlinien. »Shakkur«, rief er, »haben deine Leute die Abzeichen ausgeteilt?«

Ich bekam eine weiße Armbinde, und Shakkur selber wünschte mir Glück. Seine Mannschaft, »Oxus-Nord«, bestand aus Usbeken, Tadschiken, den Leuten aus Kasakstan und den Kirgisen. Zulfiqar hatte die Mannschaft »Oxus-Süd«, Reiter aus Afghanistan, Indien, China und Persien. Jede Gruppe war etwa vierzig Mann stark, auf einen mehr oder weniger kam es offenbar nicht so genau an.

Zulfiqars weißmarkierte Mannschaft stellte sich vor dem östlichen Tor auf, die Russen uns gegenüber. In der Mitte hielt der alte Hazara, im Sattel stehend, die Ziege hoch. Einer der Usbeken zog sein Messer und hieb dem Tier den Kopf ab. Mit wildem Schrei warf Hazara den Körper der Ziege hoch in die Luft und ritt davon. Ein Tadschik galoppierte heran, fing den Kadaver auf, schwenkte ihn über dem Kopf und stürmte auf unsere Linie zu. Aber schon war er von drei Reitern umzingelt, die ihm in die Zügel fielen, ihn angriffen, zur Seite drängten und auf ihn einschlugen. Einem unserer Turkmenen gelang es, die Beute zu fassen und sie dem blutiggeschlagenen Tadschiken zu entreißen.

Der Turkmene galoppierte dem russischen Tor zu, aber die Usbeken und Kirgisen stürzten sich mit wilden Schreien auf ihn und jagten ihm nicht nur die Beute ab, sondern schlugen auch seinem Pferd gegen die Beine, daß es einknickte und ihn in hohem Bogen aus dem Sattel warf.

Niemand kümmerte sich um ihn in der Hitze des Kampfes, aber nach kurzer Zeit hatte er sein Pferd eingefangen und ritt wieder ins Spielfeld. Indessen griff einer von unseren Afghanen den Usbeken an, der den Ziegenkadaver erobert hatte. Er warf sich mit aller Wucht auf seinen Gegner und drückte ihn aus dem Sattel. Da kam Shakkur angesprengt, kriegte den Ziegenkadaver am Bein zu fassen, kämpfte sich durch das wilde Gedränge und galoppierte auf unser Tor zu. Damit wäre das Spiel zu Ende gewesen, denn keiner von uns »Weißen« hätte ihn mehr aufhalten können.

Jetzt aber sollte ich den wahren Charakter des afghanischen Polospiels kennenlernen: Als die Russen ihren Anführer auf das gegnerische Tor zureiten sahen, bedauerten sie offenbar das Ende des Spiels. Ein feuriger Usbeke ihrer eigenen Mannschaft holte Shakkur kurz vor unserer Linie ein, versetzte ihm hinterrücks einen Schlag über den Nacken, riß den Ziegenkadaver an sich und brachte ihn aufs Spielfeld zurück. Beide Seiten brachen in Beifallsgeschrei aus. Der Kampf begann von neuem. Sobald einer im Begriff war zu siegen, wurde er von seinen eigenen Leuten daran gehindert, sie schlugen auf ihn ein, drängten sein Pferd zur Seite und versuchten ihn zu Fall zu bringen. So hatte also jeder einzelne Spieler nicht nur gegen die feindliche, sondern obendrein auch gegen seine eigene Mannschaft zu kämpfen, und oft waren es sogar die eigenen Leute, die ihm am schlimmsten zusetzten.

Eine gute Stunde lang dauerte das wüste Handgemenge schon, ohne daß ich mich daran beteiligt hatte. Den meisten Spielern lief das Blut aus Mund und Nase. Da hörte ich, als ich zufällig in die Nähe unserer Kotschi kam, die Kinder und Frauen rufen: »Mitmachen! Mitmachen!« Ich sah Ellen stehen; stumm verfolgte sie mit erschreckten Augen das brutale Spiel.

Mira aber war wütend. »Wozu habe ich dir das Pferd verschafft?« rief sie. »Mach mit!«

So raffte ich mich auf und galoppierte mitten ins Gewühl.

Natürlich brachte ich nichts weiter zustande, bis ich plötzlich sah, wie sich einer von den »Oxus-Nord«-Leuten mit dem halb auseinandergerissenen Ziegenkadaver von den anderen loslöste und auf unser Tor zugeprescht kam. Wenn ich ihn nicht aufhielt, war das Spiel aus und verloren. Ich versuchte ihm den Weg zu versperren, was ihn jedoch keineswegs veranlaßte, sein Tempo abzustoppen. Ich sah mich schon in Grund und Boden gestampft und war entschlossen, Reißaus zu nehmen. Nur hatte ich nicht mit Mohebs Pferd gerechnet. Es war auf derartige Situationen geradezu trainiert. Ich riß vergeblich am Zügel: Der Schimmel sprengte mit mir vorwärts. Wir trafen mit voller Wucht auf den andern, drehten ihn zweimal um die eigene Achse, und plötzlich hielt ich zu meiner Verblüffung den Ziegenkadaver in der Hand.

Im selben Augenblick fiel mein Blick auf Shakkur, der auf mich zugaloppiert kam. Mein Pferd machte einen jähen Satz zur Seite. Das hatte Shakkur aber vorausgesehen und versetzte mir einen so heftigen Schlag auf den Rücken, daß ich beinahe kopfüber aus dem Sattel geflogen wäre. Gleichzeitig bekam Shakkur den Kadaver zu fassen. Ich hielt ihn krampfhaft fest – um keinen Preis bereit, die Beute loszulassen. Da galoppierte Shakkur davon; in meiner Hand war ein Ziegenbein zurückgeblieben.

Noch benommen von dem Schlag, setzte ich ihm nach. Einer von seinen eigenen Leuten versuchte Shakkur aus dem Sattel zu werfen. Aber Shakkur schlug ihm den blutigen Kadaver über den Kopf und erreichte unser Tor. Damit war unser Polospiel, dieser Sport der englischen Gentlemen, beendet.

Von den achtzig Mitspielern war kaum einer heil davongekommen: Dr. Stieglitz hatte alle Hände voll zu tun, die zahllosen Verletzten zu behandeln: verstauchte Knöchel einzurenken, gebrochene Arme und Beine zu schienen und zahllose Fleischwunden zu behandeln. Zum Teil hatten die Männer sie sich gegenseitig zugefügt, zum Teil waren sie beim Sturz auf die scharfen Felskanten des Spielfeldes verletzt worden. Zweiundzwanzig schwere Fälle zählte Stieglitz. Zumindest aber hatte es keine Toten gegeben.

Während Stieglitz noch die letzten Patienten verarztete, waren in den Zelten schon die Festvorbereitungen zur Feier des Spiels in vollem Gang. Ich konnte mir die Bemerkung nicht versagen: »Erinnert ganz an die Samstagabende nach dem Yale-Harvard-Spiel, finden Sie nicht, Ellen? Oder an den Landklub in Dorset nach einem netten Golfwettkampf.«

Sicher hätte sie eine schlagfertige Antwort gefunden, wenn nicht in diesem Augenblick der alte Hazara ins Zelt gekommen wäre, mir zu gratulieren. »Ihr Spiel hat Zulfiqar alle Ehre gemacht, er kann sich freuen. Ich habe ihm schon im vorigen Jahr gesagt, daß ich mein Amt aufgebe und er mein Nachfolger werden könnte, wenn er sich klug verhält. Nun, das hat er getan, und die Anwesenheit von Ihnen und der jungen Amerikanerin haben ihm viel genützt.«

Er lächelte Ellen freundlich zu, sagte lebewohl und ritt zu seinem Zelt zurück.

Ellen konnte sich kaum noch aufrecht halten. Sie zitterte an allen Gliedern. Nicht nur vor Erschöpfung – es war anstrengend genug gewesen, Stieglitz bei der Behandlung der vielen Verwundeten zu assistieren –, sondern vor allem vor Angst. »Ein ganzes Jahr lang hat er also darauf hingearbeitet«, murmelte sie. »Er hat uns schamlos für seine Zwecke ausgenutzt. Und was soll jetzt werden?«

»Ja, natürlich«, spottete ich, »er hat Sie aus Qala Bist weggelockt und zehn Monate lang sozusagen auf Eis gelegt, nicht wahr?«

Sie ging nicht auf meinen forciert leichten Ton ein. »Was wird er unternehmen?« fragte sie nervös und sah mich an.

Zumindest mir gegenüber nahm indessen Zulfiqars Freundschaft deutlich zu. Am nächsten Tag ritten wir beide zu der großen Häuptlingsjurte, die jetzt abgebaut wurde, und betrachteten die bunten, in Richtung Hindukusch abziehenden Karawanen der Usbeken, Tadschiken und Hunza. Zulfiqar drehte sich mit betrübtem Gesicht zu mir um. »Wenn es diese Karawanen nicht mehr gibt ...« Er vollendete seinen Satz nicht, sondern fügte nach einer Pause leise hinzu: »Wer wird sich Qabir noch vorstellen können, wenn er es nicht mit eigenen Augen gesehen hat? Mein Sohn ...« Wieder stockte er.

So hatte er mich noch nie genannt. »Mein Sohn, ich wollte, daß Sie dies hier einmal sehen: Qabir mit seinen vierhundert Karawanen. Ich selber war ein Kind, als ich zum erstenmal hierherkam. Damals war ich noch zu jung, um zu wissen, daß dies das einzige, das wahre Leben ist.«

Täglich wurde es jetzt leerer. Die Leute aus Nuristan, unsere nächsten Zeltnachbarn, waren fortgezogen, auch die Tadschiken im Westen. Ein zunehmendes Gefühl von Verlorenheit überkam uns. Ich war jeden Augenblick auf irgendein Unheil für Ellen und Stieglitz gefaßt, und sie selbst befürchteten es wohl auch. Allmählich wurde ich immer nervöser. Man sollte wenigstens ein Gewehr oder einen Dolch haben, redete ich mir ein, für den Fall, daß ich selber angegriffen würde. Aber Zulfiqar schien überall zu gleicher Zeit zu sein, und ich konnte das Waffenversteck nicht finden.

Schließlich zog auch Shakkur, der Kirgise, mit seinen achtzig Kamelen fort. Unsere Karawane blieb allein auf dem Hochplateau zurück. Ich hörte, wie Maftoon sich bei den anderen Kameltreibern beklagte: »Der Schnee wird uns auf dem Rückweg nach Balkh überraschen.«

»Zulfiqar weiß am besten, wann man aufbrechen muß«, sagten sie.

»Aber er denkt nicht an den Schnee.«

Am nächsten Morgen hörte ich Lärm bei Zulfiqars Zelt. Ich stürzte erschreckt hinaus und fand Zulfiqar mit gezücktem Dolch über Stieglitz gebeugt, der keine Waffe hatte und vor Entsetzen gelähmt schien.

»Gebt ihm einen Dolch«, befahl Zulfiqar. Als die Umstehenden zögerten, schrie er Maftoon an: »Gib ihm deinen! Der hat schon einmal für einen Mann in Rawalpindi getaugt.«

Maftoon zog seinen Dolch aus dem Gürtel und gab ihn Stieglitz. Aber der Doktor wußte kaum – ganz anders als an jenem Morgen in der Karawanserei –, wie er zufassen sollte.

Ich stieß die Männer beiseite. »Nein, Zulfiqar, nein!«

»Schweig!« brüllte der Kotschi. Seine Männer hielten mich an den Armen zurück. Am Zelteingang standen ein paar Frauen, darunter auch Racha, und stützten Ellen. Ich sah flehend zu Mira, aber sie wich meinem Blick aus. Dann schrie

Ellen auf. Zulfiqar hatte mit einer raschen Bewegung zugestochen. Stieglitz war zwar unverletzt geblieben, machte aber keine Anstalten, seinen Gegner anzugreifen.

Zulfiqar drehte sich blitzschnell um und drang von der anderen Seite auf Stieglitz ein. Wieder schrie Ellen auf. Ellen, die ihn davon überzeugt hatte, daß der Tod ganz unwesentlich sei, rief jetzt in wilder Angst: »So verteidige dich doch endlich!« Dieser Ruf brachte wieder Leben in den vor Schreck schon halbtoten Mann. Was sich dann abspielte, geschah mit unheimlicher Geschwindigkeit. Ich hoffte, daß Stieglitz den Kampf gewinnen würde. Ich verachte ihn um seiner Vergangenheit willen. Aber als es jetzt um Tod und Leben ging – jetzt, nachdem er Ellen Jaspar gefunden hatte, die seinem Dasein einen neuen Sinn geben sollte, wünschte ich ihm das Leben. Ein neuer Angriff Zulfiqars verfehlte Stieglitz. Der Arzt hatte sich mit unerwarteter Gewandtheit geduckt; als Zulfiqar sich umdrehte, stieß Stieglitz zu und traf. Zulfiqar blutete. Die Zuschauer stöhnten betroffen auf.

Ich weiß nicht, ob Zulfiqar überhaupt spürte, daß er verwundet war. Mit ein paar Tritten seiner schweren Stiefel streckte er den Gegner zu Boden und stürzte sich blitzschnell, mit der Behendigkeit einer Katze, auf ihn – den Dolch hoch in der Luft. Die Knie auf beiden Armen des Arztes starrte er in das angstverzerrte Gesicht.

Ellen schrie angstvoll auf, als Zulfiqars Dolch aufblitzte und niederfuhr. Mir wurde schwarz vor Augen, ich hörte nur, wie die Umstehenden aufseufzten. Dann vernahm ich Stimmen.

Zulfiqar hatte seinen Dolch in den Erdboden getrieben, haarscharf neben Stieglitz' Hals. Der Kotschi ließ die Waffe stecken, stand langsam auf und spuckte Stieglitz verächtlich ins Gesicht. »Fort mit dir aus der Karawane!« rief er mit schneidender Stimme.

Dann ging er zu seinem Zelt und zog Ellen von den Frauen weg. Mit brutalem Griff zwang er sie zu Boden und spuckte auch ihr ins Gesicht. »Fort mit dir aus der Karawane!«

Er kam mit schweren Schritten zu mir, packte mich mit der Linken an der Kehle und versetzte mir mit der Rechten einen Schlag, der mich rücklings in den Staub warf. »Mach daß du wegkommst!« schrie er, »mach daß du wegkommst!«

Zum Schluß faßte er den kleinen Maftoon am Kragen und zog ihn vom Boden hoch. »Bring sie nach Balkh«, schrie er ihn an, »deine feinen Freunde! Bring sie nach Balkh, aber sofort!«

Zornbebend verschwand er im Zelt, und gleich darauf kamen alle Habseligkeiten Ellens herausgeflogen. Dann lief er zu unserem Zelt und warf alles heraus, was Stieglitz und mir gehörte. Die Arzttasche landete weit weg auf dem Boden, ihr Inhalt im Gelände verstreut. Die verstörten Kotschi begannen die Instrumente und Tablettenschachteln aufzusammeln. »Laßt es liegen!« schrie Zulfiqar, als er die Männer bemerkte, »laßt es liegen, von denen brauchen wir nichts!«

Er wütete und brüllte seine Befehle, während sich der Rükken seiner Jacke blutig färbte. Er ließ uns keine Minute aus den Augen, bis alles zusammengepackt, der Schimmel gesattelt, das Kamel Becky mit einem Zelt und ein Esel mit Lebensmitteln für uns beladen war.

»Fort mit euch!« schrie er noch einmal, als wir langsam am Ufer entlangzogen, dem Zusammenfluß der beiden Wasser zu. Dort hatte Zulfiqar in der schwarzen Jurte seinen Sieg errungen – dank unserer Anwesenheit. Als ich mich umsah, riß er sich gerade das Hemd vom Körper, um seine Wunde zu untersuchen. Sie war offenbar nicht sehr schlimm; ich hörte ihn nach Racha rufen. Es war das letzte Mal, daß ich Zulfiqar und Racha sah.

## 15

In gedrücktem Schweigen zog unsere klägliche kleine Karawane durch den Hindukusch. Stieglitz, dem der Todesschrekken noch in den Knochen saß, durfte auf dem Schimmel reiten. Ellen konnte es nicht fassen, daß sie beschimpft und ihre Eitelkeit so tief verletzt worden war. In ihrem grauen Burnus sah sie sanft und weiblich aus, aber ihre Worte klangen hart und ungut.

»Wie konnte er das wagen?« fragte sie immer wieder. »Mich anzuspucken! Er ist nicht mehr wert als die dreckigen Mullahs. Hätte ich ihn doch ermordet.« Sie konnte die Demütigung nicht verwinden, und wenn ich die beiden beobachtete, mußte ich Ellen beinahe recht geben: Mit dieser Erniedrigung war tatsächlich eine Stufe des »Nichtmenschen« erreicht, jener Urwesen, aus denen sich die Welt regeneriert. Ich war sicher, daß sie beide sich in diesem Anspruch bestätigt fanden.

Auch Maftoon war bedrückt; denn sobald er uns in Balkh abgeliefert hatte, mußte er zur Karawane zurück. Es war sein Dolch gewesen, der Zulfiqar traf, und seiner Freundschaft zu mir hatte er den Auftrag zuzuschreiben, uns wegzubringen. Diese schäbige Karawane machte ihm keinen Spaß, ebensowenig wie seiner Feindin »Tante Becky«. Mißgelaunt wie alle Kamele, wenn es bergab geht und die Vorderbeine zu sehr belastet werden, trottete sie dahin. Sie murrte und gurgelte so böse, daß wir es geraten fanden, ihr wieder einmal Maftoons Kleider zu überlassen, um Schlimmeres zu verhüten.

Auch mir war alles andere als heiter zumute. Seit Tagen

sank mein Stimmungsbarometer immer tiefer. Ich hatte Mira verloren, den elfischen Geist der Karawane, und ich stellte mir vor, wie sie schutzlos dem Zorn ihres Vaters gegen mich ausgeliefert war. Es war fast unerträglich. Auch ich war von ihrem Vater tödlich beleidigt worden, von ihrem Vater, der mich in all den Wochen vorher wie einen Sohn behandelt und mir Dinge anvertraut hatte, von denen er zu keinem anderen sprach. Er hatte mir meine Aufgabe in so unerwarteter Weise erleichtert, hatte mich mit dem Kirgisen-Scharif zusammengebracht und mir zu wertvollen Aufschlüssen über das Nomadenleben verholfen. Ich hatte seine kühlen Berechnungen und seine Diplomatie bewundert. Und doch hatte er mich, ungeachtet unserer Freundschaft, niedergeschlagen, beschimpft und aus dem Lager gewiesen. Ich konnte es nicht verstehen.

Genaugenommen war der Esel das einzige Wesen unserer Karawane, das keinerlei Seelenqualen litt. Er trabte munter dahin, daß die Tragtaschen an seinen Seiten hüpften, und war mit sich selber und der Welt zufrieden.

Wir waren zwei Stunden lang schweigend dahingezogen, als Maftoon plötzlich rief: »Miller Sahib, schauen Sie! Dort!«

Ich drehte mich erschreckt um, gefaßt auf irgendein neues Mißgeschick. Hatte etwa »Tante Becky« sich ein Bein gebrochen? Aber Maftoons ausgestreckter Arm wies die weite Strecke zurück, die wir gekommen waren. Ganz in der Ferne erkannte ich etwas Rotes, das schnell näher kam.

»Ihr Vater wird sie töten«, jammerte Maftoon.

Sie war noch mehr als eine Meile von uns entfernt, ein süßer kleiner Kolibri, und ich lief ihr entgegen. »Nehmen Sie das Pferd«, rief Stieglitz, aber ich war schon unterwegs.

Atemlos sanken wir uns in die Arme. Als wir uns endlich losließen, weinte sie. Aber sie zeigte es nicht, dazu war sie zu stolz, sondern barg ihr Gesicht an meiner Schulter. Ich hob sie auf und trug sie den Karawanenpfad entlang.

Die anderen kamen uns entgegen. Nur »Tante Becky«, die doch sonst so gern umkehrte, wenn es bergab gehen sollte, trottete beleidigt weiter auf dem felsigen Pfad. Wir mußten alle lachen. Plötzlich war alles anders. Die Welt war schön – mit Mira und dem einäugigen Maftoon, dem Liebespaar Ellen und Stieglitz, dem struppigen Kamel und dem munteren Esel.

Als ich Mira auf die Füße stellte, eilte Ellen herbei und schloß sie in die Arme; die Freude der beiden war offensichtlich echt.

Nur Maftoon sagte mit unheilvoller Stimme: »Das hättest du nicht tun sollen, Mira. Dein Vater bringt dich um.«

»Aber er hat mich ja geschickt.«

»Er hat dich – was?«

»Ich habe ihm gesagt: ›Ich will mit Miller nach Balkh.‹ Da hat er geantwortet: ›Warum nicht?‹ «

»Du meinst, daß Zulfiqar ...«

»Wieso nicht?« fragte Mira erstaunt. »Ihr denkt, er ist euch böse?«

»Er hat mich geschlagen und angespuckt«, sagte Ellen.

Mira umarmte sie. »Er mußte es tun, Ellen. Wie sie alle dastanden und schauten und warteten ... die ganze Karawane.«

»Er hätte mich um ein Haar ermordet«, sagte Stieglitz.

Mira sah ihn mitleidig an. »Meinen Sie, mein Vater hätte Sie nicht getroffen, wenn es ihm wirklich ernst gewesen wäre? Er mußte so tun. Wegen der anderen.«

Ich nahm sie bei den Schultern und schüttelte sie ein wenig. »Sagst du die Wahrheit, Mira?«

Sie lachte und entwand sich meinen Händen. »Als ich fortging, hat er gelacht und gesagt: ›Du kannst diesem verdammten Deutschen ausrichten, daß er ganz gut gekämpft hat.‹ Und er schickt Ihnen das.« Sie holte aus ihrem rosa Kittel den Damaszenerdolch hervor, den Zulfiqar im Duell mit Stieglitz benutzt hatte. Mit ernstem Gesicht überreichte Mira dem Deutschen die Waffe in der silbernen Scheide: »Zulfiqars Hochzeitsgeschenk für Sie. Und ich soll Ihnen sagen: Der Dolch wird die Frau immer daran erinnern, daß ihr Mann einmal willens war, um sie zu kämpfen.«

Dann zog sie mich beiseite. »Als ihr weg wart, kam mein Vater ins Zelt, warf sich auf den Teppich und sagte immer wieder: ›Er war wie mein Sohn. Er war mein Sohn. Warum habe ich ihn geschlagen?‹ In Qabir hat er eine Zeitlang gehofft, du würdest durch irgendein Wunder für immer bei uns bleiben und mit ihm die Karawane leiten.« Den Augenblick tiefen Schweigens durchbrach Mira mit einem schrillen Schrei: »Becky geht durch!«

Das Kamel hatte abseits des Weges ein paar Grasbüschel erspäht und verspeist und machte sich bergauf davon, mit all seinem Eigensinn und Unverstand mitten in den zerklüfteten Fels hinein. Mira lief Becky mit lauten Verwünschungen nach, verfolgte sie über Felszacken und Steinplatten und brachte die widerspenstige alte Dame tatsächlich unbeschadet wieder auf den Karawanenpfad zurück.

Das war die Aufmunterung, die unsere niedergedrückte kleine Gesellschaft gebraucht hatte. Ich ergriff übermütig Ellens Arme und sang wie ein ausgelassener Schuljunge: »Ellen und ihre Männer! Sie will die Welt vor den Kopf stoßen und läuft mit Nazrullah davon; aber der denkt nur an den Staudamm, drum läßt sie ihn allein, will lieber bei Zulfiqar sein, dem kühnen, dem frei'n. Der aber will am Staudamm seßhaft werden. Da wählt sie den Doktor, schaut ihn nur an, hoch zu Roß, wie er grinst. Eines Tages baut er ein Hospital neben Nazrullahs Staudamm auf Zulfiqars Land.« »Ringelringelreihen«, fiel Ellen ein und begann mit mir auf dem Karawanenweg zu tanzen. Ihr Burnus bauschte sich weit und schön um sie her. Ich spürte das pulsierende Leben in ihren Händen, und es fiel mir ein, daß ich Ellen zum erstenmal berührte. Ihre Augen leuchteten, sie sah unwiderstehlich aus; ganz anders als das grüblerische Collegemädchen, über das wir an jenem Wintertag in der Botschaft gesprochen hatten. Ich fühlte plötzlich so etwas wie Verlegenheit und ließ ihre Hände los, so daß sie im Tanzen aus dem Gleichgewicht geriet und sich lachend zu Boden fallen ließ.

Stieglitz sprang aus dem Sattel, um ihr aufzuhelfen, aber Mira war schon bei ihr und fragte besorgt: »Hast du dir wehgetan, Ellen?«

»O nein«, lachte Ellen. »Ich würde am liebsten über alle Berge tanzen.« Dann küßte sie Stieglitz, der sie zu uns auf den Pfad zurückführte.

Es waren nur achtzig Meilen von Qabir nach Balkh. Wir hätten sie gut in fünf Tagen zurücklegen können, aber wir waren glücklich und hatten keine Eile. Unsere langsame Wanderung durch den Hindukusch wurde zur absichtlich ausgedehnten Freude. Es war ein Unterschied zwischen einer mehr oder weniger leichtgenommenen Liebesaffäre mit einem schwarzäugigen Nomadenmädchen, mit dem man sich in Felsenverstecken getroffen hatte, und dem jetzigen Zusammenleben, Tag und Nacht, vierundzwanzig Stunden lang Seite an Seite. Ich half ihr, den Pilav zubereiten, sah ihr zu, wenn sie den Esel belud, und wir teilten alles und jedes miteinander. »Wir müßten Berge finden«, sagte sie einmal, »in denen es niemals schneit. Dann würden wir Karakulschafe züchten.« Sie lachte, als Ellen sie neckte: »Ich kann mir Mark Miller genau vorstellen, wie er im Stadtpark von Boston Karakulschafe weidet.«

Wenn ich Ellen und Stieglitz ansah, mußte ich mir insgeheim eingestehen, daß etwas Richtiges an Ellens verworrener Vorstellung vom Nichtmenschen war. Für die beiden gab es keine Existenzprobleme mehr, für sie galten weder Vergangenheit noch Zukunft noch irgendeine Verantwortlichkeit. Die Tage kamen und gingen; die beiden lebten von heute auf morgen. Zwei Nichtmenschen hatten einander auf einem Hochplateau in Afghanistan nach höchst unglaubwürdigen Erlebnissen gefunden, und es war recht spannend, ihre Wiedergeburt aus dem Nichts mitanzusehen.

Und doch schien die beiden etwas Dunkles und Bedrohendes, eine unbewußte düstere Vorahnung zu umgeben, wenn sie mit uns im Zelt saßen. Es war Mira, die mich darauf hinwies. Für uns beide war die Liebe ein schönes, beschwingendes Erlebnis. Mira entwickelte eine zarte Leidenschaftlichkeit, und obwohl ich selber kein übermäßiges Temperament besitze, wußte ich doch, daß Mira bei meiner Zärtlichkeit nichts entbehrte. In der ersten Nacht nach Qabir hatten wir uns alle vier im Zelt zum Schlafen niedergelegt. Aber bald flüsterte Mira mir zu: »Überlassen wir ihnen das Zelt lieber allein.« Die beiden Liebenden gaben sich ihrer Leidenschaft so unbeherrscht hin, als ob sie fürchteten, daß ihre gemeinsamen Nächte gezählt sein könnten.

Mira und ich schlichen uns rücksichtsvoll hinaus. Wir gingen im hellen Mondlicht an dem geschützten Winkel vorbei, wo Maftoon bei den Tieren schlief. Das weiße Pferd, das Mira mir als Zeichen meiner Führerschaft und Männlichkeit geschenkt hatte, graste am Hügelabhang. »Ich bin jetzt ganz sicher«, sagte Mira, »daß mein Vater erleichtert war, als Ellen mit Stieglitz zu schlafen begann.«

»Wie kannst du so etwas sagen.«

»Ich glaube, er hatte genug.«

»Von jemand wie Ellen? Ich glaube, du bist verrückt.«

»Erinnerst du dich an den ersten Morgen in der Karawanserei? Als mein Vater euch entdeckt hatte, kam er schnell heraus und befahl uns: ›Versteckt Ellen! Der Amerikaner ist hier, der sie sucht.‹ Wir versteckten sie in einem der kleinen Nebenräume. Aber ein paar Minuten später befahl er mir, sie hereinzubringen. Erinnerst du dich?«

Ja, ich wußte es noch. Sie hatte recht. Hätte Zulfiqar Ellen nicht holen lassen, so hätten wir nichts davon gemerkt, daß sie bei den Kotschi war. Er hatte also gewollt, daß sie entdeckt wurde.

Einige Stunden später kehrten wir leise wieder ins Zelt zurück; Ellen und Stieglitz waren inzwischen eingeschlafen. In der nächsten Nacht wiederholte sich das gleiche: Wieder fragte ich mich, warum sie sich in Gegenwart Dritter so wenig beherrschten, wieder schlug Mira vor, den beiden das Zelt allein zu überlassen, und wir schlichen uns davon. Wie seltsam: Tagsüber waren sie Menschen mit Takt und Verstand, die ich gern mochte, nachts aber wurden sie befremdlich. Stieglitz hatte sich, fand ich, aus einem Kriegsverbrecher mehr und mehr zu einem Menschen verwandelt, der entschlossen war, der Humanität zu dienen. Mein Haß auf ihn war erloschen. Die gemeinsam verlebten Wochen, unsere vielen Gespräche hatten ihn mir nahegebracht. Allmählich kam ich zu der Überzeugung, daß die eigenartige Unsicherheit, die ich trotzdem den beiden gegenüber fühlte, von Ellen ausgehen mußte.

Am dritten Abend unserer Wanderung errichteten wir unser Zelt in einer Felsschlucht, die uns später aus dem Hindukusch hinausführen sollte. Vor Einbruch der Dunkelheit breitete Maftoon seinen kleinen Gebetsteppich aus und kniete sich hin, das Gesicht in die Richtung Mekkas gewendet. Stieglitz kam dazu, und beeindruckt von der Größe der Berge, die uns in der Dämmerung umschlossen, kniete er sich neben Maftoon hin, Schulter an Schulter, wie der Koran es vorschreibt, in der Brüderlichkeit des Islam.

Frauen beten nicht gemeinsam mit Männern. So hielt sich Mira ein paar Schritte entfernt von den beiden, und als nach einer Weile auch Ellen neben ihr hinkniete, stand ich allein inmitten der grandiosen Bergwelt und rätselte über die seltsame Verbindung zwischen hier und Mekka. Ich hatte Respekt vor dem Islam, ohne je die mindeste Zugehörigkeit zu ihm empfinden zu können, jetzt aber fiel mir Nazrullahs Frage ein: »Wenn Sie für immer in Afghanistan leben müßten, würden Sie nicht auch wie ein Muselmane beten?« In einer plötzlichen Aufwallung kniete ich neben Stieglitz nieder, Schulter an Schulter. So beteten wir alle fünf, und der Kameltreiber Maftoon, der weder lesen noch schreiben konnte, rief in rituellem Singsang: »Allah ist groß, Allah ist groß, und Mohammed ist sein Prophet.« In diesem Augenblick begriff ich, daß diese mir so fremde Religion insonderheit für die Menschen der Wüste und der Hochgebirge erschaffen war – von unser aller Gott ihnen gesendet, damit sie sich in der Einsamkeit dieser Natur wie Brüder gegeneinander betragen. Und in diesem Augenblick fühlte ich mich auch Otto Stieglitz brüderlich verbunden. Als wir uns erhoben, kniete Mira mit ihren schwarzen Zöpfen noch neben der blonden Ellen. Die Schönheit der beiden war so harmonisch, daß wir lange in der Dämmerung standen und schwiegen.

Am nächsten Tag überschritten wir die letzten Bergkämme des Hindukusch. Vor uns erstreckten sich die unfruchtbaren Ebenen, die nach Balkh führen. Als »Tante Becky« aus der letzten Gebirgsschlucht herauskam und ebenes Gelände sah, stieß sie eine Serie freudiger Gurgler aus und schritt zufrieden auf die staubbedeckte Ebene zu.

Es war Mitte Juli, und die Hitze war schlimm. Wir mußten sparsam mit unserem Trinkwasser umgehen. Nach altem Wüstenbrauch wanderten wir nachts; der Vollmond stand groß und prächtig am Himmel. Tagsüber schliefen wir – Ellen und Stieglitz im Zelt, Maftoon bei den Tieren und Mira und ich irgendwo draußen im Schatten.

»Ich dachte immer, Ellen sei deine beste Freundin«, neckte ich Mira eines Mittags, als wir weit und breit kein schattiges Fleckchen fanden. »Warum bleiben wir nicht bei ihr im Zelt?«

»Es ist besser, wenn du nicht in ihrer Nähe schläfst.«

»Was soll das heißen?« fragte ich erstaunt.

Zunächst wollte sie nicht mit der Sprache herausrücken. Dann sagte sie ruhig: »Als ich merkte, daß sie sich in Stieglitz verliebt hatte, schlief sie noch weiterhin mit meinem Vater.«

»Wie willst du denn das wissen?« fragte ich ein wenig ärgerlich.

»Habe ich es dir nicht damals gleich gesagt?« erinnerte sie mich.

»Rede keinen Unfug.«

»Ich weiß es aber«, sagte sie kurz.

Eines Nachts, nachdem wir vier Tage durch die Ebene gezogen waren und ich auf meinem Schimmel vorausritt, entdeckte ich plötzlich, über ein ziemlich weites Gebiet verstreut, einzelne Bodenerhebungen, auf denen Gras wuchs. Im Halbdunkel sah es aus wie der Friedhof eines Volkes von Riesen. Maftoon holte mich ein. »Das ist Balkh«, sagte er.

Dies also war die Mutter der Städte, das schöne, berühmte Balkh, wo Alexander sich mit Roxane vermählt hatte, die Stadt der Gelehrsamkeit, in der die Weltstraßen sich kreuzten, die Metropole Zentralasiens. Seit meiner Schulzeit beschäftigte mich die Vorstellung von dieser Stadt, die ehrwürdig und berühmt war schon vor den Tagen des Darius. Alle berichteten sie von diesem Juwel – Ibn Batuta, Hsuan Tsang, Dschingis Khan, Marco Polo, Tamerlan, Baber. Ihre Vergangenheit war blendend, ihr Andenken finster, und jetzt war selbst ihre Umgebung zerstört.

Konnte dies wirklich Balkh sein, diese staubbedeckten, unfruchtbaren Hügel, auf denen Kinder Ziegen weideten und nomadisierende Kotschi kampierten? Ein tristes Schuttgelände ohne jede Spur einstiger Bedeutung. Keine Ruine, kein Rest einer Grundmauer, die ahnen ließ, wo einstmals die weltberühmten Bibliotheken waren. Ich stand enttäuscht und deprimiert vor dieser ausgelöschten Stätte der Geschichte, und als ich unsere armselige kleine Karawane daherkommen sah, fand ich nicht einmal Trost im Gedanken an Mira.

Auch in Rom hatten die Ruinen mich bedrückt, aber doch nur im ersten Augenblick; es bedurfte keiner besonderen Einbildungskraft, etwas von der vergangenen Größe zu erahnen. In Afghanistan aber war es nicht meine persönliche Bedrücktheit allein, sondern sie lag über dem Land, den Menschen. Es war fast unmöglich zu denken, daß in dieser unfruchtbaren Öde einstmals eine große Kultur geblüht hatte und daß dergleichen wiederkehren könnte. Im elenden Ghazni, im Todesschweigen von Qala Bist, in »Der Stadt«, im ausgestorbenen Kloster von Bamian und hier in Balkh war nichts mehr vorhanden. Waren alle die Generationen seit damals gleichzeitig gegen die Geschichte gewesen und hatten sie ihre imponierendsten Zeugen verkommen lassen, während Rom die seinen erhielt? Oder war Asien einfach anders geartet? Waren seine Eroberer so gewalttätig, daß ein Abendländer sich die Schrekken, die sie verbreitet hatten, nicht vorstellen konnte?

Viele Male hatte ich nun die Pfade von Dschingis Khan gekreuzt, der doch nur eine der Geißeln dieses Landes gewesen war, und vielleicht nicht einmal die schlimmste, und überall hatte er die Bevölkerung ausgerottet. Möglicherweise ist kein Land solchen wiederholten Verheerungen gewachsen. Vielleicht verändern sie auch das Innere der Menschen, verwandeln Seßhafte in Nomaden, die sich nur sicher fühlen, wenn sie all ihr Hab und Gut mit sich schleppen? Vielleicht gab es auf die Frage, warum sie Wanderer waren, die Kotschi, die Kisilbasch, die Tadschiken, für alle die eine Antwort: Dschingis Khan.

Während ich so im Mondschein vor Balkh über diese Dinge grübelte, fühlte ich um so größere Hochachtung vor Männern wie Moheb Khan, Nazrullah oder auch Zulfiqar, die alle entschlossen waren, ein neues Afghanistan aufzubauen. Wäre ich Afghane, ich hätte mich mit diesen Männern verbündet.

Maftoon brachte die Karawane zum gewohnten Lagerplatz der Kotschi und stellte mit Stieglitz das Zelt auf. Inzwischen kam Ellen im Mondschein zu mir herübergeschlendert. »Es tut mir leid, Miller«, sagte sie, »daß wir uns so viel gestritten haben. In Qabir, als ich Stieglitz im Kampf mit Zulfiqar verloren glaubte, habe ich etwas sehr Wichtiges eingesehen. Daß das Leben etwas Gutes und Kostbares ist. Ich habe mich dabei ertappt, daß ich um sein Leben betete.«

»Zum Glück hat es genützt«, sagte ich. »Aber ihr beide habt jetzt die Pflicht, etwas für Afghanistan zu leisten.«

»Nichtmenschen haben keine Pflichten«, korrigierte sie mich freundlich. »Sie sind da. Und daraus, daß sie da sind, schöpft die Welt Hoffnung.«

»Wissen Sie, Ellen, ich habe inzwischen eine ungefähre Vorstellung, was Ihnen vorschwebt. Im übrigen aber denke ich genau wie Nazrullah. Ich stehe für die Zivilisation ein, in die ich hineingeboren wurde.«

Sie lächelte und ergriff meine Hände. Ich spürte wieder das pulsierende Leben wie vor ein paar Tagen. »Wie schön von Ihnen und wie vielversprechend, so etwas gerade hier in Balkh zu sagen!«

»Wieso?«

»Wissen Sie nicht, daß die Leute hier, als ihre Kultur auf dem Höhepunkt stand, genauso gesprochen haben? Die Mullahs verkündeten, daß Allah diese Stadt unter seinen besonderen Schutz genommen habe; die Heerführer behaupteten, daß die Festungen uneinnehmbar seien; die Geldleute versicherten, daß die Einkommen in der Stadt um vier Prozent steigen würden und jedermann sich zwei Sklaven leisten könnte. Und nun sehen Sie also Balkh, aber Sie sehen hier gleichsam auch New York.«

»Das können Sie nicht im Ernst meinen.«

»Doch. Als ein Bild der Zukunft. Sie brauchen es ja nicht zu akzeptieren. Sie sind noch so jung, Sie werden nach Boston zurückkehren und dort mit derselben Hingabe arbeiten wie Nazrullah in Kandahar. Ich werde für euch beide beten, aber nie werde ich an das glauben, was ihr tut. Es hat keinen Sinn.«

»Und ich werde versuchen, Ihren Eltern alles zu erklären«, sagte ich seufzend. Sie wollte etwas sagen, besann sich aber, und dann küßte sie mich – wild und fordernd und mit all der

Verschwendung von Gefühl, die für sie so bezeichnend war. In diesem Augenblick verstand ich die Leidenschaftlichkeit, die sie in so chaotischer Weise bis hierher geführt hatte. Ihr Kuß war wie die Berührung ihrer Hände beim Tanz: vibrierend vor Lebensdrang und Vitalität. Unwillkürlich durchzuckte mich die Frage, was wohl geschehen wäre, wenn wir uns in Amerika getroffen hätten.

Im selben Atemzug, als hätte sie meine Gedanken geahnt, schlang sie die Arme um mich: »Ich wünschte, wir wären uns daheim in Dorset begegnet, und du wärst vorher in Afghanistan gewesen.« Sie strich sich das Haar aus der Stirn. »Nein, besser nicht. Ich hätte dir sicher nicht gefallen. Diese Ruinen stecken mir seit je in der Seele.« Sie lachte. »Du bist so jung und zuversichtlich, und ich – ich bin schon immer alt gewesen.«

Das Mondlicht schimmerte auf ihrem schönen Gesicht, ihr Körper bog sich zurück in dem grauen Kittel, ihre nackten Füße in den Sandalen sahen unter dem schwarzen Rock hervor. Herrgott, war diese Frau schön! Ich küßte sie, und sie drängte sich leidenschaftlich in meine Arme und mein ganzes Sein. Überwältigt von ihrem Ungestüm, versuchte ich zu warnen: »Wenn die anderen uns sehen ...«

Aber sie wußte zu genau, daß die beiden Männer mit dem Aufrichten des Zeltes beschäftigt waren und Mira das Kamel ablud.

»Die werden uns nicht vermissen.« Sie zog mich in ein Versteck zwischen den Grashügeln und band die Kordel auf, die ihren Rock hielt: »Sind wir uns nicht einig, daß das Leben etwas Gutes ist? Warum sollen wir es nicht genießen?« Ich stand stumm und wie angenagelt. »Was macht es schon aus, wenn sie uns entdecken?« fragte sie.

»Mira würde es etwas ausmachen«, sagte ich zögernd.

»Du willst mich also nicht?« fragte sie herausfordernd, als ihr Rock zu Boden glitt.

»Du weißt genau, daß ich dich will.«

»Dann komm.« Ein Mann, der in solch einem Augenblick zögert, steht nicht nur vor der Frau, sondern auch vor sich selbst jämmerlich da. Ich brannte darauf, diese langen schönen Beine zu berühren. Statt dessen aber hörte ich mich sagen: »Das kannst du Stieglitz nicht antun.«

Mit einem Ausdruck von Abscheu – galt er mir, Stieglitz oder Mira? – zog sie ihren Rock wieder hoch und band die Kordel fest. »Ich habe für Stieglitz alles getan, was ich konnte. Und nebenbei: Früher oder später werden die Russen ihn erwischen.«

Ihre Gefühlsroheit kam mir so erbärmlich und trostlos vor wie die Wüste. Ich war froh, der Versuchung widerstanden zu haben.

»Was ist aus deinen Idealen geworden, Ellen? Vor ein paar Minuten noch hast du gesagt, daß du für Stieglitz und für sein Leben gebetet hast.«

»Er ist ja auch am Leben geblieben.«

Genauso mußte sie zu Stieglitz über Zulfiqar gesprochen haben – daß er ihr gleichgültig sei und daß er sich mit ganz anderen Dingen beschäftigte. Damit hätte sie sogar recht gehabt. »Und was ist mit deinen Ideen über die Nichtmenschen?« fragte ich. »Hast du das alles aufgegeben?«

»Ideen kommen und gehen.« Sie schlüpfte in ihre Sandalen, die sie abgestreift hatte. »Sie wissen ganz genau, was wir tun sollten – uns einen Schlafsack verschaffen und fortgehen von dem Zelt da drüben?«

»Und Mira?«

»Ich habe Sie schon einmal gewarnt, die Sache mit Mira zu ernst zu nehmen. In ein paar Tagen ist sie sowieso wieder bei ihrem Vater.«

»In Bamian haben Sie sich über die Menschen lustig gemacht, die ›Punkte sammeln‹. Jetzt, in diesem Augenblick, begreife ich, wie ernst dieses Spiel ist. Ich glaube nämlich daran, daß ich ein paar Pluspunkte bekomme, wenn ich mich wie ein anständiger Mensch gegen Mira benehme. Und ob Sie es wahrhaben wollen oder nicht, Sie verlieren Punkte, wenn Sie Stieglitz quälen.«

»Wo? Beim himmlischen Buchhalter?«

»Nein, verdammt noch mal, aber bei mir! Sie wollen von Religion nichts wissen, aber ich denke anders darüber.«

»Miller, Sie Kindskopf!« rief sie so laut, daß die anderen es hören konnten, »Miller, Sie nehmen Ihr Judentum doch nicht etwa ernst?«

»Lassen wir das«, sagte ich ungeduldig. »Mir genügt die Art, in der Sie die Religion ablehnen. Was waren Sie? Ich hab' es vergessen – presbyterianisch?«

Sie lachte.

»Wissen Sie, Ellen, wenn Sie den Islam wenigstens ernst nehmen wollten ...«

»Dann könnte ich wohl noch gerettet werden«, unterbrach sie mich spottend.

»Es wäre vielleicht keine große Anstrengung, Sie zu retten«, sagte ich. »Je mehr Sie über Dorset reden, um so überzeugter bin ich, daß es ein sehr sympathischer Ort ist. Sie sollten's mal ausprobieren.«

Ich wollte zu unserem Zelt zurückgehen, aber Ellen ergriff mich am Arm und hielt mich zurück. Wieder spürte ich ihre starke Ausstrahlungskraft. Sie bemühte sich aufrichtig, sich mit mir zu versöhnen. »Wirklich, Miller, so gefühlvolle Reden, ausgerechnet in Balkh – finden Sie es nicht selber ein bißchen komisch?«

»Ich teile Ihre Anschauungen nicht, Ellen. Städte verfallen, Kulturen vergehen, aber die Menschen müssen voranschreiten. Sie essen und lieben sich, ziehen in den Krieg und sterben, nach ganz bestimmten, in die Zukunft weisenden Gesetzen. Diese Gesetze akzeptiere ich.«

»Und diese Gesetze erlauben Ihnen nicht, mit einer Frau zu schlafen?« Sie trat dicht an mich heran – in ihrer Schönheit verführerischer als Mira. »Die Gesetze erlauben es Ihnen nicht?« wiederholte sie.

»Nein. Nicht, solange Mira in der Nähe ist«, brachte ich mühsam heraus.

»Und werden Sie sich nicht morgen früh idiotisch vorkommen?«

»Ich komme mir bereits jetzt idiotisch vor. Sie sind so unwahrscheinlich schön, Ellen.«

»Warum haben wir uns nicht vor zwei Jahren getroffen, Miller? Weshalb sind Sie nicht nach Bryn Mawr gekommen in Ihrer sauberen weißen Uniform, mit all Ihrer Courage und

Ihrem Vertrauen in die Zukunft?« Sie ließ meine Hände los. »Warum nicht?«

Ich verließ sie schweigend und ging im Schutz der Erdhügel zu den anderen zurück. Sie hatten uns nicht vermißt. Kurz darauf kam auch Ellen, ohne bei der kleinen Gruppe Argwohn zu erregen, die zu betrügen sie so bereit gewesen war. Sie kraulte den Esel und nahm ihm die Körbe ab, die er getragen hatte. Der Nachtwind spielte in ihrem Haar. Sie sah aus, als wäre sie seit je ein Teil dieser unpersönlichen Steppenlandschaft gewesen.

Es war gegen drei Uhr morgens. Wir saßen ums Feuer, tranken Tee und machten uns ein wenig Pilav zurecht, bevor wir uns schlafen legten. »Da drüben, ganz nahe, ist die russische Grenze«, sagte Ellen. Stieglitz zuckte zusammen, aber die anderen schienen es nicht zu beachten. »Ich wüßte zu gerne, wie es in Samarkand wohl aussieht«, sprach Ellen weiter. »Man sagt, der Markt dort sei der schönste der Welt.« Keiner von uns antwortete ihr, und nach einer Weile sagte sie gedehnt: »Ich glaube, ich lege mich jetzt schlafen.« Sie stand auf, und Stieglitz folgte ihr.

Es war mir unmöglich, in dieser Nacht mit ihr das Zelt zu teilen. Ich nahm meinen Schlafsack, Mira ein Kissen. Bevor wir uns jedoch einen Platz suchten, zog Maftoon mich beiseite und drückte mir mit Verschwörermiene seinen Dolch in die Hand. »Nehmen Sie das, Miller Sahib«, flüsterte er.

»Warum?« fragte ich verblüfft.

»Wegen dem Deutschen.«

»Wieso, was ist mit ihm?«

»Als Sie vorhin mit Ellen zusammenstanden, ist er Ihnen nachgeschlichen. Und er hat Zulfiqars Dolch.«

Mir wurde ganz schwindlig. »Und Mira?« fragte ich.

»Sie hat gesagt, ich soll Ihnen meinen Dolch geben, weil sie gesehen hat, wie Stieglitz Ihnen gefolgt ist.«

Als ich zu Mira kam, sagte sie kein Wort. Aber sie tastete mich ab, bis sie Maftoons Dolch fühlte.

Wir suchten uns schweigend einen Schlafplatz.

»Du und Ellen«, sagte sie endlich, »ihr seid meine besten Freunde. Alles, was ich gelernt habe, mich ein bißchen hübscher zu machen, verdanke ich ihr. Sie ist so lieb, und sie war wie eine Schwester zu mir. Ich wollte dir schon lange sagen, daß sie gerne mit dir schlafen würde, aber du hättest mich nur ausgelacht. Wenn ich wieder zur Karawane zurückgehe, zu meinem Vater – könntest du dann nicht mit Ellen ...«

Ich nahm ihre kleinen braunen Hände und küßte sie. »Du bist es, die ich liebe«, sagte ich.

»Gehen wir schlafen«, antwortete sie nur, »wir haben nicht mehr viele Nächte vor uns.«

Die Sonne stand schon am Himmel, als Maftoon gelaufen kam und uns weckte. »Ein Regierungsauto aus Kabul«, rief er aufgeregt, »ein Mann, der nach Ihnen sucht, Miller Sahib.«

Das kann nur Richardson sein, dachte ich und zog mich hastig an. Er sollte mich nicht mit Mira hier entdecken. Als ich aber auf unser Zelt zuging, erkannte ich Moheb Khan, höchst offiziell in einem Automantel aus Haifischleder und mit Astrachanmütze. Er klopfte seinem gestohlenen Schimmel den Hals. Hinter ihm sah ich zu meinem Erstaunen Nazrullah stehen. War er gekommen, um die ihm gesetzlich angetraute Frau mit behördlicher Hilfe zurückzuholen? Es tat mir leid für ihn. Ich eilte auf ihn zu und umarmte ihn herzlich. »Sind Sie damals gut durch die Wüste gekommen? Wie war es denn?«

»Gräßlich wie immer.«

Moheb Khan unterbrach uns. »Wie sind Sie eigentlich zu meinem Pferd gekommen?« fragte er. Ich sah ihn an. War er wirklich böse oder tat er nur so?

»Mira hat es in Kabul gekauft«, sagte ich.

Moheb klopfte sich ein wenig Staub vom Ärmel. »Sie müssen es doch wiedererkannt haben. Konnten Sie sich nicht denken, daß es gestohlen war?«

»Gestohlen?« rief ich und versuchte erstaunt auszusehen.

Doch Moheb konnte sich das Lachen nicht länger verkneifen. »Sie wissen ja, wie das ist. Man trifft ein hübsches Mädchen. Man denkt, das gibt eine nette Liebesnacht, und dann stellt man fest, daß einem das beste Pferd gestohlen worden ist.«

»Bestrafen Sie sie nicht zu hart.«

»Hat sie es für Sie gestohlen?«

»Ja.«

»Dann muß ich also mit Ihnen abrechnen? Seit acht Wochen gehe ich zu Fuß, und Sie reiten.«

»Sie wissen, was Liebe ist. Ich rechne auf Ihr Verständnis. Und hier haben Sie Ihr Pferd, gut gefüttert und gepflegt.«

Jetzt tauchte Mira auf einem der Grashügel auf, meinen Schlafsack und das Kissen hinter sich herschleifend, die ihre eigene Sprache sprachen. Als sie Moheb Khan erblickte, warf sie die Sachen hin und wollte im Zelt verschwinden, aber ich erwischte sie am Arm. »Halt, hiergeblieben!«

»Kleine Diebin«, rief Moheb mit gerunzelter Stirn. Aber obgleich sie allen Grund gehabt hätte, an seinen Ernst zu glauben, erriet sie mit untrüglichem Instinkt ihre Chance. Eine lachende Geste zu dem hübschen Afghanen hin – und die kleine Raubkatze führte uns in wenigen Sekunden eine nicht mißzuverstehende Pantomime vor: ein Schlafzimmer, ein Mann, der sie zurückhalten will, ein Sprung durchs Fenster, ein Satz aufs Pferd und mit Galopp davon. Wir lachten laut.

Dann sah sie Nazrullah stehen und erkannte ihn an seinem Bart. »Sie sind Ellens Mann«, rief sie erschreckt und stellte sich abwehrend vor den Zelteingang, als wolle sie Ellen beschützen. Dann verneigte sie sich und entwich Schritt für Schritt, rückwärts gehend, ins Zeltinnere.

»Ist Ellen hier?« fragte Nazrullah.

»Ja«, sagte ich.

Er ging auf das Zelt zu, aber ich hielt ihn zurück. »Ist dieser lange Kotschi etwa bei ihr?« fragte er argwöhnisch. Zum erstenmal kam mir das Ausmaß der Abenteuer zum Bewußtsein, in die Ellen sich verstrickt hatte – Abenteuer, die ich zwar nicht recht verstand, an denen ich selber aber nicht ganz unbeteiligt war. Wie hätte man Nazrullah all diese Dinge erklären sollen? So stotterte ich nur: »Hören Sie, Nazrullah, die Sache ist etwas schwierig. Sie müssen wissen ... Der Kotschi ...«

Ich brauchte nicht weiterzureden. Ellen und Stieglitz traten aus dem Zelt. Ich konnte nicht ahnen, welchen haßerfüllten Waffenstillstand sie inzwischen geschlossen haben mochten.

Aber wieder war ich geblendet von Ellens Schönheit, und wenn Nazrullah sie zurücknehmen wollte – ohne lange zu fragen –, so hatte er jedenfalls mein Verständnis.

Er schien verwirrt, die beiden zusammen zu sehen, wollte aber vielleicht nicht verstehen, was es bedeutete. Er trat auf Ellen zu, als sei nichts geschehen. »Ich bin gekommen, dich zu holen«, sagte er einfach. »Du erinnerst dich an Moheb Khan? Und, Moheb, dies ist Dr. Stieglitz.«

Moheb verbeugte sich förmlich und gab ihnen die Hand. »Wir fahren Sie nach Qala Bist zurück«, sagte er zu Ellen mit betonter Höflichkeit. Sein Tonfall ließ keinen Zweifel: Er bot ihr eine letzte Chance, die sie sich nicht verderben durfte.

»Vielen Dank«, sagte sie mit fester Stimme, »aber das möchte ich nicht.« Moheb hob schweigend die Schultern und trat zurück. »Ellen«, begann Nazrullah, »bitte, Ellen, komm mit! Der Wagen wartet.«

Sie schwieg. »Ellen bleibt bei mir, verzeihen Sie uns, Nazrullah«, antwortete Stieglitz statt ihrer.

Nazrullah war entschlossen, seine Frau nicht aufzugeben. Er wandte sich hilfesuchend an Moheb, doch dieser schwieg ablehnend. »Ist es das, was Sie vorhin gemeint haben?« fragte mich Nazrullah, »Stieglitz?«

Ich nickte hilflos. Diese stumme Zustimmung löste eine ganze Kette von Maßnahmen aus. Zunächst ließ Moheb eine kleine Pfeife schrillen, und schon eilten ein paar Soldaten herbei, die auf einem Lastwagen mitgekommen waren. »Das Pferd wird nach Kabul transportiert«, sagte Moheb kurz. Dann deutete er auf Stieglitz. »Dieser Mann ist unter Arrest zu stellen. Die amerikanische Dame hier hat das Zelt nicht zu verlassen.« Dann drehte er sich zu mir um. »Sie, Miller, kommen mit zum Wagen. Ich muß Sie im Verwaltungsgebäude von Mazar-i-Scharif amtlich vernehmen. Kommen Sie, Nazrullah.« Während die Soldaten seine Befehle ausführten, gingen wir drei zu seinem Wagen.

Wir fuhren in raschem Tempo nach Mazar-i-Scharif, etwa zwanzig Meilen östlich von Balkh. Als wir die Stadtgrenze erreichten, versperrte uns eine Karawane den Weg, die in Richtung Rußland zog. Wir mußten warten, bis achtzig schwankende Kamele vorüber waren. Die Treiber wie ihre Tiere starrten uns ungnädig an, und Moheb sagte unwillig: »Neunzig Prozent aller Bewohner unseres Landes sind Analphabeten. Sind wir nicht verrückt, aus diesem Gesindel eine ordentliche Nation machen zu wollen?«

Ich blickte den Treibern nach: »Wenn ich Afghane wäre, ich würde keine Anstrengung scheuen.«

»Ich wünschte, wir hätten eine Million Afghanen, die wie Sie wären«, antwortete Moheb. Das letzte Kamel kam jetzt an uns vorbei und dahinter der Karawanenführer auf einem kräftigen schwarzen Roß. Jetzt verstand ich, weshalb die Treiber so besonders verkommen aussahen. Der Eigentümer hielt seine Karawane absichtlich in möglichst verwahrlostem Zustand – zum Schutz vor Wegelagerern. Es war die Karawane von Shakkur, dem Kirgisen aus Rußland, der mit Waffen handelte. In Mazar-i-Scharif hatte er seine Kamele beladen und war jetzt unterwegs nach dem Oxus, den Ausläufern des Pamir und den Steppen von Zentralasien. Shakkurs Route war die längste und gefahrvollste aller Karawanen, die von Qabir zurück in ihre Heimat zogen. Vielleicht war es das letzte Mal, daß eine so große Karawane diesen Weg zog.

Als Shakkur an uns vorüberritt, rief ich ihn an. Er erkannte mich und brachte sein Pferd neben unserem Wagen zum Stehen. Nachdem er Moheb mißtrauisch gemustert hatte, fragte er: »Regierung?« Ich nickte. »Aha«, sagte er, »Sie waren also ein Spitzel? Ich habe Zulfiqar gewarnt.«

»Im Gegenteil«, lachte Moheb. »Wir haben ihn soeben verhaftet.« Der mächtige Kirgise legte grüßend die Hand an die Stirn und gab seinem Pferd mit dem Ruf »Meinen Gruß allen Gefangenen« die Sporen.

Im Amtsgebäude ließ Moheb Tee, Kekse und Honig bringen. Wie lange hatte ich diese Dinge entbehrt, wie primitiv war unsere Nahrung seit vielen Wochen gewesen! Moheb ließ einen Schreiber rufen und kramte in seinen Papieren. »Nun«, fragte er dann, »was geben wir in dem offiziellen Bericht über das gestohlene Pferd an?«

»Geht das zu den Akten?«

»Selbstverständlich. Ein Pferd, eine Amerikanerin, beide geraubt.«

»Mira sagte mir, sie hätte das Pferd gekauft.«
»Wo sollte ein Nomadenmädchen soviel Geld herhaben?«
»Angeblich vom Erlös des Jeeps.«
»Welches Jeeps?«
»Kann ich das offiziell zurücknehmen?« fragte ich.
»Streiche es«, befahl Moheb dem Schreiber.
»Kann ich auch das folgende nur privat sagen?«
»Natürlich.« Moheb machte dem Schreiber wieder ein Zeichen. »Diese lausigen Kotschi haben den Jeep demontiert, während ich keine zwanzig Schritte davon entfernt war.«
»Wer ist diese Mira?« fragte Moheb.
»Die Tochter von Zulfiqar«, antwortete ich.
»Derselbe Zulfiqar?« Er wies auf Nazrullah.
»Derselbe.«
»Hm. Jetzt also zu Ellen Jaspar.«
»Die Sache ist schwer zu erklären«, sagte ich.
»Wir haben Zeit genug.« Moheb schenkte uns Tee nach.
»Also, wie Sie wissen, lief sie letzten Herbst aus Qala Bist weg«, begann ich. »Nicht etwa aus Liebe. Nichts dergleichen. Nazrullah war nicht schuld daran, Zulfiqar auch nicht. Sie wußte nicht einmal, wer Zulfiqar war, als sie sich der Karawane anschloß.«
»Werden Sie das so in Ihrem Bericht nach Washington angeben?«
»Das habe ich bereits getan.«
»Schön. Und wo war sie den Winter über?«
»In Dschelum.«
»Bis Dschelum ist sie gekommen? Zu Fuß?«
»War sie nicht in diesen Kotschi verliebt?« fragte Nazrullah leise.
»Niemals.«
»Miller«, sagte Moheb eindringlich, »wenn wir jetzt mit einem Wort Ellen Jaspars Verhalten ergründen sollten – und das müssen wir –, was schreiben wir also?«
Ich dachte nach. Ellens Betragen hatte nichts mit Sex zu tun gehabt, weder Nazrullah noch Zulfiqar noch Stieglitz gegenüber. Liebe, Treue, Zugehörigkeitsgefühl – all diese Motive schieden völlig aus. Ich überlegte, ob es sich vielleicht um eine

Art Schizophrenie handeln könnte, aber nichts an ihr ließ darauf schließen. Niemand quälte sie; sie quälte sich selbst. Anfangs hatte ich gemeint, sie spiegele sich die Welt eines vergangenen Zeitalters vor, aber sie wäre in der florentinischen Renaissance oder im viktorianischen England, wo und wann auch immer, dieselbe gewesen wie hier und heute. Zu allen Zeiten hat es Menschen gegeben wie sie. Mochte sie ihr eigenes Zeitalter auch verachten – mit einem anderen wäre sie ebensowenig zufrieden gewesen. Sie neigte freilich, wie viele gefühlsbetonte Menschen, einem infantilen Primitivismus zu, aber mußte man deshalb mit einer Karawane durch Asien ziehen? Es blieb also nur die Möglichkeit, daß sie an einer geistigen Voreingenommenheit litt, einer Wahnidee, welche die Realität pervertierte und ungenießbar machte. Doch das traf auf Ellen auch nicht zu. Sie sah die Realität ziemlich klar. Falsch war nur ihre Reaktion auf die Realität.

Ich sah Moheb an. »Geben Sie als Begründung eine Neigung zur Ablehnung im allgemeinen an«, sagte ich.

»Nennen Sie mir einen Mann, den sie je abgelehnt hat.«

Ich überging diese Bemerkung. »Sie lehnt die Form und Struktur unserer Gesellschaftsordnung ab. ... der Ihrigen wie der unsrigen.«

»Es wird Zeit, daß jemand kommt, der ihr gegenüber ablehnend ist. Und dieser Jemand werde ich sein.«

»Seien Sie nicht hart gegen sie«, bat Nazrullah.

»Sie würden sie immer noch zurücknehmen?« fragte Moheb ungläubig.

»Ja«, sagte Nazrullah, »sie ist meine Frau.«

»Er hat recht«, sagte ich. »Wenn Sie eines Tages in Ihrem Land den Schleier abschaffen, wird es in Afghanistan eine Menge solcher Frauen wie Ellen geben.«

Moheb seufzte. »Glauben Sie?«

»Ganz unvermeidlich. Und was Ellen betrifft, so halten Sie ihr wenigstens eins zugute: Sie liebt Afghanistan. Sie möchte für immer hier bleiben.«

»Mit Stieglitz?«

Ich wollte diese Frage schon bejahen, als ich Mohebs vielsagendem Blick begegnete. Er vermutete also auch eine Beziehung zwischen Ellen und mir. Noch einer mehr von den Männern, die sie nicht abgelehnt hatte, sagte er sich, nicht ganz zu Unrecht. Zum Glück merkte Nazrullah nichts von Mohebs Blick. »Ja«, antwortete ich, »sie will mit Stieglitz leben.«

»Was wissen Sie über Stieglitz?«

»Sie kannte ihn von Kandahar her«, sagte ich. »Stieglitz hat auf unserem Weg nach Norden ...«

»Wer hat denn vorgeschlagen, daß er mitkommt?« unterbrach er mich.

Ich dachte nach. »Vielleicht war es anfänglich Ellens Idee.«

»Das glaube ich auch«, sagte Moheb.

»Jedenfalls haben sie sich auf der Wanderung nach Norden ineinander verliebt. In Qabir gab es eine Messerstecherei, bei der Stieglitz sich gut hielt und Zulfiqar sogar verwundete. Daraufhin schmiß er uns alle drei hinaus.«

»Ist sie wirklich entschlossen, bei ihm zu bleiben?« fragte Nazrullah leise.

»Absolut«, log ich, während Moheb lächelte.

»Glauben Sie, ich könnte sie zurückgewinnen?«

»Nein«, sagte ich bestimmt.

»Angenommen, wir deportieren Stieglitz?« fragte Moheb.

Ich dachte an Ellens heimtückische Worte: Früher oder später bekommen ihn die Russen sowieso. »Als Stieglitz mit dieser blödsinnigen Karawane von Kandahar wegging«, fuhr Moheb fort, »hat er gegen das Gesetz verstoßen. Wir haben das Recht, ihn auszuweisen. Was meinen Sie dazu?«

Ich zögerte. Um Zeit zu gewinnen, trank ich einen Schluck Tee. Moheb und Nazrullah sahen mich an. Diese beiden, dachte ich, möchten, daß ich die Auslieferung empfehle. Wenn ich also wirklich Rachegelüste gegen Stieglitz hatte, so konnte ich sie jetzt befriedigen. Ich dachte an die vernichteten Juden. Aber ich dachte auch daran, wie wir Schulter an Schulter gebetet hatten.

»Steht in Ihrem Geheimbericht auch, daß ich Jude bin?« fragte ich.

»Nein.« Moheb ließ sich keinerlei Überraschung anmerken.

»Ja, ich bin Jude, und in jener Nacht in der Karawanserei hat Stieglitz mir gestanden, was für Untaten er an Juden begangen hat.«

»Wir wissen Bescheid«, Moheb deutete auf seine Papiere.

»Ich hätte ihn damals umgebracht, wenn nicht Zulfiqar dazwischengekommen wäre. Aber unterwegs habe ich ihn besser kennengelernt. Er könnte Ihrem Land gute Dienste leisten. Sie haben vorhin gesagt, Sie brauchten Männer wie mich. Stieglitz ist viel stärker als ich. Liefern Sie ihn nicht aus.«

»Warum nicht?« fragte Moheb spöttisch. »Damit wären Nazrullahs Probleme gelöst.«

»Tun Sie es nicht. Es wäre falsch, moralisch falsch.«

Nazrullah unterbrach uns. »Gibt es keine Möglichkeit, sie zurückzugewinnen?«

»Keine«, sagte ich mit großem Nachdruck. »Auch wenn Sie Stieglitz hängen, bekommen Sie Ellen nicht zurück.«

Mein Ton mußte ihn überzeugt haben. Er begrub den Kopf in den Armen, und seine Schultern zuckten. Wir anderen sahen verlegen zur Seite.

Schließlich räusperte sich Moheb. »Lieber Freund«, sagte er, »Miller hat recht. Sie haben das Rennen verloren. Da läßt sich nichts tun.«

Moheb ergriff mich am Arm. »Wir wollen ihn alleinlassen.« Wir gingen in ein Nebenzimmer. Moheb entließ den Schreiber und vergewisserte sich, daß uns niemand hören konnte. Dann fragte er: »Was haben Sie in Qabir herausbekommen?«

»Gar nichts«, antwortete ich so einfältig ich konnte.

»Lügen Sie mich nicht an«, sagte er. »Sie sind sich doch darüber im klaren, daß ich genau weiß, warum man Sie hingeschickt hat.«

»Ich weiß nicht, wovon Sie sprechen.«

»Miller! Richardson ist in Kabul ins Kotschilager hinausgefahren und hat Ihnen persönlich den Befehl überbracht: ›Gehen sie nach Qabir. Erkunden Sie, wie es mit den Russen steht.‹ Wir wissen Bescheid. Oder denken Sie, er hätte sonst Schah Khans Erlaubnis für Sie bekommen?«

Das war zwar logisch, aber ich hatte trotzdem das Gefühl, daß er mich nur hereinlegen wollte.

»Wenn er mir das ausrichten sollte, muß er es glatt vergessen haben. Ich weiß nur, daß er mir die Hölle heiß gemacht hat wegen des gestohlenen Jeeps.«

Ich hatte recht gehabt. »Was hat er denn über den Jeep gesagt?« fragte Moheb kleinlaut.

»Daß mir die Botschaft wahrscheinlich sechshundert Dollar vom Gehalt abziehen wird.«

»Und wieso hat Ihnen die Botschaft erlaubt, nach Qabir zu gehen?« bohrte er noch einmal.

»Weil ich darum bat. Ich hatte mich in Mira verliebt.«

»Sie wollen mir doch nicht einreden, daß Sie dem amerikanischen Botschafter gesagt haben: Ich brauche zehn Wochen Urlaub, weil ich mich in eine Nomadin verliebt habe!«

»Nein. Aber Washington hatte verlangt, daß der Fall Ellen Jaspar um jeden Preis geklärt wird.«

»Und die Russen? Haben Sie gar nichts beobachtet?«

»Von den Russen weiß ich nichts. Aber falls Ihnen das etwas nützt: Der Kirgise, den wir vorhin mit seiner Karawane gesehen haben, war der erste Scharif des Lagers von Qabir.«

»Und wie kommt er über die afghanische Grenze?«

»Keine Ahnung.«

»Von was, zum Kuckuck, haben Sie eigentlich eine Ahnung?«

»Daß der zweite Scharif der alte Hazara war, der mit Karakulfellen handelt.«

»Den kennen wir.«

»Er hat sein Amt niedergelegt. An seiner Stelle haben sie Zulfiqar gewählt.«

»Zulfiqar?«

»Und da Zulfiqar scharf darauf ist, sich in dem neuen Staudammgelände bei Qala Bist anzusiedeln, täten Sie ein gutes Werk für Afghanistan, wenn Sie seinen Leuten zwanzig bis dreißig Quadratkilometer geben würden.«

»Wenn wir Zulfiqar das Land anbieten, Miller, meinen Sie, er würde es wirklich übernehmen und bebauen?«

»Bestimmt.«

»Wie können Sie das behaupten?«

»Weil ich mit ihm darüber gesprochen habe.«

»Einem Ferangi hat er sich anvertraut?«

Da ich Zulfiqar einen Gefallen tun wollte, log ich ein wenig. »Ich habe einmal erwähnt, daß ich Sie kenne, und da sagte er mir: Moheb trifft die Entscheidung über dieses Land. Er hat mich nicht etwa gebeten, mit Ihnen darüber zu reden, aber möglicherweise hat er es gehofft.«

»Und das wäre alles, was Sie in Qabir herausgefunden haben.«

»Werden Sie Zulfiqar Land geben?«

»Es sind eine Menge Bewerber da«, sagte er ausweichend.

»Aber keine wie Zulfiqar. Er ist ein Mann wie Sie und Nazrullah. Er braucht das Land, und Sie brauchen ihn.«

Moheb sah mich mitleidig an. »Warum seid ihr Amerikaner nur so hoffnungslos töricht? Ich wette meinen Kopf, daß mindestens ein Dutzend russischer Agenten in dem Lager waren, und Sie haben nichts weiter gesehen als ein kleines Nomadenmädchen.«

»Über russische Agenten habe ich mir keine Gedanken gemacht«, lachte ich. Er schüttelte mit liebenswürdigem Vorwurf den Kopf, und wir gingen zu Nazrullah zurück. Der Arme saß noch immer stumm und regungslos und starrte vor sich hin.

»Was ist also zu tun?« fragte er.

»Ich weiß jedenfalls, was ich zu tun habe«, sagte Moheb aufmunternd. Er rief den Schreiber wieder herein: »Haben Sie nachgesehen? Sind die beiden Papiere ordnungsgemäß vorbereitet? Gut ... Nazrullah, Miller, kommen Sie.«

»Wohin?« fragte Nazrullah.

»Zunächst brauchen wir drei kleine weiße Kieselsteine.«

»Nein«, rief Nazrullah. »Nein!«

»Dann suche ich sie an Ihrer Stelle«, lächelte Moheb. »Oder sollen wir Ihre Frau den Mullahs überlassen? Eine Ehebrecherin – zum Aburteilen.« Er lachte über seinen grausigen Scherz. »Guter Freund, folgen Sie meinem Rat. Suchen Sie sich die drei weißen Kiesel.«

Der Schreiber erinnerte Moheb daran, die englische Botschaft anzurufen. »Ja richtig«, sagte Moheb und bat uns, vorauszugehen. Wir hörten noch, wie er laut ins Telephon rief: »Hallo! Hallo! Euer Exzellenz? Ich bitte die britische Botschaft sich bereit zu halten, daß ...«

Den Rest des Gesprächs hörten wir nicht mehr.

Auf der Rückfahrt nach Balkh rezitierte Moheb persische Gedichte, aber es gelang ihm nicht, Nazrullah aufzuheitern. Als der Wagen vor unserem Zelt hielt, mußte Moheb Khan selber nach den drei Kieseln suchen. Nachdem sie gefunden waren, ging Nazrullah zu dem Zelt. »Ellen!« rief er und blieb draußen stehen.

Sie erschien in Begleitung des wachhabenden Soldaten in ihrem schwarzen Rock und dem grauen Kittel, drei schmale Goldreifen am Handgelenk. Ihr gebräuntes Gesicht strahlte in der Sonne, das goldene Haar wehte im Wind. Sie sah Nazrullah ernst und aufmerksam an und wartete auf die vom Gesetz vorgeschriebene Frage.

»Willst du mit mir nach Qala Bist zurückkehren?« fragte Nazrullah laut und deutlich.

»Nein«, antwortete sie, worauf er die rechte Hand hob und einen der drei weißen Steine auf den Boden fallen ließ.

»So scheide ich mich von dir«, sagte er. Wieder sah er sie an und fragte zum zweiten Male, mit beschwörender Stimme, aber wiederum mußte er einen der Steine zu Boden werfen.

»So scheide ich mich von dir«, wiederholte er. Ellen hörte es mit gleichgültiger Miene. Nach ihrem dritten Nein standen Tränen in seinen Augen. Er zögerte, aber sie blieb stumm und ungerührt, und so ließ er den letzten Stein zu Boden fallen.

»Ich scheide mich von dir«, flüsterte er mit blassen Lippen. Unfähig, Ellen noch einmal anzusehen, drehte er sich um und ging aufrecht und mit viel Würde zum Wagen zurück. Ellen stand regungslos vor dem Zelt, nun gesetzlich von Nazrullah geschieden. Ein kleines befriedigtes Lächeln zuckte um ihren Mund.

»Führt Stieglitz heraus«, befahl Moheb. Der Deutsche erschien im Zelteingang. Er mußte erraten haben, daß Ellen ihn verlassen wollte. Schweigend blickte er auf Moheb.

»Otto Stieglitz«, sagte Moheb, »wir haben die britische Regierung über die Botschaft in Kabul informieren lassen, daß wir Sie ihr in Peschawar ausliefern. Sie sind Kriegsverbrecher; wir haben keinen Platz für Sie in Afghanistan.«

Stieglitz sah mich an. »Das haben Sie mir angetan.«

»Sie irren sich«, sagte Moheb, »Mister Miller hat uns im Gegenteil gebeten, Sie zu schonen. Ich bin sicher, daß er bei der Gerichtsverhandlung für Sie eintreten wird.«

Bevor er abgeführt wurde, drehte Stieglitz sich noch einmal nach mir um. »Sie werden zu meinen Gunsten aussagen?«

»Ja, das werde ich.«

»Bring die Dame zum Wagen«, befahl Moheb dem Kameltreiber Maftoon. Alle Kritik an Ellen und der eisigen Kälte ihres Verhaltens schien gegenstandslos, wenn man sie so dahinschreiten sah, langbeinig und leichtfüßig, schön, geheimnisvoll und verführerisch wie immer. Ich wandte mich um und wollte zu Mira gehen, aber Moheb hielt mich am Ärmel fest. »Sie kommen mit nach Kabul, Miller. Wir fahren gleich los.«

»Nein«, sagte ich, »ich bleibe hier.«

»Befehl von Schah Khan.«

Mira war herbeigekommen, und ich zog sie an mich. »Ich möchte wenigstens Abschied nehmen«, sagte ich.

»So tun Sie es. In fünf Minuten fahren wir. Maftoon, pakken Sie die Sachen von Mister Miller und Miss Jaspar zusammen!«

Ich ging mit Mira zu einem der Grashügel. Am Horizont lagen die Vorberge des Hindukusch, wo wir so glücklich gewesen waren. »Gib acht auf Ellen«, sagte sie. Ehe sie weitersprechen konnte, entdeckte sie »Tante Becky« auf Abwegen. Ihr stürmischer Nomadensinn gewann sofort die Vorherrschaft. »Schau doch nur«, rief sie aufgeregt, »dieses blödsinnige Kamel!«

Wir liefen zu »Tante Becky«, die mit ihren schläfrigen Augen und dem mahlenden Unterkiefer so unbeschreiblich komisch wirkte, daß ich selbst in diesem schmerzlichen Augenblick lachen mußte. Dankbar streckte ich die Hand aus, um Becky zum Abschied noch einmal den Hals zu klopfen. Aber sie fürchtete offenbar, daß sie beladen werden sollte, und machte sich unter abwehrendem Grunzen davon.

»Mira!« Ich brachte kein Wort weiter heraus. Es war auch aussichtslos, in diesen wenigen Minuten, die uns noch blieben, irgend etwas sagen zu wollen. Unser Abschied war so unvorbereitet über uns hereingebrochen und unter so häßlichen Begleitumständen, daß mit einem Schlag alles zerstört war.

»Qabir, Bamian, Musa Darul«, stammelte sie. »Wenn wir wieder dort hinkommen ...« Sie schluckte und sah mich beschämt an. In ihren Augen standen Tränen. Sie wischte sie ab und versuchte zu lachen: »Ohne dich wird unsere Karawane ein Zug von Gespenstern sein.«

Die Hupe des Wagens erscholl, ungeduldig.

»Mira«, sagte ich, »Allah behüte dich.«

»Allah behüte dich«, antwortete sie.

Ich lief zu dem wartenden Auto, ohne mich noch einmal umzusehen. Moheb saß am Steuer, Ellen neben ihm, Nazrullah auf einem der Rücksitze. Er schaute während der Fahrt durch sein Fernglas zurück auf die Vorberge des Hindukusch.

»Unbegreiflich«, hörte ich ihn kopfschüttelnd murmeln, »wie kann ein Mädchen so scharfe Augen haben?« Er reichte mir das Glas. Ich sah Mira in ihrem roten Rock auf die Berge zulaufen – dorthin, wo in weiter Ferne die Kamele ihres Vaters erschienen, eines nach dem anderen, den uralten Karawanenspuren folgend.

Niemand sprach ein Wort auf der Fahrt nach Mazar-i-Scharif. Ich machte mir Gedanken über Ellens Zukunft. Was mochte Moheb Khan mit ihr vorhaben?

Zu meiner Verwunderung durchfuhren wir den Ort, kamen auf eine uralte Straße und holten eine Karawane ein, die langsam nach Nordosten zog. Ein Stück weiter vorn erkannte ich Shakkur auf seinem schwarzen Pferd.

Moheb rief ihn an. Der Kirgise drehte sich um und stieg ab.

Als er mich gewahrte, fragte er ernst und sachlich: »Soll er hier draußen erschossen werden?«

»Nein«, lachte Moheb, »das nicht. Aber wir haben eine Reisebegleitung für deine Karawane.«

Der Kirgise schaute auf Ellen, mit der er in Qabir getanzt hatte, und erfaßte intuitiv die Situation. »Diese?« fragte er.

»Ja.«

»Hat sie Papiere?«

»Ja.« Moheb zog Ellens grünen Paß aus seiner Mappe und

gab ihn dem Kirgisen. In arabischer, kyrillischer und lateinischer Schrift, von Schah Khan und dem russischen Botschafter unterzeichnet, enthielt er die Genehmigung, daß Ellen auf ihrer Heimreise nach Amerika Rußland durchqueren dürfe. Ein besonderes Papier bescheinigte die gesetzliche Scheidung von ihrem afghanischen Ehemann und die Erlaubnis, das Land zu verlassen. Moheb überreichte ihr das Dokument: »Madame, Sie sind hiermit aus Afghanistan ausgewiesen.«

Er gab dem Kirgisen noch einige andere nötige Anweisungen und händigte ihm schließlich eine Handvoll afghanischer Goldstücke aus. »Dies wird bis Moskau reichen«, sagte er. »Inzwischen telegraphieren wir an die Eltern der Dame, das Geld für die weiteren Reisekosten der amerikanischen Botschaft in Moskau zu überweisen.«

»Um Himmels willen, Moheb«, rief ich, »das können Sie doch nicht machen!«

»Nicht ich habe es so gewollt«, sagte er ruhig. »Ich bin mit zwei verschiedenen Dokumenten nach Balkh gekommen. Das eine hätte die alte Ordnung wiederhergestellt. Das andere enthielt die Ausweisung. Die Entscheidung lag bei ihr.«

»Wie konnte sie diese Folgen ahnen!« rief ich und versuchte auch Ellen zu einer Bitte an Moheb zu bewegen.

Der Afghane Moheb drehte uns den Rücken zu. »Der arme Junge ist in sie verliebt«, erklärte er dem Kirgisen.

Shakkur lächelte verständnisvoll, erkundigte sich aber, ob sein Freund Zulfiqar von alledem wisse.

»Er hat ihr das Verbleiben bei der Karawane verboten und sie aus seinem Zelt hinausgeworfen«, sagte Moheb. »Wir tun dasselbe.« Diese jungen künftigen Regierenden von Afghanistan scheuten offenbar nicht davor zurück, verantwortungsvolle Entscheidungen zu treffen. Ich versuchte auf französisch, Moheb umzustimmen: »Das kann zu ernsthaften Unannehmlichkeiten zwischen Ihrem und meinem Land führen. Bedenken Sie, wenn ihr unterwegs etwas zustößt?«

Moheb half Ellen aus dem Wagen. »Zustößt?« wiederholte er. »Dieser jungen Dame wird nichts zustoßen.« Höflich übergab er sie dem Schutz des Kirgisen, dem er auch ihr armseliges Kleiderbündel überreichte.

Ich zog Shakkur und Ellen beiseite: »Ellen, sind Sie denn einverstanden mit alledem?«

Mit aufreizender Gleichgültigkeit überhörte sie meine Frage und drehte sich zu dem Kirgisen um. »Welche Route gehen wir?«

Er zeigte nach Nordosten. »Wir gehen bei Ruschan über den Oxus, dann durch den Pamir nach Garm, Samarkand, Taschkent.«

Für eine solche Reise hätte ich ein Jahr meines Lebens gegeben. Ellen wußte das. Bei dem Namen Samarkand sah sie mich triumphierend an.

»Werden wir auch wohlbehalten hinkommen?«

»Dafür bin ich da«, antwortete der Kirgise stolz.

Zehn Wochen lang hatte ich mich vergeblich bemüht, den Karawanenweg der russischen Nomaden herauszufinden, und jetzt hatte Shakkur selber mir verraten, wo sie den Oxus überschritten.

»Ellen«, sagte ich, »ich hätte die Möglichkeit, die afghanische Regierung zu zwingen, daß ...«

»Ich bin nicht ängstlich.« Sie sah mich mitleidig an, als ob ich der Ausgewiesene wäre, sie selber aber frei.

Ich ging zu den beiden anderen zurück. »Bitte, nehmen Sie hiermit zur Kenntnis«, sagte ich, »daß ich im Namen der amerikanischen Regierung auf das Entschiedenste gegen diese unglaubliche Maßnahme protestiere.«

Ellen lachte. »Sie haben es gehört, meine Herren. Wenn der arme Miller Unannehmlichkeiten bekommt, können wir alle ihm bestätigen, daß er protestiert hat.« Sie streckte die Hände nach mir aus und umarmte mich. »Ich wünschte, wir hätten uns in Amerika getroffen.«

Zuletzt wandte sie sich an Nazrullah. »Nazrullah, bitte, verzeih mir«, sagte sie ernst. Sie sahen sich einen Augenblick schweigend an. Ich erinnerte mich, wie er in der Wüste die Sterne befragt hatte, bevor er mir versicherte, Ellen sei in Afghanistan. Jetzt mochte er zu denselben Sternen hinaufschauen und daraus lesen, wann Ellen in Amerika angekommen sein würde.

Sie wandte sich um und paßte sich mit ihrem schwingenden

Schritt dem Rhythmus ihrer neuen Karawane an, als wäre sie schon seit eh und je mit ihr unterwegs. Ich sah ihnen nach, wie der große Kirgise wieder an die Spitze des Zuges ritt und die Kamele antrieb, die nicht von Familien und Schafen behindert waren und mehr als nur vierzehn Meilen am Tag zurücklegen konnten. Unaufhaltsam schritten sie den drohenden Hochpässen entgegen, die vor dem ersten Schneefall überquert sein müssen. Für die Wanderer nach Rußland gab es keine geruhsame Mittagsrast.

Das letzte Kamel schaukelte an uns vorüber. Wir standen auf der uralten Straße und sahen der Karawane nach, bis sie sich im Staub der Steppe verlor. Als Letztes sah ich Ellen. Mitten zwischen den Kamelen zog sie mit hellem Haar und schwarzem Rock dem höchsten aller Gebirge entgegen.

»Es ist barbarisch«, murmelte ich, und Nazrullah nickte.

»Sie hätte euch beide zugrunde gerichtet«, sagte Moheb Khan.

## Nachwort

Schauplatz dieses Romans ist das Königreich Afghanistan im Jahr 1946. Die Lebensbedingungen sind so geschildert, wie sie jener Zeit entsprachen, und so wahrheitsgetreu, wie Gedächtnis und Nachforschung es gestatteten.

Dem Leser, der sich für die Entwicklung Afghanistans in den seither vergangenen einundzwanzig Jahren interessiert, seien ergänzend einige Tatsachen ins Gedächtnis gerufen:

In kaum einem anderen Land haben sich innerhalb so kurzer Zeit so aufsehenerregende Änderungen vollzogen wie in Afghanistan. Kabul besitzt heute gepflasterte Straßen (bezahlt mit russischem Geld). Kandahar hat einen Flughafen (finanziert mit amerikanischem Geld). In der Innenstadt von Kabul gibt es eine städtische Großbäckerei (russischer Herkunft). Und viele Kleinstädte haben gute Schulen (amerikanisch).

Zahllose Fremde haben das Land ohne die geringsten behördlichen Schwierigkeiten bereist. Präsident Eisenhower besuchte Afghanistan 1959, ebenso auch viele russische Regierungsmitglieder, sowohl vorher wie nachher.

Der heftige Wettstreit zwischen Amerika und Rußland um die Gunst der afghanischen Bevölkerung, von dem in diesem Roman die Rede ist, hält unverändert, noch immer unentschieden an. Nicht zu übersehen ist dabei die Tatsache, daß Rußland eine fast elfhundert Kilometer lange unkontrollierte gemeinsame Grenze mit Afghanistan hat, während die Vereinigten Staaten zwölftausend Kilometer weit entfernt liegen. In Anbetracht dieses Umstandes sind die amerikanischen Erfolge immerhin bemerkenswert. Diese Erfolge sind der selbstlosen, aufopfernden Arbeit von Menschen wie John Pritchard, dem (erfundenen) Ingenieur im 9. und 10. Kapitel, zu verdanken. Sobald Amerika derartiger Menschen bedarf, stellt sich heraus, daß es sie in großer Anzahl gibt, aber man ruft sie eben viel zu selten auf den Plan oder gibt ihnen keine Aufgaben, die ihrer würdig wären.

Die Auseinandersetzung zwischen Altem und Neuem, eines der Themen dieses Buchs, geht im Kleinen weiter. So wurde 1959 den afghanischen Frauen gestattet, unverschleiert in der Öffentlichkeit zu erscheinen; ja, sie wurden sogar dazu ermutigt. Einige folgten der Aufforderung, viele aber zogen Anonymität und Schutz des Schleiers vor. Oder, wahrscheinlicher: Sie folgten dem Wunsch ihrer Ehemänner. Doch war wohl das Plebiszit über verwandte Fragen bürgerlicher Freiheit und Lockerung der priesterlichen Gewalt, zu dem es 1963 im benachbarten Iran kam, symptomatisch für die Zukunft. Der Iran ist Afghanistan hinsichtlich sozialer Fortschrittlichkeit etwa um fünfzig Jahre voraus, und so ergab die Volksbefragung zugunsten der Neuerungen ein Stimmenverhältnis von 4000 : 1. Am Tag der Wahlen zogen unverschleierte junge Frauen durch die Straßen und beschworen die Leute, zu den Wahlurnen zu gehen. Reaktionäre Priester sahen in den Ergebnissen der Volksbefragung das Ende allen religiösen Lebens, was sich selbstverständlich längst als Irrtum herausgestellt hat.

Intelligente junge Leute wie Moheb Khan und Nazrullah, im Ausland geschult, oder wie Nur Muhammad, in Afghanistan ausgebildet, haben ihrem Land wertvolle Dienste geleistet. Sie haben zwar noch keinen endgültigen Sieg errungen, wohl aber eine Position, von der aus der Sieg heute möglich erscheint. Viele dieser jungen Männer tendieren zu Rußland, andere halten sich, Gott sei Dank, an den Westen.

Das gesellige Leben in Kabul sieht heute – nach einundzwanzig Jahren – natürlich ganz anders aus, als in diesem Buch geschildert. Heute besitzt Kabul ein gutes Hotel, Zeitungen, Radio, ein Kino, in das auch Ausländer gehen können, außer dem Basar noch andere Geschäfte und mehrere Restaurants. Auch Städte wie Kandahar und Masar-i-Scharef bieten einige Annehmlichkeiten; nur Ghazni ist ziemlich unverändert geblieben.

Öffentliche »Hinrichtungen« sind nicht mehr an der Tagesordnung. Falls es den Leser interessiert: Die im Buch beschriebene Steinigung habe ich selbst erlebt, wenn auch nicht in Ghazni; von der zweiten Exekution erfuhr ich ein paar Tage nach meiner Ankunft in Kandahar; der Mann, der sie mir mit einer Anzahl Photographien bestätigte, hatte den Alten tatsächlich gebeten, wegen des Gegenlichts auf die andere Seite zu gehen.

Afghanisches Polo, Busketschi genannt, wird immer noch ebenso gern gespielt und ist in Wirklichkeit noch wesentlich brutaler und für die Leute belustigender, als ich es geschildert habe.

Der große Staudamm, dessen Bau Nazrullah 1946 vorbereiten half, ist im Werden begriffen – eines der Wunder Asiens –, an dem Kraftwerk wird eifrig gearbeitet. Hingegen haben sich die Gebiete bei Qala Bist, die bewässert werden sollten, leider als zu salzhaltig für die landwirtschaftliche Nutzung erwiesen. In gewissem Sinn erinnert die teilweise Fehlspekulation des Helmandprojekts an das Fiasko mit den deutschen Brücken: die Afghanen sehen den riesenhaften Dammbau, die Kosten, die Fehlspekulation, und fragten: Wozu all diese Anstrengungen? Die deutschen Brücken auf der Strecke von Kabul nach Kandahar entsprachen genau meiner Beschreibung; nur befand sich die afghanische, durch Schah Khan und Nur Muhammads Vater erbaute Brücke in Wirklichkeit auf einer anderen Strecke.

Den Kotschi wurden tatsächlich bei jeder neuen Wanderung neue Hindernisse bereitet. Sie können nicht mehr nach Rußland. Chinesische Händler dürfen mit ihren Waren den Pamir nicht mehr passieren. Pakistan, der westliche Teil des alten Indien, führt einen fortwährenden Kampf mit Afghanistan um die Nationalität der Paschtun und hält viele Nomaden an dieser willkürlichen Grenze auf. Aber die Zelte sind immer noch schwarz, die Frauen immer noch wunderbar in ihrer Freiheit, die Fettschwanzschafe gehören immer noch zu den lächerlichsten aller Tiere, und die Kamele protestieren nach wie vor gegen alles und jedes.

Vielleicht wünscht der Leser auch zu erfahren, ob und inwieweit meine tatsächlichen Erfahrungen in Afghanistan mich zu diesem Buch berechtigen. Meine erste Bekanntschaft mit dem Land machte ich 1952 am Khyber-Paß, als ich Gelegenheit hatte, die afghanische Grenze Hunderte von Kilometern entlang, sowohl nördlich wie südlich dieses historischen Gebiets kennenzulernen. Damals beschloß ich, Afghanistan zu besuchen, und auf diese Zeit geht auch meine nähere Bekanntschaft mit verschiedenen Kotschistämmen zurück. Anfänglich nannten wir sie Povindah, erst später erfuhr ich den Namen Kotschi und nahm mir vor, eines Tages etwas über sie zu schreiben.

1955 gelangte ich dann nach Afghanistan und machte folgende Reisen: vom Khyber Paß nach Kabul; von Kabul nach Qala Bist; durch die Dascht-i-Margo bis Tschakhansur, im Buch »Die Stadt« genannt, was wohl auch ein besserer Name ist; hinunter nach Tschahar Burdschak – eine der schlimmsten Fahrten, die ich je erlebt habe; hinauf nach Herat und zurück bis Girischk; von Kabul nach Istalif und den Vorgebirgen des Koh-i-Baba; von Kabul nach Bamian und weiter nach Balkh; von Kandahar nach Spin Baldak und Quetta. Und vielleicht die eindrucksvollste Reise meines Lebens: von Qala Bist, das linke, unbekannte Ufer des Helmand entlang, bis Rudbar.

Diese Route führte uns quer über die Registan-Wüste in einer Karawane, die nachts in den Sanddünen kampierte, mit wenig Wasser und noch weniger Nahrung. Auf diese Reise, die im Buch nicht erzählt ist, geht meine Vorliebe für das Leben in der Wüste zurück. Während einer dieser Fahrten traten Freunde einer Europäerin an mich heran und erbaten meine Hilfe. Die junge Frau hatte vor ein paar Jahren einen Afghanen geheiratet und war in eine der erwähnten Situationen geraten. Ich ersuchte darum, sie sehen zu dürfen, und wurde in eine elende Hütte geführt; ich sprach fast eine Stunde mit ihr, war jedoch außerstande, ihr zu helfen. Später hörte ich von ähnlichen Fällen und traf Menschen, die aktiv für die Befreiung solcher Ehefrauen ausländischer Herkunft eintraten. Gerechterweise muß ich hinzufügen, daß ich auch verschiedene Europäerinnen kennenlernte, die mit gebildeten Afghanen verheiratet waren und ein normales, glückliches Leben führten. Sie trugen keinen Schleier, reisten nach Europa, wenn sie es wünschten, und fanden es sehr angenehm, in Afghanistan zu leben. Selbstverständlich haben sich inzwischen eine Menge Amerikanerinnen mit Afghanen verheiratet, ohne irgendwelche Schwierigkeiten hinsichtlich ihrer staatsbürgerlichen Rechte oder der freien Aus- und Einreise zu haben.

Der Name Qabir ist erfunden, aber die geschilderten Tatsachen entsprechen der Wirklichkeit. Das große Nomadentreffen fand nicht an einem geographisch genau bestimmten Ort statt; denn das Land ist unwegsam, wild und unbewohnt. Das Lager hieß nur einfach »Abul Camp« und war vermutlich noch größer, als von mir beschrieben. Auch die Zeltplätze der Frauen und Kinder lagen weiter vom eigentlichen Handelszentrum entfernt Das »Abul Camp« war den Männern vorbehalten. Bis 1954 hat, soviel man weiß, kein Fremder je das Lager betreten, so daß die Ereignisse in unserem Buch der Wirklichkeit um acht Jahre voraus sind. Daß jemals eine Ausländerin in das Lager gekommen wäre, ist nicht erwiesen.

Die archäologischen Stätten wie Qala Bist, »Die Stadt«, Bamian, Balkh sind wahrheitsgetreu beschrieben. Bamian ist eine der bemerkenswertesten Gegenden Asiens. Meine Notizen, rasch mit Bleistift hingekritzelt, während wir uns vom Osten näherten, lauten:

Bamian: vom Osten her zur Roten Stadt (Name: Zak?) auf Hügeln und Felsen, an die hundert Meter hoch. Kleine Festungen, die weithin die Karawanenstraße überblicken. Die Stadt in vier Terrassen angelegt. Hier verlor Dschingis Khan seinen Sohn. Zerstörung Bamians folgte. Rote Stadt am rechten Ufer des Bamian-Flusses. Stadt von Bamian hieß Ghulghulah und lag hinter der jetzigen Herberge. Kotschi ist ein Farsi-Wort für diejenigen, die umherziehen.

Felsen hundert Meter hoch, rostbraun. Etwa fünfhundert höhlenartige Eingänge sichtbar, zu jeweils vier oder fünf Räumen führend. Sie liegen bis zu neunzig Meter hoch im Felsen, der senkrecht abfällt. Wunderbare Gänge. Fresken. Alle Gesichter herausgekratzt. Lokalisierte Sepia am Fuß des Gebirges und rotbraune Berge gegenüber dem Koh-i-Baba.

Von einem der höchstgelegenen Räume zählte ich 61 schneebedeckte Gipfel. Im Hochsommer. Alle über 4500 Meter hoch.

Die Karawanserei mit der Säule ist frei erfunden, trifft war wahrheitsgetreu den Geist Afghanistans. Ich habe in vielen verlassenen Karawansereien kampiert und war jedesmal beeindruckt von ihrer Stimmung und ihrer Funktion. In einer dieser Karawansereien traf ich meine ersten Kotschi und entwarf den Plan zu einem Roman, der keine Ähnlichkeit mit dem hier vorliegenden hatte. Wo ich von der Säule hörte, wüßte ich nicht mehr zu sagen; möglicherweise in Herat; dort soll Dschingis Khan eine Million Menschen niedergemetzelt haben. Ein Zeitgenosse schreibt sogar etwas von anderthalb Millionen.

Meine Berührungen mit dem Islam waren zahlreich und vielfältig: Indonesien, Borneo, Malaia, Pakistan, Afghanistan, der Nahe Osten, Türkei. Ich habe viel Positives über diese Religion geschrieben, viele Mohammedaner gekannt und stets Respekt und Sympathie für den Islam empfunden. Natürlich stehe ich mit meinen Erfahrungen in Opposition zu den Mullahs auf dem Lande.

Auf die Frage, welches von allen mir bekannten Ländern ich am liebsten wiedersehen möchte, habe ich stets geantwortet: Afghanistan. Ich gedenke seiner als eines aufregenden, temperamentvollen, Widerspruch herausfordernden Landes. Jeder Amerikaner oder Europäer, der damals dort tätig war, sagt dasselbe. In den Jahren, in denen ich es kennenlernte, war Afghanistan, wie Mark Miller meint, einer der größten Hexenkessel der Weltgeschichte.